L'EMPIRE DE LA RUINE

SAUVAGES IMPITOYABLES #4

EVA ASHWOOD

D1727986

Inscrivez-vous à ma newsletter !

PROLOGUE

RIVER

Je cligne des yeux, fixant l'homme de grande taille que je n'ai vu que deux fois. Je le connais en tant que milliardaire, l'homme qui a organisé la soirée à laquelle Julian voulait aller faire de la lèche, un homme en tête du peloton des acteurs fortunés de Détroit.

Mais qu'est-ce qu'il fait ici ?

Une seconde plus tard, il devient évident qu'il ne mentait pas. Il est accompagné d'un groupe d'hommes qui sortent de l'ombre pour nous entourer, les autres et moi, dans le coin du large quai en bois, tandis que l'eau clapote en dessous de nous.

Je n'ai même pas besoin de me demander s'ils sont tous armés, puisque leurs armes sont dégainées et pointées sur nous. Je peux sentir les Rois déplacer leur poids de tous les côtés de moi, tendus et en colère, ne sachant pas trop quoi faire de tout ça.

Ouais. Moi non plus.

Alec jette un coup d'œil au corps de Carter et secoue la tête avant de lui donner un coup de pied. Le corps de l'agent du FBI est aussi mou et sans vie qu'un sac de pierres, et mon estomac se noue à la façon dont Alec le regarde comme un déchet.

Puis Alec lève les yeux vers moi, souriant calmement. Quelque chose en moi se détourne de ce sourire. Il n'y a aucune joie, aucun

1

bonheur réel. Il est trop lisse, trop froid. Totalement calme et contrôlé.

« Vous savez, pendant longtemps, j'ai pensé que vous agissiez sur les ordres de quelqu'un d'autre quand vous avez tué Ivan Saint-James », me dit-il. « Je pensais que vous n'étiez qu'un pion, qui suivait les ordres, bien qu'il faille admettre que vous étiez douée pour cela. Je n'avais pas réalisé que vous étiez la reine de l'échiquier. »

Mon cœur s'emballe et ma bouche devient sèche. Tout en moi me pousse à courir, à me battre, à faire quelque chose, mais je ne peux pas. On est piégés, encerclés, et Alec Beckham n'est clairement pas en train de déconner. Il vient de demander à ses hommes de tirer et de tuer un agent du FBI, donc il n'hésiterait pas à nous tuer tous.

Je suis figée, essayant d'assimiler tout ça aussi vite que possible.

« De quoi parlez-vous, bordel ? » dis-je d'un ton tranchant, ma peur se manifestant sous forme de colère comme souvent.

Alec continue de sourire, sans se presser et sans être dérangé.

« C'est moi qui ai sorti le corps d'Ivan de la rivière et l'ai exposé », dit-il. « Je savais qu'il y avait un mouchard dans mon organisation, un traître qui ne respectait plus les règles. Quelqu'un qui essayait de quitter la Société Kyrio, de s'en sortir. Je pensais que la mort d'Ivan était liée à cela et j'essayais de faire se révéler cette personne. »

Entendre ça, c'est comme un coup de poing dans les tripes. Pendant tout ce temps, nous pensions que le corps d'Ivan déterré et exposé sur cette œuvre d'art au gala nous concernait. Mais c'était plus que ça. Plus que nous n'aurions jamais pu imaginer.

« Je n'avais pas réalisé que c'était Carter jusqu'à maintenant », poursuit Alec. Il jette un autre coup d'œil au corps de l'homme pendant qu'il parle, puis soupire. « C'est dommage. Il était utile. »

Il me regarde à nouveau et il y a quelque chose qui brille dans ses yeux gris foncé. Un nouveau genre d'intérêt pour moi.

« Vous pourriez être utile aussi, je pense. J'ai gardé un œil sur tout ce que vous avez fait à Julian Maduro. Comment vous avez démantelé sa vie entière. Il y avait des parties un peu bâclées, bien sûr, mais votre talent pour jouer à ce genre de jeux est impressionnant. »

Ce n'est pas un compliment et j'ai du mal à me retenir de frissonner à la façon dont il me regarde. Comme si j'étais un jouet avec lequel il voulait jouer. Un jouet qu'il veut casser.

« Qu'est-ce que vous voulez ? » je lui demande, ma voix tendue.

Mon esprit pense à plein de trucs, essayant de trouver un moyen de s'en sortir. Tout ce que je peux penser, c'est qu'il va nous tuer, moi et les autres. Je ne comprends pas ce qu'il pourrait chercher d'autre. Il n'a pas l'air énervé par la mort de Julian, donc ce n'est pas comme s'il voulait se venger, mais il doit savoir que Carter nous a déjà parlé de la Société Kyrio.

Nous en savons trop maintenant.

Il ne peut pas nous laisser vivre.

« Julian voulait rejoindre notre société », me dit Alec. « Il l'a découvert et il savait qu'on avait un siège vide à remplir. Il voulait en faire partie. Mais il n'avait pas les qualités que nous recherchions. Il était trop enthousiaste, trop imbu de lui-même et il n'aurait rien ajouté à nos rangs. Mais il en savait trop pour qu'on le laisse vivre, alors il devait mourir. » Il sourit à nouveau et ça me donne la chair de poule. « Et vous vous êtes occupée de ça pour moi de façon magnifique. »

Quelque chose change dans son expression et il se penche plus près de moi, penchant un peu la tête pour m'examiner.

La sensation de ses yeux qui parcourent mon visage me donne envie de faire un grand pas en arrière, mais je ne bouge pas, je crains de faire autre chose.

Un faux mouvement et il pourrait tous nous tuer sur le champ.

« Je n'avais pas réalisé qui vous étiez au début », dit Alec avec désinvolture. Sa voix est étrangement calme et détachée, comme s'il parlait de la météo ou de la croissance de ses actions ou d'une connerie quelconque. « Même après avoir réalisé que vous aviez tué Ivan de votre propre chef, sans avoir reçu d'ordre de qui que ce soit, je n'ai pas tout de suite fait le rapprochement. Il ne m'est pas venu à l'esprit qu'un pauvre petit agneau maltraité aurait des dents et des griffes et reviendrait pour arracher la gorge de ses anciens ravisseurs. »

Mon estomac se serre en un nœud dur quand Alec parle, mon souffle se bloquant alors que ma gorge se serre.

Il parle de l'époque où Anna et moi étions retenues en captivité.

Il en parle comme s'il en faisait partie ou du moins comme s'il savait tout.

Derrière moi, j'entends un faible grognement d'un des gars. Pax.

« Comment vous... » Ma bouche est sèche et je dois forcer les mots à sortir. « Comment êtes-vous au courant de ça ? »

Mon cœur s'emballe, battant si vite que je peux sentir mon pouls dans ma gorge. Des taches grises teintent les bords de ma vision, mais je repousse les souvenirs du temps passé en captivité avec Anna qui tentent de refaire surface. Je ne peux pas me permettre de me perdre dans ces souvenirs douloureux maintenant.

J'ai besoin d'avoir les idées claires, de rester calme.

Alec agite une main en haussant les épaules. « Au fil des ans, j'ai orchestré des centaines d'affaires de ce genre. Des petites brebis, des filles innocentes, enlevées pour payer des dettes dues ou pour expier des transgressions. C'est l'une des façons dont la Société Kyrio aide à maintenir l'ordre à Détroit. Une tactique très efficace. »

Il plisse les yeux, louchant sur moi pendant qu'il parle, comme s'il essayait encore de me comprendre. C'est la seule émotion qu'il montre dans tout ça, sa fascination maladive pour moi.

« Pendant tout ce temps », continue-t-il. « Je n'ai jamais vu aucune d'entre elle faire ce que vous avez fait. S'élever au-dessus de tout ça et devenir quelque chose de plus affûté, de plus fort. La plupart d'entre elles ont simplement... craqué sous la pression de tout ça. »

Mon cœur s'arrête presque de battre quand je comprends ses mots.

J'ai orchestré des centaines d'affaires...

Oh. Merde.

C'est lui qui est responsable de mon enlèvement comme punition pour les péchés de mon père. C'est à cause de lui qu'Anna et moi avons été enlevées, utilisées et maltraitées par six hommes violents et cruels. Il n'était peut-être pas là pour nous torturer et nous faire du mal, mais il est aussi complice qu'Ivan, Lorenzo et les autres. Et le pire, c'est qu'il se fout de tout ce qu'il a fait, parlant de mettre des jeunes filles en captivité sans se soucier de la façon dont cela les affecte.

Il m'a arraché ma vie.

Il m'a arraché Anna.

Pendant une fraction de seconde, tout ce que je peux ressentir c'est de la rage. De la colère pure et dévorante. C'est comme si la rancune que j'avais envers ces six hommes et Julian réunis, montait en moi et me donnait envie d'arracher le cœur de ce connard à mains nues.

J'entends ma propre respiration, rauque dans mes oreilles, et mon cœur s'emballe à cause de l'adrénaline qui grimpe dans mes veines.

Mais comme s'il devinait que je suis sur le point de me jeter dans la trajectoire d'une douzaine de balles juste pour enrouler mes mains autour de sa gorge, Alec sourit à nouveau en levant une main.

« Relax. J'ai un marché à vous proposer », dit-il, la voix toujours aussi froide et égale, comme s'il ne venait pas de chambouler mon monde avec un seul aveu. « Tout ce qui est du passé peut être de l'eau sous le pont entre nous. Tu pardonnes et laisses tomber le fait que j'ai orchestré ta captivité et je te donnerai une chance de rejoindre l'organisation la plus influente de Détroit. Ou je peux vous tuer. Chacun d'entre vous. »

Mon estomac se retourne.

La façon dont il le dit montre clairement qu'il s'en fiche d'une façon ou d'une autre. Il a un intérêt malsain pour moi, mais il n'hésiterait pas à me tuer ici même et à jeter mon corps dans l'eau avec celui de Carter.

Gale, Preacher, Ash et Pax ne se laisseraient pas faire sans se battre, et ils finiraient tous morts aussi.

Ce serait juste une soirée comme une autre pour Alec Beckham, je parie.

Je ne veux pas avoir à faire ce choix, mais je ne vois pas d'autre option. Il ne va pas nous laisser partir sans accepter son marché et je veux sortir d'ici vivante.

Je veux qu'on sorte tous d'ici vivants.

En me léchant les lèvres, je prends une grande inspiration. J'ai l'impression de m'étouffer avec du verre, mais je me prépare à dire les mots pour accepter son marché. Pour lui donner ce qu'il veut.

Mais j'aurais dû savoir que ce serait trop facile, putain.

Alec reprend la parole avant que je puisse dire quoi que ce soit.

« Bien sûr, j'aurai besoin de la preuve que vous êtes prête à être loyale envers la société », dit-il. « Un frais doit être payé avant que vous puissiez vous joindre à nous. Vous devez faire vos preuves. »

Je ne sais pas ce qu'il pourrait vouloir de plus de moi. Je déteste cet homme et tout ce qu'il représente et l'idée d'oublier ce qu'il a orchestré pour moi et ma sœur est presque impossible. Je le détesterai toujours, même si j'accepte de rejoindre sa société. Tuer Julian aurait dû être suffisant pour prouver que je peux faire tout ce qui doit être fait, mais apparemment, il en veut plus.

Je lève le menton, le fixant d'un air presque défiant, attendant qu'il me dise ce qu'il veut.

Le sourire condescendant d'Alec ne faiblit pas et il détourne son regard pendant une seconde, observant les quatre hommes qui me flanquent.

« Vous devez tirer sur l'un de ces hommes », dit-il finalement. « Un de vos Rois du Chaos. Pour le tuer, bien sûr. »

C'est quoi ce bordel ?

Mon sang se glace. De toutes les choses qu'il aurait pu demander, je ne m'attendais pas à ça. Il est impossible que je le fasse.

Je secoue la tête, me sentant engourdie et désespérée.

« Êtes-vous complètement fou ? Non. Je ne peux pas... je ne peux pas faire ça », lui dis-je, les mots sortant de manière saccadée et staccato. « Non. »

Il doit y avoir un autre moyen de s'en sortir, mais mon esprit ébranlé ne trouve rien. Rien qui ne se termine pas par notre mort, en tout cas. Même si je parvenais à éliminer Alec, ses hommes nous encerclent. Il n'y a aucun moyen de leur échapper sans qu'un ou plusieurs d'entre nous ne soient tués.

Finalement, le sourire déconcertant s'efface du visage d'Alec, mais il est remplacé par la déception. Il secoue la tête en claquant la langue comme si j'étais une vilaine enfant qu'il avait surprise les mains dans le pot à biscuits.

« Dire non n'est pas vraiment une option ici, petit agneau », dit-il. « Si tu dis non, alors je les tuerai tous de toute façon. Toi y compris. Pense à ça avant de faire quelque chose que tu regretteras. »

Je me retourne pour regarder les quatre hommes qui me flanquent, scrutant leurs visages et espérant que l'un d'entre eux a une idée. Un plan que nous pouvons utiliser pour nous éloigner de tout cela.

Mais il n'y a rien.

Je ne trouve rien, encore et encore, et à en juger par les regards tendus sur tous leurs visages, ils n'ont rien non plus.

Puis Gale fait un pas vers moi. Un des hommes d'Alec fait un geste quand Gale bouge, mais il n'attaque pas.

« River », murmure Gale sur un ton doux. « Ça va aller. Ça va aller. »

Je fronce les sourcils, essayant de comprendre où il veut en venir. Nous sommes piégés dans un jeu malsain avec un homme qui a toutes les cartes en main. Un homme qui vient de tuer quelqu'un et qui n'a eu aucun scrupule à nous envoyer, ma sœur et moi, dans la fosse aux lions il y a des années. Je ne doute pas qu'Alec pourrait tirer sur chacun d'entre nous et dormir tranquillement ce soir, alors je ne vois pas comment on pourrait s'en sortir en parlant ou en luttant.

Je ne vois pas d'issue sans que quelqu'un meure.

Le pistolet de Gale est toujours dans sa main à ses côtés et je sais que la seule raison pour laquelle il ne l'a pas utilisé pour essayer de nous sortir de là, c'est qu'Alec et ses hommes sont plus nombreux. On est vraiment piégés, et en pensant à ça, je commence à paniquer. Pendant une seconde, je me sens à nouveau comme cette enfant sans défense, comme le petit agneau dont Alec n'arrête pas de me qualifier.

La réalité de la situation me frappe d'un seul coup et tout s'écroule autour de moi. Le choix impossible me saute aux yeux.

Je dois tuer l'un d'entre eux.

Mais je ne peux pas.

Et comment je pourrais choisir, bordel ? Comment pourrais-je vivre avec moi-même après ça ?

« Non », dis-je à Gale en secouant la tête. « Non. Je ne peux pas faire ça. Je ne peux pas perdre quelqu'un d'autre. Pas après avoir perdu Anna deux fois ! Non. »

Ma voix se brise sur le nom d'Anna et je me sens malade.

Tant de pertes. Tant de morts.

Je ne peux pas en supporter davantage. Je n'en peux plus.

Le visage de Gale s'adoucit un peu et il secoue la tête.

« Je suis désolé, River », murmure-t-il. « Je le suis vraiment. »

« Pourquoi ? » je réponds. « Pourquoi ? »

« Je suis vraiment un salaud égoïste. Parce que je préfère mourir que de vivre dans un monde sans toi. »

Il me tend son arme, mais je ne fais que la regarder, muette et sous le choc. Étant donné que je ne la prends pas, Gale attrape ma main et enroule mes doigts autour du canon, les maintenant en place avec sa propre main.

Il modifie ma prise et ma visée de façon à ce que l'arme soit pointée sur lui. J'entends les autres Rois se déplacer autour de moi, sous le choc alors qu'ils réalisent ce que Gale s'apprête à faire en même temps que moi.

Mais il ne leur laisse pas le temps de l'arrêter. Avec un petit sourire triste, il se penche et m'embrasse légèrement. Juste un effleurement de ses lèvres, comme pour me dire au revoir.

Puis il presse son doigt contre le mien, appuyant sur la gâchette pour moi.

Une forte détonation perce le silence de la nuit.

Et quand Gale tombe, mon propre cœur s'arrête.

1

RIVER

Le coup de feu résonne dans mes oreilles comme un coup de tonnerre. Le corps de Gale s'effondre sur le quai, le sang se met à couler de l'endroit où il a été touché au niveau de l'estomac.

Par moi.

Le temps semble s'arrêter alors que je regarde, horrifiée, sa forme immobile.

Je ne respire pas.

Je ne sens pas mon cœur battre.

Je ne sens *rien d'*autre que le métal froid de l'arme dans ma main. Quelques secondes ont pu s'écouler depuis que le coup est parti, depuis que j'ai senti le recul lorsque la balle a été propulsée dans le corps de Gale, ou peut-être que des heures se sont écoulées. Des jours. Des semaines. Je n'en ai aucune idée. Je suis figée sur place, le goût cuivré de la bile remontant au fond de ma gorge.

Il ne bouge pas et le sang continue de s'accumuler. L'incrédulité et l'agonie m'envahissent.

Non. Pas lui. Pas Gale.

Je n'étais pas censée perdre quelqu'un d'autre. Et surtout pas comme ça.

Autour de moi, le reste des Rois du Chaos semble aussi

stupéfait que moi. Je peux sentir leur choc après ce qui vient de se passer. Ce que Gale vient de faire.

C'est leur leader. Celui dont ils attendent des conseils et un plan, et maintenant il est juste...

Allongé là.

À cause de moi.

C'était le choix de Gale, mais c'était à cause de moi.

Alec émet un petit son et je sursaute légèrement parce que j'avais presque oublié qu'il était là. J'arrache mon regard de Gale, regarde le connard qui se tient devant moi, et je me sens à vif et déchirée à l'intérieur. Ses hommes sont toujours rassemblés autour de nous, armes dégainées et pointées sur mes hommes et moi.

« C'est un peu de la triche, n'est-ce pas ? » demande Alec, avec l'air de gronder un enfant pour lequel il a une affection maladive et indulgente. Il n'est pas en colère, juste déçu. « *Vous* étiez censée tuer l'un de vos hommes, mais au lieu de cela, il l'a fait lui-même pour vous. » Il secoue la tête et affiche à nouveau un sourire impassible et contenu. « Mais bon, vous êtes capable d'inspirer ce genre de loyauté à vos proches, et ça compte pour quelque chose. C'est ce genre de pouvoir qui vous a attiré mon attention en premier lieu. »

S'il s'attend à ce que j'aie quelque chose à lui dire, il se trompe royalement, mais il continue comme s'il s'en fichait. En jetant un coup d'œil à l'autre corps étalé sur le quai, le cadavre de l'agent Carter, Alec émet un son satisfait dans sa gorge. Dans la faible lumière, ses yeux gris foncé semblent presque noirs, et les ombres projetées sur son visage aiguisent ses traits.

« En fait, c'est parfait. Nous avons deux corps ici, donc leurs morts seront faciles à relier. Quand les corps seront découverts, on croira que votre homme et l'agent Carter se sont disputés. Le pourquoi n'aura pas d'importance. Il y a eu une fusillade. Votre homme a tué un agent du FBI, puis est mort. Je n'aurai même pas à m'inquiéter de cacher le corps de Carter. Tout fera du sens pour les flics. »

Il fait une grimace et fait un geste vers un de ses hommes. Son homme de main s'avance et jette les deux corps dans l'eau, l'un après l'autre. Ils y tombent dans un bruit d'éclaboussure qui résonne comme une putain de fin.

En s'époussetant les mains comme si ça réglait le problème, Alec me regarde à nouveau. Il a un regard visqueux et satisfait de lui-même qui me donne envie de lui arracher la gorge à mains nues et il me fait un petit signe de tête.

« Félicitations, River Simone », dit-il. « Vous venez de devenir le nouveau membre de la Société Kyrio, un club d'élite pour les individus puissants. Malgré le fait que vous n'ayez pas passé votre test de la façon que j'avais prévue, vous l'avez réussi. » Un côté de ses lèvres remonte un peu plus haut, comme si on se racontait une blague. « C'est quelque chose que Julian Maduro n'a jamais réussi à accomplir, alors vous pouvez être fière de vous. »

Mon estomac se resserre en un nœud si serré que j'ai mal partout. Des émotions violentes se bousculent en moi et j'ai de la difficulté à respirer, à penser... mais aucune de ces émotions n'est proche de la *fierté*.

Une nouvelle vague de fureur et de chagrin monte en moi, et alors qu'Alec continue de parler, sa voix devient étouffée et indistincte. Je dois faire des efforts pour comprendre ses mots alors que tout en moi refuse de les entendre. Mais je parviens à assimiler suffisamment bien ce qu'il dit pour noter qu'il me donne un lieu et une heure, dans deux jours, et qu'il me dit de le retrouver là-bas pour en savoir plus sur mon intronisation dans sa putain de société.

J'ai la gorge nouée. Il y a une bosse douloureuse qui me fait mal à chaque fois que j'avale. Un sentiment d'angoisse s'installe en moi à mesure que les secondes défilent.

Plus les secondes défilent, plus le corps de Gale s'enfonce profondément dans la rivière.

Non. Non. Non. Je ne peux pas le laisser tomber comme ça. Je dois aller le chercher. Je dois le trouver.

J'ai besoin qu'Alec Beckham se barre d'ici. Qu'il parte pour que je puisse plonger dans l'eau glacée et chercher Gale.

Mais il continue toujours de parler.

Je serre la mâchoire pour ne pas crier. Tout mon corps tremble lorsqu'Alec fait enfin un signe de tête vers un autre de ses hommes. Le gars s'avance et arrache l'arme de ma main. Puis tous les gardes d'Alec l'entourent, gardant leurs armes pointées sur les Rois et moi pendant qu'il me fait un dernier signe de tête, puis se retourne et s'éloigne sur le quai.

Aucun de nous ne bouge, les regardant jusqu'à ce qu'ils soient hors de vue. Je peux entendre le bruit de leurs voitures qui démarrent et je plante mes ongles dans mes paumes et reste figée, me forçant à attendre jusqu'à ce que je sois sûre qu'ils sont partis.

S'il me voit sauter dans l'eau, il reviendra et nous tuera tous. J'en suis convaincue. Ou il tuera un autre de mes hommes, ou me forcera à le faire, et je ne peux pas laisser ça se produire.

Mon cœur bat toujours la chamade et mon anxiété ne cesse d'augmenter. Nous continuons à attendre, juste pour être sûrs. Cinq battements de cœur. Dix. Vingt.

Ça doit être suffisant. Les quais sont silencieux, à l'exception du bruit des vagues qui clapotent sur le bois.

S'il vous plaît, que ce soit suffisant.

Incapable de rester immobile une seconde de plus, je pivote et m'élance vers le bord du quai pour sauter dans l'eau.

« Riv... »

Un des hommes m'appelle derrière moi, mais je n'entends rien d'autre lorsque je plonge sous la surface. L'eau froide de la rivière me frappe de plein fouet et mes poumons se figent sous le choc.

Je refais momentanément surface et j'aspire une bouffée d'air tandis que des mèches de cheveux argentés s'accrochent à mon visage et à mon cou. Je cligne des yeux pour chasser l'eau qui me pique et je suis sur le point de redescendre quand j'entends un faible bruit à ma gauche. Mon adrénaline grimpe en flèche et mes membres s'agitent sauvagement tandis que je me tourne dans cette direction, craignant à moitié qu'un des hommes de main d'Alec ne se soit caché sous le ponton.

Mais ce n'est pas un des gardes du corps d'Alec.

Alors que mes yeux s'efforcent de distinguer des formes dans l'obscurité, mon cœur s'emballe, frappant lourdement contre mes côtes.

C'est Gale.

Sa tête est à peine hors de l'eau avec ses yeux et son nez qui dépassent de la surface. Il s'accroche à l'un des piliers qui soutiennent le quai, et alors que je le regarde, il perd son emprise et s'enfonce sous la surface.

Merde. *Merde !*

L'eau éclabousse derrière moi et je sais qu'au moins un ou deux des autres hommes ont sauté dans l'eau avec moi.

« Là ! » dis-je en m'étouffant presque. « Il est là ! »

Sans attendre leur réponse, je plonge vers le bas, nageant vers l'endroit où j'ai vu Gale tomber. L'eau trouble me brûle les yeux, mais je les ouvre quand même de force.

Mais ça ne fait aucune différence. Il faisait sombre au-dessus de la surface, et il fait tout aussi noir ici. Il est impossible de voir quoi que ce soit. Je fonce presque tête la première dans un des piliers, ajustant légèrement ma trajectoire quand je le sens. Je pense que c'est celui auquel Gale s'accrochait, ce qui veut dire qu'il ne doit pas être loin.

Je continue à nager vers le bas en battant des pieds pour avancer, la peur m'étouffant alors que je répète *s'il te plaît, s'il te plaît, s'il te plaît, encore* et encore dans ma tête.

Je dois le trouver.

Il faut qu'il aille bien.

La panique s'empare de moi au fur et à mesure que le temps passe. Mes mains effleurent des touffes gluantes de végétation aquatique et quelque chose d'autre qui bouge, mais c'est trop froid et moite pour être quelque chose de vivant. Je me dis que ce n'est pas Gale. Ça ne peut pas être Gale.

S'il te plaît.

S'il te plaît, pas lui aussi.

Mes poumons brûlent par le manque d'air, mais je sais que si je remonte à la surface, quand je redescendrai, il sera encore plus loin. Ce sera impossible de le trouver avant le jour et il sera alors bien trop tard. Il n'a déjà pas beaucoup de temps mais plus je mets de temps à le trouver, moins il lui en reste.

Finalement, mes mains trouvent un bras, solide et froid au toucher. J'enroule mes doigts autour du poignet et je tire, m'accrochant au corps. Je ne vois pas assez bien ici pour confirmer que c'est lui, mais lui et Carter portaient des vêtements de styles différents, et je ne pense pas que ce soit Carter.

Le soulagement se mêle à la peur et à la culpabilité, me faisant frissonner à cause de ce putain de raz-de-marée d'émotions, mais je ne m'arrête pas.

Je bats des jambes plus fort, tirant Gale vers la surface. Une seconde plus tard, d'autres mains se joignent à moi, m'aidant à le tirer vers le haut plus rapidement. Quand on sort de l'eau, en haletant et toussant, je vois que Pax et Preacher sont à mes côtés. Ash a dû rester sur le quai pour faire le guet et nous aider à sortir de l'eau.

« Putain », souffle Ash qui s'accroupit au bord du large quai alors que nous nous rapprochons à la nage. « Bon sang. »

Il passe une main dans ses cheveux bruns, poussant ses lunettes de travers, puis se baisse pour hisser Gale que nous sortons de l'eau. Pax me donne un coup de pouce, puis lui et Preacher se hissent aussi sur le quai. Nous nous rassemblons tous les quatre autour de Gale et la nausée qui me tenaille empire.

Les yeux de Gale sont fermés et des ombres sombres sont visibles en dessous. Il est trempé, ses cheveux noirs brillent et sont plaqués sur sa tête. La flaque d'eau autour de lui semble assez sombre dans la faible lumière pour que ce soit du sang. Je me sens malade rien qu'en le regardant.

Quelle quantité de sang a-t-il déjà perdu ?

Le coup de feu ne l'a visiblement pas tué tout de suite. Il a réussi à s'accrocher à la poutre sous le quai pour s'empêcher de sombrer et de se noyer pendant qu'Alec Beckham faisait son discours de merde. Mais quelle quantité de sang a-t-il perdu dans le processus ? À quel point était-il proche de la mort quand il est tombé dans l'eau ?

Pax s'agenouille à côté de Gale et pose une oreille sur la bouche de son ami. Il a l'air accablé, la panique, la rage et le chagrin se mêlant à ses traits bien définis. Il se lèche les lèvres et lève les yeux vers nous en secouant la tête.

« Il ne respire pas. »

2

RIVER

Non.

Le temps s'étire à nouveau alors que j'entends les mots de Pax. Je fixe Gale pendant un instant, essayant comprendre tout ce qui s'est passé ce soir.

Il ne respire pas.

Cette phrase rebondit dans ma tête encore et encore, s'écrasant contre l'intérieur de mon crâne comme un boulet de démolition.

Non. Il ne peut pas être mort. Il ne peut pas l'être, putain.

Je me rappelle qu'il y a quelques heures, on était dans sa voiture et on parlait de l'avenir. Quand nous dansions au club et que Gale m'a serrée contre lui, se relaxant pour la première fois depuis je ne sais combien de temps.

Il ne peut pas juste être... mort.

J'ai l'impression d'être à l'extérieur de mon corps en cet instant. Comme si je regardais tout ce qui se passe derrière un mur de verre. La panique s'empare de moi et je suis dans les vapes. Je me mets à genoux de l'autre côté de Gale et je pose mes mains sur sa poitrine pour lui faire des compressions thoraciques.

Je me souviens avoir appris la RCP une fois et je refais les mouvements comme on me l'a appris, en comptant les compressions sur sa poitrine, puis en mettant ma bouche sur la sienne pour essayer de lui redonner vie.

Ses lèvres sont froides et moites, sans vie et sans réaction, et je déteste ça. Je déteste ça, putain.

En face de moi, Pax appuie une main sur la blessure par balle dans l'estomac de Gale, faisant pression dessus pour essayer de ralentir le saignement.

Je ne peux pas dire si ça aide ou pas. Je ne peux pas dire si *quoi qu'on fasse* aide, mais je continue à faire la RCP avec mes mains qui tremblent.

« Va chercher la voiture », j'entends Preacher dire à voix basse à Ash. « On va devoir l'emmener quelque part. »

Je n'entends pas si Ash répond et je ne le vois même pas partir. Mais il doit le faire, parce qu'après un moment, il revient et Preacher pose une main sur mon épaule.

« Nous devons le déplacer, River », dit l'homme blond. Sa voix est tendue, entre le chagrin et cet air impassible qu'il avait si bien cultivé quand je l'ai rencontré pour la première fois. « On ne peut pas le sauver sur ce quai. »

J'acquiesce en tremblant et recule suffisamment pour que Preacher et Pax puissent soulever Gale et le transporter le long du quai jusqu'à la voiture qui est garée aussi près que possible.

Ils le mettent à l'intérieur et je me glisse derrière lui, recommençant la RCP dès que je suis à nouveau à côté de lui.

Les autres hommes s'entassent tous dans la voiture, créant une atmosphère exigüe et tendue dans le véhicule. Preacher prend le volant et Ash se glisse sur le siège passager, laissant Pax et moi à l'arrière avec Gale.

Il n'y a pas autant de place pour travailler, mais je n'arrête pas. Je me moque que mes bras aient des crampes ou que je puisse à peine respirer sans trembler. Je continue à faire des compressions thoraciques. Je continue à essayer de faire revenir Gale.

Je ne trouve rien d'autre à faire, et le décompte des compressions et des secondes avant de respirer dans la bouche de

Gale chasse la voix dans ma tête qui hurle de terreur et c'est appréciable, au moins un peu. Je ne dis non à rien à ce stade.

« River », dit Pax après un moment, la voix basse et rauque. Je ne lève pas les yeux vers lui. Je n'arrête pas ce que je suis en train de faire. « Laisse-moi le faire. »

« Non », dis-je d'un ton tranchant, mais c'est à peine plus qu'un croassement. « Non, je peux le faire. »

« Tu trembles », murmure-t-il. « Je peux mettre plus de pression sur lui. Tu te fatigues. »

« Je m'en fiche. » Les mots s'échappent de moi et ils sonnent aussi mal que je me sens. « Je m'en fous, Pax. Je dois… » Je m'interromps et je finis par secouer la tête, me forçant à continuer.

Continuer à compter.

Continuer à respirer.

Continuer à essayer.

Pax observe encore quelques secondes, puis m'éloigne de Gale. Il est plus fort que moi et je n'ai plus beaucoup de force. J'ai l'impression que mon cœur se brise quand il m'éloigne de Gale, mais Pax le fait en douceur, au moins.

Il nous fait changer de place pour qu'il puisse prendre le relais et Ash se retourne du siège avant. Il a l'air épuisé et effrayé, et ses yeux ambrés brillent derrière ses lunettes à la lumière des lampadaires.

« C'est mieux pour Gale si Pax le fait », me dit-il doucement. « Nous essayons tous de le sauver, River. »

Je cède en entendant ces mots. Je veux faire ce qu'il y a de mieux pour Gale. Tout ce qui peut le garder en vie. Pax reprend les compressions et je pose ma main sur la plaie de Gale, en appuyant fort pour essayer d'endiguer le flux de sang qui s'écoule lentement de lui.

Je n'ai aucune idée du temps qui s'est écoulé depuis qu'on lui a tiré dessus. Je n'ai aucune idée de la quantité de sang qu'il a perdu. Tout ce que je sais, c'est que je ne peux pas le perdre.

Je me sens engourdie tandis que je regarde Pax insuffler littéralement la vie à son ami. Son leader.

Son frère en tout sauf par les liens du sang.

Tous ces démons qui vivent en moi, ceux qui dormaient parce que les choses semblaient s'améliorer, remontent à la surface. Je commence à voir Anna dans mon esprit, à la regarder tomber dans cette ruelle, abattue à cause de moi. Ça se mélange avec le souvenir de Gale, il y a peu de temps, s'effondrant comme un sac de briques. Abattu à cause de moi.

Tout mon corps est froid et je suis insensible à tout ce qui se passe à l'extérieur, mais à l'intérieur, mes émotions, ma peur et ma culpabilité prennent le dessus. C'est beaucoup, un tsunami de douleur, et on dirait que ça va me briser.

Je ne peux pas le perdre.

Je ne peux pas, putain.

Preacher appuie sur l'accélérateur, prend un virage et nous traversons la ville à toute vitesse. Je n'ai aucune idée de l'endroit où nous sommes ou de celui où nous allons, et les bâtiments et les lampadaires qui défilent pourraient être ceux de n'importe quel quartier de Détroit.

Quelque chose d'humide et de salé coule sur mes lèvres, et je réalise que je pleure. Des larmes coulent sur mon visage et je ne l'avais même pas réalisé.

« On est bon ? » J'entends Preacher dire. Il est juste en face de moi, mais j'ai l'impression qu'il est loin. Comme si sa voix venait de loin.

« Ouais », répond Ash. « Je ne vois personne qui nous suit. Je ne pense pas qu'Alec ait laissé quelqu'un derrière lui pour nous surveiller quand lui et ses crétins sont partis. »

C'est logique. Après tout, pourquoi Alec nous aurait-il fait suivre ? Il a gagné sur le quai et il est si sûr de son pouvoir. C'était évident dans sa façon de se comporter, de parler comme si le monde lui appartenait et qu'il nous laissait vivre dedans. Il pense qu'il est intouchable.

Rien qu'en pensant à Alec Beckham, la tempête en moi se

déchaîne encore plus vite, et je regarde par la fenêtre, sans même retirer mes mains du ventre de Gale pour essuyer les larmes de mes yeux.

Quelques minutes plus tard, nous nous arrêtons à un endroit que je ne reconnais pas. De l'extérieur, il est impossible de dire ce que c'est. Ou ce que c'était. On dirait la devanture d'un magasin vide ou quelque chose comme ça.

Je n'ai aucune idée pourquoi nous sommes ici, mais les gars commencent à bouger rapidement. Ils s'entassent hors de la voiture et ouvrent les portes de la banquette arrière pour faire sortir Gale et l'amener à l'intérieur.

Une fois à l'intérieur, je réalise pourquoi ils l'ont amené ici.

Nous traversons un espace rempli de boîtes et de caisses, puis nous entrons dans ce qui ressemble à un bloc opératoire entièrement équipé, situé à l'arrière du bâtiment.

Un grand homme âgé à l'air hirsute entre dans la pièce, et à la façon dont il salue mes hommes avec rien d'autre qu'un grognement et un signe de tête, j'ai l'impression qu'ils se connaissent tous. Ils ont dû l'appeler ou lui envoyer un SMS pour le prévenir de notre arrivée, car il ne semble pas surpris de nous voir.

« Qu'est-ce qui s'est passé ? » demande-t-il en plissant les yeux. Son visage est ridé, comme s'il avait passé la majeure partie de sa vie à se renfrogner ou à froncer les sourcils.

Je ne peux qu'imaginer à quoi nous ressemblons en ce moment. Pax et Preacher tiennent Gale entre eux, tous les deux encore mouillés par leur baignade dans la rivière, et Pax et moi sommes couverts de sang.

« On lui a tiré dans les tripes », dit Pax, la voix tendue. « Soignez-le. »

L'homme lève un sourcil et demande à Pax et Preacher de déposer Gale sur la grande table métallique au milieu de la pièce.

« Je vais avoir besoin de plus que ça », dit-il en appuyant une main recouverte d'un gant sur la blessure de l'estomac de Gale.

« Qu'est-ce que tu veux que je dise, Trask ? » hurle Pax,

s'approchant pour recommencer la RCP. Ses yeux brun foncé brillent alors qu'il jette un coup d'œil à l'homme entre les pompes sur la poitrine de Gale. « On lui a tiré dessus. Il se vide de son sang. »

Le dénommé Trask se tourne vers nous et Preacher s'avance, parlant rapidement en lui donnant une version plus détaillée des événements. Il ne parle pas d'Alec et de la société secrète, ni du fait que c'est *moi qui avais l'*arme à la main.

Trask fronce les sourcils et marmonne quelque chose. Il demande le groupe sanguin de Gale et je me fige une seconde, parce que je ne le connais pas. Mais Ash et Preacher répondent rapidement, et Trask hoche la tête, puis lève les yeux quand un autre homme entre dans la pièce. Je me crispe immédiatement, prête à me battre à mains nues s'il le faut et m'attendant à moitié à ce que ce soit un des hommes de main d'Alec, ou Alec lui-même.

Mais ce n'est pas le cas. C'est un type que je ne reconnais pas et à en juger par la façon dont personne d'autre n'a réagi, il doit être normal qu'il soit ici.

« Te voilà », grogne Trask en faisant signe à l'homme de s'approcher. Le nouveau venu est un peu plus jeune que l'homme à l'air hirsute et il a une petite barbe. « Mettons-nous au travail. »

Le nouveau venu jette un coup d'œil à Gale étalé sur la table et s'active. Trask donne un coup de coude à Pax pour l'écarter tandis que son assistant amène un chariot d'urgence et charge les palettes pendant que Trask commence à découper le chandail de Gale.

Pax serre les dents, ses yeux brillant de fureur, mais il recule et leur donne de l'espace. Je sais ce qu'il ressent. C'est comme ce que j'ai ressenti dans la voiture quand il a repris les compressions. Il sait que Trask peut aider Gale plus qu'il ne peut le faire maintenant, mais s'éloigner de son ami alors qu'il est en train de mourir sur une table doit être l'une des choses les plus difficiles qu'il ait jamais faites.

« Vous quatre », hurle Trask en déchirant le chandail de Gale et en nous jetant un coup d'œil alors que Pax se déplace pour nous rejoindre. « Sortez. Je n'ai pas besoin que vous nous tourniez autour. »

Non. Je dois voir. Je dois savoir.

Mes pieds ne veulent pas bouger et je peux pratiquement sentir la réticence qui se dégage des autres Rois. Mais quelle que soit leur relation avec Trask, ils doivent lui faire confiance, car ils ne s'opposent pas à ses ordres. Preacher pose une main dans le bas de mon dos et me guide hors de la pièce, dans le grand espace par lequel nous sommes passés en entrant.

Quelques lampes fluorescentes sont allumées et les caisses forment une sorte de salle d'attente improvisée, mais personne ne s'assoit.

Pax commence à faire les cent pas, l'air nerveux, comme d'habitude. Il n'y a rien à frapper pour l'instant et personne sur qui s'acharner. Ce n'est pas comme s'il pouvait trouver Alec et l'anéantir ce soir, alors tout ce qu'il peut faire c'est tracer un chemin sur le sol en bougeant sans cesse.

Preacher est appuyé contre le mur, regardant fixement devant lui. Il est impossible de lire son visage et je ne sais pas s'il a juste ce masque sans émotion réglé au maximum, ou si je suis trop dans les vapes pour bien interpréter son expression.

Ash est le plus proche de moi et quand je lui jette un coup d'œil, il a un stylo à la main qu'il fait tourner sans but entre ses doigts en regardant au loin.

Nous sommes tous anéantis.

L'inquiétude plane au-dessus de nous comme un nuage de gaz toxique, rendant l'espace trop petit. J'ai envie de sortir d'ici, de faire irruption dans le bloc opératoire et de voir ce qui se passe de mes propres yeux. Mais je ne peux pas me permettre d'énerver Trask ou de le distraire. Il est le seul qui se tient encore entre Gale et la mort.

Il n'y a rien que le reste d'entre nous puisse faire. Nous sommes coincés ici pendant que Gale est à l'intérieur, luttant pour survivre.

Mon esprit fait défiler tant de pensées horribles tandis que je fixe les portes fermées de la salle d'opération.

Et si Gale meurt ? Et si Trask ne peut pas le sauver ?

Je l'imagine sortir, secouer la tête et dire qu'il est désolé, mais qu'il n'y avait rien à faire. Gale était trop atteint, avait perdu trop de sang, peu importe.

J'ai l'impression que mon cœur va se briser rien qu'en y pensant. J'ai du mal à me souvenir du temps où je considérais Gale comme mon ennemi. Maintenant, j'ai l'impression que si je le perds, je vais mourir aussi.

Je ressens une vague de chagrin à cette pensée, et juste derrière elle, une bouffée de colère. Comment a-t-il pu me faire ça ? Comment a-t-il pu se tenir là en tenant cette arme et me regarder dans les yeux, sachant ce qu'il allait faire ? Ce qu'il allait *me* faire faire ?

Il a dit qu'il préférait mourir que de vivre dans un monde sans moi, mais qu'en est-il de moi ? Devrai-je vivre dans un monde sans lui, la culpabilité me rongeant chaque jour comme de l'acide ?

Je réalise qu'Ash parle. J'étais tellement perdue dans mes pensées tumultueuses que j'ai manqué le début de ce qu'il a dit, mais je me ressaisis suffisamment pour écouter. Il parle à Pax qui fait les cent pas en contractant ses doigts.

« Trask peut le faire », murmure Ash d'une voix tendue. « Il a toujours été là pour nous avant. Il sait ce qu'il fait et c'est l'un des meilleurs. Tu sais que c'est vrai. »

« C'est différent », répond Pax en passant une main dans ses cheveux bruns en bataille. « C'est plus que quelques points de suture. »

« Venez-vous souvent le voir ? » je leur demande en essayant de me concentrer sur autre chose que le poids écrasant de mes émotions. « Ce Trask ? »

Preacher acquiesce. « Ouais. C'est notre homme de confiance depuis un moment. Nous venons le voir quand il y a quelque chose que nous ne pouvons pas soigner nous-mêmes. Une blessure trop importante pour qu'on puisse s'en occuper à la maison. Il nous fait chier, mais il accomplit le travail. »

« Il est bon », insiste Ash. « Vraiment très bon, putain. » Il me regarde, tout en faisant tourner le stylo entre ses doigts. Il est pratiquement flou alors qu'il tourbillonne dans l'air, révélant l'adrénaline qui se déverse probablement en lui. « Il a perdu sa licence médicale il y a quelque temps à cause d'une connerie stupide, alors il travaille au noir maintenant. Mais il est génial dans ce qu'il fait. Ça va aller. »

J'essaie de trouver du réconfort dans ses paroles et dans la façon dont il semble si sûr de lui. Ils ont confiance en cet homme et le connaissent bien. Ils n'auraient pas amené Gale ici s'ils pensaient que Trask ne pouvait pas l'aider, donc je dois croire que l'homme dans le bloc opératoire a les compétences pour ramener Gale à la vie.

Peut-être que tout ira bien, comme le dit Ash.

Mais même si j'essaie de me raccrocher à cette petite lueur d'espoir, je ne pense qu'à Gale en train de me mettre l'arme dans la main. La façon dont son doigt a pressé le mien sur la gâchette, me faisant tirer la balle dans son corps.

C'est comme si ces quelques secondes de ma vie avaient été imprimées dans ma mémoire musculaire. Je ne m'en souviens pas seulement dans ma tête. Je peux le *sentir* dans mon corps. Je peux encore sentir la façon dont son corps a été secoué par la force du tir, la façon dont l'arme a rebondi dans ma main. Je peux revoir tout ce sang qui coule, voir la façon dont il est tombé sur le quai comme un poids mort.

Et peu importe les mots réconfortants d'Ash, ils ne pourront jamais chasser ces images de mon esprit.

3

RIVER

Tout ce que nous pouvons faire, c'est attendre, et c'est ce que nous faisons.

Nous attendons.

Et attendons.

Et attendons.

Le temps est toujours un peu déréglé pour moi, alors je n'ai aucune idée du temps que cela prend réellement, mais j'ai l'impression que c'est une éternité. C'est interminable et mes yeux fixent la porte qui nous sépare de la salle d'opération et de ce qui arrive à Gale à l'intérieur. C'est comme si j'essayais d'ouvrir la porte avec mon esprit, mais qu'elle restait fermée.

Pax fait toujours les cent pas, et plus nous tardons à obtenir des nouvelles de Trask, plus il semble agité. Il a un regard sauvage dans ses yeux sombres, celui qui dit qu'il veut vraiment tuer quelqu'un. Mutiler quelqu'un. Torturer quelqu'un.

Mais il n'y a personne à poursuivre, et même s'il y avait quelqu'un à poursuivre, je sais qu'il veut être ici, pas en train de pourchasser quelqu'un. Aucun de nous ne fait quelque chose de particulièrement utile dans ce petit espace, mais j'ai l'impression que nous devons tous être là. Comme si notre désir collectif que

Gale s'en sorte allait filtrer dans l'autre pièce et forcer la mort à relâcher son emprise sur lui. Alors il se débat avec ça.

Preacher semble alterner entre être impassible et submergé par la peur et les émotions fortes. Parfois, je le regarde et ses mains sont tellement serrées que j'imagine que ses os lui font mal. Je veux faire quelque chose pour apaiser son bouleversement, mais je ne sais pas quoi. Il n'y a pas grand-chose que je puisse faire pour eux dans l'état dans lequel je suis maintenant, tout aussi troublée qu'eux.

Gale est leur ami. Leur frère. Le perdre serait comme leur couper un membre.

Ash est celui qui fait le plus pour essayer de prendre soin de tout le monde. Il ne peut pas cuisiner un repas comme il le ferait probablement si nous étions à la maison, alors il fait juste... du surplace. Il s'approche et passe une main dans mon dos, et bien que je sois consciente du geste, je le sens à peine.

Je ne me penche pas vers lui comme je le ferais normalement et je ne m'éloigne pas non plus de lui. Je reste plantée là, avec l'impression que mon corps se transforme lentement en pierre, devenant lourd et engourdi.

« Ça va aller », murmure-t-il encore. Je ne peux pas dire s'il essaie de me convaincre ou de se convaincre lui-même, mais dans tous les cas, je ne réponds pas. Je ne sais pas quoi dire.

Je continue à fixer la porte, à attendre, à espérer et à essayer de ne pas laisser les démons dans mon esprit prendre le dessus.

« Ce soir, c'était l'enfer », grogne Pax au bout d'un moment. « On est tombé dans le panneau. On a juste... » Il s'interrompt, secouant la tête en serrant ses mains.

Il n'y a pas grand-chose à dire de plus, vraiment. On s'est fait piéger.

L'agent Carter l'a aussi été, je suppose, et je pense pendant une seconde à l'ancien agent du FBI qui est définitivement mort dans l'eau.

« C'est... » La voix de Preacher est basse et rauque, et il

n'arrive à prononcer qu'un seul mot avant de s'arrêter de parler et de secouer la tête.

Il y a beaucoup de choses à analyser à propos de ce qui s'est passé ce soir. Beaucoup de choses que nous devons comprendre. Mais on ne peut pas avoir cette conversation maintenant. C'est trop tendu. Aucun de nous ne peut en parler, à part du fait que la vie de Gale est en jeu. Rien d'autre ne compte tant qu'on ne sait pas si Gale va s'en sortir.

Les autres merdes ne disparaîtront pas tant qu'on ne s'en occupera pas, mais ça devra attendre.

Pax jure à voix basse et donne un coup de pied à une caisse. Heureusement, elle est vide et se fissure au milieu en glissant sur le sol en béton.

« Pax », dit Ash en lui jetant un regard dur.

C'est le genre de regard que Gale lui aurait lancé pour lui dire de se tenir tranquille et de ne pas causer de problèmes, mais ça ne marche pas aussi bien pour Ash. Ses beaux traits n'ont pas la même dureté que ceux de Gale et il n'arrive pas à avoir la même expression.

Pax se contente de grogner et il recommence à faire les cent pas.

« Pax. » C'est Preacher cette fois et lui non plus ne le dit pas de la même façon que Gale l'aurait dit, mais il a plus d'autorité. De plus, il lance à Pax un regard qui en dit long avec ses yeux bleu clair, ce qui fait soupirer Pax.

« Peu importe », marmonne Pax. Il enfonce ses mains dans ses poches encore humides et je peux voir qu'elles tremblent légèrement.

Aucun de nous ne va bien en cet instant. Nous sommes tous suspendus à un fil, nous accrochant à l'espoir que cela ne finisse pas en tragédie, que nous puissions tous rentrer chez nous ensemble et que nous n'ayons pas à enterrer quelqu'un d'aussi important pour nous tous.

Je déglutis en ravalant la bile qui me brûle le fond de la gorge. J'ai trop perdu ces derniers temps. Après avoir retrouvé Anna et l'avoir vue mourir dans mes bras, je ne peux même pas penser à ajouter Gale à cette liste.

Enfin, après ce qui semble être des heures, la porte de la salle d'opération s'ouvre. La lumière se répand dans la salle d'attente et nous nous redressons tous immédiatement, nos têtes se tournant vers la porte. Trask sort une seconde plus tard, s'essuyant les mains sur une serviette.

Mon cœur bat la chamade et j'ai de la difficulté à respirer. Le temps s'écoule à un rythme encore plus lent et tout semble se dérouler au ralenti.

Le vieil homme regarde autour de lui et je sais que s'il me dit que Gale est mort, je vais le tuer. Je me fous qu'il ait travaillé avec les gars pendant si longtemps et je me fous qu'il soit de notre côté. Je le tuerai, juste pour avoir brisé mon foutu cœur.

À en juger par le regard de Pax, il m'aiderait et ça me rassure un peu, au moins.

Trask doit savoir que donner de mauvaises nouvelles à des gens comme nous, avec des tempéraments aussi volatiles et un grand sentiment de justice quand il s'agit des personnes auxquelles nous tenons, est dangereux, mais il ne sourcille même pas. Il ne semble pas du tout intimidé, donc il est clair qu'il travaille souvent avec des criminels et ce genre de personnes.

« Alors ? » demande Ash en parlant pour nous tous.

« Il va s'en sortir », dit Trask en allant droit au but. « C'était limite risqué pendant un moment et il a perdu beaucoup de sang. Mais nous lui avons fait une transfusion et ça devrait aider. La balle est allée dans son abdomen, mais heureusement, elle n'a pas touché d'organes ni sa colonne vertébrale. Il y a quelques dommages internes, et il ne pourra pas courir pendant un moment, mais il ne sera pas paralysé. »

Les mots de Trask me submergent et il me faut une seconde pour les comprendre. Mais quand je le fais, je sens des muscles que je ne savais même pas que j'avais se dénouer. Mes épaules s'affaissent de soulagement et je peux sentir l'émotion partagée qui nous envahit tous. Preacher se détend, ses traits ciselés devenant un peu moins durs et impassibles. Ash soupire et passe une main sur son visage, comme s'il était sur le point de fondre en larmes. Pax cesse d'avoir l'air courbé, hanté et prêt à briser le cou de quelqu'un.

Et moi... j'écoute ce que Trask dit, essayant d'absorber tout ça.

C'est une bonne nouvelle. Gale est vivant et il va s'en sortir. Le pire n'est pas arrivé, et même les choses qui auraient été moins mauvaises, mais quand même dévastatrices, ne sont pas arrivées non plus.

Il va s'en sortir.

Mais quand même.

Mon esprit revient sans cesse à mon doigt sur la gâchette de cette arme. La sensation que j'ai eue en tirant directement dans le corps de Gale. Lui tirant dessus. Le tuant presque.

La culpabilité et la colère grondent en moi et me rendent malade. C'est un cocktail désagréable, aigre et amer à la fois, et je dois avaler le goût cuivré au fond de ma gorge.

« On peut le voir ? » demande Pax et il semble plus vulnérable que je ne l'ai jamais vu auparavant.

Trask hoche la tête. « Il est réveillé, mais dans les vapes. Pas de bousculade. » Il lance à Pax un regard sévère comme si c'était quelque chose qu'il avait déjà eu à lui dire. Je ne serais pas surprise si c'était le cas.

Pax fait juste un bruit comme un grognement et nous nous dirigeons tous dans la petite pièce.

C'est plus lumineux que dans la salle d'attente et il y a une odeur stérile, comme l'antiseptique et l'alcool à friction.

Gale est allongé sur la table d'opération où nous l'avons laissé avec l'assistant de Trask à proximité. Il n'a plus de chemise et un large bandage entoure son abdomen. Sa peau est pâle et il a une mine affreuse, mais le léger bip de la machine à ses côtés prouve qu'il est en vie.

Tout comme le mouvement de sa poitrine quand je le regarde.

Mon cœur bat fort contre mes côtes, ce qui diffère du léger

bip signalant les battements du cœur de Gale. J'ai du mal à avaler ma salive et je ne sais pas vraiment ce que je ressens.

Nous restons plantés là en silence pendant quelques instants, puis Gale ouvre lentement les yeux. La couleur verte habituelle n'est pas aussi vibrante à cause de ce que Trask lui a donné pour supporter l'opération.

Il a l'air épuisé, comme s'il s'était battu pour survivre, et cela me fait me sentir encore plus mal.

Les autres ne perdent pas de temps et s'activent dès qu'ils voient les yeux de leur frère s'ouvrir. Ash et Pax se dirigent vers le lit dès qu'ils voient que Gale est réveillé, et Preacher les suit.

Il se tient à nouveau le corps raide, le visage complètement impassible, comme s'il ne voulait pas que Gale voie à quel point il était inquiet.

« T'es un connard », dit Pax en fronçant les sourcils alors qu'il regarde l'homme sur la table. « Putain, à quoi tu pensais ? »

Son large sourire atténue un peu la douleur de ses mots et il tend la main pour tapoter le dos de la main de Gale en faisant attention à la perfusion qui y est collée.

« Ce qu'il veut dire, c'est qu'on est content que tu ailles bien », rajoute Ash en roulant les yeux.

Preacher acquiesce et laisse échapper un soupir. « Oui. Vraiment. »

Gale acquiesce, trop fatigué pour suivre le badinage, probablement.

Je n'ai pas bougé quand les autres l'ont fait, alors je suis toujours debout près de la porte à regarder ce qui se passe. Mes membres sont encore lourds et léthargiques, et les émotions qui bouillonnent dans ma poitrine sont... je ne sais même pas.

Je veux me précipiter dans les bras de Gale et le serrer fort. Je veux embrasser chaque centimètre de son visage et m'assurer qu'il sait que je suis heureuse qu'il soit en vie. Mais tout à coup, je *ne peux pas*. Je me sens coincée sur place, incapable de bouger vers le lit.

Je me sens raide et froide, comme si j'avais été plongée dans une baignoire d'eau glacée, et mes membres ne répondent pas à ce que je veux faire.

Trask est debout près de moi, alors je regarde vers lui à la place. C'est plus facile que de regarder Gale allongé sur la table.

« Vous dites qu'il ne pourra pas courir pendant un moment », je commence. « Mais il se remettra complètement, non ? Il sera capable de vivre une vie normale ? »

« En supposant qu'il ne fasse rien de stupide comme se faire tirer dessus à nouveau », marmonne Trask en grimaçant légèrement. Il a l'air résigné, comme s'il savait qu'il y a une chance que Gale ou l'un des autres finissent par revenir ici dans le futur, et je me demande quel genre de choses il a vu en tant que docteur. « Il devrait aller bien. Mais il aura besoin de se reposer. Se reposer *vraiment*, pas conduire des voitures pour prendre la fuite ou quoi que ce soit d'autre qu'il voudrait faire. »

« Que pouvons-nous faire pour l'aider à se rétablir ? »

« Si c'était un vrai hôpital, je le garderais ici quelques jours pour pouvoir tout surveiller. Mais la situation étant ce qu'elle est, une grande partie du suivi vous reviendra. Comme je l'ai dit, il a besoin de repos. Il aura besoin de liquides et de manger, mais à petites doses. Assure-toi que la plaie ne s'infecte pas. Les pansements devront être changés et la plaie devra être examinée tous les jours. Si quelque chose te semble anormal, ramène-le ici. Tu sais à quoi ressemblent les signes d'infection ? »

Je hoche la tête. Je me suis soignée assez souvent pour pouvoir le savoir.

Trask m'examine, comme s'il jugeait s'il devait me croire ou non. Il acquiesce éventuellement. « Bien. Garde un œil dessus, alors. »

J'absorbe tout ce qu'il dit, sans regarder Gale. Je ne peux pas le regarder.

« C'est tout ce que je peux faire pour vous », poursuit Trask.

« C'est suffisant », dit Preacher. Il s'éloigne de Gale et fait un signe de tête à Trask. « Merci. »

« C'est mon boulot. » Trask hausse les épaules, semblant

penser ces mots. Je n'ai aucune idée de ce qu'il a fait pour perdre sa licence médicale, mais c'est clair que c'est sa véritable vocation, qu'il opère des patients dans un hôpital ou des criminels dans l'arrière-salle d'un bâtiment abandonné.

« On paiera en liquide comme toujours », lui dit Preacher. « Et nous paierons en extra pour la confidentialité. Rien de tout ça ne sera révélé à personne. *Personne.* »

Trask fronce les sourcils, son visage craquelé se plissant alors qu'il pince les lèvres. « La confidentialité est une garantie dans tout ce que je fais. Tu le sais, Preacher. Je ne ferais plus ce boulot si ce n'était pas le cas. Tu n'as pas à acheter mon silence. »

Il semble presque offensé par l'implication et cela me fait croire encore plus ses mots. Quel que soit le code de vie de cet homme, je crois qu'il ne révèlera pas notre visite.

Il parle avec Preacher pendant un moment pour arranger le paiement. Nous n'avons pas apporté l'argent que cette visite va nous coûter ce soir, puisque nous nous attendions seulement à rencontrer l'agent Carter pour un rapide échange d'informations sur les quais.

Une fois qu'ils ont réglé ça, Trask acquiesce et tourne son attention vers Gale. « Tu peux y aller. Mais vas-y doucement. »

« On va s'assurer qu'il n'essaie pas de faire la roue dans les escaliers », dit Ash qui redevient un peu taquin. C'est un peu forcé et maladroit, mais c'est mieux que l'épuisement que j'ai entendu dans sa voix tout à l'heure.

« Je suis tellement rassuré », répond le médecin.

Revenant vers la table d'opération, il rejoint son assistant pour détacher Gale des machines et de la perfusion. Il répète aux autres ce qu'il m'a déjà dit sur les soins de Gale, puis se retire, déclarant que Gale est autorisé à sortir.

Pax s'avance pour aider Gale à se relever, et la combinaison des drogues et de l'épuisement fait que Pax porte à moitié l'autre homme alors que nous retournons à la voiture.

Ash continue de bavarder à voix basse pendant tout le chemin du retour, même si Gale est trop dans les vapes pour l'entendre. C'est sa façon de montrer à quel point il est soulagé que nous soyons tous sortis vivants de chez Trask, mais j'ai toujours du mal à me concentrer sur ce qu'il dit.

Je n'ai aucune idée de la partie de Détroit où se trouve Trask, mais j'ai l'impression d'être de retour à la maison en un clin d'œil. On entre dans le garage, on sort de la voiture et Pax porte Gale à l'intérieur et monte les escaliers jusqu'à sa chambre. Il aide Gale à enfiler des vêtements qui ne sont pas déchirés et trempés de sang et d'eau sale. Les trois Rois se déplacent ensemble pour mettre leur ami au lit et l'installer.

Regarder Gale se faire nettoyer me rappelle que je suis moi aussi couverte de sang. Mes vêtements sont raides après avoir plongé dans la rivière pour trouver Gale et ils sont recouverts de sang séché. J'ai froid et je me sens sale. Soudainement, j'ai besoin d'être propre plus que tout au monde.

« Je vais prendre une douche », je marmonne à tout le monde, sans attendre la réponse de l'un d'entre eux pour m'éclipser.

J'entre dans ma chambre et je ferme la porte. J'enlève mes vêtements en me dirigeant vers la salle de bains et je leur donne un coup de pied. Je fais chauffer l'eau de la douche au maximum et j'entre dans la douche, laissant le jet frapper durement ma peau.

Seule pour la première fois depuis que tout cela s'est produit, je me tiens dans le petit espace humide et j'essaie d'encaisser. Même avec le bruit de la douche, mes respirations sont fortes. Elles résonnent autour de moi, se répercutent dans mes oreilles et amplifient les émotions qui me traversent.

Je me repasse la scène dans ma tête, encore et encore, jusqu'à ce que j'aie l'impression d'étouffer sous le poids de la culpabilité.

Nous étions au pied du mur, désespérés et à court d'options, mais quand même.

Quand même.

Quand j'ouvre les yeux, je vois les éclaboussures rouges du sang de Gale disparaître de mon corps tandis que l'eau coule sur moi et tourbillonne dans le syphon.

J'ai la nausée en le regardant et ma respiration se bloque dans ma poitrine. Je lève les mains pour attraper la bouteille de gel douche et me frotter la peau, mais elles tremblent tellement que je manque de faire tomber la bouteille et que je dois me précipiter pour la rattraper.

Je suis à bout de souffle pendant une seconde, des taches sombres se dessinant au bord de ma vision. J'ai l'impression que je suis sur le point d'avoir une crise de panique, cédant à l'ouragan d'émotions qui tourbillonne en moi.

Je serre mon poing en faisant en sorte que mes ongles s'enfoncent dans ma paume jusqu'à ce que ça fasse mal. À force de volonté, je repousse tout ça, refusant de m'effondrer maintenant. Pas comme ça.

Je prends plusieurs respirations profondes pour reprendre le contrôle.

Je suis paralysée à nouveau et je laisse l'engourdissement gagner.

4

_____

ASH

Une fois Gale installé dans son lit, aussi confortablement que possible, nous nous séparons pour aller nous nettoyer. On est tous éclaboussés de sang, en sueur et épuisés par la façon dont cette nuit a pris un putain de tournant.

J'ai l'impression qu'il y a une éternité que nous avons appelé un ami pour qu'il vienne garder un œil sur Cody afin que nous puissions aller retrouver Gale et River pour parler à l'agent Carter. Je retourne vers la chambre où nous avons mis le petit garçon pour m'assurer que tout va bien.

C'était le bordel ce soir, mais il y a toujours un petit enfant dans notre maison qui dépend de nous.

« Tu peux y aller maintenant », dis-je à Brooke, la femme que nous avons appelée, en lui adressant le plus charmant sourire que je puisse faire. Je suis presque sûr que ça ressemble plus à une grimace, mais peu importe. C'est le mieux que je puisse faire. « Nous sommes tous rentrés à la maison. »

Elle se lève de la chaise au chevet de Cody et me fait un signe de tête tandis que je lui glisse plusieurs billets. « Ok. »

Son regard se pose brièvement sur mes vêtements sales et tachés de sang, mais elle ne pose pas de questions et ne fait aucun commentaire ce qui ne me surprend pas. Elle sait mieux que personne qu'il ne faut pas fouiller dans les affaires des autres, même les nôtres.

Brooke fait partie de notre entourage depuis des années et nous lui faisons confiance, mais je suis quand même content qu'elle ne nous ait pas vu amener Gale dans la maison. River était censée l'avoir tué ce soir et il sera dans notre intérêt à tous de nous assurer qu'Alec Beckham continue de le croire.

« Bonne nuit », dit-elle doucement, puis elle s'éclipse de la pièce. Je l'entends marcher dans le couloir vers les escaliers, et quelques instants plus tard, j'entends le son de la porte d'entrée qui se referme alors qu'elle part.

Cody dort toujours, recroquevillé et serrant un animal en peluche, ignorant tout ce qui se passe comme seuls les enfants peuvent le faire. S'ils ont de la chance, je suppose.

Mais c'est une chose en moins à se soucier, donc je prends ça comme une victoire pour ce soir.

Je ferme la porte de sa chambre, je descends verrouiller la porte d'entrée, puis je remonte dans ma chambre pour mettre des vêtements propres.

C'est un soulagement d'être à la maison, tous ensemble, et de pouvoir se changer et fumer une foutue cigarette. Gale n'est pas encore complètement sorti d'affaire, mais il est vivant, et c'est tellement mieux que ce qui aurait pu se passer.

C'était une nuit difficile.

Eh bien, je suppose que la nuit *dernière* était une nuit difficile, puisque c'est techniquement le matin maintenant et ce depuis un moment. Il est presque quatre heures du matin d'après l'heure sur mon portable.

Cela explique mon épuisement, me faisant bouger plus lentement alors que je souffle la fumée par la fenêtre et que je me nettoie.

Pax et River étaient les plus recouverts de sang en essayant de réanimer Gale après l'avoir sorti de l'eau, mais on est tous sales après tout ce qui s'est passé.

Alors que mes pensées se tournent vers la belle femme aux

cheveux argentés, mon estomac se noue. Je sais bien que quelque chose ne va pas avec elle. Elle ne s'est pas avancée pour voir Gale chez Trask. Nous étions tous impatients de pouvoir lui parler et de voir qu'il allait bien, mais River est restée en retrait et l'a à peine regardé.

Elle a fui la pièce comme si elle était en feu quand on est rentré à la maison aussi.

Je ne sais pas ce qui se passe, mais je suis inquiet.

Elle a traversé beaucoup d'épreuves ces derniers temps et on dirait que ça ne finira jamais. D'abord, sa sœur est morte, puis il y a eu toute cette histoire avec Julian Maduro qui a pris Preacher en otage et l'a torturé il y a quelques jours. Et maintenant ça. L'agent Carter s'est fait tuer devant nous, mais Gale est l'un des nôtres. Et on a failli le perdre ce soir.

Je peux seulement imaginer ce que ça fait à River.

Est-ce qu'elle va essayer de prendre ses distances maintenant ? Va-t-elle céder sous le poids de tout ça ? Je suppose que je peux comprendre l'impulsion de se refermer après avoir presque perdu Gale. Le soir où sa sœur est morte, c'était comme si River n'était plus là. Il n'y avait que son corps, une coquille vide, sans lumière ni vie à l'intérieur. Elle vit mal le fait de perdre des gens, surtout quand elle a l'impression qu'elle est responsable.

Mais c'est trop tard pour qu'elle tourne le dos et s'éloigne de nous quatre à ce stade. Elle ne peut pas s'éloigner de nous. On a besoin d'elle et elle fait partie de nous.

C'est comme ça.

Comme ça le sera *toujours*, putain.

J'éteins ma cigarette et je prends la pièce de monnaie que je garde sur la table de nuit à côté de mon cendrier. C'est toujours agréable de l'avoir là pour jouer avec quand mes mains ne peuvent pas rester immobiles.

Et là, j'ai besoin du mouvement apaisant de jouer avec quelque chose avant de retourner dans la chambre de Gale.

Je regarde la pièce en la retournant sur mes jointures pendant quelques minutes, laissant la façon presque hypnotique dont la lumière scintille sur la pièce m'apaiser. Puis je roule mes épaules et retourne dans le couloir.

River est aussi dans le couloir. Je passe à côté d'elle en me dirigeant vers la chambre de Gale et j'attrape son bras avant qu'elle puisse me dépasser. Elle s'arrête, mais ses yeux ne quittent pas le sol pour me regarder. Elle est propre et changée, mais elle n'a pas l'air mieux que lorsque nous étions chez Trask. Elle semble toujours pâle et fatiguée, comme si elle faisait tout machinalement, mais n'était pas vraiment ici.

« River. » Je dis son nom et elle lève les yeux, puis les détourne presque immédiatement. « Qu'est-ce qu'il y a ? Est-ce que tout va bien ? »

Elle déglutit, puis elle acquiesce.

« Ouais », dit-elle, mais sa voix semble rauque et sans émotion. « Ouais, c'est bon. Je veux juste... je veux juste savoir ce qu'il faut faire maintenant. Comment s'occuper d'Alec et du fait que je doive joindre sa putain de société secrète. Je déteste devoir faire partie de ses activités, alors que c'*est lui qui a* orchestré mon enlèvement et celui d'Anna par ces enculés qui nous ont retenus prisonnières. »

Je hoche la tête et laisse échapper un gros soupir. Je déteste Alec. Pas seulement pour ce qu'il a fait subir à River ce soir, la forçant à choisir entre tirer pour tuer l'un d'entre nous ou nous regarder être *tous éliminés* par ses hommes, mais aussi pour ce qu'il lui a fait avant même que nous la rencontrions. C'est un truc de malade et quand j'y pense, j'ai envie de le trouver et de m'assurer qu'il connaisse exactement la même douleur que celle qu'il a fait subir à River et à Anna.

Je peux comprendre ce que Pax ressent la plupart du temps maintenant. Je n'ai jamais été aussi enclin à la torture que lui, mais quand il s'agit d'Alec, je pourrais être assez créatif dans la façon dont j'aimerais le faire souffrir.

Mais en même temps, je sais que le fait d'avoir été forcée à rejoindre la Société Kyrio n'est pas seulement ce qui dérange

River. Aussi dérangée qu'elle soit de connaître le rôle d'Alec dans son passé traumatisant, c'est plus que ça.

C'est à propos de River et Gale.

Il est trop tard, ou trop tôt, je suppose, pour insister davantage maintenant. Ça a été une putain de longue nuit et nous sommes tous fatigués.

Alors je lui serre le bras, essayant de faire passer beaucoup de choses par ce petit geste. Puis on avance dans le couloir et on rejoint tout le monde dans la chambre de Gale.

Dès que nous entrons, c'est la même chose qu'avant. River jette à peine un coup d'œil au lit, et les quelques fois où elle le fait, elle semble reculer encore plus.

Il y a quelque chose d'hanté dans son regard, dans la façon dont elle est presque recroquevillée sur elle-même un instant, puis sans expression et détachée le suivant.

Gale est conscient, mais c'est évident qu'il est encore dans les vapes à cause des drogues que Trask lui a données. Il cligne lentement des yeux, regardant autour de lui alors que nous nous rassemblons tous dans la pièce.

« Pax », dit-il, réussissant à prononcer le mot sans trop bafouiller. « Aide-moi à m'asseoir. »

Pax s'avance pour le faire, mais Preacher tend la main vers lui.

« Tu ne dois pas trop bouger », dit-il.

Gale soupire d'un air irrité, et à cet instant, il a tellement l'air d'être comme d'habitude que c'est presque possible d'oublier qu'il a failli mourir ce soir.

« Je peux m'asseoir, Preacher », marmonne-t-il. « Ce n'est pas si difficile, putain. »

« Tu peux aussi parler en étant allongé », répond Preacher.

Pax les regarde tous les deux pendant une seconde, puis recule, souriant à Gale. « Je suppose qu'il a raison. Tu as une sale gueule de toute façon, alors tu ne devrais pas te fatiguer. Si quelqu'un a besoin de sa dose de sommeil, c'est bien toi. »

Nous en rions tous, même si ce n'est pas la chose la plus drôle.

Nous faisons le vide, chassant un peu de la tension qui a plané sur nous toute la nuit. Même Gale parvient à sourire en roulant légèrement les yeux, mais River semble à peine se soucier de la conversation. Si elle le fait, elle n'y prend pas part.

« Mis à part tout ça », dit Preacher, son expression devenant sérieuse alors qu'il croise les bras. « Ce soir, c'était un véritable bordel du début à la fin. »

« On ne pouvait pas savoir ce qui allait se passer », j'ajoute. « Nous avons déjà eu affaire à l'agent Carter et nous n'avions aucune raison de soupçonner qu'il était impliqué dans les trucs louches auxquels il était mêlé. Et Alec Beckham. Merde, je ne l'ai pas vu venir. »

Pax fait craquer ses articulations en grinçant des dents. « J'aurais brisé le cou de cet enculé à sa propre fête cette nuit-là si j'avais su. »

« Il était derrière tout ça pendant tout ce temps », je lui fais remarquer. « Peut-être qu'il t'aurait vu venir. En plus de cela, il est évidemment bien protégé. Il est assez riche pour se permettre une haute protection et il est clair qu'il en a une. »

« C'est la partie qui m'énerve », dit Preacher. Il secoue la tête, faisant tomber une petite mèche de cheveux blonds sur son front. « La façon dont il a tiré les ficelles. Il était derrière une grande partie de cette histoire depuis le premier jour. On a passé tout ce temps à essayer de découvrir qui avait exposé le corps d'Ivan au gala il y a quelques semaines et c'était *Alec depuis le début.* »

« Il surveillait Ivan », murmure Gale. Je vois qu'il fait un effort pour parler, mais je ne dis rien. « Il le surveillait de près, car il pensait qu'il était le rat de la Société Kyrio. »

« C'est une autre putain de chose ! » hurle Pax. Je lui lance un regard parce qu'il y a un enfant qui dort au bout du couloir et il fait la grimace, mais baisse la voix. « L'agent Carter essayait de nous utiliser pour sortir de la société et il nous a juste foutu dans la merde à la place. Je savais qu'il y avait quelque chose de louche à propos de ce connard. »

C'est habituellement le moment où River dirait que Pax

n'aime pas Carter parce que l'agent du FBI semblait toujours trop intéressé par elle, ce qui déclencherait les instincts possessifs de Pax. Mais elle ne dit rien. Quand je la regarde, elle se contente de hausser une épaule et de baisser les yeux.

Ce n'est pas son genre et c'est un signe qu'elle n'est pas dans son état normal. Mais je suis heureux d'en parler à sa place.

« Tu avais totalement tort sur tout ce qui concerne Carter. Bien sûr, tu ne l'aimais pas et tu avais raison de ne pas l'aimer. Mais tu n'avais aucune idée du fait qu'il était dans cette société secrète et qu'il essayait d'en sortir. »

« Je n'avais pas totalement tort », répond Pax. « Il *était* intéressé par River. »

« Ouais, mais pas pour la baiser ou quoi que ce soit. Il voulait juste qu'elle l'aide. C'est différent. »

« De toute façon », interrompt Preacher, élevant sa voix un peu plus que les nôtres. « Alec gardait un œil sur nous. Il surveillait River, Carter et Julian. Il en savait trop. Il a deviné le plan de River pour faire tomber Julian et il a été impressionné par ce qu'elle était capable d'accomplir. Apparemment, les choses qu'il l'a vue faire à Julian l'ont convaincu qu'elle serait un membre parfait de sa société secrète. »

« Je ne veux pas être dans cette putain de société », grogne River. Nous la regardons tous et ses dents sont serrées, tout comme ses mains à ses côtés. « Je ne veux pas faire partie de cette merde. Je ne voulais pas... »

Elle jette un coup d'œil à Gale, puis détourne immédiatement le regard.

Je pose une main sur son épaule et, bien qu'elle se crispe, elle ne s'éloigne pas.

« Personne ne te reproche ce qui s'est passé ce soir », lui dis-je. « Nous étions *tous* acculés, au pied du mur. Ce n'est pas comme si on avait eu le choix ou le temps de trouver un plan. »

Preacher acquiesce. « Ce n'est pas ta faute. Mais en même temps, tu n'as pas vraiment le choix. Tu es dans la société maintenant, et si tu fais marche arrière et déclines son invitation, alors Alec te tuera. Il n'aime pas les détails à régler, alors il s'en prendra probablement à nous aussi. »

Je vois bien que ça l'affecte quand River tressaille. Nous en savons trop maintenant pour ne pas être tués si Alec n'obtient pas ce qu'il veut. Et il veut clairement que River devienne le nouveau membre de son petit groupe.

« En parlant de ça... » Pax se mordille la lèvre inférieure, l'air pensif. « On devrait *s'assurer qu'*Alec pense que Gale est mort. C'était le marché, non ? L'un de nous devait mourir pour qu'elle rejoigne le groupe ? Donc s'il découvre qu'aucun d'entre nous n'est mort, il pourrait revenir sur son marché. Et nous serons tous des cadavres ambulants. »

« Ouais. Tu as raison à ce sujet. Il nous faut un plan », dit Gale en nous regardant.

Pax lui fait un grand sourire. « Ne t'inquiète pas pour ça. J'ai déjà un plan. C'est mon domaine d'expertise. Je vais trouver un autre corps et le jeter dans la rivière, comme ça les flics trouveront deux corps comme s'y attend Alec. Ils arriveront probablement à la conclusion qu'il voulait, surtout s'il a des gens qui travaillent pour lui dans la police qui peuvent orienter l'enquête dans une certaine direction. Donc, s'il décide de vérifier les rapports de police, il pensera qu'il n'a rien à craindre. »

« Mais ils vont identifier les corps, non ? » je demande. « Et l'un d'eux ne sera pas celui de Gale. Tu as un plan pour ça ? »

« Bien sûr que oui. » Pax presse une main sur sa poitrine comme s'il était offensé par la question. Puis il remue les sourcils. « Beaucoup de choses peuvent arriver à un corps une fois qu'il a été jeté dans une rivière qui pourrait le rendre impossible à identifier. Je m'assurerai juste que le corps de *Gale* soit impossible à identifier. »

Je fais une grimace. « Bien. Dégoûtant, mais c'est bien. »

Gale acquiesce et grimace en se frottant le front. On dirait qu'il va s'évanouir d'un moment à l'autre et je sais que nous devons conclure cette petite réunion rapidement. On ne peut pas résoudre tout ça ce soir, et qu'il le veuille ou non, il va devoir se reposer.

« Très bien. On va trouver un autre corps », dit-il. « Vous ne pensez pas qu'Alec ait la moindre idée que j'ai survécu ? »

« Je ne le pense pas », répond Preacher, parlant lentement comme s'il réfléchissait en parlant. « Tous ses gardes de sécurité sont partis avec lui et nous avons attendu qu'ils soient partis pour te sortir de la rivière. Nous avons gardé un œil pour voir si nous étions suivis et j'ai contacté Harry pour qu'il efface toutes les caméras de circulation ou de sécurité qui auraient pu nous capter sur le chemin de la maison de Trask. Tant que deux corps sont découverts par les flics, je pense que nous ne serons pas soupçonnés. »

« D'accord. » Gale acquiesce en déplaçant son regard vers Pax. « Fais ce que tu as à faire, alors. »

« Nous devons éloigner Cody de tout ça », dit River, prenant soudainement la parole. « Je ne veux pas qu'il soit entre deux feux. Je ne *peux pas* le laisser être blessé dans tout ça. Il doit aller dans un endroit sûr jusqu'à ce qu'on puisse s'occuper d'Alec. »

Je repense à l'époque où nous étions dans cette cabane dans les montagnes Ouachita, à parler du fait qu'une fois l'histoire avec Julian réglée, nous pourrions tous partir en vacances.

J'ai l'impression que c'est arrivé il y a longtemps et peut-être à quelqu'un d'autre. Maintenant, il y a une autre foutue chose dangereuse à laquelle nous devons faire face. Les vacances et le temps libre pour se détendre ne sont pas près de se réaliser.

Mais c'est la vie, je suppose. *Nos* vies, surtout.

Nous devons trouver un plan pour s'occuper d'Alec et nous devons aussi décider ce qui va se passer avec Cody, mais pour l'instant, c'est un bon début. Et ça va devoir être suffisant.

« Pax », dit Gale et il est clair qu'il commence à être trop fatigué pour continuer à parler. Mais il essaie toujours de prendre les choses en main, parce qu'il est comme ça.

Pax acquiesce, comprenant ce que Gale veut sans qu'il ait à

dire plus que son nom. « Je sais. Je dois faire vite si je veux que ça marche. Je vais y aller maintenant. »

Personne ne demande à Pax où il va trouver le corps. Je ne sais pas, et honnêtement, je ne veux pas le savoir. Il y a certaines compétences de Pax qu'il vaut mieux ignorer et ne pas en parler.

River se glisse hors de la pièce aussi vite qu'elle le peut une fois la réunion improvisée terminée, se dirigeant vers sa propre chambre avant que quelqu'un puisse l'arrêter. Preacher reste pour s'assurer que Gale a tout ce dont il a besoin et je suis Pax en bas.

« C'est... » Je commence, sans trop savoir comment formuler ce que j'essaie de dire.

« Dingue », ajoute Pax. « Vraiment dingue, putain. »

Je hoche la tête parce que oui, ça résume assez bien la situation. « On s'est déjà mis dans un tas de pétrins, mais là, ça semble plus gros. Ce n'est pas un petit trafiquant de drogue ou même quelqu'un comme Julian Maduro. C'est l'un des hommes les plus riches et les plus influents de la ville, et il nous surveille. Gale a failli mourir ce soir, et honnêtement, j'ai l'impression qu'il y a de fortes chances qu'aucun de nous ne s'en sorte vivant. »

C'est une autre chose difficile à dire, et je peux sentir l'épuisement, la peur et la frustration de tout ce qui s'est passé.

« Je sais. » Pax frotte une main sur sa nuque et penche la tête sur le côté, tordant un peu les tatouages qui remontent du col de son chandail. « C'est énorme. Plus gros que tout ce que nous avons déjà dû affronter probablement. Nous ne savons pas ce qu'Alec sait ou ce qu'il a à sa disposition. On ne sait pas ce qu'il veut avec River, en fin de compte. C'est gros et c'est dingue. »

« Excellent discours d'encouragement, Pax », je lui réponds d'un ton sec. « Tu devrais être un conférencier motivateur. »

« Je n'avais pas fini, connard. Changerais-tu notre situation si tu le pouvais ? Est-ce que tu changerais quelque chose à ce qui s'est passé entre nous et River ? Avant qu'elle n'entre dans nos vies, on n'avait pas à faire face à toute cette merde, pas vrai ? Donc si tu pouvais revenir en arrière, sachant que tout ça allait arriver, la laisserais-tu sortir de nos vies ce matin-là quand elle a essayé de s'échapper du sous-sol ? »

C'est une bonne question, mais je n'ai même pas besoin d'y penser. Parce qu'elle le vaut bien. Elle vaut ça et bien plus encore.

Elle vaut absolument tout.

« Non », dis-je à Pax. « Je ne changerais rien. »

Il sourit et me donne un petit coup de poing dans le bras. « Moi non plus. Donc on va faire avec. »

Sur ce, il part, pour faire sa part dans tout ça.

Je me tiens debout dans le salon, inquiet, et je l'observe pendant qu'il recule sa voiture hors de l'allée.

Je ne changerais rien et je le pensais.

Mais ça ne veut pas dire que nous ne serons pas tous anéantis.

5

RIVER

Gale m'entoure de ses bras et me serre contre lui un instant. Son odeur m'est si familière et il est si chaud. Je me laisse aller, me plaquant contre son corps.

Il est fort et stable contre moi, et le fait d'être ainsi avec lui calme le galop effréné de mon cœur.

Je lève les yeux vers son visage, mais il ne sourit pas comme je m'y attendais. Au lieu de cela, il a l'air sombre.

Il a l'air déterminé.

Il a l'air... triste.

Ses lèvres pleines se courbent légèrement vers le bas, et il y a quelque chose de pincé et de tendu au coin de ses yeux vert forêt.

J'ouvre la bouche pour demander ce qui ne va pas, ce qui s'est passé, mais avant que je puisse sortir un mot, il prend ma main et la serre. Il dit quelque chose, mais je ne peux pas le comprendre.

Je sens le métal froid contre ma peau, et quand je baisse les yeux, Gale enroule ma main autour d'une arme. Je frissonne, ressentant un sentiment de répulsion et de peur, et j'essaie de me retirer. Je suis désespérée pour ne pas le laisser enrouler mon doigt autour de la gâchette.

Mais il le fait. Il appuie le canon de l'arme sur son estomac et me regarde droit dans les yeux. Il sourit une dernière fois et puis je sens mon doigt bouger, appuyer sur la gâchette et le tuer.

Le coup de feu est fort et il résonne autour de nous. Avant cela, c'était comme si nous étions dans l'obscurité, mais maintenant je peux distinguer un entrepôt autour de nous, le même que celui où Julian gardait Preacher.

Gale frappe le sol avec un bruit sourd et le sang s'écoule de sa blessure, se répandant rapidement et tachant le béton.

Je titube en arrière, horrifiée, lâchant le pistolet comme s'il me brûlait.

Un autre coup de feu retentit et je me retourne pour voir Julian Maduro debout à l'entrée de l'entrepôt, la colère et la haine se lisant sur son visage.

Son expression, et tout en cet instant, m'est familier.

Trop familier.

Je tourne la tête à temps pour voir Anna tomber au sol aussi avec un main qui tremble tendue vers moi.

Julian rit, et quand je détourne mon regard de ma sœur mourante pour le regarder, ce n'est plus Julian. Il est étendu mort sur le sol et une chaussure de cuir le repousse d'un coup de pied.

À l'endroit où il se tenait, se trouve Alec Beckham. Le diable à l'état pur. Il secoue la tête, l'air déçu en me faisant un petit sourire.

« Tu as vraiment pensé que c'était suffisant, River ? » demande-t-il, comme on le ferait pour gronder un enfant difficile. « Pensais-tu avoir fait assez de sacrifices ? » Son expression se durcit, son ton devient impassible. « Encore. »

Non. S'il te plaît, putain, non.

Je n'arrive pas à bouger ma bouche ou à former des mots, mais je regarde, horrifiée, Preacher, Pax et Ash s'aligner devant moi. Ils ont tous le même regard que Gale. Cet air déterminé et triste.

L'entrepôt change autour de nous et nous sommes à nouveau sur le quai sombre, l'eau clapotant doucement sur les supports en dessous de nous. Gale est juste là sur le bord, son sang tachant le bois maintenant au lieu du sol de l'entrepôt.

« Fais-le », demande Alec, sa voix s'élevant dans la nuit. «

Fais-le ou ils mourront de toute façon. Tu ne peux pas les sauver maintenant. Aucun d'entre eux. »

J'ai l'impression que mon bras bouge de son propre chef, mes muscles ignorant les

ordres que mon esprit leur hurle. Je ne peux pas m'en empêcher, même si j'essaie de toutes mes forces. En regardant chacun de mes hommes dans les yeux, je lève l'arme qui est de nouveau dans ma main.

Je vise le cœur et j'appuie sur la gâchette encore et encore et encore.

Aucun d'entre eux n'essaye de m'arrêter. Aucun d'entre eux ne me maudit ou ne me dit que je ne vaux rien car je n'ai pas trouvé une autre issue. Aucun d'entre eux ne me dit qu'ils souhaiteraient ne jamais m'avoir rencontrée ou que je devrais être celle qui meurt à la place. Ils se contentent de soutenir mon regard pendant que je les tue… et puis ils ne voient plus rien, tombant les uns après les autres.

Leurs silhouettes gisent sur le quai en des formes sombres étalées à côté du corps de Gale.

Toujours avec ce sourire contenu, Alec s'approche et jette leurs corps un par un dans l'eau. J'entends les éclaboussures quand ils tombent et elles résonnent comme si elles m'accusaient d'une certaine manière, comme si même cette satanée eau savait que c'est ma faute si tout cela est arrivé.

Je lève le bras, l'arme toujours dans ma main. Tout mon corps tremble, secoué par ce que j'ai dû faire et ce que j'ai vu. Je sens le poids qui m'écrase, j'ai du mal à respirer, mais j'inspire quand même. J'ai besoin de me calmer pour un dernier tir.

J'appuie sur la gâchette en visant Alec…

Mais le pistolet ne fait que cliqueter inutilement.

Il est vide.

J'ai utilisé ma dernière balle sur quelqu'un à qui je tenais et maintenant il n'en reste plus pour mon ennemi.

Alec sourit d'un air suffisant en secouant la tête.

« *On dirait que tu es à court de balles, petit agneau* », dit-il et son ton moqueur me foudroie.

Je jette l'arme de côté parce que je n'en ai pas besoin. Je peux tuer cet enculé à mains nues s'il le faut. La rage et le désespoir augmentent, et je me jette sur Alec, prête à le griffer et à l'assommer.

Il ne s'enfuit pas comme je m'y attendais. Au lieu de cela, il m'attrape. Il saisit mes poignets, les tordant loin de son visage, et peu importe la force avec laquelle je me débats, je ne peux pas me libérer ou le faire lâcher prise.

Il sourit, ses yeux gris foncé brillant d'une satisfaction suffisante dans la lumière tamisée. Cela me donne encore plus envie de le tuer, mais je me sens presque paralysée dans son emprise.

Alec m'éloigne de lui et me pousse en arrière. Je n'avais pas réalisé à quel point nous étions proches du bord du quai et il n'y a rien pour me rattraper alors que je perds mon équilibre. Il n'y a que de l'air et le clapotis de l'eau en dessous.

Je tombe au ralenti, mes bras tournant en rond pour essayer de retrouver mon équilibre. Mais il n'y a rien à quoi me raccrocher, rien pour me stabiliser, et je tombe dans l'eau avec un dernier plouf avant de couler sous la surface.

C'est si sombre.

Si sombre et si froid.

Ma poitrine brûle tandis que mes poumons réclament de l'air. Mes membres sont presque trop lourds pour bouger, mais je sais que si je cède, je mourrai ici.

Quelque chose de froid et de gluant me touche le bras et je m'en éloigne en tournoyant dans l'eau trouble pour essayer de voir ce que c'est.

Au début, je n'arrive pas à l'identifier, puis je reconnais un visage et mon cœur s'emballe.

Pax.

Ses traits sont pâles et presque fantomatiques, flottant juste à *côté de moi. Il est mort, c'est sûr. Il est là, flottant sous l'eau, se rapprochant à chaque fois que l'eau s'agite.*

J'essaie de m'enfuir, mais je suis bloquée par un autre corps qui remonte du fond sombre.

Preacher.

Rapidement, je suis entourée de corps. Mes hommes, ma sœur. Ils flottent autour de moi, l'air sinistres et terrifiants. Ils sont la seule chose que je peux voir dans l'eau sombre.

L'obscurité déforme leurs traits, les rendant horribles. On dirait presque que leurs visages ont été frappés ou que les ombres qui les recouvrent sont du sang qui coule sur leurs visages et me rappelle que c'est ma faute s'ils sont ici. Ma faute s'ils sont morts.

J'ouvre la bouche, soit pour crier, soit pour aspirer de l'eau afin de pouvoir les rejoindre. Mais avant que l'eau froide ne s'engouffre dans ma bouche...

Je me réveille en sursaut, me redressant dans mon lit.

Il faut une seconde à mes yeux pour s'habituer à l'obscurité de ma chambre, Je jette un coup d'œil autour de moi, observant les ombres de ma commode et de la porte de la salle de bain comme si elles cachaient des corps qui pourraient surgir et essayer de m'entourer à nouveau.

Mon cœur bat à tout rompre, je suis couverte de sueur et j'ai du mal à respirer. J'ai l'impression que ma trachée est de la taille d'une paille et j'entends un léger bruit rauque lorsque j'aspire de petites bouffées d'air.

Lorsque je suis enfin capable de respirer à fond, mon pouls s'est un peu calmé et je peux distinguer plus facilement ce qui est réel de ce qui ne l'est pas.

C'était juste un cauchemar.

Cette pensée m'envahit, chassant une partie de l'effroi du rêve.

Mais pas tout.

J'essuie la sueur sur mon visage et un mouvement dans le lit à côté de moi m'avertit que je ne suis pas seule. Quand je baisse les yeux, Preacher est là, clignant des yeux en grognant et bien vivant, Dieu merci. J'étais seule quand je me suis endormie, donc il a dû venir à un moment donné dans la nuit.

« River », il murmure. Sa voix est endormie et il tend la main vers moi. « Viens ici. »

Pendant une fraction de seconde, je pense à le repousser. Mon instinct, quand je me sens aussi mal que maintenant, est de repousser tout le monde, de renforcer les murs autour de mon cœur et de m'isoler. Mais j'ai un flash de ce à quoi ressemblait son visage dans l'eau, à quel point il était pâle et immobile lorsqu'il est tombé sur le quai après que je lui ai tiré dessus dans le rêve, et je craque, le laissant me tirer vers lui.

Il me caresse légèrement les cheveux et c'est assez apaisant pour me distraire des horreurs que j'ai vues en dormant.

« Tu vas bien », murmure-t-il. « C'était juste un cauchemar. Je sais à quel point ça peut être tordu, mais peu importe ce que c'était, ça ne peut plus t'atteindre maintenant. Tu vas bien. Tout le monde va bien. »

J'ai presque envie d'en rire, mais le son serait étranglé et amer. Preacher n'a même pas besoin de demander pour savoir que je rêvais de la mort des gens que j'aime, parce que c'est comme ça que ça se passe avec mes cauchemars ces jours-ci. D'aussi loin que je me souvienne, vraiment. Mes rêves n'ont jamais été paisibles ou faciles, pas depuis que ma sœur et moi avons été livrées à six hommes monstrueux pour payer une dette qui n'était même pas la nôtre.

C'est risible parce que tout le monde *ne va pas* bien. Gale est dans sa chambre, endormi grâce au pire des médicaments que Trask lui a donné parce qu'il a failli mourir la nuit dernière.

Rien que d'y penser, j'ai une boule dans ma gorge et je pousse un gros soupir.

C'est tôt le matin et la lumière grise de l'avant-aube commence à entrer dans la pièce. Il était assez tard quand nous sommes finalement tous allés nous coucher, alors je n'ai pas dormi longtemps.

Allongée ici avec Preacher, c'est plus facile de chasser le pire du cauchemar, mais je ne me sens pas mieux. Je me sens nerveuse, agitée. Pas bien. J'ai l'impression que je vais sortir de mes gonds, et chaque seconde où je reste immobile, ça empire.

Je finis donc par me dégager de l'emprise de Preacher et sortir du lit.

« River », dit-il encore en se redressant à moitié. « C'est pratiquement le milieu de la nuit. Et je sais à quelle heure tu t'es endormie. Tu as besoin de te reposer. »

Il a raison. Je le sais logiquement. L'épuisement s'insinue dans mes membres, me donnant l'impression qu'ils pèsent une tonne, et embrouillant mon esprit. Mais je sais aussi que dès que je refermerai les yeux, je me retrouverai dans un rêve horrible où quelque chose d'horrible arrive à quelqu'un que j'aime et je ne peux pas le supporter.

Alors je secoue la tête et j'attrape un chandail que je mets. « Je vais bien. Et je suis debout maintenant, donc c'est bon. »

C'est un mensonge et nous le savons probablement tous les deux. Mais il ne m'empêche pas d'ouvrir la porte et de sortir dans le couloir. Je sens son regard sur moi, mais il ne dit rien, alors je laisse mes pieds me porter dans le couloir vers la chambre de Gale.

La nuit dernière, je pouvais à peine le regarder, mais maintenant j'ai cette envie désespérée de m'assurer qu'il va bien. De voir qu'il est vraiment vivant, que le fait qu'il ait survécu à la fusillade n'était pas juste un rêve tordu ou quelque chose que j'ai halluciné pour faire face à l'horreur de ce qui s'est réellement passé.

J'ouvre doucement la porte de sa chambre en essayant de ne pas le réveiller s'il dort. Il est juste là où nous l'avons laissé. Un de ses bras est replié sur son ventre, probablement juste au-dessus de la blessure par balle, comme s'il essayait de protéger les endroits où il est le plus vulnérable, même pendant son sommeil.

Je l'observe dans l'obscurité jusqu'à ce que je sois sûre de pouvoir distinguer les mouvements de sa poitrine, la preuve qu'il est vivant et qu'il respire.

Le soulagement me traverse tandis que mon regard suit le petit mouvement et que je m'avance dans la pièce. Les sentiments que j'ai retenus depuis que j'ai appris que Gale allait survivre sont là, s'accrochant à moi et demandant à être ressentis.

Il y en a tellement et ils sont toutes emmêlés. Le soulagement, la culpabilité, l'inquiétude, la tristesse, la colère et tant d'autres choses que je ne peux même pas nommer. C'est tellement écrasant et je me laisse un peu aller, puisque c'est calme et que Gale dort.

La rage contre Alec pour nous avoir mis dans cette position.

Le soulagement que Gale ait survécu.

L'inquiétude pour ce qui nous attend et ce que cela signifie pour nous.

Mon cœur bat plus vite que d'habitude, et je ne sais pas si c'est de la colère ou de la peur, mais je presse une main sur ma poitrine et j'imagine les battements du cœur de Gale. La preuve qu'il va s'en sortir. Que nous sommes toujours ensemble.

Il bouge dans le lit et je me fige, attendant qu'il s'immobilise à nouveau et replonge dans le sommeil. Mais ses yeux s'ouvrent et il cligne des yeux pendant une seconde avant de tourner sa tête sur l'oreiller pour me regarder droit dans les yeux.

Nos regards se croisent et je claque la porte sur tous ces sentiments qui s'agitent en moi presque immédiatement.

Je... je ne peux pas.

Je ne peux pas.

Les yeux de Gale sont brouillés par la douleur et le sommeil, mais je sais qu'il n'est pas trop dans les vapes. Il peut voir que je suis là. Il me regarde un moment, sans rien dire, et avant qu'il puisse ouvrir la bouche, je recule hors de la pièce et ferme la porte derrière moi.

Je m'appuie un instant contre le bois, consciente que c'est la seule chose qui me sépare de Gale. Il est si proche, allongé dans le lit de l'autre côté de cette porte. Mais même s'il n'est qu'à quelques mètres de moi, j'ai l'impression d'être plus loin. J'ai l'impression qu'il y a un gouffre entre nous, et même si c'est moi qui l'ai créé, je ne sais pas comment le franchir.

Ça m'a tellement perturbé de presque le perdre. Mes émotions semblent toutes petites, et une partie de moi sait que c'est parce que si je m'autorisais à les ressentir pleinement en ce moment, elles me détruiraient comme un ouragan.

Retourner au lit n'est pas une option. C'est impossible que je puisse me rendormir maintenant, et même si je le pouvais, je ne le voudrais pas. Alors je m'éloigne de la porte et je me dirige dans le couloir vers la chambre de Cody. Il y a tellement de choses qui se passent en ce moment, tellement de choses qui nécessitent notre attention, mais il y a toujours ce petit garçon, le fils de ma sœur, qui a besoin de moi

Je ne peux pas le laisser tomber juste parce que j'ai l'impression de m'effondrer à l'intérieur.

Quand j'entre dans la chambre de Cody, il commence déjà à se réveiller. Il me regarde en clignant des yeux, puis regarde autour de lui, comme s'il essayait de s'orienter et de comprendre où il se trouve. Cela doit être difficile pour lui, de s'adapter à un nouvel endroit. Ses parents sont morts et Julian a clairement fait comprendre qu'il ne voulait pas vraiment de Cody en l'envoyant dans ce pensionnat malgré son jeune âge.

« Hé », lui dis-je, ma voix sortant rauque et basse. Je me racle la gorge et j'essaie de lui sourire. « Tu es chez nous. Tu te souviens ? Tu restes avec moi et les gars. Ash, Preacher, Pax... Gale. »

Cody hoche la tête et s'assoit, tenant toujours l'animal en peluche avec lequel on l'a fait dormir.

« Salut River », marmonne-t-il avant de regarder autour de lui. « C'est le matin ? »

« Oui. Il est tôt, mais c'est bon. »

Il est plutôt adorable quand il est comme ça. Ses cheveux sont en désordre et il a l'air si jeune et innocent. Il a fait face si souvent à la mort dans sa courte vie, qu'il s'en rende compte ou non, mais c'est impossible à deviner en le regardant.

Il y a une partie de moi qui veut protéger l'innocence que je vois en lui. Des enfants aussi jeunes ne devraient pas savoir ce que sont le deuil et la mort. Ils devraient se concentrer à jouer et à grandir, et non sur la douleur et la souffrance.

Donc je sais que je dois être forte pour lui. Je ne peux pas le laisser voir la façon dont je me sens comme si je m'effondrais à l'intérieur. En cet instant, je suis tout ce qu'il a, après avoir perdu tout le reste, et je dois être forte pour lui afin qu'il ait de la stabilité. Je me dois de faire du mieux que je peux pour Cody, alors je me concentre sur cet objectif et non sur les démons qui tentent de m'envahir.

Je vais m'asseoir sur le lit et pendant quelques instants nous ne disons rien. Je ne sais pas vraiment comment parler aux enfants, pas même à celui qui m'est apparenté, mais il me regarde fixement, cherchant à savoir quoi faire, alors je prends une profonde inspiration.

« Hé », dis-je encore. « Je sais que tout ça a été... horrible. Je suis vraiment désolée pour tout ça. Rien de tout ça n'est juste et rien de tout ça n'est ta faute. Parfois les gens sont juste mauvais et ceux qui ne le méritent pas sont pris entre deux feux. »

Je sens le petit garçon qui me regarde, les yeux écarquillés. Je ne sais pas s'il comprend ce que je lui dis.

« Je suis désolée », lui dis-je à nouveau en soupirant. « Je... je vais t'emmener dans un endroit sûr, d'accord ? Un endroit où tu ne seras pas blessé. Juste pour le moment. Jusqu'à ce que les choses se calment. »

Cody acquiesce et quelque chose passe sur son visage alors qu'il se rapproche de moi sur le lit.

« Ok », marmonne-t-il, puis il pose son front sur mon bras.

Pendant un instant, je pense qu'il pleure, puis je réalise qu'il est juste... appuyé contre moi. Peut-être parce qu'il veut simplement être proche de quelqu'un. Il semble me faire confiance, même s'il ne me connaît pas vraiment, et c'est bizarre. Je n'ai jamais pensé que j'étais quelqu'un en qui les enfants auraient confiance, mais Cody n'a pas l'air de se rendre compte des mauvaises choses qui me concernent.

Peut-être qu'il voit Anna en moi.

Un peu comme je vois Anna en lui.

Pendant un bref instant, je ne sais pas vraiment quoi faire ni comment réagir, puis je me surprends à entourer le gamin de mes bras et à le serrer contre moi.

« Je veillerai sur toi, d'accord ? » je murmure. « Tu n'es plus seul. Je vais m'assurer que l'on prenne soin de toi. »

Il hoche la tête contre moi, et quand il lève les yeux, ils sont grands et un peu effrayés.

« Tu reviendras ? » murmure-t-il. « Quand les choses seront calmes ? »

Il y a tellement de vulnérabilité dans son ton et c'est certainement une question posée par un enfant qui a perdu tous les adultes qui avaient promis de s'occuper de lui. Je me souviens comment Anna protégeait son fils et je ne peux qu'imaginer à quel point il doit se sentir perdu maintenant, sans elle.

Il n'est pas le seul.

« Je reviendrai toujours pour toi », lui dis-je en guise de promesse. « Toujours. »

Il me regarde un peu plus longtemps, puis acquiesce, semblant apaisé. Julian et Nathalie ne lui ont probablement jamais promis quelque chose comme ça, mais je parie qu'Anna lui a promis chaque jour qu'elle serait là pour lui.

C'est à moi de le faire à sa place.

La pièce s'éclaircit autour de nous alors que le soleil se lève pour de bon. Les enfants ont besoin d'un petit déjeuner pour grandir ou quelque chose comme ça, alors je relâche Cody et me lève, l'aidant à s'habiller pour que nous puissions descendre et lui trouver quelque chose à manger.

Il va vers la porte et s'arrête, se retournant pour me tendre la main. Les premiers jours qu'il était ici, il emmenait cet animal en peluche partout où il allait, mais maintenant il l'a laissé sur le lit.

Au lieu de cela, il me tend la main, comme s'il voulait quelque chose, et il me faut quelques secondes pour comprendre ce que c'est.

« Oh. Euh. Ok. » Je prends sa main et il entrelace ses petits doigts autour des miens, me tirant dans le hall et s'accrochant fermement.

C'est... bizarre. C'est la seule façon dont je peux vraiment le décrire. Ça ne semble pas normal de tenir la main d'un être si petit et si dépendant de moi. Comme si je pouvais le blesser juste en l'ayant dans mon orbite.

Mais il semble être plus heureux avec moi et assez à l'aise pour laisser l'animal en peluche derrière lui, donc c'est bien, je suppose.

Nous descendons à la cuisine et je me dirige vers le congélateur pour trouver les gaufres surgelées que nous avons achetées l'autre jour. C'est étrange de penser qu'il y a seulement quelques jours, nous faisions les courses et des trucs normaux, en pensant que nos vies allaient devenir plus stables. Mes doigts tremblent lorsque je saisis la boîte, mais je prends une profonde inspiration et je me concentre à nouveau.

Cody mérite quelqu'un qui peut préparer des putains de gaufres sans faire une dépression.

Je jette un coup d'œil au gamin et il est à genoux sur le sol de la cuisine, tendant sa main pour que Harley la renifle.

C'est plutôt mignon, la façon dont il est si prudent avec le chien, comme s'il voulait respecter les sentiments du chien, même s'il est clair que Harley adore Cody.

Il aboie joyeusement, sa queue frappant le sol alors qu'il sort de sous la table de la cuisine et commence à lécher la main de Cody.

« Salut Harley », dit doucement Cody et il a l'air très sérieux en caressant la tête du chien. Il le gratte derrière les oreilles et Harley semble être au paradis.

Je me concentre sur ce truc mignon et je mets les gaufres dans le grille-pain, en prenant le sirop et le beurre qui vont avec. Après une seconde, j'ajoute une pomme. Je la coupe en tranches et la mets dans une petite assiette, parce que servir à un petit enfant beaucoup de beurre et de sucre au petit déjeuner est probablement mal vu ou quelque chose comme ça.

« Hé, petit », dit Pax en entrant dans la cuisine. Il passe une main dans ses cheveux hirsutes, puis se penche pour caresser Cody et le chien. Les deux semblent apprécier, peut-être que les enfants et les chiens sont avides d'attention.

Preacher arrive juste derrière Pax et ses yeux se tournent immédiatement vers moi. Je vois bien qu'il essaie de voir si je vais bien après mon cauchemar, et probablement aussi après tout le reste. Je lui adresse un sourire crispé et prépare le petit déjeuner de Cody, en essayant de canaliser un peu l'énergie de Preacher pour avoir l'air calme.

« Lave-toi les mains et viens manger », dis-je à Cody en lui versant du jus d'orange et en lui préparant son petit déjeuner.

Nous n'avons pas encore de tabouret pour lui, alors je l'aide à se laver les mains. Puis il grimpe sur la chaise que je tire pour lui et mange son petit déjeuner, ses petites jambes se balançant parce qu'elles n'atteignent pas le sol.

Je mâche la gaufre sur laquelle j'ai étalé du beurre, et Pax et Preacher me regardent en préparant leur café.

« Il ne peut pas rester ici », je leur rappelle en inclinant ma tête vers Cody.

Ce n'est pas assez sûr. Pas avec Alec qui fouille dans nos affaires et qui veut que je sois un membre de sa putain de société stupide. C'est trop dangereux en ce moment, et la dernière chose que je veux, c'est que ce connard pense qu'il a des droits sur Cody ou qu'il essaie de l'utiliser comme moyen de pression.

« Non », acquiesce Preacher. Il s'appuie sur le comptoir opposé avec son café. « Que suggères-tu ? »

« J'ai une idée d'un endroit où on peut l'emmener. »

« Ouais ? » demande Pax. « Où ? »

J'explique l'idée qui me trotte dans la tête depuis hier soir quand j'ai réalisé que nous devions trouver un endroit sûr pour que Cody puisse faire profil bas jusqu'à ce que nous trouvions une solution. Ce n'est peut-être pas la solution idéale, mais *rien* *n'*est idéal en ce moment. Et vu les circonstances, je pense que c'est la meilleure option que nous ayons.

Quand je finis de parler à voix basse, Preacher et Pax hochent la tête.

« Je viens avec toi », dit Pax. « Te donner un peu de soutien. Aucun de nous ne devrait sortir seul en ce moment. »

Je ne signale pas qu'il est sorti seul hier soir pour jeter un corps dans la rivière et je me contente d'acquiescer. Je me sentirai mieux s'il assure mes arrières et je pense qu'il se sentira mieux aussi.

« Après le petit déjeuner », lui dis-je.

Cody dévore ses gaufres et ses tranches de pomme, et quand il a terminé, je l'emmène à l'étage pour qu'il rassemble ses affaires avant de m'habiller. Il semble nerveux, même un peu triste, mais il ne discute pas lorsqu'il prend ses affaires. Quelques minutes plus tard, nous descendons rejoindre Pax et nous nous dirigeons vers la voiture.

Ash et Preacher se tiennent dans l'embrasure de la porte de la cuisine et je les regarde tous les deux en passant.

« Sois prudente », dit Ash en soutenant mon regard.

« Oui, je le serai. Je vais garder Cody en sécurité. »

« Bien. » Derrière ses lunettes, ses yeux ambrés sont plus sérieux que d'habitude et son expression est sévère. « Mais fais attention à toi aussi, River. On veut que tu reviennes en un seul morceau. »

Je hoche rapidement la tête et jette un coup d'œil à l'escalier qui mène au deuxième étage et à la chambre de Gale.

« Faites attention à lui. Assurez-vous... »

Je ne sais même pas ce que je veux dire. C'est comme si ma gorge se bloquait et que mon esprit et mes émotions se taisaient dès que j'essaie de penser à Gale. C'est encore le bordel.

« Gardez-le juste en sécurité », j'arrive à prononcer, les mots grattant contre mes cordes vocales comme du papier de verre.

Les yeux de Preacher se plissent légèrement. Il me regarde

comme s'il voulait me demander quelque chose, mais il ne fait qu'hocher la tête.

« Compte sur nous », promet-il.

« Ouais. Nous le protégerons à la fois des intrus et du moment où il essaiera inévitablement de sortir du lit et de faire des conneries », ajoute Ash en me lançant un sourire moqueur.

Je hoche la tête et me tourne pour partir rejoindre Pax et Cody à l'extérieur, où ils attendent près de la voiture.

6

RIVER

Pax est à la place du conducteur, une main posée légèrement sur le volant alors qu'il suit mes indications. Cody est assis à l'arrière, tenant l'ours en peluche qu'il a demandé à emmener avec lui. Il regarde par la fenêtre, les arbres, les bâtiments et les autres voitures qui défilent sur l'autoroute.

« Comment ça s'est passé hier soir ? » je demande à Pax, assise dans le siège passager. Je parle à voix basse et je m'assure aussi de rester vague dans mes propos pour que Cody ne soit pas effrayé.

Pax hausse une épaule. « Toujours pareil. J'ai pris quelques... » Il fait une pause et regarde dans le rétroviseur le petit garçon sur la banquette arrière. « J'ai pris un peu de, euh, produit dans un endroit où personne ne le remarquerait. »

« Tu es sûr ? » La dernière chose dont on a besoin, c'est qu'un rapport sur une personne disparue remonte jusqu'à nous.

« Oui, j'en suis sûr. C'est mon boulot, petit renard. » Il me fait un grand sourire. « Tout le monde doit être bon à quelque chose. »

« Je sais. Je suis juste... »

Encore une fois, c'est comme si ma gorge se bloquait et je n'arrive pas à exprimer ce que je ressens. Je ne sais même pas s'il *existe des* mots.

Pax pose une main sur mon genou avant de le serrer

fermement. Je sais que si nous n'avions pas un enfant sur le siège arrière, il ne s'arrêterait probablement pas là, et cela en dit long sur Pax : le fait qu'il puisse réfréner ses instincts quand il a une raison de le faire.

« Ne t'inquiète pas pour ça », m'assure-t-il. « Je m'en suis occupé. Le paquet a été déposé là où il fallait et les flics le trouveront. On est tiré d'affaire. »

Tiré d'affaire... pour le moment.

Cette pensée me vient à l'esprit avant que je puisse la chasser, mais je ne dis rien. Je laisse juste Pax continuer à conduire.

Nous nous dirigeons hors de la ville et vers la maison où j'ai déposé Avalon cette nuit-là, après qu'elle m'a aidée à mettre la main sur Ivan Saint-James.

« Gare-toi ici », dis-je à Pax après quelques minutes et il le fait. Il remonte l'allée d'une maison à l'allure banale et arrête la voiture.

« Je reviens tout de suite », dis-je aux garçons. Je lance à Pax un regard lourd de sens qui lui dit de garder un œil sur Cody.

Il me fait un sourire et se retourne sur son siège pour parler à Cody. « Tu veux savoir un truc cool sur les ours ? » demande-t-il.

Cody jette un coup d'œil à Pax, ses yeux s'agrandissant avec intérêt, et je m'étonne encore une fois qu'il ne craigne pas quelqu'un d'aussi costaud et d'aussi brutal. Depuis que le petit garçon est venu rester avec nous, Pax et lui se sont bien entendus, et maintenant il hoche la tête, se penchant en avant comme s'il était sur le point d'entendre un secret incroyable.

« Ils vivent dans les bois, pas vrai ? Ils volent la nourriture des campeurs et de tous ceux qui se trouvent sur leur chemin. Mais savais-tu qu'ils dorment tout l'hiver ? »

« *Tout l'*hiver ? » La bouche de Cody et ses yeux s'ouvrent grands. « C'est une très longue sieste. »

« Pas vrai ? » répond Pax en riant. « Ils mangent une tonne de nourriture avant, pour prendre du poids et se nourrir pendant leur sommeil. »

Cody semble réfléchir. Son nez est retroussé dans un geste

qui le fait tellement ressembler à une Anna plus jeune que ça me fait mal au cœur pendant une seconde.

« Hum. Je m'ennuierais », déclare-t-il. « Si je dormais autant. »

Pax rit à nouveau. « Moi aussi. J'aime faire des trucs, putain. Peu importe. Je ne pourrais pas dormir si longtemps. »

Le juron de Pax fait ricaner Cody et il pousse du doigt le bras tatoué de Pax là où il peut l'atteindre. « C'est un gros mot. »

« Oui, oui, je sais. Je dis beaucoup de gros mots. » L'homme costaud se penche un peu, baissant sa voix pour murmurer tandis qu'il me jette un regard du coin de l'œil. « Ne le dis pas à River, ok ? Je suis censé donner le bon exemple ou un truc du genre. »

« Ouais. Tu t'en sors très bien », dis-je en fronçant les sourcils et en sortant de la voiture. Je jette un regard à Pax.

Il me fait un clin d'œil et ils éclatent de rire tous les deux.

Malgré les jurons, dont je me fiche, je sais que Cody est entre de bonnes mains. Je me concentre donc sur la raison pour laquelle nous sommes ici. Je redresse mes épaules et je remonte l'allée jusqu'à la porte d'entrée. Je frappe quelques fois avant de basculer sur mes talons pour attendre. Après quelques secondes, une femme vient à la porte et l'ouvre lentement. Je la reconnais comme étant la cousine d'Avalon, la femme qui l'a accueillie cette nuit-là quand je l'ai déposée.

« Je peux vous aider ? » demande-t-elle. Sa voix est polie, mais froide et tandis qu'elle me regarde, je peux lire la confusion et un soupçon de suspicion dans son expression. Je sais qu'elle est probablement en train de regarder mes cheveux argentés et mes tatouages et qu'elle se demande qui je suis et pourquoi je suis chez elle.

« Je l'espère », lui dis-je. « Je cherche Avalon. »

Immédiatement, son expression s'efface et elle passe d'un peu méfiante à très méfiante.

« Qui êtes-vous ? » demande-t-elle. « Pourquoi posez-vous des questions sur Avalon ? »

« Elle et moi étions... » Je m'interromps, me mordant la lèvre.

Je ne peux pas vraiment dire que nous étions amies. Je ne connaissais pas bien Avalon, même si je l'aimais bien. « Nous nous aidions mutuellement. Elle a fait quelque chose pour moi et je l'ai aidée à quitter la ville il y a quelque temps. »

La femme plisse les yeux comme si elle se demandait si elle devait me croire ou non. Je ne dis rien, je me contente de soutenir son regard pendant qu'elle réfléchit à ce qu'elle est en train de faire. Ses lèvres se tordent un peu pendant qu'elle réfléchit et un moment plus tard, elle acquiesce et recule.

« Je me souviens qu'Avalon m'a dit que quelqu'un l'aidait », murmure-t-elle. « Très bien. Entrez. »

Je la suis à l'intérieur, elle ferme la porte d'entrée et me conduit à un petit salon sur le côté. Il y a encore une certaine hésitation dans ses gestes, mais elle m'offre un siège et s'assoit en face de moi.

« Alors, vous êtes River ? » demande-t-elle. Elle doit avoir une trentaine d'années, mais quelque chose dans son allure la fait paraître beaucoup plus âgée que cela. Elle a les mêmes traits délicats que sa cousine, bien que ses cheveux soient plus foncés que les cheveux brun d'Avalon. « Avalon ne voulait pas me dire votre nom, mais je lui ai dit que j'avais besoin de plus "qu'une femme inconnue". »

« Ouais, c'est moi. »

« Je suis Diane », me dit-elle. « Et je suppose que je dois vous remercier. »

« Pour quoi ? »

Elle soupire en secouant la tête.

« Pour avoir aidé Avalon à quitter la rue. Je n'ai jamais voulu ça pour elle. Personne qui la connaissait ne voulait ça pour elle. C'est une gentille fille. Une bonne personne. Le genre de personne qui vous donnerait tout ce dont vous avez besoin si c'était en son pouvoir. Elle a juste été mêlée à des trucs merdiques et n'a pas pu s'en sortir. J'ai juste… Je m'inquiétais de ce qui pouvait lui arriver là-bas, nuit après nuit. On entend ces histoires de filles qui disparaissent et j'ai toujours prié Dieu que ce ne soit pas elle. Donc, merci de l'avoir aidée. »

Je déglutis, car Diane a définitivement raison. Des filles disparaissent tout le temps, prises dans des combines et des complots à la con dirigés par des hommes au pouvoir qui n'ont aucun sens de la décence.

« Je comprends », lui dis-je, la voix rauque. « Parfois, des trucs merdiques vous tombent dessus et vous ne pouvez pas vous en sortir sans aide. »

Et parfois, on ne s'en sort pas du tout, mais je ne mentionne pas cette partie. Ces mots ne seraient pas utiles en ce moment et je suis sûre que nous le savons toutes les deux sans que je le dise à voix haute.

« Pourquoi cherchez-vous Avalon ? » demande Diane, l'inquiétude se lisant sur ses traits. « Essayez-vous de la ramener ici ? »

Je secoue la tête. « Non, bien sûr que non. Je veux juste prendre de ses nouvelles et m'assurer qu'elle va bien. Elle m'a beaucoup aidée et je sens que je lui dois bien ça. »

Ce n'est pas strictement la vérité, mais moins il y a de gens qui se retrouvent dans ce pétrin, mieux c'est. Tout ce que Diane saura, c'est que j'ai aidé Avalon à s'enfuir et que je sais où elle est. Elle n'aura pas d'autre information que ça et c'est mieux ainsi. Je ne sais pas si Alec essaiera d'entraîner Cody dans ce combat, mais je ne lui faciliterai pas la tâche pour retrouver le petit garçon ou pour qu'il blesse d'autres innocents sur son chemin.

Diane prend une autre longue inspiration, puis acquiesce. « Ok. Elle m'a dit... elle m'a dit que je ne devais dire à personne où elle est, au cas où, mais j'ai le sentiment qu'elle voudrait avoir de vos nouvelles. Pour vous remercier en personne. Donc je vais vous le dire. Elle est allée à Défiance en Ohio. C'est probablement le dernier endroit où quelqu'un de son ancienne vie penserait à la chercher. »

« Merci. J'apprécie vraiment. »

Elle acquiesce et griffonne une adresse sur un bout de papier avant de me le donner. « Elle ne va pas avoir d'ennuis, n'est-ce pas ? » demande Diane à nouveau.

« Je vous promets qu'elle n'en aura pas. Je ne dirai à personne où elle est. »

La femme acquiesce à nouveau, puis se lève et je la laisse me mener à la porte.

Défiance en Ohio.

Le nom de la ville est assez approprié, puisqu'Avalon m'a aidée en défiant beaucoup de choses. Et elle a défié tous les hommes qui voulaient la contrôler. Elle crée une nouvelle vie et ce n'est pas quelque chose que beaucoup de femmes dans sa situation ont la chance de faire.

Je retourne à la voiture et m'installe sur le siège passager juste à temps pour entendre Cody rire de façon hystérique tandis que Pax lève une main vide.

« River ! » Cody s'exclame, bondissant sur le siège. « Savais-tu que Pax peut faire de la magie ? »

Je jette un coup d'œil à l'homme aux larges épaules et secoue la tête. « Vraiment ? Je pensais qu'Ash était le seul à savoir faire des tours. »

« Pfft », se moque Pax. « C'est juste ce qu'il veut que tu penses. Je peux faire tout ce qu'il peut faire et cent fois mieux. »

« Bien sûr que tu le peux. »

« C'est vrai ! » Il me fait un grand sourire, mais la légèreté disparaît de son expression lorsqu'il se tourne vers moi et me fixe d'un regard interrogateur. « Tu as trouvé où nous allons ? »

« Oui. Défiance en Ohio. »

Il pouffe de rire. « C'est approprié. »

« C'est ce que je pensais aussi. »

Pax met la clé dans le contact et sort de l'allée de Diane. À l'avant de la maison, j'aperçois du mouvement et je vois Diane nous regarder partir à travers les stores de sa fenêtre d'entrée.

Je me demande si elle remet en question sa décision de me dire où est Avalon, mais j'étais sérieuse quand je lui ai promis que je ne partagerais pas cette information avec quelqu'un qui pourrait l'utiliser contre sa cousine.

L'Ohio n'est pas très loin et je dors pendant presque tout le trajet. Il y a tellement de choses dans ma tête. Tant pensées, de regrets et de choses brutes et tendres que je ne veux même pas examiner. Chaque fois que je pense trop fort à ce qui s'est passé avec Alec sur ce quai, j'ai du mal à respirer. Je me demande si les images de Gale qui tombe ou de son corps qui se secoue sous l'impact du coup de feu quittera un jour mon esprit. Ça semble peu probable.

Ignorant mes sombres pensées, Pax et Cody commencent à jouer à un jeu et le son de leur conversation suffit à me calmer. Le rire de Cody et la façon dont il comprend si vite les indices que Pax lui donne éloignent les ténèbres. Assez pour que je n'aie pas l'impression que je vais me noyer sous tout ça.

« C'est ici ? » demande Pax un peu plus tard. Je cligne des yeux et regarde autour de moi, réalisant que j'étais dans la lune pendant un long moment.

Nous tournons au ralenti devant un immeuble d'habitation et il me faut une seconde pour me repérer et vérifier l'adresse que la cousine d'Avalon m'a donnée.

« Ouais. Je pense que oui », lui dis-je.

Pax coupe le moteur et aide Cody à sortir de la voiture avec ses affaires. Je sors avec eux et j'étire mes muscles raides en essayant de reprendre mes esprits. Si je veux prendre soin de Cody et m'assurer qu'il est en sécurité, je ne dois pas péter les plombs.

L'immeuble est plutôt sympa, tout bien considéré. C'est entre le haut et le bas de gamme avec un petit jardin devant rempli de fleurs. C'est beaucoup moins déprimant que l'endroit que je louais avant d'emménager avec les gars et je suis heureuse qu'Avalon ait trouvé une nouvelle maison qui ne soit pas merdique.

Elle le mérite.

Pax me regarde en tenant la main de Cody et je hoche la tête.

Je me dirige vers les escaliers extérieurs, montant au deuxième étage où devrait se trouver l'appartement d'Avalon.

Il y a deux appartements sur le palier. L'appartement 234, où habite Avalon, est à gauche, avec un tapis de bienvenue vert vif devant. Ça me fait sourire.

Je frappe à la porte. J'entends le bruit d'une chaise qui racle le sol et des pas à l'intérieur avant que la porte ne s'ouvre et que le visage d'Avalon n'apparaisse. Son expression polie et curieuse se transforme en surprise, puis en inquiétude quand elle me voit. Ses yeux deviennent grands quand elle aperçoit Pax et Cody.

« River », dit-elle. « Je... quoi ? Est-ce que tout va bien ? Est-ce que tout... »

Elle penche le cou, comme si elle essayait de voir s'il y a quelqu'un d'autre avec moi, mais je suppose que le fait que Pax soit si grand et intimidant suffit à inquiéter n'importe qui quand il se présente chez quelqu'un. Même s'il est en train de tenir la main d'un enfant et de porter un sac à dos trop petit pour lui et couvert d'animaux de dessins animés.

« Tout va bien », dis-je rapidement à Avalon, ne voulant pas qu'elle commence à paniquer. « Il n'y a aucun problème. Personne ne sait où tu es. Sauf nous, je suppose. J'ai juste... besoin d'une faveur. »

Je peux voir qu'elle hésite et elle ressemble à sa cousine pendant une seconde, ayant l'air de ne pas savoir si elle veut s'impliquer.

Je ne peux pas lui en vouloir pour ça. Elle vit probablement une vie agréable et tranquille ici, se mêlant de ses affaires, loin de tout drame, et me voilà qui débarque. La dernière fois que je lui ai demandé une faveur, elle a dû fuir pour ne pas se retrouver dans le pétrin, et je peux parier qu'elle ne veut pas avoir à chambouler sa vie à nouveau, même si la dernière fois lui a été favorable.

Je n'ai aucune idée de ce qu'elle pense alors qu'elle nous regarde fixement pendant plusieurs secondes, mais finalement, elle acquiesce et recule un peu.

« Ok », dit-elle. « Entrez. »

Nous entrons et je jette un coup d'œil à l'intérieur de l'appartement. Il est tout aussi joli que le reste de l'immeuble. C'est petit et peu décoré, car Avalon n'est pas là depuis très longtemps, je suppose, mais on s'y sent bien.

Il y a une odeur savoureuse qui flotte dans l'air, comme si elle cuisinait quelque chose avant qu'on vienne frapper, et ça ressemble à une maison, plutôt qu'à une cachette. Honnêtement, c'est parfait pour ce que je veux.

« De quoi as-tu besoin, River ? » demande Avalon une fois qu'elle a refermé et verrouillé la porte, attirant de nouveau mon attention sur le but de notre visite. Elle gigote un peu, semblant mal à l'aise. « Je n'ai plus aucune de mes anciennes connexions ou quoi que ce soit. Je ne parle plus à ces gens maintenant. »

« Je m'en doutais », lui dis-je en essayant de garder un ton calme et neutre. « Il ne s'agit pas de ça. J'ai besoin de quelqu'un pour surveiller mon... neveu pendant un moment. »

J'hésite en prononçant le mot, surtout parce que j'ai encore du mal à me faire à l'idée que cet enfant fait partie de ma famille. Le fils de ma sœur.

Avalon regarde Cody qui s'accroche à la main de Pax en regardant autour de lui avec de grands yeux.

« Ton neveu ? » Son ton ne semble pas sceptique, juste surpris.

« Ouais. Son nom est Cody. Il est... il est sous ma responsabilité maintenant et j'ai juste besoin de m'assurer qu'il soit en sécurité et à l'écart pour un moment. C'était le seul endroit où je pouvais l'emmener. »

Avalon lève les yeux vers moi quand je finis de parler et je vois bien qu'il y a beaucoup de choses qui lui passent par la tête. C'est beaucoup demander, vu qu'elle m'a déjà beaucoup aidée auparavant, mais je n'ai pas d'autres options.

« Qu'est-ce qui se passe ? » demande-t-elle. Elle grimace et fronce des sourcils. « On dirait que tu as de nouveau des problèmes. »

Je pouffe de rire et le son est un peu épuisé. « Quand est-ce que je n'en ai pas ? » Ma voix semble épuisée aussi.

Pax pose une main sur mon épaule et la serre fermement. Je laisse échapper un soupir avant de poursuivre.

« C'est une longue histoire, Avalon, et tu ferais mieux de ne pas savoir. Il y a... beaucoup de choses en jeu et plus tu en sais, plus tu pourrais être potentiellement en danger. »

La femme ferme la bouche de manière obstinée et croise ses bras. « Je ne suis pas une enfant. Je peux me débrouiller toute seule. Si tu veux que je veille sur ton neveu pour une durée indéterminée, je pense que je mérite de savoir pourquoi. »

Il y a quelque chose que j'aime beaucoup dans la détermination et la force de caractère dont Avalon fait preuve. Elle me rappelle Anna quand elle est comme ça, douce et gentille, mais pas prête à laisser quelqu'un la bousculer.

Et elle a raison. Si elle doit veiller sur Cody, alors elle doit savoir ce qui se passe. Au moins en gros.

J'acquiesce et la tire de côté en baissant la voix pour que Cody n'entende pas trop ce que je dis.

Je prends une profonde inspiration et je lui raconte une version abrégée de l'histoire. Je ne mentionne pas les parties les plus horribles pour ne pas l'effrayer et il y a certaines parties dont je ne suis pas encore prête à parler. Je ne mentionne pas non plus le nom de la Société Kyrio ou d'Alec Beckham, car le fait d'avoir ces informations pourrait définitivement mettre une cible sur le dos d'Avalon si Alec apprenait que je lui ai parlé de tout cela.

Mais je lui fais comprendre que nous avons affaire à un homme mauvais, bien pire qu'Ivan Saint-James.

« Il est prêt à tout pour obtenir ce qu'il veut », lui dis-je. « Et je ne pense pas qu'il épargnerait un enfant si cela signifiait qu'il a plus de moyen de pression. Donc je veux éloigner Cody de Détroit jusqu'à ce que je sache comment gérer ça. Je ne veux pas qu'il soit pris entre deux feux. »

J'ai à peine regardé Avalon pendant que je lui racontais l'histoire, pour pouvoir la dire et essayer de ne pas me noyer sous les émotions que le fait d'en parler a fait remonter. Mais quand je lève les yeux vers son visage, l'étincelle de détermination dans ses yeux est de retour. Il y a aussi quelque chose d'autre. Pas vraiment de la pitié, mais peut-être de la sympathie. Peut-être de l'inquiétude. Quoi qu'il en soit, je vois bien qu'elle est affectée par ce que je lui ai dit et elle tend la main vers moi et la pose sur mon épaule.

« Tu tiens à lui, n'est-ce pas ? » demande-t-elle doucement. « Cody ? »

« C'est la seule famille qu'il me reste », je réponds en déglutissant et en haussant les épaules. « Et j'ai fait une promesse à ma sœur. Elle l'aimait plus que tout. »

Avalon acquiesce d'un air sévère. Elle réfléchit pendant une seconde, puis acquiesce à nouveau. « Très bien. Je vais le faire. Je vais prendre soin de lui. »

Le soulagement m'envahit tout d'un coup et je réalise à quel point j'étais tendue jusqu'à ce moment. Si Avalon avait dit non pour s'occuper de Cody, je n'avais pas de plan B. L'entendre dire oui m'enlève un poids énorme et je réussis à lui rendre son sourire.

« Merci. Je peux te donner de l'argent pour couvrir toutes les dépenses. C'est... ça aide beaucoup. »

« Je suis contente », répond-elle en grimaçant légèrement. « Parce que tu as l'air d'avoir besoin d'aide en ce moment. »

Ça me fait rire et je ne peux même pas dire qu'elle a tort. Il s'est passé tellement de choses ces derniers jours et je ne sais même pas par où commencer. J'ai probablement l'air d'avoir été renversée par un putain de camion et de ne pas m'être écartée à temps avant qu'il ne recule et ne m'écrase à nouveau.

Pax me regarde et lève un sourcil. Je lui fais signe que c'est bon. Puis je me tourne vers Avalon et lui fait signe de me suivre pour que je puisse la présenter à Cody.

Il lève timidement les yeux lorsque nous nous approchons de lui, faisant un geste comme s'il voulait se cacher derrière Pax à nouveau, et je ne peux pas m'empêcher de sourire. C'est amusant que le gamin se sente plus à l'aise avec Pax qui est un type brutal et tatoué qu'avec quelqu'un qui semble aussi facile d'approche qu'Avalon.

Mais bon, c'est un bon réflexe, car parfois, les personnes qui semblent charmantes et non menaçantes sont celles dont il faut se méfier le plus.

« Cody, je veux te présenter une de mes amies », lui dis-je en m'accroupissant pour être à son niveau. « Elle est vraiment sympa et elle va s'occuper de toi pendant un moment. »

Ses yeux sont grands, et pendant une seconde, il ressemble tellement à une jeune Anna que ça me brise le cœur. Je lève ma main vers lui et il hésite une seconde avant de mettre sa petite main dans la mienne.

Cody me laisse l'attirer vers l'avant, loin de Pax, et je me lève pour me tourner et laisser Avalon s'approcher. Son sourire est chaleureux et ses yeux noisette sont bienveillants alors qu'elle se penche et lui tend la main.

« Salut Cody. Mon nom est Avalon. C'est vraiment sympa de te rencontrer. »

« C'est un joli nom », marmonne Cody en levant les yeux vers elle rapidement avant de les baisser.

Avalon sourit et retire sa main. « Merci. J'aime aussi ton nom. Aimes-tu les macaronis au fromage ? »

« Ouais. » Cody acquiesce et cette fois, quand il lève les yeux, il soutient son regard plus longtemps. « Avec des hot-dogs. »

« Oh, intéressant. » Avalon pince les lèvres comme si elle y réfléchissait. « Je n'ai jamais essayé les macaronis au fromage avec des hot-dogs, mais ça a l'air vraiment bon. »

« Parfois... quand papa partait en voyage d'affaires, maman me faisait ça. Avec des croquants sur le dessus. »

Je cligne des yeux de surprise, car c'est la première fois depuis qu'il est avec nous que Cody parle d'Anna et de Julian. C'est vraiment bizarre de l'entendre appeler Julian « papa », et ça me rappelle qu'il est l'enfant d'un Maduro. Mais l'expression de son visage est tout à fait celle d'Anna et les macaronis au fromage avec des hot-dogs sont quelque chose qu'elle m'aurait gentiment reproché de manger quand nous étions enfants, mais qu'elle m'aurait quand même préparé.

Je me sens nostalgique rien qu'en pensant à la façon dont Anna est restée elle-même même après tout ce qu'elle a traversé. Elle est toujours restée gentille et je ne peux qu'espérer qu'elle en a insufflé une bonne partie à son fils, même pendant le peu de temps qu'elle a passé avec lui.

« Quelles autres choses aimes-tu ? » demande Avalon à Cody et il sort peu à peu de sa coquille en lui répondant. Il lui montre l'ours en peluche et commence à lui dire les informations sur les ours que Pax lui a racontées il y a quelques heures à peine.

Avalon fait tous les bons sons, haletant de surprise et posant des questions pour maintenir l'intérêt de Cody, et ma tension disparaît encore plus pendant que je les regarde interagir.

Tout va bien se passer. Avalon était vraiment le bon choix pour ça et Cody ira bien.

Comme s'il pouvait sentir la direction de mes pensées, Pax pose une main sur mon épaule et je me penche vers lui, me laissant réconforter par sa présence pendant une seconde. Juste assez longtemps pour que je puisse fermer les yeux et prendre une profonde inspiration.

Mais je ne peux pas m'effondrer maintenant. Pas maintenant et probablement pas de sitôt. Je dois être forte pour Cody, pour qu'il puisse trouver du réconfort dans ma force.

Même s'il parle à Avalon maintenant, je vois bien qu'il est toujours effrayé par tout ce qui se passe. De temps en temps, il jette un coup d'œil vers Pax et moi, comme s'il craignait que nous ayons disparu.

Mais c'est également clair qu'il semble graviter autour des personnes qui sont gentilles avec lui. Avalon lui parle avec sa voix calme et égale, et tout en elle inspire la confiance. C'est donc facile pour Cody de se sentir en sécurité. Même avec Pax et moi, nous le traitons gentiment et avec affection, à notre manière, et Cody semble s'épanouir encore plus grâce à cela.

Il est clair qu'il n'a jamais eu beaucoup d'affection avant de venir chez nous. Anna l'aimait tellement, c'était clair comme de l'eau de roche, mais Julian et Nathalie n'étaient pas du genre sensible. Pax et moi non plus, mais au moins on peut essayer pour un petit enfant qui a besoin de nous.

Julian Maduro était vraiment un enfoiré. Faite qu'il *ne* repose *pas* en paix.

Je me tourne vers Pax pendant que Cody et Avalon parlent de leurs glaces préférées, et il lève un sourcil.

« Je veux rester un peu plus longtemps », lui dis-je calmement. « Jusqu'à ce que Cody soit installé. »

Il acquiesce et me fait un grand sourire. « Pas de problème. C'est important. »

« Merci. »

Je ressens un élan d'affection pour cet homme grand et intimidant qui s'est en quelque sorte déjà lié à l'enfant que j'ai jeté dans nos vies.

Un peu plus tard, Avalon sert des macaroni au fromage bien chauds et elle trouve même des hot-dogs dans son congélateur et les fait cuire pour que Cody puisse les mélanger ensemble. Nous mangeons et j'écoute surtout Cody discuter avec Avalon et Pax, goûtant à peine la nourriture que je mâche.

Une fois qu'il est nourri, Avalon nous montre la deuxième chambre qui sera la chambre de Cody pendant son séjour, puis s'excuse pour aller chercher des oreillers supplémentaires dans le placard.

Cody se tient au milieu de la pièce, tournant lentement en rond, avant de fouiller dans le sac que je l'ai aidé à préparer à Détroit. Il sort la veilleuse que Preacher lui a donnée et me la tend avec insistance.

« J'ai compris. » Je branche la veilleuse à côté du lit et elle brille faiblement, projetant juste assez de lumière pour que Cody puisse voir et ne soit pas dans le noir dans un endroit inconnu. À nouveau.

« C'est mieux ? » je lui demande.

Il acquiesce et va s'asseoir sur le lit en rebondissant un peu comme s'il testait les ressorts du matelas ou quelque chose comme ça.

« Avalon est sympa, non ? Elle s'occupera de toi jusqu'à ce qu'on puisse revenir. Jusqu'à ce que ce ne soit plus dangereux. »

« Je l'aime bien », dit Cody tranquillement. « Elle fait un bon macaroni au fromage. Pas aussi bon que celui de maman, mais c'était bon. »

Ça me fait sourire. « Je ne pense pas que quelqu'un fasse quelque chose d'aussi bien que ta mère. Mais lui ressembler, c'est déjà bien. »

C'est tellement bizarre de parler d'Anna avec cet enfant. C'est bizarre d'être dans une petite chambre, d'installer Cody, de faire quelque chose de si domestique après les horreurs de la nuit dernière. Alors que Gale est allongé dans son lit, se remettant d'une blessure par balle, et qu'il y a moins de vingt-quatre heures, je faisais des compressions thoraciques pour le maintenir en vie.

Mais Cody ne sait rien de tout ça. Et Avalon non plus, puisque je lui ai épargné les pires moments de l'histoire. Je dois tenir le coup assez longtemps pour m'assurer que tout se passe bien et que Cody est en sécurité.

Avalon revient avec d'autres oreillers, et ensemble, elle et Cody arrangent le lit comme il le souhaite.

« Ma chambre est au bout du couloir », lui dit-elle doucement. « Si tu as besoin de quelque chose, tu peux venir frapper à la porte, d'accord ? Et je verrai ce que je peux faire. »

« Ok », marmonne Cody. Il me jette un coup d'œil et il y a un regard dans ses yeux qui dit qu'il sait que nous sommes sur le point de le laisser ici. Quelque chose se tord dans mes tripes et je cligne des yeux pour chasser la sensation de brûlure au fond de mes yeux.

« Dès qu'il n'y a plus de danger », je lui promets en essayant de camoufler mon ton rauque. « Nous reviendrons te chercher. On te ramènera à la maison. »

« Promis ? » demande-t-il. Sa voix tremble un peu, comme s'il retenait ses larmes et essayait d'être fort.

Putain. C'est tellement plus dur que je ne le pensais.

« Je te le promets », dis-je en tendant ma main avec mon petit doigt levé.

Cody imite le geste et nous entrelaçons nos petits doigts pendant quelques secondes. Puis je prends une profonde inspiration et je recule.

« Sois sage, d'accord ? » je murmure.

Il acquiesce. « Oui. »

« Conduisez prudemment », nous dit Avalon en nous guidant hors de la pièce et en nous ramenant vers la porte d'entrée. Elle l'ouvre pour nous, puis s'arrête. « Je vais m'occuper de lui. Je vous le promets. »

« Merci », lui dis-je encore avant de jeter un coup d'œil au sac rempli d'argent liquide que Pax a attrapé dans la voiture pendant que j'étais avec Cody plus tôt. « Cela devrait suffire à tout couvrir, même si... même si cela prend plus de temps que je ne l'espère. »

Elle acquiesce et quand elle referme la porte après nous, j'inspire profondément. C'est le début de la soirée maintenant et le soleil jette ses derniers rayons de lumière dans le ciel tandis que les réverbères le long de la rue s'allument.

Maintenant que je n'ai plus à m'occuper de Cody, les souvenirs d'avant refont surface. Les images de Gale heurtant le quai et tombant dans l'eau se superposent aux flashs de mon cauchemar de la nuit dernière.

Preacher, Ash et Pax également abattus, gisant dans des mares de leur propre sang. Le corps d'Anna se secouant lorsque la balle l'a touchée et son regard douloureux lorsqu'elle tendait la main vers moi.

J'ai promis à Cody que je le protégerais et que je reviendrais le chercher.

Mais j'ai l'impression que tous ceux qui me sont proches sont condamnés à mourir.

7

PAX

River descend les escaliers de chez Avalon et retourne à la voiture comme si elle était en pilotage automatique. Son visage est sans expression, mais les ombres sombres qui tourbillonnent au fond de ses yeux bleus me disent tout ce que j'ai besoin de savoir sur la façon dont son humeur change.

Elle est restée forte pour l'enfant, s'assurant qu'il ne soit pas exposé au pire de ce à quoi nous sommes confrontés, mais cela ne veut pas dire que tout cela ne la dérange plus.

On retourne dans la voiture et je tourne la clé pour retourner vers Détroit et la maison en jetant un coup d'œil à River de temps en temps.

C'est comme si je pouvais la voir se perdre dans ses pensées, et quand une expression se lit sur son visage, c'est une expression d'angoisse, de culpabilité et de douleur.

Les démons se lèvent, essayant de l'entraîner dans leur chute, et elle a clairement de la difficulté à les affronter.

Je me penche et pose une main sur sa cuisse, frottant mon pouce en cercles lents et enfonçant un peu mes doigts dans sa peau, essayant de lui donner autre chose sur quoi se concentrer.

« Cody est un bon garçon », lui dis-je. « Désolé pour tous les gros mots qu'il a probablement appris de moi. »

River déglutit et hausse une épaule, sans même me regarder. « C'est bon », dit-elle et elle semble perdue dans ses pensées. « Je suis sûre qu'il a entendu pire. »

« Probablement. Et de toute façon, connaître quelques gros mots est bon pour un enfant. Si des brutes essaient de l'emmerder, il saura déjà quoi leur dire. »

« Ouais », marmonne-t-elle.

« Avalon fait de très bon macaroni au fromage, aussi. Je vais devoir essayer ça avec des hot-dogs à la maison », je continue. « Je sais que Gale va dire "ce n'est pas sain, Pax", mais peu importe. Ça a bon goût. Je mettrai des brocolis sur le côté si ça peut le calmer. »

Cette fois, River hoche la tête distraitement, mais c'est comme si elle ne m'entendait pas vraiment. Elle est trop plongée dans ses pensées.

« River ? » Je dis son nom en la regardant.

Elle ne répond pas, se contentant de regarder par la fenêtre les arbres et les autres voitures qui défilent.

Puis tout d'un coup, elle se tourne et me regarde. Nos yeux se rencontrent pendant une fraction de seconde, puis River déboucle sa ceinture et grimpe sur la console centrale.

Elle réussit à se placer entre le volant et moi, se retrouvant sur mes genoux. Ses hanches bougent et elle se frotte contre moi, faisant monter la chaleur dans mon corps. Lorsque ses lèvres se posent sur mon cou, je gémis, mes doigts se crispant sur le volant tandis que j'essaie de ne pas percuter la glissière de sécurité.

« Putain », je grogne, mes hanches se soulevant autant qu'elles peuvent pour me frotter contre River.

Je garde les yeux sur la route, essayant de me concentrer sur la conduite, mais mon corps réagit à la femme sur mes genoux comme il le fait toujours. Ma bite commence à durcir, et le désir m'envahit, chaud et rapide comme un feu de forêt.

Il y a une partie de moi qui aime ça, putain. L'adrénaline qui commence à battre à un rythme effréné en moi, dû au fait que River frotte sa chatte chaude contre ma bite comme ça pendant qu'on roule sur l'autoroute. Cela fait appel à cette partie de moi qui aime le frisson et l'exaltation de faire des choses dangereuses qui pourraient tuer quelqu'un qui est moins habile dans ce qu'il fait.

« Putain, River », je gémis à nouveau, poussant contre elle alors qu'elle continue d'embrasser et de mordre mon cou. « On va s'écraser à cause de toi. »

Je ressens une chaleur humide quand elle traîne sa langue le long de mon pouls. Elle ne répond pas.

Je retire une main du volant et la plonge dans ses cheveux, tirant sa tête en arrière et l'éloignant de mon cou suffisamment pour que je puisse croiser son regard pendant une seconde. Juste une seconde pour la regarder.

Mes yeux se plissent en voyant son expression.

« Tu l'espères, hein ? » je lui demande, la voix basse.

Elle ne répond pas, mais son regard me dit tout ce que je dois savoir. C'est un regard vide, comme s'il n'y avait plus rien. Elle ne veut plus s'acharner et je sais qu'elle revit ses pires et plus sombres souvenirs. Les démons en elle sont en train de gagner.

Un mélange fou de sensations et d'émotions me traverse. Je suis inquiet pour elle, inquiet qu'elle ait l'air de perdre ce combat, et pire encore, qu'elle n'ait plus la volonté de continuer à essayer. Mais en même temps, ma bite est dure et elle m'excite.

Elle ne dit toujours rien, se contente d'enfouir son visage dans le creux de mon cou. Sa bouche est chaude, humide et insistante, et elle m'embrasse de mon oreille à ma gorge, laissant une trace brûlante qui semble atteindre directement ma bite.

Ses mains glissent le long de mon torse, effleurant mes mamelons à travers mon t-shirt, puis elle trouve ma braguette.

Je murmure un avertissement, mais ça ne l'arrête pas. Au contraire, cela semble juste la rendre plus déterminée à obtenir ce qu'elle veut. Elle défait mon pantalon et glisse sa main à l'intérieur, trouvant ma bite, chaude et palpitante dans mon caleçon.

Le contact de sa main douce à travers le tissu suffit à me faire gémir et mes hanches se soulèvent à nouveau, à la recherche de plus de chaleur et de friction. Au même moment, j'oublie que je conduis et le volant tourne à gauche, nous envoyant presque sur l'autre voie de circulation.

Quelqu'un nous donne un coup de klaxon et le son traverse la brume de l'excitation pour me permettre de me concentrer.

« Bon sang », je jure et je tourne le volant vers la droite, nous envoyant sur le bas-côté où je peux arrêter la voiture d'un coup sec et couper le moteur.

Je ne vais pas laisser River faire ce qu'elle veut. Pas cette fois. On ne va pas mourir dans un accident de voiture comme des idiots.

Je pousse la porte de la voiture et je sors à l'extérieur. River s'accroche toujours à moi comme si elle ne voulait pas me lâcher. Je la prends dans mes bras et la porte sur le côté de la voiture qui fait face à l'autoroute. Puis j'ouvre d'un coup sec la porte arrière, la poussant à l'intérieur pour pouvoir l'allonger sur le siège pendant que je la surplombe.

Je serre les dents alors que je la regarde fixement, et je suis sûr que mon regard est chaud et intense comparé au regard mort de River.

« Je ne vais pas te laisser te tuer », lui dis-je d'une voix dure. « Tu ne peux pas le faire et je ne vais pas laisser ça se produire. Ni aujourd'hui, ni jamais. Mais si tu as besoin que je te rappelle ce que c'est que d'être en vie ? Je peux le faire. »

Elle ne répond toujours pas, mais elle me regarde, ses yeux bleu cobalt rivés aux miens. C'est un bon début.

La chaleur dans mes veines de ce que River faisait pendant que je conduisais est toujours là, attendant d'être attisée en quelque chose de passionné. Je me penche et l'embrasse avec toute l'intensité que je ressens.

Elle halète contre ma bouche, s'agrippant à mes épaules, et au moins elle m'embrasse en retour. C'est un bon signe. Il y a encore une partie d'elle qui veut pourchasser le plaisir que je peux lui faire ressentir et je dois juste le lui rappeler jusqu'à ce que ça prenne le dessus sur tout le reste.

« Ouais », je marmonne contre ses lèvres. « Je sais ce que tu aimes. Je sais comment te faire sentir bien, petit renard. Laisse-moi juste te rappeler qu'il n'y a pas que la douleur. »

Pas que la mauvaise douleur, en tout cas. Nous savons tous les deux que la *bonne* douleur peut être utile parfois, et si River a besoin de s'y accrocher, alors je vais m'assurer qu'elle l'obtienne.

Je fais glisser mes mains le long de son corps, tripotant ses seins, prenant un plaisir sauvage à la façon dont elle se cambre et gémit pour moi.

Ses mamelons sont déjà durs, des petits boutons contre mes paumes, pressant contre le tissu de son t-shirt comme s'ils essayaient de se libérer. Je pense aux anneaux que j'ai mis et j'en ai l'eau à la bouche, mais je sais ce que je dois faire.

Je reste concentré en faisant glisser mes mains vers le bas jusqu'à ce que je trouve la braguette de son jean. J'ouvre rapidement la fermeture éclair et commencer à descendre son pantalon sur ses hanches, et River se soulève pour m'aider.

« Bonne fille », lui dis-je.

Je baisse son pantalon assez pour pouvoir prendre chaque cuisse dans une main et écarter ses jambes autant que possible dans l'espace étroit. C'est assez pour que je puisse atteindre ce que je veux et je m'agenouille sur le siège entre ses jambes écartées, arrachant la culotte de River pour révéler sa chatte.

Je sens l'odeur de son excitation et cela me rend dingue, me donnant encore plus envie d'elle. Ma bite palpite et j'en ai l'eau à la bouche, anticipant le gout qu'elle va avoir.

On n'a pas besoin d'y aller doucement. Je sais ce que je veux, et plus que ça, je sais ce *dont* River *a besoin*. Donc je m'y mets directement.

Elle est humide et glissante, et j'écarte ses plis avec mes doigts avant d'enfoncer ma langue en elle, sans perdre de temps. Il n'y a pas de préliminaires, pas de temps perdu. Je ne fais que me régaler d'elle comme si c'était la chose la plus délicieuse que j'aie jamais goûtée.

Avec son goût acidulé et sucré sur ma langue, elle pourrait bien l'être.

River se tortille sur le siège, sa respiration devenant de plus en plus rapide et saccadé. Je presse une main sur son bassin, la maintenant en place, ne la laissant pas s'échapper.

Je suis en mission et je n'ai pas l'intention d'abandonner avant d'avoir terminé.

Elle s'ouvre si facilement pour moi, son corps cédant là où son esprit aurait pu lutter contre l'idée de se détendre. Une fois que je peux enfoncer ma langue dans son trou chaud et sucré avec aisance, je la remplace par deux doigts que j'enfonce en elle.

« Ah ! » crie River, se cambrant contre la main qui maintient en place. C'est la première chose qu'elle dit depuis qu'elle est dans un tel état, donc je suis sur la bonne voie.

Bien. Parce que je n'ai pas l'intention de ralentir tant que je n'aurai pas réussi à la ramener.

Ma langue continue de lécher sa chatte, allant de sa fente jusqu'à ce paquet de nerfs qui la fait trembler. Je l'encercle, la taquinant en ne lui donnant pas ce qu'elle veut, tandis que je baise son trou avec mes doigts, les faisant entrer et sortir d'elle, savourant le son humide qu'ils produisent à chaque fois.

Elle se tortille plus fort sur le siège, se frottant contre mon visage. Je cède finalement et commence à sucer son clito, laissant mes dents l'effleurer pendant que j'ajoute un autre doigt, enfonçant les trois en elle avec assez de force pour faire trembler la voiture et elle.

Tout ce que j'entends, c'est le bruit humide qu'elle fait quand je la baise avec mes doigts, sa respiration haletante et ses gémissements. Je vois bien qu'elle est proche, juste au bord, alors je lui donne la poussée dont elle a besoin pour craquer complètement en suçant fort son clito et en recourbant mes doigts pour trouver le point en elle qui la fait toujours jouir.

Ça fait l'affaire et River jouit fort, tremblant et gémissant alors qu'elle jaillit sur mon visage.

Je lèche tout et mords l'intérieur de sa cuisse pour faire bonne mesure avant de lever la tête pour la regarder dans les yeux.

Il y a de nouveau une petite étincelle en eux qui chasse l'aspect terne et mort qui était là avant. Mais ce n'est pas suffisant. J'en veux plus. Je veux la tirer de ce putain d'abîme et je n'arrêterai pas tant que je ne saurai pas qu'elle est loin de ce rebord.

Je lui fais un sourire espiègle et j'attrape le menton de River, la forçant à continuer à me regarder.

« Ce que tu viens de faire ? C'était dangereux. La sécurité d'abord, bébé. Tu devrais toujours utiliser ta ceinture de sécurité. »

Avant qu'elle puisse répondre, je la retourne sur le ventre et je saisis ses poignets, les lui plaquant fermement derrière le dos.

« Pax... »

Elle grogne, se débattant un peu, mais ce n'est pas comme si elle était assez forte pour se libérer. Je tire la ceinture de sécurité du siège du milieu et commence à l'utiliser pour l'attacher, l'enroulant autour de ses poignets pour qu'elle ne puisse pas s'échapper.

Que ses démons aillent se faire foutre. Ils ne me l'enlèveront pas.

8

RIVER

Un souffle s'échappe de mes lèvres, mon cœur s'emballant un peu à la vue de Pax qui se profile derrière moi.

J'ai toujours l'esprit dérangé, toujours embrumé par une centaine de mauvaises pensées, mais je peux toujours réagir à sa présence, grande et imposante, alors qu'il remplit l'espace derrière moi dans la voiture. Ses mains sont calleuses et insistantes lorsqu'il saisit mes poignets et commence à les attacher avec les ceintures de sécurité rugueuses, les tailladant avec le couteau qu'il garde sur lui lorsqu'elles ne bougent pas comme il le souhaite.

Lorsqu'il arrive enfin à les enrouler autour de mes poignets comme il le souhaite, il s'assoit un peu en arrière. Je tire sur les liens, instinctivement, mais ils sont serrés. Quand Pax veut que quelqu'un reste en place, c'est ce qu'il fait, et ça fait vibrer ma chatte de savoir que je ne vais nulle part. Pas avant qu'il ne me laisse faire.

« C'est ça », dit Pax, l'air amusé. « Tu es coincée ici jusqu'à ce que je te laisse partir. Tu ne vas nulle part, bébé. »

Il me gifle violemment les fesses et la douleur irradie en moi, faisant s'emballer mon cœur et dégouliner ma chatte. Il n'y a pas beaucoup de place pour que j'écarte les jambes sur la banquette arrière de la voiture, mais je commence à essayer jusqu'à ce que Pax remédie à l'envie de le faire en saisissant mes deux chevilles et en les attachant aussi.

Je suis ligotée, incapable de faire quoi que ce soit, alors qu'il m'attrape les hanches et me pousse les fesses en l'air. Une grande main sur mon dos pousse ma poitrine contre le siège. J'entends le bruit sourd des voitures qui défilent dehors, mais il fait assez sombre maintenant pour que personne ne puisse voir ce qui se passe dans notre voiture.

Pas que j'en ai quelque chose à foutre qu'ils le puissent. Pax ne s'arrêterait probablement pas même si un policier s'arrêtait et frappait à la fenêtre, et je ne voudrais pas qu'il le fasse.

Parce que ce qu'il fait en ce moment ?

J'ai besoin de ça.

« Putain », j'expire en respirant difficilement. Mon visage est pressé contre le rembourrage du siège, frais et lisse sous ma joue. Chaque partie de mon corps bourdonne, vibrant des soubresauts du premier orgasme et du second qui approche.

Même si je suis un peu dans les vapes, il m'est impossible de ne pas réagir à ça. Pax sait toujours comment jouer avec mon corps. Pour me faire torde et crier pour lui, et sa puissance perce de plus en plus l'obscurité qui menaçait de me noyer.

Sa main s'abat à nouveau sur mes fesses et je crie, me tortillant comme si je ne savais pas si je voulais m'éloigner ou me rapprocher de lui.

« Tu aimes ça, n'est-ce pas ? » Il fait glisser sa paume sur mon cul, frottant l'endroit douloureux où il vient de me gifler. « Tu aimes être attachée et baisée ici, sur le bord de la route. Comme une parfaite petite salope. »

Tout ce que je peux faire, c'est gémir pour lui en frottant mes jambes ensemble pour tenter d'obtenir une certaine friction entre elles. J'ai l'impression que ma chatte est en feu, qu'elle a besoin d'être touchée ou qu'on lui enfonce quelque chose, mais Pax semble déterminé à faire durer le plaisir, me faisant patienter jusqu'à ce qu'il soit prêt à me baiser.

« Dis-le », exige-t-il en me donnant une nouvelle fessée. Le son résonne dans l'espace exigu de la voiture, aigu et intense.

« Pax », je parviens à prononcer. Son nom est rauque à cause du besoin désespéré qui m'envahit. « S'il te plaît. »

« Je t'ai posé une question, River. » Sa voix est rauque et grave, et il frappe toujours mon cul, en alternant les côtés, faisant augmenter cette douleur brûlante en moi. « Dis-le. Dis-moi que tu aimes ça. Dis-moi que tu aimes être ma salope. »

J'ouvre la bouche et un sanglot étouffé et haletant sort. Je pousse mes hanches à chaque coup, cherchant à ressentir davantage la douleur. Je m'y accroche comme à une bouée de sauvetage. Comme si c'était la seule chose qui me retenait, et que sans elle, je pourrais partir en vrille dans les ténèbres de l'abîme.

« Allez », dit Pax en frottant le côté droit de mon cul. Il appuie sur la peau chaude et cinglante, ce qui augmente encore plus mon désir. « Laisse-moi t'entendre. Dis-moi à quel point tu aimes ça. »

« Je... »

Les mots sont coincés dans ma gorge, mais ce n'est pas de la honte ou quelque chose comme ça. C'est difficile de dire que j'aime quoi que ce soit en ce moment, avec la douleur à fleur de peau. C'est difficile d'être positive ou de se sentir bien à propos de quoi que ce soit, mais Pax ne me donne pas l'occasion de m'apitoyer.

Il n'arrête pas de me gifler les fesses, me faisant ressentir chaque parcelle de la douleur et du plaisir qu'il veut.

Chaque nouvelle explosion de sensation me traverse comme une décharge électrique et je suis si proche. Ma chatte est tellement mouillée que je peux sentir l'humidité qui dégouline sur mes cuisses. Je sais que Pax le sait. Avec mon cul en l'air comme ça, il peut tout voir. Mais il ne me touche pas là où je veux, sauf une fois où le plat de sa main gifle ma chatte nue, ce qui libère enfin les mots qui étaient coincés dans ma gorge.

Je pousse un cri et les mots suivent, rauques et essoufflés.

« J'adore ça ! » Je crie. « Putain, Pax, s'il te plaît ! S'il te plaît. »

Sa respiration est bruyante et irrégulière, et je sais qu'il est aussi excité que moi. Je peux le sentir dans la façon dont il saisit ma hanche d'une main, ses doigts s'enfonçant dans ma chair et laissant des bleus derrière eux.

Derrière moi, je l'entends tâtonner pour sortir sa bite, sa braguette encore ouverte depuis que j'ai mis ma main dans son pantalon pendant qu'il conduisait.

Je peux l'imaginer dans ma tête, épaisse et dure, rougie à l'extrémité. Probablement une goutte ou deux de liquide s'accumulant juste à l'endroit où le piercing se trouve à la tête de sa bite.

J'en ai l'eau à la bouche et ma chatte se serre. J'ai soudainement tellement besoin de lui.

« S'il te plaît », je halète à nouveau et j'ai à peine réussi à prononcer le mot que je sens la tête de sa bite juste à mon entrée.

Il est si épais, mais après avoir joui une fois et la façon dont il m'a excitée, je suis assez mouillée pour que ça soit facile. Pax enfonce sa bite en moi d'un seul coup et il la retire avec un grognement en touchant exactement le bon endroit.

Dans cette position, avec mes jambes attachées et Pax si profondément enfoncé en moi, je peux sentir son piercing encore plus. Je peux *tout* sentir et c'est suffisant pour me faire basculer, me faire crier de plaisir et jouir pour la deuxième fois ce soir.

Mon corps tremble, le plaisir s'accumule, brûlant dans mon ventre. Mais bien sûr, l'homme brutalement beau derrière moi ne s'arrête pas là. Il ne fait que commencer, et maintenant que j'ai déjà joui, c'est comme s'il m'utilisait pour son propre plaisir.

Cela entretient le feu de l'excitation en moi et Pax me pénètre avec de longs et profonds coups, s'assurant que je sente toute la longueur de sa bite entrer et sortir de mon trou serré.

« C'est tellement bon, putain », il halète. « Putain, tu es si humide. Si serré, peu importe combien de fois nous te baisons. Merde. *Putain de merde*, River. » Ses doigts s'enfoncent dans mes hanches plus fermement et il pose une main sur ma tête, appuyant mon visage plus fermement sur le siège. « Je ferais ça tout le temps avec toi si je pouvais. Je te garderais attachée et ouverte pour ma bite. Je verserais mon sperme en toi jusqu'à ce qu'il dégouline. Jusqu'à ce que tu jouisses et que tu sois rassasiée d'avoir été autant utilisée. »

Entre ses mots obscènes et la façon dont il me baise sans pitié, c'est comme si chaque terminaison nerveuse de mon corps revenait à la vie. Il n'y a rien que les ténèbres ou les démons puissent faire pour rivaliser avec ça, et c'est comme si la lumière et la chaleur brûlaient tout ce qui me gardait engourdie auparavant.

Pax a dit qu'il n'allait pas me laisser me suicider et c'est clairement ce que ça signifie d'être en vie. Brûler de désir avec les sentiments qu'on a quand on est attaché et baisé dans une voiture sur le bord de la route.

Mais rien en dehors de la voiture ne compte pour l'instant. Je n'entends même plus les bruits de l'autoroute, pas par-dessus le bruit de nos respirations et des hanches de Pax qui claquent contre mon cul. Ce n'est pas comme si j'avais la concentration nécessaire pour y penser de toute façon. La seule chose qui compte, c'est la façon dont la bite de Pax s'enfonce en moi, encore et encore, et son rythme dur, presque punitif, en me baisant.

Le plaisir grimpe, mon corps surfant sur les vagues des deux orgasmes que j'ai déjà eus pour atteindre un troisième. Je lutte contre les ceintures qui me retiennent, juste pour sentir à quel point elles sont serrées. Juste pour sentir cette résistance. Entre elles et la façon dont Pax recouvre mon corps du sien, je suis retenue et remplie. J'en veux tellement plus que je bave presque contre le siège de la voiture.

« Putain, River », Pax gémit derrière moi. « Tu ne sais pas ce que tu me fais. Tu ne sais pas à quel point c'est bon. »

Tout ce que je peux faire, c'est gémir en retour, mon corps se crispant alors que les vagues de mon troisième orgasme montent et menacent de déferler sur moi.

La main de Pax glisse de mes cheveux à mon cou, et il enroule ses doigts autour de ma gorge, m'empêchant de respirer légèrement. Juste assez pour que ma tête tourne quand j'essaie d'inspirer une bouffée d'air.

Cela ne fait qu'ajouter de l'huile sur le feu.

J'ouvre la bouche dans un cri silencieux alors que le plaisir se répand dans tout mon corps. Ma chatte se resserre autour de la bite de Pax, les signes avant-coureurs qui montrent que je suis sur le point de jouir.

« Putain », grogne-t-il, ses hanches continuant à pousser fort et rapidement. « Merde. Tu étrangles ma bite si bien, bébé. »

Il s'enfonce en moi avec force une fois de plus et je le sens jouir, remplissant ma chatte de son sperme tandis que mes muscles se contractent, essayant de tout prendre.

Le troisième orgasme me frappe de plein fouet, avec une force telle qu'il me coupe le souffle et j'essaye de me rappeler comment remplir mes poumons à nouveau. J'ai la tête qui tourne, mais c'est bon. Je ressens quelque chose. Quelque chose d'autre que l'obscurité qui menaçait de me faire sombrer auparavant.

Il n'y a que Pax pour savoir comment me tirer de ce mauvais pas, je suppose.

Il faut un certain temps pour reprendre mes esprits après cet orgasme, et s'il n'y avait pas eu Pax et les ceintures de sécurité pour me retenir, je serais probablement déjà affalée sur le siège.

La voiture résonne du bruit de nos respirations difficiles. Nous haletons tous les deux en nous remettant de l'intensité de notre baise. Nous ne sommes pas complètement déshabillés, ayant libéré juste ce qu'il faut pour que ce soit possible. Quand il retire ses doigts de mon cou, c'est presque drôle de regarder par-dessus mon épaule et de voir Pax se passer une main dans les cheveux avec sa bite ramollie qui sort de son pantalon.

Il me sourit quand il surprend mon regard et commence à me détacher, à défaire les nœuds des ceintures de sécurité qui me maintiennent attachée.

Mes poignets sont un peu douloureux, car je les ai frottés par endroits en tirant sur le tissu rugueux de la ceinture pendant que Pax me baisait. Il touche ces endroits doucement, soulevant un poignet, puis l'autre, pour presser ses lèvres sur les endroits sensibles.

« Tu vas bien ? » demande-t-il d'une voix rauque et grave.

Si je ne venais pas de jouir trois fois de suite, ça pourrait suffire à m'exciter de l'entendre parler ainsi. C'est signe que je reprends mes esprits et je hoche la tête en réponse à sa question.

« Ouais », j'ajoute. « Je vais bien. » Je rapproche mes poignets pour pouvoir examiner la peau rouge et brillante laissée par les liens. « Les liens n'étaient pas trop serrés, j'ai juste tiré dessus trop fort. Je voulais les sentir. » Je lève mon regard pour rencontrer le sien. « Ne t'inquiète pas pour ça. J'aime être marqué par toi et les autres gars. J'ai beaucoup de cicatrices, mais ce sont les seules que j'aime. »

Son sourire sauvage et féroce s'élargit, illuminant ses yeux, et il m'attire vers lui pour m'embrasser fort. Sa bouche est stable et ferme contre la mienne, et je m'enfonce dans son baiser, posant une main sur son torse et enfonçant mes doigts dans son t-shirt pendant une seconde, juste pour le garder là, chaud contre moi, pour pouvoir me réconforter avec cette sensation agréable.

Lorsque nous cessons de nous embrasser, nous nous effondrons tous les deux et nous retrouvons côte à côte sur la banquette arrière. Mon cœur reprend lentement son rythme habituel et Pax range sa queue et tente de s'étirer un peu, ce qui est drôle parce qu'il est si grand qu'il a à peine assez de place pour manœuvrer dans l'espace restreint de la banquette arrière.

Il me jette un coup d'œil, faisant glisser ses yeux de haut en bas. Ma culotte a été déchirée et jetée quelque part, et mon pantalon est toujours enroulé autour de mes chevilles. Je n'ai même pas encore pris la peine de le remonter et la chaleur dans les yeux de Pax révèle qu'il aime ça. Il se penche et touche ma chatte gonflée, faisant glisser ses doigts dans l'humidité qu'il y a laissé.

Je me lèche les lèvres et j'écarte un peu plus les jambes, mais je ne cherche pas vraiment à ce qu'il me baise à nouveau. Je suis trop sensible et épuisée, et je ne sais pas si j'ai encore envie de baiser en cet instant. Mais ça fait du bien qu'il me touche comme ça, qu'il caresse ma chatte comme si elle lui appartenait.

Comme si c'était la sienne.

Comme si *je lui appartenais*.

« Alors... » dit-il lentement en jetant un coup d'œil pour me regarder dans les yeux. « Tu veux en parler ? »

« Non », je réponds immédiatement. Puis je soupire et m'affaisse un peu sur le siège. « Je suppose. Je ne sais pas. »

« Prends ton temps. »

Je lève la main et j'écarte de mon visage mes cheveux en sueur. Le simple fait de me rappeler les horreurs du rêve que j'ai fait la nuit dernière me donne l'impression d'avoir reçu un coup de poing dans l'estomac. Cette obscurité veut recommencer à s'insinuer. Mais la chaleur du corps de Pax me maintient dans l'instant présent et le frottement régulier de ses doigts contre l'endroit où je suis le plus sensible suffit à me distraire de toute cette merde. Assez pour lui en parler, du moins.

« J'ai fait un cauchemar stupide », je commence en soupirant. « Après que nous avons installé Gale la nuit dernière. C'était... dingue. On était de retour sur ce quai, et Alec était là. Mais cette fois, ça ne lui suffisait pas que je tire sur l'un d'entre vous, je suppose. Je devais tous vous tuer. Et... je l'ai fait. Je vous ai regardé mourir tous les quatre et c'est *moi qui* vous ai tués. Vous étiez tous morts à cause de moi. »

Rien que le fait de le dire me fait mal et je détourne le regard de Pax. Je regarde par la fenêtre pendant une seconde, regardant les phares traverser l'obscurité alors que les voitures continuent de rouler à toute vitesse sur l'autoroute devant nous, inconscientes de ce qui se passe dans ce petit endroit.

Pax ne dit rien pendant un moment, mais je vois bien que ce n'est pas parce qu'il est furieux de ce que je viens de lui dire. Ou du moins, je ne pense pas qu'il le soit. Ses doigts continuent de bouger, me caressant doucement, et quand il parle, c'est avec le même grondement sourd qu'avant.

« Il y a un travail qu'on a fait il y a quelque temps », dit-il. «

Quand on était encore en train de se faire un nom à Détroit. C'était un de ces trucs à grand risque et à grande récompense, tu sais ? Un risque stupide, mais le gain était assez important pour que ça en vaille la peine. Même Gale le pensait. On savait tous que ça allait être dangereux, mais on avait un plan. On a toujours un plan. Mais les choses ont dérapé, comme ça arrive parfois, et Gale, Preacher et Ash ont failli être tués. Je me souviens avoir regardé tout ça partir en vrille, les avoir vus se battre pour leur vie. Je me souviens de la peur que j'avais de les perdre. C'est terrifiant de voir les gens que tu aimes être en danger. Je le sais par expérience. »

Je tourne la tête pour lui faire face, intéressée par son histoire. « Que s'est-il passé ? Comment vous en êtes-vous sortis ? »

Pax sourit à nouveau, et cette fois, c'est un sourire déséquilibré qui lui donne un air féroce. « C'est le jour où j'ai eu mon surnom. Le boucher de Seven Mile. »

N'importe qui d'autre serait dérangé en entendant cela, compte tenu de l'implication qui est claire dans ses mots, mais cela me fait sourire un peu aussi. Je me sens un peu plus moi-même maintenant, assise là avec Pax. Il fait ressortir ça en moi tout le temps, me rappelant que je suis une combattante.

« N'importe quoi peut arriver », poursuit-il en donnant à ma chatte une petite claque qui me fait gémir doucement. « Mais tu dois juste botter le cul et continuer à avancer. Prépare-toi pour les prochaines emmerdes que la vie va te lancer. »

« Ça a l'air épuisant », lui dis-je en fronçant les sourcils.

Il hausse les épaules. « C'est vrai. Mais c'est la vie aussi. Si tu as de la chance, tu peux t'amuser pendant que ça arrive. »

Ses yeux sombres brillent alors qu'il retire ses doigts de ma chatte trempée et les lèche pour les nettoyer, et je sais qu'il considère ce que nous venons de faire comme une partie de l'amusement dont il parle. Il n'a pas tort.

Il me gifle la chatte une fois de plus, puis se penche pour fouiller sur le plancher de la voiture. Une seconde plus tard, il se redresse, brandissant ma culotte déchirée. Il me lance un sourire malicieux en serrant son poing autour des délicats bouts de tissu.

« Je t'offrirais bien ça pour te nettoyer, mais à la place, je vais les garder dans ma poche pour me rappeler à quel point tu as crié fort mon nom. Peut-être que je vais même me branler avec plus tard en pensant à toi, attachée et suppliant d'avoir ma bite. »

Je ne peux pas empêcher un frisson d'excitation de me parcourir au son de la promesse dans sa voix. Malgré le fait que nous avons un million de choses merdiques à régler, je n'ai aucun doute sur le fait que Pax trouvera le temps de faire exactement ce qu'il a promis.

Si j'ai vraiment de la chance, peut-être qu'il me laissera être là pour regarder.

« Garde-les », lui dis-je à voix basse en souriant un peu. « Tu les as mérités. » Puis je me pince les lèvres en jetant un coup d'œil autour de moi. « Mais qu'est-ce que je vais utiliser pour me nettoyer, alors ? »

« Rien. » La possessivité brille dans les yeux de Pax qui regarde avec avidité mes cuisses. « Tu as failli nous faire avoir un accident de voiture. Pour te punir, tu vas rester assise avec mon sperme en toi pendant le reste du trajet. »

Mon clito palpite doucement, mes parois intérieures se serrent comme si elles essayaient d'entraîner son sperme plus profondément à l'intérieur.

« Je ne pense pas que ce soit une punition », je souffle doucement.

« *Putain.* » Il attrape mon menton entre son pouce et son index, baissant la tête pour m'embrasser fort avant de se retirer. Puis il fait un signe de tête vers la route. « Tirons-nous d'ici, d'accord ? »

« Ouais », je réponds, en me baissant pour remonter mon pantalon afin que nous puissions continuer notre route.

9

PREACHER

Il commence à faire sombre dans la salle de piano, alors que je suis assis sur le banc, regardant les ombres grandir au fur et à mesure que la fin de l'après-midi se transforme en soirée. Mes doigts sont toujours posés sur les touches du piano et j'ai joué un peu, mais j'ai du mal à me concentrer.

Presque par instinct, je me lance dans les premières notes de la mélodie que River et moi avons composée ensemble, mais après quelques mesures, je sais que ça ne sonne pas bien sans elle pour jouer sa partie. On dirait que la mélodie est incomplète. Ce qui est logique, je suppose, parce que je me sens comme une moitié de personne sans elle ici.

Quand on a emménagé dans cette maison, on s'est tous répartis dans nos espaces respectifs. Pax a immédiatement revendiqué le sous-sol, délimitant son territoire avec ce regard brillant, presque terrifiant, et nous savions tous ce qu'il allait en faire. Bien que nous partagions tous la cuisine, c'est vraiment le domaine d'Ash, l'endroit où il se sent le plus à l'aise, que ce soit pour jouer avec des couteaux, faire des tours de cartes ou cuisiner. Gale a eu sa bibliothèque qu'il a remplie d'étagères, de vieux livres et d'endroits confortables où s'asseoir.

Moi ? J'ai décidé d'acheter un piano.

J'ai beaucoup pratiqué, apprenant à faire de la musique qui ressemblait plus à... eh bien, à de la *musique* plutôt qu'à du bruit. Mais ce n'était pas vraiment à propos de la musique du tout. Il s'agissait plutôt de donner à mes mains quelque chose à faire, de donner à mon esprit quelque chose sur quoi se concentrer en dehors de Jade et du vide que je ressentais sans elle.

Il y avait toujours cette déconnexion entre la musique et moi, tout comme il y en avait une entre mes émotions et moi. Comme si je me tenais de l'autre côté d'une épaisse paroi de verre. Capable de voir et d'expérimenter les choses, mais à distance, comme un simple observateur de ce qui m'arrive et de ce qui se passe autour de moi.

Mais avec River à mes côtés, j'ai l'impression de pouvoir entendre les notes des mélodies que je joue. Ça ressemble à de la musique, au lieu d'être juste des notes liées ensemble.

Même si River n'est pas là en ce moment, j'ai l'impression de pouvoir ressentir sa douleur, où qu'elle soit. Je sais que ça ne va pas bien entre elle et Gale en ce moment, et je le comprends. C'est juste de la peur, quand on y réfléchit. C'est ce qui fait généralement déraper les choses entre les gens. Pour River, c'est la peur de perdre Gale qui lui fait craindre d'être proche de lui en ce moment.

Je le sais, parce que je ressens la même chose.

Je suis amoureux de River.

Obsédé par elle, vraiment. Dévoué à elle, corps et âme.

Je n'ai pas voulu que cela arrive, et quand elle est arrivée ici, j'ai lutté contre toute forme d'attachement, mettant toute mon énergie pour la garder à distance. Mais c'est quand même arrivé, et maintenant je crains que si je la perds, ça me tue. Ça me détruirait de l'intérieur.

Déjà, rien ne semble normal quand elle n'est pas là. Je me sens mal, comme s'il me manquait un membre ou quelque chose. Quelque chose qui devrait être là et qui n'y est pas, et je suis hyper conscient de son absence.

Je pense aux moments que nous avons passés à ce piano, et

quand je ferme les yeux, je peux l'imaginer ici. Je peux l'imaginer jusqu'au dernier cil. Je connais si bien chaque courbe de son visage et de son corps. Chaque trait de ses tatouages, la façon dont les lignes sombres décorent son corps. Chaque cicatrice sur ses bras, son ventre, ses cuisses : celles qu'elle s'est faites et celles qu'elle a reçues des autres. Chaque petit grain de beauté et tache de rousseur. Je peux imaginer la façon dont ses cheveux argentés tombent en cascade sur ses épaules et dans son dos, et le regard de ses yeux bleu foncé qui la rend bien trop attirante.

Ma bite s'agite un peu rien qu'en pensant à elle et cela m'amène à penser à la fois où je l'ai jetée sur le canapé ici et où je l'ai fait jouir avec ma main enroulée autour de sa gorge.

Le regard sur son visage, la façon dont elle s'exprimait, luttant pour respirer et perdue dans le plaisir...

Putain.

Elle a brisé les murs que je gardais autour de moi et maintenant je la veux proche tout le temps.

Le chien commence à aboyer dans l'entrée, le son me détourne de mes pensées, et ma tête se lève. Il n'aboie jamais comme ça, à moins qu'il ne salue quelqu'un qui arrive à la maison : c'est le signal que j'attendais. Je me lève et me dirige vers la porte d'entrée, rencontrant Ash dans le hall qui fait la même chose.

Je peux dire qu'il est aussi impatient que moi de la voir.

On entend clairement Pax rire dehors avant même qu'ils n'atteignent la porte d'entrée, et Harley commence à devenir dingue, à courir en rond et à aboyer aussi joyeusement qu'un chien peut le faire.

« Je te jure que s'il pisse par terre, je ne nettoierai pas », murmure Ash juste quand la porte s'ouvre.

Harley se dirige vers River avant que quiconque ne puisse bouger, et elle sourit un peu, s'agenouillant pour le gratter derrière les oreilles et le laisser lécher son visage.

« Tu es dégoûtant », le réprimande-t-elle, mais il n'y a pas de méchanceté dans cette phrase. Elle est heureuse de le voir aussi.

Ash s'approche et tire River vers le haut et loin du chien.

« Arrête de monopoliser la jolie fille », dit-il, se moquant d'Harley avant de tirer River dans ses bras. Il sourit et l'embrasse, et elle s'enfonce un peu dans ses bras, semblant un peu moins sur les nerfs que la dernière fois que nous l'avons vue.

J'attends mon tour, mais on ne peut pas vraiment dire que ce soit patiemment. Tout en moi réclame à cor et à cri de la toucher, de la tenir et de la garder près de moi, alors quand Ash s'éloigne, je suis tout de suite là pour la prendre dans mes bras.

Elle se fond contre moi, et je peux sentir l'odeur du sexe sur elle alors que j'embrasse ses joues, puis ses lèvres. Je ne suis pas jaloux de savoir qu'elle a clairement baisé Pax avant qu'ils ne rentrent à la maison, mais je l'embrasse plus fort. Comme si je voulais laisser ma marque sur elle aussi.

Après un long moment, je la relâche et elle recule.

« Comment ça s'est passé ? » demande Ash en glissant une main dans ses cheveux bruns. « L'enfant est en sécurité ? »

River acquiesce. « Ouais. On l'a déposé chez Avalon et il sera en sécurité là-bas jusqu'à ce qu'on puisse retourner le chercher. »

« Tu lui fais confiance ? » je lui demande. Nous avons déjà discuté de son plan ce matin, mais je veux être sûr qu'elle en est toujours satisfaite.

« Ouais. » Elle acquiesce, l'air sérieuse. « Elle m'a aidée quand j'en avais besoin et elle est contente de ne plus être dans la rue. C'était le meilleur plan pour ce dont nous avions besoin. C'est plus sûr qu'ici, au moins. »

« Donc, maintenant que le gamin n'est plus là, nous devons établir un plan », dit Pax, appuyé nonchalamment contre le mur, les bras croisés. « On a une société secrète avec un putain de connard à sa tête à gérer. Qu'est-ce qu'on fait de ça ? »

Tout le monde se tait, ce qui ne me surprend pas. Parce que c'est la grosse question, n'est-ce pas ?

C'est plus gros que tout ce qu'on a fait avant, avec ou sans River. Elle a fait tomber certaines des personnes les plus puissantes de la pègre de Détroit, mais aucune d'entre elles n'était au sommet de la pile. Ils avaient tous un point faible qu'elle a pu trouver et exploiter : une faille dans leur sécurité, un angle mort, ou des gens qu'ils avaient énervés dans le passé et qui voulaient les voir mourir.

Alec Beckham est au-dessus de tout ça.

Il est important dans tous les coins de Détroit. Il a ses entrées dans les affaires légitimes et dans le monde criminel, et il est impossible de savoir jusqu'où s'étend son influence.

À en juger par le regard sur le visage de River, elle pense la même chose que moi. Je suis sur le point de faire un commentaire, mais avant que je puisse le faire, le corps entier de River est secoué. Je regarde son visage devenir dur et elle regarde par-dessus mon épaule, l'air furieuse.

« *Putain*, qu'est-ce que tu fais ? » grogne-t-elle.

Je me tourne pour regarder où son attention est portée et j'aperçois immédiatement ce qui l'a bouleversée.

Gale descend les escaliers, une main agrippée à la rampe tandis que l'autre est plaquée sur son ventre, là où se trouve sa blessure.

Son visage est pâle et ses yeux sont brillants de douleur, mais il a un regard déterminé que je reconnais, comme s'il se forçait à descendre les escaliers par pure volonté.

RIVER

C'est quoi ce bordel ?

La panique qui monte en moi est si forte que j'ai l'impression d'avoir été frappée de plein fouet.

Je devrais peut-être me réjouir de voir Gale se débrouiller seul après ce qui lui est arrivé hier soir, mais je ne peux qu'imaginer qu'il va se blesser encore plus. Qu'il va déchirer ses points de suture ou ouvrir une plaie interne et se vide de son sang.

« Qu'est-ce que tu fais ? » dis-je fort en marchant vers les escaliers. « Qu'est-ce que tu ne comprends pas du repos au lit et de ne rien faire de stupide ? Trask te *l'a dit*. Il nous l'a tous dit ! »

« Tout va bien », insiste Gale, mais il semble essoufflé et sa voix est tendue.

Il y a quelque chose dans le fait qu'il se mette en danger si tôt après qu'on l'a ramené à la maison qui me brise le cœur. Je peux voir son visage tordu de douleur et quelque chose se fissure en moi.

Mes pieds continuent de bouger et je monte les escaliers à sa rencontre, le coupant à mi-chemin pour l'empêcher d'aller plus loin.

« Ça ne va pas bien, putain ! » je grogne, me mettant en travers de sa route même si je suis sur une marche plus basse. Je lève un doigt tremblant pour pointer vers le deuxième étage. « Retourne au lit : là où tu dois être. »

Quelque chose brille dans l'expression de Gale, faisant oublier la douleur pendant une seconde, et je reconnais son air irrité. Il n'aime pas qu'on lui dise ce qu'il doit faire et je le connais assez pour savoir qu'il ne l'a jamais aimé.

« Tu n'es pas ma mère, River », grogne-t-il. « Je peux descendre les escaliers. »

La façon dont il le dit m'agace, faisant picoter ma peau. Mes émotions sont en ébullition, elles montent, descendent et tourbillonnent dans ma poitrine, ce qui rend encore plus difficile de faire marche arrière. Je surmonte la fureur, sans bouger de l'endroit où je bloque le chemin de Gale.

« Tu crois que c'est une putain de blague ? » dis-je. « *Essaies-tu de* te faire tuer ? Comme si ça n'avait pas d'importance ? Comme si tu n'allais manquer à personne si tu... »

Je ne peux pas dire le mot. Je peux à peine y penser. Mes yeux me piquent et mes joues sont chaudes et rougies.

Ce n'est peut-être pas juste que j'engueule Gale à ce sujet alors que Pax avait raison. Une partie de moi voulait mourir quand je me suis glissée sur ses genoux dans la voiture

Je lève mon menton encore plus haut et je prononce chaque mot durement. « Retourne au lit. Putain. »

« Ce n'est pas à toi de décider », dit-il froidement.

Il aurait aussi bien pu jeter une allumette dans un baril de pétrole. J'entends ses mots et tout en moi explose. Toutes les émotions que j'ai gardées enfermées dans une petite boîte depuis qu'on a sorti Gale de l'eau se précipitent, refusant d'être ignorées.

« Comment peux-tu faire ça ? » je lui demande, ma voix devenant rauque alors que ma gorge essaie de se refermer. J'aspire un souffle et continue, les mots se déversant de moi en un torrent. « Comment peux-tu continuer à te mettre en danger ? Pourquoi ça n'a pas d'importance pour toi ? Bon sang, Gale ! Tu n'aurais pas dû le faire ! Tu n'aurais pas dû m'obliger à te tirer dessus. Pourquoi ce n'est pas à *moi* de décider ? Tu m'as pratiquement forcée à te *tuer*. Et pour quoi ? Pour quoi, fils de pute ? »

« Pour te sauver », répond-il.

Son ton est dur et sec, malgré la tension qui l'habite. C'est comme ça depuis le moment où je suis arrivée dans cette maison. Nous nous affrontons tous les deux à cause de nos tempéraments en attendant que l'autre recule et se soumette.

Mais cette fois, il y a quelque chose d'autre. Quelque chose qui remplit l'air autour de nous d'une telle tension que je jure pouvoir sentir les petits poils de ma nuque se hérisser. Il y a plus que de l'entêtement dans cette dispute, et quoi que ce soit, ça fait battre mon cœur contre ma poitrine comme un poing qui frappe à une porte.

« Je ne t'ai pas demandé de me sauver ! » Je crie, ma voix remplie d'émotions. « Pas au prix de ta putain de *vie* ! »

Sa mâchoire se serre et je vois bien à la façon dont il me regarde qu'il ne va pas céder.

Mais moi non plus.

Je vibre pratiquement sous la force de tout ce qui se bouscule en moi et je serre les poings, ma poitrine se soulevant et s'abaissant tandis que ma respiration s'accélère.

« Dis que tu ne le referas pas », je siffle. « Dis-moi, Gale. *Promets-moi*, putain. Promets-moi que tu ne le referas jamais. »

Il secoue simplement la tête et ses yeux verts brillent alors qu'il les plisse. « Non. Je ne ferai jamais cette promesse et tu le sais. Ce qui s'est passé la nuit dernière ? Je le referais exactement de la même manière si je pouvais revenir en arrière et choisir. Je le ferais un million de fois de plus si je le devais. »

La colère monte en moi comme un tsunami et je me rapproche de lui.

« Tu es un putain d'idiot », je grogne. « Tu dis toutes ces conneries sur le fait que tu me veux et que tu veux me protéger, mais à quoi bon si tu es mort ? Si tu laisses Alec Beckham ou un autre connard t'éliminer ? Je pensais que tu étais censé être le plus rusé du groupe. Je pensais... »

Je suis en train de débiter des mots au hasard, désespérée de lui faire comprendre, mais il me coupe en tendant la main et en saisissant une poignée de mes cheveux. Même s'il est faible et qu'il souffre, sa prise est toujours forte et il tire ma tête en arrière, me forçant à rencontrer ses yeux.

Mon cœur saute un battement et je ne dis plus rien. Je ne le dirais jamais à voix haute, mais cette petite démonstration de domination de sa part me fait me sentir un peu moins mal. C'est tellement *Gale* que je me sens moins à cran et moins déséquilibrée.

Il est blessé, mais il est toujours là.

Il est toujours lui-même.

« Écoute-moi, River », grogne doucement Gale en baissant un peu la tête pour que nos nez soient à quelques centimètres l'un de l'autre. « Tu ne décides pas ce que je ressens pour toi. Tu ne décides pas si je suis prêt à me mettre sous les balles pour te sauver. Tu ne décides pas si je préfère perdre ma propre vie plutôt que de risquer la tienne. »

Il resserre ses doigts dans mes cheveux, tirant un peu plus fort d'une manière qui me coupe le souffle pendant une seconde.

« Tu ne décides rien », poursuit-il. « Je ferai n'importe quoi pour te protéger. Est-ce que tu comprends ? *N'importe quoi.* Autant de fois que je le devrai. Et ça ne changera jamais. »

Il y a quelque chose d'indéniable dans ses yeux verts, brillants et inflexibles. Ça me rappelle cette nuit sur le bord de la route, quand il m'a demandé d'admettre que lui et les autres n'étaient pas rien pour moi. Quand il m'a fait dire qu'ils comptaient.

Je maintiens son regard, et c'est seulement à ce moment-là que je réalise que les trois autres hommes m'ont suivie dans les escaliers et se tiennent derrière moi.

« Il a raison », dit Preacher, et bien que sa voix ne soit pas aussi dure que celle de Gale, il y a autant de conviction. « Il n'y a rien que nous ne ferions pas pour te garder en sécurité, River. »

Ash et Pax murmurent leur accord, et le son de leurs voix basses qui acquiescent fait remonter les larmes pour la deuxième fois aujourd'hui. J'expire un petit soupir, mes genoux vacillants un peu. Mon corps se relâche, la colère disparaissant aussi vite qu'elle est apparue.

Accepter ces hommes, être avec eux et savoir qu'ils se soucient de moi et veulent me protéger, c'est en partie accepter *tout ce* que cela signifie. Que leur attention signifie qu'ils vont me protéger, tout comme je veux les protéger.

C'est l'une de ces choses que je connais et que je comprends en théorie, mais chaque fois que je dois y faire face, cela me semble trop grand. Trop écrasant. Quelque chose brûle en moi, chaud et vulnérable, et je dois encore m'habituer à ce que je ressens.

« Je vous déteste tous », je murmure, mais sans méchanceté.

Gale sourit, mais c'est une petite grimace. « Je ne suis pas sûr que ce soit vrai », dit-il toujours avec son air de connard suffisant.

Je lui fais un doigt d'honneur et il pouffe de rire, puis me prend dans ses bras pour m'embrasser fort.

Sa bouche est ferme et insistante contre la mienne, et même si notre dernier baiser ne remonte pas à si longtemps que ça — même si tout ce qui s'est passé me donne l'impression que ça fait des siècles — l'embrasser, c'est un peu comme rentrer à la maison. Comme si quelque chose se remettait en place après avoir été perdu pendant un petit moment.

Quand il lâche enfin mes cheveux, je recule et me lèche les lèvres, appréciant son goût. J'examine Gale et je vois bien qu'il se bat pour rester debout. Se tenir ici dans les escaliers et notre petite confrontation, le font souffrir et ça me ramène au fait qu'il n'est pas censé être debout du tout.

« Retourne te coucher », lui dis-je à nouveau. Ma voix est aussi ferme qu'avant, mais mon ton est plus doux cette fois. C'est moins une demande qu'une requête, peut-être même un plaidoyer.

Je l'entoure de mon bras, et cette fois, il ne me résiste pas.

« Bien », il souffle. « Je vais retourner au lit comme une sorte de foutu invalide. »

Il n'a pas l'air content, mais il me laisse l'aider à remonter les escaliers et à rejoindre sa chambre.

Il laisse échapper un léger gémissement lorsqu'il s'assoit sur le lit et son beau visage anguleux est un peu pâle dans la faible lumière. La sueur perle sur son front et il respire plus fort que d'habitude, une main toujours appuyée sur son estomac. C'était stupide de sa part de bouger autant, mais je me mords la langue pour ne pas le faire remarquer à nouveau, et l'aide plutôt à se rallonger sur le matelas.

Pendant une minute, je reste à côté du lit, le regardant se déplacer, essayant de se mettre à l'aise. Il a l'air de moins souffrir, et soudain, tout ce qui me retenait loin de lui semble disparaître. Au moins suffisamment pour que je cède à l'envie d'être près de lui et que je me glisse sur le lit avec lui.

Je me blottis doucement contre lui, savourant la chaleur de son corps et le fait qu'il soit solide, réel et vivant. Les battements de son cœur ralentissent, et le bruit sourd et régulier est apaisant, car il se répercute là où je peux l'entendre et le sentir.

« Est-ce que ça va ? » Je murmure. « Je ne te fais pas mal ? »

Gale pouffe de rire et passe ses doigts dans mes cheveux.

« C'est bon », dit-il doucement. « Et même si ça faisait mal, je ne voudrais pas que tu bouges. »

Je lève les yeux au ciel, mais cette réponse est tellement typique de Gale que même son entêtement est un soulagement. Peu importe ce qui lui arrive, il est toujours comme ça. Toujours déterminé et insistant. Toujours stable.

De l'embrasure de la porte, j'entends un léger gloussement. Ash est là, penché pour vérifier si tout va bien. Il pousse sa langue contre sa joue, un sourire en coin se dessinant sur ses lèvres.

« Mmm. Vous avez l'air bien ensemble. Vous savez... » Il penche la tête et me montre du doigt, recroquevillé sur le côté de Gale, tout en haussant les sourcils de façon exagérée. « Peut-être que j'ai besoin de me faire tirer dessus aussi si c'est à ça que ressemble la récupération. »

Gale lève juste une main et lui fait un doigt d'honneur.

« Tu n'as pas autre chose à faire, Ash ? » demande-t-il, mais je peux reconnaître l'amusement dans son ton.

« Non, pas vraiment », répond Ash en haussant les épaules. Puis le sourire taquin disparaît de son visage et il ajoute : « Mais je suis content que vous vous entendiez à nouveau. Surtout que River doit rencontrer Alec demain. On a trop de problèmes à régler pour se disputer en ce moment. »

Ce rappel est comme si on me jetait dans un seau d'eau glacée et qu'on me plantait des clous dans le corps, mais je me blottis un peu plus contre Gale, refusant de laisser ma peur de l'avenir briser ce moment. J'ai envie de faire ça depuis hier soir, mais toutes mes émotions désordonnées me retenaient. Maintenant que Gale et moi sommes de nouveau ensemble, je veux juste rester allongée ici avec lui pendant un moment.

Peut-être qu'il peut le remarquer, parce que l'expression d'Ash est affectueuse. Il tape sur le chambranle de la porte avec ses doigts avant de reculer en me faisant un petit sourire. Puis il se tourne et se dirige dans le couloir vers sa chambre.

Pendant un long moment, Gale et moi restons allongés en silence. Puis je me déplace un peu pour pouvoir mieux le voir. Il est encore un peu trop pâle, faisant ressortir d'autant plus la petite cicatrice sur sa lèvre supérieure, et ses yeux habituellement brillants sont un peu ternis par les analgésiques que Trask lui a donnés. Mais quand nos regards se croisent, je réalise qu'il est ici avec moi.

« Qu'est-ce que tu... » Je déglutis. « De quoi te souviens-tu à propos de la nuit dernière ? Après... après que je t'ai tiré dessus. »

Il soupire lentement en y réfléchissant. « Je me rappelle avoir pressé ton doigt contre la gâchette et ensuite... je ne sais pas. Je me souviens de la douleur, mais elle était si forte et si intense qu'elle était à peine perceptible. C'était comme si mon esprit ne pouvait pas la traiter. Je me souviens d'avoir frappé le quai et d'avoir entendu des voix au-dessus de moi, mais tout était flou, et puis tout est devenu noir. »

Mon estomac se retourne sur lui-même quand je me souviens

que je me tenais au-dessus de son corps effondré, tenant toujours l'arme dans ma main tremblante. Une partie de moi ne veut pas entendre ça et ne sait pas pourquoi je demande, mais je *dois* savoir. J'ai repoussé Gale, ouvrant ce gouffre entre nous, parce que j'étais envahie par la culpabilité et la peur. C'est peut-être ma façon d'essayer de combler ce fossé, de percer la blessure dans mon cœur pour nettoyer l'infection et qu'il puisse guérir.

« J'ai cru que tu étais mort à ce moment-là », j'admets en murmurant. « Tu ne bougeais pas. Je ne pouvais pas dire si tu respirais. Mais j'espérais que tu étais peut-être encore en vie. Puis Alec a demandé à l'un de ses hommes de main de te jeter dans l'eau, toi et l'agent Carter, et j'ai compris que si la balle ne t'avait pas déjà tué, la rivière le ferait. Il a continué à parler, me disant où le rencontrer et quoi faire ensuite, et j'avais l'impression que chaque seconde était comme un coup de poignard. Chaque seconde où il s'attardait était une seconde de plus où je ne pouvais pas t'atteindre, où je ne pouvais pas essayer de te trouver. Quand j'ai sauté dans l'eau, j'étais sûre qu'il était trop tard. »

Des larmes coulent de mes yeux pendant que je parle et je ne prends pas la peine d'essayer de les essuyer. Elles coulent le long de mes joues et Gale lève le bras pour faire glisser son pouce sur leurs traces.

« Le froid m'a réveillé en sursaut », murmure-t-il. « Je me souviens avoir heurté l'eau, car j'avais l'impression que tout mon corps avait été frappé par un camion. J'ai *coulé* pendant quelques secondes. Je n'arrivais pas à bouger dans l'eau. Puis ma main a heurté ce poteau et j'ai pu l'utiliser pour remonter jusqu'à la surface. J'étais dans les vapes, et à chaque fois que je m'évanouissais, je commençais à perdre mon emprise. Mais j'ai continué à m'accrocher, à m'accrocher à la vie autant qu'au poteau. »

« Je suis désolée », je chuchote en pleurant. « Je suis vraiment désolée, Gale. »

« Bébé... » Son pouce effleure à nouveau ma joue alors qu'il secoue la tête. « Tu n'as pas à t'excuser. Tu l'as dit toi-même. Je te l'ai *fait* faire. »

« Ouais, mais c'était quand même mon doigt sur la gâchette. J'aurais pu te tuer. »

Il se tourne un peu vers moi pour pouvoir déposer un baiser sur mes cheveux, ses lèvres s'attardant une seconde.

« Mais tu ne l'as pas fait », murmure-t-il. « Tu m'as sauvé la vie. »

11

RIVER

Mes yeux s'ouvrent brusquement alors que je me réveille en sursaut et ma mâchoire me fait mal. J'ai l'impression d'avoir serrée fort les dents et il y a un goût aigre dans le fond de ma gorge, comme si quelque chose s'y accumulait, cherchant désespérément à sortir.

De la bile peut-être ou un cri.

Je ressens toujours la terreur et le chagrin du cauchemar que j'ai fait, mais en me réveillant un peu plus, le rêve disparaît, ne laissant qu'un vague sentiment d'effroi.

Un bras s'enroule autour de ma taille et des doigts s'étalent sur mon ventre.

« Je suis là », une voix murmure à mon oreille, chaude et apaisante. « Je suis là, River. »

C'est la voix de Gale et elle chasse complètement le cauchemar, me plantant fermement dans la réalité.

Je n'ai pas pu me résoudre à le quitter hier soir, même pas quand il a commencé à s'endormir à cause des analgésiques. Je n'ai jamais été collante, mais après avoir eu une discussion avec lui et avoir brisé la tension entre nous, toutes mes émotions étaient trop fortes pour que je le quitte et retourne dans ma chambre.

Tout ce que je voulais, c'était être près de lui, le sentir respirer près de moi pour me rappeler qu'il va bien.

Je me retourne dans le lit pour lui faire face, m'appuyant sur un coude pour pouvoir le regarder. Il est toujours pâle et il y a des ombres sous ses yeux qui ne sont pas dues au manque de sommeil, mais il a l'air un peu mieux.

Ce n'est pas surprenant qu'il faille plus qu'une balle dans l'intestin pour que Gale reste longtemps à terre, mais c'était quand même limite. Trop proche pour être confortable.

Gale lève la main et passe ses doigts dans mes cheveux, glissant quelques mèches argentées derrière mon oreille. Le bout de ses doigts effleure mon oreille, puis ma joue, et je me penche vers lui, laissant mes yeux se fermer pendant une seconde pour me concentrer à respirer.

Il est encore tôt, et en cet instant, nous sommes les deux seules personnes au monde qui comptent. Il n'y a rien en dehors de cette pièce, pas d'affaires urgentes, pas de choses horribles à faire. Le bout des doigts de Gale me fait frissonner et je me penche vers lui pour me réconforter.

Mais ça ne peut pas durer, bien sûr. Ça ne dure jamais, et quand j'ouvre les yeux, Gale me regarde avec une expression grave sur son beau visage.

« C'est le jour J », dit-il à voix basse.

Mon estomac se serre. « Je sais. »

C'est le jour où Alec Beckham m'attend. Le jour où je dois le rencontrer et le regarder en face, sachant tout ce qu'il a fait. Tout ce qu'il m'a pris.

« Tu es prête ? » demande Gale.

Je grogne en secouant la tête. « Non. Pas du tout. Mais ça n'a pas vraiment d'importance. Je vais devoir l'être, n'est-ce pas ? »

Avant d'aller dormir, Pax, Preacher et Ash nous ont rejoints dans la chambre de Gale pour élaborer un plan d'action.

Ça ne me semblait pas suffisant à l'époque, et ça ne l'est toujours pas maintenant, alors que j'en reparle avec Gale.

« Tu seras *prête* », acquiesce-t-il d'un signe de tête solennel. « Il n'y a aucun moyen d'y échapper. »

C'est ce à quoi on revient toujours, peu importe le nombre de fois où on repasse tout. Il n'y a pas d'échappatoire, pas de moyen d'éviter de rejoindre la putain de société d'Alec. Pas moyen de refuser l'invitation forcée et de lui dire d'aller se faire foutre par-dessus le marché. Pas sans nous condamner tous à être tués de la manière qu'Alec jugera la plus appropriée.

Alors je dois faire avec. Je dois faire ce qu'il veut.

« C'est probablement le meilleur moyen », poursuit Gale. « Tu en feras partie, et même s'il ne te fait pas confiance, tu l'as impressionné. Il ne va probablement pas te mettre dans un coin quelque part. Il te donnera une position importante et tu pourras utiliser ce que tu apprends pour essayer de le faire tomber. »

« Entrer pour en sortir », je murmure en hochant la tête. « Je sais. J'ai juste... »

Je cesse de parler en poussant un gros soupir.

Gale prend ma joue avec sa main, en caressant légèrement ma peau avec son pouce. « Qu'est-ce qu'il y a ? »

« Je le déteste vraiment, putain », dis-je, même si ce n'est pas comme si c'était une nouvelle pour tout le monde. Pas après tout ce qui s'est passé. « Je connais le plan et je sais que c'est la seule chose qu'on peut faire, mais *putain*. Rien que l'idée de rejoindre sa putain de société me rend malade. »

Cette sensation de bile ou de cri me serre à nouveau la gorge, chaude et brûlante comme de l'acide. Je dois déglutir plusieurs fois pour la faire redescendre, car ce n'est vraiment pas le moment de craquer.

« J'aimerais pouvoir venir avec toi », dit Gale en faisant une grimace. « Je déteste le fait qu'on t'envoie là-bas toute seule. »

« C'est ce que tu obtiens pour m'avoir fait tirer sur toi », je lui rappelle en plissant un peu les yeux.

Les choses vont mieux entre nous, mais ça fait toujours mal d'y penser. Au moins, il n'y a plus l'énorme trou sombre et béant dans mon âme comme hier. Je peux dire ces mots sans avoir l'impression que mon univers est sur le point de s'effondrer.

Au lieu de me répondre, Gale expire un peu, l'inquiétude brûlant dans ses yeux. Ses doigts s'emmêlent dans mes cheveux, me tirant vers le bas pour pouvoir m'embrasser.

Je ne résiste pas, ma bouche rencontrant la sienne comme elle le fait toujours ces jours-ci. Comme si on allait parfaitement ensemble. Comme si on était fait pour ça. Aucun de nous ne se retire et le baiser s'intensifie, passant de quelque chose de doux et tendre à quelque chose de chaud. Il y a du désir : la façon dont nous avons envie l'un de l'autre et la tension sexuelle qu'aucun de nous n'a jamais été capable de nier. Mais il y a aussi quelque chose d'autre, quelque chose de si intense, si gros et si brillant que ça pourrait nous brûler vifs tous les deux.

Il fait glisser un pouce sur ma joue lorsque nous devons enfin nous séparer pour respirer, et même avec les yeux fermés, je peux le sentir me regarder.

« Tu es une guerrière, River », me rappelle-t-il doucement. « Tu es tellement forte que personne ne peut te briser. Même pas ce putain d'Alec Beckham. »

Je hoche la tête une fois, laissant ce sentiment s'installer en moi. Gale m'embrasse à nouveau, puis je me lève pour descendre prendre le petit déjeuner.

Les autres gars sont là à suivre leur routine matinale. Preacher me met une tasse de café dans les mains, Ash apporte de la nourriture à Gale à l'étage, puis descend et me tend une assiette de toasts. Ils ont tous les deux l'air sur les nerfs et je vois bien qu'ils s'occupent de moi maintenant parce qu'ils sont nerveux à l'idée de ma rencontre avec Alec aujourd'hui.

Pax est assis à la table avec sa grosse assiette habituelle, mais il ne mange pas. Au lieu de cela, il fait craquer ses articulations, puis passe à l'autre main, avec un air frustré. Je sais que ça l'énerve d'être inutile. Il ne peut tuer personne, ni torturer Alec pour ce qu'il a fait. Tout ce qu'il peut faire c'est rester assis et attendre, et aucun de nous n'a jamais été bon à ça.

« Mange », lui dis-je. « Ça va refroidir. »

Il cesse de fixer le mur et il grogne, mais commence à s'y mettre, se mettant des œufs dans la bouche.

J'arrive à manger mes toasts et à boire mon café, puis je monte dans ma chambre pour me préparer. Je saute dans la douche pour me laver les cheveux. C'est différent de la dernière fois où je me suis tenue ici, laissant le sang de Gale tourbillonner dans le syphon et essayant de me retenir pour ne pas craquer.

Une fois que je suis propre et que je suis sortie de la douche, j'allume une cigarette et j'ouvre une fenêtre, soufflant la fumée après une bouffée. Je choisis soigneusement ma tenue. Je veux avoir l'air forte et intimidante, pas comme une petite fille qui se recroqueville devant un homme puissant.

Ce ne sera plus jamais moi.

Après m'être habillée, je fouille dans mes flacons de vernis à ongles, à la recherche d'une couleur qui me convienne. J'évite le noir et je choisis un violet foncé avec un éclat métallique. Pas noir pour la mort, mais sombre pour l'humeur. C'est parfait.

Je mets mes chaussures quand la porte s'ouvre et Ash entre en secouant la tête.

« Qu'est-ce qu'il y a ? »

« Gale. » Il pouffe de rire et roule les yeux. « Il est furieux qu'on le laisse seul ici. Il est énervé de ne pas pouvoir venir avec nous. Je lui ai dit que même s'il n'était pas en train de se remettre d'une blessure par balle, il était toujours censé être "mort". » Il fait des guillemets avec ses doigts. « Donc il ne peut définitivement pas se montrer devant Alec. »

Je hoche la tête en passant mes doigts dans mes cheveux argentés qui sont à présent secs. « Ouais, je pouvais dire qu'il était frustré quand nous en avons parlé ce matin. Il ne supporte pas de devoir rester sur la touche. »

« Exactement », répond Ash en faisant la grimace. « Je lui ai dit qu'il s'était fait ça tout seul et il m'a dit de sortir de sa chambre. »

« Je lui ai dit la même chose tout à l'heure. Il ne m'a pas mise dehors, cependant. »

« Quel favoritisme évident », grogne Ash en plaisantant. « C'est inacceptable. Mais bon, peu importe, Preacher, Pax et moi allons venir. On n'aime pas l'idée que tu y ailles seule, alors on va te couvrir. »

Il fut un temps où j'aurais insisté pour me débrouiller seule, en disant que je n'avais pas besoin d'eux ou de quelqu'un d'autre pour s'occuper de moi. Mais maintenant, je l'accepte facilement. Le fait qu'ils soient là me fera me sentir au moins un peu mieux.

« Ça me rend nerveuse », j'admets en passant mon pouce sur ma lèvre inférieure. « Une partie de moi est persuadée que c'est un piège, en quelque sorte. Qu'il m'attire à lui pour faire... je ne sais pas quoi. Quelque chose de terrible. » Je me mords la lèvre et laisse échapper un soupir. « Mais il aurait déjà pu me tuer s'il l'avait voulu et il ne l'a pas fait. Donc je suppose que ça veut dire qu'il ne le fera probablement pas. Du moins pas pour le moment. Il était probablement sérieux quand il a dit qu'il me voulait dans la Société Kyrio. Il doit penser que je suis utile. »

« Tu as probablement raison », reconnaît Ash. Il fronce les sourcils, ses yeux ambrés brillant derrière ses lunettes. « Bien que l'idée qu'il pense que tu sois utile est dégoûtante et je déteste ça. Je déteste penser qu'il essaie de t'utiliser. »

« Tu n'es pas le seul. Mais il n'y a pas d'autre solution. »

Ash acquiesce, la mâchoire serrée. Nous avons déjà parlé assez souvent de nos options limitées pour ne pas avoir à les répéter. La vérité est que je n'ai pas d'autre choix que de jouer le jeu d'Alec. Donc c'est inutile de perdre notre temps.

On descend et on se met en route tous les quatre vers l'endroit qu'Alec m'a indiqué pour cette rencontre. C'est un grand bâtiment, pas tout à fait aussi élevé que les immeubles de bureaux qui s'élèvent à l'horizon de Détroit, mais assez proche. Alec le possède probablement, comme il possède probablement un tas de trucs dans la ville. Il est impossible de savoir jusqu'où s'étendent son influence et son argent, alors c'est probablement mieux de supposer que tout lui appartient.

Il n'y a pas de réceptionniste à l'accueil quand on entre. Au lieu de cela, un groupe d'hommes costauds et manifestement armés attendent dans le hall d'entrée, discutant entre eux tout en surveillant.

Lorsque nous entrons, ils se mettent immédiatement en alerte, leurs mains se dirigeant vers leurs armes avant que l'un d'entre eux ne me reconnaisse.

« J'ai un rendez-vous avec Alec Beckham », dis-je en essayant d'être plus confiante que je ne le suis. « Il m'attend. »

Cela ressemble plus à une putain de réunion d'affaires qu'au fait d'être convoquée par l'homme qui a ruiné ma vie, mais je suppose que parfois c'est la même chose.

« Ouais, il attend », dit l'un des hommes. Il fait un signe de tête vers les ascenseurs tout proche. « Cinquième étage. »

Nous commençons tous à avancer, mais deux des gardes s'avancent pour nous intercepter.

« Juste elle », dit l'un d'eux en levant la main. « Vous n'étiez pas invités. »

Pax grince des dents, comme s'il avait envie de dire ou de commencer quelque chose, mais il garde son calme. Preacher a l'air neutre et impassible, mais quand ses yeux bleus glacés se tournent vers moi, je peux y voir de l'inquiétude. Un avertissement d'être prudente. Ash va s'asseoir sur l'un des sièges contre le mur, en s'adossant confortablement.

« Vous n'avez pas de magazines ou autre chose à lire, n'est-ce pas ? Les salles d'attente ne sont-elles pas censées être équipées de divertissements ? »

L'un des gardes lui lance un regard frustré, puis s'éloigne en me faisant signe de le suivre. Il m'emmène jusqu'à l'ascenseur et me conduit à l'intérieur, puis tape un code pour monter au cinquième étage.

Il ne me parle pas jusqu'à ce que les portes s'ouvrent à

nouveau et c'est juste pour grogner que le bureau d'Alec est droit devant.

Je sors de l'ascenseur et les portes se referment derrière moi, me laissant seule dans un couloir recouvert de moquette avec des portes et des fenêtres en verre tout autour. Je peux voir la ville à travers les fenêtres et je l'admire pendant une longue seconde avant d'avancer et de suivre le couloir jusqu'à une autre porte vitrée qui est grande ouverte.

Il y a un bureau à l'intérieur et Alec Beckham est assis derrière alors qu'il tape quelque chose sur un ordinateur portable. La pièce est vide à part lui et je cligne des yeux, surprise, en regardant autour de moi.

Je m'attendais à ce que d'autres membres de la société soient là, mais il n'y a qu'Alec.

Il est vêtu d'un costume qui a l'air cher et ses cheveux châtain clair sont parfaitement coiffés. Aucune mèche ne dépasse. En le regardant, personne ne saurait que c'est un enfoiré, mais je suppose que c'est comme ça que les choses se passent. Les pires individus sont ceux qui peuvent se fondre dans la société et ce sont généralement ceux qui sont au sommet. Il est plus facile de tirer les ficelles quand on peut regarder les autres de haut, je suppose.

Je reste là quelques secondes, en essayant de ne pas m'énerver davantage pendant qu'Alec termine ce qu'il est en train de faire. Il me fait probablement attendre parce qu'il le peut. Parce que c'est un connard.

Il lève les yeux vers moi après un moment et il a déjà ce sourire que je déteste tant. Il est faux et il a une confiance suffisante, comme un roi assis sur son trône.

« Ah, River », dit-il en croisant les doigts et s'adossant au dossier de sa chaise. « Pile à l'heure. »

« Où sont les autres ? » je lui demande. « Je pensais que c'était une réunion d'une société secrète ou quelque chose comme ça. »

Alec glousse et secoue la tête. « Tu n'as pas encore gagné le droit de venir à nos réunions », m'informe-t-il. « Elles sont réservées aux vrais membres. »

« Alors qu'est-ce que je suis, bon sang ? »

« Vous êtes plutôt un... membre provisoire. En période d'essai. »

Je dois me mordre la langue pour ne pas l'engueuler. Sur le quai l'autre soir, il m'a fait croire que j'en faisais partie, et maintenant il veut que je fasse encore plus de conneries ?

« J'ai réussi votre test », lui dis-je en luttant pour garder un ton neutre. « Vous m'avez vu le faire. »

« Vous avez réussi *un* test », me corrige Alec. « Et à peine, en plus. Comme je l'ai dit, votre homme a fait le plus gros du travail. C'était plutôt votre première initiation. Quelque chose pour démontrer que vous valiez la peine qu'on vous considère. Vous devez faire vos preuves avant que je vous accepte dans la société. Tous les autres membres ont montré qu'ils étaient valables et dignes. Vous devrez faire de même. »

Mon cœur bat la chamade, mais cette fois, ce n'est pas la peur qui me tenaille, c'est la rage. L'entendre parler avec tant de nonchalance de ce qui s'est passé avec Gale sur le quai m'énerve, parce qu'il croit que Gale est mort. Et il le dit comme si c'était un petit truc facile que j'avais fait et qui n'avait aucune importance. En plus de ça, il veut que je fasse *encore plus de* conneries pour lui, pour prouver que je mérite d'être dans une organisation dont je ne veux même pas faire partie.

C'est des conneries et si cet homme ne tenait pas ma vie et celle des gens qui me sont chers entre ses mains, je lui dirais où il peut se fourrer ses tests.

Mais les gars sont en bas, et même si je sais qu'ils peuvent se débrouiller, personne ne sait combien d'hommes de main d'Alec sont dans le bâtiment. Ils sont certainement moins nombreux et je ne veux pas qu'ils soient blessés ou tués parce que j'ai perdu mon sang-froid.

Peu importe à quel point Alec mérite qu'on lui arrache la tête et qu'on lui fasse sucer sa propre bite.

Je retiens ma colère et ravale la boule dans ma gorge.

« Ok », dis-je d'une voix tendue une fois que je me suis un peu calmée. « Que voulez-vous que je fasse ? »

Alec sourit et c'est encore plus suffisant et condescendant que son premier sourire. C'est le sourire de quelqu'un qui savait qu'il allait finir par obtenir ce qu'il voulait, d'une manière ou d'une autre.

« Gentille fille », murmure-t-il et la façon dont il le dit me donne envie de le tuer. Il ouvre un tiroir et en sort une mallette qu'il pose sur la surface brillante du bureau avant de la pousser vers moi. « Ce que je veux que vous fassiez, c'est rencontrer un homme nommé Luther Calhoun. Il vous donnera une enveloppe et vous le paierez avec le contenu de cette mallette. Ça semble assez facile, non ? »

Je ne fais que cligner des yeux en le regardant un instant. « Qu'est-ce qu'il y a dans l'enveloppe ? » je lui demande.

« Juste quelque chose que je veux. Quelque chose qui me permettra de prendre le dessus sur quelqu'un qui se croyait intouchable. Cette partie n'est pas importante. Vous récupérez l'enveloppe de Luther, vous remettez l'argent à Luther. C'est tout ce que je veux que vous fassiez. Compris ? »

Il le dit comme s'il s'adressait à un jeune enfant et je serre les dents encore plus fort, en essayant de ne pas m'emporter contre lui. Ce qu'il veut que je fasse, c'est agir comme un coursier qui ramasse des trucs pour lui, comme un livreur.

Pour me distraire de la fureur qui me tenaille de l'intérieur, je m'avance et ouvre la mallette, jetant un coup d'œil aux rangées de billets à l'intérieur. C'est beaucoup d'argent, plus que je n'en ai jamais vu en un seul endroit en espèces comme ça.

Je lève les yeux vers Alec qui me regarde attentivement. « Comment savez-vous que je ne vais pas prendre l'argent et m'enfuir avec ? »

Son sourire s'élargit un peu, se transformant en quelque chose de presque sinistrement plaisant.

« Parce que vous n'êtes pas stupide. Vous n'auriez pas été

aussi loin si vous l'aviez été. Et je sais que vous n'avez plus besoin de cet argent. Vous vous êtes fait un joli petit pécule quand vous avez volé et tué Julian Maduro. Vous avez volé la richesse de son empire et vous vous êtes élevée. Et maintenant vous devez commencer à apprendre comment les choses fonctionnent à ce niveau. Ce n'est plus une question d'argent, River. Il s'agit de pouvoir. D'influence. D'informations. Vous ne pouvez pas obtenir ça en traitant avec des petits dealers. Ce sont les choses auxquelles vous aurez accès une fois que vous ferez partie de la société. »

Avant que je puisse dire quoi que ce soit d'autre, il m'adresse un dernier sourire pompeux, fait un geste du doigt en direction de la porte, puis baisse les yeux vers son ordinateur.

« Allez-y maintenant. Revenez me voir quand vous aurez fait le travail. »

Et juste comme ça, je suis congédiée.

12

GALE

Je dois admettre qu'attendre n'a jamais été l'une de mes forces. Tout comme le fait que la diplomatie n'est pas l'un des points forts de Pax et qu'Ash a du mal à rester immobile et doit toujours tripoter quelque chose. Nous sommes bons dans certains trucs et complètement nuls dans d'autres, et je déteste rester assis à la maison pendant que les gens que j'aime font des choses dangereuses.

Ça n'aide pas non plus que je sois confiné au lit. Attendre est une chose, mais ne pas pouvoir me déplacer comme je le voudrais me tue.

Ash et Pax m'ont aidé à me caler dans le lit avant de partir, mais maintenant, rester allongé ici, même à moitié assis, me rend complètement dingue. C'est comme une démangeaison sous ma peau, qui me laisse agité et irritable.

« Tant pis », je marmonne, cédant à l'envie de bouger, de me lever et de faire quelque chose.

Je pose une main sur le lit et m'en sers pour me pencher un peu en avant. Cela exerce une pression sur la blessure de mon estomac et une vague de douleur m'envahit. Les analgésiques que Trask nous a remis sont sur la table de chevet, mais je ne veux pas en prendre plus. Je veux être réveillé et dans mon état normal quand River et les autres reviendront.

Alors je respire malgré la douleur en serrant les dents et en serrant une main en forme de poing pendant que je balance mes jambes de sous les couvertures et mets mes pieds sur le sol.

Rien que de faire ça, je suis essoufflé et je fais une petite pause en m'appuyant sur mes mains. C'était très dur de descendre les escaliers hier, mais je me suis forcé à prendre une marche à la fois et à aller le plus loin possible.

Entendre River rentrer à la maison la nuit dernière, et entendre les autres en bas lui parler rendait impossible le fait de rester allongé ici et de ne rien faire.

River serait énervée de me voir bouger maintenant, comme elle l'était la nuit dernière. Je sais qu'elle me dirait que je suis un putain d'idiot, qui se met encore en danger, mais je refuse de ne rien faire. Je refuse de me relaxer pendant que toute cette merde se passe.

Je pensais ce que j'ai dit sur le fait de la protéger et que je ferais tout pour qu'elle soit en sécurité. Mais même si mes actions l'ont protégée sur les quais, maintenant je suis au tapis, et je déteste ne pas pouvoir être avec elle pour la protéger.

Preacher, Pax et Ash sont plus que capables de la protéger, et je leur fais confiance pour le faire, mais je veux le faire moi-même. Je veux être là avec elle, la voir de mes propres yeux, au lieu d'attendre ici à la maison comme un foutu chien.

Il y a un petit aboiement provenant du couloir devant ma chambre, comme si le fait que je pense à lui avait fait venir Harley. Le petit cabot glisse sa tête dans la chambre et gémit doucement quand il me voit assis sur le bord du lit.

Je roule les yeux. « Putain de merde. Je n'ai pas besoin que tu t'y mettes aussi », je grogne. « River m'engueule assez que je bouge trop. Est-ce qu'elle t'a nommé pour être sa doublure pendant qu'elle est partie ? »

Harley se contente de me regarder en penchant la tête et s'approche en gémissant à nouveau.

« Bon sang. » Je me passe une main sur le visage et le seul fait de bouger autant fait trembler tout mon torse.

Alors peut-être que le chien a raison.

Bon sang. Je n'arrive pas à croire qu'il a peut-être raison.

« Très bien », je grogne. « Très bien. Je vais retourner au lit. Tu es content maintenant, enfoiré ? »

J'ai autant mal à me remettre au lit qu'à m'asseoir, et le temps que je me rallonge, la sueur perle sur mon front et mon cœur bat la chamade. Je respire lentement et j'essaie de ne pas me laisser abattre.

Le tintement des plaques d'identification est mon seul avertissement avant qu'Harley ne saute sur le lit et tourne en cercles avant de s'installer confortablement contre mes jambes.

« Ouais, ouais », je murmure d'un ton bourru, en tendant la main pour lui gratter les oreilles. « C'est facile pour toi, sale cabot. Tu aimes rester allongé à ne rien faire. Moi ce n'est pas ce que je veux. »

Non pas que j'aie beaucoup de choix en la matière.

Je n'ai aucun problème à affronter River quand je sais que j'ai raison, mais dans ce cas, c'est elle qui a cet honneur. Elle et les autres ont une liste d'instructions de Trask sur la façon de s'assurer que je guérisse bien et le *repos* est la première chose sur la liste.

Et pour être honnête, voir les larmes de River la nuit dernière alors qu'elle essayait d'accepter ce qui s'est passé sur le quai m'a vraiment touché. Je le pensais quand je lui ai dit que je ne lui en voulais pas et je le pensais aussi quand je lui ai dit que je le referais si c'était à refaire.

Mon désir de la protéger est si fort que c'est presque une obsession... mais il y a d'autres façons de la blesser que physiquement. Même si je lui ai sauvé la vie sur les quais, j'ai laissé une blessure dans son cœur et je suis déterminé à ne plus jamais le faire.

Donc je ferai de mon mieux pour guérir, pour elle et pour mes frères, peu importe à quel point ça me ronge.

Je fais défiler l'écran de mon portable pendant un moment, faisant quelques affaires pour le club pendant que j'attends, en essayant de ne pas regarder l'horloge de trop près. Heureusement, j'entends le bruit d'une voiture se garant dans l'allée après un moment, annonçant que River et mes frères sont de retour.

Je les entends entrer dans la maison et je parviens à me redresser en m'appuyant sur une pile d'oreillers, le temps qu'ils montent les escaliers.

River est la dernière à entrer et je la regarde pour m'assurer qu'elle va bien. À part l'air énervée, elle semble être en un seul morceau, donc je prends ça comme une victoire pour le moment.

« Que s'est-il passé ? » je demande en leur jetant un coup d'œil à tour de rôle.

« Alec est un putain de bâtard », grogne River et je lève un sourcil.

« On le savait déjà. » Je ne serais pas alité s'il ne l'était pas, mais je ne le dis pas parce que ça va encore plus énerver River. « Qu'est-ce qu'il a fait ? »

River soupire, faisant les cent pas devant le lit. « Apparemment, ce que nous... ce que *tu as* fait sur ce quai n'était pas suffisant pour lui et il ne va pas simplement me laisser entrer dans la société. Il veut que je fasse mes preuves avec une sorte d'initiation. »

Mes sourcils se rapprochent et se froncent. « C'est des conneries », je grogne. « Qu'est-ce qu'il peut te demander de faire d'autre ? »

« C'est ce que je pensais », répond River. « C'est vraiment stupide. Il sait ce que cette nuit m'a coûté. Ce que ça *nous a* coûté. Ou du moins il pense le savoir et il prétend toujours que ce n'est pas assez. »

« D'accord, mais dis à Gale ce que cet enfoiré veut que tu fasses maintenant », ajoute Pax qui a l'air aussi énervé qu'elle. « C'est la meilleure partie. »

Je les regarde l'un après l'autre, attendant, et River semble de plus en plus en colère.

« Oh, je sers de coursier maintenant », dit-elle. « Réduite à ramasser son courrier. »

« Quoi ? »

Elle explique qu'Alec a un contact qui a rassemblé du matériel de chantage sur quelqu'un, et que River doit aller le chercher, payer le contact et le livrer.

Ça semble absurde. Il a beaucoup insisté sur le quai sur le fait qu'il était impressionné par la façon dont elle s'en était prise à Julian et qu'il la voulait dans la société, et maintenant il lui fait passer toutes ces épreuves. J'ai envie de dire que je n'arrive pas à croire au culot de ce type, mais c'est faux. C'est exactement le genre de chose qu'un connard comme Alec Beckham ferait, pour essayer de prouver à quel point il est meilleur que tout le monde. Nous n'avons pas d'autre choix que de lui donner ce qu'il veut, à moins de vouloir en faire un ennemi, et nous ne pouvons pas nous le permettre en ce moment.

« Bon sang », je marmonne en passant une main sur mon visage.

« Ouais », dit River. « C'est ce que je pense aussi. »

Preacher s'appuie contre le mur, les bras croisés. « Jusqu'à présent, ça semble être un travail facile. »

« Facile ? » demande River.

« Dégradant, c'est sûr », admet-il en inclinant légèrement la tête. « Mais ce n'est pas comme si ça allait te coûter autre chose que du temps et un peu de fierté à long terme. Il te fait commencer en douceur. »

« Tu penses qu'il pourrait intensifier les choses ? » je lui demande en y réfléchissant.

Preacher hausse les épaules. « Dans sa position, oui. Il sait que River n'a pas vraiment d'autre choix et maintenant il veut voir jusqu'où elle est prête à aller. C'est pour ça qu'il lui a fait tirer sur toi en premier lieu. Je suis sûr que pour faire partie de sa société tordue, les membres doivent être prêts à sauter quand il dit de sauter et à faire ce qu'il pense être le mieux. Donc avant de l'autoriser à entrer, il doit savoir qu'elle va suivre ses ordres, quels qu'ils soient. »

Il a l'air détaché quand il le dit, démontrant moins d'émotion dans sa voix que ce que j'ai entendu de River et de Pax. Je peux cependant lire la colère dans ses yeux. Il est aussi furieux que nous qu'Alec ait fait ça à River.

Mais Alec a toutes les cartes en main et il le sait.

Il a couvert toutes les sorties possibles.

River soupire, s'affaissant un peu. « Preacher a raison. Il n'y a rien que nous puissions vraiment faire à ce sujet. Si j'essaie d'échapper à son initiation de merde, il me tuera. Et probablement vous aussi. Si je m'enfuis, il me pourchassera. J'en sais trop maintenant. Nous le savons tous. Il a de l'argent, du pouvoir, des ressources... la seule façon de s'en sortir est de continuer. »

J'acquiesce et elle me regarde, se souvenant clairement de ce dont nous avons parlé ce matin.

« Je dois me rapprocher de lui », murmure-t-elle. « Et ça veut dire que je dois tenir le coup. Je dois sauter à travers ses cerceaux et rejoindre sa société. C'est le seul moyen. »

Cela laisse un goût amer dans ma bouche, et à en juger par les expressions sur les visages de mes frères, ils ressentent la même chose. Aucun de nous n'aime l'idée que River soit mise dans cette position, mais nous ne pouvons pas l'en sortir de force. Tout ce que nous pouvons faire, c'est la soutenir pendant qu'elle navigue dans ce labyrinthe de dangers et d'intrigues.

« Ok », dis-je, changeant de sujet. « Donc si nous allons de l'avant, alors nous devons être rusés. Qu'est-ce que tu sais sur cette livraison ? »

« Pas grand-chose. Je suis censée prendre une enveloppe et déposer l'argent. Le nom du contact est Luther Calhoun. C'est tout ce qu'Alec m'a dit. Ça et l'endroit où je suis censée le rencontrer. »

Je retourne ça dans ma tête, en essayant de penser comme

Alec. Preacher a dit que c'était facile. Dégradant, mais facile. Ça semble trop simple, cependant.

« Je n'y crois pas », dis-je tout haut.

« Cette livraison. Quel est son but ici ? Quel est l'intérêt pour lui de t'envoyer *spécifiquement* pour faire cette course particulière ? »

Ash acquiesce et Pax semble aussi être sur la même longueur d'onde. Preacher croise mon regard et fronce les sourcils.

« Tu penses qu'il y a plus que ça », murmure-t-il. Ce n'est pas une question.

Je secoue la tête, grimaçant lorsque le petit mouvement me fait mal à l'estomac. « Je suis juste méfiant. Ça pourrait être une sorte de piège. Ou ça pourrait être un test. Ça pourrait être quelque chose de plus important que ce qu'il dit à River, pour voir comment elle réagit sous la pression. Ou peut-être qu'il veut vraiment prouver qu'elle n'est rien d'autre qu'un pion qu'il peut commander quand il le veut. »

« Il y a trop de putains de points de vue », grogne Pax et on dirait qu'il veut encore frapper quelque chose. « Je déteste les bâtards tordus comme lui. »

« Tu n'es pas le seul », murmure River. « Je ne veux pas m'embarquer sans rien savoir, mais ce n'est pas comme si je pouvais appeler Alec et exiger qu'il me donne plus d'informations. »

« Alors tu ne peux pas y aller seule », dit Preacher. « On ne va pas prendre ce risque. Nous devrons surveiller la situation, afin de pouvoir te sortir de là si quelque chose tourne mal. »

« Je ne pense pas qu'Alec va apprécier ça », fait remarquer Ash en grimaçant.

« Il n'a pas besoin de savoir », ajoute Pax. « Nous pouvons tout faire de manière discrète. On s'améliore à ce niveau. On doit juste couvrir River. »

Tous les trois commencent à discuter de la façon dont ils pourraient être là avec elle sans énerver Alec, en lançant des idées. En les écoutant, je peux sentir la colère monter en moi, bouillir et bouillonner dans mes tripes.

Parce qu'ils ont raison. Quel que soit le plan d'Alec, c'est trop dangereux d'y envoyer River toute seule. Mais peu importe le plan qu'ils choisissent, je ne peux pas aller avec eux. Je suis blessé et je suis supposé être mort.

Je déteste ça, putain. Je déteste ne pas pouvoir en faire partie. Je déteste le fait que peu importe ce qui sera décidé, je vais rester ici, cloué au lit. Je ne peux même pas faire quoi que ce soit pour les soutenir d'ici parce que je peux à peine me lever et pisser sans avoir besoin d'aide.

Plus ils parlent, plus je m'énerve, mais je garde mon calme. J'acquiesce à leurs suggestions et je contribue quand c'est nécessaire. Ce n'est pas leur faute si je suis coincé ici. Comme River l'a dit, c'était mon choix, et je le referais sans hésiter, donc je ne peux m'en prendre qu'à moi-même. Non pas que ça me fasse me sentir mieux.

Mais River a besoin de ce soutien. Il ne s'agit pas de moi.

« Je suis fatiguée », grogne finalement River. « Et je meurs de faim. »

« Pizza ? » suggère Ash, l'air optimiste. « Une pizza après une rencontre avec un méchant ? »

River rit. Elle a l'air fatiguée, mais affectueuse en lui adressant un sourire. « Bien sûr. Pourquoi pas ? »

Ils sortent de la pièce, me laissant seul avec mes pensées. Même le chien se lève et les suit, ce satané traître.

En serrant les dents, je sors mes jambes de sous les couvertures, sans m'arrêter cette fois jusqu'à ce que mes pieds touchent le sol. Je me sens aussi fatigué que la dernière fois que j'ai essayé, mais je ne me laisse pas abattre. Je prends une grande inspiration et je me mets debout, refoulant la vague de nausée qui m'envahit à cause de la douleur.

Me lever me fait mal et je me sens plus faible que jamais.

« *Bon sang* », je murmure. « Putain de... »

La colère menace d'exploser à l'intérieur de moi et je frappe le mur afin de la laisser sortir.

Cela ne fait qu'accroître la douleur à l'intérieur de moi et je me penche un peu, serrant mon ventre et respirant difficilement.

« River avait raison, tu sais », dit Preacher derrière moi et je me tourne lentement pour le voir debout dans l'embrasure de la porte. Il n'a pas l'air d'être là pour me faire la morale et son expression est neutre comme d'habitude, même si je sais que des émotions se cachent sous la surface. « Tu dois te ménager si tu veux guérir. »

Je grogne de frustration, secouant la tête même si la sueur coule le long de ma nuque. « Serais-tu capable de te détendre si tu étais alité alors que River est toujours en danger ? »

Preacher secoue la tête, sans même hésiter.

« Non », dit-il honnêtement. « Je ne pourrais pas. Ça me rendrait fou. »

« Ça me rend fou », j'admets en expirant brusquement. « La seule raison pour laquelle je ne me suis pas forcé à sortir du lit pour aller avec vous aujourd'hui, peu importe mes blessures et le fait qu'Alec ait besoin de croire que je suis mort, c'est parce que je savais que vous étiez tous avec elle. Mais j'y ai pensé. J'ai pensé à y aller quand même. »

« Oh, nous savions tous que tu y pensais », dit Preacher. Il penche la tête d'un côté, l'air pensif. « C'est peut-être pour ça que nous la partageons tous. C'est pour ça que ça a marché de cette façon. Je n'étais même pas sûr que ça marcherait au début, mais c'est le cas. Et maintenant, nous pouvons veiller sur elle les uns pour les autres. On peut travailler en équipe pour la garder en sécurité. Donc même si tu ne peux pas être là, tu peux te reposer en sachant qu'elle ne se bat pas seule. »

Je prends une grande inspiration avant d'expirer, un peu moins durement cette fois.

Au fond, Preacher a raison. Elle n'a pas à faire quoi que ce soit toute seule parce que nous sommes quatre à veiller sur elle, à nous assurer qu'elle est en sécurité. C'est une sorte de réconfort, même si j'aimerais toujours être là pour y veiller personnellement. Mais peut-être qu'un jour, l'un des autres sera hors service et que je devrai le remplacer.

Cela semble probable, compte tenu de tous nos pétrins ces derniers temps, et le fait d'y penser me fait rire.

« Tu sais, personne d'autre que River ne pourrait se mettre dans le pétrin au point qu'il faille quatre hommes pour la garder en sécurité. »

Preacher rigole et acquiesce. « Elle a une façon d'attirer les ennuis. C'est peut-être pour ça qu'elle nous a trouvés en premier lieu. Mais en même temps... personne d'autre que River ne pourrait s'adapter à chacun de nous comme elle le fait. »

Ses mots me touchent, parce qu'il a raison. C'est quelque chose de plus profond que les trucs habituels dont on parle.

Il n'y a personne d'autre au monde comme River. Personne d'aussi brillant et vibrant. Personne d'aussi acharnée à causer des problèmes à ses ennemis. D'aussi ardente et déterminée à redresser les torts qu'elle a subis. Dès qu'on s'est rencontrés, on s'est pris la tête, on s'est affrontés parce qu'on est tellement semblables. Parce que nous sommes si parfaits l'un pour l'autre.

Mais elle n'est pas seulement parfaite pour moi. Elle est aussi parfaite pour mes frères, elle s'adapte à chacun d'eux à sa manière.

Sinon, pourquoi insisterions-nous tous autant pour la garder en sécurité ? Pour quelle autre raison ferions-nous en sorte que personne d'autre ne soit autorisé à la toucher ?

Parce qu'elle nous appartient.

Elle *fait partie de* nous.

Je ne fais que penser à River alors que Preacher m'aide à me recoucher dans le lit, et alors que je m'enfonce dans le matelas, une idée me frappe avec une force qui me coupe presque le souffle.

Je suis amoureux d'elle.

RIVER

La livraison a lieu le soir d'après.

La nuit de ma première mission pour prouver ma loyauté à un connard que je déteste.

J'envoie un message rapide à Avalon en utilisant le portable prépayé que Pax m'a donné pour m'assurer que Cody va bien et sa réponse est rapide.

A : Il va bien. Il regarde en ce moment une émission bizarre pour enfants et mange un hamburger.

Ça me fait sourire, d'imaginer son visage pendant qu'il regarde l'émission. Je suis contente qu'il passe une bonne soirée, au moins.

Je repose le portable sur la table de nuit et je descends, habillée et prête. Pax, Preacher et Ash se préparent également.

Après notre discussion d'hier, ils se sont mis d'accord sur le fait qu'Alec n'a pas dit que je devais y aller seule, donc ils ont tous insisté pour m'accompagner. Et comme quand je suis allée à mon rendez-vous avec lui, j'apprécie leur soutien, parce que nous n'avons vraiment aucun moyen de savoir ce qu'Alec prépare.

Je peux pratiquement sentir les vagues de frustration et de colère qui irradient de là-haut alors que nous nous préparons à sortir. Bien que les choses aillent mieux entre Gale et moi maintenant, ça a été tendu toute la journée. Il m'a déjà fait la leçon pour que je fasse attention, alors maintenant, il boude. Je sais qu'il déteste ne pas pouvoir venir avec moi et... je déteste ça aussi.

Pendant si longtemps, j'ai essayé de ne compter sur personne. Je me disais que la seule personne en qui je pouvais avoir confiance pour faire les choses correctement, c'était moi. J'ai gardé les gens à distance et j'ai fait ce que j'avais à faire pour survivre. Mais maintenant, il y a quatre hommes qui ont l'impression de faire partie de moi. Comme s'ils étaient une extension de moi-même. L'absence de l'un d'eux déséquilibre tout.

« Il va s'en sortir », dit Preacher. « Il va devoir s'y habituer, puisqu'il n'y a pas d'alternative. »

J'acquiesce, car il a raison. Pour Alec, Gale est censé être mort. Ça veut dire que même quand il ira mieux, il devra être prudent et ne pas être vu par qui que ce soit. Au moins jusqu'à ce qu'on ait réussi à éliminer Alec.

Harley s'approche de moi, l'air tout triste comme il le fait quand il sait que nous partons. Je m'agenouille pour le frotter derrière les oreilles et je le pousse dans la direction des escaliers.

« Va tenir compagnie à Gale », je lui murmure.

Quand je lève les yeux, Ash me regarde avec un sourire taquin. Il baisse la tête, me regardant par-dessus le haut de ses lunettes. « J'ai vu ça, grande sensible. »

« Tais-toi », lui dis-je en roulant les yeux. « Je suis une dure à cuire et tu le sais. »

« Eh bien, c'est indéniable. » Il dépose un baiser sur ma joue lorsque je me lève, en frottant son nez contre mon oreille. « Il n'y a aucune raison pour que tu ne puisses pas être les deux. »

Je tourne la tête rapidement, plaquant ma bouche sur la sienne pour l'embrasser avant de lui mordre la lèvre inférieure : juste pour prouver que je *peux* être à la fois douce et dure.

Une fois qu'Harley est monté, on sort. L'endroit qu'Alec m'a indiqué pour la livraison est l'un des bars louches d'un mauvais quartier de Détroit. De l'extérieur, ça a l'air merdique, délabré et crade, et il y a plusieurs personnes louches qui traînent à l'extérieur.

C'est le genre d'endroit que fréquentent les prostituées et les drogués, à la recherche de leur prochaine dose, sans avoir à se soucier des regards indiscrets.

« Waouh. Chic », commente Ash à côté de moi sur la banquette arrière.

« Ouais, hein ? »

Nous sortons de la voiture et entrons ensemble. Nous sommes tous sur nos gardes.

C'est définitivement le genre d'endroit où les ennuis arrivent, même si vous ne les cherchez pas. Parfois *surtout* si vous ne les cherchez pas. Je peux sentir que les gars sont sur les nerfs, tous les trois tendus alors qu'ils me flanquent, me laissant prendre les choses en main.

Je suis aussi tendue qu'eux et j'essaie de détendre un peu mes épaules en balayant la pièce du regard, à la recherche du type qu'Alec m'a décrit.

On n'a pas à attendre longtemps avant de le trouver. Il est tout au fond, assis sur une petite banquette avec une fille à côté de lui. C'est clairement un voyou qu'Alec a trouvé pour faire son sale boulot et je me demande s'il travaille pour Alec parce qu'il le veut ou parce qu'il y est obligé.

Je m'approche et je m'assois à la table en face du gars, et Pax se glisse à côté de moi, laissant Ash et Preacher debout pour garder un œil sur ce qui nous entoure.

« Luther ? » je lui demande en observant son visage. Il ne s'est pas rasé depuis un moment, ce qui lui donne un air négligé et dur.

Ses yeux regardent partout pendant une seconde, comme s'il s'attendait à ce que quelqu'un lui saute dessus s'il confirmait son identité, mais comme rien ne se passe, il se penche en arrière sur le siège de la banquette et me sourit en montrant ses dents jaunes.

« C'est moi, ma chérie », dit-il en léchant ses lèvres gercées. Il me regarde lentement de haut en bas et je me retiens pour ne pas le frapper au visage.

La fille à côté de lui semble à peine remarquer ce qui se passe. Elle est dans les vapes, mais de temps en temps, on peut lire dans ses yeux une lueur de peur, comme si elle réalisait où elle se trouve et ne voulait plus être là. Elle a l'air épuisée, les poches sous ses yeux sont grosses et sombres, et elle tape du pied sous la table et frotte distraitement son bras d'une manière qui la fait paraître stressée.

Je suis censée me concentrer sur Luther et cette livraison, mais je ne peux m'empêcher de penser à cette fille. Elle est si jeune. Trop jeune pour être avec un sale type comme lui, ça c'est sûr.

« Tu as quelque chose pour moi ? » demande Luther, attirant mon attention vers lui.

« Ouais », dis-je. Pax me tend la mallette et je la laisse glisser sur le sol. « Tu as quelque chose pour moi ? »

Luther sourit à nouveau et il bouge l'enveloppe sous la table.

Je passe ma main dessous et il pousse l'enveloppe vers moi. Avant que je puisse pousser la mallette dans sa direction, la fille à côté de Luther tremble fortement, faisant bouger la table pendant une seconde. Elle cligne des yeux, puis semble de nouveau effrayée, et Luther se retourne vers elle, les yeux plissés.

« Qu'est-ce que je t'ai dit quand on est arrivés ici ? » demande-t-il à voix basse. « Hein ? C'est quoi ton seul boulot ce soir ? Dis-le. »

« M'asseoir ici et être jolie », murmure-t-elle en s'éloignant de lui.

« Exact. Et ça veut dire ne pas faire de scène pendant que je fais mes affaires. Bon sang. Tu ne peux rien faire de bien. »

La fille se contente de hocher la tête et semble se replier encore plus sur elle-même, comme si elle souhaitait devenir invisible ou disparaître complètement.

Luther se retourne vers moi et je lui fais une grimace. « Il faut que tu te détendes », lui dis-je. « Elle ne cause pas de problème. »

« Occupe-toi de tes putains d'affaires, fillette », rétorque-t-il, mais il se remet au travail, ignorant pratiquement la fille.

Je pousse la mallette du pied vers Luther et il la saisit, l'air joyeux.

L'échange est fait, je prends ce que je suis venue chercher et je me lève pour partir, prête à en finir avec ce putain d'endroit. Mais en partant, je ne peux m'empêcher de regarder la fille. Je ne sais pas quelle est son histoire, mais c'est clair qu'elle n'est pas enthousiaste à l'idée d'être avec ce putain de type.

Je ne lui en veux pas.

« Eh bien, c'était assez facile », marmonne Ash, bien qu'il continue de scruter les environs tandis que nous nous dirigeons vers la porte.

« Ce qui fait que je me demande toujours pourquoi Alec a pensé que River serait la meilleure personne pour ce travail », commente Preacher.

« Je t'ai dit, c'est un trip de pouvoir. Il essaie de prouver qu'elle ne vaut rien, en se faisant passer pour le grand méchant patron et elle pour son petit péon. »

« Ou alors c'était une livraison plus importante qu'il ne l'a fait croire », murmure Pax alors que nous sortons. « Vous savez comment ça se passe. Parfois, les informateurs les plus pourris obtiennent les meilleures informations. Il se pourrait que ce Luther ait eu la chance de tomber sur un gros coup. »

Il a raison. On n'a aucune idée des informations ou du matériel de chantage contenus dans l'enveloppe que Luther m'a donnée. Ça pourrait en fait être une livraison qui signifie beaucoup pour Alec.

Cette pensée me donne la chair de poule.

Je déteste l'idée que je l'aide d'une quelconque manière.

Nous nous tournons tous les quatre en direction de notre voiture, mais mes pas ralentissent lorsque quelque chose attire mon attention. Dans la ruelle sur le côté du bar, il y a un éclair de cheveux blonds, et je me retourne à temps pour voir quelqu'un être poussé contre le mur. Je m'arrête de marcher, mon cœur sautant un battement quand je réalise que c'est Luther et la fille.

Il l'a coincée contre le côté du bâtiment, lui poussant la tête contre le mur avec force.

« Espèce de salope stupide », grogne-t-il. « Je t'ai dit ce qui arriverait si tu ne te comportais pas bien. N'est-ce pas ? N'est-ce pas ? »

Luther la tire vers l'avant pour qu'elle lui fasse face et la gifle assez fort pour que le son retentisse dans la ruelle.

« Tu es une putain de honte. Tu ne peux même pas garder ton sang-froid pendant dix putains de minutes pour que je puisse faire mon travail. À quoi tu sers, putain ? Hein ? »

La fille ne semble pas avoir de réponses à ses questions et elle ne pleure même pas. Elle a l'air si perdue et déprimée, et je réalise avec un pincement au cœur que c'est le regard absent de quelqu'un qui est plus qu'habitué à ce genre de traitement. Parfois, c'est plus facile de ne rien faire que de se défendre. Surtout quand il semble que se défendre est inutile.

Mon sang bouillonne, mon pouls s'accélère quand j'entends la façon dont il lui parle. La fureur s'enflamme en moi, et avant même que je puisse m'arrêter pour réfléchir à ce que je fais, je me dirige vers la ruelle et j'attrape Luther, le poussant loin de la fille.

C'est mon point faible. Voir des connards comme lui abuser des femmes fait remonter tous mes démons à la surface et je ne peux pas me contenter de regarder ça sans rien faire.

« C'est quoi ce bordel ? » grogne Luther. Ses lèvres gercées s'écartent devant ses dents mal alignées et il me fixe du regard. « Putain, tu te prends pour qui, espèce de salope ? »

Avec plus de dextérité que je ne l'aurais cru, il s'élance et attrape mon poignet, le tordant en arrière. Il ne tarde pas à profiter de son avantage momentané, et me pousse et me plaque contre le mur avec son physique plus costaud que le mien.

« On dirait qu'il faut vraiment que tu apprennes à te mêler de tes affaires, fillette », murmure-t-il et son souffle chaud et désagréable se répand sur mon visage, me donnant la nausée. « Je peux t'apprendre. Je peux t'apprendre beaucoup de choses. Peut-être même que tu apprendras à aimer ça. »

Luther coince une main entre le mur et mon ventre, la fait glisser vers mon entrejambe, mais il bouge à peine avant d'être éloigné de force.

« Non, tu ne le feras pas », grogne une voix que je reconnais comme étant celle de Pax.

Preacher, Ash et lui sont venus dans l'allée avec nous, et ils ont tous les trois l'air furieux. Il semblait que Pax était celui qui avait éloigné Luther de moi, mais Preacher et Ash le tiennent aussi.

Luther se débat contre leur emprise, crachant et grognant en essayant de s'éloigner d'eux.

« Vous savez qui je suis ? » grogne-t-il. « Vous ne savez pas à qui vous avez affaire, bande d'enfoirés. »

Pax roule les yeux. « Un criminel qui ne vaut même pas le temps qu'il faudrait pour lui briser le cou ? »

Son ton est agréable, mais son sourire et ses yeux sont meurtriers.

Ils repoussent Luther, et pendant une seconde, je pense que ça va s'arrêter là.

Mais peut-être que cet enculé a pris quelque chose, parce qu'au lieu de faire la chose la plus intelligente qui consisterait à s'enfuir, il devient dingue et se lance sur Pax. Il réussit à donner un coup, juste parce qu'aucun d'entre eux ne s'attendait à ce qu'il fasse quelque chose d'aussi stupide, mais ensuite ça tourne mal.

« Putain ! »

Preacher attrape le gars, l'éloignant de Pax, mais cela ne fait que diriger la fureur de Luther vers Preacher. Il tend le bras comme s'il allait sortir une arme de l'arrière de sa ceinture, et Ash le plaque au sol. Ils atterrissent tous les deux durement et Luther laisse échapper un grognement.

Il tend la main vers l'arme qui s'est envolée dans leur chute, mais Pax l'arrête. Je peux imaginer le plaisir sauvage qu'il ressent lorsqu'il lève son pied et écrase la main de Luther. Le craquement de ses os résonne dans la ruelle.

Luther hurle de douleur, mais ça ne l'arrête pas.

Il tente de s'emparer à nouveau de l'arme, réussissant à s'éloigner d'Ash suffisamment pour pouvoir refermer les doigts de sa main valide autour de l'arme. Mais avant qu'il ne puisse pointer son arme, Pax le frappe au visage si fort que nous entendons tous quelque chose craquer.

Le corps de Luther se relâche et il s'effondre en un tas sur le sol sale de la ruelle, comme s'il s'était soudainement désossé.

Il ne bouge plus et aucun de nous n'a besoin de vérifier pour savoir qu'il est mort.

Dans le silence qui suit la fin du combat, j'entends un petit reniflement à côté de moi et le son attire mon attention sur la fille. Elle est à terre, le dos appuyé contre le mur de briques du bâtiment, s'étant éloignée le plus possible de nous. Ses yeux sont grands et terrifiés, des larmes silencieuses coulant sur son visage. Sa joue est gonflée à l'endroit où Luther l'a frappée, et maintenant que je peux mieux la voir, je remarque qu'il y a d'autres bleus et des coupures mal cicatrisées sur ses bras et ses jambes.

Bon sang.

La même colère qui m'a poussée à entrer dans la ruelle sans même m'arrêter pour y réfléchir me traverse à nouveau lorsque j'observe l'état de cette pauvre fille. Je n'ai aucune idée de son histoire ou de la raison pour laquelle elle était avec Luther, mais c'est clair qu'il a abusé d'elle. Ce qui s'est passé dans le bar et dans la ruelle n'était pas quelque chose de nouveau.

La mallette pleine d'argent est juste à l'endroit où Luther a dû la laisser tomber quand il est venu ici pour la tabasser et je la ramasse et la fourre dans les mains de la fille.

« Prends ça et fous le camp d'ici », lui dis-je à voix basse. « Enfuis-toi. »

Ses yeux s'écarquillent, la peur se lisant encore au fond d'eux. Mais elle se ressaisit suffisamment pour hocher la tête et se mettre debout. Ses bras s'enroulent autour de la mallette et elle s'enfuit, dépassant mes trois hommes et sortant de la ruelle aussi vite qu'elle le peut.

Il ne reste plus que nous quatre. Ou plutôt, nous quatre et le cadavre de Luther.

« Eh bien, putain », je marmonne.

« Ouais », répond Ash en essuyant la saleté de son visage avant de retirer ses lunettes pour s'assurer qu'elles ne sont pas endommagées. « Ça résume bien la situation. »

« Je vais m'en occuper », dit Pax en jetant un coup d'œil au corps affaissé. Il hausse les épaules, sans avoir l'air dérangé par la façon dont les choses se sont passées. « Ça pourrait être pire. Tu as eu la chose qu'Alec voulait, alors tu as fait le travail que tu es venue faire. »

« Je vais rapprocher la voiture », dit Preacher et il va la chercher pour que nous n'ayons pas à traîner un cadavre dans la rue.

Personne du bar n'est sorti pendant la bagarre et quand Preacher rapproche la voiture, il n'y a plus personne qui traîne à l'extérieur du bar non plus. Je n'entends pas le son des sirènes dans l'air, ce qui ne me surprend pas du tout. C'est le genre d'endroit où quand les gens entendent des trucs, ils détournent la tête et l'ignorent. Ce n'est pas la peine de s'impliquer pour essayer d'aider quelqu'un et ce n'est pas comme si les clients du bar voulaient que les flics viennent fouiner. Ils ont probablement tous des trucs à cacher.

Soudainement, je suis très contente que Luther ou Alec aient choisi cet endroit pour la livraison. Je ne m'attendais pas à ce que ça se passe comme ça, mais maintenant que c'est le cas, c'est mieux qu'on soit dans l'un des quartiers les plus louches de Détroit.

En travaillant rapidement et discrètement, nous mettons le corps dans le coffre et nous rentrons à la maison. Pax et Preacher nous déposent Ash et moi à la porte d'entrée et partent s'occuper de Luther.

« Tu sais, un jour, nous allons faire un travail, et tout se passera bien et ce sera simple », dit Ash en soupirant. « Tout se passera comme on l'espérait et on finira tôt, on rentrera chez nous et on fera une orgie pour fêter ça. Je rêve de ce jour. »

« Continue de rêver », je murmure en me frottant le visage avec une main.

J'ai envie d'aller dans ma chambre et de prendre une douche pour oublier ce qui s'est passé, mais je sais que Gale est dans son lit et qu'il doit être en train de devenir fou en pensant à ce qui aurait pu se passer. Je monte donc le voir en premier, en tapant des doigts contre le cadre de la porte en entrant.

Il lève immédiatement les yeux, un début de barbe foncée recouvrant sa mâchoire et ses yeux verts attentifs. « Comment ça s'est passé ? »

« Bien », je réponds en haussant les épaules. « J'ai fait ce qu'Alec voulait que je fasse. »

À part le premier mot, qui est un peu douteux, ma réponse n'est pas techniquement un mensonge. J'ai *eu* l'info qu'Alec voulait et le fait que son contact soit mort dans le processus n'y change rien.

Gale doit entendre quelque chose dans mon ton ou peut-être qu'il me connaît trop bien maintenant, parce qu'il m'examine de la tête aux pieds et ferme les yeux.

« Donc rien d'anormal n'est arrivé ? Aucun problème ? » J'ouvre la bouche pour répondre, mais avant que je puisse le faire, il lève la main et pointe ma joue. « Parce que les taches de sang sur ton visage semblent dire le contraire. »

Je fais une grimace. *Putain*. Je savais que j'aurais dû me doucher d'abord, mais connaissant Gale, il aurait trouvé ça louche aussi.

Il ne va manifestement pas gober mes réponses à la con, alors je soupire et j'abandonne le mensonge. « Ok, donc ça n'a pas été aussi facile que ça aurait pu l'être. »

« Qu'est-ce qui s'est passé ? » demande-t-il sur un ton dur.

« Le contact est mort. C'est un peu sa faute parce que c'est un putain de connard et qu'il ne sait pas comment traiter une femme autrement que comme un déchet. » Je serre les dents en me rappelant la façon dont il a poussé la fille contre le mur, utilisant sa force contre elle. « Peu importe. J'ai récupéré le matériel de chantage comme Alec le voulait, donc j'ai effectué le travail. On s'occupe du reste. »

Gale laisse échapper un soupir de frustration et se passe la main dans les cheveux, même si le mouvement le fait grimacer. « Je savais que quelque chose allait arriver », grogne-t-il. « Putain, je le savais. »

« C'est bon », je tente de le rassurer en entrant dans la chambre et en me rapprochant du lit. « Comme je l'ai dit, on s'en occupe. »

Quand il me regarde à nouveau, il y a quelque chose de féroce qui brûle dans ses yeux. Se déplaçant plus rapidement que je ne l'aurais cru pour quelqu'un qui se remet encore d'une blessure par balle, il tend la main et attrape mon bras, me tirant à moitié sur le lit avec lui. Il m'embrasse fort, mordant mes lèvres, emmêlant sa main libre dans mes cheveux et les tirant fermement pour me maintenir en place.

C'est un baiser qui fait mal, presque comme s'il voulait me punir de m'être mise en danger.

Je peux certainement comprendre ça, alors je l'embrasse de la même manière, mordant sa lèvre inférieure assez fort pour qu'il gémisse.

Quand il me relâche, il respire fort, et s'il souffre après ce qu'on vient de faire, il ne le montre pas.

« Tu vas bien ? » demande-t-il en m'examinant à nouveau, comme s'il voulait vérifier que je ne cache rien d'autre.

« Ouais », je souffle, hochant la tête alors que mon pouls bat fort. « Je vais bien. C'est la vérité. Les gars étaient là et ils ont fait en sorte que rien n'arrive. À moi, en tout cas. »

Gale acquiesce et se recule après un moment, laissant échapper un soupir. « Bien. C'est tout ce qui compte. Tout le reste, nous pouvons le gérer. »

J'acquiesce et je maintiens son regard pendant une seconde. J'ai l'impression que quelque chose passe entre nous. Je n'arrive pas à y donner un nom, ou peut-être que je crains trop de le faire, mais le sentiment ne me quitte pas lorsque je sors de sa chambre et me dirige vers la mienne pour me laver.

14

ASH

Je ne pense pas que quiconque puisse prétendre que cette soirée s'est déroulée comme elle le devait, mais je n'arrive pas à trouver la force de m'en soucier.

J'enlève les vêtements que je portais à la rencontre, remplaçant le jean foncé et le t-shirt par un pantalon de survêtement et un vieux t-shirt pendant que j'allume une cigarette.

Rien que d'y penser maintenant, mon corps est tout excité. Le travail a peut-être été plus salissant qu'il ne devait l'être, mais bon sang...

Regarder River courir après ce fils de pute était juste trop bon.

Voir le feu dans ses yeux et la détermination dans la façon dont elle est entrée dans cette ruelle et l'a fait arrêter de frapper cette fille ? C'était chaud. J'aime à quel point elle se soucie des autres. C'est tellement différent de la façon dont les gens *font semblant de se* soucier des autres. Généralement juste par des paroles et seulement jusqu'à ce que ça commence à les gêner.

Mais River se soucie réellement des autres.

Je l'ai taquinée tout à l'heure : je l'ai traitée de mauviette parce qu'elle a envoyé le chien faire des câlins à Gale, mais elle ne l'est pas, vraiment. C'est une dure à cuire. C'est la femme la plus forte que j'aie jamais connue. La *personne* la plus forte que j'aie jamais connue. Mais en même temps, elle a cette incroyable capacité à se soucier des autres. Et d'une certaine manière, cette capacité est toujours là malgré tout ce qu'elle a traversé. Les gens se sont servis d'elle et l'ont traitée comme si elle ne valait rien, et elle a tant perdu, mais elle n'a pas perdu la partie d'elle qui se soucie tant des autres. Elle ne le voit même pas toujours en elle et je suis convaincu que si je le lui faisais remarquer, elle se disputerait avec moi.

Je la connais assez pour savoir qu'il est impossible qu'elle se soit déjà endormie après ce qui s'est passé, alors je tire une dernière bouffée et j'éteins ma cigarette avant de me diriger vers sa chambre.

La porte est ouverte et je sais qu'elle vient de prendre une douche. L'odeur de son shampoing et un soupçon de vapeur émanent de la salle de bain attenante alors qu'elle traverse sa chambre, vêtue seulement d'une serviette.

Putain, elle est magnifique.

Il y a une certaine grâce dans sa façon de se déplacer : pas comme une danseuse, mais comme un prédateur. Comme quelqu'un dont la confiance est si profonde que même dans les moments où elle doute d'elle-même, elle rayonne d'une puissance imparable.

Elle laisse tomber la serviette et commence à enfiler un débardeur et un short. Je m'attarde dans l'embrasure de la porte, sans même essayer de m'empêcher de la regarder.

Je connais si bien son corps que je pourrais en dessiner chaque ligne et courbe dans mon putain de sommeil, mais je ne refuserai jamais une chance de la regarder comme ça. Nue, confortable et détendue.

« Tu sais, laisser ta porte ouverte comme ça, c'est un bon moyen d'inviter les gens à te reluquer », lui dis-je après un moment pour lui faire comprendre que je suis là.

Elle se retourne et commence à enfiler son débardeur, me

montrant les piercings sur ses tétons avant qu'ils ne disparaissent sous le tissu.

« Je suis sûre que tu n'as jamais eu besoin d'une invitation », souligne-t-elle et je ris avant d'entrer à grands pas dans la pièce.

« Touché. »

Elle laisse l'ourlet de son débardeur tomber, jetant un coup d'œil à la porte ouverte de la salle de bain. « Je voulais juste laver le sang de ce connard sur moi. J'avais besoin d'être propre après avoir eu ses mains sur moi. »

Je hoche la tête. « Ouais, je comprends. Les choses ont dérapé. »

« C'est un putain d'euphémisme », dit-elle en soupirant. « C'est aussi ma faute si ça a mal tourné. Je ne voulais pas que ça se passe comme ça, c'est juste que... je ne pouvais pas le regarder la frapper comme ça. Pas sans intervenir. »

Elle dit ça comme si elle craignait que je lui reproche d'avoir été imprudente et je pense que *c'était* imprudent de le faire. Nous étions là pour faire un travail, et une fois que c'était fait, la chose la plus intelligente aurait été de partir et d'ignorer tout ce qui se passait.

Mais River n'est pas comme ça. Ce n'est pas ce qu'elle fait, et à partir du moment où elle a choisi d'entrer dans cette ruelle et de montrer à ce connard qu'il ne pouvait pas abuser des autres pour se sentir plus fort, j'étais de son côté.

« Je ne vais pas te faire la morale, tueuse », dis-je en faisant le tour de la pièce et en observant la façon dont elle s'est appropriée l'endroit ces dernières semaines.

Elle a aligné sa collection de vernis à ongles sur le dessus de la commode, les petits flacons multicolores formant un intéressant arc-en-ciel de couleurs vives, brillantes et métalliques. Depuis qu'elle est ici, je ne pense pas l'avoir vue porter deux fois la même couleur. Sauf peut-être le noir et le rouge qu'elle sort pour certaines occasions. Habituellement des occasions macabres.

« Je ne suis pas Gale », j'ajoute en lui adressant un sourire par-dessus mon épaule. « Je suis sûr qu'il t'a déjà passé un savon à ce sujet et je ne lui en veux pas d'être inquiet. Mais nous étions là. Et bien sûr, ça a un peu déraillé, mais on était prêts à ça quand on a accepté de te soutenir. » Je ricane. « Et je ne sais pas si tu l'as remarqué, mais les choses ont toujours tendance à dérailler avec nous. »

Elle pouffe de rire, perdant enfin un peu de la tension dans ses épaules. « Ouais, tu as raison. »

Je choisis une bouteille de vernis d'un vert chatoyant et la fais tourner dans ma main. Avec un sourire, je m'approche de River et la pousse doucement vers le lit pour qu'elle s'y assoit.

Elle me lance un regard perplexe, mais je me contente de lui sourire, de m'agenouiller sur le sol devant elle et de prendre une de ses mains dans la mienne. Elle a déjà enlevé son ancien vernis, ce qui rend les choses beaucoup plus faciles. Je secoue le flacon, je le dévisse et je fais glisser le petit pinceau. Je me concentre attentivement pendant que j'essuie l'excès de vernis et que je commence à peindre ses ongles.

« Oh », souffle River. Elle a l'air surprise au début, et puis progressivement, la tension s'échappe de son corps face à ce petit geste.

J'aime beaucoup ça.

« Tu sais, nous aurions dû nous y attendre, honnêtement. Ce n'est pas comme si on ne te connaissait pas », dis-je après un moment, reprenant notre conversation.

Ses sourcils se froncent. « Qu'est-ce que tu veux dire ? »

« Tu détestes voir les gens abuser de leur pouvoir. Surtout quand il s'agit de types merdiques qui agissent comme si le monde leur appartenait et qui abusent des femmes. On a tous remarqué ça chez toi. Que Luther traite cette fille comme un jouet qu'il pouvait casser juste parce qu'il le voulait était impossible à ignorer pour toi. »

River soupire et détourne le regard une seconde avant de hausser les épaules. Elle fronce le nez. « Ça m'énerve. Ça ne devrait pas être aussi courant et les gens ne devraient pas...

l'ignorer. Combien de personnes ont vu cette fille se faire crier après et abuser et ont laissé faire ? C'est n'importe quoi. »

« Je suis d'accord », lui dis-je. « C'est dingue et je sais ce que ça fait. »

Mes yeux sont concentrés sur ce que je suis en train de faire, en essuyant avec mon pouce un peu d'excès de vernis. Nous avons déjà parlé une fois, de ce qui m'est arrivé avec ma mère, et c'est généralement quelque chose que je n'aime pas aborder. Mais avec River, c'est différent. Je sais qu'elle comprend le sentiment de trahison et qu'elle sait combien il est douloureux d'être traité comme si vous n'aviez aucune valeur ou autonomie. Donc c'est plus facile pour moi de continuer à parler maintenant.

« Ma mère, elle avait le pouvoir quand j'étais plus jeune. Elle était l'adulte, elle établissait les règles. Nous avions besoin d'argent et elle a vu une opportunité. Et personne ne l'a remise en question. Pas une seule des femmes plus âgées qui payaient pour mes services ne s'est arrêtée pour dire "attend, c'est un peu tordu, non ?". Parce qu'elles s'en foutaient, tant qu'elles avaient leurs services. Pour elles, j'étais aussi bon qu'un sex toy. Juste plus chaud et plus talentueux. »

Je lève les yeux et lui fais un clin d'œil. Elle rit presque, bien que ses lèvres ne sourient pas.

« Ta mère était nulle », dit River. « Comme toutes ces femmes. »

Je hoche la tête, mon esprit dérivant vers une période de ma vie à laquelle je fais habituellement de mon mieux pour ne pas penser.

« Ouais, vraiment. Et probablement encore aujourd'hui. Mais le fait est qu'il y a des gens qui prennent plaisir à traiter quelqu'un d'autre comme un objet. Il y a du pouvoir là-dedans et c'est ce qu'ils veulent. Pour eux, c'est pareil qu'on ait des sentiments ou pas parce qu'ils n'en ont rien à foutre dans tous les cas. C'est le genre de personne qu'était Luther. »

Je peux sentir l'intensité du regard de River qui me regarde passer d'une main à l'autre. Elle ne me *regarde* pas vraiment, mais plutôt *à travers* moi, en pensant à ce que j'ai dit, et je la laisse faire.

Quand elle reprend la parole, elle a l'air fatiguée. « Pourquoi c'est comme ça ? Pourquoi les gens sont si... dégueulasses ? »

« Ça me dépasse. Je ne l'ai jamais compris. Je dirais que c'est une question d'argent, mais ce n'est pas comme si ma mère en avait. Peut-être que c'est son *désir d'avoir de l'*argent qui lui a embrouillé l'esprit et l'a transformée en garce enragée. Qui sait ? Certaines personnes sont si mauvaises que la seule façon pour elles de se sentir meilleures est d'essayer d'enlever l'humanité de quelqu'un d'autre. Ces femmes pour lesquelles ma mère m'a prostitué auraient pu baiser quelqu'un d'autre. Elles étaient presque toutes mariées, et elles étaient assez séduisantes et riches pour pouvoir avoir qui elles voulaient, probablement. Mais elles voulaient baiser quelqu'un sur qui elles avaient du pouvoir. C'était une question de contrôle autant que de sexe. »

« Elles étaient malheureuses, alors elles devaient essayer de contrôler quelqu'un d'autre », murmure River.

« Probablement. Je n'ai pas besoin de te dire comment leurs maris les traitaient probablement. Tu sais comment sont les hommes de ce genre. »

River acquiesce et je sais qu'elle a compris.

Je ricane un peu, lâchant ses mains et commençant à mettre du vernis sur ses orteils, soulevant un pied et le tenant dans ma paume pendant que je l'applique.

« Tu sais, c'est pour ça que j'ai commencé à apprendre à faire des tours de passe-passe », j'ajoute en penchant un peu la tête pour la regarder. « C'était quelque chose qui m'appartenait. Quelque chose dont les femmes que j'ai baisées n'avaient rien à foutre. C'était juste pour moi. »

« C'est là que tu fais une blague sur le fait que ça t'a appris à être doué avec tes mains ? » River fronce les sourcils, ses lèvres se retroussant d'un côté.

Je rigole en secouant la tête. « Non, bébé, c'est un talent naturel. Mais ça m'a aidé quand il s'agissait de voler des petites choses à ces femmes. Ma mère gardait tout l'argent qu'elles payaient pour mes *services*, alors je leur prenais des petits trophées. Des boucles d'oreilles, des bagues, de l'argent, juste des trucs qu'elles laissaient traîner. »

« J'aurais aimé pouvoir rencontrer ta mère », dit River, sa voix prenant un ton dur. « Comme ça j'aurais pu frapper cette salope. »

Elle le dit comme si elle le pensait vraiment et je sais qu'elle le pense, ce qui me fait sourire. « Bon sang, tueuse. Quand tu dis des trucs comme ça, c'est impossible de te résister, tu sais. »

Son pied est toujours dans ma main, le vernis est en train de sécher, et j'en embrasse doucement le dessus en remontant vers sa cheville. Je peux sentir qu'elle frissonne au contact de mes lèvres sur cette partie sensible et cela me pousse à continuer. J'embrasse l'intérieur de sa cheville, puis je remonte le long de sa jambe, traçant des baisers sur son mollet en me dirigeant vers sa cuisse.

« Ash », souffle-t-elle, et quand je lève les yeux vers elle, ses yeux bleus sont remplis de désir.

Ils reflètent le désir que je ressens en ce moment et je la repousse au milieu du matelas, puis je rampe sur elle pour finalement l'embrasser sur la bouche. Au moment où nos lèvres se touchent, je laisse échapper un bruit affamé, glissant ma langue plus profondément pour chercher sa chaleur.

Sa langue rencontre la mienne et elle fait un geste comme si elle était sur le point d'enrouler ses bras autour de moi, mais je ris et je me retire un peu.

« Attends une minute. Ton vernis est encore en train de sécher », lui dis-je en lui jetant un regard sérieux. « Tu ne veux pas ruiner tout mon travail, n'est-ce pas ? »

Elle cligne des yeux, comme si elle avait oublié le vernis à ongles dans le feu de l'action. « Non, je suppose que non. »

« Bonne fille. » Je prends ses poignets et j'étends ses bras sur le lit, puis je fais de même avec ses jambes, jusqu'à ce qu'elle soit complètement étalée sur le lit. « Reste comme ça pour que ça sèche. C'est très important. »

« Oh, je suis sûre que tu t'inquiètes pour le vernis », dit-elle en roulant les yeux, mais ses joues rouges révèlent qu'elle apprécie déjà le défi.

« Tout à fait », j'insiste. « J'y ai mis beaucoup d'efforts. Maintenant, je vais en faire autant avec toi et tu n'auras qu'à t'allonger et à encaisser. »

Elle soupire d'un air exaspéré, mais ce n'est pas très convaincant. Alors je lui fais un sourire et je continue, l'embrassant à nouveau, la sentant lutter contre l'envie de me toucher. Chaque fois qu'elle fait un geste comme si elle allait m'attraper, j'arrête de l'embrasser, attendant qu'elle se calme pour continuer.

Je passe de sa bouche à son cou. J'embrasse son point de pulsation et je lui fais sentir un soupçon de dents contre son cou. Cela la fait haleter et se cambrer un peu contre moi. Je ris contre son cou et continue.

« Ash », elle gémit. « Putain, tu sais vraiment chauffer. »

« Je ne te chauffe pas », dis-je en ayant l'air de me moquer. « Je savoure. Je prends mon temps avec toi pour te montrer mon appréciation. »

Je lèche son cou après avoir dit ça, faisant glisser ma langue sur sa peau en une ligne lente et délibérée. River fait un bruit torturé, mais d'une manière sexy, et je souris et continue.

De son cou, je descends vers ses clavicules qui sont visibles du col de son débardeur. J'y passe un certain temps, faisant trembler River, puis je pousse son débardeur vers le haut, exposant ses seins.

Ils sont toujours aussi magnifiques et ses mamelons sont déjà durs. Je ne peux pas résister à l'envie d'y passer un peu de temps, d'embrasser ses seins, puis de prendre ses tétons percés dans ma bouche, de les sucer et de les embrasser.

River se tord sous moi, s'efforçant de rester immobile. Elle gémit mon nom, se tordant sur place tandis que je suce un téton, puis pince et roule l'autre entre mes doigts.

« Tu es si sexy comme ça », je la taquine en relevant la tête pour parler et en lui adressant un sourire amusé. « Si excitée. »

« Parce que tu ne me donnes pas ce que je veux », répond-elle, mais elle le dit sans aucune méchanceté.

Je me contente de lui faire un sourire en coin et de tirer sur le piercing d'un de ses tétons, ce qui la fait sursauter.

« Tu voulais ça ? » je lui demande en lui faisant entendre le son rauque de ma voix.

« Merde. Oui », dit-elle en gémissant et se cambrant sous moi. « Fais-le encore. »

Je la repousse à nouveau vers le lit et je mords son mamelon assez fort pour que ça lui fasse mal. Puis j'embrasse sa poitrine jusqu'à son ventre, sentant les muscles se contracter et onduler alors qu'elle respire et gémit. Du coin de l'œil, je peux voir ses doigts se recourber partiellement puis se détendre, comme si elle voulait enfoncer ses mains dans les couvertures du lit, mais qu'elle se rappelait qu'elle n'est pas censée abîmer son vernis.

Je souris en léchant et en mordillant son ventre autour de l'élastique de son short, ce qui lui fait pousser un petit rire. J'enlève son short et le fais descendre le long de ses jambes, en faisant attention de ne pas abîmer le vernis sur ses orteils.

Comme toujours quand River est nue, je dois prendre une seconde pour admirer à quel point elle est belle. Toutes ces cicatrices et ces tatouages : c'est l'histoire de toute une vie sur sa peau.

« Un jour », lui dis-je, en commençant à embrasser son corps en descendant. « Je vais cataloguer chaque petite partie de toi. Chaque cicatrice, chaque tache de naissance, chaque petite tache de rousseur, même. Juste parce que je veux connaître chaque partie de toi. Tout ce qu'il y a à voir, à toucher et à embrasser sur ton corps. »

Ses joues deviennent roses et je souris avant d'écarter ses jambes de mes mains. Sa chatte est déjà trempée et je peux sentir son excitation dès que je m'approche. Ça me met l'eau à la bouche, et je l'embrasse et la lèche juste là.

« Ash », gémit-elle, se cambrant contre moi. Elle fait un geste pour m'attraper, probablement pour enfiler ses doigts dans mes cheveux, mais je me retire avant qu'elle ne puisse me toucher en lui faisant signe que non.

« Souviens-toi des règles, tueuse », je l'avertis.

Elle se renfrogne et repose ses mains sur le lit, et je retourne à ce que je faisais, traînant ma langue le long de ses plis et savourant chaque goutte de sa douceur.

Je tourne autour de son clito avec le bout de ma langue, fredonnant de plaisir tandis qu'elle frissonne. J'aime la faire réagir, voir et sentir la façon dont elle craque. Il est clair qu'elle a envie de moi, qu'elle en veut plus, mais je la garde sur les nerfs, me retirant chaque fois qu'elle fait un geste pour me toucher ou qu'elle est sur le point de jouir. Je veux qu'elle le ressente vraiment avant de la laisser avoir ce qu'elle veut.

En plus, c'est amusant de la torturer comme ça.

Quand sa respiration est irrégulière, entrecoupée de petits gémissements, et qu'il semble qu'elle soit sur le point de devenir dingue, je me retire de sa chatte et je remonte vers sa poitrine en l'embrassant pour lui taquiner à nouveau les tétons.

« T'es un salaud », halète-t-elle en me lançant un regard furieux.

« Et pourtant tu dégoulines pour moi, alors qu'est-ce que ça fait de toi ? » je réponds en lui faisant un clin d'œil. « Je te donnerai ce que tu veux si tu sais te comporter. »

Au lieu de promettre qu'elle se comportera pour obtenir ce qu'elle veut, River se contente de me grogner après, ce qui est tellement elle que je ris et me penche pour l'embrasser. Elle peut probablement se goûter dans ma bouche et quand elle se soulève pour en avoir plus, je la repousse sur le lit.

« Connard », murmure-t-elle.

« Tu adores ça », je murmure en retour, mordant sa lèvre inférieure, puis en recommençant à la taquiner.

Je prends mon temps, l'embrassant tout partout jusqu'à ce que River pleure presque de désir. C'est clair qu'elle est excitée et quand je reviens à sa chatte, elle est toute mouillée, l'excitation collante s'étalant sur ses cuisses.

Mais je contourne sa chatte pour le moment et je taquine son cul avec mes doigts, la faisant haleter de surprise quand je touche ce trou sensible.

« Je parie que je pourrais baiser ton cul avec ta propre excitation comme lubrifiant », dis-je d'un air songeur. « Vu la façon dont ta chatte est trempée en ce moment, ce petit trou serait si lisse et humide. Assez lisse pour accueillir ma bite. Je parie que tu adorerais ça, n'est-ce pas ? »

« Oui », gémit-elle. « Putain, Ash, fais *quelque chose*. S'il te plaît. »

« Eh bien, puisque tu le demandes si gentiment... »

Au lieu de lui mettre un doigt dans le cul, aussi tentant que cela puisse l'être, j'embrasse sa chatte, puis je me lève pour enlever mon pantalon. Ma bite est dure et palpite, et même si ce n'est pas moi qui me suis fait taquiner, j'en ressens quand même les effets. J'ai désespérément envie d'être en elle.

River me regarde, ses yeux bleus et profonds fixés sur ma queue, et je la laisse faire, me caressant lentement et me mordant la lèvre alors que le plaisir monte. Je me baisse et ouvre encore plus ses cuisses, et finalement, je lui donne ce qu'elle veut.

Ou du moins, *ce qu'*elle veut en gros.

Je me glisse en elle, mais au lieu de m'enfoncer d'un seul coup, je garde un rythme lent et taquin, en m'assurant qu'elle sente chaque centimètre de ma queue. C'est de la torture pour moi aussi, parce qu'avec la façon dont elle est mouillée et la façon dont sa chatte s'accroche à ma queue, tout ce que je veux, c'est m'enfoncer en elle, vite et fort, et lui faire prendre tout ce que j'ai à lui donner.

River se débat pratiquement sous moi. Ses pupilles sont si sombres et gonflées de luxure que ses yeux semblent presque noirs. Elle a l'air sauvage, comme si elle était sur le bord du précipice, et avec un autre grognement sauvage, elle craque finalement.

Elle n'a plus la patience d'être taquinée et de rester immobile, et elle enroule ses bras et ses jambes autour de moi, m'attirant et m'incitant à la pénétrer plus en m'entraînant dans un baiser.

« Baise-moi », elle siffle contre mes lèvres.

Les taquineries étaient chaudes, mais ça c'est encore plus chaud pour être honnête.

La façon dont elle a perdu la patience et a décidé de prendre ce qu'elle veut est vraiment excitante. Surtout si l'on considère que je suis ce qu'elle veut.

Il est facile d'abandonner tout espoir de la taquiner plus longtemps et de savourer le plaisir qu'elle veut, en la baisant fort et rapidement. Son corps répond et sa chatte est un fourreau humide et chaud alors que j'enfonce ma bite en elle encore et encore, savourant la sensation d'elle autour de moi.

« Putain », je jure, déjà essoufflé et submergé par la sensation qu'elle procure. « Tu es tellement bonne, River. »

« Vas-y », dit-elle en pressant ses hanches de manière à me pousser encore plus profondément dans sa chatte. « Plus, Ash. *Plus.* »

Et je fais ce qu'elle me supplie de faire.

Bien sûr que oui.

Il n'y a jamais eu d'autre option, vraiment.

Malgré toutes mes taquineries, ça devait finir comme ça et je n'ai aucun problème avec ça. Pas quand je suis à fond dans River et qu'elle s'accroche à moi, les ongles enfoncés dans mes épaules et ses jambes serrées autour de mes hanches.

On respire fort tous les deux et quand on s'embrasse, c'est désordonné et brutal. Des chocs constants entre les lèvres, les dents et les langues, douloureux et intenses.

River fait glisser ses ongles le long de mon dos et je m'enfonce encore plus, poussé par le plaisir chaud qui rampe le long de ma colonne vertébrale.

« Putain, putain, putain », chante River, et quand elle enfonce ses ongles plus fort, c'est comme si elle perçait ma peau, mais il n'y a pas une seule partie de moi qui s'en soucie en cet instant.

Pas alors qu'elle est sous moi, étirée autour de ma bite qu'elle prend si bien.

Dans un élan vigoureux, elle nous fait rouler, et je me retrouve sur le dos à la regarder.

Elle est encore plus belle comme ça, ses mains sur ma poitrine, et le débardeur toujours remonté sur ses seins. Ma bite est toujours enfouie en elle et elle ne s'arrête pas, commençant à me chevaucher durement et rapidement.

Ses seins rebondissent, les piercings captent la lumière et je prends chaque sein dans une main, touche ses tétons et les presse légèrement pendant qu'elle me chevauche. River penche sa tête en arrière, les yeux fermés, et ses lèvres sont entrouvertes alors qu'elle lutte pour respirer et continuer à bouger.

« Tu es si belle, putain », je murmure. « La façon dont tu te perds comme ça. Chevauche ma queue, tueuse. Je veux que tu imprègnes ma bite de ta douceur. »

« Ash... » dit-elle en gémissant mon nom.

Je veux la toucher partout et je lâche un de ses seins pour m'accrocher à sa hanche à la place, la tirant vers moi, encore et encore, de sorte que nos hanches se frottent ensemble.

Elle se penche pour m'embrasser à nouveau et je nous fais rouler une fois de plus, mettant River sur le dos. Elle halète et me regarde fixement, et je souris, l'embrassant plus fort, pressant ma langue dans sa bouche pour la revendiquer.

Son corps tremble et se cambre contre le mien, et je n'essaie pas de la maintenir à terre ou de la faire rester immobile cette fois. Au lieu de cela, je pousse ses genoux vers ses épaules, la pliant en deux.

River prend tout ce que je lui donne, comme je savais qu'elle le ferait, et elle crie quand je la pénètre si fort que le lit bouge sous nous.

« Ouais, c'est ça », je grogne. « Tu aimes ça, n'est-ce pas ? »

L'angle fait que c'est profond et je peux sentir quand je vais au fond d'elle, touchant le point qui la fait presque hurler de plaisir encore et encore.

La combinaison de ses cris et de la façon dont sa chatte serre ma queue si fort chaque fois que je touche ce point me fait tourner la tête. Ses parois sont veloutées et humides, et lorsqu'elles se frottent contre moi, des frissons de chaleur et de plaisir électrique me parcourent l'échine.

« Tu es dans ma putain d'âme, tueuse », je râle. « Je ne sais pas comment je pourrais un jour me passer de toi. »

« Continue d'essayer », gémit-elle, ses paupières se refermant tandis que sa bouche s'ouvre.

Je ne sais pas si elle parle de la façon dont j'essaie d'enfoncer ma bite un peu plus profondément à chaque fois que je la pénètre ou si elle veut dire quelque chose de plus important que ça, comme la façon dont on essaie de se fondre l'un dans l'autre pendant qu'on baise.

Putain, je veux ça. C'est ce dont j'ai besoin. Cette femme fait partie de ma putain d'âme.

Après quelques poussées supplémentaires, je me retire d'elle et elle gémit, ouvrant les yeux pour me regarder. Ils sont brumeux et remplis de chaleur, ce qui lui donne l'air d'être ivre de plaisir et un peu à côté de la plaque tant tout est bon. Je souris et l'embrasse à nouveau avant de la retourner pour qu'elle soit allongée sur le ventre sur le lit.

Avant qu'elle ne puisse se mettre à quatre pattes, je lui attrape les fesses et les tire vers moi, laissant le haut de son corps plaqué contre les draps froissés. C'est l'autre position dont nous avons parlé la première nuit où je lui ai rendu visite dans cette chambre, et je mentirais si je disais qu'elle n'est pas sexy comme ça.

Je suis si dur et elle est si mouillée que c'est facile de s'enfoncer dans elle, et quand je touche à nouveau le même endroit, River gémit si fort que je peux le sentir dans tout mon corps.

Ça fait du bien, putain.

Elle est si bonne, putain.

En me penchant sur elle, j'attrape ses mains, j'entrelace nos doigts ensemble avant de les coincer au-dessus de sa tête. River ne résiste pas, serrant mes mains pendant que je la baise, atteignant la fin de mon endurance parce qu'il n'y a pas moyen que je n'explose pas avec tout ça.

À mesure que nous bougeons ensemble, le plaisir monte de plus en plus. Nous le poursuivons tous les deux, à bout de souffle et en manque, tous les deux si proches.

Quand River jouit enfin, c'est en poussant un cri aigu et elle se serre comme un étau autour de ma queue comme si elle essayait de tout me prendre. Je mords son épaule, je pompe en elle quelques fois de plus avant de jouir en elle et de la remplir.

« C'est tellement... bon », je halète à chaque spasme de ma bite.

Nos peaux moites se collent l'une à l'autre et il faut un moment avant que l'un de nous puisse bouger, parler ou même respirer à fond. Alors que le battement de mon cœur commence enfin à ralentir un peu et que je lâche les mains de River, je vois bien que son vernis est définitivement abîmé.

Je roule à côté d'elle en riant.

« On oublie le travail soigné », lui dis-je en me tournant vers elle en secouant la tête, l'air déçu. « Tu étais juste trop insatiable pour rester tranquille. »

« Oh, c'est *vraiment* ta faute », réplique-t-elle. « Si tu n'étais pas aussi taquin, je n'aurais pas eu à bouger. »

Il y a quelque chose que j'aime beaucoup dans le fait d'être responsable de son incapacité à rester immobile et je la regarde un moment avec fierté.

« Je vais le refaire », lui dis-je. « C'est le moins que je puisse faire. »

River rit et se penche pour me donner un baiser intense.

15

RIVER

Le lendemain, je dois aller porter l'enveloppe à Alec.

Je le redoute pour d'autres raisons que celle de ne pas vouloir voir son air suffisant, mais je ne peux pas y échapper.

Nous disons au revoir à Gale qui nous donne l'avertissement habituel de faire attention et de ne pas faire de bêtises, puis nous montons dans la voiture pour nous rendre au stupide immeuble de bureaux vide d'Alec.

« Tu crois qu'il va faire des conneries ? » demande Pax en claquant la porte de la voiture derrière lui.

« On ne peut pas le savoir avant d'y être », répond Preacher en s'installant derrière le volant. « S'il le fait, alors... »

« Alors quoi ? » demande Ash. « Je suis sûr que les hommes de main d'Alec ne vont pas nous laisser débarquer et l'empêcher de faire ce qu'il a prévu de faire à propos de la mort de son petit rat. »

Je fronce le nez au souvenir de Luther, déjà de mauvaise humeur parce que je joue encore le rôle de la coursière d'Alec.

« Ce n'est pas étonnant qu'il avait quelqu'un comme Luther qui travaillait pour lui », je murmure. « Alec est le mal absolu, alors bien sûr, il fait des affaires avec la racaille de Détroit. »

« Garde ton calme », me dit Pax, même si le regard qu'il me lance me fait comprendre qu'il est conscient de l'ironie de ces mots venant de lui. « Je me suis débarrassé du corps hors de la ville, donc à moins que quelqu'un ne le recherche, il ne le trouvera pas. Ce n'est pas comme si Alec devait savoir que c'est nous qui avons tué cet enfoiré. »

C'est un bon point. Alec n'était pas là, et à en juger par la façon dont Luther se comportait et l'endroit où il traînait, n'importe qui aurait pu être responsable de sa mort. Pas besoin d'incriminer les gars ou moi-même sans une bonne raison.

« C'est un bon point », dis-je. « Je m'assurerai de ne rien mentionner à propos de Luther en dehors de l'échange et de comment ça s'est passé. Je ne sais pas à quel point Alec garde un œil sur les gens qui travaillent pour lui, mais il pourrait ne pas découvrir que Luther est mort avant d'avoir un autre travail pour lui. »

Nous atteignons le bâtiment quelques minutes plus tard et nous nous garons à l'extérieur, puis nous nous dirigeons vers l'imposant immeuble.

Il y a de nouveau des gardes dans le hall. Ils ont l'air différents de ceux que nous avons rencontrés la première fois que je suis venue, mais ils semblent connaître la procédure tout comme les premiers. Ils me font signe vers l'ascenseur, l'un d'entre eux me suivant pour monter avec moi, et ils gardent les gars derrière pour qu'ils attendent.

Je me sentirais mieux avec les Rois du Chaos assurant mes arrières, mais je sais que je dois faire ça seule, alors je garde mon calme comme Pax l'a suggéré et je me dirige vers l'étage où se trouve le bureau d'Alec. Comme la dernière fois, il est vide et semble trop grand pour qu'un homme et ses sbires, ou quel que soit le nom qu'on leur donne, y fassent des affaires. Mais je suppose que quand on est l'homme le plus riche de la ville, on peut faire ce qu'on veut, y compris acheter un immeuble et n'utiliser qu'un seul bureau.

Alec est à nouveau derrière son bureau, travaillant à son ordinateur. Cette fois, il lève les yeux dès que j'entre, me jetant un regard glacial.

« Comment ça s'est passé ? » demande-t-il.

Je sors l'enveloppe que j'ai cachée dans ma veste et la jette sur son bureau.

Il soutient mon regard pendant une seconde, puis l'ouvre pour en examiner le contenu. Ses yeux gris foncé se plissent légèrement tandis qu'il examine ce qu'il y a à l'intérieur, puis il hoche la tête, l'air satisfait.

« Bien joué », dit-il en me faisant son sourire suffisant et sans âme. « Tout est là. »

« Super », je réponds, le ton court. Il semble que ce sera tout et je m'apprête à demander si je peux partir, mais Alec se lève et fait le tour du bureau.

« Marchez un peu avec moi, d'accord ? » demande-t-il.

C'est formulé comme une demande, mais je sais que refuser n'est pas vraiment une option. Pas avec quelqu'un comme lui. L'anxiété me prend aux tripes, mais j'essaie de la repousser, lui faisant un signe de tête et le laissant me conduire hors du bureau.

Nous nous dirigeons vers le long couloir et passons devant l'ascenseur pour arriver aux escaliers. Alec pousse la porte de la cage d'escalier et me fait signe de passer devant lui. Je le fais, les poils de ma nuque se hérissant à l'idée de l'avoir derrière moi.

Chaque partie de moi hurle que ce n'est pas prudent d'être dans un petit espace avec cet homme, mais je refoule mes sentiments et continue à marcher.

« J'ai entendu quelque chose d'intéressant sur Luther », dit Alec alors que nous descendons un escalier, puis un autre. « Il est mort, il semblerait. Avez-vous oublié de le mentionner quand je vous ai demandé comment s'est passé le travail hier soir ? »

J'avale à nouveau, même si ma bouche et ma gorge sont soudainement si sèches que c'en est presque douloureux. Je suis heureuse qu'Alec ne puisse pas voir mon visage, car je dois faire des efforts pour que mes traits retrouvent une expression neutre.

« Il est mort ? Je ne le savais pas. Il était bien vivant lorsqu'il m'a donné l'enveloppe et pris la mallette », dis-je en faisant comme si je l'ignorais comme je l'avais prévu s'il abordait le sujet.

« Mais ça avait l'air d'être un enfoiré, d'après notre interaction. Alors peut-être que quelqu'un lui a finalement donné ce qu'il méritait. »

« Ha », dit Alec, mais son ton est bien sérieux. « Ce n'est pas souvent comme ça que le monde fonctionne », poursuit-il. Puis il lève une main. « Arrêtez-vous ici. »

Il me fait signe de passer une porte qui nous mène dans un autre couloir. Nous sommes à un autre étage, mais tout semble presque identique à celui où nous étions, où se trouve son bureau, et je ne comprends pas pourquoi nous sommes ici.

« Il y a quelques autres détails intéressants que j'ai appris sur Luther », dit Alec en me contournant pour pouvoir ouvrir la voie. « Par exemple, je sais qu'il y a une jeune femme qui le fréquentait dernièrement. Et je sais qu'elle s'est enfuie après qu'il a été tué. »

Mon estomac se noue. *Putain*. Il en sait beaucoup pour quelqu'un qui n'était même pas là.

J'essaie de garder mon calme, de garder mon visage impassible, même si Alec ne me fait pas face. Je ne peux pas me permettre de dévoiler quoi que ce soit maintenant et il est difficile de juger ce qu'Alec ressent par rapport à toutes les choses qu'il dit, puisque sa voix et son expression sont toujours aussi suffisantes.

Est-ce qu'il cherche à obtenir des aveux ? Est-il juste en train de montrer l'étendue de ses connaissances ?

Je n'en sais rien, mais les poils de ma nuque sont encore hérissés, et je sais que cette conversation est en train de déraper. Je peux le sentir.

« Ouais... j'ai vu la fille qui était avec lui », j'admets, parce que mentir sur ce point est inutile. Alec sait clairement que la fille était là au bar et il sait que j'y étais aussi. Je n'en dis pas plus, car je ne sais pas ce que je peux dire d'autre.

Le fait même qu'Alec soit au courant de l'existence de cette fille me donne la chair de poule, vu ce qu'il a jugé bon de faire subir à ma sœur et à moi. Je déteste penser à toutes les raisons pour lesquelles cette fille aurait pu être là avec Luther.

Était-elle un paiement pour un travail précédent ? Un être humain échangé contre du matériel de chantage au lieu d'une valise pleine d'argent ?

Putain de merde.

« Ici », dit Alec en s'arrêtant enfin et en ouvrant une porte. Ce n'est pas un des bureaux vitrés, mais quelque chose qui ressemble à une salle d'entreposage. Il allume une lumière et la première chose que je vois, ce sont des étagères. Elles sont toutes vides, un autre signe certain qu'il n'y a pas beaucoup de gens qui travaillent dans ce bâtiment.

La deuxième chose que je vois est une lueur de cheveux blonds, comme la nuit dernière dans cette allée.

Seulement cette fois, il n'y a pas de son et pas de mouvement. Juste une chevelure blonde, attachée à la même fille qui était avec Luther.

Allongée sur le sol, morte.

Elle est encore plus pâle que la dernière fois que je l'ai vue et son visage est ensanglanté. Ses vêtements sont tachés de sang et ses yeux sont ouverts, fixant le plafond de la pièce sans rien voir.

L'horreur me submerge, si forte et si intense que la bile me monte à la gorge. Elle me brûle comme de l'acide et je dois l'avaler et respirer par le nez pour ne pas vomir.

« Elle ne l'a pas fait », dis-je, incapable de détourner mon regard de la fille sur le sol. Ma voix est rauque et j'ai l'impression que les mots me déchirent les cordes vocales. « Ce n'est pas elle qui a tué votre homme. Pourquoi avez-vous... ? Elle ne méritait pas ça. »

Alec fait un geste dédaigneux que je vois du coin de l'œil.

« C'était un détail à régler », dit-il sur un ton neutre. « Et je n'aime pas les détails à régler. »

Il n'a pas besoin de proférer la menace plus ouvertement que ça pour que je l'entende et ça me fait froid dans le dos. C'est clair qu'Alec Beckham ne se soucie pas de savoir qui il doit tuer pour faire passer son message.

Puis il sourit, le sourire du sociopathe qui me rend malade.

« Finalement, tout s'est bien passé de toute façon. Vous voyez, elle avait la mallette d'argent qui était censée être le paiement de Luther. » Il baisse la tête, hausse légèrement les épaules, son regard me brûlant toujours. « Elle a dû la lui prendre quand il est mort. Donc maintenant j'ai récupéré mon argent *et* les informations que je voulais de Luther. C'est gagnant-gagnant, selon moi. Pour moi, en tout cas. »

Je regarde fixement le corps de la fille.

Ouais.

C'est une victoire pour *lui*.

Et c'est une perte pour tous ceux qui ne sont pas Alec Beckham.

L'homme à côté de moi continue de parler, mais pendant une seconde, je l'entends à peine. Je n'arrive pas à détourner les yeux de la fille morte sur le sol, tout le reste, sauf sa forme sans vie, semble se fondre dans un brouillard obscur. Je n'arrête pas de penser à quel point elle était effrayée. Comment elle a fui pour sa vie quand je lui ai donné cet argent.

Mais elle n'aurait jamais pu courir assez vite pour échapper à un homme comme Alec.

« Vous devrez faire un autre test, bien sûr », dit froidement Alec et ces mots me tirent de ma stupeur. Je tourne la tête et me concentre à nouveau sur lui.

« Quoi ? »

« Celui-là était trop brouillon », dit-il. « Je ne dirai pas que vous avez échoué, exactement, puisque vous m'avez apporté l'enveloppe. Mais vous n'avez certainement pas gagné le droit de faire partie de la Société Kyrio. Pas avec l'exécution bâclée de ce qui aurait dû être une tâche simple. »

La colère monte en moi et je serre les dents alors qu'elle gronde dans mes tripes. C'est n'importe quoi, mais il est clair qu'Alec va continuer à changer les règles du jeu à sa guise. Il a toutes les cartes en main et il veut s'assurer que je le sache.

« Bien », dis-je.

À ce stade, je n'ai pas envie de discuter. Je veux juste sortir de cette petite pièce sans air et m'éloigner du corps mort sur le sol.

Je regarde Alec, voyant sa bouche bouger alors qu'il me donne ma prochaine mission. J'entends ce qu'il dit et j'acquiesce, mais j'ai du mal à le comprendre et à me souvenir des détails. Mon esprit est plein d'électricité statique, plein d'images de l'expression effrayée de cette fille sur la banquette avec Luther ou quand elle était dans la ruelle, regardant Preacher, Pax et Ash le tuer.

Ça n'aurait pas dû finir comme ça.

Mais d'une manière ou d'une autre, c'est toujours le cas.

Alors qu'il continue d'exposer les détails de ma nouvelle mission, Alec fouille dans sa poche et en sort un petit appareil.

« Prenez ça », dit-il en le pressant dans ma main.

Je le fais, en hochant à nouveau la tête et en le glissant dans ma poche.

Mon cœur s'emballe, je me sens moite et malade. La bile que j'ai ravalée remonte dans ma gorge et je sais que je ne pourrai la repousser qu'un certain nombre de fois avant qu'elle ne remonte pour de bon. J'espère juste qu'elle attendra que cette réunion de merde soit terminée.

Finalement, Alec a fini de s'écouter parler. Il me fait un signe de tête pour me congédier. Merci, putain.

Je veux courir, sprinter hors de cette pièce jusqu'aux ascenseurs. Laisser ce putain d'endroit derrière moi et ne jamais regarder en arrière. Mais j'ai eu affaire à suffisamment d'hommes prédateurs pour savoir que je ne dois pas me faire passer pour une proie devant Alec. Je me force donc à marcher à une vitesse normale, à entrer dans l'ascenseur et à le prendre pour redescendre dans le hall où les gars attendent.

Ash jette un coup d'œil à mon visage et fait un pas vers moi, ouvrant la bouche pour dire quelque chose, mais je secoue la tête, voulant juste sortir d'ici.

« Tu vas bien ? » murmure-t-il quand je les rejoins.

Je fais un petit signe de la tête alors qu'ils m'entourent.

Non. Non, je ne vais vraiment pas bien, putain.

Nous sortons du bâtiment et commençons à retourner à la voiture. À mi-chemin, j'ai la nausée, le contenu de mon estomac remontant dans une violente ruée. Je m'arrête dans mon élan, dépassant Pax pour me pencher et vomir dans les buissons.

« Que s'est-il passé là-haut ? » demande Preacher et je reconnais l'inquiétude dans son ton habituellement calme. Ses mains poussent mes cheveux en arrière alors que je menace de vomir à nouveau.

« Il... »

Je dois avaler et avaler encore avant de pouvoir prononcer d'autres mots. Putain, j'aimerais avoir de l'eau pour me rincer la bouche. Non, oublie ça. J'aimerais avoir un verre de whisky pour effacer les souvenirs, même si ce n'est que temporaire.

« La fille de la livraison », j'arrive à leur dire d'une voix rauque et hésitante. « Il l'a tuée. »

« *Putain* », jure Pax en expirant fort. « Est-ce qu'il sait ? Que nous... »

Il jette un coup d'œil autour de lui, comme s'il n'était pas prudent de dire quoi que ce soit si près du bâtiment.

Bon sang, ce n'est probablement pas le cas.

« Ouais. Probablement. Je veux dire, il a plutôt laissé entendre qu'il sait tout ce qui s'est passé. J'ai juste... »

J'ai l'impression que ma gorge se referme, coupant tout ce que j'allais dire. Je me sens tellement mal, tremblante et malade. Je n'arrive pas à croire qu'Alec ait fait ça. Qu'il ait tué cette fille sans raison valable. Juste parce qu'il le pouvait.

L'ai-je fait tuer en lui donnant cette mallette ?

J'essayais de faire quelque chose de bien, de lui donner une chance de s'en sortir et de commencer une nouvelle vie comme Avalon. Cet argent était censé appartenir à Luther et il était mort, alors ça semblait une justice poétique de le donner à la fille dont il avait si joyeusement abusé jusqu'à sa mort.

Mais si je n'avais pas interféré, si je n'étais pas intervenue pour éloigner Luther d'elle, peut-être serait-elle encore en vie.

Misérable et piégée dans une relation abusive et merdique, mais pas morte et étalée sur le sol d'une salle d'entreposage comme un déchet.

Pourquoi tous ceux que j'essaie d'aider finissent par mourir ?

« Hé », dit Ash, la voix douce.

Je me redresse enfin un peu et il pose ses paumes sur mes joues, me regardant dans les yeux, les siens remplis de sympathie. Ses mains sont fraîches sur mon visage brûlant et il pousse mes cheveux argentés derrière mes oreilles doucement.

« Il essaie juste de t'embêter », murmure-t-il. « Il essaie de te faire perdre la tête. Ne le laisse pas faire. »

Je hoche la tête, mais c'est beaucoup plus facile à dire qu'à faire.

16

RIVER

Il me faut quelques respirations profondes avant de pouvoir me ressaisir, mais j'y parviens... un peu, du moins. Assez pour pouvoir faire le reste du chemin jusqu'à la voiture. Je veux m'éloigner d'ici, je n'aime pas me sentir vulnérable si près de l'endroit où j'ai rencontré Alec. J'ai l'impression qu'à tout moment, il pourrait regarder par l'une de ces centaines de fenêtres et me voir en train de craquer. Je déteste ça.

Nous retournons donc à la voiture, nous nous entassons rapidement à l'intérieur et nous commençons à rouler vers la maison.

Je suis sur la banquette arrière, je regarde fixement par la fenêtre et je tremble encore. J'ai encore un goût amer dans la bouche, l'arrière-goût du vomi et la saveur acide de la peur. Je revois cette fille sur le sol, sans vie et couverte de sang. Juste un tas de chair et d'os, tous ses espoirs, ses idiosyncrasies et ses pensées étouffés parce qu'un homme puissant a décidé qu'il devait en être ainsi. Après un moment, son image se mêle aux souvenirs de ma sœur, morte dans cette ruelle, puis de Gale, sur le quai, immobile et ensanglanté.

Il y a juste tellement de mort. Tant de douleur.

Et tout pointe vers un seul homme. Ce putain d'Alec

Beckham. Il est assis dans son bureau, tirant des ficelles, donnant des ordres, ruinant la vie des gens. Parce qu'il le peut. Parce qu'il a le pouvoir et l'argent pour faire ce qu'il veut, peu importe qui ça blesse. Peu importe qui souffre et meurt pour ça.

Mes poings se serrent sur mes genoux et quand mes joues commencent à me faire mal, je réalise que je serre aussi mes dents, si fort qu'elles grincent.

Je dois prendre une grande inspiration, puis une autre, par le nez et par la bouche, pour essayer de me débarrasser de cette terrible sensation.

C'est Pax qui conduit cette fois-ci et il me regarde dans le rétroviseur alors que je suis enfin assez lucide pour le remarquer.

« Alors, que s'est-il passé d'autre ? » demande-t-il. « Es-tu dans le club super-secret maintenant ? »

« Non », je murmure. « Pas encore. Alec m'a donné une autre tâche. Il a dit que je devais encore faire mes preuves, puisque le premier travail ne s'est pas passé comme prévu. »

« Merde », gémit Ash. « Super. Une autre livraison ? »

Je me lèche les lèvres et repense à ce qu'Alec m'a dit alors que j'essayais de m'empêcher de sombrer dans une véritable crise de panique. C'était difficile d'écouter ce qu'il disait, mais je suis contente d'avoir essayé de me concentrer, parce que je suis capable de m'en souvenir plus clairement maintenant.

« Il veut que je récupère quelque chose sur l'ordinateur portable de ce type. Un type nommé Michael Yates. Il m'a donné... » Je fouille dans ma poche et je sors le petit appareil qu'il m'a tendu. « Ce truc. Je le branche dans l'ordinateur portable du gars et il fera le travail, je suppose. Ça va pirater l'ordinateur si je peux y avoir accès. »

Je tourne le petit appareil dans mes doigts, tout en parlant, en le regardant. Ça ressemble à une clé USB ordinaire, mais Alec a clairement accès à des technologies plus avancées que ça. C'est un véritable gadget d'espionnage, probablement.

« Il n'arrête pas de changer les putains de règles », grogne Pax en frappant sa main sur la console centrale.

Preacher lui lance un regard, mais il a l'air énervé aussi quand il parle. « Combien d'autres de ces petites tâches va-t-il te donner ? »

« Je ne sais pas », lui dis-je. « Il a dit que la première ne comptait pas parce que c'était trop brouillon. Il peut juste continuer à changer les règles autant de fois qu'il le veut putain et il n'y a rien que je puisse faire pour l'en empêcher. »

C'est la partie que je déteste le plus. Le seul vrai choix que j'ai est de jouer son jeu. Peu importe à quel point je ne le veux pas.

« Je veux savoir quel est son jeu », dit Ash en fronçant les sourcils. « La première tâche donnait l'impression qu'il se moquait de toi ou qu'il te testait pour voir ce que tu ferais. Là, on dirait qu'il veut presque que tu échoues. »

Ça ne m'étonnerait pas qu'Alec essaie de me faire échouer. Il a tellement foutu en l'air ma vie, depuis l'époque où je n'étais qu'une adolescente essayant de garder la tête hors de l'eau, piégée dans les griffes d'hommes qui prenaient un malin plaisir à me faire du mal.

Il aimerait probablement me voir échouer, mais je décide que cela n'arrivera pas. Je ne vais pas échouer à ce test et je ne vais pas le laisser foutre en l'air ma vie comme ça. Pas encore.

Je ne remarque pas le reste du trajet jusqu'à la maison. Je fais à peine attention à quoi que ce soit, trop prise dans ma propre tête et mes propres pensées. J'ai cette sensation de merde, de trop plein, comme s'il y avait trop de choses qui se passaient en moi, me poussant au-delà du point où je peux tout contenir. Je pense aux lames de rasoir dans mon tiroir et ma peau commence à me démanger avec l'envie d'en faire glisser une le long de mon bras ou de ma cuisse pour laisser la douleur m'envahir.

Nous nous arrêtons devant la maison et Ash est le premier à sortir de la voiture. Il regarde Pax, qui n'a pas bougé derrière le volant, et lui fait un signe de tête. Pax fait pareil, comme si une sorte de communication silencieuse était passée entre eux.

Je n'ai pas la tête à essayer de comprendre ce qui se passe, alors je pousse ma porte pour commencer à sortir de la voiture. Mais Preacher, qui est assis à mes côtés, m'attrape le bras en secouant la tête.

« On t'emmène quelque part », dit Pax.

« Je vais m'assurer que Gale va bien », nous dit Ash depuis l'extérieur de la voiture en me faisant un clin d'œil et en ajoutant : « Je le remettrai au lit s'il le faut. »

« Ok », dis-je lentement en refermant la porte.

Où est-ce qu'ils m'emmènent ?

17

RIVER

Je n'ai aucune idée de ce qui se passe alors que Pax s'éloigne de la maison, mais je ne m'y oppose pas. Je n'ai pas vraiment l'énergie pour faire des histoires et je fais suffisamment confiance aux gars pour ne pas m'inquiéter, même si je ne sais pas ce qui se passe.

Nous sortons de la ville et je fouille dans le compartiment central de la console jusqu'à ce que je trouve une petite boîte de menthes pour l'haleine, ce qui contribue grandement à faire disparaître le goût cuivré dans ma bouche. Puis je m'installe confortablement et regarde les bâtiments et la circulation se transformer en petites rues résidentielles, puis en un petit chemin de terre entouré de nombreux arbres.

Nous nous dirigeons vers une parcelle de bois non loin de Détroit, et alors que nous nous enfonçons dans la forêt, je regarde autour de nous, encore plus perdue que je ne l'étais auparavant.

« Viens », dit Pax. Il arrête la voiture au bout de la route et descend. Preacher et moi le suivons pendant qu'il marche vers le coffre et fouille à l'intérieur. Quand il se redresse, il passe une arme de poing à Preacher, puis m'en donne une.

« Qu'est-ce qui se passe ? » je lui demande en acceptant l'arme, mais en la regardant fixement, les sourcils froncés. «

Qu'est-ce qu'on fait ici ? Je dois me mettre au travail sur cette prochaine tâche pour Alec, je n'ai pas le temps de déconner. »

Pax secoue la tête, avec son sourire un peu dingue. Il croise ses bras tatoués devant son torse, faisant se contracter ses muscles.

« On va s'occuper de cette putain de mission qu'Alec t'a donnée », dit-il. « Mais pour l'instant, je sais que tu as besoin de te défouler. Donc on va tirer sur quelques trucs. »

Il me lance un regard complice et je me souviens de la fois où il m'a surprise en train de me couper. Tous les gars sont au courant que je me coupe, puisque je n'ai jamais fait beaucoup d'efforts pour leur cacher mon côté émotionnellement endommagé. Mais aucun d'entre eux ne m'a jamais jugée pour ça et je pense que c'est leur façon d'essayer de me donner un autre exutoire pour que toute la douleur et les sentiments détraqués s'échappent.

Je me sens toujours stupide de faire quelque chose comme ça alors que j'ai tant d'autres choses à régler, mais ils n'ont pas tort. Je dois relâcher la pression dans ma poitrine et dans ma tête si je veux être capable de me concentrer sur la tâche qui m'attend.

« Ok », j'acquiesce en laissant échapper un petit souffle. « D'accord. »

Pax sourit à nouveau et commence à s'enfoncer dans les bois, laissant Preacher et moi le suivre.

Il porte un sac et nous conduit sur un kilomètre dans les bois avant de s'arrêter dans une petite clairière. En sifflotant un air, il commence à accrocher des cibles sur les arbres que nous devons viser.

« Et voilà. » Pax remue les sourcils en se retournant et en se dirigeant vers moi. « Tu sais quoi faire à partir de maintenant. »

Et il a raison. Je le sais. Je prends donc l'arme qu'il m'a donnée et la tiens dans ma main avant d'aligner mon tir avec la cible.

Dans mon esprit, ce n'est pas seulement une cible. C'est le visage d'Alec. Il sourit de ce putain de sourire suffisant qui n'atteint pas ses yeux. Il pense que le monde lui appartient et qu'il peut traiter les gens comme des jouets. Il est tellement riche et connecté qu'il n'a probablement jamais eu à faire face aux conséquences de ses actes.

Laissant la haine pour Alec m'envahir, je tire mon premier coup, mettant une balle en plein centre de la cible alors que j'imagine lui faire sauter la cervelle.

Encore et encore, je tire, en imaginant à chaque fois le visage d'Alec. Je pense à le tuer, à lui tirer dessus, à envoyer une balle qui lui transperce le cœur. Ou le visage.

Je ne m'arrête pas avant d'être à court de munitions, et quand c'est le cas, Preacher me tend son arme pour que je puisse continuer. Au début, j'étais sceptique à propos de cette petite sortie, mais elle me fait le même effet que de me couper. Elle me permet de me concentrer, m'aidant à oublier l'agitation et la douleur dans ma tête et mon cœur. C'est presque comme de la méditation. Presque zen.

Je respire fort lorsque quelqu'un me touche l'épaule, me faisant sortir de la zone dans laquelle je me suis glissée. Je me sens mieux, c'est déjà ça.

Pax m'entoure de ses bras par derrière, se frottant dans mon cou.

« Putain, c'est chaud de te voir tirer comme ça », murmure-t-il à mon oreille et sa voix grave me donne des frissons. « Mais tu es une trop bonne tireuse, petite renarde. Tu as besoin d'un défi. »

« Quel genre de défi ? »

« Je pense que tu as besoin de plus de distractions pendant que tu tires. »

J'ouvre la bouche pour lui demander ce qu'il a en tête, mais sa main bouge déjà avant que je puisse sortir les mots. Il reste derrière moi, un bras enroulé autour de ma taille tandis que l'autre main déboutonne mon pantalon et tire sur la fermeture éclair. Puis sa main s'enfonce dans le devant de mon pantalon, ses doigts se glissant dans ma culotte.

« Continue de tirer », me dit-il en commençant à frotter mon clito.

Je prends une inspiration, mais je fais ce qu'il dit en essayant que mes tirs soient toujours aussi précis. C'est beaucoup plus difficile alors que je suis traversée par des soubresauts de plaisir et que je sens la main de Pax, pressée contre l'avant de ma chatte.

Le prochain coup que je tire touche le côté de la cible et je fais une grimace. Pax glisse un doigt en moi et je commence déjà à être humide, donc il est facile pour lui de se glisser à l'intérieur.

« Pax », je gémis en me léchant les lèvres.

« Continue de tirer », me dit-il, sa voix n'étant qu'un faible grondement dans mon oreille. « Reste concentrée. Si tu peux. »

Il a un ton taquin et je ferme les yeux, essayant de retrouver ma visée. Mon bras est toujours droit et je tire quelques bons coups, mais Pax ajoute un autre doigt et je m'écarte à nouveau, me cognant contre sa main alors qu'il commence à me baiser avec deux doigts épais.

« Putain », je souffle.

Il est difficile de ne pas me cambrer contre Pax. Je suis plus concentrée sur la sensation de bien-être qu'il me procure que sur les cibles devant moi. J'inspire plusieurs fois, en essayant de garder mon attention sur les cibles et de continuer à les atteindre. Mais c'est définitivement plus difficile alors que les doigts épais de Pax entrent et sortent de moi, sa paume rugueuse pressée sur mon clito.

La chaleur me brûle, montant de plus en plus haut, et il est d'autant plus difficile de me concentrer. Je peux sentir le plaisir monter, même lorsque j'appuie sur la gâchette, et cela me coupe le souffle, me faisant haleter après chaque tir.

Avant, j'atteignais le centre de la cible pratiquement à chaque fois, mais maintenant la cible est parsemée de trous aléatoires dus aux tirs qui atterrissent un peu partout.

Pax n'abandonne pas, me baisant plus fort et plus vite avec ses doigts. Je peux les entendre pénétrer profondément dans ma chatte trempée, et chaque fois qu'il effleure ce point en moi, je vois des étoiles.

Mes doigts se resserrent autour de l'arme dans ma main et il ne faut que quelques secondes de plus pour que ce plaisir atteigne son apogée, me faisant jouir tandis que je pousse un cri aigu.

« Putain ! Oh, putain ! »

Je tire une dernière fois et le coup touche à peine l'arbre, effleurant l'écorce et allant plus loin que tous les autres. Je ris à en perdre haleine, toujours secouée par les secousses de mon orgasme.

« Tu as triché », dis-je à Pax en me tortillant contre lui.

Il glousse à mon oreille, sa voix est chaude et rauque. « Il n'y a pas de règles à ce jeu, River. Nous pouvons le jouer comme nous le voulons. »

Il replie ses doigts à l'intérieur de moi, taquinant mon point G, puis les fait sortir lentement de ma chatte, me faisant haleter.

Preacher est resté à proximité pendant tout ce temps, regardant son cousin me doigter si habilement que toutes les heures que j'ai passées à m'entraîner sur des cibles au fil des ans sont passées à la trappe. Il s'approche de nous, tandis que Pax fait glisser ses doigts humides sur la peau de mon bas-ventre, et quand nos regards se croisent, ses yeux bleus sont affamés et déterminés.

« Pax t'a préparée pour moi ? » Il se met à genoux devant moi en parlant, avec l'air de vouloir me dévorer tout entier. « Es-tu assez mouillée pour que je te lape ? »

Il ouvre un peu plus mon pantalon, le fait descendre sur mes hanches en même temps que mes sous-vêtements jusqu'à ce qu'ils se resserrent autour de mes cuisses. Il m'est difficile d'ouvrir les jambes étant donné la façon dont le tissu s'enroule autour d'elles, mais cela ne semble pas le déranger. Ses doigts effleurent la peau tendre du haut de mes cuisses, puis dérivent vers ma chatte encore palpitante.

« Preacher... »

Je prononce à peine son nom qu'il plonge. Son toucher passe d'à peine présent à rude et exigeant, et il utilise ses doigts pour écarter les lèvres de ma chatte afin de pouvoir commencer à me dévorer.

Je suis encore sensible à cause de l'orgasme que Pax m'a donné et cela ne fait qu'augmenter la sensation de la langue de Preacher sur mon clito. Je laisse tomber l'arme que je tenais, oubliant le tir, les cibles et toute cette merde. Je me perds dans la sensation de Preacher léchant ma chatte, léchant toute l'humidité de mon excitation et de mon orgasme.

Il a passé un bon moment à essayer de me détester, à essayer d'être insensible à tout ce que je lui faisais ressentir et j'ai fait de même avec lui. Mais au moment où ces murs entre nous se sont effondrés, et que j'ai senti la véritable force de son désir pour moi, j'ai su que je ne serais plus jamais la même.

Chaque fois qu'il me touche, je le sens. Et j'aime ça, putain.

Si Pax ne me soutenait pas, je serais probablement déjà tombée. Mes paupières tombent alors que j'inspire un peu, essayant de me maintenir debout.

« Putain, River », Pax gémit dans mon oreille. Sa voix a cette qualité rugueuse et excitante qui me fait frissonner encore plus. « Regarde ce que tu lui fais. Tu as mon cousin à genoux, qui te dévore la chatte comme s'il était affamé. Tu l'excites tellement. Tu lui donnes tellement envie de toi. Tu *me donnes envie de* toi. »

Je regarde Preacher, respirant par petits coups. Je vois bien qu'il est dur dans son pantalon, à la façon dont sa bite se presse contre le devant de celui-ci. Il continue de me lécher la chatte, alternant entre taquiner mon clito et plonger sa langue à l'intérieur de moi.

Mon cœur s'emballe et je sens une nouvelle forme de plaisir monter en moi, celle que seule une langue chaude et humide peut procurer à mes parties les plus sensibles. Je commence à devenir plus excitée et il serait facile de me frotter contre le visage de Preacher et d'avoir un autre orgasme. Mais au lieu de m'y adonner, je me retire, m'éloignant d'eux. Mes doigts ne tremblent qu'un peu lorsque je remonte mon pantalon et refais ma braguette.

Pax me regarde, la tête penchée sur le côté. « Tu vas bien,

petit renard ? Pourquoi t'es-tu arrêtée ? » demande-t-il, l'air inquiet.

« Oh, je vais bien. Mais tu as dit qu'il devait y avoir un défi », lui dis-je avec un sourire en coin. Mon regard passe de lui à Preacher alors que l'homme aux cheveux blonds se lève. Je me lèche les lèvres, mon pouls s'accélérant déjà, alors que je dis : « Celui qui m'attrape en premier peut m'avoir en premier. »

Je n'attends pas de voir leur réaction. Au lieu de ça, je me retourne et je m'enfuis, m'enfonçant dans les bois.

Il ne faut que quelques secondes avant que j'entende Pax éclater de rire. Puis deux séries de pas tonnent derrière moi : les bruits de Pax et de Preacher qui se lancent à ma poursuite.

Je ne sais pas s'ils ont déjà fait quelque chose comme ça avant, mais ils ne semblent pas avoir de problème à céder à mon fantasme en cet instant. Je suis sûr que Pax est excité par l'idée de la chasse, de me traquer pour obtenir ce qu'ils veulent.

Et j'adore ça aussi. Je me sens complètement libre, concentrée sur rien d'autre que le frisson de la chasse et la chaleur qui bat à l'intérieur de moi.

Je ne connais pas cet endroit, donc je ne peux pas courir à fond. Je dois faire attention aux branches d'arbres, aux racines et aux tas de feuilles et d'aiguilles de pin qui sont glissantes. Mais j'arrive à ne pas tomber, même si Preacher et Pax se rapprochent de plus en plus, leurs longues jambes réduisant l'espace entre nous.

Sur ma gauche, Preacher se précipite vers moi, jaillissant des arbres pour essayer de me rattraper. Ses yeux bleus glacés brillent alors qu'il prend de la vitesse et son expression n'a rien de neutre quand je le regarde. Mais juste avant qu'il ne m'atteigne, Pax surgit de nulle part, le percute et le renverse.

Preacher tombe durement, atterrissant avec un faible grognement, et Pax se relève pour essayer de m'atteindre. Avant qu'il ne le fasse, Preacher lui attrape la cheville, le déséquilibre et l'envoie s'étaler face contre terre dans les feuilles mortes.

« Putain », grogne Pax en donnant des coups de pied pour s'éloigner de Preacher. « Va te faire foutre. »

« Va te faire foutre », rétorque Preacher. Il se jette sur Pax et les deux luttent dans la terre, essayant de prendre le dessus.

Je vois bien qu'ils ne sont pas vraiment en colère l'un contre l'autre, juste excités par la poursuite alors qu'ils essaient de m'atteindre pour réclamer ce qu'ils veulent.

Je me sers de leur bagarre comme d'une distraction et repars en courant, riant quand j'entends Pax jurer en réalisant que je ne suis plus là. Mais cette avance n'est que temporaire, et bientôt, je sens une main se refermer sur mon bras, me tirant contre un corps chaud.

C'est Preacher, qui respire fort et est en sueur, et je penche la tête en arrière pour le regarder.

« Je t'ai attrapée », dit-il, et même à bout de souffle, la promesse affamée dans son ton me fait frissonner.

« Pour l'instant », je rétorque, tout aussi essoufflée que lui. Je me tortille pour m'échapper, essayant de m'éloigner à nouveau.

Mais il ne va pas me laisser partir si facilement. Je n'ai pas le temps de m'éloigner de plus de deux pas avant qu'il ne me plaque au sol et ne me fasse rouler pour me clouer au sol.

Mon cœur s'emballe sous l'effet de l'effort et parce que Preacher est sur moi, et mon corps est encore palpitant de chaleur et de besoin. La poursuite a suffi à faire monter l'adrénaline dans mes veines, mais je n'ai plus envie de courir maintenant qu'il me tient.

Je veux qu'il nous donne ce dont nous avons tous les deux besoin.

En me léchant les lèvres, je croise son regard.

« Baise-moi », je murmure à voix basse. « Baise-moi dans la terre. »

Une chaleur possessive illumine l'expression de Preacher et il émet un son ressemblant presque à un grognement.

« Putain, oui », siffle-t-il en retour. Tout en me gardant

plaquée au sol, il se penche entre nous et baisse son pantalon, libérant ainsi sa queue, qui est déjà dure et rougie.

Il baisse aussi mon pantalon, le faisant glisser avec ma culotte jusqu'à mes chevilles avec des mouvements brusques.

On ne perd plus de temps. Il n'y a plus de taquinerie, pas de préliminaires. Les préliminaires, c'était quand ils me poursuivaient dans les bois, se battant ensemble pour m'atteindre, se faufilant entre les arbres comme des animaux. Preacher ne peut plus attendre et il enfonce sa bite en moi immédiatement. Il me remplit d'un seul coup, si fort et si profond que je me souviens à peine de l'époque où cet homme avait du mal à bander.

Ce n'est plus un problème maintenant et il me baise avec des coups durs, presque brutaux, et il atteint le fond, faisant claquer nos peaux dans un bruit qui résonne autour de nous dans les bois.

Ça m'enflamme de la meilleure façon qui soit, et tout ce que je peux faire, c'est gémir et me tortiller sous lui pendant qu'il prend ce qu'il veut.

Il y a un bruissement au-dessus de nous et je cligne des yeux contre la lumière du soleil qui filtre pour voir Pax debout, couvert de saleté, une main autour de sa bite pendant qu'il regarde.

Cette faim vorace que j'ai vue dans l'expression de Preacher se retrouve dans les yeux sombres de son cousin, et le voir ainsi me fait déglutir. Je sais qu'il veut faire partie de tout ça, et il en apprécie chaque seconde, même si c'est Preacher qui me baise en ce moment.

Mais Preacher ne le laisse pas longtemps sur la touche.

Il se retire de moi et me retourne si vite que j'en ai la tête qui tourne. « Mets-toi à quatre pattes », me dit-il à voix basse.

Je me dépêche d'obéir, me mettant à quatre pattes alors que la terre et les feuilles recouvrent mon t-shirt et se mêlent dans mes cheveux. Je suis face à Pax maintenant, et Preacher se penche sur moi, mordillant le lobe de mon oreille avant de parler.

« Suce-le. Suce sa bite pendant que je te baise. »

Oh, merde. La chair de poule se répand sur ma peau et mes orteils se recroquevillent dans mes chaussures.

Entendre Preacher donner cet ordre est déjà assez sexy, mais l'idée qu'ils me partagent au milieu des bois comme ça suffit à me faire haleter. Ils avaient raison de dire que l'entraînement au tir allait m'aider à réduire mon stress, mais si je suis honnête...

Ceci est tout ce dont j'avais vraiment besoin.

J'acquiesce sans rien dire et ma chatte palpite, voulant que Preacher s'enfonce à nouveau à l'intérieur et remplisse l'espace vide qu'il a laissé derrière lui.

Comme s'il pouvait lire dans mes pensées, c'est ce qu'il fait, et il me pénètre à nouveau d'un coup brutal. Je crie à cause de la sensation soudaine et Pax en profite pour enfoncer sa bite dans ma bouche.

« Voilà, bébé. Ouvre-toi pour moi. »

Il prend une poignée de mes cheveux dans sa main, enroulant ses doigts autour des mèches, et m'entraîne encore plus, se glissant encore plus dans ma gorge.

Je m'étrangle un peu, m'étouffant sur l'intrusion soudaine, mais il ne se retire pas. Il ne relâche pas. Il continue de baiser ma bouche, m'utilisant de la manière qu'il il sait que j'aime, me poussant jusqu'à la limite de ce que je peux supporter d'une manière qui fait brûler mon sang.

Pendant ce temps, les doigts de Preacher s'enfoncent dans mes hanches, et il fait claquer ses hanches en avant, s'enfouissant en moi encore et encore.

Je peux à peine penser comme ça. Bon sang, je peux à peine respirer. Je suis couverte de feuilles et de terre, coincée entre eux avec nulle part où aller...

Et j'adore ça.

Tout est sale et primitif, brut et sans retenue. Et je ne peux pas en avoir assez, putain.

Je gémis autour de la bite de Pax dans ma bouche et il s'enfonce dans ma gorge en même temps que Preacher atteint un point profond en moi avec sa bite. Il me baise par coups brutaux, enfonçant sa bite en moi jusqu'à ce que je voie des étoiles.

Ma bouche pleine de bite étouffe le gémissement bas et

profond que je laisse échapper alors que je craque, tremblant et essayant de rester debout alors que je jouis.

Des vagues de plaisir se déversent en moi, et ça ne s'arrête pas, parce qu'ils continuent. Je suis tellement sensible que chaque fois que Preacher me baise, ça ne fait que monter d'un cran.

« C'est ça », gémit Pax, utilisant sa prise sur mes cheveux pour me tirer plus fort. « Prends-le, putain. Tu as l'air tellement bien comme ça. Ivre de nos bites. J'adore à quel point tu réagis. »

« Si belle », murmure Preacher en saisissant ma hanche d'une main tandis qu'il fait glisser ses doigts sur les lettres gravées dans mon dos avec l'autre. « Personne d'autre ne peut nous faire sentir comme ça. Personne d'autre ne nous *possède* comme toi. Notre ange parfait et obscène. »

Ils n'arrêtent pas, et la combinaison des sensations qui me traversent et du son de leurs voix profondes qui murmurent des mots de louange suffit à me faire grimper vers un autre orgasme. C'est trop bon pour que je me retienne et je jouis, dégoulinant sur la queue de Preacher qui continue à me baiser.

« Merde », grogne-t-il, ses poussées devenant saccadées. « Tu es si tendue maintenant. Je suis proche... »

Ma chatte se serre autour de lui à nouveau et quand il jouit, je jure que je peux sentir chaque jet de son sperme en moi.

Pax n'est pas loin derrière. Il arrête de pousser dans ma bouche, mais utilise sa prise sur mes cheveux pour me maintenir immobile pendant qu'il s'enfonce dans ma gorge et y reste, jouissant en rafales chaudes dans ma gorge.

Je m'étouffe un peu, et quand il se retire, des filets de bave et de sperme collants relient mes lèvres à sa queue. En tordant un peu le cou et en me penchant en avant, je fais glisser ma langue sur sa queue, nettoyant les dernières gouttes de son orgasme. Je le lape comme un chat, encore étourdie et ivre de sa bite, comme Pax l'avait dit.

Lentement, ma respiration se ralentit et mon cœur cesse de s'écraser contre mes côtes. Je donne un dernier coup de langue à la queue de Pax avant qu'il ne m'éloigne, en me faisant relever la tête et en me regardant.

« Tu vas bien ? » demande-t-il, d'une voix plus douce que celle que j'ai entendue depuis longtemps. Je sais qu'il ne demande pas seulement à propos de la baise, pour s'assurer qu'ils n'ont pas été trop durs avec moi. Il me demande à propos de... tout.

« Ouais », je chuchote.

Je ne suis peut-être pas encore super, mais je me sens tellement mieux qu'avant.

« Ça, c'est notre meuf ! »

Pax lâche mes cheveux et Preacher passe ses bras autour de ma taille et me tire vers le haut pour que je sois à genoux dans la terre, sa bite toujours en moi. Il nous presse l'un contre l'autre de façon que mon dos soit au même niveau que le sien, puis Pax se met à genoux devant moi, sa masse offrant chaleur et force alors qu'ils me tiennent entre eux.

Je me laisse flotter un peu, attachée entre leurs corps musclés et me sentant tellement mieux que je ne l'aurais cru possible il y a seulement une heure ou deux.

« Comment saviez-vous que j'avais besoin de ça ? » je leur demande doucement. « Pas seulement l'entraînement au tir. Tout ça. »

Pax ricane. « Bien sûr que nous le savions, petit renard. Parce que nous te connaissons. »

18

RIVER

Nous restons comme ça un petit moment, tous les trois pris dans une étreinte désordonnée et réconfortante qui me fait me sentir mieux que n'importe quoi d'autre aujourd'hui. Mais il se fait tard et nous commençons à nous séparer et à arranger nos vêtements pour pouvoir partir d'ici et rentrer à la maison.

Avant que je puisse remettre mon pantalon, Preacher tend la main et ramasse son sperme sur ses doigts, le repoussant fermement dans ma chatte. Il s'écoule régulièrement depuis qu'il s'est retiré et il y a quelque chose de possessif dans la façon dont il l'enfonce à nouveau avant que je ne remette ma culotte.

L'excitation me parcourt à nouveau, faisant palpiter mon clito pendant que je finis de m'habiller. Même après ce qu'on vient de faire, ce genre de choses m'excite toujours.

Ça fait tellement homme des cavernes et ça me rappelle la façon dont il a enfoncé son sperme en moi cette nuit-là quand ils m'ont tous baisé sur le capot de la voiture sous la pluie. Techniquement, il ne m'a peut-être pas baisé cette nuit-là comme ses frères l'ont fait, mais il était là avec eux, me montrant ce qu'il ressentait pour moi, tout comme eux.

C'est un bon souvenir et peut-être que c'est bizarre, mais être remplie du sperme de Preacher est une bonne sensation.

Une fois que nous sommes tous rhabillés, nous retournons à notre point de départ. Nous rassemblons notre matériel et nos armes et les rangeons pour pouvoir aller à la voiture.

Alors que nous reprenons la route pour retourner à Détroit, je fais de mon mieux pour garder la tête froide. Grâce à Pax, Preacher et notre petite excursion dans les bois, je me sens plus lucide et je me bats pour garder ce sentiment. J'essaie de faire taire mes démons et de me concentrer sur le fait que je suis peut-être accablée et désarmée, mais je *ne* suis plus *seule*.

J'ai Gale, qui a littéralement pris une balle pour me sauver la vie et protéger ses frères. J'ai Ash, qui prend toujours soin de moi, que ce soit en me nourrissant, en me faisant l'amour ou en me faisant une blague au bon moment. Et j'ai ces deux-là dans la voiture avec moi, prêts à me pourchasser dans les bois pour me donner ce dont j'ai besoin.

« Je n'arrive pas à croire que tu m'aies plaqué », dit Preacher quand je sors de mes pensées. Il jette un coup d'œil à Pax qui conduit.

Pax pouffe de rire, passant ses doigts dans ses cheveux foncés. « Comme si tu n'aurais pas fait la même chose. Tu m'as donné un coup de coude dans la figure pour essayer d'atteindre River. Ne te plains pas. »

« C'est toi qui as commencé », fait remarquer Preacher.

« C'est *River* qui a commencé. J'ai juste joué pour gagner. Comme je le fais toujours. »

Preacher secoue la tête, mais il sourit un peu. C'est un sourire minuscule, mais c'est quand même un sourire. « Tu es une menace. »

Pax se contente de hausser les épaules, l'air de s'en foutre. « Je l'ai toujours été », réplique-t-il. « Et pourtant vous me gardez dans votre entourage. Ça doit vouloir dire que ça ne vous dérange pas tant que ça. »

« Eh bien, nous sommes apparentés. Ça veut dire que je dois en quelque sorte te garder près de moi. »

Ils ricanent tous les deux et je sais que c'est parce qu'ils savent que le fait d'être apparentés ne veut rien dire. La famille peut vous trahir aussi facilement qu'un étranger. Probablement *plus* facilement, parce que vous ne vous y attendez pas de la part de la famille.

Les écouter plaisanter me fait du bien et je m'installe confortablement à l'arrière, laissant leurs voix me bercer.

Ils sont si différents. Alors que Pax est effronté et impétueux, Preacher est plus calculateur et calme. Au début, c'était difficile d'imaginer qu'ils puissent travailler ensemble, sans parler du fait qu'en plus ils sont apparentés et extrêmement proches.

Mais c'est évident qu'ils s'aiment et qu'ils ne peuvent pas cacher leurs liens familiaux dans la façon dont ils se taquinent. C'est agréable d'en faire partie. D'être quelqu'un avec qui ils ne craignent pas d'être détendus et d'être eux-mêmes.

Nous arrivons à la maison après un petit moment et entrons pour trouver Ash dans la cuisine, qui fait tourner une spatule dans une main tandis qu'il fait sauter des légumes dans un wok avec l'autre.

Il sourit quand il lève les yeux et nous voit. Puis il nous regarde à nouveau, nous examinant lentement tous les trois.

« Waouh », dit-il. « Où étiez-vous tous passés ? Je n'arrive pas à imaginer ce que vous avez fait pour avoir l'air d'avoir été traînés à travers une forêt. »

Je fronce le nez, parce que si je ressemble à Preacher et Pax en ce moment, alors oui, nous sommes tous dans un sale état. Recouverts de terre, avec des brindilles et des feuilles dans les cheveux. Preacher se remet encore des blessures que Julian Maduro lui a infligées lorsqu'il l'a capturé, alors c'est lui qui a l'air le plus mal en point de nous tous.

Ce que nous avons fait est assez évident et Ash prend plaisir à nous taquiner à ce sujet, comme seul lui peut le faire.

Il renifle l'air autour de nous, se penchant pour en avoir une bonne bouffée avant de tapoter son doigt contre son menton. « Quelle est cette odeur ? Je n'arrive pas à la nommer. Je sais que je l'ai déjà sentie. Je l'ai sur le bout de la langue, ne me dites pas... »

« Tes légumes sont en train de brûler », rétorque Preacher en levant légèrement un sourcil.

« Ouais, ouais. » Ash sourit et retourne à la cuisinière, nous laissant monter à l'étage pour voir Gale.

Il est à nouveau allongé dans le lit et nous regarde de la même façon qu'Ash l'a fait quand nous sommes entrés. Ash devait être juste derrière nous, car il entre dans la pièce une seconde plus tard avec une assiette sur un plateau qu'il pose sur les genoux de Gale.

« Peux-tu le croire ? » demande-t-il à Gale en posant sa main sur son cœur après avoir posé le plat. « Je suis resté ici tout l'après-midi, à trimer sur un fourneau chaud, et ces trois-là sont partis baiser dans les bois. Quel culot. »

Je roule les yeux, mais un sourire se dessine sur mes lèvres. J'aime être avec les gars et entendre leurs plaisanteries. J'aime qu'ils ne semblent pas être jaloux les uns des autres quand il s'agit de moi.

Gale n'est pas du tout contrarié de ne pas avoir été là pour la baise dans les bois, mais il l'est de ne pas avoir pu être là pour me protéger pour les choses qui se sont passées avant. Et Ash veut juste faire des blagues, ce qui est tout à fait son genre.

« Ash m'a dit ce qui s'est passé avec Alec », dit Gale, ignorant la nourriture pour l'instant et tournant son attention vers moi.

Cela me ramène subitement à la réalité, mais je suppose que nous devons vraiment revenir au sujet qui nous occupe.

« Tout ? » je lui demande en leur jetant un coup d'œil à tous les deux.

« Oui », répond Ash en hochant la tête. « Comment Alec continue de changer les règles, la tâche que tu dois accomplir et... le reste. »

J'apprécie qu'il ne le dise pas explicitement, même si cela me fait me sentir un peu lâche. Mais je ne veux pas replonger dans une déprime maintenant, pas alors que Pax et Preacher ont travaillé si dur pour m'en sortir.

« Je suis d'accord avec Ash sur ce point, je pense », dit Gale en prenant sa fourchette et en poussant distraitement la nourriture dans son assiette. « On dirait qu'Alec te prépare à l'échec. D'une simple chute à quelque chose qui demande beaucoup plus de discrétion et de planification. Soit il veut vraiment te tester, soit il ne te croit pas capable de le faire. »

« Je ne peux pas échouer », lui dis-je. « Donc nous devons trouver quelque chose. »

« Où es-tu censée trouver ce type ? » demande Pax.

« Alec a dit qu'il n'habite pas ici, mais qu'il sera à Détroit dans quelques jours. Il séjourne dans un hôtel du centre-ville. »

« C'est accessible, au moins », murmure Preacher. « En supposant qu'il n'est pas du genre à se terrer dans sa chambre pendant son séjour ici. »

« Mais il y a des moyens de contourner ça », fait remarquer Gale. « Il y a plein de choses différentes qu'on peut faire pour la faire rentrer. »

Il dit *on* si facilement, mais ses lèvres se serrent quand il réalise qu'il ne fera pas grand-chose pour aider. Il soupire et les autres continuent de parler.

« Tu pourrais te faire passer pour une femme de ménage », ajoute Ash. « S'il laisse l'ordinateur portable dans sa chambre pendant qu'il est sorti, c'est assez facile d'accéder à sa chambre et de le faire à ce moment-là. »

« Elle devrait d'abord trouver le numéro de sa chambre », dit Preacher. « Et ne pas se faire prendre à fouiller dans les affaires. Il y a tellement de façons dont ça pourrait mal tourner. Pire que la dernière fois. »

« Et la dernière fois, ça s'est passé aussi mal que possible », dit Ash.

Gale est toujours en train de fixer son assiette, visiblement contrarié d'être à nouveau exclu. Cette fois, au lieu de lui faire remarquer que c'est sa faute, je me glisse sur le lit pour m'asseoir à côté de lui pendant que les autres continuent de parler.

« Mange ton dîner », je murmure en prenant un morceau de

poulet sauté avec mes doigts et en le lui tendant pour qu'il le mange.

Il se penche et prend une bouchée, léchant et aspirant la sauce sucrée et épicée du bout de mes doigts. Il fait glisser ses dents contre mes doigts, puis il attrape mon menton pour pouvoir m'attirer et m'embrasser fort.

Il me coupe le souffle et me laisse un peu étourdie, et je peux goûter son dîner sur ses lèvres, ainsi que son goût unique.

Quand on se sépare, Gale attrape quelque chose dans mes cheveux et me le montre en levant un sourcil. C'est une feuille, un reste de ma partie de jambes en l'air dans les bois avec Preacher et Pax.

Je me contente de lui sourire et de me blottir contre lui pendant que nous continuons à discuter de différentes possibilités.

Quelques jours plus tard, il est temps de réaliser notre plan.

En début de soirée, je monte dans ma chambre pour m'habiller. Une fois que j'ai enfilé la tenue que j'ai choisie, je me regarde dans le miroir et j'admire mon look. J'ai opté pour une robe sexy et sophistiquée qui m'arrive à mi-cuisse, et j'aime comment elle me va.

Elle me donne l'air sexy et audacieuse et elle est élégante avec mes tatouages et mes cheveux argentés.

Je fume une cigarette en me maquillant, puis je l'éteins et j'enfile une paire de chaussures. Ce ne sont pas mes préférées, car je ne veux pas gaspiller mes meilleures chaussures pour une soirée comme celle-ci. De plus, j'ai besoin de chaussures dans lesquelles je puisse bouger facilement si on en arrive là.

J'espère que ça ne va pas déraper ce soir, mais mieux vaut prévenir que guérir.

Quand je descends, Gale se repose sur le canapé. Il est un peu plus mobile maintenant qu'avant, puisqu'il guérit bien, et je suppose qu'un des autres gars l'a surveillé pour s'assurer qu'il ne se blessait pas en essayant d'atteindre le canapé.

Il a l'air à l'aise et heureux d'être sorti du lit, et quand j'entre dans le salon, lui et les autres hommes me regardent tous immédiatement. Il y a de la chaleur dans leurs regards quand ils me reluquent et je peux sentir ma peau se réchauffer comme la lumière du soleil.

J'aime avoir toute leur attention sur moi.

Gale se lève pour se mettre debout avec les autres, et même si mon estomac se serre un peu, j'aime le voir debout. Il a l'air plus fort, plus lui-même, et c'est bien.

« Nous serons bientôt de retour », lui dis-je en m'approchant de lui.

« Sois sage », dit-il en me fixant d'un regard déterminé. « Je le pense vraiment. »

« Sois sage », je réponds. « Je le pense aussi. Pas de fêtes pendant notre absence. »

Il grogne et se penche pour m'embrasser, en prenant soin de ne pas abîmer mon maquillage, mais assez passionnément pour que je le ressente jusqu'aux orteils.

Je peux sentir son regard sur nous alors que nous sortons vers la voiture et je sais qu'il va s'inquiéter pendant tout le temps que nous serons partis. Raison de plus pour faire en sorte que tout se passe mieux que la mission précédente.

Nous nous rendons à l'hôtel où se trouve notre cible, Michael Yates, et examinons un peu l'endroit.

Je peux dire que les autres gars sont aussi inquiets que Gale l'était avant notre départ. Pax fait craquer ses articulations, l'une après l'autre, puis recommence avec l'autre main. Il est agité et je peux le sentir comme une agitation sous ma propre peau.

« Je déteste ça », grogne-t-il.

« Je sais », lui dis-je.

« C'est le meilleur plan que nous ayons », dit Preacher en étant diplomate, mais je peux dire qu'il le déteste aussi. Ash n'a pas l'air heureux non plus et je soupire. Ils ont raison. Ce n'est pas idéal, mais c'est tout ce que nous avons.

« Ne vous inquiétez pas », dis-je. « Je ferai ce qu'il faut pour obtenir ce que je veux de ce type, mais il n'y a que quatre hommes dans ce putain de monde que je veux. Et trois d'entre eux sont dans cette voiture. »

Pax soupire. Il n'a pas l'air rassuré, même s'il y a une étincelle de chaleur dans ses yeux après m'avoir entendu dire ça. Ash se contente de sourire et se penche pour m'embrasser sur la joue.

« Si cet enfoiré dépasse les bornes, je vais le tuer », murmure Pax et c'est difficile de dire s'il me rassure ou se rassure lui-même.

Le plan est le meilleur que nous ayons pu trouver, et si tout se passe bien, il ne devrait pas y avoir de morts ni de blessés. On a tous des oreillettes pour pouvoir s'entendre pendant qu'on exécute le plan.

Après une dernière vérification pour s'assurer que nous savons tous ce que nous faisons et que nous avons tout ce dont nous avons besoin, nous sortons du van et nous dirigeons vers nos positions.

L'hôtel est très chic et est en forme d'un U géant. Pax va dans une chambre sur un côté du U pour utiliser une lunette et espionner la chambre où se trouve Michael.

Ash et Preacher ont loué la chambre à côté de celle de Michael et ils y seront postés, prêts à intervenir si les choses tournent mal et que j'ai besoin de renfort.

Ils vont tous les deux s'installer dans leur chambre et je reste un peu en retrait, puis j'entre dans l'hôtel un peu plus tard, espionnant l'homme qui est notre cible au bar de l'hôtel. Je prends une profonde inspiration et je me mets dans le bon état d'esprit avant de me diriger vers lui en m'assurant de balancer un peu plus mes hanches, en me comportant comme si je savais que j'étais la femme la plus sexy de la pièce.

J'atteins le bar en bois de cerisier étincelant et me penche par-dessus, donnant au barman et à tous ceux qui prêtent attention une bonne vue de mon décolleté dans la robe.

« Je peux avoir un gin tonic ? » je demande au barman en lui faisant un petit sourire.

Il me fait un clin d'œil et prépare la boisson en faisant tout un spectacle avant de la faire glisser sur le bar jusqu'à moi. Je ris et le remercie, portant la boisson à mes lèvres et gémissant en le goûtant.

Ce n'est même pas le meilleur gin que j'ai bu, mais je joue le rôle, en faisant comme si c'était délicieux.

Je sens le regard de quelqu'un sur moi alors que je laisse ma langue sortir pour lécher subtilement une gouttelette de liquide qui s'accroche au bord du verre. Je sais que c'est Michael qui me reluque sans vergogne. Il regarde ma poitrine, mes hanches et mes fesses, mais je ne lui accorde aucune attention, l'ignorant tandis que je prends une autre gorgée de mon cocktail.

C'est une leçon que j'ai apprise au cours des nombreuses années pendant lesquelles j'ai essayé d'obtenir des informations et d'entrer dans des endroits où je n'aurais pas dû être autorisée, pour me venger des six hommes qui nous avaient torturées, ma sœur et moi.

Quand vous tendez un piège, n'allez jamais vers votre cible. Laissez-la venir à vous.

C'est presque comme si je pouvais faire le compte à rebours dans ma tête, en chronométrant à la seconde près avant que Michael n'en ait assez de regarder et décide d'engager la conversation.

Quatre... trois... deux... un.

« Bonsoir », dit la voix masculine près de mon épaule gauche.

« Oh », je sursaute légèrement, en jetant un coup d'œil comme si je venais juste de remarquer qu'il était là. Je laisse mon regard glisser brièvement de haut en bas de son corps, puis je souris, comme si j'étais satisfaite de ce que j'ai vu. « Bonsoir. »

« J'espère que ça ne vous dérange pas si je me joins à vous. » Il me fait ce qui, j'en suis sûr, est censé être un sourire victorieux. « J'ai vu une belle femme assise seule et je me suis dit "quelle honte". Alors je me suis dit que j'allais venir vous rejoindre. Je m'appelle Michael, au fait. »

« Jennifer. » Je lui tends la main, il la serre avant de s'installer sur le siège à mes côtés.

« Vous restez à l'hôtel ? » demande-t-il.

« Oui. » Je pousse mes cheveux argentés sur mon épaule, me penchant un peu vers lui. « Vous aussi ? »

« Oui, j'ai une belle chambre à l'étage. Je suis ici pour affaires. »

Bien que Michael parle comme s'il était un grand séducteur, il n'essaie même pas de cacher le fait qu'il me mate, qu'il reluque mes seins et qu'il fixe ma bouche chaque fois que je bois dans mon verre. Il a un de ces regards qui me colle à la peau et je n'ai pas besoin d'en savoir plus sur lui pour savoir que c'est un sale type.

« Quel genre d'affaires ? » Je lui demande en faisant glisser ma lèvre inférieure entre mes dents. Je fais comme si je faisais la conversation pour flirter, intéressée par ce qu'il fait, mais pas assez intelligente pour le comprendre. D'après mon expérience, c'est le genre de femmes que ces types de connards aiment.

Généralement parce qu'elles sont plus faciles à contrôler.

« Je fais des acquisitions », dit Michael et mon esprit s'éteint immédiatement parce que ça semble ennuyeux à mourir.

Il n'est pas du tout de cet avis, car il se lance dans une explication détaillée de toutes les choses importantes que son travail implique. Je hoche la tête et je souris, faisant semblant d'être enchantée par tout cela, parce qu'en vérité, cette conversation ne porte pas vraiment sur les mots. Il s'agit de notre langage corporel et de tout ce qui est dit de cette façon.

Après s'être vanté de plusieurs grosses acquisitions qu'il a gérées, Michael interpelle le barman et me commande un verre, sans vérifier si j'en veux ou si je veux la même chose que ce que je bois déjà. Il commande un whisky, quelque chose de haut de gamme, probablement juste pour montrer qu'il peut se le permettre et dit au barman de le mettre sur sa note.

« *Parker's Heritage Rye*. L'un des meilleurs whiskies que j'aie bus. Vous l'avez déjà essayé ? » demande-t-il, s'attendant manifestement à ce que je dise non.

En fait, je ne l'ai pas essayé, bien que j'apprécie un bon whisky. Mais je sais que je ne pourrai pas vraiment l'apprécier, pas dans un contexte comme celui-ci.

Honnêtement, quelle que soit la qualité de ce *Parker's Rye*, il ne pourra jamais être comparé au whisky que Pax m'a donné avant d'en verser sur moi et de le laper. Parce qu'un bon whisky ne se résume pas au prix de la bouteille, il faut aussi savoir *comment* le boire.

Un élan d'excitation me traverse à ce souvenir et je croise les jambes, serrant mes cuisses l'une contre l'autre. Puis je me concentre à nouveau sur Michael.

Il se lance dans une autre histoire sur le fait qu'il aime voyager et qu'il séjourne tout le temps dans des hôtels comme celui-ci et des plus luxueux encore. Ce ne sont que des conneries égocentriques, il se suce lui-même pour essayer de me donner envie d'être la prochaine sur la liste. Je suis sûr que ça marche pour certaines femmes, mais pour moi, il a juste l'air d'un idiot qui essaie de mouiller sa bite.

Mais le but de ce plan est de lui faire croire que c'est ce qui va se passer, alors je m'exécute, en faisant semblant d'être captivée par ses histoires et en posant suffisamment de questions pour qu'il continue. Je ris et me penche vers lui, me retenant d'attraper sa main et de lui briser les doigts quand il commence à caresser ma cuisse, sa main remontant de plus en plus haut le long de ma jambe jusqu'à ce que ses doigts taquinent l'ourlet de ma robe.

La tension entre nous est en train de grimper comme je l'avais prévu et je me balance un peu sur mon siège avant de rire, faisant comme si l'alcool m'affectait beaucoup plus qu'il ne le fait.

« Fais attention », dit-il en serrant ma cuisse un peu plus fort et en laissant finalement ses doigts glisser sous ma robe. « Tu vas bien ? »

« Je vais bien. » Je me mords à nouveau la lèvre, inclinant ma tête sur le côté pour révéler mon cou, tandis que je presse une main sur ma joue. « J'ai juste un peu chaud. Tu n'as jamais l'impression de porter trop de couches, même s'il n'y a plus grand-chose à enlever ? »

Ça attire son attention et ses yeux se posent à nouveau sur mes seins.

« Parfois », dit-il, puis il glousse en relevant les yeux vers mon visage. « Mais tu as encore une couche ou deux à enlever. »

Je ris, puis je lui demande quels autres types de boissons il aime, juste pour qu'il puisse frimer et en commander d'autres. Je prends de petites gorgées du premier verre qu'il m'a offert, le regardant avaler son whisky après qu'il m'a expliqué des conneries sur les notes et le vieillissement et tout ça.

Je m'en fous, mais il doit se sentir assez important pour être audacieux et jouer le jeu.

« Tu as encore trop chaud ? » me demande-t-il après quelques minutes.

« Un peu », j'admets, haletant un peu tandis que je maintiens son regard.

« Tu pourrais monter dans ma chambre. Peut-être qu'on peut trouver une solution à ça. »

Bingo.

Je glousse et me penche vers lui, glissant mes doigts sur son torse. « Je pensais que tu ne proposerais jamais. »

19

PAX

À travers l'oreillette, je peux entendre cette putain d'ordure inviter River dans sa chambre.

Je ne peux pas les voir d'ici, mais à chaque fois que sa voix devient plus forte, je l'imagine se penchant vers River, essayant de la toucher, et ça m'énerve.

Il a un ton mauvais et lubrique, et je fais craquer mes articulations tatouées, souhaitant pouvoir lui tordre le cou pour avoir seulement pensé à la toucher.

J'ai sorti la lunette, réglée pour regarder par la fenêtre de ma chambre d'hôtel dans la fenêtre d'en face, où se trouve cet enfoiré. Je ne peux pas voir Ash et Preacher dans leur chambre à côté de la sienne parce qu'ils ont les rideaux tirés, mais je peux les entendre dans mon oreillette. Ils passent en revue leurs préparatifs, mais ne parlent pas trop.

Nous essayons de maintenir le bavardage au minimum, comme nous l'avons dit, afin de ne pas distraire River, de ne pas la trahir ou de ne pas rendre son rôle plus difficile.

J'ai mon fusil de sniper sorti aussi et il est aligné sur la pièce, juste au cas où. On ne devrait pas en arriver là, mais on est tous prêts à soutenir River de quelque manière que ce soit si elle a besoin de nous.

Pendant un moment, je ne fais que regarder une chambre vide. Elle est chic comme le reste de l'hôtel, surdécorée pour que les gens qui y séjournent se sentent importants. Je peux entendre River parler à voix basse, caressant l'ego de ce type pendant qu'ils prennent l'ascenseur jusqu'au sixième étage où il loge.

La porte de la chambre s'ouvre et je les vois entrer. La cible fait un grand geste pour ouvrir la porte pour elle, lui faisant signe d'entrer, et River entre, regardant autour d'elle et faisant comme si elle était impressionnée. Michael est juste derrière elle, regardant clairement son cul, et je respire fort par le nez.

Dès que la porte se referme derrière eux, il la touche, lui tripote les fesses et dit quelque chose de trop bas pour que je l'entende.

Je grogne, tandis que mon doigt veut toucher la gâchette du fusil de sniper. C'est un tir précis. Je pourrais l'abattre si facilement.

Mais je me force à abandonner l'idée.

River joue bien son rôle. Elle rit lorsqu'il la touche, puis s'éloigne en lui faisant un signe que non.

« Tu as dit que je pouvais venir ici pour me rafraîchir », dit-elle d'un ton taquin. « Et je pense que j'ai besoin d'un autre verre d'abord. Ensuite, tu peux peut-être m'aider à décider ce que je vais enlever. »

« Tu es vraiment mon genre de femme », dit Michael en la suivant jusqu'au mini-bar. « Une femme qui sait boire et qui sait comment s'amuser un peu. »

« J'aime toujours passer un bon moment », lui dit-elle, sa voix baissant en prononçant les derniers mots. « Surtout avec un homme comme toi. »

Elle flirte beaucoup et c'est un ton que je ne l'ai jamais entendue utiliser auparavant. Ce n'est pas la façon dont elle me parle ou dont elle parle aux autres quand elle flirte avec nous, et il est clair que c'est faux. Clair pour *moi*, en tout cas. Je préfère la vraie River. Celle qui est sexy, forte, vicieuse et déterminée. Celle qui a tué les six hommes qui lui ont fait du mal, à sa sœur et à elle, puis qui a poursuivi l'homme qui a tué sa sœur, l'éliminant et détruisant son empire au passage.

C'est une putain de reine et c'est ce que j'aime.

Pas ce rôle qu'elle joue maintenant.

À travers la lunette, je peux voir River ouvrir les boissons, et quand Michael ne regarde pas, elle sort une fiole de son décolleté et verse la drogue que nous avons obtenue pour assommer Michael dans l'une des boissons.

Cela ne le tuera pas et ne lui fera pas de mal, mais il restera dans les vapes pendant quelques heures et, à son réveil, il aura l'impression d'avoir une mauvaise gueule de bois.

Facile.

River lui tend le verre en lui enroulant ses doigts autour et sourit. Il lui sourit en retour et lève le verre.

« Aux nouveaux amis », dit-il. « Avec un peu de chance, à des amis proches. »

Ils trinquent et Michael avale tout comme un pro. Puis il pose le verre sur le meuble TV et fait enfin des avances à River.

Il l'attrape, l'attirant dans ses bras. Ses mains sont partout, tâtant ses hanches et ses fesses, l'attirant plus près pour pouvoir se frotter à elle.

Il se penche comme s'il lui murmurait quelque chose à l'oreille, et j'arrive à peine à comprendre, puisqu'il parle dans l'oreille sans oreillette, Dieu merci.

Sa voix est basse et excitée, et cela me fait plisser les yeux et serrer les dents alors qu'il la tripote et embrasse son cou.

« Tu es si sexy, putain », dit-il, la voix basse et essoufflée. « Je vais te montrer ce que ça fait d'être baisée dans des draps si chers qu'ils te feraient jouir rien qu'au prix. »

River glousse, se frottant contre lui, et Michael se penche, comme s'il voulait l'embrasser sur les lèvres.

Juste à temps, elle détourne la tête, évitant subtilement ses lèvres et embrassant plutôt son cou, ce qui le fait gémir.

La fureur me remplit, encore plus qu'avant.

« Si ce connard t'embrasse sur les lèvres ne serait-ce qu'une fois, je vais le tuer, putain. Je n'en ai rien à foutre si ça fout en l'air cette mission. Il est mort », je murmure d'une voix calme et dure.

Les yeux de River se détournent de notre cible pour aller vers la fenêtre et je sais qu'elle m'a entendu. Je suis sûr qu'elle ne peut pas me voir, mais elle jette un coup d'œil vers l'endroit où elle sait que je suis installé et j'ai presque l'impression que ses yeux trouvent les miens à travers la lunette.

Heureusement, il ne faut que quelques secondes de plus pour que Michael s'écroule comme un sac de briques. Il trébuche un peu, bafouillant quelques mots avant que ses genoux ne se dérobent complètement. River l'attrape avant qu'il ne touche le sol et le traîne jusqu'au lit.

Il ne bouge pas pendant qu'elle l'installe et elle semble seulement un peu essoufflée quand elle murmure : « Il est endormi. Enfin. »

« Trouve l'ordinateur portable », dit la voix de Preacher dans l'oreillette et River acquiesce.

Elle se dirige vers le bureau et cet idiot a laissé son ordinateur portable juste là, donc elle n'a même pas besoin de fouiller dans ses trucs pour le trouver. Je peux distinguer ses mouvements tandis qu'elle branche l'appareil qu'Alec lui a donné sur le côté, attendant qu'il fasse son travail.

« Je ne peux pas croire que cet enculé pensait que tu étais vraiment intéressée », dis-je, pensant que c'est bien de parler un peu maintenant que River n'est plus concentrée à jouer un rôle. « Putain de crétin. Il l'a touchée, vous savez. » Je dis ça pour Preacher et Ash, puisqu'ils ne pouvaient pas voir ce qui se passait. « Il s'est frotté contre elle comme un putain de chien. Je parie que la seule façon qu'il a de baiser, c'est en payant. Ou en arnaquant les filles pour qu'elles pensent qu'il est intéressant. »

River pouffe de rire, mais garde son attention sur l'ordinateur. La clé USB qu'Alec lui a donnée met un certain temps à récupérer ce qu'elle a été programmée pour chercher sur l'ordinateur de Michael et je tape des doigts en signe d'agitation pendant qu'elle attend. Notre cible est toujours évanouie sur le lit, Dieu merci, mais je n'aime toujours pas qu'elle soit dans la même pièce que lui. Qu'elle respire le même air. Même *ça*, c'est trop bon pour ce connard.

Finalement, elle émet un petit son satisfait dans sa gorge. « C'est fait. Et on dirait que ça a marché. »

« Super », je marmonne. « Maintenant, sors de là. »

Je n'ai pas besoin de le lui dire deux fois. Elle s'active, attrapant l'appareil et le rangeant dans son décolleté, puis remet l'ordinateur portable à sa place et le referme.

Ensuite, elle se dirige vers le lit et déshabille le gars, lui enlevant ses vêtements et les jetant dans la pièce. Quand il se réveillera, il aura une sacrée gueule de bois et il ne se souviendra pas de grand-chose de ce qui se sera passé après qu'ils sont rentrés dans sa chambre. Il pensera qu'il a rencontré une femme sexy au bar et qu'il l'a ramenée dans sa chambre pour baiser, mais qu'il était trop bourré pour s'en souvenir.

« Pfft », je grogne, alors que River retire son pantalon. « Putain, qu'est-ce qu'il pensait qu'il allait faire avec cette chose ? »

« Quelle chose ? » demande Ash, l'air inquiet. « A-t-il une arme ? »

« Pax se moque de sa bite », dit River en rigolant. « Ce n'est pas ce qu'on pourrait appeler une grosse bite. Ou même de taille moyenne. »

Ash rit et je continue, en disant plus de conneries sur lui pendant que River enlève sa culotte et la laisse sur le sol avec les vêtements du gars.

La possessivité monte en moi encore plus maintenant. Il est inconscient et ne la tripote plus, mais je suis toujours énervé qu'il ait essayé de la toucher en premier lieu. Peu importe qu'elle l'ait séduit pour qu'on puisse réussir ce coup. Ça fait toujours bouillir la fureur en moi.

Une fois la chambre arrangée comme elle le souhaite, les vêtements jetés pour donner l'impression qu'ils ont été enlevés et jetés à la hâte, River retourne au mini-bar. Elle attrape deux poignées de bouteilles et les ouvre toutes, dévissant les bouchons avant de les emmener dans la salle de bain pour verser l'alcool.

Elle ramène les bouteilles vides dans la chambre et les éparpille sur diverses surfaces, ce qui aidera certainement Michael à croire qu'il a trop bu la nuit dernière. Ça va aussi augmenter sa facture de l'hôtel, ce qui me donne un élan de satisfaction sauvage. Si j'avais croisé ce type dans la rue il y a une semaine, je n'aurais pas eu de problème avec lui, mais maintenant il est sur ma liste de connards qui feraient mieux d'espérer ne jamais me croiser dans une ruelle sombre. Il ne survivrait certainement pas.

« Je vais juste laisser un mot et je m'en vais », murmure River en griffonnant quelque chose sur le bloc-notes de l'hôtel.

Elle se redresse une fois qu'elle a terminé, vérifie que tout est comme elle le souhaite dans la pièce, puis se dirige vers la porte et la referme derrière elle.

Ash et Preacher la rejoignent dans le couloir. Je peux entendre leurs voix basses lorsqu'ils la saluent, tous les trois se dirigeant vers l'ascenseur qui les ramènera au rez-de-chaussée. Je sais que c'est la partie du plan où nous sommes tous censés retourner à la voiture et foutre le camp d'ici... mais quelque chose me retient.

L'œil toujours fixé sur la lunette, j'examine la pièce. Je trouve le cul nu de Michael dans la lunette et un grognement vibre dans ma poitrine. J'ai une putain d'envie de le tuer juste pour avoir posé ses mains sur River.

Mon doigt masse doucement la gâchette de mon fusil de sniper, et pendant juste une seconde, j'imagine le laisser dans une mare de sang sur les draps de son hôtel de luxe. Ce serait satisfaisant, sachant qu'il ne pourrait plus jamais toucher River ou qui que ce soit d'autre.

Mais ce n'est pas le plan.

« Tu vivras pour l'instant, connard », je murmure, même s'il n'y a aucune chance qu'il puisse m'entendre. « Mais peut-être que je te rendrai visite un jour. Et la prochaine fois, tu n'auras pas autant de chance. »

Avec un soupir, je remballe mon matériel et quitte la pièce.

20

RIVER

La température a un peu baissé depuis que nous sommes entrés dans l'hôtel, mais la brise fraîche est agréable sur mes jambes et mes bras exposés alors que Preacher, Ash et moi attendons Pax près de la voiture. L'homme aux larges épaules émerge de l'hôtel quelques minutes plus tard avec son équipement, et se dirige vers nous à grandes enjambées.

Dès qu'il me voit, il y a une étincelle de désir dans ses yeux, se mêlant à la colère possessive qui brûle déjà au fond de ses iris marron foncé. Quand il nous rejoint, il émet un grognement sourd, saisissant ma nuque et m'entraînant dans un baiser chaud et fort.

Ça me coupe le souffle, et avant même que je puisse vraiment réagir, il mord ma lèvre inférieure et s'éloigne.

« Tu ne l'as pas tué, n'est-ce pas ? » je lui demande, en plissant un peu les yeux.

« Non. » Quelque chose qui ressemble presque à une moue se dessine sur ses lèvres, et c'est à la fois sexy, adorable, et légèrement terrifiant, sachant qu'il fait la moue parce qu'il n'a pas pu tuer un homme. « Putain, j'y ai pensé, mais non. Il est toujours en vie. »

Je l'embrasse à nouveau, me soulevant sur la pointe des pieds pour plaquer mes lèvres sur les siennes. Je suis contente qu'il n'ait pas appuyé sur la gâchette de son fusil, parce que la dernière chose dont j'ai besoin est de retourner voir Alec et d'expliquer pourquoi un *autre* boulot qu'il m'a donné a mené à la mort du gars. Mais je mentirais si je disais que je n'étais pas contente qu'il y ait pensé.

J'aime à quel point il est possessif.

Quand Pax et moi nous nous séparons, nous montons tous dans la voiture et partons pour rentrer à la maison.

Il y a une ambiance légèrement tendue dans la voiture et je sais que c'est parce que tous les gars détestent me voir avec un autre homme, même si c'est juste pour un boulot et que j'ai fait en sorte de ne jamais le laisser m'embrasser sur la bouche. Preacher et Ash n'étaient même pas en mesure de le voir, mais je suis sûre qu'ils peuvent imaginer ce qui s'est passé, et Pax se moquant du gars dans l'oreillette leur a révélé tout le reste.

La vérité, c'est que je détestais ça aussi.

J'avais l'habitude de faire des trucs comme ça tout le temps, à l'époque où je travaillais à éliminer les six noms sur ma liste. Je séduisais des gars ou je leur faisais croire que j'étais intéressée. Je faisais tout ce qu'il fallait pour me rapprocher d'eux et obtenir ce dont j'avais besoin.

Mais maintenant, je ne veux vraiment personne d'autre que ces quatre hommes. Pas pour ce qu'ils peuvent faire pour moi, mais pour ce qu'ils sont.

Toucher quelqu'un d'autre, le laisser m'embrasser dans le cou et me tripoter… c'était *anormal*. Même flirter avec lui sous une fausse identité me semblait plus bizarre que jamais auparavant et c'est parce que les choses sont si différentes maintenant.

Je ne suis plus une louve solitaire. J'ai trouvé une meute, un endroit auquel j'appartiens.

Et je ne veux jamais perdre ça.

Une fois que nous arrivons à la maison, je veux enlever la robe que je portais à l'hôtel et à me doucher pour effacer la soirée.

Ça n'a pas dérapé comme la dernière tâche qu'Alec m'a confiée, mais j'ai quand même envie de tourner la page.

Nous trouvons Gale sur le canapé du salon en train de lire. Il semble heureux de ne pas être confiné au lit plus longtemps. Harley commence à aboyer, à tourner en rond avant de se précipiter pour me saluer, sa queue remuant assez fort pour se cogner contre le sol.

« J'ai besoin d'un remontant », grogne Pax, visiblement toujours énervé alors qu'il s'en va chercher le whisky.

« Comment ça s'est passé ? » demande Gale, tournant son attention vers moi au lieu de Pax qui s'éloigne.

Je sors le petit appareil de mon décolleté et remue les sourcils. « C'était un succès. Tout ce qu'Alec voulait récupérer sur l'ordinateur de ce type est maintenant sur ce truc. »

« Bien. »

Il me fait signe de m'approcher et je le fais. Je me penche pour l'embrasser, mais il m'arrête, saisissant ma mâchoire d'une main.

« Tu sens comme cet enculé », dit-il, le ton dur et mécontent.

Je grimace, me rappelant à quel point j'avais hâte d'enlever cette robe durant le trajet en voiture jusqu'à la maison. « Ouais. Je vais aller prendre une douche. Il avait mis trop de parfum et je suis sûre que mes vêtements empestent. »

Mais avant que je puisse m'éloigner, Gale m'arrête à nouveau, saisissant mon poignet et me tirant vers le bas.

« Non. » Sa voix est ferme et il secoue la tête.

« Quoi ? » Je baisse les yeux vers lui, confuse. Pourquoi ne voudrait-il pas que je rince l'odeur persistante du parfum de notre cible ?

Les yeux verts de Gale brillent lorsqu'il me regarde d'un air intense. Il glisse son pouce sur la peau délicate à l'intérieur de mon poignet, ce qui me fait frissonner.

« Tu n'as pas besoin d'une douche », me dit-il à voix basse. « Ce dont tu as besoin, c'est que mes frères et moi effacions cette odeur de ton corps. Que nous te marquions si profondément que tu n'oublieras jamais à qui tu appartiens. »

Mon sang s'échauffe subitement, brûlant dans mes veines tandis que mon désir augmente. Il y a une promesse dans ses mots, et même si je ne connais pas les détails de ce qu'il me promet, je sais que je le veux.

Je veux tout ce que ces hommes peuvent me donner.

Je commence à m'approcher de lui, mon regard se posant sur ses lèvres pleines tandis que je me penche pour l'embrasser à nouveau. Puis je m'arrête, la logique l'emportant sur mon désir pour un moment.

« Gale... » Son nom sort un peu rauque et je dois me racler la gorge avant de continuer. « Je ne suis pas sûre que ce soit une bonne idée. Tes blessures n'ont pas... »

« River. » Il me coupe la parole avec un regard dur. « Un autre homme avait ses mains sur toi ce soir. Je te baiserais ce soir même si ça me tuait. »

Une partie de moi sait que je devrais probablement lui dire que c'est trop dangereux de faire ça et qu'il ne devrait pas risquer de se blesser ou de retarder sa guérison juste pour une baise, mais une partie encore plus grande de moi est profondément affectée par le fait qu'il me désire à ce point. Qu'aucune douleur ou blessure ne l'empêchera de prendre ce qu'il veut.

De me *revendiquer*.

Il m'entraîne dans un autre baiser, comme pour prouver ce qu'il dit, et je ne résiste pas, le laissant glisser sa langue dans ma bouche, me réclamer et m'enflammer.

Derrière moi, je sens Pax, Ash et Preacher qui nous regardent. D'après les faibles bruits que je capte, je suis presque sûre qu'ils se passent la bouteille de whisky et en prennent des gorgées en regardant tout ça.

J'ai le souffle coupé quand Gale me laisse enfin respirer, mes lèvres picotent après le baiser et mon cœur s'emballe. Ses yeux brûlent et il me fixe comme s'il pouvait voir directement dans mon âme.

Peut-être qu'il peut. J'ai cessé d'essayer de lui cacher quoi que ce soit et il a toujours été capable de voir à travers les masques que j'ai essayé de porter de toute façon. Peut-être qu'il peut voir jusqu'à mon âme, jusqu'au cœur même de qui je suis. Tout comme je peux le voir.

Il est encore blessé, loin d'être complètement guéri, mais il y a de la force dans la façon dont il commande mon corps, palpant l'arrière de ma tête tandis qu'il glisse sa langue dans ma bouche. Alors je le laisse faire, même si je me promets de ne pas le laisser faire quelque chose de trop risqué.

Gale glisse sa main vers le bas, saisit ma nuque et se penche pour chuchoter à mon oreille. Son souffle est chaud contre ma peau. « Tu te rappelles quand tu t'es assise sur mes genoux pour me baiser pendant qu'Ash regardait ? »

Je hoche la tête, mon clito palpitant à ce souvenir. *Putain, oui. Je ne pourrais jamais oublier ça.*

« Je veux que tous mes frères regardent cette fois », poursuit Gale d'une voix rauque. « Je veux qu'ils te voient craquer pour moi. »

Je hoche à nouveau la tête, déjà humide et excitée à cette idée.

Il me relâche, me permettant de me redresser. Je me dépêche d'enlever ma robe que je laisse en tas sur le sol. Je ne porte plus de sous-vêtements, les ayant laissés à l'hôtel, ce qui me permet de grimper sur les genoux de Gale et de commencer à ouvrir son pantalon pour prendre sa bite.

Il est déjà dur et sa bite palpite dans ma main tandis que je la caresse lentement, tout en regardant le visage de Gale.

Il gémit et essaie de pousser dans ma prise, mais pas avec sa force habituelle à cause de sa blessure.

« Ne t'inquiète pas », je murmure en me penchant pour l'embrasser une fois de plus. « Et ne te fais pas de mal. Je peux faire tout le travail. »

« Bonne fille », gémit Gale en m'agrippant le cul d'une main.

« Mais tourne-toi pour qu'ils puissent tous te voir. Qu'ils puissent voir combien tu aimes avoir ma bite en toi. »

Mon cœur s'emballe à la façon dont il dit ça. Je ne pense pas qu'il y ait un seul des Rois qui ait des doutes sur le fait que je les veuille à ce point. Je suis accro à eux et ce depuis bien avant que je ne veuille l'admettre. Je deviens plus trempée à l'idée de baiser Gale pendant qu'ils regardent. Alors je me lève et j'ajuste ma position en me réinstallant sur ses genoux, me réorientant pour faire face à la pièce et aux trois autres hommes.

Preacher porte la bouteille à ses lèvres et boit une longue gorgée de liquide ambré tout en me fixant. Ses yeux sont si pâles, ses traits définis et durs, et il me regarde avec une intensité qui me dit qu'il mémorise chaque détail de ce moment. Il est excité de me voir comme ça, je peux le dire. Tout comme Pax et Ash qui me fixent tous les deux comme s'ils ne voulaient pas détourner le regard.

En soutenant leurs regards, je me soulève suffisamment pour que la tête de la bite de Gale effleure ma chatte nue avant de gémir doucement à la petite poussée de besoin que je ressens quand cette chaleur dure me touche là où je le veux.

Je m'enfonce d'abord lentement, sachant qu'ils regardent tous comment mon corps s'étire autour de sa grosse bite.

Mais je ne peux pas me retenir. C'est trop bon, putain. Je descends complètement d'un seul coup, l'enfonçant à l'intérieur de moi et basculant ma tête en arrière pour gémir tant c'est bon d'être remplie par lui.

Gale me donne une bonne claque, le son brisant le silence qui régnait dans la pièce.

« Bouge », m'ordonne-t-il. « Montre-leur à quel point tu le veux. »

C'est tout ce que j'ai besoin d'entendre. Je ne peux pas m'empêcher d'obéir et de chevaucher la queue de Gale avec des mouvements rapides qui me font sauter de haut en bas. Mes seins suivent le mouvement, les piercings scintillant dans la lumière tandis que je ferme les yeux et savoure ce putain de plaisir.

La bite de Gale me remplit, et je suis assez mouillée pour que le son soit fort et distinct, remplissant la pièce de bruits obscènes.

Je peux l'entendre respirer derrière moi, même si je fais tout le travail et que je fais attention à ne pas trop le bousculer ou le fatiguer. Je suis sûre que sa blessure est plus douloureuse que lorsqu'il était assis là à lire, mais la façon dont il s'accroche à moi montre clairement qu'il ne veut pas que je m'arrête. Ses doigts agrippent mes hanches, s'enfonçant dans la chair.

« Putain, oui », gémit-il. « Juste comme ça, bébé. Tu es si bonne pour moi. Si bonne pour nous. »

Les louanges me montent à la tête et me font travailler plus fort. Je rebondis plus vite sur sa queue, poursuivant le plaisir qui commence à couler en moi comme de la lave en fusion. Cela fait un moment que nous n'avons pas baisé et je peux sentir tout le besoin refoulé entre nous. Toutes les fois où Gale a dû rester à la maison alors qu'il voulait être avec moi. Toutes les fois où je voulais qu'il soit là alors qu'il ne l'était pas. Je peux ressentir toutes les émotions, aussi. La colère, la frustration, l'attention et l'inquiétude. Toutes les choses qui ont existé entre nous depuis que je lui ai tiré dessus sur les quais.

On n'essaie pas de se cacher de quoi que ce soit. On laisse tout cela grandir entre nous. On le laisse se nourrir du plaisir et du désir, le faisant brûler plus fort et plus chaud, nous consumant tous les deux.

« Tu nous appartiens », grogne Gale en saisissant mes cheveux pour faire basculer ma tête en arrière, puis en mordant le côté de mon cou, ce qui me fait crier de plaisir. « Tu *nous* appartiens et tu es seulement à nous. Je me fiche de savoir qui d'autre pense pouvoir poser ses mains sur toi. Tu es à nous. Dis-le. »

J'ouvre la bouche, mais c'est difficile de parler quand je roule mes hanches pour chevaucher sa queue durement et rapidement, prise dans un tourbillon de plaisir et de besoin.

« Dis-le », répète Gale, plus fort cette fois. Il me gifle le cul avec sa main libre avant d'enfoncer ses doigts dans la chair. La douleur se mêle au plaisir et ma chatte palpite, me poussant encore plus près de jouir.

« Je t'appartiens ! » Je crie, ma chatte se serrant autour de lui comme un étau, mon corps bourdonnant alors que je chasse le besoin de jouir.

Gale resserre sa prise sur mes cheveux, tirant d'un coup sec qui me fait ouvrir grand les yeux. Je vois Ash, Preacher et Pax. Ils sont tous durs dans leur pantalon et prêtent à peine attention à la bouteille qu'ils s'échangent en regardant ce qui se passe.

« Dis-leur », halète Gale. Il est essoufflé, mais il y a encore tant d'autorité dans sa voix. « Dis-leur à qui tu appartiens. »

« À vous », dis-je. C'est plus difficile que ça ne devrait l'être de faire sortir le mot. J'ai l'impression que mon cerveau est en train de fondre, que mon corps tout entier est sur le point de se désosser. Je suis si proche, putain. « À vous tous. »

« Bonne fille », grogne Gale. Il descend sa main libre, en gardant sa prise sur mes cheveux, sans me laisser détourner le regard des autres. Ses doigts trouvent mon clito et le massent, l'humidité qui s'écoule de ma chatte le rendant glissant.

J'ouvre à nouveau la bouche et c'est presque un cri silencieux lorsque mon orgasme me frappe de plein fouet. La bite de Gale en moi et ses doigts sur mon clito suffisent à me faire perdre le contrôle et je jouis avec un profond frisson que je peux sentir dans tout mon corps.

Gale me suit, jouissant quand ma chatte s'agrippe à sa bite. Il grogne mon nom, sa bite palpitant en moi encore et encore avant qu'on s'immobilise en haletant.

Après cela, il ne me lâche pas. En utilisant sa prise sur mes cheveux, il tourne ma tête sur le côté pour que je puisse le regarder. Des perles de sueur parsèment son front et la douleur se lit au coin de ses yeux, mais il a l'air satisfait et possessif.

Il m'embrasse à nouveau fort, se penchant un peu en avant pour réclamer ma bouche.

« Nous n'avons pas encore fini », murmure-t-il lorsque le baiser se termine, mordant ma lèvre inférieure. Il tourne ma tête dans l'autre sens, me faisant à nouveau faire face aux autres. « Regarde comme ils sont excités. À quel point ils te veulent. »

J'ai joui si fort que mon clito est encore secoué de répliques. La bite de Gale est toujours enfouie en moi, un peu de son sperme commençant lentement à s'écouler entre nous. Mais la vue des trois autres Rois qui nous regardent, le désir se lisant leurs visages, me fait sentir aussi affamée et désespérée que je l'étais avant de me glisser sur les genoux de Gale.

« Ils sont à toi, tu sais », murmure Gale, son nez frôlant mon oreille. « Autant que tu nous appartiens, nous t'appartenons. Ces trois hommes ? Ils sont à toi. Alors va les prendre. »

Sur ce, il relâche sa prise sur mes cheveux, provoquant des picotements partout. Ses mots résonnent dans mon esprit et j'ai des papillons dans le ventre tandis que je descends de ses genoux.

Son sperme s'écoule de moi, dégoulinant lentement le long de ma cuisse alors que je me lève et fais face aux autres, l'anticipation me traversant.

21

RIVER

La chaleur en moi n'a pas disparue quand j'ai joui, elle s'est juste accumulée, comme un lit de braises attendant une étincelle pour se rallumer.

Et voir la façon dont Pax, Preacher et Ash me regardent est l'étincelle dont j'ai besoin. Ils sont tous installés dans le salon et ils ont visiblement apprécié le spectacle que Gale et moi leur avons offert.

Je croise le regard de Preacher, et je vois bien qu'il ressent beaucoup de choses en ce moment, rien qu'à l'expression de son visage.

Nous en avons fait du chemin tous les deux. Au début, il me détestait plus que n'importe qui. Il m'aurait tué s'il en avait eu l'occasion, juste pour m'empêcher de m'en prendre à sa famille et d'entrer dans sa tête. Puis il a réalisé qu'il me voulait, mais il n'a pas agi en conséquence. Il a passé tellement de temps à essayer de garder le contrôle de lui-même, mais j'aime quand il lâche cette prise serrée qu'il garde sur lui-même et ses sentiments et qu'il perd le contrôle.

Je me dirige d'abord vers lui, me tenant nue devant lui, le sperme chaud de Gale glissant sur l'intérieur de ma cuisse.

« Qu'est-ce que tu veux ? » je lui demande, la voix rauque.

Ses yeux pâles brûlent. Nous connaissons tous les deux la réponse à cette question. *Moi.* Mais plus que ça, je lui demande ce qu'il veut en ce moment. Je lui donne la chance de prendre les choses en main comme Gale vient de le faire. Il n'y a pas une seule chose qu'il pourrait me demander que je ne lui donnerais pas en ce moment, et à la façon dont ses narines se dilatent légèrement, ses doigts se resserrant sur le bras de la chaise, je pense qu'il le sait.

« Allonge-toi », me dit-il.

Je hoche la tête et fais ce qu'il dit, m'allongeant sur le sol près de la petite table basse.

Preacher se lève d'un mouvement fluide et s'approche, la bouteille de whisky à moitié vide serrée dans sa main. Quand il m'atteint, il s'agenouille à côté de moi et boit une autre gorgée. Il ferme les yeux un instant pour la savourer et je laisse mon regard suivre le mouvement de sa gorge lorsqu'il avale. Il n'est pas aussi grand ou costaud que son cousin, mais il y a quand même quelque chose de viril chez lui. C'est dans les angles durs de son visage et la puissance qu'il dégage.

Il est si beau, putain. Toujours brisé à certains égards, peut-être, tout comme je le suis, mais beau *à cause* de ça, pas malgré ça.

Et il est à moi.

Il est tout à moi.

Je me lèche les lèvres lorsque les paupières de Preacher s'ouvrent à nouveau, ses yeux bleus glacés se concentrant immédiatement sur moi. Soutenant mon regard, il tend la bouteille au-dessus de moi. Puis il la fait basculer, versant un mince filet du liquide sombre le long du creux de mes seins, le laissant se répandre sur mon ventre.

Il suit la ligne du whisky qui se répand sur mon corps, en le suçant sur ma peau. Le contraste entre le liquide froid et la chaleur de sa langue me fait frissonner, et je gémis doucement, me tortillant sous lui.

« Tu as tellement bon goût », murmure-t-il et quand il lève les yeux vers moi, ses yeux sont remplis de luxure. « Meilleur que le whisky. Meilleur que tout. Tu es la seule chose dont j'ai envie. »

« Oh mon dieu... » Je gémis, coinçant ma lèvre inférieure entre mes dents.

« Je veux te baiser tous les jours », grogne-t-il en tendant la main pour toucher mes seins une fois que tout le whisky a été léché. Il me tripote les mamelons et je me cambre pour lui, en criant. Sa mâchoire se serre, sa respiration devient plus dure. « Je veux te voir bourrée de nos bites, suppliant pour en avoir plus. Du sperme dans ta bouche, dans ta chatte, dans ton cul. Utilisée et parfaite, juste pour nous. »

« Preacher, s'il te plaît », je le supplie, tellement excitée que ça me fait presque mal. Ma chatte palpite plus fort et chaque endroit où il ne me touche pas se sent vide. « S'il te plaît, j'ai besoin de toi. »

« Redis-le », grogne-t-il.

« J'ai besoin de toi ! *S'il te plaît.* »

« Rapproche tes seins », ordonne-t-il et son ton me pousse à le faire immédiatement, en les pressant l'un contre l'autre.

Je le regarde se déshabiller en quelques mouvements rapides. Lorsqu'il enlève son pantalon et son caleçon, sa queue se libère, dure, rouge et humide au bout, à cause des perles de liquide. Il semble si confiant, pas du tout inquiet de ne pas pouvoir tenir le coup, et il s'agenouille au-dessus de moi, glissant sa main entre mes jambes, enduisant ses doigts de mon humidité et de l'orgasme de Gale.

Il s'en sert pour lubrifier sa bite, et c'est un spectacle si obscène et si beau que ma bouche s'ouvre pour gémir. Il place ses genoux de chaque côté de mon torse. Preacher enfonce sa bite glissante entre mes seins, les baisant à longs et lents coups.

Mon souffle se bloque, une centaine d'émotions et de sensations différentes me frappant en même temps. Ça me rappelle notre première fois ensemble, quand il m'a baisée avec le manche de l'aiguiseur de couteaux parce qu'il ne pouvait pas utiliser sa bite, mais qu'il était si désespéré d'enfoncer quelque chose en moi. De me réclamer de n'importe quelle manière que ce soit. Après m'avoir fait jouir comme ça, il s'est levé au-dessus de moi, comme il le fait maintenant, complètement dur pour la première fois depuis je ne sais combien de temps, et a baisé mes seins.

C'était un moment important et c'est pareil maintenant, mais d'une manière différente.

Parce que cette fois, il n'y a aucune hésitation, aucun doute, aucune lutte.

Rien ne le retient.

C'est juste lui et moi, tous les deux prenant et donnant, savourant toutes les choses que nous ressentons l'un pour l'autre.

Je garde mes seins serrés l'un contre l'autre, observant la tête de sa bite à chaque fois qu'elle s'enfonce. C'est incroyable de le laisser utiliser mon corps comme ça, de voir comment le plaisir transforme les angles et les lignes dures de son visage en quelque chose de sauvagement beau.

Il me regarde fixement et je peux voir tant de choses dans ses yeux. Tant de sentiments, tant de besoins. Quand il gémit mon nom, c'est bas et presque fracassant, et quand ses hanches tremblent en poussant, je sais qu'il est proche.

« Putain », gémit-il brutalement et ses poussées s'accélèrent un peu mais il s'arrête et se retire.

Je suis sur le point de demander pourquoi il s'est arrêté quand il descend le long de mon corps et enfonce sa bite dans ma chatte.

Tout ce que je peux faire, c'est crier lorsque le plaisir m'envahit de la même manière que sa bite, me forçant à le prendre, faisant monter la chaleur le long de ma colonne vertébrale.

« Merde », j'arrive à dire. Le son est tremblant et essoufflé.

« Tu es faite pour ça », grince Preacher en frappant ses hanches contre les miennes avec force et rapidité. « Tu es faite pour prendre nos bites. Pour être humide et dégoulinante pour nous. Prends-ça. »

« Preacher ! »

Son nom tombe de mes lèvres alors que chaque poussée dure, presque punitive, me rapproche de plus en plus de mon orgasme.

Preacher attrape une de mes jambes et la pousse vers le haut, poussant mon genou vers ma poitrine. Cela change l'angle de pénétration, rendant tout plus intense à chaque fois qu'il s'enfonce en moi.

Le cri que je pousse est étranglé et aigu cette fois. Je suis sur le point de craquer, mes doigts s'agitent sur le sol, essayant de trouver quelque chose à quoi me raccrocher alors que Preacher me fait perdre la tête.

Il s'est donné à ses besoins les plus primitifs maintenant, chassant le plaisir et la sensation, et j'aime être baisée par lui comme ça. Dur et rapide, sans hésitation ni pitié.

Après quelques secondes de plus, il relâche ma jambe, et je la maintiens en place sans même qu'il ait besoin de me le dire. Toujours en train de me baiser, il attrape mon visage d'une grande main, son pouce et ses doigts s'enfonçant dans mes joues. Nos regards se croisent et un regard féroce passe sur son visage alors qu'il force mes lèvres à s'écarter.

Puis il se penche un peu en arrière et crache directement dans ma bouche ouverte.

C'est presque comme une gifle, mais dans le bon sens du terme, faisant augmenter la chaleur en moi de manière inattendue. C'est dégoûtant et possessif, et le fait que ce soit Preacher qui le fasse provoque une poussée d'excitation en moi.

Je crie, mon corps tout entier s'agitant, se tordant de plaisir alors que mon orgasme m'envahit, et Preacher perd le contrôle qu'il maintenait. Il me pénètre encore quelques fois, puis ajoute son sperme à celui de Gale dans ma chatte. Sa bite gonfle et palpite tandis qu'il se vide, et il s'effondre sur moi, pressant ma jambe pliée encore plus fort contre ma poitrine.

Pendant un long moment, je ne peux que fixer le plafond, essayant de me rappeler comment respirer, comment *penser*. Puis Preacher lève lentement la tête. Il me regarde en clignant des yeux, comme s'il se réveillait. Sa main est toujours sur mon visage et il incline un peu mon menton vers le haut pour m'embrasser.

Ses lèvres sont douces et elles se déplacent contre les miennes lentement, comme s'il explorait. C'est un geste si doux et tendre. Toute son adoration pour moi se déverse dans ce baiser.

Je parviens à bouger suffisamment pour l'entourer de mes bras et il appuie son front sur le mien pendant une minute.

« J'aime quand tu baises mes seins », je chuchote en souriant un peu.

« J'aime baiser chaque partie de toi. »

Lentement, Preacher se détache de mon corps. Je suis recouverte de fluides, des restes du whisky qu'il a versé sur moi et d'une couche de sueur. Je suis sûre que mes cheveux sont ébouriffés et que mon maquillage est probablement défait, mais quand je jette un coup d'œil dans la pièce, les quatre hommes me regardent avec la même expression de stupéfaction qu'ils avaient quand je suis descendue dans ma jolie robe.

En fait, ils ont l'air d'aimer encore plus mon apparence *maintenant* que celle plus tôt et je me retiens de ne pas sourire à cette pensée.

Preacher s'éloigne, respirant encore difficilement, et je me redresse suffisamment pour regarder Ash et Pax.

Ils ont tous les deux l'air d'être sur le point d'éclater, Pax s'agrippant au bras de la chaise sur laquelle il est assis assez fort pour faire craquer le bois et Ash massant sa bite dure à travers son pantalon.

Ma chatte est pleine de sperme et mon cœur s'emballe encore à cause de tout ce qui s'est passé, mais je n'ai pas fini. Il y a des moments où j'aime avoir chacun de mes hommes, seul, en tête-à-tête.

Mais ces moments où ils me partagent, où ils travaillent en groupe, où ils voient tout ce qu'ils me font ?

C'est putain de *transcendant*.

« As-tu fini, bébé ? » demande Gale de sa place sur le canapé, comme s'il avait lu dans mes pensées. Je me retourne pour le regarder et il lève un sourcil. « En auras-tu jamais fini avec nous ? »

Il veut dire en ce moment, mais je sais qu'il veut aussi dire beaucoup plus que ça. C'est comme cette nuit sur le bord de la route, quand je paniquais à propos des choses que les Rois étaient prêts à faire pour moi et Gale me l'a fait dire.

C'est plus facile maintenant, plus facile d'admettre quelle est ma réponse.

Je secoue la tête en le regardant droit dans les yeux. « Non. Jamais. »

Pax émet un grognement de satisfaction et Ash gémit doucement. Lorsque je me concentre à nouveau sur eux, ils se lèvent tous les deux en même temps et viennent me rejoindre sur le sol. Je me baisse sur mes coudes, les regardant, et même si aucun d'eux ne me touche, c'est comme si je pouvais les sentir avec chaque partie de mon corps.

« Ils vont te baiser en même temps », dit Gale.

Une partie de la tension a quitté son ton, mais je peux dire à quel point il est excité par la façon dont sa voix est rauque.

Je laisse échapper un petit gémissement, très excitée par son idée. Je viens d'être baisée par Gale et Preacher, mais je ne mentais pas du tout quand je disais que je n'en aurais jamais fini avec ces hommes. Bien sûr que j'en veux plus. Chaque partie de moi en veut plus et l'idée que chacun d'eux s'enfonce dans un trou pendant qu'ils me maintiennent entre eux fait battre mon cœur plus vite.

Gale sourit en coin, comme s'il avait arraché les pensées de ma tête.

« Ils vont prendre ta chatte, bébé », dit-il. « Les deux. »

Mes yeux s'écarquillent et je tourne brusquement la tête pour regarder l'homme sur le canapé, le cœur battant la chamade. Mon estomac se retourne, une poussée d'adrénaline me traversant, et je ne peux pas dire si c'est de la peur ou de l'excitation.

La bite de Pax me remplit complètement, me faisant m'étirer pour l'accueillir, mais y ajouter la bite d'Ash aussi ? L'idée me fait un peu flipper, mais à mesure que je pense aux mots de Gale, je ressens un élan d'excitation douloureux dans mon bas-ventre.

« Ne t'inquiète pas », murmure Ash en baissant la tête pour embrasser mon cou. « Nous ne te briserons pas. »

« Pas plus que tu ne *veux* être brisée, en tout cas », ajoute Pax en tendant la main pour pincer et tordre un de mes mamelons. « On va faire en sorte que ça soit bon, bébé. »

Je ris presque en me tendant sous leur contact. Je n'ai jamais caché le fait que j'aimais mélanger un peu de douleur à mon plaisir, surtout pas avec Pax. Bon sang, la première fois qu'il m'a baisée, il a aussi traîné la pointe d'un couteau dans mon dos, créant une petite coupure et faisant grimper une vague de sensations qui m'a fait convulser autour de sa bite.

Il sait ce que j'aime. Il sait comment trouver l'équilibre parfait entre les deux types de sensations. Et Ash a toujours pris soin de moi. Je leur fais confiance pour ça.

Je me jette à corps perdu dans la façon dont ils me font déjà sentir si bien, embrassant Ash avant de me détacher de lui et de chercher les lèvres de Pax. Ils travaillent ensemble comme ils l'ont toujours si bien fait, en se relayant pour m'embrasser et en passant leurs mains sur tout mon corps. Je me perds dans la chaleur, le désir et la nervosité qui m'envahissent et me tiennent en haleine.

Ils prennent leur temps, et au bout d'un moment, Pax s'agenouille entre mes jambes et commence à me doigter la chatte avec deux doigts. Je suis suffisamment mouillée par ma propre excitation et le sperme en moi pour qu'il n'ait pas à s'efforcer pour m'ouvrir encore plus, puis il ajoute un troisième doigt et me baise à fond avec.

Ash continue à jouer avec mes seins, à toucher les mamelons, à les pincer et à les faire rouler avec ses doigts agiles et talentueux.

« Laisse-nous t'entendre », dit-il, la voix basse et rauque, remplie de besoin. « Laisse-nous entendre à quel point tu veux ça. Gémis pour nous, tueuse. »

Mon gémissement ressemble presque à une plainte parce que Pax enfonce ses doigts en moi profondément au même moment.

Ils atteignent un point qui me fait me cambrer et me tortiller, et Ash me repousse au sol, frappant le côté de mon sein assez fort pour me faire haleter.

« Bonne fille », murmure-t-il avec un sourire taquin. « Tu es tellement sexy en ce moment. Comme une putain de déesse. Es-tu prête à nous prendre tous les deux ? À nous avoir si profondément en toi que tu pourras à peine respirer ? »

Je hoche la tête. Ils m'ont taquiné et fait durer le plaisir assez longtemps pour que je tremble de la tête aux pieds et que j'en redemande. « Oui. Putain, oui. »

Pax déplace sa main entre mes jambes, introduisant un quatrième doigt en moi et enfonçant presque toute sa main dans ma chatte, faisant jaillir le sperme et ma propre excitation.

« Tu vas être tellement serrée », il halète, et quand je le regarde, ses yeux sont si sombres qu'ils sont presque complètement noirs. « Tu vas être une si bonne fille et nous prendre tous les deux, n'est-ce pas ? »

Je hoche à nouveau la tête, presque affolée par le besoin. Ça va être beaucoup, mais je le veux.

J'en ai besoin, putain.

« Je pense qu'elle est prête pour nous », dit Pax en regardant Ash qui acquiesce.

Ils me mettent en position. Ils me mettent à quatre pattes et Pax s'allonge sous moi, sa queue posée juste à mon entrée.

Ash s'agenouille derrière moi et il passe une main apaisante dans mon dos. Je tremble entre eux, déjà excitée rien qu'à l'idée de ce qu'ils s'apprêtent à faire.

Ça commence doucement, du moins.

Pax pousse en premier, et bien qu'il soit habituellement un peu serré, il glisse facilement grâce au fait que j'aie été baisée deux fois déjà et qu'il m'ait ouvert avec sa main. Il pousse plusieurs fois, me laissant m'habituer à la sensation de son corps, et je ferme les yeux, respirant par le nez, laissant la chaleur dans mes veines s'accumuler à nouveau.

« Dis-moi quand tu es prête », râle Ash. Il a l'air presque torturé, comme s'il devait faire tout son possible pour se retenir.

Ils m'ont déjà regardé me faire baiser par Gale et Preacher, alors je sais qu'ils sont probablement à deux doigts de jouir. Ça me fait apprécier encore plus le fait qu'ils y aillent si doucement.

« Ok », dis-je en prenant une inspiration. « Vas-y. »

Ash se penche sur mon corps et dépose un baiser entre mes omoplates avant de commencer à s'enfoncer lentement et prudemment en moi aux côtés de Pax.

Ça fait mal au début et je gémis au moment de l'intrusion. J'ai l'impression que mon corps n'est pas fait pour s'étirer de cette façon, mais Ash y va doucement, utilisant mon humidité pour s'enfoncer plus facilement tandis qu'il presse la tête de sa bite en moi.

« C'est ça, tueuse », chantonne-t-il, s'arrêtant juste là, avec juste le bout de sa bite coincé dans ma chatte à côté de celle de Pax. « Juste comme ça. Merde, c'est chaud. »

Oh mon dieu. Oh putain mon dieu.

Je sens que mon visage est mouillé et je me rends compte que je suis en train de sangloter, débordant presque, mais faisant de mon mieux pour le supporter. Je prends des bouffées d'air en frissonnant, avalant une boule dans ma gorge alors que mon corps essaie d'accommoder plus qu'il ne l'a jamais fait auparavant.

Toutes les terminaisons nerveuses de mon corps s'activent, oscillant entre la douleur et le plaisir au point que je ne peux même plus les distinguer. Tout ce que je sais, c'est que je *ressens*. Je ressens tellement de choses, putain.

« Regarde-moi », dit Gale et sa voix semble lointaine, même si je sais qu'il est juste là, sur le canapé, à côté de moi. « River. Regarde-moi, bébé. »

Je lève les yeux et j'ai l'impression que c'est difficile de le faire. Je rencontre ses yeux verts intenses et je maintiens son regard.

« Tu t'en sors très bien, bébé », me dit-il.

Sa voix profonde est apaisante, même si elle est aussi

autoritaire que d'habitude. Il est assis sur le canapé, présidant ce que nous faisons, et j'étouffe un cri quand Ash s'enfonce un peu plus. Je ferme les yeux et j'essaye de ne pas m'effondrer sur Pax.

« Tu peux le faire », continue Gale, ses mots se déversant dans mes oreilles même si je ne peux plus le voir. « Tu peux le faire pour nous. N'est-ce pas ? Tu veux qu'ils soient en toi. Tu veux qu'ils te prennent comme personne d'autre ne l'a jamais fait. Nous sommes les seuls à pouvoir te faire ça. N'est-ce pas ? »

J'acquiesce, consumée par la douleur et le plaisir comme jamais je n'en ai ressenti, et je me sens sur le point de sortir de ma propre peau.

« Seulement vous », j'arrive à prononcer en haletant. « Je... je ne sais pas... »

« Tu le peux », dit-il encore, plus fermement cette fois. « Tu peux tout faire. Tu es une guerrière et tu es notre petite salope. Tu peux prendre ça. »

Une main se fraie un chemin entre mes jambes et je suis trop énervée et hors de moi pour reconnaître qui c'est. Elle touche l'endroit où je suis empalée sur la bite de Pax et à moitié sur celle d'Ash, et j'étouffe un autre son brisé, ne sachant pas si je dois me laisser aller à cette sensation ou m'en éloigner.

Des doigts puissants trouvent mon clito, le frottent en cercles lents, et il est plus facile de se laisser aller à ce plaisir, de le laisser m'apaiser un peu.

« C'est ça », Pax grogne en dessous de moi. « Laisse-le entrer, River. Ça va être tellement bon. »

« J'essaie », je halète. Et ce n'est pas comme si je pouvais faire grand-chose. Je suis aussi ouverte que possible et je n'aurais même pas la force de résister si je le voulais.

Mais je ne veux pas résister. C'est beaucoup, mais je veux le faire.

Pour eux. Pour moi. Pour *nous*.

Je veux savoir ce que ça fait de les avoir tous eus, d'avoir Pax et Ash en moi en même temps, et ça me pousse à respirer malgré la douleur pendant que l'homme derrière moi continue à s'enfoncer.

« Merde », jure Ash. « Putain, tu es si tendue. Putain. »

Ses doigts se resserrent sur mes hanches, s'enfonçant au point que je sais que je vais avoir des bleus.

« C'est si bon, putain », ajoute Pax, sa voix grondant sous moi. « Tellement parfait, putain. »

Tout ce que je peux faire, c'est hocher la tête et essayer de respirer, et quand Ash s'enfonce enfin complètement, j'ai l'impression que quelque chose en moi explose.

Dans le bon sens, je pense.

C'est *bon*.

C'est comme si mon esprit flottait quelque part en dehors de mon corps, me laissant dans le brouillard et presque défoncée par la quantité de plaisir qui m'envahit.

Il y a la satisfaction d'être allée aussi loin, mais surtout la sensation de les avoir tous les deux si profondément en moi. Si profondément qu'ils sont tout ce que je peux sentir.

À en juger par la façon dont ils respirent tous les deux, ils ne vont pas tarder à jouir. Et c'est la même chose pour moi. Mon corps en bourdonne, submergé, comme si chacune de mes terminaison nerveuse était en feu.

Pax et Ash bougent, et je sais qu'ils bougent probablement séparément, mais j'ai l'impression qu'ils travaillent ensemble, une seule bite énorme et épaisse à l'intérieur de moi, frottant mes entrailles et menaçant de me faire basculer dans le plaisir pur.

Il y a un gémissement aigu qui résonne autour de nous et il me faut un moment pour réaliser que c'est *moi qui* fais ce bruit. Plus fort à chaque mouvement.

Ils n'ont pas beaucoup de place pour manœuvrer, coincés comme ils le sont, mais cela ne semble pas avoir d'importance. Au moment où la chaleur qui n'a cessé de monter est prête à exploser en moi, ils sont là aussi, haletants, me tenant fermement.

« Je vais... »

C'est tout ce que j'arrive à dire avant que mon troisième

orgasme ne me frappe, me faisant éclater en mille morceaux et perdre la tête. Je ne peux pas crier, je ne peux même pas respirer, et mon corps se resserre autour d'eux, tandis que je tremble sous l'effet de l'orgasme.

C'est suffisant pour faire craquer Pax et Ash aussi. Je les entends maudire et gémir mon nom, et on dirait presque que ça vient de sous l'eau, car le sang coule à flots dans mes oreilles. Leurs bites palpitent à l'intérieur de moi, et je peux sentir chacune d'entre elles pulser contre mes parois internes tandis qu'ils se vident en moi, l'un après l'autre.

« Tu t'es si bien débrouillée pour nous, bébé », murmure Gale et les trois hommes font écho à ses louanges, leurs voix profondes me donnant un petit frisson dans le dos.

Après un long moment, Pax et Ash se retirent lentement de moi, en prenant leur temps et en faisant attention à ne pas me blesser. Quand ils sont tous les deux sortis, je me sens vide et endolorie, et leur sperme dégouline de moi.

L'un d'entre eux, je suis trop dans les vapes pour dire qui, se baisse et ramasse un peu du mélange de tout leur sperme sur sa main, l'étalant sur mon ventre quand je me laisse tomber sur le dos.

Ruisselante de sueur et épuisée, je regarde le désordre sur mon corps.

Gale avait raison. Chaque trace de ce connard de l'hôtel a disparu.

Je me sens usée et marquée, mais de la meilleure façon qui soit.

22

RIVER

Le lendemain matin, je me réveille à côté de Gale dans son lit. Les autres sont aussi dans la chambre, mais le lit n'est pas assez grand pour nous tous. Ash est blotti dans mon dos et Pax et Preacher sont affalés dans des chaises qui ont été traînées près du lit.

Ce serait vraiment bien si on avait un seul grand lit. Je n'aime pas avoir à choisir où dormir la nuit et je veux me réveiller avec eux tous.

Devant moi, Gale se réveille, baille et s'étire en grimaçant. Je le regarde, vérifiant que son visage ne montre pas de signes de douleur à cause de sa blessure, mais il a l'air content. Alors je me penche et je l'embrasse, en étirant le baiser.

« As-tu bien dormi ? » me demande-t-il, la voix rauque.

Je lève un sourcil, laissant mes lèvres former un sourire. « Tu plaisantes ? Après ce que vous m'avez fait subir hier soir, j'étais complètement dans les vapes. Je me souviens à peine d'être montée à l'étage. »

Il fredonne doucement et lève la main pour pousser mes cheveux argentés derrière mon oreille. « Tu étais tellement belle, bébé. Je n'ai jamais rien vu d'aussi sexy que ça. J'aurais dû le filmer. »

« Pervers », je le taquine. « Tu l'utiliserais juste pour prendre ton pied. »

« Je *t'ai* pour ça. » Il sourit. « Mais pense à ça. Tu ne veux pas savoir à quoi tu ressembles quand tu jouis pour nous comme ça ? »

Je frissonne à cette idée parce que, oui, c'est plutôt chaud quand il le dit comme ça. Je n'ai aucune idée de ce à quoi tout cela ressemblait hier soir, mais il pourrait être intéressant d'essayer de nous filmer un de ces jours. Je ne suis pas sûre de ce que je ressens à l'idée de *me* regarder en playback, mais l'idée de regarder les hommes me baiser, de les voir tous réunis autour de moi et d'apprécier les petits détails que je suis habituellement trop perdue dans l'instant pour saisir ? Oui, ça m'intéresse vraiment.

« Tu as peut-être raison », je murmure et il rit.

« C'est habituellement le cas. »

Je fais une grimace. « Ok. Ne laisse pas ça te monter à la tête. »

Il sourit et ça me donne envie de l'embrasser encore une fois, le beau salaud. « Trop tard pour ça. »

Ash bouge dans mon dos, une main glissant sur ma hanche et descendant sur mon ventre. Pax et Preacher commencent à se réveiller aussi, bâillant et s'étirant, s'efforçant d'éliminer les tensions dues au fait qu'ils ont dormi dans des chaises toute la nuit.

Ce serait bien de rester au lit toute la journée, à m'imprégner de la chaleur et des bons sentiments que ces hommes m'inspirent, mais on a des trucs à faire, comme toujours, alors je me force à me lever en soupirant.

Dès que je commence à bouger, la douleur de la nuit dernière s'intensifie et je grimace lorsque mes pieds touchent le sol.

Évidemment Gale le voit, et il me lance un regard inquiet. « Tu vas bien ? »

« Ouais », je le rassure en hochant la tête. « Je vais bien. Je ressens juste ce qu'on a fait hier soir, mais c'est bon. »

Ash grogne et se redresse sur un coude pour attraper ses

lunettes sur la table de nuit. « Vous êtes tous les deux très inquiets l'un pour l'autre, n'est-ce pas ? L'un de vous se coupe avec du papier et l'autre fait une crise. »

Gale roule les yeux. « River attire les ennuis », réplique-t-il. « Bien sûr que je m'inquiète pour elle. »

Tous les quatre gloussent en entendant ses mots, comme on le fait quand on entend une blague qui est drôle parce qu'elle est vraie, et je grimace. Je ne peux pas vraiment argumenter avec ce qu'il a dit. À cause de moi et des ennuis que j'ai eus, les gars vivent à peine une vie normale ces derniers temps. Ils ne sont pas allés à leur club ces derniers jours et ils ne font que penser à un homme dangereux et à sa putain de société secrète.

Je déglutis, la culpabilité se répandant dans ma poitrine comme du goudron épais. Je déteste les avoir mis dans cette situation.

« Je sais que les choses ont été... difficiles », dis-je lentement. Ça résume à peine la situation, mais je ne sais pas quel autre mot utiliser. « Et vous n'avez pas été en mesure de vivre vos vies ou de faire les choses que vous devez faire pour le club parce que vous êtes trop occupés à gérer cette merde avec moi. Je suis... »

« Non », interrompt Gale, me coupant la parole. « Rien de tout ça. Viens ici. »

Il me tire sur le lit et m'entoure de ses bras au moment où je tombe sur le matelas avec lui.

« Tu sais ce qu'on s'est toujours dit quand on a ouvert Péché et Salut ? » murmure-t-il. « On s'est dit que si les choses tournaient mal, on pourrait quitter le club à n'importe quel moment, mais qu'on ne se quitterait jamais. Le business a toujours été un moyen d'arriver à nos fins, River. Et cette fin est de prendre soin les uns des autres. »

« Mais... »

Il secoue la tête. « Pas de mais. Aucun d'entre nous n'a de famille avec laquelle il souhaite passer du temps, mais *nous* sommes une famille. Et la famille est là quand c'est facile, bien sûr, mais surtout quand c'est difficile. Le club pourrait être réduit en cendres demain et je n'en aurais rien à foutre, tant que les cinq personnes qui se trouvent dans cette pièce sont en sécurité. On pourrait recommencer, construire un nouveau club ou quelque chose de complètement différent, tant qu'on est tous ensemble. C'est la seule chose qui compte. »

Il le dit avec la même conviction que celle qu'il avait lorsqu'il a dit qu'il risquerait à nouveau sa vie pour moi si nécessaire, et lorsqu'il m'a dit que j'étais forte et pas brisée.

Il y a seulement de l'honnêteté dans sa voix et ça me touche droit au cœur.

Et c'est un bon point. Le club est juste une *chose*. Juste un moyen d'arriver à ses fins, comme il l'a dit. Les gens dans cette pièce sont ce qui compte.

« Il a raison », dit Preacher et je me retourne pour remarquer son expression sérieuse sur ses traits anguleux. « Si le choix est entre prendre soin les uns des autres, s'assurer que nous sommes tous en sécurité, et s'occuper du club, alors le club perd à chaque fois. »

« À chaque putain de fois », Pax fait écho en hochant la tête.

« En plus... c'est plutôt sympa de ne pas avoir à s'occuper du travail pendant un moment », ajoute Ash en haussant les épaules avec un sourire en coin. « C'est comme des petites vacances. »

Ça me fait pouffer de rire, même si mon cœur se gonfle.

« Je ne sais pas si une personne saine d'esprit appellerait ça des vacances », dis-je sèchement. « Mais... je comprends. Et je vous remercie. »

J'embrasse Gale, puisqu'il est le plus proche, puis je fais le tour de la pièce, embrassant chacun d'eux et m'attardant un instant pour qu'ils comprennent ce que cela représente pour moi.

Puis, marchant toujours lentement, je me dirige vers la douche et me prépare pour la journée.

Après un petit déjeuner rapide, il est temps d'aller donner à Alec l'appareil et les informations qu'il a extraites de l'ordinateur de Michael. Je suis à moitié tentée d'essayer de découvrir ce que j'ai volé exactement pour Alec, mais je crains que si je branche l'appareil sur un autre ordinateur, Alec le sache. Et je ne veux pas lui donner une excuse pour qualifier cette mission d'échec, ni une raison de me tuer ou de tuer mes hommes.

Preacher, Ash et Pax m'accompagnent et Gale me dit de faire attention comme il le fait toujours quand il doit rester derrière.

Le trajet se déroule sans incident, mais je suis toujours nerveuse en arrivant. Je commence vraiment à détester ce putain d'immeuble de bureaux d'Alec, et pendant que je monte dans l'ascenseur avec le crétin du jour, je frissonne en me rappelant ce que j'ai vu à l'un des étages en dessous du bureau d'Alec.

J'espère qu'il s'est débarrassé du corps de cette fille, mais le souvenir est à jamais gravé dans ma mémoire.

Comme les deux dernières fois, Alec est en place derrière son bureau lorsque j'entre, en train de taper. Je n'ai aucune idée si ce bâtiment est l'endroit où il travaille normalement ou si c'est l'un des nombreux bureaux qu'il possède en ville pour ses affaires. Je penche pour la deuxième option, d'autant plus que je sais qu'il peut se le permettre. Peut-être que ce bâtiment est réservé aux activités les plus douteuses de son entreprise.

Il lève immédiatement les yeux lorsque je passe la porte. Ses traits sont impassibles et la haine envers lui grandit en moi, chaude et aigre.

Je nourris un petit fantasme de frapper dans son visage suffisant ou de le jeter par la fenêtre pour qu'il se fracasse sur le béton en dessous, mais je ne le lui montre pas. Je n'ai pas besoin de lui donner une raison quelconque de vouloir s'en prendre à moi maintenant.

« Le travail a été fait ? » demande Alec en croisant ses doigts et en me regardant. « Je ne voudrais pas entendre qu'une autre tâche que je t'ai confiée s'est transformée en quelque chose de bâclé. »

Je sors le petit appareil de ma poche et le jette sur le bureau. « C'est fait », lui dis-je sans ambages. « Et rien n'est arrivé au gars non plus. »

Alec soutient mon regard pendant un long moment

inconfortable. On dirait qu'il essaie de lire en moi, de me prendre en défaut ou de me faire admettre quelque chose en me fixant. Je garde un visage neutre et j'attends.

Il abandonne éventuellement sa tactique d'intimidation et prend l'appareil, le retournant entre ses doigts.

« Bien joué », dit-il en pinçant un peu les lèvres et en hochant la tête pensivement. « C'est exactement ce que je voulais. Mais un peu trop simple pour compter comme une initiation, vous ne trouvez pas ? »

C'est quoi ce bordel ?

« C'est n'importe quoi. Il n'y avait rien de simple dans tout ça. J'ai fait tout ce que vous m'avez demandé de faire, mais vous continuez à déplacer la cible. Il est impossible pour moi d'en finir. Je ne suis pas votre salope, Beckham. Je ne vais pas continuer à faire des putains de missions pour vous. Soit vous me voulez dans la société, soit vous ne le voulez pas. »

Un des sourcils d'Alec se lève à la fin de ma petite tirade. Il me jette à nouveau ce regard, réfléchissant et cherchant, et pendant une seconde, je crains d'être allée trop loin et qu'il me tue sur-le-champ.

Le moment s'étire pendant ce qui semble être une éternité. Je peux entendre mon cœur battre dans mes oreilles si fort qu'Alec peut probablement l'entendre aussi. Je déteste ça. Je déteste le fait qu'il puisse probablement voir que j'ai peur, mais je ne peux pas y faire grand-chose.

Après plusieurs autres secondes angoissantes, il baisse le menton et se penche en arrière sur sa chaise.

« D'accord », dit-il. « Vous avez raison. Vous avez fait votre travail et vous l'avez fait assez bien. Vous serez admise dans la Société Kyrio. En tant que membre. »

La tension s'échappe de mon corps dans un élan tremblant et je pousse mentalement un soupir de soulagement. C'est d'ailleurs un comble que je sois soulagée, vu que je n'ai pas du tout envie de rejoindre cette foutue société.

Mais c'est mieux que l'alternative : mes hommes et moi enterrés dans une tombe peu profonde.

Je me demande si Alec ne m'a pas testée pendant tout ce temps. Est-ce qu'il m'aurait fait faire des conneries pour toujours si je ne l'avais pas défié ? Est-ce qu'il attendait que je lui tienne tête ? C'est un peu étrange, parce que je doute qu'il permette aux membres de sa société de lui désobéir ou de le défier, mais en même temps, il veut probablement s'assurer que ce sont tous des gens qui ne cèdent pas sous la pression.

« Il y aura une cérémonie pour vous introniser officiellement dans la société », dit Alec, et je ramène mon attention sur son visage, en sentant la pression monter.

« Qu'est-ce que ça va impliquer ? » je lui demande en plissant les yeux.

« Rien de trop intimidant, je vous le promets. Je ne vous ferai pas tuer un autre de vos hommes, si c'est ce que vous demandez. »

Il sourit, et il est si suffisant et satisfait de lui-même que j'ai envie de le tuer sur le champ. Il est si confiant, si certain qu'il a toutes les cartes en main et qu'il tire toutes les ficelles. Il pense qu'il m'a fait tuer quelqu'un de proche et il est assis là à faire des blagues à ce sujet.

D'un autre côté, je suppose qu'au moins il pense vraiment que Gale est mort. Cette partie de notre plan fonctionne donc. C'est quelque chose à quoi s'accrocher, même si je suis enragée rien que de l'entendre parler de la mort supposée de Gale.

Je serre les mains derrière mon dos pendant qu'Alec me dit où aller pour la cérémonie d'intronisation et quand y être. Une fois terminé, il bouge son menton presque comme un signe de tête.

« Ce sera tout. »

Il ne me fait même pas signe de partir. Il baisse le regard vers son bureau et se remet au travail comme si j'avais cessé d'exister au moment où il m'a congédiée. C'est un putain de geste de connard, mais je ne m'y oppose pas. Je suis heureuse de quitter son bureau et de retourner rapidement à l'ascenseur. Je descends au premier étage et les gars me rejoignent tout de suite, se rassemblant autour de moi alors que nous sortons du bâtiment ensemble.

« Alors ? » demande Preacher sur le chemin du retour. « Quel est le verdict ? »

« J'en fais partie », lui dis-je. « Je vais devenir un membre de la Société Kyrio. Et il va y avoir une cérémonie d'intronisation. »

Pax roule les yeux. « Oh c'est bien. Plus de chances de côtoyer les riches et les moralement corrompus. Mes préférés. »

« C'est ce qu'on voulait », lui dis-je. « Ou ce *dont* nous *avions besoin*, vu le pétrin dans lequel nous sommes coincés. Je suis dans la société, ce qui veut dire qu'il ne me tuera pas pour avoir échoué à gagner une place. Et je vais aussi pouvoir me rapprocher d'Alec. Je peux découvrir ses faiblesses et trouver un moyen de le faire tomber. »

Preacher acquiesce. « Nous aurons besoin d'un plan. On doit la jouer très prudemment. Ce ne sera pas la même chose que de faire tomber Julian Maduro. Alec est mieux connecté, plus intelligent et plus dangereux. »

Il a raison. Ce ne sera certainement pas aussi simple qu'avant : ce qui n'était déjà pas si simple que ça. Nous n'avons aucune idée de l'étendue de l'influence d'Alec dans cette ville, ni du nombre de personnes qu'il a dans sa poche, alors nous devrons faire preuve de prudence.

Parce qu'un seul faux pas pourrait tous nous faire tuer.

23

RIVER

« Il est allé au parc l'autre jour », me dit Avalon au téléphone en riant. « Nous avons nourri les canards et il était juste vraiment heureux d'être dehors, je pense. Il courait dans l'herbe et me suppliait de le pousser sur les balançoires. C'était très mignon. »

« C'est génial », je réponds. « Je suis contente qu'il puisse enfin faire des trucs normaux de gamin. »

Quelques jours se sont écoulés depuis ma rencontre avec Alec et je suis enveloppée dans une serviette, assise sur mon lit, en train de discuter avec Avalon.

On a beaucoup parlé ces derniers temps. Au début, mes appels étaient surtout pour prendre des nouvelles de Cody et m'assurer qu'il sache que je ne l'ai pas abandonné, mais maintenant c'est plus que ça.

On est en train de devenir… amies, je suppose. C'est une chose bizarre à admettre. Je n'ai pas l'habitude d'avoir des amis. Pas de vrais amis dont je me soucie vraiment au-delà de la façon dont ils peuvent être utiles à mes objectifs.

Même s'il s'agit d'un portable jetable, Avalon sait que je ne peux pas parler de ce qui m'arrive sur cette ligne, alors à la place, nous parlons de choses de la vie courante. Des choses que la plupart des gens trouveraient probablement super ennuyeuses.

« Oh, je t'ai dit que j'ai eu ce travail ? » dit Avalon. « Ce n'est pas quelque chose d'extraordinaire, juste une petite boutique à proximité, mais c'est la première fois que j'ai un travail qui se rapproche de ce que je veux vraiment faire. »

« Que veux-tu vraiment faire ? » je lui demande, en souriant un peu à l'excitation dans sa voix.

« Du stylisme. J'ai toujours voulu faire ça, depuis que je suis au lycée, mais ensuite, eh bien... les choses ont mal tourné et... »

Je hoche la tête, même si elle ne peut pas me voir. « Et tu t'es retrouvée dans une mauvaise passe. »

« Ouais. Mais maintenant que j'ai une seconde chance de faire quelque chose de différent de ma vie, je pense que ça pourrait être amusant d'essayer de se lancer. »

« Tu devrais », lui dis-je en essayant d'être encourageante. « Les gens n'ont généralement pas de seconde chance, alors tu devrais saisir cette opportunité tant que tu le peux. »

« Tu as raison », répond Avalon. « Je suis juste nerveuse, je suppose. Peut-être que maintenant que j'ai la chance de faire quelque chose dont j'ai envie, je ne serai pas douée pour ça. Mais tu veux entendre quelque chose de drôle ? »

Je me lève de mon lit et je me dirige vers les rangées de vernis à ongles pour choisir une couleur pour ce soir. C'est le soir de mon intronisation dans la Société Kyrio et parler à Avalon m'aide à oublier la façon dont mon estomac semble déterminé à se nouer.

« Dis-moi », dis-je en commençant à me peindre les ongles.

« J'ai parlé à Cody de mon nouveau travail en l'expliquant un peu et tout. Puis j'ai dû lui expliquer ce que fait un créateur de mode et il a passé le reste de la nuit à dessiner ses propres modèles de vêtements. »

Ça me fait pouffer de rire. Je ne peux qu'imaginer à quoi ressemblent les dessins des vêtements d'un petit enfant. « On dirait qu'il s'est amusé. Putain, je suis tellement contente qu'il aille bien. »

« Il va vraiment bien », promet Avalon. « Il a traversé beaucoup d'épreuves, ça se voit. Parfois, il devient vraiment silencieux et triste, et je dois l'amadouer pour qu'il me dise ce qui ne va pas, mais je pense qu'il est juste heureux de ne pas être seul. »

« Je suis contente qu'il t'ait. Pendant que je ne peux pas être là. »

« Il demande de tes nouvelles tout le temps. Je pense qu'il veut s'assurer que tu sais qu'il ne t'a pas oublié non plus. »

Mon cœur se gonfle et je laisse échapper un soupir. Je regrette que Cody doive être si loin de sa famille, juste pour le garder en sécurité.

Une partie de moi souhaite pouvoir tout dire à Avalon. Ce qui se passe ce soir, à quel point ça m'angoisse. Il n'y a rien qu'elle puisse faire pour arranger ça, mais peut-être que le fait de le dire à quelqu'un qui n'est pas impliqué dans cette merde m'aiderait.

Mais je ne peux pas l'entraîner dans cette histoire plus qu'elle ne l'est déjà, et on ne sait pas ce qui se passerait si je cédais et en parlais au téléphone.

« Tu vas bien ? » Avalon demande, comme si elle avait un sixième sens pour savoir ce qui se passe dans ma tête. Soit ça, soit je cache mal mes sentiments aujourd'hui.

« Ouais », lui dis-je. « Je vais bien. J'ai juste beaucoup de choses en tête. »

Elle sait probablement que ce n'est pas toute l'histoire et sait aussi que je ne peux pas tout lui raconter, alors elle dit doucement.

« Eh bien, quoi que ce soit, souviens-toi que tu es une dure à cuire, d'accord ? Tu peux tout faire. »

Son ton sérieux me fait sourire. « Merci, Avalon. Je ferais mieux d'aller finir de me préparer. Dis bonne nuit à Cody pour moi. »

« Je le ferai », dit-elle. « Bonne chance. »

Nous mettons fin à l'appel et je me lève en soupirant, soufflant sur mes ongles pour m'assurer qu'ils sont secs. Je dois finir de m'habiller et je choisis une tenue qui me donne l'impression d'être ce qu'Avalon appelle une dur à cuire.

Normalement, j'aurais choisi une robe pour un tel événement, mais je préfère opter pour un pantalon. Il est rouge, serré et fait d'une matière douce qui épouse mes jambes, mes hanches et mes cuisses de manière attrayante. J'enfile un blazer à manches trois-quarts et un haut noir qui descend assez bas pour montrer mon décolleté.

Je choisis une paire de talons qui va bien avec la tenue, et je sais qu'en les mettant, je me sentirai puissante. Avec mes tatouages et mes cheveux argentés, j'ai l'air d'être prête à botter des culs, et c'est l'effet que je recherchais.

La porte de ma chambre s'ouvre alors que je soulève les talons, les lanières pendent de mes doigts, et Preacher entre.

« Hé. Je suis presque prête », dis-je en me tournant vers lui.

Il acquiesce. « Bien. Nous sommes prêts à partir. »

Son regard passe sur moi et je peux voir l'approbation brûler dans ses yeux. Puis il se concentre sur les chaussures dans mes mains. Il traverse la pièce vers moi et se met à genoux pour attraper les chaussures qui pendent au bout de mes doigts.

Inclinant la tête, il me regarde pendant une fraction de seconde, puis soulève l'un de mes pieds et embrasse le dessus avant de le faire glisser dans la chaussure à talon haut doucement. Il répète le processus de l'autre côté, en déposant un baiser sur la peau sensible sur le dessus de mon pied, puis il m'aide à attacher la chaussure.

Mon cœur fait un bond de surprise. Je me mords la lèvre en le regardant, captivée par la tendresse et la sensualité de son geste. Il me *vénère* presque et ça me fait mal à la poitrine d'une manière qui me fait vraiment du bien.

« Maintenant, tu es prête », dit-il une fois qu'il a fini avec la sangle en me faisant un petit sourire.

« Preacher... »

Je déglutis, ma voix s'éteignant. Je ne sais même pas comment répondre à ce qu'il vient de faire, trop remplie de ces sentiments affectueux pour savoir vraiment comment les articuler. Je n'arrête pas de penser au chemin qu'on a parcouru et à la façon dont il est toujours bon pour moi.

Preacher se lève d'un mouvement souple et vient se placer derrière moi, face au miroir. Je peux nous voir tous les deux dans le reflet, debout ensemble.

« Tu es magnifique », murmure-t-il en lissant mes cheveux sur une épaule, puis en baissant à nouveau la tête pour déposer des baisers le long de mon cou.

Mes yeux se ferment une seconde et je me laisse réconforter par ce geste et sa proximité. J'inspire profondément et je me retourne, passant mes bras autour de son cou et me penchant pour l'embrasser.

Nous devons partir, mais le baiser est lent et sans hâte, juste une douce affirmation de ce que nous avons et de ce que nous ressentons.

« Tu sais, je ne me souviens pas de grand-chose de ma mère », je lui murmure quand je m'éloigne enfin. « Mais l'une des dernières choses dont je me souviens est qu'elle portait une robe de cette couleur rouge. Je me souviens qu'elle virevoltait dans le salon avec, l'air si heureuse et si belle. Je ne sais pas si elle était vraiment heureuse avec un connard comme mon père comme mari, mais elle semblait toujours essayer d'arranger les choses pour moi et Anna. J'ai toujours pensé que peut-être... que si elle avait vécu, elle nous aurait protégées, Anna et moi. Elle aurait fait en sorte que nous soyons en sécurité et ne nous aurait jamais laissé nous faire enlever et blesser. »

Je prends une profonde inspiration pour essayer de me recentrer. « Alors aujourd'hui, je porte cette couleur pour faire appel à sa mémoire et pour dire que je vais faire ce que j'aurais aimé que ma mère fasse. Je vais me protéger comme elle l'aurait fait. »

La fierté et quelque chose de chaud et de doux brillent dans les yeux bleus de Preacher lorsqu'il me regarde. Il lève une main et prend ma joue, en passant son pouce sur mon visage.

« Nous assurons tous tes arrières », promet-il. « Tu n'es pas seule dans cette affaire. »

« Merci. »

Les mots ne sont pas vraiment adaptés pour ce que les Rois ont entrepris pour moi, mais je sais aussi que les quatre hommes diraient qu'ils ne sont pas nécessaires. Ils ne m'aident pas parce qu'ils sentent qu'ils doivent le faire. Ils le font parce qu'ils le veulent, tout comme je le ferais pour eux.

Je glisse mes doigts dans ceux de Preacher, lui serrant la main avant de quitter la pièce et de descendre.

Fidèle à lui-même, Gale est encore énervé.

Il se rétablit de plus en plus chaque jour, marche avec raideur et a encore des douleurs persistantes, mais il est debout plus qu'avant.

Il nous attend dans le salon et son air tendu est visible à un kilomètre. Je déteste le voir comme ça. Je déteste la façon dont il semble si en colère contre lui-même de ne pas pouvoir venir.

« Hé », dis-je en m'approchant suffisamment pour qu'il puisse me toucher, le laissant m'attirer dans ses bras avec une possessivité brutale. « Ce n'est pas ta faute. C'est la faute d'Alec. »

Je me penche et l'embrasse, en essayant d'y déverser la vérité de mes mots pour qu'il y croie peut-être davantage.

« On doit le tuer le plus vite possible », grogne Gale contre mes lèvres.

« Tu as raison », je réponds. Je pose mon front contre le sien pendant un moment et il me serre contre lui, nos souffles s'entremêlant dans l'espace entre nos lèvres.

Après un moment, je m'éloigne de lui et me retourne vers les autres. « Nous ferions mieux d'y aller. »

Gale regarde ses frères qui se sont rassemblés devant la porte, prêts à partir. « Ramenez-la en un seul morceau », ordonne-t-il, d'une voix rauque.

Pax et Ash roulent les yeux, mais Preacher acquiesce solennellement. Harley gémit un peu pendant que nous partons et j'entends Gale l'appeler lorsque la porte se referme derrière nous et que nous nous dirigeons vers la voiture.

Alec nous a indiqué l'endroit où se tiendra ma première vraie réunion de la société, et nous nous y rendons en voiture, nous frayant un chemin à travers la ville sombre.

L'endroit où il m'a dit d'aller est assez éloigné et je m'attends à une sorte de bâtiment somptueux ou de manoir ou quelque chose comme ça... mais quand nous arrivons, il n'y a absolument rien.

« C'est quoi ce bordel ? » demande Pax en regardant autour de lui quand on sort de la voiture. « Je te jure, si c'est une sorte de tour... »

Bon sang. C'est un autre test ? Un défi inattendu ou une tâche qu'Alec va me faire faire ?

Nous sommes tous tendus et sur les nerfs, essayant de comprendre à quel jeu joue Alec, attendant que quelqu'un sorte de l'ombre pour nous emmerder.

Ash se tourne pour me dire quelque chose, mais avant qu'il ne puisse parler, il est interrompu par un bruit fort au loin.

« C'est quoi ce bordel ? Est-ce... un hélicoptère ? » demande-t-il et nous levons tous les yeux à temps pour voir que oui, c'en est un.

Le bruit des pales devient de plus en plus fort, et nous reculons alors que la poussière se soulève autour de nous lorsque l'hélicoptère se pose au sol.

Un homme en costume noir sort et nous regarde, sans réelle expression sur son visage.

« Montez », grogne-t-il.

Nous échangeons tous des regards et je lis de la méfiance sur le visage de chacun de mes hommes. D'une certaine manière, c'est du Alec tout craché. Des trucs tape-à-l'œil et exagérés comme un hélicoptère qui nous attend pour nous emmener là où nous allons pour cette réunion.

N'ayant aucun autre plan, nous faisons tous ce que le gars nous dit et montons dans l'hélicoptère. Il y a deux autres hommes en costume à l'intérieur, et ils nous fouillent, puis nous bandent les yeux une fois que nous sommes installés dans nos sièges, ce dont Pax se plaint bruyamment.

Je serre les dents, détestant ce sentiment d'impuissance, d'être coincée dans un hélicoptère avec une bande de sbires d'Alec, et emmenée vers un endroit inconnu sans même pouvoir voir ce qui se passe autour de moi.

Peut-être que c'est juste une façon pour Alec de s'assurer que le lieu des réunions de la société reste secret et protégé, mais je suis sûre qu'il s'agit aussi d'un trip de pouvoir, juste une façon de plus pour lui de s'assurer que les autres savent qu'ils ont moins d'influence que lui.

Je n'entends que le bruit de l'hélicoptère et mon esprit s'agite avec une anxiété croissante au sujet de cette réunion et de cette initiation. Je n'ai aucune idée de ce à quoi je dois m'attendre et il est difficile de me détendre.

Finalement, l'hélicoptère se pose et s'éteint. Le silence soudain donne l'impression que nous avons été aspirés dans un trou noir ou quelque chose du genre, silencieux et immobile. Des mains robustes nous aident à sortir de l'hélicoptère et nous en éloignent pour nous tenir en rangs serrés. Tout à coup, la plate-forme sur laquelle nous nous tenions commence à bouger, descendant comme un ascenseur, et je serre les poings, me forçant à respirer normalement.

Pax grogne derrière moi et le son de sa voix grave m'aide à me concentrer sur autre chose que mes nerfs.

Une fois que nous nous sommes arrêtés, quelqu'un m'enlève le bandeau qui m'entourait les yeux et je me retrouve à cligner des yeux dans une petite pièce bien décorée et illuminée.

« Venez avec moi », dit l'homme qui m'a enlevé mon bandeau, le ton aussi impassible que celui du premier homme en nous faisant signe de le suivre.

Preacher, Pax et Ash se sont également fait enlever leurs bandeaux et nous suivons notre guide dans un long couloir qui s'enfonce plus profondément dans ce bâtiment.

Tout ce que je peux en dire, c'est que c'est vieux et beau. Il y a du bois sombre partout, accentué de crème et d'or. Des vases et des bustes en marbre ornés bordent le couloir, posés sur des piédestaux et clairement très chers.

L'endroit tout entier ruisselle d'une richesse que je n'ai jamais vue auparavant. Le genre de richesse qui n'arrive pas en une seule vie, mais qui est transmise de génération en génération.

Une vieille fortune.

Enfin, nous sommes conduits dans une immense salle de bal. C'est énorme, avec un sol en marbre brillant et de grands lustres qui pendent et scintillent au plafond. Les murs sont couverts de portraits et de tapisseries, et on dirait presque que ça sort d'un roman victorien ou d'un truc du genre.

Ou *ça serait le cas,* s'il n'y avait pas les gens qui se promènent dans leurs vêtements modernes, probablement la sécurité et le personnel pour les autres membres de la société.

Mon cœur s'emballe encore plus vite, car je sais qu'on y est. C'est le bout de la ligne, la dernière partie de ce voyage que mes hommes pourront faire avec moi.

« Vous devez attendre ici avec les autres », dit notre guide en regardant les trois Rois du Chaos qui me flanquent.

Ils sont tous tendus et je vois la mâchoire de Preacher se contracter comme s'il serrait les dents. Mais c'est la seule expression faciale qu'il fait. Le seul signe qu'il est mécontent.

« D'accord », grince Pax avec un air énervé.

Ash me lance un regard plein de sentiments et de promesses. Ils seront là à m'attendre quand j'en aurai fini avec cette cérémonie d'intronisation.

Je hoche la tête en retour. On savait tous que ça allait arriver.

Le guide ignore complètement mes hommes après s'être adressé à eux. Il continue à marcher, et je le suis, mes talons claquant sur le sol poli alors que je me dépêche de le suivre.

Nous traversons la salle de bal et entrons dans un autre couloir qui s'enfonce encore plus profondément dans l'énorme bâtiment. Après quelques minutes, nous atteignons une pièce avec un ensemble de portes doubles ornées, taillées dans le même bois sombre que le reste du mobilier.

Deux hommes se tiennent à l'extérieur, soit pour garder ce qu'il y a à l'intérieur, soit pour empêcher les gens d'entrer. Ils sont clairement armés et ils me regardent quand je m'arrête devant eux.

Le type à gauche m'examine, puis fait un signe de tête. Il pousse l'une des portes et me fait entrer.

Dans la gueule du loup.

24

RIVER

Ma bouche est sèche et j'ai l'impression que mon cœur veut exploser lorsque j'entre dans la pièce.

Il y a une grande table au milieu et cinq personnes sont réunies autour d'elle. Alec est à la tête, et il lève les yeux et me sourit quand j'entre, ce qui me fait froid dans le dos.

J'ai suivi le garde presque silencieux depuis que nous sommes arrivés ici, en me concentrant à mettre un pied devant l'autre, mais maintenant je réalise ce qui est sur le point de se passer. Je suis sur le point d'entrer dans une société avec Alec et des gens comme lui. Avec l'homme qui a orchestré la pire chose qui me soit arrivée et qui a fait basculer ma vie.

Mes doigts veulent entourer une arme, même si je n'en porte pas. Mais putain, j'aimerais avoir une arme sur moi ou un couteau. Quelque chose. *N'importe quoi*, à ce stade. Je prendrais un putain de poing américain si c'était le mieux que je puisse avoir. Je pourrais faire assez de dégâts avec ça.

Je veux le tuer.

Je veux lui tirer dans le visage, le poignarder dans le ventre ou le battre jusqu'à ce qu'il devienne une bouillie méconnaissable.

Je veux qu'il disparaisse de ce monde pour qu'il ne puisse plus jamais me blesser ou blesser quelqu'un d'autre.

Mais je ne peux rien faire de tout ça. Si je fais un faux mouvement vers lui, je ne doute pas qu'il demandera au garde qui m'a conduit ici de m'abattre. Je dois jouer le long jeu. Je l'ai fait avant et je peux le refaire.

Même si je n'en ai vraiment pas envie.

La colère, le dégoût et l'angoisse s'accumulent dans mes tripes et je dois me calmer pour garder mon sang-froid.

Ce ne sont que des gens, River, je me dis. *Peu importe qu'ils soient puissants et riches, peu importe leurs relations, ils saignent comme n'importe qui.*

D'habitude, on dit qu'il faut imaginer que tout le monde est nu quand on est nerveux devant une foule, mais au lieu de cela, j'imagine simplement les cinq personnes assises autour de la table en train de mourir. J'imagine l'étincelle dans leurs yeux disparaissant, leurs corps s'effondrant sur le sol. Juste des tas de sang et d'os inoffensifs.

Et ça aide, en fait.

Je redresse mes épaules et lève la tête en marchant vers la table. J'ai un rôle à jouer ici, et je peux le faire, prenant un air confiant à mesure que je m'approche.

Il y a deux sièges vides à la table et Alec fait un geste vers l'un d'eux.

« C'est votre siège maintenant », dit-il. « Considérant que vous êtes la remplaçante d'Ivan. On doit encore en trouver un pour notre pauvre Agent Carter. »

Je serre les dents en me rappelant cette nuit sur les quais. À quel point Carter semblait paniqué et désespéré quand il m'a demandé de l'aider à sortir de la société, et puis comment subitement il s'est fait tirer dessus et tuer, juste là devant moi.

Je ne dis rien à propos de ce que vient de dire Alec. Je me contente de m'asseoir, m'enfonçant un peu dans le coussin en velours de la chaise à haut dossier.

« Maintenant que vous êtes là, je crois qu'une série de présentations s'impose », poursuit Alec.

Il commence à l'autre bout de la table, désignant une jeune

femme qui semble avoir à peu près mon âge. Elle a de longs cheveux noirs qu'elle a tressés, accentuant ses pommettes et ses yeux pâles.

« Je vous présente Tatum Damaris », dit-il.

À côté d'elle se trouve un homme que je reconnais comme un membre du Congrès, ce qui est moins surprenant que cela ne devrait l'être. Il est présenté comme Henri Levine et je décide tout de suite qu'il n'a rien de spécial. Juste un homme d'âge moyen impliqué dans des trucs criminels.

Alec passe à la personne suivante. Je ne reconnais pas ce type, mais rien qu'en le regardant, je vois bien que c'est un sale type. Il a ce regard douteux, comme s'il aimait faire des conneries, et il tape ses doigts sur la table en me donnant un regard glacial.

« Preston Salinger », dit Alec.

« C'est un plaisir de vous rencontrer », dit Preston d'une voix douce en inclinant légèrement la tête pour me saluer.

Soutenir son regard est difficile. Il y a quelque chose de *trop* pénétrant, comme s'il utilisait ce contact visuel pour se glisser dans mon esprit comme un voleur et voler des secrets qui ne lui appartiennent pas. Je suis soulagée quand Alec passe à la personne suivante à la table, pour avoir une excuse pour détourner le regard de Preston.

Le dernier homme est clairement russe et il a un regard sombre et brutal. Alors que Pax est en quelque sorte joyeusement déséquilibré dans sa brutalité, ce type semble ne pas avoir souri depuis des années.

« Nikolaï Petrov », dit Alec, et puis il fait un geste vers lui-même en souriant de manière suffisante. « Et vous me connaissez déjà, bien sûr. »

La haine que je ressens pour lui brûle encore plus fort. La façon dont il me nargue est clairement délibérée et je déteste la façon dont il me rabâche que nous avons un passé. Comme s'il était fier du rôle qu'il a joué dans ma vie jusqu'à présent. Fier d'avoir fait de moi ce que je suis.

L'enfoiré.

Je jette un coup d'œil à tout le monde pour mieux les examiner. Ils ont tous l'air d'être le genre de personnes que je m'attendrais à voir ici, tirant les ficelles et ruinant la vie des gens. Peut-être à l'exception de Tatum, mais elle est difficile à cerner. Je dirais que c'est étrange pour quelqu'un de si jeune d'être impliqué dans tout ça, mais je suis ici, donc je sais que ce n'est pas toujours aussi simple.

Et bien sûr, la société est majoritairement composée d'hommes, parce qu'il semble toujours y avoir des enfoirés derrière ce genre de conneries.

« Merde, c'est vraiment macho ici », dis-je en rompant le silence, « Seulement une femme jusqu'à ce que je rejoigne et maintenant nous ne sommes que deux ? »

Je rigole un peu, mais Tatum ne sourit même pas à mon commentaire. Son joli visage est de pierre et ses yeux sont froids.

« C'est comme ça que le monde fonctionne », répond Alec, toujours avec son sourire suffisant et imperturbable. « Mais maintenant, parlons affaires. En tant que membres restants de la Société Kyrio, nous allons soumettre votre intronisation à un vote. » Il regarde tout le monde autour de la table. « River Simone a passé les tests que je lui ai imposés, c'est donc la dernière étape avant qu'elle ne devienne l'une des nôtres. Un simple "oui" suffira si vous êtes d'accord. Nikolaï ? »

Le Russe aux cheveux noirs me regarde et il y a quelque chose de glaçant dans son expression vide et dure. Je ne peux pas dire ce qu'il pense en me considérant, mais ce n'est probablement rien de bon.

Éventuellement, il incline la tête et regarde Alec.

« Oui », dit-il, avec un accent profond.

« Bien. Preston ? »

Preston hésite, et quand il me regarde à nouveau, ça me donne la chair de poule. C'est aussi difficile de deviner ce qu'il pense que pour Nikolaï, mais j'en suis presque reconnaissante. Je ne pense pas vouloir savoir ce qu'il pense. Il ferme les yeux, tapote ses longs doigts l'un contre l'autre comme s'il n'était pas sûr de son vote, puis il hausse les épaules.

« Oui. » Ses yeux marron clair brillent tandis qu'un sourire se dessine sur ses lèvres. « Elle a raison. Ce serait bien d'avoir une autre femme comme membre. »

Alec passe à Henri Levine, le membre du Congrès. Henri est assis à la droite d'Alec, et je ne peux m'empêcher de me demander si sa place à table a une signification particulière. Est-il plus proche d'Alec que les autres ? Et si oui, a-t-il plus de pouvoir que les autres membres de la société ou est-il le second d'Alec ?

Quelle que soit leur relation, Henri s'en remet clairement à Alec pour les décisions. Bien qu'il y ait une expression de dégoût sur son visage lorsqu'il me regarde, le sénateur n'hésite pas à hocher la tête.

« Oui. »

Tatum est la dernière, et quand Alec fait appel à elle, elle me regarde comme si je ne valais rien. Son attitude est glaciale et elle m'étudie de la tête aux pieds pendant un long moment qui semble s'éterniser.

Finalement, elle soupire en secouant la tête et détournant son regard. « Oui », dit-elle, la voix tendue et irritée.

« Et moi aussi, je suis pour », dit Alec. « Les oui l'emportent, nous allons procéder à la cérémonie d'intronisation. Voulez-vous prêter serment ? »

Ce n'est pas comme si j'avais vraiment le choix, mais je ne le dis pas, hochant plutôt la tête.

« River Simone, jurez-vous de respecter les lois de la société ? Jurez-vous de lui consacrer votre force, votre pouvoir et votre influence, tels qu'ils sont ? Et surtout, jurez-vous de garder les secrets de la société et de ses membres, sachant que si vous parlez à tort et à travers, vous serez sévèrement punie ? »

Je repense à l'agent Carter, mort sur le quai. J'ai une assez bonne idée de ce qu'Alec veut dire quand il dit que je serai *sévèrement punie*.

« Je le jure », je murmure. Les mots ressemblent à de la cendre dans ma bouche.

Alec sourit, et je ne peux pas dire si c'est parce qu'il sait à quel point ça m'enrage ou s'il prend juste son pied en contrôlant tout ça. Probablement un mélange des deux, sachant à quel point il est dérangé et vicieux.

« Très bien. » Il acquiesce, puis fait un geste vers une petite sculpture en bronze qui trône au centre de la table. « La partie suivante est le serment de sang. Vous avez juré votre allégeance à notre société. Maintenant scellez-le par le sang. »

J'ai envie de lever les yeux au ciel face à tant de mélodrame, mais je me retiens. Ce n'est pas le genre de personnes qui prendraient à la légère le fait que je me moque de leurs rituels.

Et honnêtement, après les autres tests qu'Alec m'a fait subir pour « gagner » ma place à cette table, je devrais être contente que la seule chose qui me reste à faire soit de prélever un peu de mon propre sang.

Alec fait passer un couteau autour de la table et m'explique qu'il veut que je me coupe la paume et que j'étale le sang sur la sculpture. Je prends le couteau dans une main et ouvre l'autre, regardant la cicatrice de la paume que je me suis coupée sur le rasoir avec Pax cette fois-là. C'est un bon souvenir, et la vue de la cicatrice me réconforte, me rappelant mes hommes. Ils ne sont peut-être pas dans la pièce avec moi, mais ils sont toujours avec moi en pensée.

Je ne suis pas seule.

En prenant une profonde inspiration, j'achève le petit rituel merdique d'Alec, en me coupant la paume et en étalant le sang sur la sculpture.

Alec regarde le tout avec une attention soutenue, ressemblant plus que jamais à un putain de leader de culte, et quand c'est terminé, il se rassoit dans son siège avec un sourire satisfait.

« C'est fini. Bienvenue dans la société la plus élitiste de Détroit, River. »

25

RIVER

« Maintenant que c'est fait, nous pouvons passer aux choses sérieuses », déclare Alec en reprenant le couteau et en me donnant un petit mouchoir blanc que je presse sur ma paume. Il parle comme s'il dirigeait une réunion de conseil d'administration et non comme s'il me souhaitait la bienvenue dans une société de meurtriers et de sociopathes.

« Comme tout groupe valable, chacun ici apporte quelque chose. Quelque chose qui nous aide à être plus forts dans l'ensemble. » Il fait un signe de tête vers moi. « River, vous contribuez avec votre richesse nouvellement acquise et votre penchant pour faire ce qui doit être fait :votre volonté de vous salir les mains pour une bonne cause. Je suis intéressé de voir comment tout cela va se dérouler. »

Il me sourit à nouveau, puis déplace son attention vers Nikolaï. L'homme russe est penché sur la table et ses yeux sombres sont intenses tandis qu'il fixe Alec.

C'est tellement évident qu'aucune personne ici ne se fait confiance ou ne semble s'apprécier. Mais ils travaillent ensemble pour accroître leur pouvoir. Pour l'appât du gain, je suppose.

« Nikolaï, la dernière fois que nous avons parlé, vous m'avez dit que vous alliez vous occuper de ce petit problème dont nous avons discuté », dit Alec.

« On s'est occupé de lui », grogne Nikolaï.

La contribution de Nikolaï réside dans son talent de tueur, évidemment, puisque je suis sûre qu'ils parlent d'éliminer quelqu'un. Celui que Nikolaï a éliminé devait être difficile à tuer, sinon Alec l'aurait fait lui-même.

« Excellent. » Alec sourit agréablement. « J'aime quand le travail est bien fait. »

Nikolaï ne réagit pas du tout aux éloges. Il a plus l'air d'avoir hâte de tuer quelqu'un d'autre que d'être satisfait d'avoir pu éliminer quelqu'un.

« Je vais bientôt lancer mon nouvel organisme de bienfaisance », poursuit Alec.

Il l'explique brièvement, plus pour mon bénéfice que pour celui des autres, j'en suis sûre. D'après ce que j'entends, tout le monde à cette table a participé à la création de ce nouvel organisme, mais Alec en sera le représentant. Ils vont tous faire passer de l'argent par l'organisme de bienfaisance en l'utilisant pour faire avancer leurs affaires illégales.

Lorsqu'il parle, je demeure attentive pour bien entendre chaque mot. C'est la raison pour laquelle j'avais besoin de rejoindre cette société de merde en premier lieu : pour en apprendre plus sur Alec et ses affaires et trouver un moyen de l'utiliser contre lui.

Mais j'ai besoin de plus que ça.

Alec Beckham n'est certainement pas le genre de type qu'on peut faire tomber en alertant les agents fédéraux sur ses activités illégales. Même si l'agent Carter est mort, je suis convaincue qu'il a toujours des flics et des agents dans sa poche. Il a tellement d'argent et de pouvoir à ce stade qu'il est pratiquement intouchable.

« Je vais faire un don important, bien sûr », dit Henri en hochant la tête. « Ce sera excellent pour mon image, surtout avec ma campagne de réélection à venir. »

Alec sourit, croisant ses doigts sur la table. « Vous pensez toujours aux gens, Henri. »

Henri sourit comme le ferait un serpent et je dois faire des efforts pour ne pas pouffer de rire. Bien sûr, le politicien véreux aimerait profiter de toute cette histoire. Il a l'air bien en faisant un don, mais ça ne profite qu'à lui et à tous les trucs dans lesquels il est impliqué.

Preston et Tatum ne semblent pas avoir trop de choses à ajouter. Alec leur mentionne quelques tâches en passant, mais elles semblent mineures. Vérifier les « paquets » et s'assurer que l'argent coule à flot.

Je ne peux pas m'impliquer là-dedans.

Au moment où les affaires se terminent pour la soirée, il est clair que je ne vais rien obtenir ce soir. J'ai rejoint la société, et il ne semble pas qu'aucun d'entre eux ne se soit retenu ou n'ait caché quoi que ce soit, mais rien de ce que j'ai appris sur leurs transactions ne peut être utilisé pour faire tomber Alec.

C'était probablement trop espérer que je trouve quelque chose de bien lors de ma première réunion, mais l'idée de devoir assister à d'autres réunions de ce genre me donne la nausée.

« C'est tout pour ce soir », dit Alec après environ une heure. « Maintenant, il est temps de célébrer et d'accueillir notre nouveau membre. »

Il se lève et tout le monde fait de même. Nous sortons de la salle et les mêmes gardes nous tiennent les portes ouvertes alors que nous nous dirigeons vers la salle de bal.

Il s'agit clairement de la célébration à laquelle Alec a fait référence, mais l'atmosphère de la salle de bal n'est pas vraiment festive, car les autres membres de la société se séparent pour se mêler à la foule, discutant entre eux et avec leurs entourages : ceux qui sont venus avec eux, mais n'ont pas été autorisés à entrer à l'arrière, tout comme mes hommes. Les lustres scintillent faiblement, éclairant la pièce d'une lumière chaude, et de la nourriture, des boissons et des drogues sont proposées à tous ceux qui en veulent. Des plateaux sont portés par des femmes aux seins nus et plusieurs d'entre elles se font tripoter en offrant des boissons.

Je vois Preacher, Pax et Ash qui se tiennent de côté et je me dirige vers eux, soulagée de les voir. Aucun d'entre eux ne fait attention aux femmes aux seins nus qui se promènent et leurs yeux sont rivés sur moi lorsque je m'approche.

Pax me regarde de la tête aux pieds, pas comme s'il me matait, mais plutôt comme s'il s'assurait que je vais bien.

« Ça s'est bien passé ? » demande Preacher en gardant la voix basse et en utilisant des termes neutres puisque nous n'avons aucune idée de qui pourrait écouter dans cette foule.

Je hoche la tête pour leur faire savoir que je vais bien. On ne peut pas parler beaucoup ici.

J'ai tellement envie de partir. Mes jambes me démangent pour sortir en courant de cet endroit et trouver un moyen de rentrer à la maison. Mais ce ne serait pas intelligent. J'ai besoin de rester. Pour montrer mon pouvoir et commencer à m'infiltrer dans cette mystérieuse organisation.

La seule façon de le faire est de se mêler aux autres et d'essayer de comprendre tout ce que je peux.

Au moment même où je pense à cela, Alec s'approche à grands pas, l'air charmant et sûr de lui, comme toujours. Il est l'hôte et il est dans son élément, mais c'est toujours le cas quand je le vois. Il a tout le pouvoir, tout le contrôle et nous ne faisons que danser pour lui et son amusement tordu.

« J'espère que vous apprécierez la fête, River », dit-il. Je déteste la façon dont il prononce mon nom. Je déteste l'entendre de sa voix. « Détendez-vous et amusez-vous. Vous l'avez mérité. Et vous allez continuer à le mériter. »

Son sourire est le même que d'habitude, mais j'entends la menace dans ces mots. Si je veux rester dans cette société, je dois payer mon dû. Peu importe ce que cela signifie ou ce qu'il exige de moi.

Je ne réponds pas à sa menace sous-entendue, mais Alec ne semble pas avoir besoin que je le fasse.

Il tourne son attention vers mes hommes à la place et je me crispe rien qu'en le regardant interagir avec eux.

« Je me demandais si vous alliez poser des problèmes tous les trois, mais je suppose que vous êtes une sorte d'ensemble, n'est-ce pas ? » Il regarde les trois à tour de rôle.

« Nous allons là où elle va », dit Ash en lui rendant son sourire, même s'il est un peu dur. C'est le meilleur des trois Rois pour parler à Alec, probablement. Le moins susceptible de s'emporter, même s'il est aussi énervé que les autres.

Alec le regarde comme s'il ne valait pas la peine d'être remarqué, mais il acquiesce. « Je pense que vous pouvez m'être utiles aussi. Votre club fait de bonnes affaires et vous avez une réputation dans la ville. Cela me sera bénéfique quand j'en aurai besoin. »

Un élan protecteur s'élève en moi, pour les gars et leur entreprise. Ils ont construit ça. Ils ont travaillé dur pour ça et c'est dingue qu'Alec pense qu'il peut l'utiliser comme bon lui semble.

Ce putain de connard du club de motards des Diables du Diamant a essayé de passer un marché de contrebande d'armes dans leur dos et ils l'ont renvoyé dans un sale état pour lui faire passer un message. Mais si Alec veut faire la même chose, comment pourront-ils l'arrêter ?

« Ça ne faisait pas partie du marché », dis-je d'un ton tranchant, incapable de contrôler mon soudain accès de colère. « Ils ne font pas partie de ça et leur club non plus. »

Alec n'a même pas l'air dérangé par mon emportement. Il sourit toujours et me regarde comme si j'étais un enfant qui fait une crise de colère.

« Vous n'avez pas dû m'entendre. J'ai juste dit que vous et vos hommes sembliez être un ensemble et ils ont accepté », dit-il. « Ce qui veut dire qu'ils font partie de tout ça. Et chaque personne qu'un membre de la société amène dans cet espace est liée par le même serment que le membre par association. Personne n'est autorisé à pénétrer aussi profondément dans notre société à moins qu'il ne soit un atout pour notre organisation d'une manière ou d'une autre. »

En gros, il veut dire que n'importe quelle partie de ma vie peut être exploitée, n'importe quoi ou n'importe qui, car on est associé, mais notamment les hommes et je dois me mordre la langue pour ne pas m'emporter contre lui.

Mes doigts se replient en poings et Alec remarque le geste. Je sais qu'il sait que je suis en colère, mais il est évident qu'il n'en a rien à foutre. Il laisse juste un sourire en coin s'installer sur son visage puis s'en va, traversant la foule comme un dieu, toujours aussi intouchable.

En ce qui le concerne, il n'y a rien que nous puissions faire pour l'arrêter, alors pourquoi s'en soucier ?

L'enfoiré.

Avant que je puisse dire quoi que ce soit aux gars à propos de cette interaction, Tatum s'approche de moi. Je me tourne vers elle, essayant à nouveau de la cerner. Honnêtement, de tous les membres de la société, c'est à elle que j'ai le plus envie de parler. Elle semblait froide avec moi pendant la réunion de tout à l'heure, mais elle a à peu près mon âge et c'est la seule autre femme.

Peut-être qu'elle a été embarquée là-dedans contre son gré, comme moi. Peut-être qu'elle en a marre des conneries d'Alec.

Peut-être que je peux faire quelque chose pour qu'elle devienne une alliée dans tout ça.

Mais quand elle s'approche de moi et s'arrête, ses yeux pâles sont glacés et insensibles. Il y a un rictus au coin de sa bouche, à peine perceptible, mais présent.

« Je sais ce que tu essaies de faire », siffle-t-elle. « Et ça ne marchera pas, putain. »

Mon cœur semble sauter trois battements d'affilée, tandis que je frissonne. Sait-elle que j'ai l'intention de trahir Alec ? Que j'ai accepté son invitation à rejoindre la société uniquement pour pouvoir me rapprocher de lui et le faire sortir de ma vie pour de bon ?

« De quoi tu parles ? » je lui demande.

« De ta petite blague que c'est trop macho. Du fait que tu essaies de faire croire que toi et moi sommes pareilles. » Elle secoue la tête d'un air dédaigneux. « Mais nous *ne* sommes *pas* pareilles. Et j'ai travaillé trop dur pour en arriver là où j'en suis pour te laisser venir tout gâcher. »

« Je n'essaie pas de tout gâcher », j'insiste en levant les mains. C'est un mensonge, mais elle n'a pas besoin de le savoir.

« Alors reste en dehors de mon chemin. N'essaye pas de te lier à moi ou de me mettre de ton côté. Il n'y a pas de *côté* ici, et s'il y en avait un, je ne serais jamais du tien. » Ses yeux se rétrécissent. « Sais-tu comment j'ai obtenu ma place à cette table ? »

Je hausse les épaules. « De la même façon que le reste d'entre nous, je suppose. Une invitation personnelle d'Alec ? »

« Non. » dit-elle, la voix dure. « Non. Mon père est mort il y a des années et il m'a laissée derrière lui. Il n'a jamais eu de fils, donc c'est *moi qui ai* hérité de son empire et de sa place dans la société. J'ai dû reprendre tout ça et prouver que j'en étais digne. Donc je ne sais pas à qui tu as sucé la bite... »

« Excuse-moi ? » je l'interromps, tendue et irritée. « C'est n'importe quoi. J'ai travaillé pour arriver ici, comme tout le monde. »

Tatum rit, mais il n'y a rien de drôle là-dedans. C'est froid et cruel, et elle me fixe comme si elle souhaitait que son regard puisse me couper comme du verre.

« Tu ne sais pas ce que c'est que de *travailler* pour avoir ta place », dit-elle froidement. « Depuis le premier jour, j'ai fait tout ce qu'il fallait pour qu'on me donne mon dû et que je sois respectée par les autres. Pour être prise au sérieux et ne pas être vue comme une petite fille faible qui a obtenu sa place grâce à son père. »

« Tant mieux pour toi. » Je croise les bras. « Ça ne veut pas dire que je n'ai pas travaillé aussi dur. »

Elle presse ses lèvres ensemble et ses narines se dilatent. « Cela *signifie que* tu ne sais rien de ce qu'il faut pour être une femme dans cette société. Si tu penses qu'ils vont te respecter parce que tu es la nouvelle fascination d'Alec, alors tu te trompes. Et si tu penses que tu peux m'utiliser pour t'aider à avancer ici, alors tu es stupide en plus d'avoir tort. Ne me parle pas. Ne me regarde même pas et on s'entendra bien. Compris ? »

Elle n'attend pas que je réponde, elle se tourne et s'éloigne dans la foule.

J'inspire profondément avant d'expirer, en essayant de me débarrasser de l'irritation et du malaise provoqués par ma rencontre avec elle.

Je peux dire adieu à un allié potentiel.

« Quelque chose a rampé dans son cul et est mort, je suppose », murmure Ash en se rapprochant de moi pour ne pas être entendu.

« Je comprends ce qu'elle veut dire, d'une certaine façon », j'admets à contrecœur. « Je ne vois pas vraiment comment des hommes comme Alec et les autres peuvent la respecter. »

« Ouais, sauf que son problème ne semble pas être qu'elle ne veut pas être ici », fait remarquer Pax. « C'est plutôt qu'elle est énervée de ne pas avoir plus de pouvoir à la table. Ça la rend aussi mauvaise qu'eux, selon moi. »

Il n'est pas vraiment prudent de spéculer sur le sujet ici, alors nous le laissons tomber et nous nous déplaçons dans la foule, décidant qu'il est temps d'essayer de se mêler à la foule et de voir ce que nous pouvons découvrir. Nous notons qui a été invité à cette fête et qui fait partie de l'entourage de chaque membre, rassemblant toutes les bribes d'informations que nous pouvons au cas où elles pourraient être utiles plus tard.

Un peu plus loin, Preston prend un verre à l'une des femmes aux seins nus, et il le lève vers moi en guise de toast quand il croise mon regard. Je hoche la tête et il me sourit d'une manière effrayante et intense. Ça me donne la chair de poule, alors je détourne le regard et continue d'avancer, ne voulant pas me laisser entraîner dans une conversation avec ce type en ce moment. Pas avec les Rois avec moi, parce que quelque chose me dit qu'ils ne s'entendront pas.

D'un côté de la pièce, je vois Henri et Alec assis sur un canapé bas, en pleine conversation. Alec ne sourit pas, il se contente d'acquiescer attentivement à ce que dit Henri, donc ce dont ils parlent semble sérieux. Il y a quelque chose dans la façon dont ils sont assis proches qui me fait penser que mes soupçons dans la salle de réunion étaient justes. Ces deux-là doivent être amis en dehors de la société. Cela ferait probablement d'eux les seuls, puisque tous les autres membres semblent assez distants les uns envers les autres.

Je suis trop loin pour entendre ce que disent les deux hommes, mais je les observe un peu plus longtemps, essayant de voir s'il y a quelque chose que je peux capter. J'aimerais pouvoir mieux entendre par-dessus le bourdonnement des autres conversations et le tintement des verres, mais me rapprocher n'est probablement pas une bonne idée. Je me contente donc de les regarder subrepticement, en espérant pouvoir au moins saisir un soupçon de ce dont ils discutent.

Alors que je les observe du coin de l'œil, Henri tend le bras et attrape une serveuse qui passe, profitant du fait qu'elle n'ait pas de plateau à ce moment-là pour la tirer plus près.

Au début, je pense qu'il va lui demander d'aller lui chercher quelque chose, exigeant qu'elle lui apporte un verre comme si elle était son esclave personnel ou je ne sais quoi. Mais ce qu'il fait en réalité est bien pire. Sans même lui jeter un coup d'œil, il la tire à genoux, pressant sa tête en direction de son entrejambe.

La femme semble déjà savoir ce qu'il faut faire ici et elle ne se bat pas du tout. Elle sort juste sa bite et met sa bouche dessus, le suçant pendant qu'il continue à parler à Alec.

Pour sa part, Alec ne réagit même pas à tout cela. Il semble à peine remarquer ce qui se passe, poursuivant la conversation comme si la fille à genoux n'existait pas.

C'est dégoûtant. Tandis qu'Alec parle, Henri pose une main

sur la tête de la fille, la forçant à en prendre plus, la retenant jusqu'à ce qu'elle ait envie de respirer. Mais elle ne se débat pas et ne se plaint pas. Elle le laisse utiliser sa bouche comme il le souhaite.

Après un moment, il se retire et se caresse une ou deux fois, avant de jouir sur le visage de la fille, devant tout le monde. Elle ne recule pas, elle ferme juste un peu les yeux quand les jets de son sperme blanc la frappent au visage, dégoulinant sur sa joue et son nez.

Ne la regardant toujours pas, il lui attrape le bras et la tire debout. Mais avant qu'elle ne puisse se retourner pour partir, il attrape à nouveau son poignet et l'arrête. Il se détourne un instant de sa conversation avec Alec et la tire vers lui pour pouvoir lui murmurer quelque chose à l'oreille.

Puis il lui donne une tape sur les fesses et la renvoie, en posant une cheville sur son genou tandis qu'il se retourne vers Alec pour reprendre leur discussion.

Le dégoût et la haine brûlent dans mes veines à la vue de ce qui vient de se passer et du fait que personne dans la pièce ne semble penser que c'est un problème. À ma grande surprise, la fille s'éloigne d'Henri et se dirige vers moi. Quand elle est assez proche, je peux voir les bleus sur son visage délicat et lire la peur dans ses yeux.

Elle a encore du sperme qui coule sur ses joues et s'accroche à ses cils, comme si on lui avait dit de ne pas l'essuyer avant d'en avoir la permission.

« Henri... a un message », murmure-t-elle, et sa voix est rauque et enrouée après avoir eu la bite de ce connard dans la gorge. « Il dit que tu ferais mieux... de te rappeler ta place. Rappelle-toi d'où tu viens. Parce que c'est ce que tu es et ce que tu seras toujours. »

Mon estomac se tord en un nœud serré alors que ses mots m'envahissent. Pax, Ash et Preacher se crispent et je sais qu'ils ont compris ce que ça implique. Henri aurait pu venir et faire ce petit commentaire lui-même, mais au lieu de cela il a envoyé la femme qu'il utilisait comme un jouet sexuel pour le dire.

Pour me rappeler mon passé.

Pour me rappeler que *j'ai* déjà été utilisée de la sorte et pour me faire comprendre que, quel que soit son vote dans la salle de réunion, il ne croit pas que j'aie ma place dans cette société.

RIVER

La fille aux yeux ternes et au visage couvert de sperme m'observe un moment après avoir délivré son message, et lorsque mes mains se recroquevillent en poings, elle recule un peu.

Cela ne fait que m'énerver davantage, mais je peux me sentir trembler alors qu'elle se détourne et s'enfuit, la tête baissée et le regard fixé sur le sol comme si elle essayait de devenir invisible.

Ma rage et ma frustration augmentent, menaçant de bouillir et de déborder d'une manière que je ne peux pas contrôler. Toute cette décadence autour de moi est un putain de mensonge. Il n'y a que de la laideur, et les peintures dorées, les tapisseries et toute cette merde ne valent pas mieux que la pièce crasseuse dans laquelle ma sœur et moi avons été enfermées il y a des années.

Ces gens, qui parlent et rient, agissant comme s'ils étaient le top du top, le meilleur du meilleur ? Ils ne sont rien d'autre que des animaux vêtus de beaux costumes.

Des démons.

Des monstres.

Je les déteste. Je les déteste tellement, putain.

Je déteste leur façon d'agir et le fait qu'ils se croient meilleurs que tout le monde, se mettant sur un piédestal alors même qu'ils s'enfoncent dans les plus bas-fonds. Juste parce qu'ils *le peuvent*.

Juste parce que personne n'a jamais été capable de les arrêter avant.

Le reste de la fête passe dans un brouillard pour moi. J'ai beau vouloir me précipiter vers la porte, me jeter dans l'hélicoptère et ne plus jamais revenir ici, je sais que je ne peux pas.

Je joue un jeu et je *dois* bien le jouer. Le moindre signe de faiblesse pourrait me faire tuer. Mais ma façade est en train de craquer. Je déteste tout de cet endroit et chaque seconde que je passe ici gratte les blessures à vif de mon âme.

« Je pense que nous sommes restés ici assez longtemps », me dit Preacher au bout dequelques heures. Il se penche, le murmurant à mon oreille pour que personne d'autre ne puisse l'entendre.

Je sais qu'il a probablement remarqué mon humeur, et Pax et Ash comprennent aussi à quel point je déteste tout ça. Ils sont sur les nerfs depuis que cette fille est venue délivrer le putain de message d'Henri.

Alec sait-il ce qu'il a chuchoté à la fille ? Alec sait-il qu'Henri n'est pas d'accord avec sa décision de m'inviter dans la société ?

Tatum m'a appelée « la fascination d'Alec », alors peut-être qu'Henri s'inquiète que ma présence ici bouleverse l'équilibre du pouvoir et lui fasse perdre sa place de bras droit d'Alec.

« Tu crois ? » Je chuchote à Preacher en essayant de garder l'espoir hors de ma voix. Je ne veux pas être ici, mais je ne veux pas rendre les choses plus difficiles pour nous plus tard.

Il acquiesce. « Ouais. Tu as parlé à des gens, tu as pris le temps. On peut sortir d'ici. »

Le soulagement me frappe durement et rapidement. Il ne le dirait pas si ce n'était pas vrai, donc ça doit être suffisant. Ça veut dire qu'on peut se barrer d'ici, enfin.

Je fais un signe de tête à Pax et Ash qui ont l'air soulagés eux aussi. Je sais que ça ne doit pas être facile pour eux de rester là, à regarder tout ça, sachant qu'ils ne peuvent pas réagir ou s'emporter si ça tourne mal.

« Maintenant, il ne nous reste plus qu'à trouver comment

rentrer chez nous », murmure Pax, grimaçant en faisant rouler ses épaules.

Les gars portent tous de beaux costumes ce soir, et bien que Pax ait l'air incroyable dans un costume, il semble mal à l'aise dedans ce soir. Il préférerait probablement porter un équipement tactique et fracasser des visages.

Nous commençons à nous diriger vers la sortie qui nous fera quitter cette salle de bal et toute la merde hédoniste qui s'y déroule, et j'espère que personne ne m'arrêtera pour parler ou ne remarquera notre départ.

Bien sûr, ça ne se produit pas.

Alec a dû me surveiller de plus près que je ne le pensais, car dès que nous nous déplaçons pour partir, il s'avance, nous interceptant avant que nous puissions atteindre la porte.

« Vous partez si tôt ? » demande-t-il en penchant la tête sur le côté. Il est clair que ce n'est pas une question à laquelle il s'attend à ce que je réponde quand il continue à parler avant même que je puisse placer un mot. « Bienvenue à nouveau dans la société, River. Je sais que vous serez un atout pour nous. Je m'attends à vous voir accomplir de grandes choses. » Il fait une pause, souriant comme si c'était une blague. « Surtout maintenant que je sais d'où vous venez. »

Quelque chose brille dans ses yeux lorsqu'il dit ces mots et c'est difficile de l'identifier. C'est suffisant, mais pas l'habituelle suffisance qu'il dégage toujours. C'est quelque chose d'autre cette fois.

Je cligne des yeux, ne sachant pas trop quoi en penser. Ses mots sont vagues, mais ils me remplissent d'une sorte de crainte que je ne peux pas nommer. Comme se réveiller d'un cauchemar et être sûr que c'était réel.

« Qu'est-ce que vous voulez dire ? » je lui demande, même si chaque fibre de mon être me dit que je ne veux pas connaître la réponse.

Son sourire s'élargit. Il est tordu et rempli d'une sorte de plaisir sadique.

Mon estomac se serre et je dois refouler l'envie de m'éloigner physiquement de lui. Je ne lui donnerai pas la putain de satisfaction de me voir me recroqueviller, mais il est clair que j'ai joué le jeu en lui posant cette question, lui permettant de me mépriser un peu plus.

« Vous ne pensiez sûrement pas que l'infraction commise par votre père qui vous a fait enlever, vous et votre pauvre sœur, était la première fois qu'il se mettait en travers des gens puissants », dit Alec calmement.

Je fronce les sourcils. En toute honnêteté, je n'y ai jamais vraiment pensé. Ce qui s'est passé à l'époque était suffisamment grave pour que je ne me soucie guère de la place de mon père dans tout ça, si ce n'est qu'il est à blâmer pour ce qui nous est arrivé, à Anna et moi.

Le sourire d'Alec s'élargit et je sais qu'il peut lire la confusion sur mon visage. Il y prend plaisir, ce malade, il me fait marcher.

« Il y a eu une autre fois où il a fallu lui montrer sa place », poursuit-il, ses yeux gris étincelants. « Et une autre chose à laquelle il tenait a dû lui être enlevée. »

La tension monte autour de nous et je peux sentir les hommes derrière moi se rapprocher, protecteurs et en colère. Quelque chose de froid m'envahit, me glaçant le sang et m'engourdissant partout. Je comprends ce que veut dire Alec après une seconde ou deux et je me sens de nouveau malade.

« Ma mère. »

Je prononce les mots d'une voix rauque et je suis à peine consciente du mouvement de mes lèvres.

Alec acquiesce en pinçant les lèvres d'un air songeur. « C'est dommage quand des gens comme ton père rendent les choses difficiles pour des gens comme toi. Comme ta sœur... et ta mère. S'il était resté à sa place, ça ne se serait pas produit. Mais il ne l'a pas fait. Il a trahi des gens plus intelligents et plus puissants que lui en espérant qu'ils ne le remarqueraient pas. Mais ils l'ont fait. *J'ai* remarqué. Alors j'ai pris la personne à laquelle il tenait le plus au monde. Je l'ai prise et je l'ai utilisée.

Tout comme vous et votre sœur avez été utilisées par Ivan et ses amis. »

Il dit tout ça avec le même ton que quelqu'un pourrait utiliser pour parler de la météo. Comme si ça n'avait pas d'importance. Comme si c'était un événement banal.

Mais il y a du plaisir dans ses yeux, sombres et amusés, et je sais que c'est parce qu'il s'amuse à me narguer. Me rappelant une fois de plus qu'il a le dessus, et qu'apparemment, il l'a toujours eu.

Mes genoux vacillent, mes jambes menaçant de flancher. J''ai la nausées et je suis à deux doigts de vomir sur le marbre brillant du sol.

Rien que de penser à cet homme, ce serpent, avec ses mains sur ma mère, la blessant, la forçant...

Je chasse cette pensée, ne voulant pas y songer, mais quelque chose d'autre me frappe alors. Au début de cette conversation, Alec a dit qu'il savait maintenant d'où je venais.

Je ne veux pas demander, mais quelque chose en moi doit savoir, alors je me force à poser la question.

« Il y a combien de temps ? Il y a combien de temps que vous avez... »

Je ne peux pas le dire, mais il n'a pas besoin que je le fasse.

« Il y a un peu plus de vingt ans maintenant. Vingt-trois, à quelques mois près », dit-il, son regard ne quittant pas mon visage pendant qu'il parle.

Et j'ai vingt-deux ans. Ce qui veut dire...

Mes yeux s'écarquillent et je dois être blême. Je sais quand Alec voit que j'ai compris, car il glousse.

« J'ai été surpris aussi, je l'admets. Mais quand j'ai demandé à mes gens de faire un test ADN sur le sang que vous m'avez donné, ça l'a confirmé. »

Le sang.

Le *sang*.

La coupure dans ma paume n'est pas profonde, et je l'avais presque oubliée avec tout ce qui s'est passé depuis ma petite cérémonie d'intronisation. Maintenant, elle palpite vicieusement, me rappelant que plus tôt ce soir, je me suis coupée la main et j'ai étalé mon sang sur cette putain de statue de bronze.

J'ai donné mon sang à Alec Beckham… et il l'a utilisé pour prouver qu'il est mon père biologique.

J'ai l'impression que l'univers se rétrécit autour de moi, ce qui me donne le vertige et m'affaiblit. De l'acide coule dans mes tripes et l'envie de vomir est plus forte que jamais. Mon cœur bat la chamade dans mes oreilles et je me sens étourdie, comme si je pouvais m'évanouir sur place.

J'ai toujours pensé que mon père était un enfoiré pour m'avoir laissé être enlevée par de mauvais hommes. Mais il s'avère que c'est bien pire que ça. Mon père, mon vrai père, est un putain de monstre qui *s'est arrangé* pour que je sois enlevée. Pour être utilisée et abusée.

Ma poitrine se contracte si fort que je ne peux presque plus respirer. J'ai du mal à tenir le coup, et mes mains se crispent à mes côtés. J'essaie de me concentrer pour aspirer une petite gorgée d'oxygène, puis une autre, mais j'ai l'impression de m'étouffer avec l'air, ce qui me fait tourner la tête.

« Je savais que tu étais spéciale », dit Alec, quelque chose dans son sourire changeant alors qu'il penche la tête sur le côté. « Je le savais. »

Je ne sais pas comment il peut sourire en ce moment. Je ne sais pas comment il peut juste… rester là, à parler de ça sans aucun regret ou remord. Il ne semble pas se soucier de ce qu'il a fait à ma mère ou de ce qu'il m'a fait. Comment il m'a *brisée*.

« J'ai été très impressionné par la façon dont tu t'es occupée de Julian et maintenant je sais pourquoi tu es si exceptionnelle », poursuit-il.

Il a l'air d'un parent fier, comme s'il était aux anges d'avoir sa propre chair et son propre sang dans sa putain d'organisation.

« Tu… »

Ma gorge se bloque avant que je puisse sortir d'autres mots. Je peux à peine parler. Je suis vaguement consciente que les gars me prennent les bras et m'offrent leur soutien en silence. J'en ai vraiment besoin, parce que je me sens dans les vapes en ce moment.

« On s'en va », je râle. « Dégage de mon chemin. »

C'est peut-être une façon stupide et imprudente de parler à quelqu'un d'aussi dangereux qu'Alec, mais je m'en fiche. Je dois sortir de cette pièce avant d'exploser.

Heureusement, Alec ne semble pas en colère. Il a presque l'air content de ma réponse. Il hoche la tête et fait un pas de côté.

« Bonne soirée, River. On se voit bientôt », murmure-t-il et la promesse dans sa voix me donne la chair de poule.

J'ai la tête qui tourne alors que les gars m'aident à m'éloigner de lui, et je peux sentir son regard sur moi alors qu'il nous regarde partir. Je suis à peine consciente de quitter la salle de bal et de traverser le long couloir. Je me sens malade et désorientée, pleine d'une toute nouvelle sorte de douleur et de rage.

L'homme en costume noir de tout à l'heure nous attend lorsque nous arrivons à l'endroit où nous sommes entrés. Il ne dit rien sur le fait que je sois soutenue par Pax et Ash, nous faisant simplement signe de monter dans l'hélicoptère. Au fond de moi, je me demande si c'est quelque chose qu'il voit tout le temps, des femmes qui sortent de ce putain d'endroit maléfique, comme si leur monde s'était effondré.

Le vol de retour en hélicoptère est silencieux, à l'exception du vrombissement des pales au-dessus de ma tête, et il passe en un clin d'œil. Je regarde par la fenêtre la ville en contrebas, l'horreur et le choc de ce que je viens d'apprendre se répétant sans cesse dans ma tête.

On retourne à la voiture et l'hélicoptère redécolle, nous laissant seuls au beau milieu de nulle part. Maintenant qu'il n'y a plus personne de l'équipe d'Alec pour me surveiller, j'ai l'impression que mes émotions atteignent enfin leur paroxysme.

Elles explosent comme du contenu sous pression et je renverse la tête en arrière en poussant un cri d'agonie : « *Putain !* »

Ce n'est pas suffisant. Il y a encore tant de choses en moi, tant de choses qui luttent pour sortir.

« Putain ! » je crie à nouveau, les larmes me brûlant les yeux. « Putain ! Putain de merde ! Ce putain d'enfoiré ! »

Je me retourne, ma main se transformant en poing, prête à frapper la chose la plus proche de moi qui se trouve être la voiture.

Avant que je puisse la toucher et probablement me casser la main, Pax intercepte le coup dans sa paume. Il ouvre la porte de la voiture et attrape un couteau qui est caché à l'intérieur, il me le tend et me fait entrer dans la voiture.

Je ne veux faire de mal à aucun des gars, mais je dois faire quelque chose. *N'importe quoi* pour faire sortir cette énergie terrible et toxique de moi.

Je commence à taillader l'arrière du siège du passager avant, le déchiquetant avec le couteau, le poignardant encore et encore. J'imagine que c'est Alec et je me laisse aller, tellement pleine de fureur que je ne peux pas la retenir.

Aucun des gars n'essaye de m'arrêter ou de se plaindre que j'endommage la voiture.

Les larmes coulent sur mon visage alors que je frappe jusqu'à ce que mon bras soit douloureux et que je reprenne mon souffle, me sentant enfin un peu plus en contrôle.

« Ça va mieux ? » demande Pax en tendant la main pour prendre le couteau. Lui, Preacher et Ash sont rassemblés autour de la voiture et me regardent avec des regards sombres.

Je le lui rends et je secoue la tête.

« Non. Je ne sais pas. C'est juste que je n'en avais aucune idée. Mon père, l'homme que je croyais être mon père, je ne savais pas qu'il n'était pas... » Je déglutis, essayant de donner un sens aux mots et aux pensées. « Ma mère est morte quand j'étais assez jeune et j'ai toujours pensé qu'elle était tombée malade ou quelque chose comme ça, mais maintenant je pense que je comprends pourquoi. Ce qu'elle a vécu... ce qu'Alec lui a fait vivre... elle essayait toujours de faire bonne figure pour nous, mais elle devait être dévastée. Tellement anéantie. Je ne peux pas... »

Ash se glisse dans la voiture à côté de moi et pose une main sur ma cuisse, la pressant légèrement.

« Respire », murmure-t-il. « Vas-y doucement. »

J'aspire de l'air, mon esprit s'embrouillant avec une douzaine de pensées différentes. Plus que tout, j'aurais aimé que ma mère nous emmène loin, Anna et moi, mais je ne sais pas à quoi elle faisait face. Je ne sais pas quelles étaient les raisons qui lui faisaient penser qu'elle devait rester.

Ou peut-être qu'elle avait prévu de partir avec nous, mais elle est morte avant de pouvoir le faire.

Je n'en ai aucune idée et maintenant je ne le saurai jamais.

« J'ai l'impression que ma vie entière n'était qu'un mensonge », leur dis-je d'un ton bouleversé. « La seule chose que j'avais qui n'était pas un mensonge était Anna et elle est partie. »

« Tu l'as quand même », dit Ash. « Tes souvenirs d'elle, les choses que vous avez faites ensemble ? Tout ça est réel. »

« Et toutes les choses que tu as faites », ajoute Preacher en grimpant sur le siège passager avant en lambeaux. « Rayer ta liste, éliminer Ivan et Julian. Rien de tout cela n'était un mensonge. »

Ils essaient de me réconforter, de me faire me sentir mieux, mais je peux voir le choc et le dégoût dans leurs yeux. Ce n'est pas moi qui suis visée, mais il n'y a pas vraiment d'autre réaction possible à ce que nous venons d'apprendre que l'horreur et le dégoût.

« Vois ça comme ça », Pax s'installe à la place du conducteur et met la clé dans le contact avant de se retourner sur son siège pour me regarder. « Tu avais cette merde à gérer, mais ça ne t'a jamais arrêté. »

« Parce que je ne le savais pas », je marmonne à voix basse.

« Ouais, donc ça n'avait pas d'importance. Peu importe de qui tu étais l'enfant, parce que tu allais botter des culs de toute façon. Tout cela est vrai. Tout ce que tu as fait, tu l'as fait de ton propre chef. Peut-être avec notre aide pour une partie, mais c'était bien réel. Ce putain d'Alec Beckham ne peut pas t'enlever ça. »

Il a raison. Je sais qu'il a raison. Peut-être que mon enfance était un mensonge, et que la pire chose qui me soit arrivée était plus tordue et horrible que je n'aurais jamais pu l'imaginer, mais tout le reste ? C'est réel.

C'est une pensée réconfortante, mais elle ne chasse en rien mon sentiment de malaise.

Je lève les yeux vers eux et ils me regardent d'un air inquiet. Ils iront jusqu'au bout du monde pour moi s'il le faut, mais avec tout ce que je viens d'apprendre, je ne suis même pas sûre que tout ce que nous avons espéré se réalisera.

Rien ne semble certain. Tout semble instable et déséquilibré.

« Je ne sais pas si ce plan va marcher », je leur dis, la voix rauque. « Je suis juste… Je voulais entrer dans la société pour pouvoir me rapprocher d'Alec et trouver un moyen de le faire sortir de ma vie. Mais tout ce que je fais maintenant, c'est devenir une partie de tout ce que je déteste. Je l'*aide*. Il me voit comme une partie foireuse de son héritage de merde, comme si j'allais perpétuer l'empire familial. »

Je pense à ce que Tatum a dit sur les gens qui pensent qu'elle est entrée dans la société juste à cause de qui était son père et le goût acide de la bile commence à remonter dans ma gorge.

« Je fais partie d'une organisation qui fait la même chose que ce qui nous est arrivé à ma sœur et moi et à d'autres femmes. Alec pourrait me demander de mettre en place quelque chose comme ça et je ne pourrais pas dire non. Qu'est-ce que je fais, bordel ? »

Mon ton est presque hystérique quand la réalité de tout ça me frappe. Avant ça, j'allais de l'avant, passant d'une tâche à l'autre, essayant de faire tout ce que je devais faire pour être là où je devais être pour essayer d'éliminer Alec.

Mais maintenant, tout cela semble si dégoûtant. Maintenant, j'ai l'impression qu'Alec va m'utiliser et m'influencer jusqu'à ce que je devienne comme lui, et que la seule façon d'échapper à ce destin est de mourir.

« River », dit fermement Preacher. « Ce n'est pas ce qui se passe. Ce n'est pas ce que tu es. »

Ash prend ma main et la serre. « On a parlé de ça, tu te

souviens ? À quel point tu te soucies vraiment des gens. Il n'y a rien qu'Alec Beckham puisse faire pour te déformer ou corrompre ça. C'est ce que tu es au fond de toi et il ne peut pas y toucher. »

« De plus, tu n'es pas seule. Nous allons t'aider à trouver un moyen de t'en sortir, peu importe le prix à payer », promet Pax.

Le fait de les entendre parler sérieusement, d'être sûrs de nous, m'aide à me calmer un peu. Mais je me sens toujours misérable et angoissée, et chaque fois que je pense à ce qu'Alec m'a dit ce soir, je me sens encore plus accablée et malade de tout ça.

Mais rester assis ici dans ce terrain vacant ne va rien arranger, alors on rentre à la maison.

C'est un soulagement de rentrer à la maison, mais je me sens toujours mal. Harley saute dès que nous passons la porte et pose ses pattes sur mes jambes. Un autre soir, je l'aurais peut-être grondé pour avoir sali mes vêtements, mais maintenant, j'apprécie le réconfort et je me penche pour lui gratter les oreilles.

Gale suit Harley, il traverse le hall lentement avec une main posée sur le ventre. Il jette un coup d'œil à mon visage et oublie tout ce qu'il allait demander sur la cérémonie d'initiation.

« Putain, bébé », il murmure. « Viens ici. »

Il m'attire dans ses bras, me serre contre lui, et j'apprécie son étreinte.

Son odeur si familière, la chaleur et le réconfort de ses bras me font monter les larmes aux yeux. Je les ferme, ne voulant pas m'effondrer au milieu du hall d'entrée.

« Que s'est-il passé ? » demande Gale, le ton doux.

J'ouvre la bouche, mais rien ne sort. Je n'arrive pas à parler, alors je secoue la tête et j'enfouis mon visage contre sa poitrine.

« Alec », j'entends Preacher dire. Il donne à Gale la version courte de l'explication et j'essaie de faire la sourde oreille, ne voulant pas tout entendre à nouveau.

Si Gale est choqué ou énervé par ce que dit Preacher, il ne le montre pas, pour une fois dans sa vie. Il ne me gronde pas ou ne dit pas qu'il peut arranger ça. Au contraire, il me serre plus fort, comme s'il craignait que je me brise en mille morceaux s'il me relâche.

Peut-être que je le ferais.

Je ne sais plus combien de temps nous restons comme ça, Gale me tenant dans ses bras tandis que les autres Rois se rassemblent autour de nous pour nous soutenir en silence, mais finalement, je me retire doucement.

« J'ai besoin d'une douche », dis-je, la voix rauque. « Je veux juste oublier cette nuit. »

« D'accord », murmure Gale en retour. Il lève la main et pousse une mèche de cheveux argentés derrière mon oreille. « Nous serons ici. Si tu as besoin de quoi que ce soit. »

Je hoche la tête, puis je monte les escaliers.

Avant d'entrer dans la douche, je prends le portable jetable sur la table de nuit et je trouve le contact d'Avalon. Il est tard, mais je l'appelle quand même.

« River ? » Sa voix semble endormie quand elle décroche et il y a une pointe d'inquiétude. « Est-ce que tout va bien ? »

« Ouais. Ouais. Je voulais juste… dire bonjour. J'avais besoin d'avoir des nouvelles d'une amie. »

En disant ce mot, je me rends compte que c'est vrai. Avalon est mon amie. Nous nous sommes toutes les deux aidées, en échangeant des faveurs, mais il y a beaucoup plus que ça maintenant. J'aime lui parler. J'aime l'entendre parler de sa journée et de ce qu'elle et Cody ont fait. Sa voix est toujours douce et gentille, et il y a quelque chose dans sa gentillesse qui me donne l'impression que le monde n'est peut-être pas toujours un endroit horrible.

Comme s'il y avait de la lumière dans l'obscurité après tout.

« Étais-tu une dure à cuire ce soir ? » demande Avalon et je me rappelle ses mots de la conversation que nous avons eue plus tôt. On dirait que c'est arrivé à quelqu'un d'autre dans une autre vie.

Je ris et le son est amer. « Non. Pas vraiment. »

« Hum. Eh bien, c'est bon », murmure-t-elle. « Est-ce... est-ce que quelque chose de mal est arrivé ? »

« En quelque sorte. Je ne peux pas vraiment en parler. »

« Ok. Je peux parler à la place, si tu veux. »

Je hoche la tête, puis je réalise qu'elle ne peut pas le voir. « S'il te plaît. »

« Cody et moi avons commandé une pizza ce soir. Il dort mieux ces derniers temps et je voulais lui faire plaisir pour fêter ça. Donc on a commandé une grande pizza avec tout dessus. »

« A-t-il aimé ça ? »

Avalon rit. « Il a adoré. Bien que j'aie compris qu'il n'aime pas les olives ni les champignons. Mais il adore les anchois, apparemment. C'est un enfant intéressant. Mais il va bien. Nous allons bien tous les deux. »

Entendre ça me réconforte. Ils vont bien tous les deux, ils mangent de la pizza et vont au parc. Avalon réalise ses rêves. Je dois m'assurer de les garder hors des mains d'hommes comme Alec. Ils méritent tellement plus que ça et je veux qu'Avalon et Cody aillent bien.

« Pax sera heureux d'apprendre que Cody est de son côté dans le débat sur les champignons », dis-je en souriant. « Il les déteste. Je suis contente que vous ayez passé une bonne soirée. »

« Je suis désolée que tu en aies eu une mauvaise », répond-elle. « Mais tu vas t'en sortir. Tu es plus forte que tout ce qui pourrait essayer de te rabaisser. »

« Merci. Je vais te laisser. Bonne nuit. »

« Bonne nuit, River. »

Nous raccrochons et je presse le talon de mes mains contre mes yeux jusqu'à ce que de petites taches dansent derrière mes paupières. Les débuts de larmes font que mes yeux me piquent douloureusement, mais je garde mes mains serrées contre eux jusqu'à ce que la sensation disparaisse. Puis je me lève d'un air fatigué et me dirige vers la salle de bain pour prendre une douche. J'enlève mes vêtements et j'abandonne dans un coin la tenue dont j'étais si fière un peu plus tôt. Je n'ai même pas envie de la regarder maintenant.

L'eau est chaude et je frotte ma peau durement, comme si j'étais en colère contre chaque cellule de mon corps pour partager de l'ADN avec Alec Beckham. Comme si je pouvais en quelque sorte le blesser en me blessant moi-même.

Pendant que je me lave, la coupure que je me suis faite à la paume de la main lors de la cérémonie s'ouvre à nouveau et des filets de sang rouge tourbillonnent avec l'eau et la mousse dans le syphon.

« Putain », je siffle en tenant ma main.

Je coupe l'eau et sors de la douche, regardant le sang s'accumuler dans ma paume. C'est une coupure plus profonde que je ne le pensais.

J'essaie de la tenir au-dessus de l'évier pour empêcher le sang de gicler partout comme sur une scène de crime pendant que je cherche quelque chose pour l'envelopper. Je trouve de la gaze, mais c'est difficile d'essayer de l'envelopper d'une seule main.

La porte de ma chambre s'ouvre un instant plus tard et Preacher entre, faisant un pas dans la salle de bain. Il me regarde et prend immédiatement le relais, ignorant le fait que je suis nue alors qu'il me prend la gaze de la main.

Il commence à faire un pansement soigneusement. Ses mains sont familières et réconfortantes, et je le regarde fixer le bandage autour de la coupure, en faisant pression dessus.

« Tu sais quelle est la chose qui revient le plus souvent dans mes cauchemars à propos de la mort de Jade ? » me demande-t-il tout à coup.

Je lève les yeux vers son visage, puis je secoue la tête.

« Le rire. Le gars qui l'a tuée a juste ri. Tous les membres de son gang se tenaient autour et riaient aussi. Elle criait à l'aide, hurlait alors qu'elle brûlait, et ils ont tous simplement ri de sa douleur et de mon impuissance à ce moment-là. »

Rien que d'en entendre parler me met un goût amer dans la bouche, et mon cœur se brise pour lui. Preacher ne méritait pas ça. Je n'ai jamais rencontré Jade, mais je sais qu'elle ne le méritait pas non plus. Personne que Preacher aimait ne pourrait mériter quelque chose comme ça.

« Mes frères et moi n'hésiterions jamais à tuer quelqu'un », poursuit-il. « Nous nous appelons les Rois du Chaos pour une raison. Nous avons fait de mauvaises choses et nous ne prétendons pas le contraire. Mais il y a des gens dans le monde qui prennent plaisir à blesser les innocents. Mais ce n'est pas notre cas. »

« Je sais que ça ne l'est pas », je chuchote. « Vous êtes peut-être des monstres, mais vous êtes les plus beaux monstres que j'aie jamais rencontrés. »

27

PREACHER

Je regarde River, tenant toujours sa main légèrement dans la mienne. Elle est si belle que ça fait presque mal de la regarder.

Ses cheveux argentés lumineux, ses lèvres pleines et ses grands yeux bleus, ses tatouages, ses cicatrices qui recouvrent son corps. Tout en elle forme une image parfaite, presque trop belle pour être touchée.

Mais je *peux* la toucher. Alors je le fais.

J'effleure ses joues avec mes pouces, traçant les endroits où les larmes ont coulé plus tôt lorsqu'elle a déchiré le siège de la voiture avec le couteau de Pax. Je fais courir mes doigts le long de la peau douce et non marquée de son cou, laissant le bout de mes doigts danser sur son pouls. Elle frissonne à ce contact et lève les yeux pour rencontrer les miens.

Il y a une étincelle entre nous, quelque chose qui se construit et grandit alors que nous nous regardons. River met sa main sur ma poitrine et j'entrelace nos doigts, en les serrant fort pendant un moment, en essayant de la serrer contre moi.

Mais ce n'est pas suffisant. Je ne pense pas que je pourrais avoir assez de cette femme, et en cet instant, quelque chose me pousse à être aussi proche d'elle que possible.

« Viens ici », je murmure en l'attrapant par les hanches et en la soulevant pour la déposer sur le bord de l'évier.

Ses jambes s'écartent presque automatiquement, laissant le parfait petit espace pour que je puisse me glisser entre elles.

« Preacher », murmure-t-elle, doucement et bas.

Mon nom sonne tellement bien quand elle le dit comme ça. Je ne peux pas m'empêcher de me pencher et de l'embrasser, en pressant ma bouche contre la sienne.

River se cambre contre moi, enfonçant ses mains dans ma chemise pour m'attirer plus près. Nos langues s'emmêlent, comme si nous essayions tous les deux de mémoriser le goût de l'autre, même si nous nous sommes embrassés comme ça une centaine de fois maintenant.

« Je veux te parler d'un rêve que j'ai fait la nuit dernière », dis-je en déposant de doux baisers sur ses lèvres entre les mots. « C'était différent des cauchemars que je fais depuis si longtemps. »

« Dis-moi », murmure River. Elle rompt notre baiser, ses lèvres descendant et se posant sur la peau de mon cou.

Je déglutis fortement, faisant glisser mes mains le long de ses côtes pour les poser dans le creux de ses hanches. « Ça a commencé comme mes autres cauchemars. Des flammes et de la terreur. La mort et la violence. L'odeur de la fumée et du sang dans l'air. Mais ensuite, alors que les flammes montaient de plus en plus haut, *tu en es sortie*. Sortant des flammes comme un phœnix. Revenant à la vie. »

Elle inspire et il y a un petit tremblement dans la façon dont ses mains s'accrochent au tissu de ma chemise. Je continue, car je veux qu'elle sache le reste.

« C'est ce que tu as fait pour moi, River. J'étais mort à l'intérieur quand on s'est rencontrés et tu m'as ramené à la vie. C'est ce que tu fais partout où tu vas. Tu as traversé l'enfer, mais tu t'en es sortie et tu es plus vivante que n'importe qui d'autre que je connaisse. Et ça ne changera pas en fonction de qui est ton père. Alec partage peut-être ton ADN, mais ton cœur et ton âme t'appartiennent. »

Je me retire suffisamment pour pouvoir voir son visage, laissant mon regard tracer les lignes et les courbes familières de ses traits.

« Tu es belle », j'ajoute. « Et tes cicatrices ne font que te rendre plus belle : celles qui sont à l'intérieur comme celles qui sont à l'extérieur. Tu m'as dit une fois que les choses cassées n'ont pas toutes besoin d'être réparées et tu avais raison. Parce que tu es parfaite telle que tu es. »

Ses yeux deviennent un peu vitreux à cause des larmes et elle prend une grande inspiration. Elle dégage ses mains de ma chemise et attrape les miennes, qu'elle pose sur ses seins.

Ils sont chauds et doux, et je peux sentir les piercings que Pax lui a fait, un contraste avec sa peau et ses tétons qui durcissent. Ce sont des marques que Pax lui a données, mais d'une certaine façon, elles nous appartiennent à tous.

« Je... »

Tout ce qu'elle veut dire semble rester coincé dans sa gorge et elle secoue la tête, me tirant vers le bas pour un autre baiser.

Cette fois-ci, c'est plus tendre que le premier, c'est comme si River essayait de dire avec sa bouche et sa langue les choses qu'elle ne peut pas mettre en mots. Mais je comprends ce qu'elle veut dire et je l'embrasse en retour, resserrant mes doigts sur ses seins et savourant la façon dont elle frissonne contre moi quand je le fais.

Quand on se sépare, il y a de la chaleur dans ses yeux bleu foncé et elle se frotte contre moi, pressant la chaleur humide de sa chatte contre la dureté de ma bite.

Je peux la sentir à travers mon pantalon et ça me fait jurer à voix basse. Tout à coup, ce pantalon est beaucoup trop serré. La seule chose que je veux sentir contre ma bite est son corps, humide et invitant.

River semble comprendre le message sans que j'aie à dire quoi que ce soit et elle baisse une main et sort ma bite, en la caressant lentement au début.

« Putain », je gémis. « Tu n'as aucune idée de ce que tu me fais. Ce que tu me fais ressentir. »

« Montre-moi », répond-elle en levant les yeux pour croiser mon regard. Elle enroule ses jambes autour de ma taille, m'attirant encore plus.

La sensation de sa chatte, si humide contre moi, me fait bander. Elle guide ma bite jusqu'à son entrée en basculant ses hanches vers l'avant jusqu'à ce que je glisse en elle.

Je renverse la tête en arrière, gémissant à la sensation incroyable de ses parois qui se resserrent autour de moi et à la façon dont elle m'enveloppe complètement dans sa chaleur. Je pousse, ayant besoin d'être complètement à l'intérieur d'elle, et nous haletons tous les deux. Pendant un instant, je regarde l'endroit où nos corps sont joints, fasciné par la vue.

« Putain. J'adore voir ta magnifique chatte quand elle est empalée sur ma queue comme ça », je gémis.

Je pousse les derniers centimètres en elle en laissant échapper un juron, et River prend une inspiration, tremblant contre moi.

« Je t'aime », souffle-t-elle, ses doigts s'enfonçant dans mes épaules.

Les mots me percutent si fort qu'ils me font presque tomber à la renverse et nous nous figeons tous les deux. Je lève les yeux vers les siens, qui sont larges et vitreux dans la lumière de la salle de bain. Je saisis son menton, la forçant à continuer à me regarder.

« Redis-le », je demande, la voix basse et tendue.

Sa langue sort pour mouiller ses lèvres roses et sa gorge bouge lorsqu'elle avale.

« Je t'aime », répète-t-elle en le murmurant cette fois.

Je m'enfonce plus profondément en elle, presque involontairement. C'est une réaction instinctive en l'entendant prononcer ces mots.

« Je t'aime », murmure à nouveau River et je la pénètre encore plus fort, faisant basculer son corps sur le lavabo.

« Putain, River. » J'ai de la difficulté à parler, car je suis consumé par elle et je ne peux pas me retenir.

Je m'enfonce plus fort et profondément, et elle le prend merveilleusement bien, renversant sa tête en arrière, exposant la colonne de son cou parfait.

Ses mains sont sur mes épaules, s'enfonçant dans la chair, laissant probablement des petites marques de ses ongles, mais je m'en fiche. Bon sang, j'en veux plus. Je veux des marques sur tout mon corps, pas pour que quelqu'un d'autre les voit, mais juste pour qu'elle puisse les voir. Pour qu'elle puisse les voir et savoir que je lui appartiens.

La seule chose qui compte en ce moment, c'est ce qu'elle ressent et la façon dont elle s'accroche à moi. La façon dont nos corps se joignent alors que je la baise fort et profondément.

« David ! » s'exclame-t-elle, ses talons s'enfonçant dans mon cul alors qu'elle enroule ses jambes autour de moi.

C'est presque un choc de l'entendre prononcer mon vrai nom. Je ne l'ai pas utilisé depuis si longtemps. Mais ça fait du bien d'entendre River le dire, de l'entendre sortir de ses lèvres après qu'elle a avoué qu'elle m'aime.

« Oui », je grogne, saisissant la chair de son cul et l'entraînant dans mes poussées. « Putain oui. Je te tiens. »

Elle gémit doucement et nous bougeons ensemble à un rythme presque effréné. Chaque fois que nos corps se rejoignent, le bruit de la peau sur la peau remplit la salle de bain, se mêlant à nos respirations rapides et irrégulières. River s'accroche à moi, tremblant de plaisir, et je continue de la baiser, poursuivant les sensations qui montent en moi.

« Je suis proche », gémit-elle, l'air aussi bouleversé que moi. « Putain, je suis si proche. »

« C'est ça. » Les mots sortent de moi difficilement. « Jouis pour moi, River. Montre-moi que tu es à moi. Laisse-moi t'avoir, putain. »

Sa chatte se resserre autour de ma queue, me faisant jurer. Je peux à peine bouger tant elle me serre fort et je me frotte contre elle en visant l'endroit qui, je le sais, la rend folle.

Il n'en faut pas plus pour qu'elle se mette à trembler et à crier, à gémir mon nom à nouveau alors qu'elle jouit.

Sa chatte palpite autour de moi et je sens le flot soudain d'humidité qui trempe ma bite alors qu'elle tremble et lutte pour respirer. Elle est tellement belle comme ça, en sueur et abasourdie, et je jouis rapidement après elle, en m'enfonçant une fois de plus.

Ma bite pulse en elle encore et encore, et alors que les derniers jets de mon sperme la remplissent, je murmure : « Je t'aime aussi. »

River enfouit son visage dans mon cou et sa respiration réchauffe ma peau tandis que nous nous accrochons l'un à l'autre, nos battements de cœur tonnant en contrepoint l'un de l'autre.

Nous restons comme ça pendant un moment et je ne suis pas pressé de bouger. Mais finalement, je me retire lentement d'elle et je vais chercher un gant de toilette pour la nettoyer. Elle frissonne lorsque j'utilise le linge humide pour l'essuyer entre ses jambes et je souris en embrassant sa joue.

Puis je la prends dans mes bras, la porte dans sa chambre et l'allonge dans son lit.

« Tu restes ? » demande-t-elle en levant les yeux vers moi avec espoir.

Je ne peux m'empêcher de glousser en baissant la main pour lisser ses cheveux argentés humides.

« Il en faudrait beaucoup pour que je te quitte maintenant », dis-je en me glissant sur le lit pour m'allonger avec elle. « Il n'y a pas d'autre endroit où j'aimerais être. »

Elle semble un peu abasourdie, comme si elle ne pouvait pas croire ce qui vient de se passer. Je ressens la même chose, honnêtement.

Après Jade, je n'ai jamais pensé que je voudrais entendre ces mots de quelqu'un d'autre. Je n'ai jamais pensé que je les dirais à quelqu'un d'autre.

Puis River est arrivée et a tout changé.

« Je... je n'arrive pas à croire que j'ai dit ça », murmure-t-elle. « Je ne l'ai jamais dit avant. Pas comme ça. »

« Je suis content que tu l'aies fait », lui dis-je.

« Je ne l'ai pas encore dit aux autres. Mais... »

« Mais tu les aimes aussi », dis-je en terminant pour elle.

Elle acquiesce. Elle a l'air si douce et presque innocente en me regardant, et je ne l'aime que d'avantage.

River a traversé tellement d'épreuves et elle est blasée à bien des égards. Mais quand il s'agit d'amour ? D'offrir son cœur sans réserve, de faire suffisamment confiance aux autres pour se permettre d'être vulnérable ?

Tout ça, c'est nouveau pour elle.

Elle semble un peu perdue et effrayée, mais elle ne l'ignore pas, ce qui la rend plus courageuse que bien des gens. Et peut-être que c'est égoïste, mais j'aime savoir que mes frères et moi sommes les premiers hommes qu'elle ait aimés.

Les seuls hommes qu'elle *aimera*.

28

RIVER

Je reste allongée dans le lit avec Preacher à somnoler. Nous nous sommes endormis dans mon lit après qu'il m'y a portée et quand je me réveille pour de bon, c'est toujours la nuit.

Une fois de plus, je me rappelle que je veux un plus grand lit. Je veux pouvoir m'endormir avec tous mes hommes, et vu la taille de certains d'entre eux, il va falloir que ce soit un lit énorme.

Je penche la tête pour regarder Preacher dormir dans l'obscurité. Il a l'air paisible et certaines des lignes anguleuses de son visage se sont effacées. Mon cœur se gonfle juste en le regardant inspirer et expirer.

C'est de l'amour.

Je lui ai dit que je l'aimais. Je ne voulais même pas le dire, ça m'a juste échappé. Je le pensais depuis longtemps maintenant. Je savais que j'étais tombée amoureuse de ces hommes, mais je craignais trop de dire les mots à voix haute.

Le dire, l'exprimer de façon tangible, le rend réel. Et une fois que c'est réel, on ne peut pas revenir en arrière.

Mais maintenant que j'ai dit à Preacher la vérité sur ce que je ressens, je veux le dire aux autres. Je veux le crier sur tous les toits, même si l'idée de le dire me fait encore peur.

Preacher bouge un peu dans son sommeil et la lumière de la

lune illumine ses pommettes et ses cils. Il est tellement beau dans le clair de lune, pâle et parfait. Je veux voir ça toutes les nuits. Je veux me réveiller avec eux tous les matins. Penser au futur semblait inutile parce que tout ce que je voulais, c'était finir ma liste. Je m'en foutais si ça me tuait, du moment que je pouvais tous les tuer d'abord.

Mais maintenant que j'ai ces quatre hommes magnifiques et dangereux dans ma vie... je ne peux m'empêcher de penser à ce que ça pourrait être de les avoir pour toujours.

Ce serait bien, je parie. Ils me traiteraient bien. On baiserait, on se chamaillerait et on se taquinerait. Et puis on baiserait. Ce serait *réel* et personne ne pourrait nous l'enlever.

Ils mourraient en essayant.

Mon estomac grogne, me rappelant que je n'ai rien mangé à la soirée stupide d'Alec et que mon dernier repas remonte à plusieurs heures. Je suis affamée. Je me lève, en faisant attention à ne pas réveiller Preacher et je ne prends pas la peine de m'habiller pour sortir de la chambre sur la pointe des pieds.

Je descends les escaliers dans l'obscurité, étouffant un bâillement du revers de ma main. Mais alors que je me dirige vers la cuisine, j'entends un petit jappement provenant du salon.

Harley.

Je suis surprise qu'il soit debout si tard, car d'habitude il va dans la chambre d'un des gars et se blottit près du lit quand ils vont dormir. Peut-être qu'il a pu sentir l'énergie agitée dans la maison et qu'il n'a pas pu se calmer.

Je passe la tête dans le salon, m'attendant à ce que son jouet à mâcher préféré soit à nouveau sous le canapé ou quelque chose comme ça.

« Hé, qu'est-ce que tu... »

Je m'interromps et pousse un petit cri alors que mes yeux distinguent la forme d'une silhouette dans la faible lumière.

Ce putain de Preston Salinger est assis sur le canapé.

Il a dû entrer par effraction sans déclencher les alarmes ou les systèmes de sécurité de la maison, et maintenant il est assis là comme si l'endroit lui appartenait, ses longs doigts entourant le collier d'Harley. Il serre le chien contre lui de façon que la tête du chien soit sur son genou et il gratte les oreilles d'Harley.

Pendant une seconde, je reste figée sur place, sous le choc. Puis le regard noir de Preston me ratisse, et je me souviens que je n'ai pas pris la peine de m'habiller avant de descendre les escaliers, et que je suis donc là, nue comme un ver.

Preston n'essaie même pas d'être subtil en me regardant et je lutte pour ne pas frissonner de dégoût lorsqu'il finit par fixer son regard sur mon visage et me sourit de son sourire effrayant et trop complice.

« Vous êtes une personne intéressante, River Simone », murmure-t-il, sur le ton de la conversation. « Je peux comprendre pourquoi Alec est si obsédé par vous. Je dois admettre que je ne comprenais pas son insistance à vous laisser une place à table avec nous. Mais maintenant ? Maintenant je sais pourquoi. »

Sait-il qu'Alec a fait un test de paternité ? J'avais l'impression qu'Alec n'avait pas partagé cette information avec les autres membres de la société, pas même avec Henri, qui semble être son ami le plus proche. Alors comment Preston l'a-t-il découvert ?

Je fais un pas en avant, la colère m'envahissant à l'idée que cet enfoiré soit dans la maison des Rois. Je n'ai pas d'arme, mais il y a plein de trucs que je peux trouver ici pour défoncer la tête de Preston si j'en ai besoin.

J'ai à peine le temps de penser que Preston reprend la parole, continuant à caresser Harley d'une main tandis qu'il tient son collier de l'autre.

« Il serait si facile de lui briser son petit cou », dit-il, l'air songeur. « Les animaux sont si fragiles, vous savez ? Ils attendent de vous de la nourriture, un abri et de l'amour, mais vous pourriez en briser un en morceaux avec juste la bonne quantité de pression. »

Pendant qu'il parle, les doigts de Preston se resserrent sur le cou d'Harley. Harley gémit, secouant légèrement la tête et essayant de se dégager de l'emprise de l'homme, mais Preston garde une prise ferme sur lui. Il serre le cou un peu plus fort avant de relâcher sa prise et de me sourire à nouveau.

Je me fige, l'inquiétude pour mon chien me glaçant le sang et me faisant frissonner.

Quelque chose me dit que Preston Salinger est le genre d'homme qui n'hésiterait pas à blesser quelqu'un s'il le voulait. Même un gentil animal sans défense.

« Qu'est-ce que vous faites ici, bordel ? » je lui demande à voix basse, en serrant les poings. « C'est Alec qui vous envoie ? »

Preston glousse et secoue la tête. « Non. Alec contrôle beaucoup de choses, à la fois dans cette ville entière et dans notre petite société, mais il ne contrôle pas tout. Il ne *sait pas* tout. »

Il y a quelque chose dans la façon dont il dit ces mots qui me met mal à l'aise. Je savais que les différents membres de la société ne s'appréciaient pas ou ne se faisaient pas confiance, mais il me semblait qu'ils étaient unis sous la direction d'Alec. Mais la façon dont Preston parle, donne l'impression que ce n'est pas tout à fait le cas. Comme si les choses au sein de la société étaient plus difficiles et plus dangereuses que je ne le pensais.

Preston penche la tête sur le côté et m'étudie avec ses yeux marron clair comme on regarde un tableau dans un musée. Comme s'il essayait de me comprendre. De me décortiquer et de voir ce qui me fait vibrer.

« Je sais que vous le détestez », dit-il après un moment. « Alec. Je ne vous le reproche même pas, vraiment, après tout ce qu'il vous a fait. »

Mon rythme cardiaque s'accélère, et les poils de ma nuque se dressent. Il connaît donc aussi mon passé et pas seulement le test de paternité. Henri connaît aussi mon passé, mais je ne sais pas si tous les autres membres de la société sont au courant.

Et je n'ai aucune idée du jeu auquel Preston joue ici. J'ai été tellement concentrée sur Alec que je n'ai pas vraiment pensé à ce que les autres membres pouvaient faire et comment cela pouvait m'affecter. Ou affecter les gens, et les chiens, proches de moi.

Mais Preston est un putain d'enfoiré et il m'effraie plus que n'importe qui d'autre, à part peut-être Alec. Il est si calme, presque *charmant,* assis là, mais il n'a pas le charme d'Alec. Alec est suffisant, vantard, complètement intouchable et déterminé à faire en sorte que vous le sachiez. Preston est comme une araignée, sinistrement calme et effroyablement *normal.*

Ses yeux le trahissent, cependant. Il y a quelque chose de tordu et de sombre dans leur profondeur, et l'émotion dans ses yeux ne correspond jamais à celle sur son visage.

C'est un véritable psychopathe.

J'ai la chair de poule et j'ai envie de m'entourer de mes bras, non seulement pour me réchauffer, mais pour me servir de bouclier entre lui et moi.

Comme je ne réponds pas tout de suite à son commentaire, Preston laisse le silence s'étirer entre nous. Il maintient sa prise sur Harley tout le temps, et chaque fois qu'il ajuste sa prise ou le caresse à un endroit différent, mon estomac se serre.

Il pourrait vraiment briser le cou du chien sans même y réfléchir. Il aimerait probablement ça aussi.

« Qu'est-ce que vous voulez dire ? » je lui demande finalement en brisant le silence. Je veux que Preston sorte de cette maison, mais plus que ça, j'ai besoin de savoir pourquoi il est là.

« Cela doit être encore plus difficile d'accepter tout ce qu'il vous a fait, maintenant que vous savez que c'est votre père », dit Preston.

Je serre les dents, alors qu'une vague de nausée me monte dans la gorge en entendant ce mot sortir de ses lèvres. C'était déjà assez difficile de l'entendre dans ma tête ou d'entendre Preacher le dire quand il expliquait les choses à Gale hier soir. Mais entendre Preston le dire, avec sa voix faussement agréable ?

Je déteste ça, putain.

« Ne faites pas l'idiote maintenant, River », m'avertit Preston comme je ne réponds pas à ses paroles « Je sais qu'il vous l'a dit. Je ne pense pas que les autres membres le savent, mais c'est parce qu'ils sont tous tellement pris dans leur propre vie qu'ils ne font pas attention comme je le fais. Je mets un point d'honneur à garder un œil sur tout ce qui se passe dans et hors de la société. Au cas où ça deviendrait... utile. Je sais donc qu'Alec est votre père et je sais que vous ne l'aimez pas beaucoup. »

J'essaie de rester calme, mais c'est presque impossible de rester impassible. Preston s'attaque à une plaie vive et empoisonnée, et il faut tout ce que j'ai pour ne pas péter les plombs et me jeter sur lui.

Je dois être prudente. Je ne sais toujours pas ce que veut Preston. Il dit qu'il n'est pas là sur ordre d'Alec, mais ça ne veut pas dire que tout ce qui se dit entre nous dans ce salon sombre n'arrivera pas aux oreilles d'Alec. Je ne peux faire confiance à *aucun* de ces connards, d'autant plus qu'il est clair qu'ils sont tous égoïstes, surtout Preston.

Cela signifie que je dois marcher sur une corde raide, en évitant de dire ce que je ne devrais pas dire tout en essayant de comprendre pourquoi Preston est chez moi.

« Ce qu'il m'a fait était dingue », je réponds fermement, sans nier que je n'aime pas Alec, mais sans être non plus d'accord avec cette affirmation. Tout le monde peut être d'accord pour dire que kidnapper et maltraiter deux adolescentes est une chose tordue.

Preston acquiesce. « Il a fait un exemple de votre père, enfin, de l'homme que vous pensiez être votre père, en vous utilisant. C'est une stratégie classique dans notre ligne de travail. Vous n'aviez pas d'importance. Il ne s'agissait pas de *votre* douleur. Il s'agissait de la douleur que vous faire du mal aurait causé à quelqu'un d'autre. Quelqu'un qu'Alec voulait punir. »

La façon dont il le dit me donne la chair de poule, comme si torturer des enfants innocents était une tactique totalement légitime ou une connerie du genre. Comme s'il me disait que ce n'était pas à propos de ma douleur pour effacer la blessure béante dans mon âme.

Preston s'installe un peu plus confortablement sur le canapé, caressant la tête de mon chien et ignorant le gémissement de peur qu'Harley laisse échapper. Ce foutu chien est tellement adorable qu'il aime tout le monde, mais même *lui* a compris que Preston est une menace psychotique qui dégage de sérieuses vibrations de tueur en série.

« Mais c'est le problème avec Alec », poursuit Preston, sans attendre que je réponde cette fois. « C'est un homme puissant, mais le pouvoir a toujours un prix. Vous comprenez ça, n'est-ce pas ? Pour chaque part du gâteau que vous prenez, vous gagnez un nouvel ennemi ou deux. La cible sur votre dos devient de plus en plus grande au fur et à mesure que vous vous élevez au sommet de la chaîne alimentaire. »

Il tapote légèrement ses doigts sur la tête d'Harley pendant qu'il parle et ce geste est tellement digne d'une araignée qu'un frisson me parcourt l'échine.

« Maintenant, quand vous êtes si haut dans la chaîne alimentaire criminelle, très peu de gens ont les moyens ou le courage d'essayer de vous éliminer. Mais ça ne veut pas dire qu'il ne le craint pas. Il projette un air confiant à tous les égards, mais je sais que notre ami Alec Beckham est profondément parano. »

Preston claque sa langue, déplaçant son attention d'Harley à moi. Ses yeux brillent sinistrement dans l'obscurité, captant le peu de lumière qui filtre à travers la fenêtre.

« C'est pourquoi il a travaillé si dur pour débusquer le mouchard dans notre société et le tuer », poursuit-il. « L'idée que quelqu'un puisse révéler nos secrets l'empêchait de dormir la nuit. »

« Comment a-t-il découvert que Carter était un mouchard ? » je lui demande, sans pouvoir m'en empêcher.

Preston sourit, montrant des rangées de dents blanches et régulières.

« Je lui ai dit. » Il glousse. « La plupart des autres membres sont trop occupés par leurs propres plans et complots pour être aussi observateurs que moi. J'ai mes propres plans et complots, mais je ne laisse jamais cela m'aveugler sur ce qui se passe autour de moi. J'ai appris beaucoup de choses sur les autres. J'ai observé et compris des choses que personne d'autre ne sait. »

Il penche légèrement la tête sur le côté en disant cela et je me demande s'il attend que je morde à l'hameçon. Que je lui demande ce qu'il a appris et que je donne l'impression de vouloir des informations.

Je *veux* des informations. C'est la raison pour laquelle j'ai pu accepter de rejoindre la Société Kyrio : pour obtenir suffisamment d'informations sur Alec Beckham pour le faire tomber. Mais demander des infos d'initiés à Preston Salinger ne semble pas être une bonne idée. Il joue à ce jeu pour lui-même et pour son propre plaisir, probablement, alors je ne sais pas ce qu'il ferait s'il savait à quel point je suis intéressée pour en savoir plus sur Alec.

Heureusement pour moi, Preston n'a pas besoin d'être incité. Il continue de parler à voix basse et calme.

« Alec a trois lieux sûrs », dit-il. « Trois endroits où il peut s'enfuir et se cacher, où son équipe de sécurité le protégera au cas où quelque chose arriverait. Il a un code pour sa force de sécurité privée pour qu'ils sachent où aller en cas d'urgence. »

Mes épaules se tendent un peu, mon corps luttant contre l'envie de me pencher vers lui. Il a eu toute mon attention dès qu'il a commencé à dévoiler les secrets d'Alec, mais je ne veux pas avoir l'air trop intéressée.

« Ouais, beaucoup de gens riches ont des lieux sûrs », je murmure en haussant les épaules. « Alec aime manifestement tout faire plus grand et mieux que les autres, alors bien sûr, il en a trois. Ça ne veut rien dire. »

Preston me fait un sourire en coin, comme s'il voyait clair dans mon indifférence. « Cela pourrait signifier quelque chose pour vous si vous saviez où ils sont, n'est-ce pas ? Le premier est un abri souterrain juste à l'extérieur de Détroit. Le code pour celui-là est "cave". Le second est juste une maison ordinaire dans un quartier ordinaire. Près d'une école et d'une église. Le dernier endroit où l'on chercherait quelqu'un comme lui. Il l'appelle "le manoir". Et le dernier est au bord d'un lac. Une vieille cabane où personne ne veut aller en vacances. Pour celui-là, il leur dit d'aller au "paradis". »

Je cligne des yeux, mes pensées se bousculant dans mon

esprit alors que j'assimile tout ça. Je suis stupéfaite, honnêtement. Une partie de moi pensait qu'il était juste en train de m'appâter, me taquinant avec des informations qu'il n'avait pas vraiment. Mais si ce qu'il a dit est vrai, c'est énorme.

Et je ne sais pas pourquoi Preston me dit tout ça.

« Que... » Je parviens à dire, mais avant que je puisse terminer, Preston change à nouveau de sujet de conversation, le changement étant si brusque qu'il me prend au dépourvu.

« Tu sais, j'avais un chien comme ça quand j'étais petit », dit-il légèrement en jetant un coup d'œil à Harley. « On allait partout ensemble pendant un temps. »

Je serre les dents. Il n'y a rien de menaçant dans son ton, mais j'ai toujours envie de marcher et d'arracher Harley de son emprise.

« Que lui est-il arrivé ? » je lui demande. « À votre chien. »

Preston fait un petit roucoulement en grattant derrière les oreilles d'Harley. D'habitude, Harley serait fou de joie d'avoir autant d'attention, mais il est assez intelligent pour sentir le danger dans la pièce, alors ses oreilles sont baissées et sa queue est entre ses jambes.

« Il est mort », me dit Preston avec un petit haussement d'épaules, en continuant à gratter les oreilles d'Harley. « C'était vraiment dommage. »

Mon sang se glace et je me déplace un peu, convaincue que ce putain de sociopathe est sur le point de tuer mon chien juste devant moi. Je ne sais pas si je dois me précipiter sur lui ou rester sur place, car assis comme il l'est, je ne peux pas dire s'il a une arme sur lui ou non. Avec ce connard, c'est probablement mieux de supposer qu'il est toujours armé.

Je suis figée sur place, aux prises avec ma peur et ma colère, et je déteste me sentir impuissante et incertaine. Preston lance ses menaces avec une telle désinvolture, comme s'il ne se souciait pas de ce qui se passerait d'une manière ou d'une autre, et cela me déstabilise et me fait peur.

Il fait un geste et tout mon corps tressaille, mais au lieu de blesser Harley, il relâche son collier, et le laisse partir.

Preston se lève, grand et étrangement élégant au milieu du salon.

« Bienvenue dans notre petit club, River », dit-il en inclinant légèrement la tête.

Puis il marche à grands pas vers la porte d'entrée. Ses pas sont presque silencieux lorsqu'il l'ouvre et se glisse hors de la maison comme une ombre.

Pendant un long moment, je ne fais que fixer l'endroit où il a disparu.

L'atmosphère de la maison semble changer maintenant qu'il est parti, comme si quelqu'un avait aspiré tout l'oxygène de la pièce et que celui-ci revenait soudainement. J'expire en tremblant et m'écroule sur le sol, mes genoux se dérobant sous moi.

« Viens ici, Harley », j'appelle doucement le chien et il trotte et enfouit son visage dans mon cou.

D'habitude, je le repousse avant qu'il ne commence à souffler son haleine de chien chaud et humide sur moi, mais maintenant je le serre contre moi, terrifiée et effrayée.

Et enragée sous tout ça.

Preston aime savoir des choses et il a clairement fait savoir qu'il sait où j'habite et qu'il peut y entrer quand il veut. Je déteste ça. Chaque partie de moi déteste ça.

« River ? »

Je lève les yeux au son de mon nom et je vois Pax en haut de l'escalier, torse nu qui regarde en bas. « Je pensais avoir entendu des voix. Qu'est-ce qui se passe, bordel ? »

Je serre les dents et je me lève, ignorant la façon dont mon estomac gronde et mes membres vacillent.

« Viens, Harley », je lui ordonne.

Puis je verrouille la porte d'entrée avant de monter les escaliers.

29

PAX

River monte les escaliers à pas lourds, complètement nue et magnifique. Il est facile d'être distrait par son apparence : ses cheveux argentés, les courbes de ses hanches, le métal qui brille dans ses tétons avec les piercings que je lui ai faits, mais je lis sur son visage que quelque chose ne va pas, et cela me permet de rester concentré.

Elle passe devant moi dans le hall, sans même regarder par-dessus son épaule quand elle parle. « Preston était ici », dit-elle.

Je cligne des yeux pendant une seconde, secouant la tête en passant une main dans mes cheveux. « Putain, qui ? »

« Preston Salinger », explique-t-elle, la voix dure. « C'est l'un des membres de la Société Kyrio. L'enfoiré qui se tenait à l'écart de la fête, observant tout le monde toute la nuit. »

Ça attire mon attention et ça me fait immédiatement tiquer. C'est déjà assez mauvais que quelqu'un soit entré dans notre putain de maison, pour parler à River au milieu de la nuit, mais je me souviens que River a pointé Preston dans la salle de bal la nuit dernière. C'était définitivement un sale type et il lui a souri comme s'il voulait la manger.

La colère monte en moi, chaude et intense, et je grogne. Je

veux serrer River contre moi et la protéger, même si ce connard est déjà parti. S'il ne l'était pas, elle ne serait pas ici, elle serait encore en bas en train de s'occuper de lui.

« C'est quoi ce bordel ? » je lui demande. « Qu'est-ce qui s'est passé ? »

Mais elle est déjà dans le couloir, frappant à la porte d'Ash pour le réveiller, lui et Preacher, afin que nous puissions tous nous rassembler dans la chambre de Gale. Je la suis en grognant à l'attention d'Ash qui met ses lunettes pour le saluer et nous rejoint moi et Preacher.

Gale est encore à moitié endormi, mais le fait que nous entrons tous dans sa chambre règle le problème rapidement.

Il cligne des yeux, se redresse et allume la lampe sur sa table de nuit. Il évite de prendre ses analgésiques autant que possible, donc son expression est plus due à la douleur et au fait d'être réveillé qu'à autre chose.

Ce qui est bien, parce que j'ai le sentiment que nous allons tous devoir être attentifs à ce que River va nous dire.

« Qu'est-ce qui se passe ? » murmure Gale, l'air irrité. Mais il jette un coup d'œil au visage de River et au fait qu'elle soit toute nue, et son expression devient inquiète en l'espace d'un battement de cœur.

« On a une réunion », dit Ash en bâillant. « Au petit matin, apparemment. »

« Preston Salinger était dans notre maison », dit River en fouillant dans la commode de Gale et en prenant un de ses t-shirts, qu'elle enfile. Il couvre à peine la courbe de ses fesses, et une fois de plus, ce serait difficile de se concentrer si on n'était pas en train de parler de la manière dont un connard s'est introduit dans notre maison sans qu'aucun de nous ne le sache.

La mâchoire d'Ash se referme, sa tête se tournant vers River alors qu'il absorbe ce qu'elle vient de dire.

« Quoi ? » grogne Gale. Il a l'air aussi énervé que moi. « Quand ? »

« À l'instant. Je me suis réveillée affamée et je suis descendue pour prendre une collation, et il était assis dans le salon avec Harley comme si la maison lui appartenait. » Ses ongles brillent dans la lumière de la lampe alors qu'elle replie ses doigts et ses narines se dilatent. Elle est enragée, mais il y a plus que ça. Elle a peur. Quoi que cet enfoiré de Salinger lui ait dit, ça l'a secouée.

Cette pensée me donne envie de trouver ce tas de merde ambulant et de lui faire encore plus mal.

« Ça ne devrait pas être possible », dit Preacher en fronçant les sourcils. « Ce n'est pas comme si quelqu'un pouvait entrer ici sans y être invité. Nous avons un système de sécurité. *Un bon système.* »

« Eh bien, apparemment, ça n'avait pas d'importance », dit River, en tordant quelques mèches de cheveux argentés autour de ses doigts avec des mouvements vifs. « Parce qu'il était là et aucun de nous n'a entendu quoi que ce soit. »

Preacher se tait, ses traits se transforment en un masque vide, et je vois bien qu'il passe en revue toutes nos mesures de sécurité dans sa tête, essayant de trouver le point faible. Je sais que c'est ce qu'il fait, parce que j'ai fait la même chose. Et le pire, c'est que je ne le vois pas. Je ne vois pas la faille et c'est plus dangereux que si c'était évident.

Cela signifie que Preston Salinger est bon. Cela signifie qu'il a à la fois de l'argent et du talent, et c'est une combinaison que je n'aime pas du tout.

D'une manière ou d'une autre, il est entré dans notre maison sans déclencher une seule de nos alarmes. Juste pour pouvoir *parler* à River. Mais la vérité qui me met hors de moi, c'est qu'il aurait pu faire bien pire que juste lui parler s'il l'avait voulu.

La mâchoire de Gale se crispe, et je peux voir son visage se durcir en une expression que je reconnais. Il a toujours pris à cœur de s'assurer que nous sommes en sécurité et c'est même pour ça que River lui a mis une balle dans le ventre. Alors sentir qu'il n'a pas réussi à la protéger de Preston doit l'énerver au plus haut point. Nous le détestons tous et le fait que River aurait pu être en danger ne fait qu'empirer les choses.

« Il ne t'a pas fait de mal, n'est-ce pas ? » demande Ash en examinant River de la tête aux pieds. Et pour la première fois, ce n'est pas parce qu'il essaie de la reluquer.

Elle secoue la tête, se léchant les lèvres tandis que son regard se dirige vers le chien, qui a sauté sur le lit à côté de Gale. « Non, il ne m'a pas touché. Il a menacé Harley, en disant toutes ces conneries effrayantes et combien il serait facile de lui briser le cou, et comment il a eu une fois un chien qui est mort "mystérieusement". Mais c'est tout. Il a surtout... parlé. »

« Qu'est-ce qu'il a dit ? » je lui demande en plissant les yeux.

« C'est la partie la plus bizarre. » Elle soupire, se frottant les mains sur le visage alors qu'elle semble organiser ses idées. « Je n'arrivais pas à comprendre ce qu'il voulait, et je ne comprends toujours pas, mais je ne pense pas qu'il était ici sur les ordres d'Alec, ni sur ceux des autres membres de la société. Il est venu de son propre chef et il m'a dit des choses sur Alec. »

Elle nous donne un résumé de leur conversation et je peux sentir mes sourcils se rejoindre pratiquement au centre de mon front alors qu'elle expose tout ça. Elle a dit qu'elle ne pouvait pas comprendre la position de Preston et je ne peux pas non plus. Mais ça ne me rassure pas de savoir qu'il surveille de si près les membres de sa société.

« Putain, c'est qui ce Preston ? » dis-je, posant la question que nous pensons tous probablement. « C'est quoi son problème ? »

« Je ne sais pas », admet River. « Je ne savais même pas qu'il existait jusqu'à ce que je le rencontre hier soir. Et nous avons été tellement concentrés sur Alec que je n'ai même pas pensé aux autres membres de la société avec lesquels j'allais être impliquée une fois devenue membre. Je connais leurs noms, mais pas plus que ça. »

« Nous avons besoin de plus d'informations », murmure Gale. « Nous devons en savoir plus sur eux. On aurait dû commencer à faire des recherches dès que tu es rentrée hier soir. On *l'aurait fait*, mais... »

Il s'interrompt et River grimace. Je sais ce qu'ils pensent tous les deux. Tout ce que nous aurions pu faire d'autre la nuit dernière a été un peu perturbé par la révélation qu'Alec est le père biologique de River. Elle était tellement bouleversée à essayer de comprendre ce petit détail qu'aucun d'entre nous ne s'est vraiment concentré sur autre chose après être rentré de la soirée.

Mais cela nous met à la traîne et ce n'est pas un bon endroit où se trouver quand on a affaire à de riches crapules qui seraient heureuses de vous poignarder dans le dos ou de vous tirer une balle dans la tête.

« Oh, c'est le moment de faire un peu de harcèlement en ligne ? » demande Ash en fronçant les sourcils et en souriant, même s'il a toujours l'air déstabilisé. Il sort son portable et commence à taper d'une main, en faisant rouler une pièce sur ses jointures de l'autre. Il donne l'impression que c'est sans effort, ce qui est probablement le cas. « Commençons par notre invité indésirable. »

« Oui », dit Gale avec véhémence. « Commence par cet enfoiré. »

« Il n'y a pas grand-chose », nous dit Ash après une minute en pinçant les lèvres. « Il est super riche, ce qui fait du sens. Connu pour son amour de l'art. Oh, nous y voilà... si je rassemble les pièces du puzzle, il semble qu'il y ait pas mal de cas de personnes qu'il connaissait ou qu'il fréquentait qui sont mortes dans des "circonstances mystérieuses". » Il fait des guillemets avec sa main libre, puis retourne jouer avec la pièce, son regard toujours fixé sur le portable alors qu'il secoue la tête. « Il n'a jamais été accusé de quoi que ce soit, mais... »

« Mais il a probablement tué ces gens. » River croise ses bras comme si elle avait soudainement froid. « La façon dont il parlait... Bon sang, il ressemblait à un putain de psychopathe.

Comme s'il pouvait tuer Harley, moi ou n'importe qui d'autre juste pour le plaisir. »

« Putain », je marmonne en faisant craquer les jointures d'une main, puis de l'autre.

En entendant ça, je déteste encore plus l'idée qu'il ait été seul en bas avec River. J'ai terriblement envie de briser tous les os du corps de Preston à mains nues, et si cela fait aussi de moi un psychopathe, alors je m'en fous. Je casserais cet enculé en deux avant de le laisser toucher River.

« Qui est le prochain ? » demande Ash en regardant River.

Elle réfléchit une seconde, comme si elle faisait une liste mentale des personnes qu'elle a rencontrées hier soir, puis lui dit : « Tatum Damaris. »

Il hoche la tête et tape le nom dans son portable. Il marmonne pendant quelques minutes alors qu'il lit à l'écran, puis il hausse les épaules.

« En gros, ce qu'on savait déjà », dit-il en nous jetant un coup d'œil. « Elle gère l'entreprise de son père, comme elle l'a dit lors de la réunion. Je suis sûr que nous ne pourrons pas obtenir d'informations sur ses activités illégales en faisant une simple recherche sur Internet, tout comme nous n'avons pas réussi avec Preston. Nous devrons demander à nos contacts de creuser et de voir ce qu'ils peuvent trouver. Mais elle a de l'argent. Il semble que tout le monde dans sa famille était terriblement riche, remontant à plusieurs générations. »

« Ouais, ça fait du sens. Elle avait l'attitude pour le prouver », je marmonne. « Privilégiée et pourrie, comme toutes les salopes riches que j'ai rencontrées. »

Ash fait ensuite une recherche sur Henri Levine et c'est à peu près ce à quoi on s'attendait. C'est un membre du Congrès, donc il y a un tas d'informations disponibles publiquement sur ses affiliations politiques. Sa réputation est impeccable en apparence et il a gagné sa dernière élection haut la main.

« Pas même un scandale sexuel ou quoi que ce soit », dit Ash avec une note de déception dans la voix en secouant la tête. «

C'est un "homme du peuple". Charitable et honnête, bla, bla, bla.
»

« C'est un tas de conneries », grogne River, et la colère se lit sur son visage. « Il se faisait sucer par une femme qui a clairement été victime de trafic la nuit dernière. Il est le pire de l'humanité. C'est une putain d'ordure. »

Je la prends dans mes bras, enfonçant mon nez dans son cou pour essayer de la calmer.

« Pas de discussion là-dessus, petit renard. C'est un tas de merde », j'acquiesce. « Et on va le faire payer pour ça. On va l'emmener au sous-sol et on va s'en prendre à lui pour tous les gens qu'il a blessés, d'accord ? »

Elle inspire, puis expire bruyamment, s'enfonçant un peu dans mes bras.

« Ok », marmonne-t-elle en retour.

« Bonne fille. » Je traîne mon nez dans ses cheveux, respirant son parfum.

« Mais tu ferais mieux de me montrer tes *très* bons outils pour faire le travail », ajoute-t-elle sur un ton furieux. « Je veux le faire crier. »

« Oh, il le fera. Ne t'inquiète pas pour ça. »

Je sais que la situation dans laquelle nous nous trouvons est grave, mais je ne peux pas empêcher ma queue de tressaillir à l'idée que nous emmenions Henri Levine dans mon sous-sol et que nous lui fassions un numéro. Je la tire un peu plus près, aimant la façon dont elle me laisse la serrer contre mon corps.

Elle n'est peut-être plus nue, mais je l'aime aussi comme ça, portant un t-shirt un peu trop grand pour elle, qui ne cache presque rien. Je glisse une main sous le t-shirt qu'elle a emprunté à Gale, la caressant un peu pendant que les autres continuent à parler et elle ne m'arrête pas.

Je sais qu'elle aime quand je la touche comme ça. Ça la calme.

« Ok, le Russe en dernier », dit Ash, faisant son truc en tapant avec dextérité sur son portable d'une main et en faisant tourner la pièce de monnaie sur ses jointures. Puis il s'arrête, la pièce s'immobilisant en équilibre entre sa deuxième et sa troisième jointure. Ses sourcils se rapprochent et il regarde son portable. « Hein. »

« Quoi ? » demande River, son corps se crispant dans mon étreinte alors qu'elle remarque sa réaction. « Qu'est-ce que tu as trouvé ? »

« Rien. Il… n'existe pas. »

« C'est quoi ce bordel ? » demande River. « Comment c'est possible ? »

Ash hausse les épaules. « Sur Internet, Nikolaï Petrov n'existe pas. Il n'y a rien que je puisse trouver sur lui qui soit du domaine public. C'est comme un putain de fantôme. »

River laisse échapper un autre souffle et je peux sentir le petit tremblement qui parcourt son corps. « Lui et Alec parlaient à la réunion de s'occuper d'un problème. On aurait dit que Nikolaï avait tué quelqu'un. Il avait l'air d'être ce genre de type. »

« Si Alec lui a demandé de s'occuper de ce genre de choses, c'est qu'il est probablement doué pour tuer », murmure Gale. « Sinon, Alec s'en serait occupé lui-même. Surtout s'il est aussi parano que Preston le dit. »

« C'est ce que je pensais aussi », dit River.

« Donc Nikolaï pourrait être un ancien de la mafia russe ou quelque chose comme ça », dit Preacher. « Mais c'est difficile à dire avec certitude. »

« Donc on ne sait rien de lui ? » Je demande.

« Nous savons qu'il est dangereux », grince River. « Ils le sont tous. »

« Cela nous amène à Alec », ajoute Ash qui lance la pièce en l'air avant de la rattraper sans même regarder. « Nous savons déjà tout de lui. Une réputation publique irréprochable. Il a des liens avec tous les plus grands joueurs de Détroit, qu'ils soient réglos ou criminels. Il a trop d'argent. »

« Il est responsable des pires trucs qui arrivent dans cette putain de ville », finit Gale.

River se tortille dans mes bras, clairement agitée. « Je ne sais pas ce que Preston faisait ici ou pourquoi il m'a dit tout ça. C'est comme… comme s'il voulait que je me débarrasse d'Alec ou quelque chose comme ça. Il essaie de se débarrasser d'Alec pour pouvoir prendre le contrôle de la société ? »

Gale soupire, glissant ses doigts dans les cheveux en réfléchissant. « C'est possible », dit-il. « Et il veut t'utiliser pour faire son sale boulot. »

Preacher secoue la tête, passant une main dans ses cheveux blonds. « Il y a trop de choses qui se passent en cachette avec ces enfoirés. Des machinations et des plans qui vont au-delà des choses qu'ils accomplissent ensemble dans le cadre de la société. »

« Ouais », acquiesce Ash. « C'est comme si tu avais été jetée dans un nid de putains d'araignées venimeuses ou quelque chose comme ça. »

River grogne. « Ce n'est pas drôle du tout, mais tu as raison. C'est la chose la plus proche à laquelle j'ai pu penser pendant que je parlais à Preston en bas. Qu'il était comme une araignée sous la forme d'un homme. Je déteste Alec au plus haut point et il me fout la trouille, mais Preston ? Il est presque aussi terrifiant. Peut-être même plus. Ils le sont tous, à leur manière. C'est vraiment un nid d'araignées. »

Elle cesse de parler brusquement et devient complètement immobile dans mon emprise. Je ne peux pas voir son visage, donc je ne sais pas ce qui est responsable de ce changement, mais je peux sentir la tension dans son corps.

Je penche un peu le cou, et d'une main, je relève son menton pour qu'elle croise mon regard. « Hé. Qu'est-ce qu'il y a, petit renard ? »

« J'avais tort », murmure-t-elle doucement. « Depuis le tout début, j'avais tort à ce sujet. »

« À propos de quoi ? »

Elle déglutit. Pendant une seconde, elle regarde dans le vide, comme si elle était perdue dans une douzaine de pensées différentes, puis ses yeux se fixent à nouveau sur les miens et elle serre les dents.

« Je pensais que tout ce que j'avais à faire était de trouver un moyen d'éliminer Alec pour me libérer de la Société Kyrio. Mais on a tous vu ce qui est arrivé à Carter. Même si j'élimine Alec, quelqu'un d'autre se lèvera et prendra sa place. Si je veux vraiment m'en sortir, si je veux vraiment me libérer de cette merde, je vais devoir tous les tuer. »

30

RIVER

Tout le monde devient silencieux à la suite de ma déclaration. Les quatre Rois me regardent fixement pendant un moment, assimilant ce que je viens de dire.

Mais j'ai raison. Je sais que j'ai raison.

J'ai la peau qui bourdonne, l'adrénaline montant en moi face à l'énormité de ce à quoi nous sommes confrontés et le peu de chance qu'on a de réussir.

C'est tellement différent de ma petite liste avec six noms. C'était une liste d'hommes qui se connaissaient, mais qui n'étaient liés que par quelques marchés et le fait qu'ils nous avaient autrefois torturées, ma sœur et moi.

Mais la Société Kyrio, c'est une bête à plusieurs têtes que je dois éliminer d'un seul coup. Je ne pourrai pas les tuer un par un. Je vais devoir les éliminer tous en même temps. Pour tout réduire en cendres d'un seul coup. Parce que si j'y vais trop lentement, si l'un d'entre eux soupçonne ce que je prépare avant que je le fasse, ils me tueront... et mes hommes aussi.

C'est tellement dangereux, mais il n'y a pas d'autre option. Pas si je ne veux pas être prise avec ces monstres pour toujours, forcée de m'appeler l'un d'entre eux pour le reste de ma vie.

Mes mots restent en suspens pendant un moment, puis Ash, fidèle à lui-même, rompt le silence.

Il lance sa pièce en l'air d'un geste théâtral, donnant l'impression que la pièce disparaît avant même qu'il ne l'attrape. Il tapote son autre main et l'ouvre, et la pièce est là dans sa paume.

« D'accord », dit-il en me faisant un sourire et un clin d'œil. « Pourquoi pas ? On a déjà fait d'autres trucs dingues. »

Je sais que ce n'est pas si simple et je vois bien qu'il le sait aussi. Mais je lui souris, heureuse de l'avoir à mes côtés quand même. Je m'éloigne de Pax, balayant la pièce du regard pour regarder les autres.

« Vous avez tous assuré mes arrières durant pleins d'épreuves », dis-je tranquillement, me sentant plus exposée que tout à l'heure alors que je ne portais absolument rien. « Et il m'a fallu beaucoup de temps pour l'accepter. Pour accepter que je faisais partie d'un groupe. D'une *famille*. Mais si on est vraiment censés se soutenir mutuellement, alors je ne le ferai que si vous êtes tous d'accord. C'est probablement une mission suicide et je ne peux pas vous demander de vous jeter dans un train qui ne mène qu'en enfer juste parce que j'y suis. Vous pouvez dire non et nous pouvons essayer de trouver un autre moyen. »

Pax expire bruyamment par les narines, comme un taureau prêt à charger. Il fait rouler ses épaules, puis son cou, faisant travailler ses muscles épais. Il semble prêt à y aller, comme il le fait toujours quand la mort et la violence sont au rendez-vous. Je sais qu'il veut s'en prendre à Preston après ce qui s'est passé ce soir et aux autres membres de la société aussi.

« Pax ? » je lui demande en levant un sourcil.

Il acquiesce en me faisant son sourire le plus tordu, mais sexy. « Tu connais ma réponse, bébé. »

« Ce ne sera pas facile », prévient Preacher en secouant la tête. « Ce ne sera pas comme s'en prendre à Julian. Ces gens sont mieux protégés et mieux connectés. »

« Je sais », lui dis-je, en retenant ma respiration alors que j'attends qu'il décide.

Il soupire. « Mais tu as raison. Il n'y a pas d'autre choix. Nous allons le faire. »

Les nœuds dans mon estomac se dénouent un peu et je me tourne vers l'homme allongé sur le lit : l'homme qui a déjà failli perdre la vie une fois dans notre combat contre Alec et sa société.

Gale est le dernier à parler et il me regarde avec ses yeux verts qui brillent. Le connaissant comme je le connais, je suis sûre que son esprit est déjà en train de tout analyser, imaginant des plans possibles et les rejetant tout aussi rapidement.

La vérité, c'est que je sais qu'il ne va pas dire non. Il ne me dira pas que ce plan est trop risqué et que nous ne devrions pas le mettre en œuvre. Il ne me dira pas ça, même si une partie de moi souhaiterait qu'il le fasse.

Une partie de moi espère qu'il va me dire que je suis folle, parce que je dois l'être. Non ? Ce que nous essayons de faire est de la folie. On risque nos propres vies et notre sécurité. Je ne sais pas depuis combien d'années la Société Kyrio existe, mais je sais que les cinq autres membres qui la composent sont dangereux, rusés et complètement impitoyables.

Et je ne veux plus seulement en éliminer un.

Je veux *tous* les éliminer.

Le regard de Gale se fixe sur le mien, et comme souvent lorsqu'il me regarde, j'ai l'impression qu'il peut lire le fond de mes pensées. J'observe les changements subtils dans son expression alors qu'il semble ressentir différentes émotions : l'inquiétude, la colère, la frustration, la détermination. Et puis il acquiesce.

« D'accord », dit-il enfin. Il souffle un coup et passe une main dans ses cheveux bruns, ébouriffés par le sommeil. Puis il me fixe d'un regard dur. « Mais après ça ? Tu dois éviter les ennuis. »

Le grognement dans sa voix me dit qu'il est sincère, mais je ne peux m'empêcher de le taquiner un peu alors que la tension dans l'air se brise.

« D'accord, mon chéri », dis-je avec une petite moue en lui lançant un regard innocent. « Je vais faire de mon mieux. »

« Ne m'appelle pas comme ça, sauf si tu veux que je te jette sur mes genoux et te donne une fessée la prochaine fois que tu te comporteras mal », prévient-il.

Le fait qu'il fasse vibrer mon clito rien qu'avec ses mots, à un moment où je suis si stressée et déstabilisée que rien au monde ne devrait pouvoir m'exciter, témoigne de mon attirance pour lui. Je presse mes jambes l'une contre l'autre, me rappelant de l'appeler ainsi, lorsqu'il aura l'occasion de mettre sa menace à exécution.

Puis je hoche la tête, mon visage prenant une expression plus sérieuse. « Plus de problèmes après ça. Je te le promets. »

Et je le pense, avec chaque fibre de mon être.

Autrefois, je ne me souciais pas vraiment de ce qui m'arrivait dans ma quête de vengeance. Mais maintenant, j'ai trouvé une raison de vivre. Une vie dans laquelle je pourrais être heureuse si je ne devais pas constamment élaborer une stratégie ou m'inquiéter de me faire tuer.

Et je me battrai pour ça, pour le futur que je n'ai jamais pensé avoir.

Je me battrai pour lui, jusqu'à mon dernier souffle.

Parce que même si les contes de fée ne sont pas censés exister pour les filles comme moi, je vais m'en faire un quand même.

Mes hommes et moi sommes tous d'accord sur ce que nous devons faire et j'aimerais vraiment que nous puissions tout régler immédiatement et que ce soit déjà fait.

Mais bien sûr, nous ne pouvons pas.

Nous n'aurons qu'une seule chance, donc nous devrons être prudents et faire preuve d'intelligence. Nous devons profiter de l'occasion pour obtenir plus d'informations sur chacun des membres de la société afin de trouver une faiblesse dans leurs défenses.

Gale dirige comme il le fait toujours, en notant tout ce que nous savons déjà sur les membres et en ajoutant de nouvelles informations chaque fois que nous apprenons quelque chose de nouveau.

Nous avons quelques pistes, mais c'est loin d'être suffisant. Il nous en faut bien plus. Après une discussion très animée, on décide qu'ils n'utiliseront aucun de leurs contacts ou informateurs habituels pour tenter de rassembler des informations. C'est trop risqué, surtout depuis que nous savons qu'Alec a pu apprendre une partie de ce que j'ai fait à Julian lorsque je démantelais systématiquement sa vie.

Cela signifie que nous devons supposer que toutes les personnes que nous avons recrutées pour nous aider dans ce petit projet pourraient être de connivence avec Alec. C'est trop dangereux pour nous de les impliquer dans cette mission. S'il les surveille toujours, il pourrait découvrir que nous agissons contre lui, et nous ne pouvons pas laisser cela se produire.

La seule exception à cette règle est Harry, le hacker qui nous a aidés à voler tout l'argent des comptes offshore de Julian. C'est en partie parce que Harry est doué pour couvrir ses traces et en partie parce que, comme le dit Ash, « personne d'autre ne peut faire ce qu'il fait ».

C'est le meilleur hacker et on a besoin de lui de notre côté.

Pendant que Gale et Preacher s'efforcent de rassembler et de compiler des informations sur nos ennemis, Pax et Ash s'occupent de sécuriser la maison, faisant tout ce qu'ils peuvent pour s'assurer que Preston ne pourra plus entrer par effraction ou du moins, pas sans que nous le sachions.

Bien qu'ils aient beaucoup amélioré le système de sécurité et fixé le point faible qui, selon eux, lui a permis d'entrer, cela n'arrive pas à me calmer. La maison qui ressemblait à une prison avant de devenir un refuge ne me semble plus aussi sûre qu'avant, et je sais que les autres ressentent la même chose.

Environ une semaine après ma rencontre avec Preston dans le salon, je monte un jour à l'étage pour trouver Pax en train de ranger des couteaux et d'autres armes dans diverses cachettes de ma chambre.

« Organises-tu une chasse au trésor ? » je lui demande en m'appuyant contre le cadre de la porte et en croisant les bras.

Pax me regarde par-dessus son épaule en glissant un petit couteau gainé dans le tiroir de mes sous-vêtements.

« Ouais. Une chasse au trésor pour tous ceux qui essaient de t'emmerder. Ça s'appelle "de combien de façons peux-tu te faire tuer par River ?". Et la réponse va être "plusieurs". » Il continue de parler en se concentrant à nouveau sur ce qu'il est en train de faire. « Je vais te donner un pistolet à mettre sous ton oreiller aussi. Juste au cas où. »

Je n'ai même pas dormi dans cette chambre depuis des jours. Ces derniers temps, je me retrouve chaque nuit dans la chambre d'un des gars, soit avec un seul homme, soit avec plusieurs d'entre eux entassés dans le lit. Mais je comprends ce que Pax essaie de faire et j'apprécie son intention.

Il n'est pas vraiment du genre à acheter des fleurs à une fille, mais il *est* du genre à armer la femme qu'il aime de toutes les armes possibles et imaginables et à s'assurer qu'elle sache s'en servir. Et honnêtement, étant donné comment se déroule ma vie en ce moment, je préfère les couteaux aux fleurs.

Je traverse la pièce et l'entoure de mes bras, posant mon front contre son large dos tandis que mes mains s'étendent sur sa poitrine musclée.

« Merci », je murmure. Je grimace, respirant son odeur familière. « Comment sais-tu que je fantasme à l'idée d'enfoncer un couteau entre les côtes de Preston Salinger ? »

Pax ricane et je sens ses vibrations dans tout mon corps.

« Juste une bonne supposition. » Puis il referme le tiroir et se retourne brusquement, me tirant plus près et me plaquant contre lui. Il baisse sa tête vers la mienne, effleurant ma tempe de son nez. « J'espère que ce n'est pas la *seule chose* sur laquelle tu fantasmes, petit renard. »

Un agréable frisson me parcourt l'échine et je souris, même

s'il ne le voit pas. « Oh, non. J'ai d'autres fantasmes qui sont plus agréables. Bien que certains d'entre eux impliquent un couteau. Et toi. Et moi... »

« Putain. »

Il fait glisser sa langue sur ma peau, sifflant un peu, et je le sens durcir contre moi. Mes doigts s'enfoncent dans son dos et je me frotte un peu contre lui, mais on est interrompu lorsque mon portable se met à vibrer dans ma poche arrière.

Je soupire et me libère de l'étreinte de Pax, sortant mon portable pour voir que j'ai un message. Avant même de le lire, je suis certaine de savoir ce qu'il va dire, mais mon estomac se noue quand même lorsque je regarde le texte et confirme que j'ai raison.

C'est délibérément vague et je suis sûre qu'il a été envoyé de telle sorte que personne ne puisse remonter jusqu'à ses origines. Mais je sais exactement qui l'a envoyé et je sais ce que ça signifie.

« C'est d'Alec », dis-je à Pax. « Il y a une autre réunion dans deux jours. »

RIVER

Au moins le tour en hélicoptère est moins angoissant cette fois-ci.

Le voyage vers le lieu secret où se tiennent les réunions de la société est à peu près le même que le premier voyage, mais cette fois, nous savons tous à quoi nous attendre.

Je déteste toujours être fouillée, puis qu'on me bande les yeux. Je déteste la sensation déstabilisante d'être soulevée dans les airs par l'hélicoptère sans pouvoir voir ce qui m'entoure. Mais je suis préparée à ça cette fois. La dernière fois que j'ai été convoqué par Alec, je n'avais aucune idée de ce qui m'attendait et seulement la vague idée d'un plan, mais aujourd'hui, je sais exactement ce que je dois faire.

Je dois faire comme Preston Salinger et *observer*.

Nous avons recueilli autant d'informations que possible de l'extérieur, tout en veillant à ne pas se faire prendre. Il ne faudrait pas que Nikolaï, Tatum ou n'importe qui d'autre se rende compte que nous fouillons dans leur vie, que nous essayons de découvrir des choses douteuses.

Et à cette fin, c'est également important pour moi d'utiliser ce moment où je suis face à face avec eux pour essayer de recueillir toutes les informations qu'il pourrait être utile de connaître sur eux : aussi bien les autres criminels avec qui ils font affaire à

Détroit, que le fait de savoir s'ils sont myopes ou hypermétropes, droitiers ou gauchers.

Chaque détail, aussi insignifiant soit-il, doit être noté.

Nous essayons de trouver des fissures dans l'armure de cinq des personnes les plus dangereuses et les plus puissantes de la ville, donc nous devons regarder partout et sous tous les angles.

Et cela ne garantit toujours pas que nous trouverons quelque chose, je pense sinistrement alors que l'hélicoptère se pose et que le bourdonnement des pales s'éteint.

Je chasse cette pensée. Mes hommes et moi sommes tous conscients de la difficulté de la situation, mais j'essaie de ne pas y penser. M'inquiéter de toutes les choses qui pourraient mal tourner ne fait que me déconcentrer au lieu de penser à trouver la meilleure façon d'extraire la tête d'Alec Beckham de son corps.

« Je suis surpris qu'il ne nous ait pas fait venir en sous-marin cette fois-ci ou quelque chose comme ça », marmonne Ash alors qu'on nous fait descendre de l'hélicoptère et que la plateforme sur laquelle nous nous tenons commence à s'enfoncer, comme la dernière fois. « Envoyer un hélicoptère *à nouveau* ? Ce n'est pas un faux pas de riche, comme porter la même tenue à deux événements différents ? »

Je glousse, laissant sa blague stupide apaiser un peu la tension dans mes épaules. « Ouais, il sera probablement très embarrassé quand je lui dirai que tu as remarqué ça. Peut-être qu'il n'a même pas de sous-marin. Pauvre type. »

Ash pouffe de rire et Preacher nous lance un regard frustré alors que les hommes silencieux en costume noir nous enlèvent nos bandeaux. Nous arrêtons de parler tous les deux alors que nous sommes conduits à travers le bâtiment décoré avec soin.

Comme la dernière fois, mes hommes doivent attendre pendant qu'on m'emmène dans la pièce où les six membres de la société vont se réunir. Il y a d'autres personnes rassemblées autour de l'espace, les gardes du corps et les entourages des autres membres, et j'échange un regard lourd de sens avec Pax pendant qu'on m'emmène.

Pendant que je fais de la reconnaissance sur les membres de la société, mes gars vont faire de la reconnaissance sur ceux qui attendent dehors avec eux, pour voir s'il y a des informations utiles qu'ils peuvent glaner en écoutant les conversations ou en les espionnant.

Je ne suis pas la dernière à arriver cette fois-ci. En entrant dans la pièce avec la table au milieu, je remarque que le siège où Nikolaï était assis la dernière fois est vide.

Les autres sont tous réunis autour de la table, assis à leurs places désignées, alors je prends la même chaise que la dernière fois. Henri et Alec parlent à voix basse, et tandis que j'essaie de saisir quelques mots de ce qu'ils disent, je fais également très attention à toutes les autres interactions autour de la table. Chaque expression faciale, chaque petit mouvement de quelqu'un.

L'expression de Preston est à peu près la même que la première fois que je suis venue ici, presque indéchiffrable mais effrayante, et quand nos regards se croisent, son visage reste impassible. Rien dans son comportement ne laisse deviner qu'il s'est introduit chez les Rois au milieu de la nuit il y a quelques jours, et je fais de mon mieux pour ne rien révéler sur mon visage alors que je détourne mon attention de lui.

Je ne l'aimais pas avant et je le déteste maintenant. J'ai toujours l'impression désagréable qu'il peut pénétrer dans mon esprit lorsque nos regards se croisent, et après tout ce qu'il m'a dit sur la façon dont il aime garder un œil sur les autres membres de la société, je dois faire très attention à ne pas prendre de risques.

Au bout d'une minute environ, les portes s'ouvrent et Nikolaï entre à grands pas. Il y a quelque chose de lourd et de puissant dans sa façon de marcher, mais il y arrive sans faire de bruit. C'est déconcertant et ça me fait penser que ça doit être une sorte de tueur entraîné. Un assassin ou un exécuteur pour une organisation mafieuse, peut-être.

« Vous êtes en retard », commente Alec alors que nous le regardons tous prendre place à la table.

Nikolaï se contente de répondre par un grognement, sans prendre la peine de donner une excuse. Alec soutient son regard une seconde de plus avant de détourner les yeux et de débuter la réunion.

Passant une main sur ses cheveux soigneusement coiffés, il se lance dans une discussion sur l'organisme de bienfaisance, posant des questions à quelques membres et distribuant des missions pour les choses qui devront se passer en coulisses avant que le nouvel organisme ne soit dévoilé au public.

Je crains qu'il entraîne déjà les gars et leur club dans ses affaires louches, mais il ne me donne encore rien à faire avec l'organisme de bienfaisance, Dieu merci.

Au fur et à mesure qu'il parle, il devient clair que même si l'organisme de bienfaisance sera géré par Alec et sa société en apparence, elle profitera à tous les membres de la société, servant d'opération de blanchiment d'argent qui leur permettra à chacun de développer leurs affaires illégales.

Et bien sûr, cela élèvera Alec à un statut encore plus élevé parmi l'élite de Détroit, lui permettant d'afficher sa grande richesse et d'avoir accès à des personnalités sociales et politiques encore plus puissantes.

« Henri travaillera en étroite collaboration avec moi pour établir la liste des invités de l'inauguration de la Fondation des Rêves », dit-il à tout le monde, en jetant un coup d'œil à l'homme à sa droite, tandis qu'Henri baisse la tête. Cela ressemble à la fois à un hochement de tête et à un geste d'obéissance, montrant clairement que bien qu'ils soient amis, la dynamique est inégale.

Henri doit toujours rendre des comptes à Alec.

C'est probablement pour cela qu'il a envoyé cette fille me délivrer son message en privé plutôt que de me dénoncer quand Alec a demandé aux autres membres de voter pour m'admettre dans la société. Il ne voulait pas défier ouvertement Alec, même s'il déteste m'avoir ici.

Ça ne fait que confirmer qu'il faut éliminer toute la société d'un coup.

Parce qu'en vérité, même si je le déteste, la protection d'Alec et sa fascination maladive pour moi sont les seules choses qui empêchent les autres membres de s'en prendre à moi. S'il n'était plus là, j'aurais une cible rouge géante dans le dos.

C'est pourquoi on doit tous les éliminer. D'un seul coup.

« Maintenant, passons à autres choses », dit Alec, son ton changeant alors qu'il jette un coup d'œil autour de la table. « La création de la Fondation des Rêves se déroule bien, mais j'ai découvert un problème qui doit être traité. »

Ses mots et même son ton sont modérés, mais tout le monde autour de la table se crispe. Je le fais aussi, parce qu'Alec a clairement fait savoir ce qu'il pense des *problèmes* lorsqu'il s'agit de ses affaires.

« C'est quoi ? » demande Tatum.

Je suis surprise que ce soit elle qui ait parlé en premier. Si je ne la détestais pas autant, je serais un peu impressionnée par la façon dont elle s'affirme dans une pièce remplie d'hommes puissants et dangereux.

« Un de nos fournisseurs a essayé de nous escroquer. On nous a donné une mauvaise cargaison de marchandise », dit Alec froidement.

Il tourne les yeux vers la porte alors que deux de ses gardes armés entrent, traînant un homme portant une capuche entre eux. L'homme se débat, mais il a clairement été battu ou drogué. Ses poignets sont liés derrière son dos et ses mouvements sont lents. Je peux l'entendre respirer bruyamment sous la capuche.

« C'est le fournisseur », poursuit Alec qui semble assez calme, même si ses yeux sont glacials. « Et malheureusement, ses péchés vont au-delà de livrer un produit de mauvaise qualité. Il nous a volés et a essayé de vendre notre marchandise à son compte en la remplaçant par de la merde. Et il pensait que nous ne le remarquerions pas. Il ne pensait pas que nous le découvririons. »

Les gens murmurent autour de la table et je jette un coup d'œil autour de moi, prenant note de la réaction de chacun. Preston, Henri et Tatum ne semblent pas si inquiets. Ils observent l'homme avec des expressions soit de colère ou de dégoût. Comme d'habitude, les traits durs de Nikolaï ne révèlent rien, mais ses yeux passent rapidement d'Alec à l'homme. C'est un signe subtil qu'il est nerveux à propos de quelque chose. Et je n'ai pas à me demander pourquoi longtemps.

« Nikolaï », dit Alec. Même s'il n'élève pas la voix, elle claque comme un fouet et brise le silence. « C'est vous qui vous êtes porté garant de cet homme, n'est-ce pas ? »

Nikolaï fixe Alec pendant un long moment, ses yeux sombres brûlant avec quelque chose que je n'arrive pas à comprendre. Alec ne recule pas devant le regard de Nikolaï. Il le fixe, comme s'il défiait le Russe de le contredire ou de se mettre en colère.

« Oui, c'est moi », dit finalement Nikolaï en hochant la tête. « Mais s'il nous a trahis. Il n'est plus mon ami maintenant. »

« Je vois. »

Alec hoche la tête. Jetant un coup d'œil à ses hommes, il lève légèrement le menton. L'un des gardes arrache la capuche qui recouvre la tête de l'homme et il se met à cligner des yeux pour mieux voir. J'ai le souffle coupé lorsque j'aperçois ses traits et mes épaules se raidissent.

Parce que... je le reconnais.

C'est Michael Yates, l'homme que j'ai séduit, drogué et laissé nu sur le lit d'un hôtel de luxe.

C'est quoi ce bordel ?

Manifestement, soit il n'est pas dans les acquisitions, soit il a un autre boulot pour payer le style de vie extravagant qu'il semble tant aimer. Je n'avais aucune idée que cet homme travaillait pour Alec ou faisait des affaires avec la Société Kyrio quand Alec m'a dit de récupérer ces informations sur son ordinateur, mais ça prend tout son sens maintenant. Alec a dû suspecter Michael de faire des affaires louches, donc il m'a envoyée chercher la confirmation, et je la lui ai donnée.

Le regard de Michael se promène dans la pièce tandis que les gardes le tiennent entre eux et je vois bien à son expression qu'il a dû faire des affaires avec la société de manière anonyme. Quoi qu'il leur ait fourni, je ne pense pas qu'il ait rencontré l'un d'entre eux en personne, à l'exception peut-être de Nikolaï, car la peur se lit dans ses yeux lorsqu'il semble reconnaître quelques visages. Il doit réaliser que ça n'augure rien de bon pour lui qu'ils lui permettent de voir qui ils sont.

Il avale difficilement et son expression n'a plus l'assurance désinvolte qu'il avait à l'hôtel. Il a l'air ébouriffé, en sueur et terrifié, comme un homme qui vient de réaliser à quel point il est dépassé par les événements.

Le regard de Michael glisse sur Preston avant de se poser sur moi et ses yeux s'écarquillent subitement.

« Tu... » commence-t-il à dire, mais il se coupe, comme s'il ne savait pas si le fait d'admettre qu'il sait qui je suis rendrait les choses meilleures ou pires pour lui.

Je ne dis rien non plus, et après un lourd moment de silence, Alec incline la tête vers Nikolaï.

« Puisque c'était votre contact, je vous laisse décider de la façon de s'en occuper », propose Alec d'une voix calme.

Nikolaï se lève de table d'un mouvement fluide et gracieux. Son corps est grand et imposant, et même s'il n'est pas le seul debout, il semble dominer tout le monde dans la pièce.

« Merci. Je vous assure que je ne savais rien de sa trahison. »

Alec sourit presque. « Oh, je le sais. Je me suis renseigné et si vous *aviez été au courant*, cette conversation n'aurait pas été la même. »

« Je n'aurais jamais dû me porter garant pour lui. Merci de m'avoir permis de corriger mes erreurs. »

Nikolaï retrousse ses manches en parlant, son regard se fixant sur celui d'Alec, et j'aperçois un tatouage sombre sur son avant-bras.

Puis, sans rien dire, il se dirige vers Michael, l'attrape par la gorge et le soulève du sol. Les jambes de l'homme plus petit bougent inutilement tandis qu'il se débat, haletant pour respirer. Je peux le voir essayer de tirer sur les liens de ses poignets, essayer de libérer ses mains pour pouvoir attraper les doigts de Nikolaï, mais bien sûr, les liens ne cèdent pas.

Michael se tortille et donne des coups de pied, son visage devenant rouge puis violet. Ses yeux sont exorbités tandis que sa bouche s'ouvre en petits mouvements béants comme un poisson. Mais Nikolaï ne bouge même pas. C'est comme si l'homme qu'il tenait ne pesait rien, et la brute russe le maintient juste là, ses doigts se resserrant si vicieusement autour de sa gorge que je ne sais pas s'il essaie d'étouffer Michael ou de lui briser le cou.

Mon cœur bat la chamade dans ma poitrine tandis que je regarde. C'est silencieux dans la pièce, le silence n'étant brisé que par les sons étouffés de Michael essayant de s'échapper alors qu'il se débat dans l'emprise de Nikolaï.

Mais c'est inutile. Après ce qui semble être plusieurs minutes, il cesse de se débattre et seuls ses pieds continuent de trembler. Ses paupières se ferment et sa tête penche un peu. Et puis il se relâche complètement dans la prise de Nikolaï.

Il est clairement mort et Nikolaï le laisse tomber au sol avant de se tourner vers Alec et d'incliner la tête.

« Il n'aura pas l'occasion de trahir à nouveau la Société Kyrio », murmure-t-il.

C'est une preuve de loyauté, un signe qu'il ne se rangera jamais du côté de Michael plutôt que d'Alec, même s'il s'est autrefois porté garant de cet homme.

Alec soutient son regard une seconde de plus, puis acquiesce, semblant satisfait.

Nikolaï remet ses manches et s'installe sur son siège tandis que les gardes qui ont amené Michael dans la pièce ramassent son corps, le soulevant silencieusement entre eux. Tout le monde ignore le cadavre lorsque les gardes d'Alec le sortent de la pièce.

« Bien. Maintenant que c'est réglé, nous pouvons passer à autre chose », dit Alec, sa voix toujours aussi froide et professionnelle. Je cligne des yeux, en reportant mon attention sur lui. « Tatum et River, vous deux allez évaluer la marchandise. Voyez ce qui vaut la peine d'être récupéré et ce qui ne l'est pas. »

Putain. Je jette un coup d'œil à Tatum qui tourne son regard perçant vers moi. Son visage est dur et impassible, son expression si froide qu'elle pourrait aussi bien être taillée de glace. Clairement, cette femme me déteste.

Eh bien, le sentiment est réciproque à ce stade.

« D'accord », dit-elle d'un ton sec, en faisant un signe de tête à Alec.

« Ouais, ok », j'ajoute. Les mots sont difficiles à prononcer.

Même si je déteste ça, nous ne pouvons pas refuser, et même si je redoute de passer plus de temps avec Tatum, ça pourrait être une bonne occasion de la sonder un peu plus. Pas pour voir si elle peut devenir une alliée potentielle, mais pour voir si je peux découvrir ses faiblesses.

La réunion se termine quelques minutes plus tard et tout le monde est congédié.

Henri et Alec se lèvent de table en même temps, discutant à voix basse, et je suis tentée de m'attarder pour essayer d'écouter leur conversation. Mais je ne suis pas sûre de pouvoir être subtile et Tatum se dirige déjà vers la porte. Si je suis censée aller inspecter cette *marchandise* avec elle, je dois planifier ça.

Je me lève donc et je la suis, en roulant les yeux sur la façon dont elle a le nez pratiquement en l'air en marchant, ses talons tapant un rythme staccato sur le sol luisant.

« Hé, Tatum », dis-je.

Nous continuons de marcher dans le hall pendant un moment avant qu'elle n'indique qu'elle m'a entendue, mais elle se retourne finalement, me regardant avec une expression dédaigneuse.

« Retrouve-moi ce soir », dit-elle d'un ton sec et agacé, en me donnant l'adresse de notre point de rendez-vous. « Et viens seule. Je sais que tu es incapable d'aller quelque part sans ton foutu harem, mais laisse-les à la maison. »

Je me hérisse, détestant ce qu'elle sous-entend. Elle appelle les Rois du Chaos un harem, comme si c'était un gros mot et qu'ils n'étaient que des baises ou quelque chose comme ça.

Je replie mes doigts pour former un poing et m'empêcher de m'en prendre à elle. Elle renifle et s'éloigne à grands pas, ses talons claquant sur le sol poli.

« Salope », je marmonne une fois qu'elle est partie, puis je vais chercher les gars pour qu'on puisse se barrer d'ici.

32

RIVER

Nous prenons l'hélicoptère pour quitter la réunion, puis nous remontons dans notre voiture pour rentrer chez nous. Une fois que nous sommes tous confortablement installés dans la voiture, je les informe de tout ce que j'ai appris et vu au cours de la réunion.

« Je n'avais aucune idée que Michael était impliqué dans la Société Kyrio », dis-je quand j'arrive à la partie où il a été amené dans la pièce. « Je pensais que les informations qu'Alec voulait que j'obtienne seraient plus bénéfiques pour ses affaires légales que pour ses affaires illégales. Mais c'est clair que ce type avait des trucs à régler que nous ne connaissions pas. Et les informations que j'ai extraites de son ordinateur ont suffi à convaincre Alec que Michael les escroquait. »

« Alors ils l'ont tué. » dit Ash avant de siffler.

« Ouais. Eh bien, Nikolaï l'a fait. À mains nues. »

« Merde. » Pax se renfrogne et se penche en arrière sur son siège. « C'est n'importe quoi. Je voulais le tuer. Je l'avais dans ma ligne de mire et je n'ai même pas appuyé sur la gâchette. »

J'étouffe un rire, parce que seul Pax peut entendre tout ça et être furieux de ne pas être celui qui a pu tuer le type.

Pourtant, je comprends un peu où il veut en venir. Je ne

connais pas tous les détails de ce que Michael a fait pour la société ou le genre de marchandises qu'il leur a fournies, mais le fait qu'il ait eu affaire à eux m'en dit long sur le genre de personne qu'il était. Et il n'y a rien de positif.

« Désolé, Pax », je marmonne en secouant la tête. « Mais j'ai le sentiment qu'il y aura d'autres occasions de tuer et de semer le chaos avant que tout ça ne soit réglé. »

L'idée lui fait plaisir, mais son expression devient plus sérieuse lorsque je continue mon rapport sur tout ce que j'ai appris pendant la réunion.

J'ai rejoint la société à un moment où j'ai l'impression qu'elle veut étendre sa portée. Alec a déjà un paquet d'argent, mais il veut plus d'influence et de pouvoir. L'organisme de bienfaisance qu'il a créé, la Fondation des Rêves, semble faire partie de ce projet.

Il s'agira d'une façade, d'un moyen d'améliorer son image publique tout en développant la richesse et le pouvoir de son organisation secrète.

Une fois rentrés, nous passons le reste de la journée à élaborer des stratégies, à ajouter de nouvelles notes à la liste de Gale et à essayer de trouver un moyen d'en finir au plus vite. Il y a plusieurs choses à prendre en compte et plusieurs choses que nous ne savons pas encore, mais la journée passe vite, car nous suggérons tous des idées et en débattons pour voir si elles sont valables.

La soirée arrive plus vite que je ne l'espère et je dois aller retrouver Tatum.

« Je ne sais pas pour qui elle se prend, à te dire que tu dois venir seule », grogne Pax, les bras croisés et grimaçant. « Cette salope n'établit pas les règles. »

« On pourrait se pointer quand même », suggère Ash en tirant sur sa lèvre inférieure. « Qu'est-ce qu'elle peut y faire ? »

Je sais qu'ils ne sont pas enthousiastes à l'idée que je sois seule et que je me retrouve dans une situation comme celle-ci, surtout lorsqu'il s'agit d'un membre de la société qui me déteste clairement. Ce n'est pas ce que je préfère non plus, mais je pourrais en apprendre plus sur elle et je suis convaincue qu'elle sera beaucoup moins susceptible de faire une erreur et de révéler quelque chose si tous mes hommes sont là. Elle n'a définitivement pas une très bonne opinion de moi, alors si nous ne sommes que toutes les deux, elle baissera peut-être un peu plus sa garde, ne me voyant pas comme une réelle menace.

« C'est vraiment une salope », dis-je à Pax en grimaçant. Puis je me tourne vers Ash. « Mais ça va aller. Elle ne peut pas me faire de mal, pour la même raison que je dois éliminer toute la société d'un seul coup. Nous n'avons pas le droit d'agir les uns contre les autres, même si nous ne nous aimons pas du tout. Si elle m'attaquait, les autres membres de la société considéreraient probablement cela comme une attaque contre eux tous. Même les autres qui semblent me détester aussi seraient furieux qu'elle ait violé son serment. Elle n'essaiera donc pas de me tuer ou quoi que ce soit. »

Gale soupire. « Tu as raison. Putain. Mais *fais attention.* »

« Je suis toujours prudente », je réponds en lui faisant un sourire victorieux.

Il ne sourit pas en retour, mais m'embrasse quand même sur le front en empoignant mes cheveux comme il sait que j'aime. Quand je m'éloigne pour me préparer à partir, il me donne une bonne claque sur les fesses.

J'expire par surprise et me retourne vers lui, mais il me regarde d'un air impassible.

« Tu vas en recevoir d'autres si tu fais quelque chose de stupide », promet-il.

À en juger par ma culotte mouillée et ma fesse qui me pique, je suis convaincue que nous savons tous les deux que ce n'est pas vraiment une menace. Mais je me contente de cacher mon sourire et de monter à l'étage pour prendre mes clés de voiture.

Ma vieille bagnole est toujours dans l'allée. Je monte dedans et je fais les trucs que j'ai appris pour qu'elle démarre à chaque fois... en général. Il faut deux essais, car je ne l'ai pas conduite depuis un moment, mais je finis par sortir de l'allée et je me dirige vers l'endroit où nous avons convenu de nous rencontrer.

Tatum est déjà là quand j'arrive, même si je ne suis pas en retard. Je lève les yeux au ciel en réalisant à quel point c'est une maniaque du contrôle, puis je m'arrête et je sors ma clé du contact. Elle est appuyée contre une Ferrari argentée étincelante et elle est seule aussi, sans entourage.

Je sors de ma voiture et Tatum renifle, comme si je l'avais offensée.

« C'est quoi ça ? » demande-t-elle en fixant ma voiture. « Tu n'as pas d'argent ? »

Je regarde ma vieille bagnole et je hausse les épaules. « Ouais. Et puis ? Qu'est-ce que tu veux dire ? J'aime bien ma voiture. »

Ses lèvres se retroussent. « Nous n'allons pas prendre cette... chose là où nous allons. Je pourrais attraper quelque chose rien qu'en la touchant. »

« Bon sang. *Très bien.* » Je n'ai pas vraiment envie de me disputer avec elle à ce sujet en cet instant.

Bien sûr, sa voiture est super belle et luxueuse, polie et élégante avec un intérieur en cuir. Je me glisse sur le siège passager et je dois admettre, malgré moi, que cette voiture est sexy à souhait. Non pas que je lui dirais ça à haute voix. Je refuse de lui donner cette satisfaction ou de lui donner des raisons supplémentaires d'agir comme si elle était meilleure que tout le monde.

Pourtant, je ne peux m'empêcher de glisser ma main sur le siège en cuir lisse.

Peut-être que quand tout ça sera fini, je dépenserai une partie de l'argent que j'ai volé à Julian pour m'acheter une belle voiture.

Bien que nous soyons assises proches l'une de l'autre, Tatum m'ignore complètement lorsqu'elle démarre la voiture, faisant gronder le moteur, et s'éloigne du trottoir. Elle navigue comme une machine dans les rues sombres de Détroit, rapide et contrôlée, le visage sans expression. Elle conduit comme si les limites de vitesse ne s'appliquaient pas à elle, et peut-être qu'elles ne s'appliquent pas, car je parie qu'aucun policier de la ville ne lui donnerait une contravention pour excès de vitesse.

Après environ vingt minutes de silence tendu, nous nous arrêtons devant un bâtiment délabré à la périphérie de la ville.

« Nous sommes arrivés », dit-elle sans ambages, comme si j'étais trop stupide pour m'en rendre compte.

« Super », je marmonne.

Finissons-en avec ça.

Un homme vêtu d'une tenue de ville banale se tient à l'extérieur du bâtiment, fumant une cigarette. Si quelqu'un passait par là, il ne le remarquerait probablement pas, mais comme je sais pourquoi nous sommes ici et que de la marchandise illégale est cachée dans le bâtiment, je le remarque bien. C'est un garde.

Il se crispe légèrement quand on s'approche, mais semble reconnaître Tatum.

« Nous sommes ici pour affaires », dit Tatum froidement. « Nous devons inspecter la marchandise. »

« D'accord. Nous vous attendions. » Il lui fait un signe de tête, me jette un regard rapide, puis nous laisse entrer sans problème.

Un autre garde nous fait traverser le bâtiment qui semble être une sorte de grand entrepôt.

« Cette cargaison était vraiment merdique », murmure-t-il en s'adressant à Tatum alors qu'il nous conduit plus profondément à l'intérieur. « C'est... eh bien, vous verrez. »

Tatum fait un bruit dans sa gorge, sans prendre la peine de répondre, et un moment plus tard, le garde nous fait entrer dans un grand espace faiblement éclairé.

Je m'attends à voir des boîtes ou des caisses de drogues, de fusils ou d'autres armes, mais je me fige lorsque j'examine la *marchandise* qui nous entoure. Il y a des cages le long des murs, comme dans un refuge pour animaux.

Mais au lieu de chiens errants, il y a des filles dans les cages.

Elles ont toutes une mine affreuse. Elles sont maigres, ont l'air malade et sont couvertes de bleus.

Mon estomac se noue. Pendant une seconde, je pense que je vais être malade et je plaque une main sur ma bouche comme si cela allait m'empêcher de vomir. La pièce est remplie du bruit des filles qui reniflent ou toussent, se déplaçant dans les cages comme des animaux enfermés depuis trop longtemps sans qu'on s'en occupe.

Aucune d'entre elles n'appelle à l'aide ou ne réagit vraiment lorsque Tatum et moi arrivons. J'essaie de croiser le regard de quelques-unes d'entre elles alors que nous passons, mais elles ne me regardent pas. Elles fixent le vide au loin ou le sol des cages, frissonnant et sans expression.

Tatum traverse l'espace à grands pas, la tête haute, en jetant un coup d'œil dans plusieurs cages. Ses talons font un bruit de *clic, clic, clic* sur le sol en béton, et je remarque que quelques prisonnières reculent devant ce bruit, comme s'il leur rappelait quelque chose de désagréable.

Je ne veux même pas penser à ça.

Elle les examine toutes d'un regard froid et détaché, passant d'une cage à l'autre, prenant tout en compte.

Puis elle se tourne vers le garde qui nous a escortées dans le bâtiment et croise ses bras devant sa poitrine.

« Cette cargaison est inutile », dit-elle, le ton glacial et tranchant. « Aucune d'entre elles ne vaut la peine d'être vendue à des acheteurs importants. Elles ne sont pas haut de gamme. »

« Alors, que devons-nous faire d'elles ? » demande-t-il.

« Vendez-les pour autant que vous le pouvez dans la rue. Nous allons recommencer avec un nouveau fournisseur. »

Le garde acquiesce et Tatum tourne les talons sans rien dire de plus, retournant vers l'entrée. Je me précipite pour la suivre, ayant l'impression d'être étourdie jusqu'à ce que nous soyons de retour à l'extérieur et que je puisse respirer l'air frais.

Je prends quelques inspirations avant de remonter dans la voiture, mais cela ne m'aide pas vraiment. Je me sens toujours malade, l'horreur et la fureur montant en moi tandis que les images de l'entrepôt défilent dans ma tête.

Tatum démarre sa voiture et le moteur gronde. Nous nous éloignons du bâtiment banal qui sert essentiellement de prison aux femmes qui y sont enfermées. Une prison qui les expulsera bientôt dans les rues de Détroit, pour les vendre à des hommes comme Luther qui en useront et en abuseront comme bon leur semble.

À cause d'Alec.

À cause de Tatum.

À cause de *moi*.

Le ciel est complètement noir maintenant et les réverbères brillent alors que nous roulons. Je regarde par la fenêtre, essayant de laisser les éclats lumineux me distraire de la tempête qui se prépare dans mon cœur, mais ça ne marche pas.

Après un moment, je ne peux plus retenir ma colère et je me retourne pour regarder Tatum.

« Comment peux-tu faire partie de ça, putain ? » je lui demande. « Comment peux-tu vivre avec toi-même en faisant partie de la Société Kyrio, sachant le genre de merde qu'ils font ? »

Sa tête ne bouge pas du tout, mais ses yeux se tournent vers moi avant de se poser à nouveau sur la route.

« Tu devrais faire attention à ce que tu dis », dit-elle froidement. « Tu es peut-être le petit chouchou d'Alec, mais il n'aime pas qu'on dise du mal de son organisation. Les pensées mènent aux actes : il le dit toujours. »

« Ah oui ? » Mes yeux se plissent. « C'est pour ça que tu lui fais de la lèche ? Pour qu'il soit clair que tu es prête à faire tout ce qu'il te demande, même si cela signifie vendre ton âme ? »

Le visage de Tatum ne change pas du tout. Elle ne me lance pas un regard attristé et ne me sourit pas avec mépris. Au lieu de cela, elle me tend son poignet et le tourne pour que je puisse voir une cicatrice brillante. Je l'observe dans la faible lumière des lampadaires qui passent et je remarque que c'est plus une tache qu'une ligne. Pas une coupure, mais plutôt une cicatrice de brûlure.

« Quand j'avais huit ans, mon père a tenu mon bras au-dessus d'une flamme pour m'apprendre à supporter la douleur », dit-elle impassible. « Il m'a appris que seuls les plus forts survivent et il m'a montré comment faire, quoi qu'il en coûte. » Elle fait une pause, et quand elle reprend la parole, sa voix est encore plus froide. « Ces femmes là-bas n'étaient pas assez fortes. »

Je serre les dents et j'enfonce mes doigts dans mes jambes pour les empêcher d'essayer de crever les yeux de Tatum.

C'est n'importe quoi.

Elle donne l'impression que toutes les filles de l'entrepôt, toutes celles à qui il arrive des trucs moches, le *méritent* parce qu'elles n'ont pas été assez fortes pour s'en sortir. Mais c'est un mensonge. C'est le mensonge que les gens comme elle se disent à eux-mêmes pour justifier de marcher sur les autres pour obtenir ce qu'ils veulent. C'est le mensonge qu'elle se raconte pour pouvoir prétendre qu'elle ne pourrait jamais devenir comme ces filles.

Comme moi.

« Eh bien, je suis contente que tu aies tout compris », je murmure amèrement. « Tu vis dans ton énorme penthouse ou je ne sais quoi, en sécurité, pendant que tous les pauvres connards qui ne sont pas *assez forts* souffrent et meurent. »

« Tu ne sais rien de moi. » Les doigts de Tatum serrent le volant plus fermement tandis qu'elle ricane. « Mon adresse n'est pas connue du public, mais j'ai quand même des vitres pare-balles. Je n'ai pas seulement hérité de l'argent de mon père ou de sa position dans la société. J'ai aussi hérité de ses ennemis et chacun d'entre eux veut ma mort. »

Elle se tourne enfin vers moi et je frissonne à la lueur dure dans son regard.

« Tu ne crois qu'aucune de ces filles ne s'en serait prise aux autres pour améliorer un peu sa propre situation ? Qu'elles ne nous auraient pas tuées, toi ou moi, et volontiers pris notre place si elles en avaient eu l'occasion ? Tu agis comme si j'étais un monstre pour avoir fait ce que j'ai fait, mais la vérité est que c'est un jeu tordu. Nous essayons tous de gagner et quiconque prétend le contraire est un putain de menteur. »

Elle se tait, la mâchoire tendue, alors qu'elle se concentre à nouveau sur la route.

Nous ne parlons pas pendant le reste du trajet et elle me dépose à ma voiture avant de partir.

Je la regarde partir, et quelques instants plus tard, je vois la voiture de Pax sortir d'une ruelle voisine et la suivre. Il ne va pas l'attaquer ou quoi que ce soit, pas ce soir, mais avec un peu de chance, il pourra découvrir où elle vit ou les endroits qu'elle fréquente souvent. Étant donné que nous sommes tous amenés aux réunions de la société par hélicoptère, je n'ai pas été en mesure de suivre qui que ce soit après nos réunions ou d'en savoir plus sur eux de cette façon.

C'est une opportunité en or et ça me fait plaisir de savoir que même si Tatum m'a dit de ne pas amener mon *harem*, un des Rois est quand même venu avec moi en secret.

Elle a raison, d'une certaine façon. Tout cela ressemble à une sorte de jeu tordu.

Et je suis plus déterminée que jamais à gagner.

33

RIVER

« Putain », jure Ash en enlevant ses lunettes et en se frottant une main sur le visage. « Ça ne marchera pas non plus. »

« Je sais. Il y a au moins deux membres de la société qui manquent à l'appel dans ce scénario », dis-je en soupirant.

Quelques jours se sont écoulés depuis mon horrible sortie pédagogique avec Tatum, et les gars et moi sommes tous à la maison. Nous avons revu notre plan à moitié élaboré, parce que c'est tout ce que nous semblons faire ces jours-ci. On a tous hâte que ça se termine.

Nous évaluons une option pour éliminer tous les membres de la société en même temps, maintenant que nous en avons appris un peu plus sur chacun d'eux. Mais nous rencontrons toujours le même problème : nous ne pouvons pas physiquement être partout en même temps pour que cela se produise. D'autant plus que nous ne voulons pas nous éparpiller et risquer de ne pas avoir assez de renforts si tout dérape.

Parce que, soyons honnêtes, ce sera probablement le cas.

« C'est comme jouer à la pire partie de Tetris », gémit Ash en remettant ses lunettes et en reprenant son couteau.

Il est passé des pièces de monnaie aux armes comme moyen d'expulser son excès d'énergie, et il commence à lancer un couteau en l'air, l'attrapant à chaque fois avec trois doigts par la lame. C'est un signe qu'il est agité par tout ça.

Pax a recouvert la table de petits morceaux de Lego et de bricoles, comme il aime faire lorsqu'il a besoin de visualiser des scénarios pour ce genre de choses.

« Ouais. Tu as raison. Ok, les petits gars. On recommence. » Il soupire et remet les pièces en place, leur faisant faire des petites danses en parlant avec une voix aiguë.

Gale se penche sur sa chaise et regarde la table en passant une main sur sa mâchoire. Il s'est rasé, ce que je prends comme un autre bon signe qu'il guérit bien. Les premières semaines après sa blessure, il ne prenait pas la peine de se raser, laissant pousser une épaisse barbe foncée. Mais maintenant, il ressemble plus à lui-même, avec la lueur vive et déterminée dans ses yeux de couleur émeraude.

« Les éliminer à distance est l'option la plus facile », dit-il. « On est à l'abri du danger et ça nous donne les meilleures chances de réussir. »

Pax déplace son petit jeton au sommet d'une pile de pions. « Je peux en sniper un, sans problème », dit-il, en faisant faire à son pion une petite danse de la victoire qui fait vaciller dangereusement la pile.

« Ouais, le seul problème est que personne d'autre n'est aussi bon tireur que toi », fait remarquer Preacher. « River est bonne, mais c'est trop risqué, surtout que la cible doit être à l'extérieur pour que ça marche. Donc nous ne pouvons probablement éliminer qu'une seule personne par sniper. Nous avons besoin d'autres options. »

Ash secoue la tête et attrape à nouveau le couteau. « On ne peut pas être à autant d'endroits à la fois. Nous avons fait le tour de la question des centaines de fois, en incorporant toutes les faiblesses et les failles de sécurité que nous avons pu trouver. Ils sont tous bien protégés, avec très peu de failles dans leur système. Nous ne sommes pas assez nombreux pour que ça marche. Il n'y a pas de configuration qui nous permette de les éliminer tous en même temps. C'est impossible. »

Je fixe la planche en réfléchissant à tout ça. Nous devons éliminer beaucoup de gens, tous au même moment, ou aussi rapidement que possible. Ils sont tous puissants, connectés, paranos et avisés.

Et si on foire, on est tous morts.

Peut-être que c'est vraiment de la folie.

« Ok, et ça ? » propose Gale. Se penchant en avant, il commence à déplacer les pions. « Pax tire ici, éliminant Henri. Puis Preacher et Ash vont trouver Nikolaï. »

« Oh, bien sûr », dit Ash en roulant les yeux. « Envoie-nous après le grand méchant Russe inconnu. Ça va être génial. C'est Pax qui devrait l'éliminer. »

« D'accord, très bien », dit Gale. « Mais ça veut dire que tu dois éliminer tous les gardes de sécurité d'Henri et il en a beaucoup. »

Ils tournent en rond en discutant de ce nouveau plan et je fais un peu la sourde oreille en regardant l'assortiment d'objets disposés sur la table.

Ils sont trop nombreux et nous ne le sommes pas assez.

Juste après cette pensée, une autre me vient à l'esprit, et j'inspire d'un coup sec. Mon cœur se met à battre la chamade et je lève brusquement les yeux, coupant court à la discussion.

« Ash a raison. Dans l'état actuel des choses, ce n'est pas possible. Si on veut faire ça bien... on va avoir besoin d'aide. »

Cela fait réfléchir tous les hommes. Ils se taisent et me regardent en levant les sourcils.

« De l'aide ? » demande Gale en secouant la tête pour y réfléchir. « C'est risqué de faire appel à quelqu'un d'autre. »

« C'est vrai », je l'admets. « Mais c'est la seule option que je vois. Et ce ne serait pas n'importe qui. J'ai une personne en tête. »

« Qui ? » demande Preacher.

Je souris alors que l'idée commence à prendre forme dans mon esprit. C'est définitivement risqué et peut-être fou. Mais c'est comme toute cette mission que nous nous sommes fixés. Et ça pourrait juste marcher.

« Quelqu'un qui me doit une faveur. »

Il faut un certain temps pour les convaincre, en déplaçant les pièces de Lego sur la table essayant de trouver de meilleures options et en échouant à plusieurs reprises, avant que les gars n'acceptent finalement mon idée.

« Je vais devoir aller à Fairview Heights », dis-je. « Ça ne peut pas être un appel téléphonique. Et je n'ai pas son numéro de toute façon. »

« Nous venons avec toi », propose immédiatement Pax.

« Nous *tous* », dit Gale, l'air têtu.

Je fais une grimace. « Tu ne peux pas. Tu le sais bien. »

« Je ne resterai pas derrière », insiste-t-il en croisant les bras. « Pas cette fois. »

Son regard dit qu'il ne me laissera pas discuter avec lui à ce sujet. Nous nous sommes affrontés plusieurs fois au cours de sa convalescence, nous disputant sur la quantité de travail qu'il devait faire, et il m'a surpris en reculant et en se calmant devant mon insistance à plusieurs reprises.

Mais ce ne sera pas une de ces fois.

« D'accord », je soupire après un long moment. « Mais nous devons être prudents. Tu es toujours censé être mort, donc on ne peut pas te laisser être vu par n'importe qui à Détroit. »

Pour être honnête, je n'ai pas l'impression qu'Alec pense encore souvent à Gale, même pas pour me narguer sur sa mort. Pour le chef de la Société Kyrio, Gale était un pion, un outil pour me faire comprendre et tester ma volonté d'obéir à ses ordres. Alec ne l'a jamais vraiment considéré comme une personne, alors dès qu'il est tombé dans l'eau, c'est comme s'il avait cessé d'exister.

Mais si Alec apprenait que Gale n'est pas mort ? Tout ça changerait subitement.

Donc nous devons continuer à jouer la comédie.

Gale acquiesce en croisant mon regard. « Personne ne le saura, River. Je te le promets. »

Je suis encore un peu tentée d'essayer de le convaincre de rester à la maison, mais je me sens plus forte avec tous mes hommes à mes côtés. Et une fois que nous serons sortis de Détroit, je ne m'inquiéterai plus autant qu'il soit vu.

Nous nous préparons donc tous les cinq à partir, en laissant le chien à la maison. Je caresse Harley avant de partir, tandis que l'angoisse grandit en moi. Les gars ont augmenté la sécurité à la maison et Preston n'est pas entré par effraction à nouveau depuis la nuit de mon intronisation dans la société, mais je crains toujours qu'il le fasse.

« Mords le méchant s'il vient », dis-je à Harley.

Il me fait un sourire de chien avec sa langue qui pend en remuant la queue.

Je roule les yeux en grognant alors que je lui gratte l'oreille. « Clairement, je t'ai mal élevé. Tu fais confiance trop facilement. »

On entre dans le garage et on s'entasse dans la voiture. Je m'assois à l'arrière avec Gale et Ash, Pax conduit et Preacher est assis devant.

« Tu dois baisser la tête jusqu'à ce qu'on sorte de la ville », dis-je à Gale. « Juste au cas où. »

Il me lance un regard comme s'il pensait que c'était un peu exagéré, mais il le fait, se déplaçant sur le siège et posant sa tête sur mes genoux. Il profite de cette position pour caresser ma chatte à travers mon pantalon pendant que Pax conduit. Son souffle est chaud sur mon clito et je me tortille sur place, le regardant tandis que des frissons parcourent mon échine.

« Tu n'aides pas, tu sais », je lui fais remarquer.

Il me sourit, l'amusement brillant dans ses yeux. « Hé, c'était ton idée. »

Le voyage dure deux heures et, alors que nous atteignons

Fairview Heights et que nous empruntons des rues que je reconnais, plusieurs souvenirs me viennent à l'esprit.

J'ai passé des mois à chasser l'un de mes ravisseurs dans cette ville, mais il était puissant et protégé, et je n'avais pas le soutien et l'appui de quatre hommes dangereux à l'époque. Il était difficile de m'approcher de lui, et j'ai essayé et échoué plusieurs fois.

Finalement, j'ai trouvé quelqu'un qui le détestait presque autant que moi et je l'ai aidée à le tuer. En lui donnant les informations dont elle avait besoin pour le faire tomber.

Cela a bien fonctionné pour nous deux.

Je guide Pax vers la maison où Mia DeLeon vivait la dernière fois que je l'ai vue, en priant pour qu'elle n'ait pas déménagé depuis. Nous n'avons pas vraiment le temps de passer Fairview Heights au peigne fin pour la chercher.

La grande maison se trouve dans une rue résidentielle tranquille, ressemblant à celle des Rois, et nous nous garons dans la rue avant de marcher dans l'allée jusqu'à la porte d'entrée.

Je prends une profonde inspiration et je lève la main pour sonner à la porte, en priant que mon idée dingue porte ses fruits.

S'il te plaît, sois toujours là. S'il te plaît, sois prête à m'aider.

Après plusieurs secondes qui semblent s'éterniser, la porte s'ouvre. Mon pouls s'accélère alors qu'une femme aux cheveux noirs qui me sont familiers et aux yeux vert jade recule en nous voyant, l'air surprise.

Elle a l'air d'avoir vu un fantôme. C'est approprié, je suppose, puisque c'est comme ça que je lui ai dit de m'appeler la dernière fois que nous avons parlé.

Je ne pensais pas la revoir, et à en juger par son expression choquée, elle ne s'attendait pas à me voir non plus.

« Fantôme ? » demande-t-elle, la voix basse.

J'ouvre la bouche pour parler, mais avant que je puisse le faire, trois hommes costauds remplissent le cadre de porte derrière Mia. Ils se crispent tous les trois, et je peux sentir les quatre Rois derrière moi se crisper également, leurs mains se dirigeant vers leurs armes cachées alors qu'ils se préparent à me protéger si nécessaire.

Mia semble avoir compris, tout comme moi, que nos hommes s'affrontent, et elle grogne en roulant les yeux.

« Très bien, très bien. Tout le monde peut ranger sa bite maintenant », dit-elle. « C'est bon. »

Aucun des hommes ne semble la croire, ni les miens ni les siens. Ils ne bougent pas d'un poil, se regardant par-dessus nos têtes.

« Sloan », dit-elle fermement. « Rory, Lévi, c'est *bon*. »

Le blond prend une grande inspiration et roule les épaules, sans pour autant nous quitter du regard. Les deux autres hommes se détendent, mais seulement légèrement, et les Rois du Chaos semblent toujours sur les nerfs.

« C'est bon », je leur répète et l'épaisse tension qui plane sur nous descend d'un petit cran.

« Entrez », dit Mia en jetant un rapide coup d'œil autour d'elle. « Avant que les voisins ne le remarquent et pensent que quelque chose de bizarre se passe. »

C'est déjà ça. Je ne sais pas si elle va nous aider, mais au moins elle ne nous a pas claqué la porte au nez. Le fait qu'elle nous laisse entrer chez eux signifie qu'elle doit me faire un peu confiance. C'est un bon début.

« Merci. » dis-je en hochant la tête.

Les gars qui flanquent Mia reculent un peu, ce qui lui permet de reculer et d'ouvrir la porte. Nous entrons et elle ferme la porte derrière nous avant de se tourner vers moi et de froncer les sourcils.

« Mais qu'est-ce qui se passe ? » Son regard glisse par-dessus mon épaule, là où les Rois se sont rassemblés autour de moi pour mieux me protéger. « Et qui sont ces gars-là ? »

34

RIVER

Si je pensais que nous avions laissé toute cette tension à l'extérieur de la maison quand nous sommes entrés, j'avais tort. Elle nous a suivis à l'intérieur et elle remplit complètement la pièce.

Je vois bien que les trois hommes qui vivent ici soutiennent complètement Mia. Mais je sais aussi que si les choses tournaient mal, mes gars feraient de leur mieux pour abattre ces hommes s'ils me menaçaient.

Mia vivait avec ces trois membres de gang lorsque je lui ai donné les informations dont elle avait besoin pour éliminer leur ennemi il y a quelques mois. J'ai fait suffisamment de recherches sur elle avant de l'approcher dans cette boutique pour savoir qu'elle était en relation avec chacun d'entre eux, mais je n'avais pas réalisé jusqu'à maintenant à quel point ma propre situation était similaire à la sienne.

C'est étrange et j'aurais souhaité que nous nous rendions visite dans d'autres circonstances. J'adorerais découvrir ce qu'il en est pour elle et comparer nos notes sur la façon de gérer une relation avec plusieurs hommes à la fois.

Mais ce n'est pas le moment de parler de ça, et en plus, ce n'est pas comme si je pouvais vraiment avoir une conversation de filles avec Mia quand tous les gars sont dans la même pièce, prêts à se battre s'ils le doivent.

Alors je chasse ces pensées et je reviens à l'essentiel. Je jette un coup d'œil à Mia et à ses gars, puis je fais un geste vers les hommes qui sont venus avec moi.

« Voici Pax, Preacher, Gale et Ash. Et je suis... mon nom n'est pas Fantôme. C'est River. »

Mon estomac se noue à mesure que je parle. Bien que ce soit nous qui soyons venus la voir, et que personne ne nous ait forcés à être ici, une partie de moi n'aime pas lui donner des informations personnelles.

Mais je dois le faire.

C'était une chose de maintenir l'anonymat avec elle auparavant, mais ce que nous sommes venus lui demander va nécessiter un niveau de confiance que nous n'avons pas encore. J'ai besoin de l'établir et la meilleure façon de le faire est de révéler quelque chose de personnel.

Je dois être la première à le faire et je dois espérer que je ne l'ai pas mal jugée.

Les sourcils de Mia s'élèvent à nouveau et je sais qu'elle comprend ce que ça signifie que je lui ai révélé mon vrai nom.

« Ok », dit-elle, l'air songeur, comme si elle essayait de reconstituer un puzzle dans sa tête. Puis elle tend la main vers le côté. « Allons dans le salon. Peu importe ce dont tu veux parler, on peut le faire là. »

Elle nous conduit à travers la maison dans un grand salon, et je reste en arrière avec mes gars pendant qu'elle prend place dans un fauteuil. Ses hommes s'installent autour d'elle, deux d'entre eux se perchent sur chaque bras du fauteuil tandis que le troisième se tient derrière elle, les bras croisés devant son large torse et les yeux perçants.

Les Rois et moi prenons le canapé qui est assez grand pour ne pas être trop serré, bien qu'ils soient assis si près de moi que la grosse cuisse de Pax se presse contre la mienne d'un côté et celle de Gale de l'autre. À la maison, Gale marche encore parfois en boitant un peu, surtout à la fin d'une longue journée, quand sa blessure commence à lui faire un peu mal, mais j'ai remarqué qu'il marchait normalement quand nous sommes arrivés ici, et qu'il s'assoit le corps raide, sans donner aucun signe du fait qu'il ait été récemment blessé.

Cela me fait comprendre à quel point cette situation est délicate.

Ces gens ne sont pas nos ennemis, mais nous ne sommes pas encore sûrs qu'ils soient nos amis non plus, et cela nous rend tous nerveux.

« Alors ? » Mia penche la tête, ses cheveux noirs luisant dans la lumière du soleil qui passe par la fenêtre. « De quoi s'agit-il ? Je ne t'ai pas vu ni même entendu murmurer ton nom à Fairview Heights depuis cette nuit à l'hôtel. C'est comme si tu avais disparu. »

« J'ai disparu », je murmure. « Eh bien, j'ai quitté la ville, en tout cas. Je suis retournée à Détroit. J'avais une... une mission que je devais accomplir. »

Elle pince les lèvres. « Et l'as-tu accompli ? »

« Oui. »

Je pense au corps d'Ivan, découpé en morceaux dans la chambre de Pax au sous-sol. Le dernier nom sur ma liste.

Cela semble faire une éternité, et alors que je considère la série d'événements qui ont suivi la mort d'Ivan, je suis frappée par une soudaine lassitude. Tout *aurait dû* se terminer cette nuit-là, mais ça n'a pas été le cas. Au lieu de cela, je suis tombée de plus en plus profondément dans un terrier de lapin, et maintenant je suis piégée comme Alice dans une sorte de pays des merveilles sanglant et tordu.

« J'ai accompli ce que j'avais prévu », je répète en me léchant les lèvres. « Mais c'est devenu compliqué. Et maintenant nous avons besoin d'aide. »

Je peux sentir les regards des hommes de Mia sur moi pendant que je parle, mais je garde mon attention sur elle. C'est elle que je dois convaincre, non seulement parce que j'ai le sentiment que ses hommes seront d'accord si je parviens à la convaincre, mais aussi parce que c'est avec elle que j'ai un passé. Et même si je ne connais pas toute son histoire, je pense que c'est elle qui est la plus à même de comprendre la mienne.

« Nous avons affaire à des gens dangereux à Détroit et je sais que les Roses Noires se débrouillent bien à Fairview Heights. Tu es devenue plus puissante depuis la dernière fois que je t'ai vue. Les informations que je t'ai données y ont contribué », je lui explique.

« Et nous sommes reconnaissants pour cette aide », interrompt le blond nommé Sloan. Ses yeux gris brillent comme de l'acier et il secoue la tête. « Mais nous ne te devons rien. Cela n'a jamais fait partie de notre marché. »

« Ouais. Ce n'était pas un échange », dit celui qui a les cheveux brun doré. *Rory*. « Tu nous as offert cette information toi-même, et d'après ce que Mia a dit, tu avais tes propres raisons de le faire. Donc je suis d'accord avec Sloan. On ne te doit rien pour ça. »

« Attendez », dit celui qui s'appelle Lévi en levant la main. Il a l'air d'être le gardien de la paix du groupe, même si je ne peux pas en être sûre. « Ne devrions-nous pas au moins l'écouter ? »

« Non. » Sloan nous regarde fixement, les muscles de sa mâchoire se contractant tandis qu'il serre les dents. On dirait qu'il préférerait nous jeter hors de la maison plutôt que de s'impliquer dans quoi que ce soit.

« Eh bien, elle est ici pour me parler », fait remarquer Mia en inclinant un peu la tête pour le regarder. « Et je veux entendre ce qu'elle a à dire. »

« Bon. » Rory inspire et donne un coup de coude à Sloan. « Elle a raison. »

Sloan ne répond pas et son expression ne change pas. Je me demande s'il se prête plus facilement au badinage lorsqu'il est seul avec Mia et les deux autres hommes que lorsqu'ils ont des invités. Il semble distant et inflexible, presque aussi dur que Gale peut l'être quand il est têtu et protecteur.

Cependant, c'est intéressant de voir leur dynamique. Il est clair qu'ils sont tous à l'aise ensemble, suivant leur propre rythme.

Mia s'éclaircit la gorge, coupant la discussion de Rory et Lévi qui parlent à voix basse.

« De quoi as-tu besoin exactement ? » demande-t-elle en me fixant du regard.

La curiosité et la méfiance luisent dans ses yeux, et j'hésite une seconde avant de répondre. Je suis tentée d'en parler encore un peu, de faire traîner les choses en longueur et d'essayer de trouver un moyen plus facile de lui demander la faveur dont j'ai besoin. Mais il n'y a pas vraiment de moyen facile de le faire, alors je décide d'être franche.

« On a besoin que vous tuiez quelqu'un », lui dis-je. « Henri Levine. »

Une fois de plus, tout l'oxygène semble avoir été aspiré de la pièce. Je sais que mes hommes ne sont pas étrangers à la mort et au meurtre, et j'ai l'impression que ce sont des choses également familières à Mia et ses hommes.

Mais il ne s'agit pas seulement de ça. Il s'agit de *qui* ils doivent tuer.

Il y a un moment de silence pendant qu'ils considèrent ce que je viens de dire. Puis Lévi prend la parole. « Henri Levine ? Vous voulez dire le sénateur ? »

« Qui ? » demande Rory.

Lévi lui lance un regard. « C'est un sénateur américain, Rory. Il passe à la télé en saluant et en souriant presque tous les soirs. Il parle toujours de l'importance de la famille et de toute cette merde. Tu l'as vu. »

Rory se contente de hausser les épaules, comme s'il n'avait aucune idée de ce dont parle Lévi, et c'est impossible de deviner s'il prétend ne pas savoir ou s'il est sérieux.

« Peut-on en revenir au sujet ? » interrompt Sloan. « C'est une trop grosse demande. Sais-tu à quel point il serait difficile de tuer un sénateur ? Il est protégé. Bien protégé. »

« C'est vrai », dit Rory en se frottant le menton. « Des gardes de sécurité gouvernementaux au minimum et il a probablement d'autres gars, en supposant qu'il soit impliqué dans des trucs illégaux. La plupart des politiciens le sont de nos jours. »

Lévi penche la tête pensivement. « C'est beaucoup demander. Ce serait dangereux. »

« Veux-tu dire que tu n'en es pas capable ? » Ash se moque, en ajustant ses lunettes. « Parce que c'est tout ce que tu as à dire si tu penses que tu ne peux pas. »

« Personne n'a dit ça », grogne Sloan. « Il ne s'agit pas de ça. Il s'agit de savoir si ça en vaut la peine pour nous. Et ce n'est pas le cas. »

Ash regarde Pax et hausse les épaules. « C'est beaucoup de mots juste pour dire qu'ils n'en sont pas capables. »

« Ash », dit Gale d'un ton sec.

« Quoi ? »

Je baisse la tête en soupirant, car cela ne nous mène nulle part. Quand je lève les yeux, Mia me regarde d'un air pensif. Elle se penche un peu en avant, posant ses coudes sur ses genoux alors que la pièce redevient silencieuse.

« Laisse-moi te demander une chose. Est-ce que Henri Levine mérite de mourir ? » murmure-t-elle.

Je repense à la soirée qu'Alec a organisée pour mon initiation. À la femme à genoux, suçant sa queue. Les bleus et le sperme sur son visage. Je pense aux filles dans ces cages, vendues dans la rue parce qu'elles n'étaient pas assez *haut de gamme* pour être vendues à des acheteurs importants, non pas que cela aurait été beaucoup mieux pour elles si elles l'avaient été.

Ce sentiment étouffant de dégoût monte en moi et je hoche la tête sans hésiter.

« Oui », lui dis-je simplement. « Il le mérite. »

Elle considère ma réponse pendant un moment, m'étudiant d'un air sérieux. Elle semble plus mature que la dernière fois que je l'ai vue, plus sûre d'elle. Plus sûre d'elle-même et de sa place dans le monde.

Personne ne parle pendant un long moment, tandis que Mia

et moi nous nous regardons dans les yeux. Puis elle rompt le silence en hochant la tête.

« D'accord. On va le faire. »

« Mia… » Sloan grogne à voix basse.

Malgré son ton dur, je lis l'inquiétude dans son regard quand il la regarde. Je suis sûr qu'il craint de mêler sa petite famille à quelque chose qui présente tous les inconvénients possibles et très peu d'avantages, et les deux autres hommes ont l'air tout aussi inquiets que lui. Même Rory qui n'a pas arrêté de plaisanter depuis notre arrivée. Il est clair qu'ils sont tous très protecteurs envers Mia. Ils ne veulent pas la voir se mettre en danger pour une bande d'inconnus.

Je comprends ça. Peut-être que je ne l'aurais pas compris avant, mais maintenant, je comprends. Je comprends l'impulsion de protéger les gens qu'on aime de tout son être.

« Écoutez », dit Mia, en se tournant dans son siège de manière à pouvoir regarder ses trois hommes. « Je sais que c'est dangereux. Je sais que nous n'avons *pas à* le faire. Mais Fantôme, je veux dire River, a raison de dire qu'elle nous a aidés une fois à nous sortir d'une mauvaise passe. Même si ça lui a profité à l'époque, elle l'a quand même fait. Je lui suis redevable pour ça. Et si Henri Levine mérite de mourir et qu'on peut le faire, alors pourquoi ne pas l'aider ? »

« Parce que ce n'est pas notre combat », propose Lévi.

« Non, ça ne l'est pas. Mais parfois, il faut quand même se lancer dans un combat, même si ce n'était pas le nôtre au départ. Et ce n'est pas comme si éliminer un sénateur corrompu allait être la chose la plus difficile que nous ayons jamais faite. »

Aucun des hommes n'a l'air convaincu. Tous les trois sont clairement réticents à s'impliquer, mais Mia n'abandonne pas. Elle argumente avec passion et le respect se lit dans leurs yeux lorsqu'ils la regardent et écoutent ce qu'elle a à dire.

Ils gravitent autour d'elle et ils semblent lui faire confiance pour prendre la bonne décision. C'est clair qu'ils sont tous profondément amoureux.

Finalement, Sloan inspire avant d'expirer bruyamment.

« D'accord », dit-il en ressemblant tellement à Gale que je dois retenir un sourire. « On va vous aider. »

Mia penche la tête pour le regarder à nouveau, et il se baisse, saisissant sa main lorsqu'elle la lève. Il porte ses doigts à ses lèvres et les embrasse, puis tourne son attention vers nous.

« Merci », leur dis-je tous. « Il faudra que ce soit une opération secrète, évidemment. Et nous coordonnons une attaque sur plusieurs fronts différents, donc nous vous ferons savoir quand nous aurons besoin de vous. Ce ne sera pas avant un petit moment. »

« D'accord. Que peux-tu nous dire sur Levine qui nous aidera ? » demande Lévi. « Je n'aime pas l'idée de m'impliquer sans rien savoir. »

J'acquiesce, puis je les informe de ce que nous avons appris sur Henri durant nos recherches sur lui. Je leur transmets également quelques petites informations que j'ai recueillies en l'observant lors des réunions de la société. Preacher et Gale ajoutent quelques éléments sur les faiblesses potentielles que nous avons trouvées dans son système de sécurité et les idées que nous avons échangées sur la meilleure façon de l'éliminer.

Mia et ses hommes écoutent attentivement, absorbant tout, même si je suis sûre qu'ils feront beaucoup de reconnaissance de leur côté. Je sais ce qu'ils ont fait avec les informations que je leur ai données la dernière fois, donc même si c'est un travail difficile, je suis convaincue qu'ils seront capables de le faire.

Une fois qu'on leur a dit tout ce qu'on pouvait, Gale sort un portable jetable et le donne à Rory.

« Nous nous en servirons pour rester en contact avec vous », dit-il. « Ne vous attendez pas à avoir souvent de nos nouvelles. Moins nous communiquerons à ce sujet, mieux ce sera. Mais nous vous ferons savoir quand il sera temps d'agir contre Henri. »

« D'accord. » Rory prend le portable et l'empoche.

« Merci », je répète alors que mes hommes et moi nous nous levons tous du canapé.

Mia me fait un petit sourire. Sloan, Rory et Lévi semblent toujours tendus, mais Sloan me fait un signe de tête à contrecœur. Tous les trois semblent impatients de faire sortir mes gars de chez eux. Ils les font sortir du salon et me laissent seule avec Mia pendant un moment.

« On dirait que tu as beaucoup de choses à faire », dit-elle.

Je rigole. « C'est un euphémisme. Et c'est toujours comme ça que ça se passe. »

« Ouais, je peux comprendre ça. » Elle me conduit dans l'entrée et regarde par la porte ouverte, où ses trois hommes regardent mes quatre attendre près de la voiture, inébranlables et protecteurs. « Au moins, tu n'es pas seule. C'est ce qui fait toute la différence. »

35

RIVER

Alors que nous nous éloignons de chez Mia, Ash semble beaucoup plus optimiste qu'avant, sifflant un air sur la banquette arrière et faisant tourner un stylo entre ses doigts.

« Cela s'est mieux passé que je ne le pensais », commente-t-il.

« Ouais, j'ai cru pendant une seconde qu'on allait devoir se bagarrer », dit Pax. « Au moins, leur petite amie les a raisonnés. »

« Il faut toujours écouter les femmes », répond Ash en hochant la tête. « À moins qu'elles ne soient des garces ou qu'elles soient complètement folles. Le fait d'avoir l'aide du gang de la Rose Noire va complètement changer notre plan. La vraie question est la suivante : maintenant qu'on a accepté le fait qu'on a besoin d'aide, est-ce qu'on en a besoin de plus ? »

« À qui demanderions-nous ? » dit Pax en grognant. « Ce n'est pas comme si on pouvait confier ce genre de trucs à n'importe qui. River s'est portée garante pour Mia et ses gars, mais ce n'est pas comme si on avait une liste de gens qui nous doivent des faveurs. » Il s'arrête et réfléchit une seconde, en penchant la tête sur le côté. « Enfin si, on en a une. Mais tu vois ce que je veux dire. »

Ash glousse. « Ouais. La plupart des gens qui nous doivent des faveurs ne sont pas le genre de personnes à qui je ferais confiance pour quelque chose comme ça. »

Leur conversation se poursuit, mais j'en perds le fil, regardant par la fenêtre alors que Pax prend la bretelle de l'autoroute qui nous ramènera à Détroit. Mon esprit revient sans cesse sur ce que Mia a dit quand je me préparais à partir.

Au moins, tu n'es pas seule.

Elle a raison. Je ne suis pas seule.

J'ai quatre hommes qui m'ont soutenue à travers plein d'épreuves. Qui ont risqué leur vie pour moi. Qui ont *changé* leur vie pour moi, sans même que je leur demande. Même lorsque je leur ai dit qu'ils ne devraient pas le faire, ils l'ont fait quand même, et ils ont juré que si c'était à refaire, ils referaient toujours le même choix.

C'est si important et j'y pense longuement, en restant silencieuse pendant tout le trajet de retour.

Gale baisse à nouveau la tête lorsque nous nous rapprochons de Détroit et le paysage devient de plus en plus familier une fois rendue dans le quartier des gars avant de nous garer dans leur garage.

Nous sortons tous de la voiture et nous nous étirons après le long trajet.

« Putain, je meurs de faim », dit Pax en levant les bras au-dessus de sa tête et en faisant craquer son dos. « C'est trop tard pour commander une pizza ? Il est quelle heure en fait ? »

Gale roule les yeux et déverrouille la porte qui mène à la maison. Dès qu'elle s'ouvre, Harley se jette sur lui immédiatement, aboyant et remuant joyeusement la queue. Le clébard saute partout, les saluant tous les quatre, et je reste un peu en retrait tandis qu'Ash laisse le chien sortir pour faire ses besoins, puis le rappelle à l'intérieur. J'admire cette maison qui est devenue chez moi.

Quand je suis arrivée ici, ça ressemblait plus à une prison. Ils me gardaient ici contre ma volonté et même si j'étais libre d'aller et venir pour pouvoir éliminer Ivan Saint-James, je ne voulais toujours pas être ici. C'était juste… un moyen d'arriver à mes fins. Les utiliser pour m'aider à atteindre mon but à ce moment-là.

Maintenant, je ne peux pas imaginer appeler un autre endroit chez moi. Je ne peux pas imaginer être ailleurs qu'avec eux.

Ash se lève après avoir gratté le ventre d'Harley et me regarde en fronçant un peu les sourcils.

« Ça va, tueuse ? » demande-t-il. « Tu as un regard bizarre. Qu'est-ce qu'il y a ? Oh putain, ne me dis pas que tu as oublié quelque chose à Fairview Heights. C'est hors de question que je remonte dans la voiture tout de suite... »

« Je t'aime. »

Ash cesse de parler lorsque je l'interromps. Il cligne des yeux, l'air surpris, puis il me fait un énorme sourire. Avant qu'il puisse répondre, je regarde Gale, mon pouls battant rapidement dans mon cou.

« Je t'aime », je chuchote.

Ses narines se dilatent et son corps tout entier se crispe alors qu'un mélange d'émotions se lit sur ses traits.

Puis je me tourne vers Pax. Il est si grand, si fort et si intense. Tellement plus intelligent et plus malin que ce que les gens croient. Il a fait tellement pour moi.

« Je t'aime », je souffle, observant la façon dont ses pupilles se dilatent en entendant mes mots.

Il ne reste que Preacher. Le seul à qui j'ai déjà dit ces mots. Il sourit quand je tourne mon regard vers lui, un sourire comme je n'en ai jamais vu auparavant. Ses yeux sont brillants et tout son visage s'illumine, transformant ses traits habituellement sévères en quelque chose de plus doux et de si beau que cela fait chavirer mon cœur.

Il le sait déjà, mais je lui murmure aussi : « Je t'aime. »

Mes mots flottent dans l'air et personne ne dit rien, ne bouge ou ne semble respirer pendant une seconde. Puis Pax jure à voix basse et s'avance vers moi. Il m'attrape, me soulève presque et m'embrasse, profondément et fort.

Il me coupe le souffle, mais je ne m'en plains pas. Je me penche vers lui, l'embrassant en retour jusqu'à ce que je sois à bout de souffle.

Quand nos lèvres se séparent enfin, Pax dépose des baisers sur ma mâchoire jusqu'à mon oreille. Il mord le lobe, le tirant un peu avant de le relâcher.

« Je t'aime, petit renard », murmure-t-il à mon oreille et je frissonne à cause de sa voix et de ses mots. « Plus que tout au monde. »

Pax me dépose et Ash est là. Il murmure des mots d'amour et de louange en prenant mon visage entre ses mains et en m'embrassant encore et encore, en commençant par mes joues, puis en allant vers ma bouche. C'est aussi doux, enthousiaste et affamé que d'habitude, et je ris quand nous nous séparons.

Gale s'avance de l'autre côté et me saisit la mâchoire pour me tourner vers lui. Il m'embrasse fougueusement, y déversant toute sa passion et sa détermination : tout cet entêtement qui me rend folle, mais qui fait que je l'aime aussi.

« Bon sang, il était temps que tu le réalises », grogne-t-il.

Avant que je puisse rouler les yeux, Preacher me prend dans ses bras. Il m'embrasse, si profondément que je me noie presque dans son baiser. C'est un tel contraste avec nos premières interactions, et je me laisse emporter, me perdant dans la sensation de ses lèvres sur les miennes.

« Je t'aime », murmure-t-il. « *Nous* t'aimons. »

Il insiste sur le *nous* et ça me bouleverse de l'entendre.

Parce que je ne suis pas seulement aimée par quatre hommes, je suis aimée par une *fraternité*. Par ces hommes qui s'aiment autant qu'ils m'aiment. Assez pour tuer et mourir les uns pour les autres s'il le fallait et pour faire de même pour moi s'il le fallait.

Je fais partie de quelque chose de tellement plus grand que je n'en ai jamais rêvé. Comment aurais-je pu concevoir quelque chose comme ça, alors que j'avais l'habitude de travailler seule et de tout faire moi-même ?

Ils se déplacent ensemble autour de moi, mais je peux distinguer des mains et des bouches individuelles pendant qu'ils me vénèrent. Les paumes rugueuses sont celles de Pax, calleuses à force de tenir des armes et des instruments de torture. Le sourire appuyé contre ma bouche est celui d'Ash, toujours prêt à faire une blague pour détendre l'atmosphère. Les tendres caresses dans mes cheveux sont celles de Preacher qui trouve son équilibre dans quelque chose d'aussi nouveau pour lui que pour moi, déterminé à me montrer à quel point je suis précieuse pour lui. Et les mains qui agrippent ma taille, me tournant dans tous les sens, sont celles de Gale. Il a toujours le contrôle, il prend toujours les devants pour s'assurer que nous faisons tous de notre mieux.

Mon cœur s'emballe alors que je me perds dans chacun d'eux. Dans la façon dont ils me touchent et font grimper le plaisir et le besoin dans mon corps. C'est presque comme si je me noyais, mais de la meilleure façon possible. Se noyer dans quelque chose dont je ne veux jamais me libérer.

J'ai du mal à me forcer à m'éloigner d'eux, mais j'y parviens. Je me libère de leurs caresses et de leurs baisers et je me tiens devant eux. Je fais un pas vers les escaliers, puis je les regarde par-dessus mon épaule.

« Vous m'aimez tous ? » je leur demande en levant un sourcil.

« Putain oui », râle Pax, parlant pour tout le monde.

« Alors vous feriez mieux de me baiser comme si vous m'aimiez. » Je leur fais un sourire, croisant leur regard à tour de rôle. « Comme si je vous *appartenais*. »

Puis je me retourne et file dans les escaliers, les laissant me courir après.

Contrairement à notre petite excursion dans les bois, cette poursuite ne dure pas longtemps du tout. Il leur faut environ dix secondes pour me rattraper et je ne suis même pas encore en haut de l'escalier quand ils le font. Des bras puissants m'attrapent par la taille et j'ai l'impression que je vais tomber pendant une fraction de seconde, mais bien sûr, ces hommes ne laisseront jamais cela se produire. Avant que je ne perde l'équilibre, je suis soulevée dans les airs.

Pax me jette facilement par-dessus son épaule, en riant et en me donnant de fortes claques sur les fesses.

« Tu ferais mieux d'être prête pour ce que tu viens de

demander », grogne-t-il, ses doigts s'enfonçant dans la chair de mon cul.

« Oh, je suis prête », je réponds. « J'espère juste que vous pourrez tous suivre. »

« Putain de merde. »

Le ton bas de sa voix fait monter la chaleur au creux de mon estomac. Il ne va pas se retenir et je ne veux pas qu'il le fasse. Je veux qu'aucun d'entre eux ne le fasse.

Ils m'amènent dans la chambre qui est la mienne depuis que je suis arrivée ici, ce qui semble faire une éternité. Pax me jette sur le lit et je rebondis un peu en riant. Avant même que je puisse bouger, il est sur moi, il sort le couteau qu'il garde sur lui de son étui et commence à découper mes vêtements.

Je ne proteste même pas, parce que c'est chaud de le voir couper avec tant de précision, et quand la lame entaille ma peau, je sais que c'est parce qu'il l'a voulait. Parce qu'il sait que la douleur et le plaisir qu'elle procure m'excitent.

Il coupe mon t-shirt et le couteau entaille mon ventre, ce qui me fait siffler et me cambrer un peu. Juste assez pour presser le métal froid de la lame contre ma peau un peu plus.

C'est comme si la douleur allait directement à ma chatte et mon clito palpite de besoin.

« Oui », je siffle.

Les autres s'impliquent aussi, ne laissant pas Pax faire tout le travail. Il coupe et ensuite ils prennent les extrémités du tissu, le tirant et déchirant mes vêtements en lambeaux.

Tout ce que je peux faire, c'est de rester allongée au milieu de tout ça, en absorbant tout pendant qu'ils me déshabillent ensemble.

Gale sourit, il prend des morceaux de mon t-shirt dans une main, puis se baisse pour attraper mes poignets dans son autre main.

« Nous ne voulons pas que tu ailles n'importe où, n'est-ce pas, bébé ? » dit-il et il me tire les bras vers le haut, m'attachant rapidement les poignets à la tête du lit avec mon t-shirt.

« Putain. » Je gémis alors que la chaleur me traverse comme un feu rugissant. Je tords un peu mes poignets, me débattant juste pour le plaisir, mais je ne peux aller nulle part. Gale est très bon pour faire des nœuds, ce qui ne me surprend pas du tout.

Preacher et Ash saisissent chacun une de mes chevilles, et ils font de même, utilisant des bouts de tissus pour les attacher soigneusement à un coin du lit, me laissant ouverte et exposée pour eux.

Je me tords et me tortille sur le matelas, mais je ne peux aller nulle part. Je suis prise, attachée et étalée pour qu'ils fassent ce qu'ils veulent avec moi.

Pax se penche et attrape mon menton dans sa main, me tournant vers lui.

« Tu veux ça ? » demande-t-il en scrutant mon visage. « Tu veux qu'on te fasse jouir ? Qu'on vénère chaque centimètre de ton corps ? »

« Putain, oui », je souffle, la voix rauque et basse.

C'est comme dire les mots magiques. Quelque chose en chacun des hommes semble changer et ils convergent tous vers moi à nouveau. Des mains parcourent ma poitrine, pinçant et tordant mes mamelons, tirant sur les petits anneaux qui les traversent et me faisant crier de plaisir.

Une autre paire de doigts se retrouve dans ma bouche et je les suce goulûment, tandis que d'autres mains descendent le long de mon ventre jusqu'à ma chatte pour s'y enfoncer.

J'ai déjà la tête qui tourne. Les avoir tous les quatre sur moi en même temps est si écrasant, mais si bon. J'arrive à peine à savoir qui touche où, et quand le lit s'incline et que des dents mordent l'intérieur de ma cuisse, je baisse les yeux, abasourdie.

Preacher est sur le lit, sa tête entre mes jambes, et il me regarde avant de plonger, léchant mon clito à coups de langue.

Ash referme ses lèvres autour d'un de mes mamelons avant de sucer et de mordiller le bouton sensible. Le plaisir déferle en moi comme une vague, chaude et insistante. J'ouvre la bouche, luttant pour respirer, ne sachant pas trop quel nom gémir ou quoi dire alors qu'ils me font craquer.

Pax se penche vers moi et m'embrasse, avalant mes gémissements, puis plongeant sa langue dans ma bouche pour me posséder. Il agrippe mes cheveux, me maintenant en place, et je tremble alors que mon orgasme approche.

Entre la bouche entre mes jambes et celle qui alterne entre mes mamelons, j'ai l'impression de perdre la tête. Je suis happée par les sensations et je ne peux que m'accrocher.

C'est sans doute une bonne chose qu'ils m'aient attachée pour me faire subir ça, sinon je me tortillerais dans tous les sens au fur et à mesure que le plaisir m'envahit, me faisant jouir de manière intense.

Je crie pratiquement dans la bouche de Pax et il continue de m'embrasser, ses doigts se resserrant dans mes cheveux, me donnant assez de douleur pour qu'elle agisse comme un parfait contrepoint au plaisir.

Quand il se retire, je suis à bout de souffle. Ma poitrine se soulève et mon corps tremble.

Mais bien sûr, ils ne s'arrêtent pas.

« Ce n'était que le début, petit renard », promet Pax, en faisant glisser sa langue le long de ma mâchoire.

Preacher me lèche toujours, savourant chaque parcelle de mon excitation, et Ash est à mes côtés, pinçant un mamelon tandis que la bouche chaude de Gale se referme sur l'autre. Des doigts se glissent à l'intérieur de ma chatte et je suis encore si sensible que mes parois se resserrent autour de l'intrusion.

Je n'ai pas encore récupéré de mon premier orgasme qu'ils commencent à m'entraîner vers un second, jouant avec mon corps comme si c'était un instrument.

« C'est tellement bon de t'entendre crier pour nous », chuchote Ash. « Fais-le encore. »

Quand le deuxième orgasme me frappe, je le fais. Celui-ci est encore plus intense que le premier et il se prolonge par un troisième une minute ou deux plus tard. Les hommes continuent, changeant de position autour de moi comme s'ils jouaient à un jeu de chaises musicales étrangement sexy, se relayant pour me sucer, me toucher et m'embrasser.

Des doigts s'enfoncent à nouveau dans ma bouche, et cette fois, je me goûte sur eux. Je les suce, avalant chaque goutte de mon excitation et tendant le cou pour en avoir plus. Même si je me sens complètement dans les vapes, ce n'est jamais assez.

Il m'en faut plus.

J'ai besoin d'eux.

Gale m'embrasse, puis il lève les mains pour défaire les nœuds qui me retenaient au lit. « Viens ici, bébé. »

À eux quatre, ils me libèrent, frottant les marques laissées par les liens sur mes poignets et mes chevilles. Des lèvres et des doigts glissent sur les taches rouges et je gémis à leurs gestes doux après avoir été attachée.

Je me sens complètement enveloppée par les Rois, et quand ils me déplacent comme ils le veulent sur le lit, je ne résiste pas. Parce que quoi qu'ils me préparent, ça va être tellement bon, je le sais déjà. Chaque toucher et baiser me procure un plaisir électrique, et aucun d'entre eux ne m'a encore baisée.

Mais je veux qu'ils le fassent.

Je veux qu'ils ressentent autant de plaisir que moi en ce moment. Je veux qu'ils soient en moi, qu'ils m'excitent, qu'ils me revendiquent. Qu'ils me prouvent à quel point ils m'aiment en me baisant jusqu'à ce que je ne puisse plus penser à rien d'autre.

« Soulève-la un peu », murmure Gale. « Juste comme ça. »

Ils me placent de façon à ce que je sois à genoux sur le lit, près d'un bord du matelas. Gale se retrouve sous moi et je peux sentir sa bite frôler ma chatte à chaque fois que je me déplace.

Pax s'agenouille aussi, énorme et imposant derrière moi, et je le sens partout quand il se rapproche de moi : la chaleur de son corps, la façon dont ses mains se promènent sur mon dos et mes côtes.

« Parfois, je n'arrive pas à décider ce que j'aime le plus », dit-il d'un ton bourru. « Baiser ta petite chatte serrée ou regarder mes frères te baiser, voir la façon dont tu te tortilles sur leurs bites. Tu n'as pas idée à quel point tu es sexy, petit renard. »

Pendant que Pax parle, Gale s'enfonce dans ma chatte. Sa bite est dure et épaisse, et je penche la tête en arrière, gémissant profondément alors qu'il s'enfonce en moi.

Je suis à califourchon sur ses genoux, mais Gale ne me laisse pas commencer à le baiser. Il me maintient en place avec ses mains fortes sur mes hanches et me pénètre à la place, m'obligeant à prendre chaque centimètre de sa queue par des coups durs.

« Putain ! » je crie, me mordant la lèvre et gémissant à cause de l'afflux de sensations. « Oh mon dieu. »

« C'est ça », grogne Gale. Ses yeux sont sombres, la chaleur tourbillonnant dans ses paupières. Il me fixe, sans me laisser détourner le regard. « Laisse-moi t'entendre. Dis-nous combien c'est bon. »

« C'est si bon », je gémis. « S'il te plaît. »

« S'il te plaît quoi, bébé ? » demande-t-il en me pénétrant encore plus fort.

Pax me gifle les fesses avant que je puisse répondre et je sens qu'il enduit ses doigts de l'excitation qui s'échappe de moi avant de toucher mon cul. Ma bouche s'ouvre dès qu'un doigt me pénètre et je peux à peine parler. Les sensations sont si fortes qu'on dirait que mon cerveau est en train de s'éteindre.

Gale ramène mon attention sur lui en pinçant fortement un de mes mamelons. Ça me fait sursauter et je baisse les yeux vers lui avec la tête qui tourne.

« Je t'ai posé une question. » Il pince à nouveau mon mamelon. « Que veux-tu ? »

« Je veux que Pax baise mon cul », je halète. « Avec toi dans ma chatte. Comme ce matin-là au bar, quand tu m'as ramenée à la vie. Merde, *s'il te plaît*. J'en ai besoin. J'ai besoin de *vous*. »

Pax gémit derrière moi et ajoute un autre doigt dans mon cul, les faisant entrer et sortir au rythme des poussées de Gale dans ma chatte.

« Pas besoin de me le demander deux fois », murmure-t-il. « Je vais remplir ton joli cul. »

« S'il te plaît, s'il te plaît, s'il te plaît. »

Je scande les mots, sans me soucier du fait que j'ai l'air désespérée. Je m'en fous si le monde entier est au courant. J'ai besoin de ces hommes et je ne suis pas faible en l'admettant.

Parce qu'*ils* ne me rendent pas faible. Ils me rendent plus forte.

« Tu es si serrée autour de mes doigts », gémit Pax. « Je parie que tu seras encore plus serrée autour de ma queue. Je parie que tu vas gicler partout sur Gale, n'est-ce pas ? »

Il m'ouvre aussi vite qu'il le peut, mais il est si gros que même avec l'étirement, quand il commence enfin à enfoncer sa bite dans mon cul, il faut un peu de temps à mon corps pour l'accueillir. Ce n'est pas aussi difficile que lorsque lui et Ash étaient tous les deux dans ma chatte en même temps, mais je dois respirer et me rappeler de me détendre.

« Tu te débrouilles si bien, tueuse. Regarde-toi, putain. »

D'un côté du lit, Ash s'approche et prend mon menton dans sa main, tournant ma tête vers lui. Son visage est tout rouge, ses cheveux sont ébouriffés depuis que j'ai mis mes mains dedans et ses yeux sont brillants quand il m'attire et m'embrasse.

Cela contribue grandement à me détendre et Gale continue de me baiser pendant qu'Ash glisse sa langue dans ma bouche, m'excitant d'une toute nouvelle façon.

Je gémis dans notre baiser, et quand Pax recommence à presser sa bite en moi, je fonds complètement, le laissant entrer.

Il est tellement gros et épais, et je me sens étirée et pleine une fois qu'il est complètement enfoncé en moi. Gale interrompt ses poussées, laissant Pax s'habituer à être en moi, et pendant un long moment, nous restons suspendus comme ça : moi à califourchon sur Gale, empalée sur deux bites qui palpitent profondément en moi.

« Putain, River », siffle Pax. « Tu es si tendue. C'est si bon, putain. »

Il se frotte contre moi et sa bite s'enfonce un peu plus en moi. C'est comme si je pouvais les sentir partout. Mon corps tout entier est en feu et je me tortille là où je suis perchée, tellement excitée que je pourrais en mourir.

« S'il vous plaît ! » je crie, arrachant ma bouche d'Ash pour parler. « Baisez-moi. Bougez. S'il vous plaît. »

Gale ricane, mais il ne cède pas. Pas encore.

« T'as entendu ça, Pax ? » dit-il en haletant. « Elle veut qu'on la baise. Bébé pense toujours qu'elle contrôle ce qui se passe. Mais je pense qu'elle doit d'abord supplier un peu. »

« Carrément. » Pax fait glisser une main le long de mon dos, puis saisit une poignée de mes cheveux, tirant ma tête en arrière pour pouvoir me regarder dans les yeux. « Tu veux qu'on te baise, petit renard ? Tu veux qu'on te baise si fort que tu oublies tout sauf à qui tu appartiens ? »

« S'il te plaît », je gémis et ça sonne tellement comme une supplique que je ne reconnais presque pas ma voix. « S'il te plaît, j'ai besoin de toi. Je t'aime. Baise-moi. »

« Putain de merde », gémit-il. Il a l'air aussi excité que moi. « Je ne peux pas dire non quand tu le dis comme ça. Je ne pourrais jamais te refuser quoi que ce soit. »

Il pousse ses hanches, enfonçant sa bite dans mon cul, et je crie presque comme c'est bon.

Le mouvement de Pax fait bouger Gale, et ils arrêtent de me taquiner et commencent à me baiser, vite et fort. Je suis coincée entre eux, mon corps pressé entre la poussée et la traction qu'ils exercent dans chaque trou. À chaque fois que l'un d'eux touche le fond, l'autre se retire. C'est un mouvement constant, une friction et des sensations constantes, qui augmentent et augmentent jusqu'à ce qu'elles menacent de me rendre dingue.

C'est comme lorsqu'ils m'ont trouvé dans ce bar merdique, j'étais dans un état second à cause de l'alcool et à cause du fait d'avoir perdu ma sœur. Ils m'ont rempli et m'ont ramenée à moi, et les sentir maintenant me rappelle ce moment.

Même si je me perds, ils me ramèneront toujours à la maison.

« River. »

La voix de Gale est autoritaire quand il dit mon nom et je le regarde. Il lève la main et la pose sur ma nuque, me tirant vers le bas pour m'embrasser. Il me mord et glisse sa langue dans ma bouche, tandis que nous respirons difficilement en continuant de bouger.

« Tu es à nous », il halète contre mes lèvres, s'enfonçant plus profondément en moi. « Nous ne te laisserons jamais partir. Tu m'entends ? »

« Ouais », je halète en hochant la tête. « Je comprends. »

« Bien. Parce que je t'aime et ce depuis tellement longtemps, putain. »

C'est accablant de l'entendre, surtout comme ça. Je me sens excessivement sensible, comme si chaque mouvement et chaque mot qu'ils prononçaient atterrissaient directement dans mon cœur avant d'atteindre mon clito. Quand Gale me dit combien il m'aime, je me serre autour de lui, comme si ma chatte essayait de le faire entrer et de ne jamais le laisser partir.

Il répond à cela en me baisant plus fort, et c'est une bonne chose que Pax et lui m'aient coincée entre eux, sinon je me serais déjà effondrée sur le lit.

Ash et Preacher sont toujours debout d'un côté du lit, regardant avec des yeux pleins de convoitise Gale et Pax me baiser. Ils sont nus et je ne me souviens pas qu'ils se soient déshabillés, mais ça n'a pas vraiment d'importance. Ash a une main enroulée autour de sa bite qu'il caresse lentement en nous regardant.

« Tu vois ça ? » Il serre sa bite, prélevant quelques gouttes de liquide clair du bout. « C'est tout à toi. Seulement à toi. La seule chatte que je voudrai de toute ma vie. La seule femme que j'aimerai. »

« Oui. Putain. » Je me tends pour le toucher, échangeant sa main contre la mienne, sentant à quel point il est chaud et dur.

Avec mon autre main, je fais la même chose à Preacher, jusqu'à ce que je touche leurs quatre bites. Les deux hommes enroulent leurs mains autour des miennes, guidant mes mouvements et m'aidant à me stabiliser pendant que je les branle.

Je me sens totalement enveloppée, et alors qu'ils vénèrent tous mon corps, qu'ils se serrent tous autour de moi, je réalise qu'ils m'aiment pour chaque morceau brisé en moi et non en dépit d'eux.

Ils m'ont vue sous mon meilleur et sous mon pire jour. Ils m'ont vu brisée et abattue et ils m'ont relevée, m'aidant à traverser les moments les plus difficiles quand je ne pensais pas pouvoir m'en sortir toute seule.

Ils m'aiment complètement, tout comme je les aime.

Tous les quatre sont perturbés à leur manière. Ils ont tous des cicatrices, des démons et des squelettes dans leurs placards. Mais je les aime pour chaque coin sombre de leurs âmes. Chaque démon qui les hante.

Je les choisis et je continuerai à les choisir pour le reste de ma vie.

« C'est ça », grogne Pax et il me gifle le cul assez fort pour que je sache qu'il va y avoir une empreinte de main derrière. « Prends-le, putain. Tu es si parfait pour ça, putain. »

« Un jour, quand toute cette merde sera finie », halète Gale. « On va te garder comme ça toute la journée. Au lit, nos bites enfouies en toi. Bien serrées. Deux dans ta chatte, une dans ton cul, une dans ta bouche. Tu nous appartiendras complètement, putain. »

« Putain, oui », gémit Ash en poussant dans ma main. « Tu seras tellement belle comme ça. Ruisselante de sperme et jouissant pour nous. »

Je ne peux que gémir à l'idée, des images obscènes défilant dans mon esprit. Je sens qu'un autre orgasme se prépare alors qu'ils continuent à me baiser, et à en juger par la façon dont les poussées de Pax et Gale commencent à devenir plus erratiques, ils sont proches aussi.

Pax enfonce ses doigts dans mes hanches tandis que Gale

s'élance en moi, nos corps se frappant encore et encore en pourchassant notre plaisir.

« Juste là », je gémis. « Juste. Là ! »

Quand l'orgasme me frappe, il me coupe le souffle. Il est si fort et si intense que je m'évanouis presque. Je ne peux pas crier, je n'ai pas assez d'air pour ça, et mon corps tremble et s'agite, se resserrant autour des deux bites qui me déchirent.

J'ai l'impression que ça ne s'arrêtera jamais, chaque vague déclenchant un nouvel élan de plaisir qui me fait vaciller pendant de longues minutes, haletant alors que le plaisir ne cesse de grandir.

Je ressens le sperme chaud de Gale lorsqu'il jouit en moi et Pax est juste derrière lui, me remplissant de son sperme lui aussi. Preacher et Ash utilisent mes mains pour se branler, et ils ne sont pas loin derrière non plus, jouissant après quelques secondes.

Des décharges de plaisir continuent à me traverser, et lorsqu'elles s'estompent enfin, je m'effondre en un tas de sueur et de sperme. Je respire fort et j'ai la tête qui tourne, tandis que Gale et Pax se retirent lentement de moi. Quelqu'un me déplace pour que les autres puissent s'allonger sur le lit avec nous, et tout ce dont j'ai conscience, c'est d'être entourée de corps chauds et en sueur, tandis qu'un sentiment de profond contentement m'envahit.

« C'est un peu serré », murmure Ash après un moment. « Et pas dans le sens sexy. On va avoir besoin d'un plus grand lit. »

Je lève les yeux au ciel en entendant sa blague idiote, mais le sourire épuisé sur mon visage ne faiblit pas.

« Ouais », j'admets. « Ça fait un moment que j'y pense. »

GALE

Mes yeux s'ouvrent lentement, s'adaptant à la faible lumière de la chambre pendant que je me réveille. Il est assez tard ou assez tôt pour que le ciel soit encore complètement noir à l'extérieur, et la lumière provenant des lampadaires projette des ombres dans la chambre de River.

Je ressens un élancement dans mon estomac, mais la douleur n'est pas aussi forte que je le pensais, ce qui est un bon signe pour ma guérison. La dernière fois que nous avons baisé, j'ai laissé River faire le plus gros du travail, mais il n'y avait aucune chance que je ne la prenne pas exactement comme je le voulais la nuit dernière. Pas après qu'elle nous a tous regardés avec ses yeux bleus lumineux et qu'elle nous a dit qu'elle nous aimait.

Putain de merde.

Ma bite tressaille à nouveau en y pensant et je me perds dans les souvenirs de notre baise. La seule concession que j'ai faite aux ordres de Trask, qui m'a demandé d'y aller doucement pendant un moment, c'est que Pax et moi l'avons baisée sur le lit au lieu de la tenir entre nous cette fois. Mais quand même, sentir la façon dont elle s'étirait autour de moi, sa chatte devenant tellement plus serrée du fait que Pax lui remplissait le cul ? C'était mieux que n'importe quoi d'autre.

Quelqu'un bouge à côté de moi, faisant incliner le matelas un peu. Nous sommes toujours entassés dans le même lit avec River entre nous quatre. Je roule les yeux, en grognant un peu à la façon dont nous avons fini. Je suis proche des trois hommes que j'appelle mes frères, mais je n'ai jamais vraiment imaginé leur faire des câlins.

Mais avec River au centre de nous, ça ne semble pas si étrange que ça. *Rien ne* semble étrange tant qu'elle est au centre de tout.

Je ne sais même pas quand c'est arrivé, exactement, mais elle est devenue tout pour moi. La gardienne de mon cœur. Quand on s'est rencontrés, elle m'énervait tellement. Tout ce qu'elle faisait me faisait chier et c'était probablement exactement ce qu'elle voulait. On se prenait la tête à propos de tout et on ne pouvait pas passer une journée sans se disputer.

Pour être honnête, on se prend toujours la tête et on se dispute tout le temps. Mais c'est différent maintenant, et la façon dont nous nous retrouvons après coup, en nous reconnectant et en allumant l'étincelle qui brûle toujours entre nous, fait que tout cela en vaut la peine.

Je ne peux m'empêcher de sourire en pensant au chemin parcouru.

Comme si elle avait été tirée du sommeil par mes pensées, River bouge puis bâille, ouvrant lentement les yeux en se réveillant. Ses sourcils se froncent quand elle voit que je la regarde, et avant qu'elle ne puisse dire quoi que ce soit, je me penche et l'embrasse.

J'aime la façon dont elle se fond contre moi, en ramenant une main pour la presser contre ma poitrine.

J'aime que ce soit une combattante et j'aimerai toujours voir à quel point elle est forte. Mais j'aime aussi qu'elle sache enfin qu'avec mes frères et moi, elle n'a pas besoin de se battre.

Pour la première fois depuis *des années,* elle peut baisser sa garde, car quoi qu'il arrive, nous ne la laisserons pas tomber.

« Hé. Viens avec moi », je lui chuchote. Je cesse de

l'embrasser et passe par-dessus les corps étalés à côté de nous pour sortir du lit.

Elle me jette un regard curieux, ses sourcils se rapprochant tandis que ses yeux brillent dans la lumière tamisée, mais elle n'objecte pas. Elle sort du lit et ramasse le t-shirt de Pax sur le sol pendant que je remets mon pantalon.

Elle est terriblement sexy, vêtue uniquement de son t-shirt trop grand, et je ne peux m'empêcher de la prendre dans mes bras et de l'embrasser à nouveau, en glissant mes mains sous le t-shirt pour la tripoter un peu, juste parce que je le peux.

Quand je la relâche enfin et que je recule, j'aime la façon dont son corps se penche vers le mien, comme s'il en voulait plus.

Encore, encore, *encore*.

C'est le mot auquel je reviens toujours avec cette femme, car peu importe ce que je fais, je sais que je n'en aurai jamais assez d'elle.

« Où voulais-tu m'emmener ? » murmure-t-elle, l'air curieuse.

« Je vais te montrer. Viens. »

Je prends sa main, entrelaçant nos doigts, et la tire hors de la chambre. Harley dort près du pied du lit, voulant être près de nous tous comme toujours, et il lève les yeux lorsque nous quittons la pièce avant de reposer sa tête sur ses pattes.

La maison est silencieuse lorsque je conduis River en bas, dans ma bibliothèque, et que j'allume une petite lampe, inondant la pièce d'une lumière chaude et tamisée.

Elle pouffe de rire en entrant dans la pièce, jetant un coup d'œil autour d'elle.

« Tu veux que je colle d'autres pages ensemble ? » plaisante-t-elle. Elle se regarde, en fronçant les sourcils. « Je pense que tout le sperme sur moi est sec maintenant. »

Je rigole, me rappelant à quel point j'étais furieux quand j'ai trouvé ces livres avec les pages raides et collées ensemble. Quand je l'ai confrontée à ce sujet, elle avait l'air tellement satisfaite que malgré ma colère, il m'était impossible de ne pas être un peu excité. J'étais prêt à la jeter sur mes genoux et à lui donner une fessée, et je l'aurais probablement fait si elle n'avait pas reçu l'appel lui disant qu'il était temps de s'en prendre à Saint-James.

« Je suis sûr que nous pourrions trouver un moyen de te salir à nouveau, bébé », lui dis-je, la voix rauque et grave, en attrapant son menton entre mon pouce et mon index et en mordillant sa lèvre inférieure. « Mais non. Crois-le ou non, ce *n'est pas* pour ça que je t'ai fait venir ici. »

En m'éloignant d'elle, je tire un livre d'une des étagères, laissant mes doigts parcourir la couverture.

C'est l'un de ceux que j'ai déjà lus plusieurs fois et les marges du livre sont remplies de mes notes. C'est pareil pour la plupart des livres de cette petite bibliothèque.

« De quoi s'agit-il, alors ? » demande River, en penchant la tête sur le côté d'un air perplexe.

Au lieu de répondre, j'ouvre simplement le livre à une section que je connais bien et je le lui remets, la laissant lire le passage du texte et ce que j'ai écrit dans les marges.

Elle parcourt la page et je l'observe, le regard fixé sur son visage alors que ses yeux bleu foncé brillent de larmes. Je n'ai pas besoin de lire par-dessus son épaule. Je connais les mots sur la page presque par cœur.

C'est l'histoire d'un homme qui ne mérite pas d'être aimé. Un homme destiné à être seul, à ne jamais savoir ce que c'est que de trouver l'âme sœur.

Et dans les marges, je sais ce que River lit aussi. La confirmation que j'étais certain de ne jamais trouver personne. Pas quelqu'un qui pourrait me connaître et m'aimer pour de vrai, du moins. Mes pensées intérieures pendant que je lisais ces passages sont griffonnées sur la page, ma conviction que j'étais exactement comme l'homme du livre.

Destiné à être seul.

Pour toujours.

River prend son temps pour le lire et quand elle lève les yeux vers moi, ses yeux sont brillants.

« Mon père était un enfoiré », je murmure, la voix rauque. « Il m'a fait croire que je n'étais pas digne d'être aimé, et même si je suis parti en laissant la plupart de ces conneries derrière moi, j'en ai emporté une partie avec moi pendant longtemps. Une trop grand partie, pendant trop longtemps. Toutes les conneries que mon père a dites ? C'est resté dans mon cœur. De plus, je savais de qui j'étais le fils. Alors une partie de moi a toujours pensé qu'il avait peut-être raison, et que je n'étais pas capable d'aimer, tout comme lui. »

Je secoue la tête, chassant le passé et les pensées de l'homme que je détestais plus que quiconque : mon père. Une autre chose que River et moi avons en commun, je suppose.

« J'ai toujours eu mes frères », je continue. « La famille que je me suis créée. Et je me suis convaincu que c'était suffisant. Plus que je ne le méritais, même. Je n'étais pas seul, pas vraiment. Je n'avais pas à affronter les épreuves tout seul et c'était bien. Puis cette femme aux cheveux argentés a débarqué dans nos vies et a tout changé. »

River rit doucement, coinçant sa lèvre inférieure entre ses dents.

« Cette femme ? Cette force de la nature ? Elle est entrée dans mon cœur comme une brique à travers une putain de fenêtre. » Je glousse et River se retient pour ne pas sourire, les yeux brillants. « J'étais tellement perturbé par la merde qu'elle me faisait ressentir que j'ai essayé de la détester au début. J'ai essayé vraiment très fort. Mais même là, ce n'était pas vraiment de la haine. Pas vraiment. C'était juste de l'amour que je ne savais pas encore reconnaître. Je t'aime, River. »

Son expression devient plus tendre, elle pose le livre et s'avance vers moi. Elle lève la tête et m'embrasse, lentement, doucement et sensuellement.

Un baiser pour le plaisir d'embrasser.

Un moyen d'exprimer les choses que même les mots ne peuvent pas vraiment transmettre.

37

RIVER

Le lendemain matin, je m'assois à la table de la cuisine pour prendre mon petit déjeuner. Je me sens plus légère que je ne l'ai été depuis longtemps. La nuit dernière ressemble à un foutu rêve. Comme si c'était quelque chose de trop beau pour être arrivé à quelqu'un comme moi. Mais c'est réel. J'ai encore l'empreinte de la main de Pax sur mon cul et des suçons sur mes seins et mon cou. La preuve que tout ça s'est bel et bien passé.

Les gars sont tous assis autour de la table, prenant le petit déjeuner avec moi, et je peux dire qu'ils ressentent la même chose. Ash fait tourner des pièces sur la table, le plus possible en même temps, et je surprends Preacher en train de donner du bacon à Harley plus d'une fois.

Pax n'arrête pas de me toucher, il laisse ses mains glisser sur mes épaules, mes bras et descendre jusqu'à mes cuisses, me tripotant de manière possessive juste parce qu'il en a envie.

Je souris de tout ça comme une idiote, incapable de me retenir.

Gale pose son café avec un bruit sourd, en grognant. « Putain de merde. Vous agissez tous comme si tout est bien qui finit bien, mais River est toujours coincée dans une société secrète avec une bande de dangereux connards. Peut-on se concentrer là-dessus, s'il vous plaît ? »

Je roule les yeux, je croise le regard d'Ash et nous échangeons un petit sourire. Gale ne serait pas *Gale* s'il n'était pas un peu coincé parfois, et maintenant que je le connais mieux, je sais que c'est sa façon de montrer son amour. Il s'inquiète pour les gens qu'il aime et il se démène pour les protéger.

En plus, il a eu son moment de tendresse et de douceur avec moi dans la bibliothèque hier soir. Il a partagé une partie de lui-même avec moi dans cette pièce sombre et silencieuse que je ne pense pas que beaucoup de gens aient vue et cela signifie vraiment quelque chose pour moi.

Il a donc le droit de mettre sa casquette de « leader grincheux » aujourd'hui et de nous remettre au travail. Parce qu'il a raison. Nous devons nous ressaisir et continuer à aller de l'avant.

On est tous heureux en cet instant, mais ça ne voudra rien dire si on laisse la Société Kyrio et Alec Beckham continuer à contrôler nos vies.

Quand je regarde Gale, il me regarde en retour, et je hoche la tête, devenant plus sérieuse.

« Alors, voyons où nous en sommes », dis-je, me joignant à lui pour essayer de ramener l'attention de tous sur le sujet. « Nous avons été en mesure de rassembler une quantité décente d'informations sur Tatum, Preston, Henri et Alec. Il y a encore des lacunes dans nos connaissances, mais nous les comblons lentement. »

Il a fallu beaucoup de recherches pour trouver ce que nous savons jusqu'à présent, mais le fait que la plupart d'entre eux soient des personnalités publiques a aidé. Ils ne sont pas tous du niveau d'Henri Levine, mais Tatum est à la tête d'une grande entreprise qui fait des affaires légitimes dans l'industrie de l'acier, Preston est très riche et se pointe tout le temps dans des expositions et des événements caritatifs, et Alec est… eh bien, c'est Alec Beckham. Quand il y a une grande collecte de fonds ou un gala, il est là.

Le plus gros problème que nous avons en ce moment est que...

« Nikolaï est encore trop imprévisible », dit Preacher en tapant ses doigts sur la table d'une manière qui me rappelle sa façon de jouer du piano. Malheureusement, nous avons tous été tellement distraits et occupés avec toutes les histoires qui se sont passées dernièrement qu'il n'a pas eu l'occasion de disparaître souvent dans sa salle de musique, et j'ai l'impression que ça lui manque.

« Ouais. » Ash gémit. « On n'a toujours aucune idée de ce qui se passe avec lui, ni de ses faiblesses. »

« Ce sera le plus difficile à atteindre », dit Gale. « Et l'un des plus dangereux à éliminer, à part Alec. Qu'est-ce qu'on a sur lui ? »

« Il est russe », dis-je en énumérant sur mes doigts les points sur lesquels nous sommes tous passés un million de fois déjà. « Il a de l'expérience en tant qu'assassin. Je l'ai entendu mentionner un bordel dans le quartier est qu'il a visité au moins une fois, et il n'est lié à aucun des autres criminels russes de Détroit que nous connaissons. Il est terriblement fort. Il a tué Michael à mains nues. Il l'a soulevé du sol comme si c'était une poupée de chiffon. Il est gaucher. Il obéit à Alec comme tout le monde, mais il a aussi l'air d'être un peu imprévisible. Oh et il a un tatouage sur son avant-bras. Ça ressemblait à une horloge. »

Je prononce le dernier truc de manière désinvolte, en me creusant la tête pour trouver tous les détails sur lui que nous n'avons pas encore couverts.

« À quoi ça ressemble ? » demande Gale. « Le tatouage ? »

En soufflant, je ferme les yeux, essayant d'évoquer l'image dans ma mémoire. Je n'en ai eu qu'un bref aperçu lorsqu'il a retroussé ses manches avant d'assassiner Michael, mais c'était assez distinctif.

« C'était tout noir », je murmure. « Principalement des lignes. C'était une horloge entourée de crânes et de roses. »

Une chaise racle le sol et je sens Pax se crisper à côté de moi.

Harley aboie un peu, ses talons tapant sur le parquet comme si quelqu'un l'avait surpris. Mes yeux s'ouvrent et je jette un coup d'œil aux gars qui me regardent tous.

« Quoi ? » je leur demande, mon pouls s'accélérant d'un cran. « Pourquoi vous me regardez tous comme ça ? Est-ce que ça veut dire quelque chose ? »

Pax me fait un large sourire. Il secoue la tête, en frottant une main dans ses cheveux foncés hirsutes. « Putain ouais, ça veut dire quelque chose, petit renard. Ça veut dire qu'on a peut-être trouvé un moyen d'éliminer Nikolaï. »

Je fronce les sourcils, ne comprenant pas comment un tatouage pourrait nous aider à éliminer un assassin. « Comment ? »

« Nous utiliserons la même stratégie que tu as utilisée avec Mia à l'époque. Trouver quelqu'un qui déteste Nikolaï autant que nous et *le* laisser s'occuper de lui. »

Mes sourcils se lèvent en entendant ses paroles. « Qui ? »

Les gars échangent un regard, communiquant silencieusement comme je les ai déjà vu faire plusieurs fois. D'habitude, j'adore voir ça, d'autant plus que c'est une compétence qui s'est déjà révélée utile lorsque nous étions dans des situations difficiles. Mais là, ça me rend nerveuse. Je suis impatiente de savoir ce qu'ils pensent tous.

« Ash », dit Gale en parlant lentement, d'un air songeur. « As-tu toujours un moyen d'entrer en contact avec les frères Voronin ? »

Ash remonte ses lunettes sur son nez, en souriant comme Pax. « Ouais, je sais où les trouver. »

« Hum, quelqu'un peut m'expliquer ? » je leur demande en les regardant tous. « Qui sont les frères Voronin ? »

« Nous avons déjà eu affaire à eux quelques fois », me dit Preacher. « Nous ne les connaissons pas bien, donc il y a un risque. Mais... »

« Mais ils sont à la recherche d'un type qui a un tatouage exactement comme celui que tu as décrit », termine Pax. « Ils se sont renseignés un peu partout il y a quelques années, pour essayer de le retrouver. Ils ne l'ont jamais trouvé. »

Ash vole un morceau de bacon dans l'assiette de Preacher avant de repousser sa chaise de la table et de se lever.

« Ça fait un moment que je n'ai pas été en contact avec eux, mais s'ils traînent toujours dans leurs anciens repaires, je devrais pouvoir les retrouver. » Il me regarde et indique du menton la porte. « Tu veux venir avec moi, tueuse ? Je t'expliquerai en chemin. »

« Ok », j'acquiesce. Je suis curieuse de rencontrer ces frères et je veux qu'Ash ait du renfort.

J'avale le reste de mon café rapidement, en sifflant parce qu'il est trop chaud, puis je cours à l'étage pour m'habiller avant de revenir retrouver Ash devant la porte. Nous partons tous les deux avec sa voiture. Nous traversons la ville et je ne connais pas très bien le quartier, mais Ash semble savoir où il va.

Pendant qu'il conduit, il pose une main sur ma cuisse, la caressant légèrement à travers mon jean.

« Donc, les frères Voronin gèrent un garage clandestin dans une partie de Détroit où l'on ne va pas beaucoup », explique-t-il. « Mais quand on a commencé nos affaires, on a fait quelques marchés avec eux. »

« Sont-ils vraiment frères ou s'appellent-ils juste comme ça, comme toi et les autres Rois ? »

Ash rit en secouant la tête. « Non, ce sont de vrais frères. Leur père était russe, je crois. Peut-être leur mère aussi, mais je ne sais pas. Ce sont des durs à cuire. Et ils sont très proches. »

« Pourquoi détestent-ils tant Nikolaï ? » je lui demande.

Si les gars pensent que la rancune des frères Voronin envers Nikolaï est assez forte pour nous aider à l'éliminer, alors je leur fais confiance. Mais je me sentirais mieux si je savais ce qui leur fait penser ça.

« Il a tué leur mère il y a longtemps », me dit Ash, son ton devenant sérieux. « Ils n'ont jamais su qui l'avait fait, mais ils savaient qu'il avait un tatouage comme celui que tu as mentionné.

Une horloge entourée de crânes et de roses. Ils sont venus nous demander des pistes, et c'était la seule chose qu'ils avaient à l'époque : ils avaient retrouvé un témoin qui avait vu tout ça et il avait mentionné le tatouage. Mais ça n'a jamais été suffisant pour qu'ils le retrouvent. »

« Jusqu'à maintenant », je murmure.

« Ouais. Jusqu'à maintenant. Il semblerait que Nikolaï soit l'homme qui a tué leur mère, et c'est logique qu'ils aient eu du mal à le trouver avant ça, vu à quel point il est invisible. Mais si on leur dit qu'on a trouvé l'homme qu'ils cherchaient depuis tout ce temps, ils voudront s'occuper de lui personnellement. »

« Ouais. » Ma voix est tendue. « Je sais ce que c'est. »

Mon estomac se noue alors que je considère tout ce qu'Ash vient de me dire. Je n'ai jamais aimé Nikolaï depuis le moment où j'ai posé les yeux sur lui, mais ça me fait le détester encore plus. Et si les frères Voronin l'ont cherché pendant des années, prêts à tout pour venger la mort de leur mère, Ash et les autres Rois ont tout à fait raison.

Ils seront parfaits pour nous aider à éliminer Nikolaï.

Ash continue de parler pendant que nous conduisons, m'informant de ce qu'il sait d'autre sur les frères. Nous essayons deux endroits possibles où il espère les trouver, et après avoir échoué aux deux, je commence à craindre qu'ils aient quitté Détroit.

Mais après quelques minutes de conduite, Ash fait un bruit de satisfaction. « Ah. Là. »

Nous nous arrêtons à côté d'un vieux terrain de basket délabré. Il y a trois hommes qui jouent, se passant la balle et tirant. Je cligne des yeux de surprise en voyant à quel point ils sont tous les trois magnifiques.

Je ne suis pas intéressée par quelqu'un d'autre que mes quatre Rois, mais bon sang. Ces trois hommes sont définitivement incroyables.

Et *dangereux*. C'est tout aussi évident que leur beauté. Ils se déplacent comme des prédateurs sur le terrain, avec force et assurance et une sorte de grâce violente qu'ils ont sans doute déjà utilisée plus d'une fois.

« Laisse-moi parler au début », prévient Ash en ouvrant sa portière. « Ce ne sont pas de mauvais gars, mais ils se méfient des gens qu'ils ne connaissent pas. »

« Donc, un peu comme toi et les autres Rois quand je vous ai rencontrés pour la première fois », je souligne en arquant un sourcil alors que j'ouvre ma porte.

Il glousse. « Ouais. Comme ça. »

Nous sortons de la voiture et nous nous approchons des trois hommes que je peux mieux voir maintenant.

Ils ont tous des tatouages, ce qui les rend encore plus imposants. Deux d'entre eux ont les cheveux foncés, tandis que ceux du troisième sont plus clairs, et lorsque nous nous approchons, ils arrêtent de jouer. Leurs regards se dirigent vers nous et ils nous font tous face, l'homme devant aux cheveux foncés tient le ballon de basket dans ses mains.

Ash prend les devants comme il l'a dit, et il est clair que même s'ils le reconnaissent, ils sont surpris de le voir ici. Ils se crispent un peu, ce qui me fait me crisper également, mes instincts défensifs se déclenchant. Je repousse l'envie de prendre une arme. Je reste en retrait et laisse Ash parler en premier.

« Hé », dit celui qui tient le ballon de basket en regardant Ash.

Ses cheveux bruns brillent au soleil, repoussés en arrière, et ses yeux gris foncé ressemblent à des nuages d'orage juste avant qu'ils ne déclenchent un torrent de pluie. D'après ce que je vois, il a presque autant de tatouages que Pax et ils sont à la fois simples et détaillés.

L'expression de son visage me rappelle la façon dont un animal sauvage regarde quelqu'un qui s'approche trop près de lui. Jugeant si oui ou non il doit s'élancer et frapper le premier.

C'est clair qu'ils ne font pas entièrement confiance à Ash, même s'ils ont déjà fait des affaires avec lui auparavant.

« Hé, Maxim », répond Ash en le saluant.

« Je suis surpris de te voir ici », grogne l'homme d'une voix grave. « J'ai entendu dire que toi et les autres avez ouvert un club en ville. »

« Oui, c'est vrai. » Ash hoche à nouveau la tête. « Mais je ne suis pas ici pour parler affaires. Il s'agit plutôt d'une visite personnelle. Nous sommes tombés sur des informations récemment qui, je pense, seront importantes pour vous. »

Les frères Voronin échangent un regard, et celui qui semble être le plus jeune lève un sourcil percé. « Quel genre d'informations ? »

« Je sais qui a tué votre mère. »

Ash dit ça d'un seul coup, et les trois hommes devant nous réagissent instantanément, leurs têtes se dressant comme s'ils avaient senti l'odeur du sang frais. Un frisson me parcourt l'échine en voyant leur expression.

« Dis-nous », exige celui appelé Maxim. « Dis-nous tout. »

« Je vais le faire. » Ash lève une main. « Mais il y a une condition. »

« Qu'est-ce que tu veux dire, il y a une condition ? » Celui qui a l'anneau au sourcil replie ses doigts pour former des poings, la colère brillant dans ses yeux bleu-vert.

Maxim secoue la tête, bien qu'il ait l'air énervé aussi. « Calme-toi, Ruslan. »

Les trois frères plissent les yeux en regardant Ash comme s'ils comptaient silencieusement le nombre de secondes qu'il lui reste à vivre, mais ils attendent. Pour sa part, Ash garde une expression soigneusement neutre pendant qu'il continue.

« Je vous dirai ce que vous voulez savoir, mais vous ne pouvez rien faire à cet homme avant que je vous donne le feu vert », dit-il. « Je vous dirai quand vous pourrez le tuer. »

Les frères se regardent, semblant communiquer silencieusement comme je l'ai souvent vu faire avec les Rois. Je suis sûre qu'ils pèsent les avantages et les inconvénients de respecter la condition d'Ash ou de ne pas découvrir du tout qui est responsable de la mort de leur mère.

Finalement, le brun étrangement calme dont je ne connais pas le nom acquiesce. « Marché conclu. »

« Bien. »

Ash fait un pas en arrière et se tourne vers moi, me disant silencieusement que c'est à mon tour de parler. Je prends une grande inspiration et je rencontre leurs yeux.

« Il s'appelle Nikolaï Petrov », dis-je aux frères, avant d'énumérer tout ce que nous savons sur l'assassin russe. Ce n'est pas autant d'informations que je le voudrais, mais les trois hommes imposants écoutent attentivement, absorbant les informations en silence. D'après la façon dont leurs regards se fixent sur moi pendant que je parle, je suis sûre qu'ils mémorisent chaque détail.

Lorsque je finis de parler, l'homme qui a à peine dit un mot jette un coup d'œil à Maxim. Ils ont tous les deux une apparence similaire et il est facile de deviner qu'ils sont frères, mais leurs comportements sont si différents que je ne pense pas qu'on puisse les confondre. L'un dégage une énergie brutale et maniaque, tandis que l'autre est si calme et vigilant qu'il ressemble à un fantôme.

« Tout fait du sens », dit lentement celui qui est calme. « C'est lui. Et j'ai assez d'éléments pour continuer nos recherches maintenant. Avec ce qu'ils nous ont donné, je peux le trouver. »

« D'accord. » Maxim acquiesce, croisant ses bras musclés devant sa poitrine et faisant se tendre les manches de sa chemise autour de ses biceps tatoués. Il fixe Ash d'un regard dur. « Combien de temps devons-nous attendre avant de pouvoir nous occuper de cet enfoiré ? »

« Pas longtemps. Nous vous ferons savoir quand le moment sera venu », répète Ash.

Il s'arrange pour que nous puissions les contacter afin de les avertir quand le moment sera venu, puis nous retournons tous les deux à la voiture.

Je jette un coup d'œil aux trois frères par-dessus mon épaule, les observant un instant avant de donner un coup de coude à Ash avec mon épaule.

« Tu penses qu'ils seront capables de le faire ? De tuer Nikolaï ? »

« Ouais. » Il marmonne. « Je ne voudrais pas ennemi des frères Voronin et ils portent cette rancune depuis des années. Quand nous donnerons l'ordre, Nikolaï n'en aura plus pour longtemps à vivre. »

Mon Dieu, j'espère que tu as raison.

38

RIVER

Plusieurs jours après la petite discussion que j'ai eue avec les frères Voronin et Ash, je reçois un message codé d'Alec me convoquant à une autre réunion de la société Kyrio.

J'y vais, parce que je n'ai pas vraiment d'autre choix, mais je me sens anxieuse. Chaque fois que je rencontre la société, je me sens plus nerveuse.

Quelqu'un a-t-il commencé à soupçonner ce que mes hommes et moi préparons ?

S'ils le font, ils me tueront ainsi que les quatre Rois. Et cela pèse lourd sur ma poitrine chaque fois que je dois aller dans ce bâtiment et faire face à ces monstres vicieux et avides de pouvoir.

Je sais qu'il est important de ne pas se précipiter. Nous nous en prenons à cinq des personnes les plus dangereuses de Détroit. En éliminer *une* seule serait déjà une tâche ardue, mais nous devons tous les éliminer presque simultanément.

Nous devons faire preuve de prudence et d'intelligence dans cette affaire, mais j'ai aussi l'impression que nous devons agir. Il y a une urgence qui se développe en moi, une voix dans ma tête qui me crie de le faire, et elle devient de plus en plus forte chaque jour qui passe.

Après avoir laissé mes hommes derrière moi avec le personnel de sécurité et les entourages des autres membres de la société, comme d'habitude, je suis le garde qui me conduit dans le couloir vers la salle de réunion. Je déteste le fait que tout cela commence à me sembler familier, que je sache dans quelle direction il va me conduire et qui sera assis exactement à quel endroit lorsque j'entrerai dans la pièce.

Ça ne deviendra pas ta vie. Ce sera bientôt fini.

Alec Beckham semble penser que juste parce qu'il a violé ma mère et qu'il partage son ADN avec moi, il peut me forcer à rejoindre son empire de merde et à obéir aveuglément à ses ordres alors qu'il utilise cette société pour amasser plus de pouvoir.

Va te faire foutre, papa.

Je m'accroche à cette pensée et à la colère qui l'accompagne lorsque les gardes se tenant devant les portes les ouvrent pour me laisser entrer dans la pièce. Comme prévu, tout le monde est assis à sa place et tous les regards se tournent vers moi lorsque j'entre.

Ma peau se hérisse, la chair de poule se formant le long de mes bras, mais je n'en laisse rien paraître dans mon expression.

« Ah, vous êtes là. Bienvenue, River. »

Alec me sourit, et c'est encore plus effrayant que lorsqu'il n'y avait rien dans ses yeux quand il souriait, car maintenant il y a une sorte de chaleur qui me retourne l'estomac. C'est comme si la confirmation que je suis vraiment sa fille m'avait transformée en une vraie personne à ses yeux, alors qu'avant je n'étais qu'une silhouette en carton qu'il pouvait manipuler et déplacer. Non pas qu'il ait cessé d'essayer de me manipuler ou de m'utiliser, mais c'est presque comme s'il pensait qu'il y a un lien entre nous maintenant.

J'acquiesce, ne me sentant pas capable de parler. Si je le fais, je ne suis pas certaine de pouvoir me retenir de lui hurler des obscénités, alors il vaut mieux ne pas prendre le risque.

Je prends ma place et Nikolaï me regarde avec des yeux sombres et brillants. Je ne peux pas lire son expression et le simple fait qu'il me regarde me met mal à l'aise. Il me terrifie et je n'ai pas honte de l'admettre.

Je détourne mon regard et finis par regarder au bout de la table, où je vois Henri qui me fixe d'un regard lascif et condescendant.

Ça ne me fait pas me sentir mieux.

Le visage de Tatum est tout aussi dur, glacial et sévère, et Preston me sourit d'un air indéchiffrable et suffisant.

Putain.

Mon estomac se noue et je dois refouler l'envie de me lever de table et de quitter la pièce en courant. J'ai besoin de me casser d'ici.

« Tatum. River. » Alec commence la réunion en nous jetant un coup d'œil. « Vous vous êtes chargées de la marchandise que notre malheureux ami M. Yates a essayé de nous refiler ? »

« Oui », répond Tatum, prenant la parole avant moi. « Elles ont été vendues. Nous sommes loin d'avoir obtenu ce que nous attendions de cette cargaison, mais nous avons pu nous en débarrasser assez rapidement, et certaines ont été vendues à un prix plus élevé. Ce n'était donc pas une perte totale. »

La colère me brûle à la façon dont elle parle sans émotion. Il n'est peut-être pas juste d'attendre de la seule autre femme de la société qu'elle ait plus de sympathie pour ces filles que les hommes, mais sachant qu'elle a eu un père violent, je ne sais pas comment elle peut rester assise là et parler si calmement de détruire la vie de jeunes femmes sans défense.

« Bien. » Alec se retourne vers moi pour mieux m'examiner. « Quelque chose à ajouter ? »

Il me défie, comme s'il attendait que je cède à mon envie de lui crier après et de le traiter de monstre. Il doit savoir ce que je pense de tout ça, étant donné ce qu'il sait de mon passé et de la façon dont j'ai essayé d'aider cette fille que Luther avait avec lui à la livraison.

J'ai l'impression que c'est un autre test et ma gorge brûle à cause de la colère et de la culpabilité alors que je secoue la tête. « Non. Rien. »

Alec acquiesce, l'air satisfait.

J'ai réussi son test.

Et j'ai échoué au mien.

Sous la table, j'enfonce mes doigts dans l'accoudoir de la chaise, pressant mes ongles dans le cuir coûteux et imaginant que je fais glisser une lame sur ma peau en lignes nettes et régulières. Je sais que je n'avais pas d'autre choix que de dire ça, mais c'est comme si je pouvais *sentir* mon âme pourrir dans mon corps.

Combien de fois vais-je devoir faire semblant d'être celle qu'Alec veut que je sois avant que le mensonge ne devienne réel ? Combien de fois encore pourrai-je jouer le jeu avant que ça ne ressemble plus à un mensonge ?

Est-ce ce qui est arrivé à Tatum ? A-t-elle détesté cela autant que moi, mais avec le temps, sa volonté de jouer le rôle que son père lui a imposé l'a transformée en un monstre tout comme lui ?

La réunion se poursuit en abordant une fois de plus la question de l'organisme de bienfaisance et comment les plans avancent à cet égard.

« La cérémonie officielle d'inauguration de la Fondation des Rêves aura lieu dans deux semaines », dit Alec. « La liste des invités a été soigneusement sélectionnée. Bien qu'Henri soit l'un des plus grands donateurs de l'organisme de bienfaisance, nous avons décidé de ne pas attirer l'attention sur son implication pour le moment. Il ne sera donc pas présent au gala. Il peut être politiquement opportun de mettre en évidence ses dons plus tard, mais pour l'instant, nous allons garder le silence. »

Il jette un coup d'œil autour de la table. « Quant à vous, vous n'aurez pas besoin du gala d'inauguration non plus. Votre participation viendra une fois que l'organisme sera en place, quand nous serons prêts à commencer à y faire transiter de l'argent. À ce moment-là, il deviendra un atout pour nous tous, une entreprise commune qui profitera à tous les membres de la société de manière égale. »

« Égal à leurs contributions », dit Preston, qui prend soudainement la parole.

Alec se tourne vers lui, une petite ligne apparaissant entre ses sourcils. « Quoi ? »

« Vous avez dit que l'organisme bénéficiera à tous les membres de la société de manière égale. Mais le bénéfice sera égal à la valeur qu'ils y ajoutent, n'est-ce pas ? »

« Oui, bien sûr. » Alec sourit, mais son sourire n'atteint pas ses yeux tandis qu'il fixe Preston. « Mais comme chaque membre de la société est censé contribuer à notre petit organisme, je ne pensais pas que cela avait besoin d'être dit. Si quelqu'un ne peut pas apporter sa part, il n'a pas sa place ici. Est-ce que c'est assez clair pour vous ? »

Preston hésite un moment et j'ai l'impression qu'il y a une bataille silencieuse de volontés en cours. Son regard se tourne vers moi pendant une seconde et je me demande brièvement s'il va révéler au reste des membres de la société que je suis la fille d'Alec.

Mais il acquiesce après un long moment, son expression étant aussi fade qu'une tartine sèche. « Parfaitement clair. Merci. »

L'atmosphère dans la pièce est un peu tendue alors que la réunion se poursuit, et je fais de mon mieux pour rester calme. Depuis que j'ai rejoint la Société Kyrio, j'ai l'impression d'avancer sur la pointe des pieds dans un champ de mines, et je suis constamment sur les nerfs avec la dynamique changeante du groupe. Je jure qu'il y a des muscles dans mes épaules qui ne se relâcheront jamais.

« C'est tout pour aujourd'hui », dit finalement Alec et je dois m'empêcher de pousser un énorme soupir de soulagement.

Je me lève, prête à partir avec tous les autres, mais avant que je puisse partir, Alec me fait signe de rester. Je traîne un peu les pieds en m'approchant de lui, tout en moi se rebellant à l'idée de me rapprocher de lui. Au moins, ce n'est pas un secret pour Alec que je le déteste, donc je n'ai pas à lui faire un faux sourire lorsque je me tiens devant lui.

« Une fois que l'organisme de bienfaisance sera actif, tu auras l'occasion de prouver ton utilité à la société », me dit-il. C'est une promesse menaçante, venant de lui.

« Je suis sûre que je le ferai », je marmonne en faisant de mon mieux pour cacher mon dégoût à cette idée.

« Je n'en doute absolument pas. » Alec sourit d'un air confiant, en penchant un peu la tête pour examiner mon visage. « Tu es comme moi, River. Je l'ai vu en toi avant même de savoir pourquoi. C'est pourquoi j'ai voulu que tu fasses partie de la société en premier lieu. J'ai vu que tu ferais tout ce qu'il faut pour atteindre tes objectifs, même si c'est peu recommandable. Et c'est ce qu'il faut pour réussir dans le monde. » Il se penche vers l'avant, baissant la voix comme s'il partageait un secret. « Tu as soif de pouvoir, tout comme moi. C'est pourquoi tu feras tout ce que je te demande. »

Je serre les dents, retenant à peine ma colère.

Je ne suis pas du tout comme toi, espèce de connard.

Peu importe ce qu'il dit, je dois croire qu'il a tort à ce sujet. Bien sûr, j'ai fait de mauvaises choses. J'ai blessé et tué des gens. J'ai volé des trucs et ruiné des vies. Mais jamais par avidité. Jamais juste parce que je le pouvais. C'est la différence entre nous.

Je dois m'en souvenir.

Pourtant, savoir que cet homme est mon père me retourne l'estomac. Savoir que je partage son ADN me fait me sentir sale, comme si j'avais besoin de me nettoyer de l'intérieur.

« Comme tu veux », lui dis-je d'un ton sec et froid. « Je peux y aller maintenant ? »

Il sourit, semblant presque amusé par ma colère évidente, et détourne son attention en se dirigeant vers Henri qui attend près de la porte. C'est un renvoi clair et je ne pourrais pas être plus heureuse. Je m'éloigne de la table et de la pièce, en essayant de me calmer.

Alors que je me dirige dans le couloir vers l'endroit où mes hommes attendent, je prends quelques respirations profondes et fais le vide dans ma tête, repensant à tout ce qui a été dit pendant la réunion. Et alors que la voix d'Alec résonne dans ma tête, un lent sourire se répand sur mon visage.

Le gala de charité aura lieu dans deux semaines.

Bien. C'est parfait.

Plus de putain d'attente.

Je retrouve les gars, qui m'attendent comme d'habitude, et nous partons. Le trajet en hélicoptère semble durer une éternité et je tape du pied avec impatience tandis que les pales de l'hélicoptère rugissent au-dessus de moi. J'ai tellement hâte de dire à mes hommes ce que j'ai en tête que j'ai du mal à me taire, mais j'attends qu'on nous dépose à notre voiture et que je sois sûre que nous sommes seuls.

Alors que nous montons tous dans la voiture, je jette un coup d'œil à Preacher, Ash et Pax.

« J'ai une idée du moment où nous devrions attaquer », dis-je aux trois hommes, en expliquant ce qu'Alec a dit au sujet de l'inauguration de l'organisme de bienfaisance. « Dans deux semaines, un vendredi soir, on saura exactement où il sera toute la soirée. D'après ce qu'il a dit, ce sera un gros événement, avec une liste d'invités importante et exclusive. L'organisme de bienfaisance sera une façade, mais le prestige et la fanfare de l'événement comptent toujours pour Alec. Cela augmentera sa notoriété et sa position dans ses affaires légitimes, donc je suis sûre qu'il va faire les choses en grand. Alors qu'il sera concentré sur ça, c'est là que nous devrions agir. »

Preacher acquiesce, échangeant un regard avec Pax. « Cela semble être un plan solide. Tant qu'on fait attention à ce que personne n'ait idée de ce qu'on prépare, ça devrait être la distraction parfaite le soir de l'attaque. »

Ash rebondit légèrement sur le siège à côté de moi, ressemblant presque à un petit enfant. Je peux pratiquement sentir l'énergie qui émane de lui, comme pour moi, et quand il croise mon regard, il sourit.

« Le compte à rebours est lancé, tueuse. On a beaucoup de travail à faire. »

39

RIVER

Ash a raison. On a beaucoup de travail.

Maintenant que nous avons déterminé le moment d'agir contre la Société Kyrio, nous pouvons commencer à planifier nos attaques contre chaque membre. Nikolaï et Henri seront pris en charge par les deux groupes de personnes que nous avons recrutées pour nous aider, et j'espère que les Roses Noires et les frères Voronin s'en sortiront. Au moins, j'ai la preuve que Mia et ses gars peuvent accomplir des choses, et bien que je ne connaisse pas aussi bien les frères Voronin, je sais que la vengeance peut être une bonne source de motivation.

Ils feront tout ce qu'il faut pour mettre une balle dans la tête de Nikolaï. J'en suis convaincue.

Nous devrons donc nous occuper de Tatum, Preston et Alec.

« Putain de Tatum et ses putains de fenêtres pare-balles », gémit Pax en renversant sa tête en arrière sur le canapé tout en fixant le plafond.

Dès qu'on est rentrés, on a mis Gale au courant et on a commencé à établir nos plans. Mais ce détail que Tatum m'a dit à propos des fenêtres pare-balles de son appartement est un obstacle. D'après ce qu'on sait de son emploi du temps quotidien, elle sera chez elle au moment du gala, ce qui signifie qu'il sera impossible pour Pax de l'abattre avec son fusil de sniper.

« Ouais. » Je pose mes coudes sur mes genoux, mes jambes frôlant Gale et Pax là où ils m'entourent sur le canapé. « Il faut trouver un autre moyen de l'atteindre, alors. Mais je ne sais pas comment. »

« Et si tu lui disais que tu dois la rencontrer ce soir-là ? » propose Ash, l'air plein d'espoir. « L'attirer de cette façon ? »

« Trop risqué. » Je secoue la tête. « Je ne veux donner à aucun des membres de la société une raison de penser que quelque chose se trame. Si elle soupçonne quelque chose, ça pourrait effrayer les autres, et alors tout sera fichu. »

« Ok. » Il gonfle ses joues avant d'expirer fort. « Donc nous devons la tuer à l'intérieur de son penthouse d'une manière ou d'une autre, sans tirer à travers les fenêtres. Quelqu'un sait comment escalader un immeuble ? »

Il rit de sa propre blague, mais Preacher se tourne vers lui, l'air songeur. « En fait, ce n'est pas une mauvaise idée. »

« Quoi ? » Je fronce les sourcils. « Qu'est-ce que tu veux dire ? »

Les yeux bleus de Preacher trouvent les miens et un sourire se dessine sur ses lèvres. « J'ai peut-être une idée de comment la tuer de l'extérieur. Mais ça va nécessiter plus d'une personne. »

« Ce n'est pas grave. Nous pouvons nous diviser de manière inégale si nous devons le faire. » Je me penche en avant, en hochant la tête de manière encourageante. « Dis-moi à quoi tu penses. »

Peu importe ce que c'est, on peut faire en sorte que ça marche. Nous devons le faire.

S'exprimant sur son ton habituel, mesuré et posé, Preacher expose son idée. Je pince les lèvres et acquiesce en l'écoutant, et lorsqu'il a terminé, Ash est pratiquement en train de pomper son poing d'excitation.

« Oui ! Putain oui ! » Il nous jette un coup d'œil, en hochant la tête avec enthousiasme. « Ça peut totalement marcher. »

« Tu veux juste une excuse pour jouer avec tes jouets », fait remarquer Gale et Ash ne prend même pas la peine de le nier. Il se contente de nous regarder, Pax et moi, et quand on acquiesce, il a l'air encore plus ravi.

« D'accord », dis-je, en laissant échapper un souffle. « On va essayer ça. Maintenant, passons à autre chose… »

La semaine et demie suivante est un putain de tourbillon, et je ne dors pas beaucoup. Les gars non plus.

Il y a un million de détails à régler, des reconnaissances supplémentaires à faire et du matériel à préparer. Le jour du gala de charité se rapproche de plus en plus et les derniers préparatifs sont stressants. C'est comme essayer de planifier la fausse attaque du mariage, alors que nous devions tenter de libérer Anna et Cody, mais c'est cent fois plus compliqué.

Je n'arrête pas de penser à ce plan et à quel point tout a foiré : on a raté *une* chose et c'était suffisant pour tout foutre en l'air.

C'est la chose la plus importante que nous ayons jamais faite, avec beaucoup plus de pièces mobiles, donc une petite erreur pourrait mener à notre mort.

Qu'est-ce qu'on rate cette fois ?

Qu'est-ce que je ne vois pas ?

Avons-nous tout pris en compte ?

J'espère vraiment que oui.

La veille de l'inauguration de l'organisme de bienfaisance, je fais les cent pas dans le salon en visualisant tout. Je dois continuer à bouger ou je vais devenir folle et honnêtement, je m'arrache *presque* les cheveux tellement je suis nerveuse. Pax sort de la cuisine et s'arrête quand il me voit.

« Tu as l'air d'un savant fou », dit-il en gloussant et en pointant mes cheveux. Ils doivent être tout ébouriffés. Je soupire et les lisse un peu.

« Je suis juste… en train de tout revoir », lui dis-je en soupirant.

« Eh bien, viens ici. » Il prend ma main et m'entraîne vers la table basse où les petites pièces sont disposées sur la planche. « Utilise ça. Je ne l'ai pas installé pour rien, tu sais. »

« Non, juste pour t'amuser », je plaisante.

Il glousse et prend quelques pièces et les déplace sur la planche.

« Ce sont les gars de Mia ici », dit-il. « C'est le grand blond très grognon. » Il donne à la petite pièce d'échec une voix basse et grincheuse, comme un personnage de dessin animé, et ça me fait un peu rire.

« Celui-là, c'est Ash. Tu peux le voir parce qu'il est tout scintillant. » Il brandit un petit pompon avec des paillettes qu'il a déniché je ne sais où. « Il est là pour faire tourner les pièces et frimer, et il n'a plus de pièces. »

Cela me fait rire, mais l'inquiétude dans mes tripes ne disparaît pas. Elle est toujours là, me rongeant comme de l'acide.

« Et si on a oublié quelque chose ? » je lui demande. « Et si tout se passait mal ? »

Pax pose les pièces et penche la tête sur le côté. Il reste silencieux pendant un long moment, puis il soupire.

« Putain. J'aimerais pouvoir te mentir et te dire que je sais que tout va bien se passer. Mais la vérité, c'est qu'on ne peut pas être sûr que tout ira bien. Mais je peux te promettre une chose. »

« Qu'est-ce que c'est ? »

« Je te soutiendrai quoi qu'il arrive. Et si je meurs, alors mes frères te soutiendront. Tu ne seras pas seule dans cette situation. »

Mon cœur se serre dans ma poitrine. Je sais qu'il veut me réconforter, mais penser à sa mort me rend malade.

« Et si on mourait tous ? » je lui demande à voix basse, comme si le fait de le dire trop fort pouvait le rendre réel.

Il rigole et hausse ses larges épaules. « Alors on va tout foutre en l'air dans l'au-delà ensemble, je suppose. »

« Je suis sérieux, Pax. »

Son sourire disparaît à mes mots et ses yeux brillent. Il m'attire dans ses bras, m'enveloppant et me serrant fort, ses bras massifs comme des bandes de fer autour de moi. Ma joue se presse contre sa poitrine, et quand il parle à nouveau, je n'entends que le grondement profond de sa voix.

« Je *suis* sérieux, River. Peu importe ce qui arrive, je ne cesserai jamais de t'aimer. Je ne cesserai jamais d'essayer de te protéger. Pas dans cette vie, pas dans la suivante. »

Je l'embrasse, parce que c'est le seul moyen de répondre à ça. Je l'embrasse si fort que ma lèvre saigne un peu. Pax lèche le sang de ma lèvre inférieure, et ce faisant, je suis frappée par le souvenir de la fois où il a léché le sang sur mon visage la première fois que nous nous sommes rencontrés dans le sous-sol.

Comme s'il pouvait lire dans mes pensées, ou qu'il pensait aussi à ce moment, il me sourit, se reculant un peu pour regarder mon visage.

« Je savais que tu étais une battante dès que je t'ai vue, petit renard. Et tu m'as prouvé que j'avais raison chaque putain de jour. »

40

RIVER

Le gala de charité d'Alec a lieu un vendredi soir et le jour de l'événement semble être le plus long de ma putain de vie.

Chaque minute semble s'écouler à un rythme atrocement lent et Harley est à moitié fou car il capte toute l'énergie nerveuse qui se dégage des cinq humains auxquels il s'est attaché. Le son de ses ongles sur le sol est un bruit de fond constant alors qu'il trotte vers Preacher et lui donne un coup de patte, puis se dirige vers Ash et pose sa tête contre sa main pour se faire caresser. Il saute même sur le canapé avec moi pour me lécher le visage comme s'il essayait de m'apaiser et c'est la preuve que Gale est distrait, car il ne fait même pas de commentaire sur le fait que c'est dégoûtant.

Il n'y a plus rien à faire. Nos plans sont tous prêts. Les frères Voronin et le gang de la Rose Noire sont prêts à agir dès qu'on leur dira.

Donc maintenant on doit juste... attendre.

Une fois qu'il est midi, Ash nous oblige à manger un gros repas. On râle tous, mais je sais qu'il essaie juste de prendre soin de nous. Et il a raison. Je sais que plus le soir approche, moins je serai capable d'avaler quoi que ce soit.

L'après-midi s'écoule à un rythme d'escargot, et finalement, je monte à l'étage pour mettre ma tenue pour la soirée : une tenue tactique foncée. Il n'y a pas d'illusion ce soir, pas de tenue de luxe pour jouer le rôle d'un membre de la société.

Ce soir, je suis habillée comme un assassin, parce que c'est ce que je dois être.

Une fois que j'ai vérifié et revérifié que je suis prête, je descends à la rencontre de mes hommes. Ils sont déjà dans le salon, prêts à partir comme moi, et ils se retournent tous pour me regarder quand j'entre.

Je rigole, malgré les nerfs qui me tordent l'estomac.

Ils me reluquent tous comme ils le font quand je dois porter une belle robe, et je mets mes mains sur mes hanches, en arquant un sourcil.

« Vous me regardez comme si j'étais habillée pour impressionner ce soir », leur dis-je. « Je ne porte même pas de robe, je suis juste en tenue tactique. »

Les yeux de Preacher brûlent et Pax s'approche et me prend brutalement dans ses bras.

« C'est parce que tu es aussi sexy dans cette tenue que dans une robe qui épouse toutes tes courbes », dit-il, la voix basse alors qu'il penche la tête pour me caresser le cou. « Plus sexy encore, parce que tu es prête à aller foutre le bordel comme ça. Quand on en aura fini avec cette mission et que tous ces connards seront morts, je vais arracher ces vêtements de ton corps. »

Je lui fais un large sourire, prenant courage et confiance dans la façon dont il dit ça comme si c'était une promesse.

« Tu as intérêt », je chuchote.

Gale s'avance avec un air déterminé. « Je tuerais et mourrais pour toi », murmure-t-il, rappelant les mots que ma sœur et moi nous nous disions toujours.

Les derniers mots qu'elle m'a dits.

Ils planent dans l'air, presque comme un vœu, et je prends une profonde inspiration et acquiesce.

« Je tuerais et mourrais pour vous », je répète en leur disant.

Il y a tellement de choses que je voudrais dire, mais je crains que si je fais durer ce moment trop longtemps, ça commencera à ressembler à un au revoir. Et je ne peux même pas penser que ça puisse être vrai. Alors on se sépare, on prend des voitures différentes pour aller à des endroits différents.

Ash, Preacher et moi montons dans une camionnette banalisée que j'ai acheté à un gars dans une ferme à la sortie de Détroit il y a trois jours. Je l'ai payé quatre mille dollars en liquide, ce qui est honnêtement plus que ce qu'elle vaut. C'est assez ironique quand on pense que j'avais prévu d'acheter une plus belle voiture après avoir vu la Ferrari de Tatum, et que j'ai fini par acheter une putain de camionnette à la place.

Mais étant donné la situation, c'était nécessaire.

Pax monte dans sa voiture, et Gale reste dans l'entrée du garage, nous regardant tous partir d'un air sombre.

Alors que nous descendons l'allée et tournons dans la rue, je ne peux m'empêcher de tordre un peu le cou pour apercevoir une dernière fois la voiture de Pax et Gale dans le garage. Je les regarde jusqu'à ce qu'ils disparaissent, mon cœur se serrant dans ma poitrine.

Si tout ça tourne mal, ça pourrait être la dernière fois que je les vois.

Preacher se penche d'où il est assis derrière le volant et me serre la main, enfilant nos doigts ensemble.

« Ça va aller », murmure-t-il. « On sait ce qu'on doit faire. »

Mais je peux dire qu'il est tendu, tout comme Ash, qui est accroupi à l'arrière avec tout notre matériel. Les sièges ont été enlevés, il y a donc beaucoup d'espace à l'arrière, et il s'accroche un peu quand Preacher prend un virage. Lorsque je jette un coup d'œil par-dessus mon épaule pour le regarder, ses yeux ambrés semblent plus foncés que d'habitude derrière ses lunettes. Je sais qu'il peut sentir le poids qui s'est installé sur nous tous, tout comme moi.

Mais on n'a pas le temps pour s'attarder sur nos peurs ou nos inquiétudes. Nous devons nous concentrer.

Le soleil commence à se coucher alors que nous traversons la ville et nous garons dans le garage souterrain de l'immeuble en face de celui où vit Tatum. Elle est propriétaire de l'immeuble, et d'après ce que nous avons pu voir, elle est la seule à y vivre. Il y a six étages, et elle vit principalement au dernier étage. Depuis que Pax l'a suivie jusque chez elle cette nuit-là, nous avons surveillé son immeuble de temps en temps, pour en savoir plus sur les systèmes de sécurité qu'elle a mis en place, ainsi que sur ses habitudes et ses routines.

Une fois que Preacher a garé la camionnette dans un coin tranquille du parking souterrain, Ash rassemble le matériel dont nous aurons besoin à l'arrière : il prend un grand sac de toile qu'il met sur son épaule et m'en donne un autre lorsque je sors de la voiture.

« Vous savez, certaines personnes font cette merde pour s'amuser », dit-il avec un sourire, en soulevant une épaule pour indiquer le contenu du sac.

Je grogne. « Oui, mais je ne pense pas qu'ils fassent exactement ce que nous sommes sur le point de faire, Ash. »

« Ok, ok. » Il glousse alors que Preacher verrouille la camionnette et que nous nous dirigeons vers les escaliers. « Pas tout à fait la même chose, mais presque. Si tu penses que c'est un jeu amusant, peut-être que ce sera un peu moins angoissant. »

Je ris un peu. « D'accord. Je vais essayer ça. »

Nous grimpons tous les trois sur le toit, en prenant les escaliers, car nous avons moins de chances d'y croiser quelqu'un. Mes jambes brûlent alors que nous montons, mais le fait que mon pouls batte à cause de l'effort physique plutôt que des nerfs me fait du bien. Cela m'aide à m'éclaircir les idées, et quand nous émergeons sur le toit, je me sens plus calme et concentrée.

En nous baissant pour être cachés par le muret qui entoure le toit, nous nous dirigeons sur l'ardoise plate vers le côté du bâtiment qui fait face à l'appartement de Tatum. Alors que nous nous mettons en position, appuyés contre le mur, le portable dans ma poche vibre doucement. Nous utilisons tous des portables prépayés ce soir pour qu'il soit encore plus difficile pour quiconque de savoir ce que nous faisons.

Je le sors et vérifie l'écran, soulagé de voir que c'est Pax.

Pile à l'heure.

Jusqu'à présent, tout va bien.

« Hé. Tu vas bien ? » je lui demande dès que je réponds. Pax n'est pas vraiment du genre à perdre son temps avec les formules de politesse de toute façon.

« Ouais. Je suis en position devant sa maison », dit-il, sa voix profonde dans mon oreille. « Prêt. J'attends qu'il rentre à la maison. »

Il est chargé de tirer sur Preston Salinger, car c'est le meilleur tireur de nous tous. Si nous avons le bon timing, Preston devrait bientôt arriver à son grand manoir rempli d'art.

« Bien. On est en place aussi », dis-je à Pax.

« Putain, j'ai hâte de mettre une balle dans la tête de ce type », murmure-t-il, la voix dure. Depuis que Preston s'est introduit chez nous, les gars lui en veulent particulièrement. « J'aimerais que tu sois là pour le voir. »

« Savoir que c'est fait sera suffisant pour moi », je réponds. « Je ne veux plus jamais voir cet enfoiré mielleux. »

Il glousse, et le son de son rire est réconfortant. « Si on n'était pas aussi pressés, je m'assurerais qu'il sache que c'est moi. Je l'emmènerais chez nous et on pourrait s'en prendre à lui lentement ensemble. Pour voir ce qu'on pourrait lui faire avouer si on le torture assez. Peut-être qu'il admettrait enfin qu'il est derrière la mort de toutes les personnes de son entourage qui sont mortes dans des "circonstances mystérieuses". Cet enfoiré a probablement enterré leurs corps dans son jardin ou quelque chose comme ça. »

Un frisson parcourt mon échine. Ça ne me surprendrait pas, honnêtement. Chacun des membres de la société est terrifiant à sa manière, mais Preston dégage définitivement un air de tueur en série. Il a l'énergie de quelqu'un qui parvient à masquer suffisamment ses tendances psychotiques pour fonctionner dans la société normale sans se faire prendre, et les sommes considérables qu'il peut se permettre de verser à son équipe d'avocats y contribuent probablement aussi.

« Rapide et propre, c'est mieux », dis-je à Pax, en gardant le portable collé à mon oreille. « Il mérite probablement pire, mais le plus important est que tu entres et sortes de là rapidement et que tu l'élimines sans qu'il te voie arriver. »

« Ouais. Je suppose que oui. » La déception dans sa voix est si claire que je dois me retenir de sourire. Mais je suis contente qu'il ait l'air de le penser.

« Sois prudent, d'accord ? »

« Toujours. Tu me connais, petit renard », répond-il et je peux entendre le sourire dans sa voix avant qu'il ne raccroche.

Ash sort son propre portable prépayé et appelle les frères Voronin pour leur dire que c'est l'heure. Il est bref, mais sachant ce que je sais d'eux, c'est tout ce dont ils ont besoin. Ils ont mis au point leur propre plan pour s'en prendre à Nikolaï depuis le jour où nous les avons informés qu'il était celui qui avait tué leur mère.

Le dos toujours collé au mur, je regarde Ash attentivement pendant qu'il parle, et il croise mon regard et hoche la tête en raccrochant.

« Ils sont prêts », me dit-il.

Je prends une grande inspiration avant d'expirer. « Bien. Ça fait trois, alors. »

Nikolaï, Preston, et Tatum.

« En parlant de ça, c'est à notre tour. » Ash dézippe l'un des sacs en même temps qu'il parle et en sort un petit drone.

Preacher saisit l'autre sac, en sortant également plusieurs drones. Alors que le sac commence à se vider, il me tend une petite caméra, un moniteur et un détonateur.

« Garde un œil sur elle », dit-il.

Je hoche la tête et je place soigneusement la caméra sur le bord du mur. J'allume le moniteur et je zoome un peu pour bien voir les larges fenêtres de Tatum et l'intérieur de son immense penthouse. Elle est à la maison, comme nous l'avions prévu, et arpente son salon lentement tout en parlant à quelqu'un au téléphone.

« C'est bon », dis-je aux gars en chuchotant. « Elle est au téléphone. Dans le salon. Restez juste loin de ces fenêtres pour le moment. »

« Parfait. »

Ash prend une manette d'un des drones et l'envoie à basse altitude au-dessus du toit. Il disparaît sur le bord du bâtiment, du côté le plus éloigné de l'appartement de Tatum, et je sais qu'il va faire le tour pour qu'elle n'ait aucune chance de voir la petite chose. Preacher prend une manette et fait de même, et je me concentre à nouveau sur l'écran pendant qu'ils travaillent.

Nous avons huit drones, chacun chargé d'explosifs, et nous espérons que cela sera suffisant si les gars les placent à des points clés autour de l'extérieur du bâtiment.

« Elle se dirige vers la cuisine », dis-je, en regardant le moniteur pendant que Tatum raccroche et se dirige à grands pas vers la grande cuisine américaine. Son visage est aussi impassible et dur que d'habitude. Apparemment, elle ne sourit même pas quand elle est seule à la maison.

« Super. Je vais placer le prochain près du salon au cas où elle se dirigerait bientôt dans cette direction », murmure Ash, le ton distrait alors qu'il se concentre sur le pilotage du drone. « Allez, allez, allez... là ! »

« Combien en reste-t-il ? » je leur demande.

« Juste deux. On y est presque. »

« Ok. Dépêchez-vous. »

Dans l'appartement, Tatum ouvre un petit réfrigérateur vitré qui semble être réservé au vin. Elle en sort une bouteille avec une étiquette élégante et l'ouvre, puis prend un verre délicat à long pied et se verse du vin.

Elle boit une gorgée en regardant son portable sur le comptoir comme si elle attendait qu'il sonne. Je ne sais pas à qui elle parlait, mais si je devais deviner, je dirais que la conversation ne s'est pas bien passée. Elle semble énervée et agitée, encore plus que d'habitude, ce qui n'est pas peu dire.

« C'est fait ! Le dernier est en place. » Ash se tourne vers moi, pressant le détonateur dans ma main. « C'est ton tour. Elle est toujours là, hein ? »

« Ouais. » J'enroule mes doigts autour du détonateur, j'ouvre le couvercle et je passe mon pouce sur le gros bouton.

Mon regard reste fixé sur l'écran, et lorsque Tatum porte à nouveau son verre à vin à ses lèvres, j'aperçois la peau pâle et noueuse de la cicatrice sur son poignet. Je me souviens qu'elle m'a raconté comment son père avait maintenu son bras au-dessus d'une flamme nue quand elle avait huit ans pour l'endurcir et je me mets soudainement à douter.

Aurais-je dû faire plus d'efforts pour la convaincre de joindre ma cause ?

Mais qu'est-ce que j'aurais pu faire d'autre ? Elle a fait comprendre dès le premier jour qu'elle me détestait et ce n'est pas comme si elle était innocente dans tout ça. J'ai été jeté dans la gueule du loup quand j'étais jeune et je ne suis pas devenue un monstre. Du moins pas un qui est prêt à marcher sur les pieds et à abuser de ceux qui sont plus faibles que moi juste pour obtenir plus de pouvoir.

Toutes les choses dont Tatum a été complice s'accumulent contre elle.

Il y a tellement de sang innocent sur ses mains.

Au moment où je pense à ça, Tatum s'arrête et pose son verre. Elle lève la tête et regarde de l'autre côté de la rue, droit vers moi, Ash et Preacher, et même si je sais qu'elle ne peut pas nous voir, je suis certaine qu'elle sait que nous sommes là.

Mon cœur bat la chamade dans ma poitrine, l'adrénaline me traversant dans un élan glacial. J'appuie avec mon pouce sur le bouton du détonateur, déclenchant les charges dans l'ordre que nous avons programmé. Une série de petites explosions s'élève de l'autre côté de la rue, se succédant rapidement jusqu'à ce que cela ressemble à un boom massif.

Incapable de résister, je me retourne et regarde par-dessus le mur du toit, tandis que les poutres de soutien de l'étage supérieur de l'appartement de Tatum cèdent. Tout l'étage supérieur s'effondre, s'écroulant sur lui-même tandis que des morceaux de débris se mettent à tomber. Le poids de la chute fait s'effondrer l'étage inférieur également et il faut encore plusieurs longs moments avant que le grondement ne s'arrête.

Les deux étages supérieurs de l'immeuble de Tatum n'existent pratiquement plus et l'étage inférieur est également partiellement effondré. Un panache de fumée poussiéreuse s'élève du bâtiment, sombre et trouble dans la lumière déclinante du soir, et le silence qui emplit l'air semble assourdissant.

« Un de moins, mais il y en a encore d'autres », murmure Ash derrière moi.

Il a raison. On ne peut pas s'arrêter maintenant.

Il y a quelque chose d'hypnotique à voir la fumée qui s'échappe du bâtiment partiellement détruit, mais nous ne pouvons pas nous permettre de rester là à regarder pendant trop longtemps. Les flics et les pompiers vont finir par arriver, et nous devons être partis avant.

« Allons-y », dit Preacher. « On doit continuer. »

« Vous vous rappelez quand j'ai voulu acheter des drones et que vous m'avez tous dit que c'était une idée stupide et que seuls les enfants jouaient avec ? » dit Ash alors que nous marchons sur le toit. « On dirait que vous aviez tort sur ce point. »

Preacher grogne. « Bien. Je le noterai comme la seule et unique fois où on t'a dit que quelque chose était une idée stupide et qu'on avait tort. »

« Peu importe si c'est la seule. Ça compte quand même. »

Je secoue la tête en écoutant leur échange. Je n'ai pas assisté à cette conversation, mais je connais assez bien les quatre hommes pour savoir exactement comment ils se sont comportés. Je marche devant eux et, alors que nous approchons de la porte, je soulève le sac plus haut sur mon épaule, redoutant déjà toutes ces marches pour redescendre au parking du sous-sol.

Mais avant que je puisse atteindre la porte pour l'ouvrir, elle s'ouvre vers l'extérieur. Je manque un pas, trébuchant un peu en arrière alors que le mouvement soudain me prend au dépourvu.

Preston Salinger s'avance, une arme pointée sur ma tête.

PREACHER

River laisse échapper un cri de surprise et recule d'un pas lorsque Preston Salinger franchit la porte d'accès, la laissant se refermer avec un bruit sourd derrière lui.

Ash se fige immédiatement sur place et je fais de même. Nous sommes tous les trois armés, mais avec Preston qui pointe son arme directement entre les yeux de River, Ash et moi ne voulons pas tirer. Il le sait probablement et c'est pourquoi il a l'air si calme et insouciant alors qu'il fait un pas vers nous, son bras bien stable.

Qu'est-ce qu'il fait ici, bordel ? Comment a-t-il su que nous étions ici ?

« Jetez vos armes de côté », dit Preston lentement. Nous hésitons tous, et il lève un sourcil, laissant son doigt caresser la gâchette de son arme. « Ou si vous le souhaitez, je peux la tuer immédiatement et vous pouvez les garder. C'est comme vous voulez. »

Ash et moi jetons nos armes. Ça me brûle de le faire, mais je ne peux pas risquer que River soit blessé. Pas comme ça.

« Vous aussi », ajoute Preston en pointant son menton vers River. « Je sais que vous êtes armée. Débarrassez-vous de ça. »

River montre les dents, mais elle lâche également son arme, la poussant sur le côté, loin d'elle.

« Très bien », dit Preston agréablement. Puis son sourire disparaît et il secoue la tête. « Vous n'avez pas fait ce que vous étiez censé faire, ma chère. Vous avez mal fait tout ça. »

« Qu'est-ce que vous voulez dire, putain ? » répond River. Je ne peux voir son profil que du coin de l'œil puisque je fixe Preston, mais je peux entendre la colère dans sa voix et imaginer ses yeux qui brillent.

Preston presse ses lèvres ensemble, l'air déçu.

« Je vous ai donné tout ce dont vous aviez besoin », lui dit-il. « Je vous ai donné les informations dont vous auriez besoin pour vous débarrasser d'Alec. Je ne lui ai même pas dit que votre quatrième petit ami est toujours en vie, même si j'ai compris ça aussi. J'ai dégagé la voie pour que vous puissiez l'éliminer, exactement comme je savais que vous le vouliez. Et sans lui à la tête, nous aurions pu restructurer la société. Nous aurions pu redistribuer le pouvoir et nous n'aurions plus eu l'obligation de servir ses caprices. »

De petites lignes encadrent sa bouche alors qu'il fronce les sourcils.

« Mais ce n'était pas suffisant pour vous, n'est-ce pas ? Imaginez ma surprise lorsque j'ai appris récemment que vous faisiez des plans pour faire bien plus que simplement éliminer Alec. Vous vouliez faire tomber toute la société. Les tuer tous. *Me* tuer. » Il claque sa langue doucement. « Ce n'est pas très gentil. »

Les épaules de River se tendent et je peux sentir mes propres mains se refermer pour former des poings.

Putain. *Putain.* Nous avons été si prudents. Et apparemment, toutes nos précautions et mesures de sécurité étaient presque suffisantes, mais pas tout à fait. Parce que d'une manière ou d'une autre, Preston Salinger a découvert nos plans.

L'homme longiligne regarde les décombres fumants des deux derniers étages de l'immeuble de Tatum, ses yeux brillant dans la faible lumière. Puis il hausse les épaules et regarde à nouveau River.

« La mort de Tatum n'est pas une grande perte. Elle n'a

jamais été impliquée à fond. Elle voulait juste jouer à la table des grands, toujours effrayée d'être la plus faible de la pièce. » Il roule les yeux. « Elle était facile à manipuler, mais je ne peux pas dire qu'elle me manquera. Cependant, je ne peux pas vous laisser trop déstabiliser les choses. Si vous éliminez Alec, je pourrais toujours intervenir et prendre le pouvoir, mais j'ai besoin que la société continue d'exister. »

Il fait une pause, comme s'il attendait que River réponde, qu'elle se dispute avec lui ou qu'elle s'excuse d'avoir gâché ses grands projets. Mais elle ne fait que le fixer avec les dents serrées, sans rien dire.

Preston fait claquer sa langue et secoue la tête, comme s'il avait affaire à un enfant désobéissant. « Je suis très déçu, River. Et je vais devoir faire quelque chose pour me sentir mieux. »

Mon estomac se serre en entendant ses mots. Son ton n'a pas changé, mais je sais comment les gens comme lui sont. « Quelque chose pour me sentir mieux » signifie qu'il veut blesser quelqu'un. Tuer quelqu'un.

Je déplace mon poids vers l'avant involontairement pour protéger River. Preston perçoit le petit mouvement et me jette un coup d'œil, me regardant de haut en bas avec un regard curieux alors que son arme reste pointée sur River.

« Vous êtes intéressant », me dit-il. « Fascinant, vraiment. Est-il vrai qu'une femme que vous aimiez a été brûlée vive devant vous ? Et pourtant, vous êtes là. »

Il le dit comme s'il s'agissait d'une anecdote intéressante qu'il connait, mais je sais qu'il choisit ses mots avec plus de soin que cela. Il s'assure que nous savons tous qu'il a fait ses recherches. Comme River nous l'a dit après la nuit où il s'est introduit chez nous, il a fait ce qu'il fait toujours.

Observer.

Recueillir des informations.

Découvrir des secrets qui ne lui appartiennent pas.

Ses mots sont conçus pour couper aussi profondément et précisément qu'un rasoir. Et ça marche, car mon cœur s'arrête en l'entendant dire ça : rien que de penser à cette nuit, aux cris de Jade et à mon impuissance. J'inspire fortement et mes mains tremblent, la rage et la panique m'envahissant.

Tout comme cette nuit-là, je suis figé et regarde une personne que j'aime être menacée par un homme qui a le pouvoir de mettre fin à sa vie.

Ça me coupe le souffle. J'ai du mal à respirer et je serre les dents si fort que ça fait mal, essayant de me ressaisir.

Preston penche la tête sur le côté, me regardant me débattre avec les souvenirs de mon passé qui se superposent à ce qui se passe maintenant. Il semble fasciné par tout cela : cette situation, la façon dont nous réagissons tous. C'est comme s'il assistait à un grand spectacle et qu'il trouvait ça amusant de toucher nos blessures et de voir ce qui nous fait tressaillir.

« Ça doit être dur pour vous », murmure-t-il d'un ton presque compatissant alors que son regard se pose sur River. « Me regarder pointer une arme sur sa tête. Je parie que ça vous rappelle toutes sortes de souvenirs. Bien sûr, ce n'est pas tout à fait la même chose, parce que je menace seulement de tirer sur River, pas de la brûler vive. Est-ce que ça fait une différence ? Est-ce plus facile de penser à regarder une balle lui transpercer le crâne que d'imaginer des flammes consumer son corps ? »

« Vous êtes dingue », dit River, la voix rauque. « Arrêtez, Preston. Arrêtez, putain. »

« Non, je ne pense pas que je le ferai. » La fausse sympathie de Preston disparaît et ses yeux se plissent un peu tandis qu'il la fixe. « Vous n'aviez pas prévu de vous arrêter, n'est-ce pas ? Vous aviez prévu de me tuer ce soir, et maintenant que les rôles sont inversés, je ne vois aucune raison d'avoir pitié de l'un d'entre vous. »

« C'était *mon* plan. » River secoue la tête, ses cheveux argenté brillant dans la faible lumière. « Mon idée. C'est moi qui ai décidé que nous devions mettre fin à la Société Kyrio. Ce n'est ni Ash ni Preacher. Alors laissez-les en dehors de ça, Preston. C'est moi qui suis responsable, pas eux. »

Tout se glace en moi, gelant mes poumons et forçant l'air à sortir. *Putain, River, qu'est-ce que tu fais ?*

Mais je sais ce qu'elle fait. Elle fait la même chose que Gale sur les quais il y a quelques semaines. Elle essaie de sauver les gens qu'elle aime en se sacrifiant.

Mes muscles tremblent de fureur et d'angoisse, et je secoue la tête. « Non ! » je râle. « Ce n'est pas vrai. River, tu ne peux pas... »

« Laissez tomber », dit Preston, le ton dur. « Elle a raison. C'est elle qui mérite ma colère. Celle qui mérite le plus de souffrir. » Il s'arrête, puis un sourire lent et vicieux se répand sur son visage. « Eh bien, je vais peut-être vous laisser le soin de décider. »

« Qu'est-ce que tu veux dire ? » je lui demande, tout mon corps devenant engourdi.

« Je veux dire que River va mourir ce soir. Mais je vous laisse décider comment. Par une balle ou le feu. »

« Quoi ? » J'arrive à peine à prononcer le mot.

Preston continue de sourire. Son sourire est si grand qu'il a presque l'air inhumain.

« Je veux que vous la brûliez vive », dit-il en désignant River avec l'arme. « Je veux voir si vous pouvez le faire. Je sais déjà ce que ça lui fera, car j'ai déjà vu un corps carbonisé, mais je veux voir ce que ça vous fera. »

« Non. » Je secoue la tête, tout en moi brûlant de rage et de désespoir. « Non, allez-vous faire foutre. »

Preston hausse les épaules. « C'est votre choix, alors ? Je pourrais toujours lui mettre une balle dans la tête à la place. Vous préférez ça ? »

J'ai la tête qui tourne alors que l'horreur de cette situation me submerge. J'ai l'impression de devenir dingue. Un putain de psychopathe armé veut que je choisisse la façon dont River va mourir. Il veut que j'en fasse partie. Et je n'ai aucune idée de comment la sauver.

« Preacher... » murmure River, mais je ne me retourne pas pour la regarder. Je ne veux pas voir son expression en ce moment, parce que je sais qu'elle sera terrifiée, pas pour elle-même, mais pour *moi*. Pour Ash. Et je ne peux pas supporter de voir ça. Pas quand Preston vient de mettre sa vie entre mes mains et me dit de la serrer jusqu'à ce qu'elle se brise.

« Non », je répète, alors que tout devient rouge autour de moi. « Non. »

La bile monte dans ma gorge, menaçant de m'étouffer.

« Faites un choix », hurle Preston. « Maintenant ! »

Un éclair de mouvement attire mon attention d'un côté alors qu'Ash se déplace, se précipitant pour essayer de plaquer Preston. Mais il n'est pas assez rapide. L'autre homme bouge comme l'éclair, déplaçant son bras qui tient l'arme et tirant Ash avant de pointer à nouveau l'arme sur River.

Ash grogne et tombe à la renverse en s'agrippant l'épaule. Ses traits se tordent de douleur et son visage devient pâle tandis que ses doigts se recouvrent de sang.

« N'essayez pas de refaire ça », prévient Preston. Puis il reporte son attention sur moi. « Je ne plaisante pas. Votre temps est écoulé. Vous allez devoir faire un choix. »

« Bon sang, vous êtes un putain de cinglé », dit Ash, mais Preston ne semble même pas l'entendre. Ses yeux sont fixés sur moi, attendant clairement de voir ce que je vais faire.

« Allez », murmure-t-il, son ton redevenant doux et cajoleur. « Voulez-vous qu'elle meure comme ça ? Abattue par quelqu'un qu'elle déteste ? Impersonnel et froid, comme une balle. Tirer sur quelqu'un est la façon la plus ennuyeuse de tuer, vous savez. On appuie sur la gâchette et ils sont morts. C'est trop rapide et on ne les sent même pas mourir. Mais si *vous* le faites, alors c'est plus intéressant. Elle vous aime. Elle vous fait confiance. Elle ne se défendrait probablement pas. Et à la fin, il ne vous restera que des cendres. Est-ce que ça vous brisera ? Je veux le découvrir. »

Il parle comme si c'était une sorte d'expérience scientifique, et peut-être que pour lui, c'est tout ce que c'est. Il veut juste jouer avec nous, nous regarder nous effondrer, et punir River de ne pas faire les choses à sa façon.

Il va la tuer si je ne fais pas quelque chose.

Mon cœur bat la chamade et ma respiration semble trop forte. Ma poitrine est si serrée que j'ai l'impression que mes côtes s'effondrent sur elles-mêmes et mes ongles s'enfoncent dans mes paumes. J'ai l'impression que mon âme s'effrite. Mon passé et mon présent se heurtent, me forçant à faire face à la possibilité de voir la seule autre femme que j'ai aimée mourir atrocement.

Je continue à voir Jade dans les flammes vacillantes du bâtiment détruit de l'autre côté de la rue. Je continue à entendre sa voix qui m'appelle, me supplie de l'aider. Je me rappelle mes propres cris désespérés et frénétiques, et je ressens la même impuissance maintenant.

Je ne peux pas le faire.

Il n'y a pas moyen, putain. Je ne peux pas brûler River. Mais je ne peux pas non plus rester là et la laisser se faire tirer dessus. Peu importe ce que je choisis, ce sera ma faute. Je vais devoir vivre avec.

« Preacher. »

River appelle mon nom et mes yeux se tournent vers elle. Elle se tient là, le corps tendu et figé, de l'autre côté du canon de Preston.

« C'est bon », murmure-t-elle. « Tout ira bien. Quoi qu'il arrive. »

Elle dit ça, mais il y a tellement de peur dans sa voix. Je peux l'entendre dans la façon dont elle tremble. Ça ne va pas bien se passer et elle le sait.

« C'est ça, l'amour ? » Preston jette un regard entre nous deux, secouant la tête comme s'il était fasciné par tout ça. « Être incapable de prendre une seule décision parce que vous ne pouvez pas vivre avec l'une ou l'autre des conséquences possibles ? »

Je serre les dents alors que ses mots me frappent de plein fouet. Je dois faire *quelque chose*. Si je l'attaque comme Ash l'a fait, je suis sûr qu'il ne tirera pas seulement un tir d'avertissement. Il me tuera. Mais peut-être que ça donnera à Ash et River assez de temps pour l'attaquer et le désarmer.

Cela leur donnera une chance de vivre.

« Je vais compter jusqu'à trois », dit Preston. « Un... »

Mes muscles se tendent.

« Deux... »

Je commence à m'élancer en avant et il balance son arme dans ma direction comme s'il s'y attendait.

Mais avant qu'il ne puisse tirer, son corps est secoué d'un coup sec, comme s'il avait été frappé par un poing invisible. Sans un mot de plus, il s'écroule sur le sol en un tas.

Je ne sais pas ce qui l'a frappé et je m'en fiche. Je n'arrête pas mon élan, je fonce et lui arrache l'arme des mains. Je suis sous l'effet de l'adrénaline qui grandit en moi depuis que Preston a franchi la porte.

« Pax ! » La voix d'Ash perce le brouillard dans mon esprit. « Merci putain. »

Je tourne la tête sur le côté et réalise que Pax est sur le toit de l'immeuble voisin avec son fusil de sniper sorti. Le soulagement m'envahit comme un raz-de-marée et est suivi par quelque chose d'autre. Quelque chose de tout aussi puissant et accablant.

La fureur.

Je me tiens au-dessus du corps de Preston, le regardant saigner. Il n'est pas encore mort, mais à en juger par la façon dont son souffle résonne et par le fait qu'il ne se relève pas pour se défendre, il en est assez proche.

« Pas si confiant maintenant, n'est-ce pas, enfoiré ? » dis-je, la rage me traversant. « Je demanderais bien ce que ça va faire aux gens qui vous aiment, mais il n'y a personne qui pourrait aimer un putain de sadique tordu comme vous. Vous allez mourir et tout le monde s'en foutra. »

Avec un grognement sauvage, je lève mon pied et l'abat avec force sur son cou. J'écoute le craquement des os quand ils se brisent avant de le tuer.

Mais ce n'est pas suffisant. Il n'a pas assez payé pour ce qu'il a essayé de faire. La fureur qui brûle en moi ne disparaît pas parce qu'il est mort, alors je le frappe au visage, lui cassant le nez et le faisant saigner. Je lui donne des coups de pied, frappant son estomac, son torse et son visage.

Le monstre qui vit en moi, celui qui est né le jour où Jade est morte, se dresse avec un rugissement féroce, libérant des années de colère refoulée. Je ne m'arrête pas, m'acharnant sur lui jusqu'à ce que son visage ne soit plus qu'une ruine sanglante, sans aucune trace de ce sourire suffisant et charmant.

Ma chaussure est éclaboussée de sang, mais je ne vois que du rouge de toute façon.

J'y succombe, me perdant dans un flot de fureur et d'émotion brute. Rien d'autre n'existe.

Mais alors une main se pose sur mon bras, et une voix douce m'appelle à travers cette brume de fureur aveuglante.

« Preacher. David, tu dois arrêter. »

« Non », je grogne. « Il le mérite. Il allait... »

« Je *sais* », dit River et j'entends plus sa voix à travers la colère désespérée. « Je sais. Mais c'est fini maintenant. C'est fait. Il est mort et il ne peut plus me blesser, ni toi, ni personne. Nous devons continuer. »

Elle a raison.

Elle a raison, et sa voix perce lentement le nuage de rage dans lequel je me trouvais, au moins suffisamment pour que je puisse la voir et l'entendre clairement. Elle se tient à côté de moi, vivante et entière, et cela compte tellement plus que de s'assurer qu'un homme mort paie pour nous avoir fait vivre cet enfer.

Je tends la main, l'attrape et la tire vers moi. River ne résiste pas, elle s'avance dans mes bras et je l'attire pour l'embrasser.

Nos bouches et nos cœurs s'entrechoquent encore et encore, et j'aimerais pouvoir ne jamais la relâcher.

42

RIVER

Je m'accroche à Preacher et je le respire profondément. Comme si j'allais mourir si je le lâchais.

Son front se presse contre le mien et il saisit mon visage si fort que ça fait mal. Mais je m'en fiche. J'ai appris il y a longtemps que certaines douleurs sont bonnes et celle-ci en fait partie. Sa bouche trouve la mienne, nos visages se pressant l'un contre l'autre alors que nous nous embrassons désespérément.

Mes joues sont mouillées et les siennes aussi, nos larmes se mélangeant alors que je sanglote contre ses lèvres.

« Je t'aime », murmure-t-il d'une voix rauque. « Je ne peux pas vivre sans toi, River. Je ne *le pourrais pas*, putain. »

Les mêmes mots s'échappent de mes lèvres, faisant écho aux siens, et j'ai l'impression que nos âmes s'enroulent l'une autour de l'autre, se resserrent et refusent de lâcher prise.

Je ne sais pas ce que je ferais sans Preacher. Sans l'un d'entre eux.

L'évidence que s'il meurt, je mourrai me frappe de plein fouet. Je ne peux pas vivre sans lui. Je ne peux me passer d'aucun de ces hommes. Je les aime de toute mon âme et je ne peux plus exister sans eux. Perdre l'un d'entre eux créerait un vide qui ne pourrait jamais être rempli à nouveau.

Nous nous séparons après un moment. Le faible bruit des sirènes au loin emplit l'air et l'inquiétude se lit sur ses traits ciselés tandis qu'il jette un coup d'œil autour de lui.

« Putain. Est-ce qu'Ash va bien ? »

« Oui, je vais bien. » Ash gémit d'où il est assis sur le toit à proximité. « River m'a examiné pendant que tu, euh, réarrangeais le visage et le corps de Preston. »

Les épaules de Preacher s'affaissent avec soulagement et il s'accroupit à côté d'Ash pour vérifier ses blessures. La balle n'a traversé que la partie charnue de son épaule et bien qu'elle soit ensanglantée, il a pu en arrêter l'écoulement.

« On doit y aller », fait remarquer Ash qui grimace en tendant la main. « Au plus vite. Aide-moi à me lever. Les flics seront bientôt là et on doit être partis. »

Preacher prend les deux sacs tandis que j'aide Ash à se lever, lui offrant mon aide tandis que nous descendons rapidement les escaliers.

Il n'y a pas d'autres surprises lorsque nous quittons le toit pour retourner à l'endroit où la camionnette est garée dans le garage souterrain, mais chaque fois que j'entends un bruit, je sursaute, m'attendant à moitié à ce que ce soit un autre membre de la société qui nous ait repérés. Ce n'est pas parce que Preston est mort que nous avons réussi.

Quand quelqu'un sort de l'ombre près de la camionnette, je sors mon arme, mais c'est juste Pax qui sourit avec les mains levées.

« Putain. » Je laisse échapper un souffle. Puis je cours vers lui, me jetant dans ses bras. « Si tu n'étais pas arrivé... »

Je ne finis pas ma phrase. Je n'ai pas la force émotionnelle en ce moment pour l'envisager.

« Je n'ai pas vu Preston chez lui », explique Pax en me serrant contre lui. « Alors j'ai pensé que quelque chose avait mal tourné. Puis je t'ai appelé et tu n'as pas répondu, alors j'ai su que quelque chose se tramait. Il n'en fallait pas plus pour que je fonce ici et que je voie ce qui se passait. »

Heureusement que j'avais mis mon portable en mode silencieux. Je peux seulement imaginer comment Preston aurait réagi si j'avais reçu un appel au beau milieu de son petit spectacle.

Pax me relâche tandis que Preacher s'approche. L'homme blond tend la main à Pax et tous deux se serrent la main et se prennent dans les bras, en appuyant leurs fronts l'un contre l'autre. Ils ne parlent pas, mais je ne pense pas qu'ils en aient besoin. Ils se soutiennent mutuellement depuis qu'ils sont enfants et je suis sûre qu'ils le feront toujours.

Les sirènes à l'extérieur deviennent de plus en plus fortes, et nous sortons prudemment du garage souterrain, puis nous nous éloignons à toute vitesse, laissant les flics découvrir le bâtiment détruit de Tatum et le cadavre mutilé de Preston.

Alors que nous nous dirigeons vers le point de rendez-vous où nous avons convenu de rencontrer Mia et ses gars, Pax attrape une trousse de premiers soins à l'arrière de la camionnette et recoud Ash, puis bande rapidement la blessure. Ce n'est pas parfait, et il faudra mieux l'examiner plus tard, mais ça ira pour l'instant.

Nous avons pris un peu de retard à cause de la merde avec Preston, mais quand nous arrivons au point de rendez-vous, personne ne nous attend.

« Putain. Vous croyez qu'ils sont partis ? » demande Pax, jetant un coup d'œil autour de lui tout en essuyant le sang d'Ash sur ses mains.

Je secoue la tête. « Non, ils n'auraient pas fait ça. Ils savent que c'est important. »

« Important pour nous », murmure Preacher. « Peut-être pas si important pour eux. »

« On peut se permettre d'attendre un peu », dis-je en me mordant la lèvre inférieure. « Ils vont arriver. »

Nous nous rassoyons et plusieurs minutes tendues s'écoulent avant qu'une voiture n'arrive. Je reconnais le grand blond de chez Mia, Sloan, au volant, et je pousse un soupir de soulagement.

Malgré mes paroles, je ne pouvais m'empêcher de craindre que Mia et ses hommes n'aient pas donné suite.

La voiture s'arrête et j'aperçois les longs cheveux noirs de Mia quand elle sort de la voiture, suivie de près par ses gars.

« C'est fait », dit Mia alors qu'on s'avance à leur rencontre, en faisant un signe de tête vers le coffre de la voiture. « Nous l'avons fait sortir de la route et l'avons éliminé lui et son équipe de sécurité. »

Sloan ouvre le coffre de la voiture qu'ils conduisent, un véhicule banalisé sans plaque d'immatriculation, et nous regardons tous à l'intérieur.

Henri Levine est là dans le petit compartiment, ses membres sont pliés à des angles bizarres et un filet de sang coule de son nez. Il est bien mort.

« Dieu merci », murmure Ash à côté de moi.

Je sais ce qu'il ressent. Cela fait trois membres en moins, avec la promesse d'un autre assez tôt, en supposant que les frères Voronin réalisent leur plan d'éliminer Nikolaï.

Pax et Preacher travaillent avec Sloan et Lévi pour sortir le corps de leur coffre et le mettre dans notre camionnette. Pendant qu'ils le font, je me tourne vers Mia, lui lançant un regard reconnaissant.

« Merci. »

« Ouais. On est quittes après ça », dit-elle. « Je t'étais redevable pour ton aide il y a quelques mois et maintenant nous sommes quittes. » Puis elle me sourit. « Ne le prends pas mal, mais j'espère ne plus jamais entendre parler de toi. »

Je ris, car je ne suis pas du tout offensée par ses mots directs. « Pareil pour moi. »

La vérité, c'est qu'on ne se reverra probablement pas. Cela me rend un peu triste, parce que j'ai commencé à avoir le sentiment que nous pourrions être de bonnes amies. Mais peut-être que cela signifie que nos vies vont devenir plus paisible après ça.

Une fois que le corps a été transféré dans notre camionnette, Sloan fait remonter dans la voiture ses amis et Mia.

« Nous avons terminé », dit-il en me jetant un regard en ouvrant la portière côté conducteur. Nos regards se croisent et il hoche la tête. « Bonne chance pour le reste de votre combat. »

Ils partent une seconde plus tard, nous laissant avec le corps et la camionnette.

On se rassoit dans le gros véhicule, et pendant que Preacher conduit, Pax se met au travail, faisant ce qu'il fait de mieux. Il commence à démembrer le corps, comme nous l'avons fait après avoir tué Ivan Saint-James. C'est un peu dégoûtant de voir la façon dont Pax découpe les membres d'Henri et le sang qui éclabousse l'intérieur sans fenêtre, mais une partie de moi est vicieusement heureuse de voir ça.

Je sais quel genre d'homme est Henri. *Était*.

Voir ce qu'il reste de lui maintenant, c'est un peu comme rendre justice à cette fille à la fête, avec du sperme sur le visage et les yeux terrifiés.

La prochaine étape du plan est de se rendre au lieu où Alec célèbre le lancement de son organisme de bienfaisance et je fais de mon mieux pour calmer mes nerfs pendant que Preacher nous y conduit. Tout ne s'est pas passé comme prévu ce soir, mais on est toujours là. On se bat toujours. On est si près de la ligne d'arrivée.

Quand nous sommes à peu près à mi-chemin, Ash sort son portable de sa poche. Il plisse les yeux en regardant l'écran et je me tourne dans mon siège pour le regarder.

« Qu'est-ce qu'il y a ? »

« Ils l'ont fait », dit-il en lisant toujours le message sur son portable. « Les frères Voronin ont éliminé Nikolaï. Ils l'ont attaqué dans ce bordel dont tu l'as entendu parler. Il est mort. »

Je laisse échapper un soupir, laissant cette nouvelle m'encourager et me donner de l'espoir. Un autre membre en moins et il n'y a plus qu'une personne à abattre.

Peu importe qu'Alec soit celui qui a orchestré mes pires cauchemars. Peu importe qu'il soit plus puissant que les autres membres, celui qui a le plus à perdre et qui est le mieux protégé. Les autres sont morts. Et il mourra aussi.

S'il vous plaît. S'il vous plaît. Faites que tout fonctionne.

Ash se penche vers moi et me serre la main depuis l'endroit où il est accroupi près du siège avant, me lançant un regard alors que les parties du corps qui tombent au sol résonnent dans la camionnette.

« Soirée sympa, hein ? » dit-il avec un clin d'œil, ce qui me fait pouffer de rire. Il me fait un large sourire. « Ok, ok. La prochaine fois, on ira juste dîner et voir un film. »

Quelques minutes plus tard, nous nous garons à proximité de l'endroit où se déroule le gala. Nous nous rangeons dans une allée et coupons le moteur. Je distribue des masques de ski et nous les mettons tous pendant que Pax essuie le sang de ses mains et sort son portable.

Il tape un numéro et lève le portable à son oreille. « Hé, Harry. C'est à ton tour, mec. On a besoin que tu commences à jouer en boucle la vidéo surveillance du lieu. » Il y a une pause et puis il dit : « Ouais, c'est ce qu'on pensait. Tu penses que tu peux les voir assez bien pour nous guider à l'intérieur ? Ok. Super. »

Il éloigne le portable de son oreille pendant une seconde et nous regarde.

« Harry dit qu'il a déjà piraté la vidéo surveillance et qu'il a gardé un œil dessus. Apparemment, l'équipe de sécurité d'Alec est partout, mais il peut nous aider à aller là où on doit aller sans être vu. Tout le monde est prêt ? »

Ash acquiesce, puis grimace un peu en bougeant. « Oui, allons-y. Même avec notre retard, on devrait être à l'heure pour tout mettre en place. »

Nous sortons tous les quatre de la camionnette en silence, transportant des morceaux du corps d'Henri Levine dans de grands sacs poubelle noirs. Nous nous dirigeons vers l'arrière de la grande salle, en longeant le mur de l'allée et en avançant rapidement. Lorsque nous atteignons une série de portes métalliques qui mènent à l'intérieur du bâtiment, Pax lève la main, nous faisant signe d'attendre. Une minute s'écoule, puis il hoche la tête.

Ash sort un jeu de crochets de serrure de sa poche et se met au travail. Je vois qu'il a un peu plus de mal que d'habitude, car la douleur dans son bras et son épaule affecte l'usage de sa main, alors je m'accroupis à côté de lui.

« Je peux t'aider ? » je chuchote.

« Ouais. Merci. » Il indique un mince morceau de métal qui dépasse de la serrure. « Attrape ça. Appuie quand je te le dis. »

« D'accord. »

Nous travaillons ensemble tandis que les deux autres hommes font le guet, et quelques instants plus tard, Ash laisse échapper un souffle triomphant. Je tire sur la porte et elle s'ouvre en douceur tandis qu'il empoche ses crochets de serrures.

« Ok, on y est », j'entends Pax chuchoter à Harry.

Dès que nous nous glissons à l'intérieur, mon rythme cardiaque s'accélère, et une poussée d'adrénaline me traverse. Le couloir d'accès dans lequel nous nous trouvons est sombre, et semble inutilisé pour le moment, et je jette un coup d'œil rapide pour m'orienter.

« Par là. » Pax pointe vers la gauche. « Cela mènera à l'arrière-scène. »

C'est l'un de ces endroits qui peuvent être aménagés pour toutes sortes d'événements. Des rassemblements politiques y ont été organisés, ainsi que des cérémonies de remise de prix et des galas. L'arrière est composé de cuisines, de salles de stockage et d'endroits où les gens peuvent se changer et se préparer à faire des discours. L'avant est aménagé comme un auditorium, avec une grande scène surplombant un espace vide qui peut être rempli de sièges ou laissé vide pour que les gens puissent se tenir debout, selon ce que souhaite la personne qui loue l'espace.

Nous avançons dans le couloir large et sombre aussi silencieusement que possible avec nos sacs poubelle sur les épaules. Après quelques mètres, Pax nous fait signe d'entrer dans une petite pièce latérale, et nous le faisons immédiatement, laissant passer le garde que Harry a repéré sur les images de sécurité.

Les couloirs à l'arrière ressemblent à un labyrinthe, et la situation est exacerbée par le fait que nous devons faire un détour vers notre destination, en faisant demi-tour ou en nous cachant des gardes qui patrouillent à l'arrière du bâtiment. Bien qu'Harry ait mis en boucle la vidéo envoyée au bureau de la sécurité, il a toujours accès aux images en temps réel enregistrées par les caméras, et il est capable de les utiliser pour nous guider sans être vus.

Nous nous approchons des coulisses, mais alors que nous passons devant une rangée d'énormes lumières et d'épais rideaux sombres, nous tombons sur deux employés de l'événement. Ça doit être des machinistes, parce qu'ils sont habillés tout en noir comme nous : c'est peut-être pour ça qu'Harry ne les a pas vus sur les caméras.

« Merde », siffle Ash en laissant tomber son sac.

Les deux employés nous regardent pendant une seconde, comme s'ils essayaient de comprendre si nous sommes censés être ici. Puis l'un d'eux ouvre la bouche. Je ne sais pas s'il a l'intention d'appeler à l'aide ou de nous dire de retourner au travail, mais ça n'a pas d'importance. Il n'a pas l'occasion de faire ni l'un ni l'autre.

Preacher et Ash s'élancent vers l'avant, attrapent les machinistes et leur plaquent un chiffon imbibé de chloroforme sur le nez et la bouche avant qu'ils ne puissent faire quoi que ce soit. Les deux employés se débattent un peu, puis leurs mouvements ralentissent et leurs têtes tombent. Ash et Preacher traînent leurs corps hors du chemin et les laissent dans un coin sombre derrière des rideaux noirs.

Laisser des corps dans notre sillage n'est pas idéal, mais nous espérons être partis depuis longtemps lorsque quelqu'un les trouvera évanouis.

« Tout va bien », dit Pax en faisant un signe vers l'avant avec son menton. « Continuons. »

Nous sommes assez proches de la scène pour entendre la voix d'Alec qui se tient devant la foule et s'adresse aux invités.

« La base de toute bonne communauté est la volonté des gens de prendre soin les uns des autres », dit-il et je peux entendre le son lointain des applaudissements.

Il est au milieu d'un discours, ce qui signifie que notre timing est parfait. En avançant encore plus prudemment maintenant que nous sommes si proches, nous nous frayons un chemin dans les coulisses sombres de l'auditorium.

Alec est sur la scène, bien sûr, sous les feux de la rampe. Il se tient devant le rideau qui cache le fond de la scène au public et je peux tout juste l'apercevoir à travers une fente entre le rideau et le mur.

Pendant une seconde, je suis tentée d'essayer de le tuer maintenant. Nous avons déjoué ses gardes de sécurité et nous sommes assez proches pour que je puisse voir son dos de là où nous sommes cachés dans les coulisses. Je pourrais essayer d'en finir immédiatement.

Mais je sais que ça ne marchera pas.

Je n'ai pas vraiment d'angle de tir, et même si j'en avais, le tuer si publiquement attirerait l'attention de toute son équipe de sécurité sur nous. Aucun de nous ne sortirait de ce bâtiment vivant.

Donc nous devons nous en tenir au plan. Nous devons faire ce que nous avons prévu et espérer que ça va marcher.

« Ok. » Je hoche la tête, ma voix n'étant guère plus qu'un souffle. « Faisons-le. Vite. »

Si le rideau derrière Alec est toujours fermé, c'est parce qu'il cache la grande sculpture qui deviendra le symbole de la Fondation des Rêves. Il nous en a parlé lors d'une de nos réunions, décrivant comment il allait la dévoiler lors du gala avant de l'installer dans le bâtiment qui abritera le siège de la fondation.

La sculpture représente une grande paire de mains, jointes et tendues comme si elles offraient quelque chose au public.

Mais ce soir, les mains vont offrir quelque chose uniquement à Alec.

Pax et Preacher commencent à décharger les morceaux du corps d'Henri des sacs, les étalant dans les mains. Même démembré comme ça, il est facile de dire qui c'est, et même si je n'ai pas envie de le regarder, je ressens une certaine satisfaction face à tout ça.

Ça me rappelle le gala auquel nous avons tous assisté, il y a une éternité, lorsque le corps d'Ivan a été retrouvé découpé et étalé.

Mais c'est le but de tout ça.

Pour envoyer un message, comme Alec l'a fait avec le corps d'Ivan.

J'ai le cœur serré pendant qu'ils disposent les pièces, et dès qu'ils ont terminé, nous nous glissons tous les quatre hors des coulisses aussi vite que possible. Pax nous guide à nouveau, son portable collé à l'oreille. La tension disparaît un peu de mon corps alors que nous passons une porte et prenons un autre couloir, nous dirigeant vers la partie principale du bâtiment où le public est assis à des tables chères.

Nous enlevons nos masques et les jetons à la poubelle en passant, puis nous entrons dans la grande salle, nous fondant dans la foule des donateurs qui sont debout en bordure de la salle plutôt qu'assis à des tables pour écouter le discours d'Alec.

Personne ne fait attention à nous, bien que j'aperçoive une ou deux femmes qui me regardent de travers, comme si elles jugeaient le choix de ma tenue pour cet événement.

« J'ai regardé autour de moi dans cette ville et j'ai vu un besoin », dit Alec, l'air sérieux alors qu'il s'adresse à la foule. « Un besoin qui n'était pas comblé par les diverses institutions déjà en place. Beaucoup d'entre elles ne cherchent qu'à faire du profit, à penser à leur propre intérêt, et ce n'est pas ce dont la ville de Détroit a besoin. Nous avons besoin de communauté. Nous avons besoin d'action. Nous avons besoin de personnes prêtes à s'engager et à aider les autres. »

C'est dégoûtant de voir comment il peut se tenir là et mentir aussi aisément, promettant d'aider alors qu'il fait tout ce qu'il peut en coulisse pour s'assurer que les personnes les plus vulnérables de la ville continuent à être la proie de gens comme lui. Mais les donateurs n'y voient que du feu, applaudissant à chaque fois qu'il dit une phrase qui fait bien.

Une fois les applaudissements terminés, Alec regarde la foule, et il ne semble pas nous avoir vus. Il tend ses mains, imitant la sculpture cachée derrière lui en les étendant vers la foule.

« C'est un symbole de don », dit-il. « C'est moi, venant à vous tous, les mains tendues, vous demandant de donner pour que nous puissions rendre cette ville plus forte et meilleure. Je ne suis qu'un seul homme et je ferai tout ce que je peux pour que ce projet prospère, mais cela va demander un travail d'équipe. Votre générosité sera la preuve que nous sommes forts ensemble, et ce geste… » Il lève ses mains jointes plus haut. « En sera le symbole. Je l'ai fait immortaliser dans une sculpture par l'incroyable artiste Winston Kaiser, et après ce soir, la sculpture se trouvera à l'extérieur du siège de la Fondation des Rêves pour rappeler à tous de donner. Ce soir, je vous offre un premier aperçu de ce symbole. »

Il frappe dans ses mains et le rideau se lève, révélant la sculpture.

Le cadrage est vraiment parfait. Alec se tient au centre de la scène sur son podium, et les mains qui donnent sont juste à sa droite, inclinées suffisamment bas pour que tous les spectateurs puissent voir ce qui leur est offert ce soir.

Dès que le rideau se lève, les gens sont stupéfaits. Une personne proche de nous crie et une autre femme plaque sa main sur sa poitrine comme si elle allait s'évanouir.

Je serre la main d'Ash qui se tient à côté de moi, en observant attentivement Alec qui fronce les sourcils. Il s'attendait à un tonnerre d'applaudissements, sans doute, et la confusion se lit sur son visage. Puis il se retourne et voit le corps étalé en morceaux.

Pour la première fois depuis que je le connais, il a une

véritable réaction. Ses yeux s'écarquillent, il recule d'un pas pour s'éloigner de la sculpture, mais il n'arrive pas à détourner le regard des morceaux de son ami et membre de la société, morts dans ces mains.

Pendant un long moment, il la regarde fixement. Et puis il se retourne, ses yeux balayant la foule. Je peux le sentir au moment où son regard se pose sur moi et mon estomac se noue.

Nous y voici.

La fin de partie.

43

ASH

Le vacarme infernal augmente autour de nous alors que le choc se propage dans la foule. Les gens crient et hurlent, se demandant les uns aux autres : « C'est Henri Levine ? » et confirment que oui, c'est bien lui.

Malgré tout ça, Alec fixe toujours River et River le fixe en retour, la tête haute comme une putain de reine de la mort.

Il n'est plus aussi suffisant maintenant et ça fait du bien de le voir paniquer. Je peux pratiquement entendre les engrenages tourner dans sa tête alors qu'il essaie de comprendre ce qui se passe. Peut-être qu'il se demande si d'autres membres de la société ont été attaqués ce soir et essaye de penser à ce qu'il fera dans un jeu où il n'a soudainement plus le contrôle de toutes les pièces.

Immédiatement, plusieurs membres de son équipe de sécurité l'entourent. Nous nous déplaçons tous les quatre rapidement, nous glissant par une porte latérale dans le couloir et nous dirigeant vers la sortie, laissant le chaos derrière nous. C'était un risque calculé que son équipe de sécurité se concentre plus sur le fait de le faire sortir que de nous poursuivre, mais cela semble avoir payé. River nous a dit qu'elle a appris de Preston qu'Alec est complètement parano, et voir le corps d'un ami et d'un membre de la société, quelqu'un qui est coupable des mêmes crimes que lui, l'a définitivement effrayé.

Il sait que River a un compte à régler avec lui, et quand il semble qu'elle pourrait finalement avoir le dessus, il fuit.

Parce qu'en fin de compte, Alec est un lâche qui n'aime pas jouer à un jeu qui n'est pas truqué pour qu'il gagne.

Nous sortons du bâtiment et courons vers la camionnette, et je fais de mon mieux pour suivre les autres, en faisant travailler mes bras malgré la douleur qui me traverse l'épaule. Nous nous entassons à l'intérieur, et quelques secondes plus tard, Alec est poussé hors du bâtiment, entièrement entouré de ses gardes armés. Plusieurs VUS noirs s'arrêtent et Alec est poussé dans l'un d'eux. Trois de ses hommes montent dans la voiture avec Alec et le reste de l'équipe saute dans les deux autres voitures. Puis les VUS partent tous dans des directions différentes.

C'est logique.

Ils veulent que ce soit difficile pour nous de suivre Alec.

« Tu as vu dans lequel Alec est monté ? » demande River à Pax qui s'est installé derrière le volant.

« Ouais », il grogne. « Accrochez-vous. »

Il s'engage dans la rue, fait faire un virage serré à la camionnette et se lance à la poursuite du VUS avec Alec à l'intérieur. Pax est le meilleur pour ces poursuites à grande vitesse, et il y va à fond, nous emmenant loin de la salle de spectacle et dans les rues sombres de Détroit.

Les VUS se croisent à plusieurs reprises, descendant à toute vitesse les rues secondaires et sautant les bordures de trottoir dans les virages serrés. C'est comme jouer à ce putain de jeu du bonneteau, mais avec de gros véhicules au lieu de tasses. J'essaie de savoir dans quelle voiture est Alec, mais quand les VUS se séparent à nouveau à une intersection, l'un va tout droit, l'autre à gauche et le dernier à droite, je ne sais plus où est notre cible.

« Allez, Harry », marmonne Pax, en grillant un feu orange alors qu'il décide de continuer tout droit. « Où est-ce qu'on va, putain ? »

Je jette un coup d'œil à River, apercevant ses grands yeux bleus alors que les lampadaires défilent à toute vitesse.

« Il nous le dira », je lui promets. « Ça va marcher. »

Plusieurs moments passent et la tension dans la voiture augmente alors que Pax conduit. Puis River a le souffle coupé. Elle sort son portable qui vibre doucement dans sa main et lit le message à l'écran. Dans la lueur terne du portable, elle a l'air soulagée.

« On se dirige vers la banlieue », dit-elle. « Harry a capté la transmission de l'équipe de sécurité et l'a interceptée. Ils amènent Alec au *manoir*. »

« D'accord. » Pax change légèrement de direction, se dirigeant vers notre nouvelle destination.

Preacher acquiesce, puis saisit son propre portable et tape un message rapide.

Je souris, en soufflant un peu et en m'agrippant au dossier du siège du conducteur avec ma bonne main. Je m'accroche alors que Pax prend un nouveau virage et accélère.

« Tu vois ? » dis-je à River. « Je t'avais dit que ça marcherait. Harry trouve toujours ce qu'on veut. »

C'est comme un tour de passe-passe classique. Une fausse piste classique. Faire en sorte que quelqu'un regarde une main pendant que vous faites le vrai tour avec l'autre.

Tout ce qui s'est passé à la soirée de bienfaisance, en exposant le corps d'Henri Levine comme ça, était destiné à débusquer Alec. Le mettre sur la défensive pour qu'on puisse le piéger exactement là où on le veut, loin de son énorme équipe de sécurité.

Quelques secondes passent, puis le portable de River s'allume à nouveau, vibrant avec un autre texte. Elle jette un coup d'œil et hoche la tête.

« Harry a envoyé au reste de l'équipe de sécurité un code pour *la cave* », rapporte-t-elle. « Donc en supposant qu'ils s'y rendent tous, il ne devrait pas avoir de renfort à part les gardes dans la voiture avec lui maintenant. »

« Bien. Allons chercher cet enfoiré. »

Pax appuie sur l'accélérateur, faisant de la vitesse sur l'autoroute et contournant les voitures plus lentes.

« Tu sais », dis-je en glissant un peu sur le sol ensanglanté quand Pax change de voie. « Preston était un véritable enfoiré, mais je pense que nous devons lui être reconnaissants pour cette info. Nous ne serions pas en aussi bonne position sans elle. »

Preacher grogne un peu, il n'est clairement pas prêt à voir quelque chose de bon ou d'utile chez Preston Salinger. Et ce n'est pas grave, après ce qu'il a fait subir à Preacher. Je n'ai jamais vu Preacher perdre la tête comme ça et j'espère que d'éviscérer le corps de Preston a aidé à décharger un peu de la douleur dans son âme.

River pose sa main sur sa jambe, en la serrant légèrement. « Il est mort et il mérite tout ce qu'il a reçu. Mais c'est une bonne chose que nous sachions exactement où Alec va se terrer. C'est notre chance de mettre fin à cette histoire, une bonne fois pour toutes. »

Pax ne dit pas un mot, trop concentré à naviguer sur l'autoroute à une vitesse folle. Quelques minutes plus tard, il engage la voiture sur une bretelle de sortie et se dirige vers le lieu sûr où Alec a été emmené.

Pendant qu'il le fait, j'aperçois un VUS noir devant lui et je le montre du doigt.

« On dirait qu'on l'a rattrapé. Belle conduite, Pax. »

Il grogne, appuie un peu plus sur l'accélérateur et nous nous rapprochons encore plus de la voiture d'Alec.

« Courez et cachez-vous, enfoirés », murmure-t-il. « Allez-y. »

Nous arrivons quelques instants plus tard à la cachette. C'est isolé et situé au bord d'un petit quartier pittoresque, tout au bout de la route. Les voisins les plus proches sont probablement à un bon kilomètre ou deux, ce qui signifie que ce sera agréable et calme pour ce que nous avons prévu.

Le VUS s'arrête dans l'allée de la maison qui ressemble à n'importe quelle autre maison de banlieue, même si je suis sûre qu'elle est équipée de toutes sortes de protections et de systèmes d'alarme.

La camionnette s'arrête en grinçant lorsque Pax appuie sur les freins et River est déjà en train d'ouvrir la porte latérale de la camionnette, son arme dégainée. Elle tire en direction du VUS et l'un des gardes riposte tandis que les deux autres poussent Alec hors de la voiture.

Une balle frappe le côté de la camionnette en faisant un bruit sourd et River baisse la tête.

« Attention », dit Preacher qui a sorti son arme.

« Il doit continuer à fuir », insiste River, le regard allant dans tous les sens alors qu'elle bondit hors du véhicule.

Les gardes se crient après, l'un d'eux restant en arrière pour se mettre à l'abri tandis que les deux autres entourent leur leader de chaque côté et se précipitent vers la porte.

Mais avant qu'ils ne puissent l'atteindre, une silhouette sort de l'ombre à côté de la porte d'entrée.

Gale.

Il n'hésite pas, lève son arme et tire trois coups de feu, éliminant chacun des gardes rapidement. *Pan, pan, pan.*

Alec s'arrête subitement alors que les gardes à ses côtés tombent en titubant un peu alors qu'ils relâchent ses bras.

Gale pointe l'arme sur la tête d'Alec qui cligne des yeux. Il respire difficilement à cause de la poursuite et il y a de la fureur dans ses yeux quand il fixe Gale comme s'il ne pouvait pas croire ce qu'il voyait.

« Vous êtes… » Alec grince les dents et secoue la tête. Ses cheveux habituellement parfaitement coiffés sont en désordre et il y a des traînées de saleté et des taches de sang sur son costume coûteux. « Vous êtes censé être mort. »

« Surprise, enfoiré », dit Gale, et son arme ne vacille pas une seconde.

Le choc d'Alec en voyant quelqu'un qu'il était si sûr d'avoir fait tuer par River est assez évident, mais alors qu'il inspire, je peux le voir essayer de se rallier, de reprendre le dessus. Il regarde

Gale avec mépris, son regard se déplaçant vers le reste d'entre nous alors que nous approchons. Il a l'air de paniquer. C'est la première véritable émotion, autre qu'une satisfaction suffisante, qu'il démontre.

« Je ne suis pas sûr de ce que vous croyez faire », dit-il. « Mais vous auriez vraiment dû y réfléchir à deux fois. Mon équipe de sécurité va vous détruire. »

Je ne peux pas m'en empêcher. Je commence à rire, juste là, dans l'allée de son putain de lieu sûr.

« Qu'est-ce qui est si drôle ? » Alec grogne, l'air enragé.

Un sourire en coin se dessine sur mes lèvres. « Oh, je rigole juste parce que vous pensez toujours que vous avez du renfort qui arrive. Ce n'est pas le cas. Et c'est ce qui arrive quand on a trois lieux sûrs, espèce d'enfoiré. Il y a beaucoup de risques de confusion concernant l'endroit où l'équipe est supposée être. Ça devait arriver un jour ou l'autre. » Je hausse les épaules, en prenant un air compatissant. « On dirait que tous vos hommes sont allés au mauvais endroit. »

Alec me regarde fixement pendant une longue seconde, le temps de comprendre mes paroles. Il regarde la route comme si, même après tout ce que j'ai dit, il s'attendait à voir l'ensemble de son énorme équipe de sécurité arriver en force, prête à le défendre.

Mais bien sûr, ils ne le font pas.

Lentement, il semble se rendre compte de la position dans laquelle il se trouve. Il y a un éclair de panique dans ses yeux et je me demande comment on se sent quand on se fait avoir par surprise, surtout quand Alec est quelqu'un de si obsédé par le contrôle.

Puis il se jette en avant.

Gale tire un coup de feu, mais le mouvement soudain d'Alec est assez rapide pour que la balle ne fasse qu'effleurer son épaule. Il réussit à toucher Gale en plein dans l'estomac. Normalement, mon frère serait capable de l'ignorer, car il a participé à des centaines de combats plus difficiles que celui-ci, et il est plus fort que ça. Mais Alec touche l'endroit où il sait que Gale doit être encore blessé et le coup lui fait plus mal que d'habitude.

Gale grogne, reculant d'un pas, et alors que Pax se met à tirer, Alec se baisse et se jette vers la porte d'entrée.

L'adrénaline monte en moi. *Putain, s'il entre, on va le perdre.*

« Ne tire pas ! » je crie à Pax et je m'avance tandis qu'Alec déverrouille la porte et se glisse à l'intérieur.

Je parviens à coincer mon pied dans l'embrasure avant qu'Alec ne puisse la claquer et je pousse avec mon épaule. Il jure et je pousse la porte, nous permettant de tous rentrer dans la maison.

C'est probablement un endroit magnifique, vieux et majestueux, mais nous ne remarquons rien. Je me fous de tout, sauf d'Alec qui essaie de courir vers les escaliers.

Pax l'attrape avant qu'il ne le fasse et le pousse au centre de la pièce principale. Alec se libère comme un putain de ver, enlevant sa veste de costume dans la lutte, puis se tourne pour fuir dans une autre pièce. Mais cette fois, Preacher est là, bloquant son passage avec son arme pointée vers sa tête.

Il s'esquive à nouveau avant que Preacher ne puisse tirer et se traîne sur le sol. Mais à chaque fois qu'il essaie de s'échapper, l'un d'entre nous l'arrête, et il devient évident qu'Alec Beckham est un homme qui a oublié comment mener ses propres batailles. Il est assis sur son putain de trône depuis trop longtemps, envoyant ses sbires faire son sale boulot.

Il essaie de me frapper au visage, mais j'attrape son bras, le tords, ce qui le fait hurler de douleur. Je n'arrive pas à bien l'agripper avec mon bras toujours blessé, alors je le repousse au centre de la pièce, et nous nous déplaçons tous pour le coincer.

Alec tourne sur lui-même, impuissant, regardant partout pour trouver un moyen de s'échapper. Il a les yeux exorbités, les cheveux en bataille et ses vêtements sont froissés à force d'être malmenés. Le beau et coûteux costume qu'il portait pour le dévoilement est taché de sueur et déchiré par endroits à force d'être bousculé.

Sa poitrine se soulève et il essaie une fois de plus de s'enfuir, choisissant d'esquiver Pax, comme si ça allait marcher.

Pax lui donne un coup de poing au visage et Alec recule en titubant.

Gale s'avance alors, les dents serrées. S'il a encore mal après le coup de poing qu'il a reçu au ventre, il ne le montre pas en levant son arme et en regardant Alec droit dans les yeux.

« Vous êtes en présence d'une reine », grogne-t-il. « Agenouillez-vous. »

Puis il tire sur les deux genoux d'Alec et ses jambes se dérobent sous lui.

44

RIVER

Le cri de douleur d'Alec lorsqu'il tombe au sol est presque bestial. Gale lui a dit de s'agenouiller, mais il ne peut même pas le faire. Il tombe à la renverse avec ses jambes pliées à des angles bizarres.

Son cri se transforme en un faible gémissement et je m'attends presque à ce que Gale le fasse taire en lui mettant une balle entre les yeux. Mais il ne le fait pas. Au lieu de cela, Gale se tourne vers moi, agrippe le canon de l'arme et me l'offre silencieusement.

Aucun des autres Rois ne dit un seul mot alors que je m'avance et prend l'arme, puis je me place en face d'Alec, le regardant de haut.

Pour la première fois depuis que je le connais, il n'a pas un air suffisant. Ses yeux ne sont pas froids et calculateurs, et il n'a pas un sourire en coin.

Il a l'air brisé, la peur et la douleur transformant ses traits tandis que la sueur perle sur son front.

Sa poitrine se soulève, ses yeux sont exorbités et il sanglote en respirant à cause de la douleur des balles que Gale lui a logées dans les genoux.

Pour la première fois, il n'a pas l'air intouchable. Il n'a pas l'air fort ou au-dessus de tout. Tout son pouvoir et son argent ne peuvent pas l'aider maintenant.

Maintenant, c'est juste un homme, seul et terrifié dans une pièce.

Sur le point de mourir.

Je me souviens lors de cette première réunion de la société de m'être rappelé pour me calmer que tous les autres membres réunis dans cette pièce n'étaient que des personnes. Des gens qui pouvaient saigner et mourir comme n'importe qui d'autre.

C'en est définitivement la preuve et ça me fait un bien fou d'être légitimée après tout ce que cet homme m'a fait subir. Tout ce qu'il a fait à moi, à ma sœur et à ma mère. Tout ce qu'il prévoyait de faire de moi dans le futur.

Je peux sentir lorsque les Rois se rassemblent autour de moi, prêts à assurer mes arrières, offrant leur soutien silencieux alors que j'affronte l'homme responsable des pires tourments de ma vie.

Alec est encore conscient, mais il souffre clairement. Cela se lit sur son visage lorsqu'il lève les yeux vers moi. De la sueur et des traces de sang brillent sur son front, tandis qu'il respire bruyamment.

Le silence s'installe dans la maison et je me penche un peu, le regardant droit dans les yeux.

« Tu es peut-être mon père par le sang, mais je ne suis pas comme toi », lui dis-je, la voix basse et posée. « Je ne suis pas aussi horrible que toi. Je ne suis pas un monstre cruel et tordu qui prend plaisir à faire souffrir les autres. Contrairement à toi, je connais la pitié. Alors si tu me supplies, je te laisserai vivre. »

Il hésite un moment, grognant en se déplaçant un peu sur le sol. Malgré la douleur et la peur dans ses yeux, je peux voir la fierté brûler dans leurs profondeurs grises. Même maintenant, une partie de lui ne peut pas admettre qu'il a perdu. Une partie de lui ne peut pas supporter l'idée que quelqu'un comme moi le batte. Aussi heureux qu'il ait semblé être de découvrir que je suis sa fille biologique, il a toujours pensé qu'il était meilleur que moi et il le pense toujours.

Il a vu que je n'ai pas pu tirer sur Gale avant que celui-ci n'appuie sur la gâchette pour moi, alors il pense peut-être que je ne le ferai pas.

Peut-être qu'il pense toujours que je suis faible.

En serrant les dents, je lève l'arme et la pointe sur sa tête. Mon doigt glisse sur la gâchette et quand Alec voit le mouvement, la peur dans ses yeux s'intensifie, prenant finalement le dessus sur la fierté.

« S'il vous plaît », balbutie-t-il, et c'est bien différent de la façon posée dont il mentait à la foule des donateurs il y a à peine une heure. « S'il vous plaît, ne me tuez pas. »

« Pourquoi ne le ferais-je pas ? » je lui demande en inclinant ma tête sur le côté. « Vous vous souvenez quand on était sur les quais cette nuit-là et que vous m'avez dit que je devais tuer un de mes hommes si je voulais que l'un d'entre nous s'en sorte en un seul morceau ? Vous n'avez pas écouté quand je vous ai dit non. Vous auriez pu me demander n'importe quoi d'autre, mais vous avez insisté. Vous n'avez pas changé d'avis à l'époque, alors pourquoi devrais-je vous écouter maintenant ? »

La sueur perle sur son front et ses yeux sont remplis de larmes. Il est presque comique qu'un homme comme lui soit encore capable de pleurer, mais je suppose que le fait d'être confronté à la perspective brutale de sa propre mort a cet effet sur une personne.

« Vous... vous n'avez pas à faire ça », supplie-t-il en me fixant du regard. « Je peux vous donner tout ce que vous voulez. L'argent, le pouvoir, toutes mes relations. Nous pouvons former une nouvelle société dont vous pouvez être à la tête. *S'il vous plaît*. Je serai à votre disposition. Tout ce que vous voulez faire, nous le ferons. Sans poser de questions. Je vous confierai l'organisme, je mettrai tout à votre nom. S'il vous plaît, ne faites pas ça. Ne me tuez pas. Pas comme ça. S'il vous plaît. »

Il bafouille, offrant des choses que n'importe qui d'autre

accepterait. Il pourrait m'offrir la ville entière à ce stade et il pense qu'il a le dessus. Il pense que ça fera quelque chose pour l'absoudre de tout ce qu'il m'a fait. Que ça me fera oublier.

Ça montre juste qu'il ne me connaît pas du tout.

Je laisse le son de sa supplique paniquée m'envahir, absorbant chacun de ses mots.

Puis je lève à nouveau l'arme et lui tire dans la poitrine.

Le corps d'Alec est secoué par la force du coup, le sang giclant sur le sol poli. Son souffle se coupe tandis qu'il meurt, mais il n'est pas encore mort. Je m'avance à nouveau et me penche au-dessus de lui. Je suis si près qu'il me suffit de chuchoter pour qu'il m'entende.

« J'ai menti », dis-je doucement.

La panique et la douleur dans son expression se transforment en haine. Elle brûle dans ses yeux, mais à ce stade, il ne peut rien faire que de me fixer faiblement. Il ne peut plus rien me faire. Il ne peut plus me faire de mal.

Il ne peut que rester allongé dans une flaque de son propre sang, mourant comme tant de ses victimes.

Je me redresse et le regarde, mon arme toujours pointée sur son corps.

« Pourquoi êtes-vous si surpris ? » je lui demande en secouant la tête alors que je soutiens son regard. « C'est vous qui avez fait ça. Vous m'avez *créée*. Vous étiez si fier de ce fait, n'est-ce pas ? Vous vous êtes vanté de la façon dont le fait de m'avoir fait subir le pire qui ne me soit jamais arrivé m'avait transformée en combattante, puis vous aviez prévu de m'utiliser après avoir essayé de me ruiner. Vous avez allumé les flammes qui m'ont transformée en ceci. Vous m'avez envoyée en enfer, et vous vous attendiez à ce que ça me détruise, mais ça n'a pas été le cas. Je ne suis pas ruinée. Et maintenant, je ne crains plus les démons. Ils ont peur de moi. »

Je vise et tire à nouveau, entre les deux yeux cette fois.

Le coup de feu retentit, la balle fait mouche et Alec Beckham rend son dernier souffle.

45

RIVER

Je regarde fixement le monstre qui me hantait avant même que je sache qui il était.

C'est lui qui nous a offert, ma sœur et moi, à ces six hommes. Celui à blâmer pour avoir été enfermées dans une pièce, torturées et maltraitées, utilisées comme des déchets et jetées tout aussi facilement. C'est lui qui a déclenché la chaîne d'événements qui a mené à la mort d'Anna.

Pour quelqu'un comme Alec Beckham, je ne valais rien. Il m'a donné à ces putains d'horribles hommes parce qu'il le pouvait. Parce qu'il voulait punir quelqu'un d'autre, et Anna et moi étions des dommages collatéraux acceptables dans son marché de dingue. Il n'a probablement plus jamais pensé à moi jusqu'à ce qu'il réalise que j'étais celle qui avait tué Ivan Saint-James.

Cela m'a remis dans sa ligne de mire et il a pensé qu'il pouvait me forcer à devenir sa protégée, qu'il pouvait me contrôler. Tout comme il pensait pouvoir le faire avec tout le monde.

Mes doigts sont toujours serrés autour de l'arme, et je peux entendre ma propre respiration, bruyante et rapide, par-dessus les battements de mon cœur.

Une main se pose sur mon épaule et je lève les yeux pour voir

Preacher qui se tient là. Je lis de la compréhension dans ses yeux et il hoche la tête une fois, me détournant du corps d'Alec.

« Il faut qu'on sorte d'ici », dit Gale d'un ton bourru.

Il a raison.

Cette maison est isolée et à l'écart des autres, donc je doute que quelqu'un à proximité ait entendu les bruits de notre combat, mais ce ne sera qu'une question de temps avant que le reste de l'équipe de sécurité ne se rende compte qu'ils ont été envoyés au mauvais endroit et ne débarquent pour essayer de sauver leur patron de merde.

On sort de la maison pour aller à la camionnette et Pax sourit, la chaleur et l'excitation se lisent dans ses yeux. C'est le genre de merdes pour lesquelles il vit. C'est lui qui a chargé la bouteille de propane à l'arrière de la camionnette, car il n'a jamais eu peur de brûler un endroit pour couvrir ce que nous y avons fait.

« Reculez », nous dit-il. « Je vais préparer ce bébé et je vous rejoins. »

Nous restons en retrait et le regardons monter dans la camionnette et la faire démarrer. Il laisse la porte du côté conducteur ouverte, et je peux le voir enfoncer l'accélérateur avec une planche de bois avant de relâcher l'embrayage. La camionnette s'avance et il saute, atterrissant dans une roulade sur la pelouse. Il se relève et court pour nous rejoindre là où nous nous sommes mis à l'abri, juste au moment où la camionnette s'écrase sur la maison.

Il suffit d'une seconde pour que tout explose, la bouteille de propane s'enflammant et faisant tout brûler.

« Putain, ouais. » Pax fixe le spectacle, la lumière du feu faisant briller ses yeux d'une couleur ambrée, tout comme ceux d'Ash. « Putain. J'adore quand on fait exploser des trucs. C'est magnifique. »

« Pyromane », dit Ash d'un air moqueur.

Je suis convaincue que Pax serait heureux de rester à regarder le feu toute la nuit : il a probablement des guimauves cachées quelque part, juste au cas où. Mais au bout de quelques instants, Gale lui donne un coup de coude pour qu'on dégage.

On a perdu notre camionnette, mais Gale a garé sa voiture un peu plus loin dans la rue, alors nous nous dirigeons tous vers elle. Pax conduit et je me retrouve sur le siège arrière avec Gale et Ash. Une fois partis, je me tourne vers Ash, consciente du fait qu'il s'est fait tirer dessus plus tôt et voulant vérifier sa blessure.

« Comment va ton épaule ? » je lui demande en essayant d'écarter le col de sa chemise noire pour voir le pansement que Pax lui a fait à l'arrière de la camionnette.

« C'est bon », dit Ash. Au lieu de me laisser voir, il m'attrape et me tire sur ses genoux.

Il examine mon visage pendant une fraction de seconde et je n'ai pas le temps de lui dire que je vais bien aussi avant qu'il ne m'entraîne dans un baiser violent. Il mordille ma lèvre inférieure assez fort pour que j'aspire une forte inspiration.

Quand on se retire, je halète et Ash a un sourire espiègle.

« Je t'aime, tueuse », dit-il en lissant mes cheveux. « Sais-tu à quel point c'était chaud de te voir debout devant Alec, en train de te venger ? Quand tu l'as fait supplier et que tu lui as quand même tiré dessus ? Putain. »

Il m'entraîne dans un autre baiser et je peux sentir qu'il est dur sous moi.

Ça me rappelle que même si je pense toujours à Pax comme étant celui qui prend son pied avec la violence et la destruction, il n'est pas le seul des Rois à avoir un côté un peu psychopathe. Pax l'exprime plus ouvertement que les autres, mais ils vivent tous dans un monde violent.

Et ce soir, chaque coup violent que nous avons fait subir était *mérité*.

Le monde ne sera peut-être jamais parfait, mais il est meilleur sans ces cinq personnes.

La satisfaction d'avoir tué Alec se mêle à la chaleur et au plaisir d'être embrassée si profondément par Ash et je gémis contre ses lèvres. Il enfonce sa langue dans ma bouche et je la touche avec la mienne, l'embrassant tout aussi profondément.

Ses hanches se soulèvent vers moi et je me frotte contre lui, cherchant plus de chaleur et de friction.

Je le sens devenir plus dur sous moi et j'aimerais qu'il y ait moins de couches de vêtements entre nous. J'ai envie de sentir la chaleur de son corps contre le mien, de célébrer le fait que nous en ayons enfin fini avec cette société de merde.

Ash glisse ses mains sous mon t-shirt, les fait glisser le long de mon dos nu, puis fait glisser ses ongles vers le bas, ce qui me fait frissonner. À ce stade, on est pratiquement en train de baiser sur la banquette arrière, en se frottant l'un contre l'autre et en s'embrassant passionnément encore et encore.

« Merde », jure Pax depuis le siège avant en tendant le cou pour nous observer dans le rétroviseur quand il peut se permettre de quitter la route des yeux. « C'est quoi ton délire avec le fait de baiser dans les véhicules en mouvement ? » me demande-t-il.

Le souvenir de Pax quand il m'a baisée sur la banquette arrière me fait frissonner et je souris en regardant toujours Ash, tandis que je réponds : « C'est un très bon délire. »

« Exactement », halète Ash.

Je me lève pour pouvoir enlever mon pantalon, ce qui n'est pas facile sur le siège arrière d'une voiture, mais j'y arrive. Puis je m'installe à nouveau sur les genoux d'Ash et c'est tellement plus chaud maintenant que je peux sentir la chaleur de son corps sans une couche de vêtements contre ma peau.

Le pantalon d'Ash est le seul obstacle, et je sens que Preacher et Gale nous regardent attentivement pendant que j'ouvre sa braguette et sors sa bite.

« Putain », gémit Ash. « Tu es si sexy quand tu élimines tes ennemis. Ça t'excite, n'est-ce pas, tueuse ? »

« Oui », je souffle.

Je le caresse lentement pendant un moment, appréciant la façon dont il pulse contre ma paume. Mais l'adrénaline qui monte en moi me rend impatiente. C'est difficile d'y aller doucement. Je n'ai pas besoin de *douceur* en cet instant. J'ai besoin qu'Ash s'enfonce en moi pour nous rappeler à tous les deux que nous sommes en vie. Alors j'ajuste ma prise sur sa bite, l'inclinant pour qu'elle rencontre ma chatte. Je me lève et je m'enfonce sur lui.

« Oh mon dieu », je gémis. C'est tellement bon. Sa bite est dure et épaisse, et elle me remplit parfaitement. Après tout ce que nous venons de faire, et tout ce que nous avons traversé, c'est exactement ce dont j'ai besoin.

« C'est ça. Allez », gémit Ash en agrippant mes hanches. « Donnons-leur un spectacle. »

Je ris en commençant à bouger sur ses genoux. Je remonte jusqu'à la pointe de sa queue, puis redescend d'un coup sec, l'enfouissant dans ma chatte. Je ne peux pas empêcher les bruits que je fais lorsque je bouge, mes grognements et mes gémissements résonnant dans la voiture.

« Tout est un spectacle avec toi », je halète en bougeant mes hanches en cercle pour que mon clito frotte contre la base de sa bite.

Il glousse. « Eh bien, quand on est aussi beau que... »

J'interromps sa vantardise lorsque je me resserre autour de lui et il laisse échapper un grognement étouffé à la place.

« Enfin », marmonne Preacher depuis le siège passager. « Un moyen de faire taire Ash. »

Pax pouffe de rire et même Ash émet un gloussement contre mes lèvres alors que nous continuons à bouger, pourchassant le plaisir qui grandit et se répand entre nous.

Il m'attire dans un autre baiser et je fonds contre lui, mordant sa lèvre inférieure et enfonçant ma langue dans sa bouche. Quand je sens une main bouger entre nous, je regarde et vois que Gale s'est rapproché sur le siège. Son visage est déterminé, et une lueur possessive brille dans ses yeux vert vif tandis qu'il passe sa main entre nos corps et trouve mon clito.

Le petit bouton palpite, glissant et en manque, et Gale m'excite, le massant en cercles lents pendant que je continue à rebondir sur la bite d'Ash.

Je ressens tellement de choses pendant qu'ils me touchent tous les deux comme ça, et que tout le monde me regarde. Je suis à deux doigts de jouir, et pendant que Gale me touche, je me penche et l'embrasse aussi.

« Tu es une putain de guerrière », murmure-t-il contre mes lèvres. « Tu es une putain de reine. »

J'embrasse l'un puis l'autre, et Preacher gémit à l'avant, les yeux rivés sur le spectacle que nous leur donnons en nous observant par-dessus son épaule. L'un de ses bras bouge comme s'il se caressait légèrement et je sais qu'il est probablement très dur dans son pantalon.

« Putain, River », gémit Ash. « Tu es tellement parfaite, le savais-tu ? Tout en toi. Ton visage, ton corps, putain. »

« La façon dont tu le prends », ajoute Gale en pinçant mon clito et en me faisant gémir de plaisir. « Tu es si douée pour ça, bébé. Comme si tu étais faite pour ça. »

Et peut-être que je le suis.

Peut-être que je suis faite pour eux, tout comme ils sont faits pour moi.

À eux deux, Ash et Gale me poussent de plus en plus proche, utilisant tout ce qu'ils ont appris sur mon corps pour m'entraîner jusqu'au bord. Ce n'est qu'une question de temps avant que je ne crie, jouissant fortement sur la queue d'Ash et les doigts de Gale. Ash fait de même, me remplissant de son sperme avec des poussées courtes et profondes.

J'ai la tête qui tourne et mon cœur bat irrégulièrement contre mes côtes. Il me faut un peu de temps pour redescendre, et quand j'y arrive, je réalise que la voiture ne bouge plus. Nous sommes dans le garage de la maison, et Pax et Preacher se sont tous deux retournés dans leur siège pour nous regarder.

« Tu m'as presque fait provoquer un autre accident, petit renard », me dit Pax d'une voix rauque et remplit de désir. « Tu sais ce que ça veut dire, n'est-ce pas ? »

Putain, oui.

Je descends maladroitement des genoux d'Ash et il y a aussi

du mouvement sur le siège avant. Dès que j'ouvre la porte de la voiture et que je me déplace pour sortir, Pax est déjà là.

Il m'attrape et m'entraîne dans un baiser chaud et profond. Comme toujours avec Pax, je peux sentir toutes ses émotions sauvages à la surface et ça me donne encore plus envie de lui. Être avec lui, c'est comme s'accrocher à un fil électrique, et même si certaines personnes pourraient craindre autant de force, moi j'adore ça.

« Tu me rends tellement dingue », gémit-il contre mes lèvres. « Je vais te baiser si fort que je vais t'ouvrir en deux. Je vais te faire sentir que je suis partout. »

Il ne prend même pas la peine de retirer mon t-shirt. Il se contente de l'attraper par l'ourlet, de le déchirer et d'arracher les manches de mes bras avant de dégrafer mon soutien-gorge et de le jeter de côté. Puis il me fait tourner sur moi-même et me penche de façon que le haut de mon corps soit à l'intérieur de la voiture, appuyé sur le siège, tandis que mes pieds nus reposent sur le sol froid du garage.

Il se frotte contre moi et je regarde par-dessus mon épaule pour voir qu'il laisse des empreintes de doigts ensanglantées sur mon cul et mes hanches. Il a aussi du sang sur le visage, et il a l'air sauvage et tellement beau.

« C'est ça que tu veux ? » demande-t-il en pressant son érection chaude et recouverte contre mon cul.

« Oui », je gémis. « S'il te plaît.

« Dis-le encore », grogne-t-il. « Dis-moi à quel point tu le veux, petit renard. »

« Pax, s'il te plaît. Baise-moi ! J'ai besoin de ta grosse bite en moi, s'il te plaît ! »

« Oui, tu en as besoin. »

Il grogne les mots alors qu'il défait son pantalon et le baisse, et à la seconde où sa bite se libère, il se positionne et s'enfonce en moi. Je crie à cause de la sensation d'être soudainement pleine et de la manière brutale dont il me maintient. Mais j'adore ça. J'aime chaque étincelle de douleur alors qu'il me baise presque brutalement.

Preacher est toujours assis sur le siège du passager avant, la portière ouverte, et la façon dont je suis penchée en avant met mon visage presque au niveau de son entrejambe.

« Donne-lui ce qu'il veut, River », murmure Gale. Il est toujours assis sur le siège arrière, regardant tout ça se dérouler. « Tu sais ce qu'il veut. »

« Laisse-moi sucer ta bite », je chuchote à Preacher en me penchant un peu plus bas pour que mon souffle passe au-dessus de lui pendant que je parle. « Je veux te faire du bien. »

« Putain », râle le blond. Il lève la main et lisse mes cheveux en arrière d'une main, puis défait sa ceinture et sa braguette avec l'autre, sortant sa bite. Il rassemble mes cheveux en un nœud serré autour de son poing et s'en sert pour me tirer en avant jusqu'à ce que la tête de sa bite soit juste là, contre mes lèvres.

« Prends-moi », dit-il avec force, tout son corps se crispant. « Mets ta bouche sur moi. »

J'enroule mes lèvres autour de lui, laissant la salive couler tandis que je commence à bouger la tête. Il gémit, utilisant sa prise sur mes cheveux pour tirer ma tête de haut en bas, m'en donnant autant qu'il veut.

Derrière moi, Pax continue de s'enfoncer dans ma chatte, presque assez fort pour faire trembler la voiture, et chaque poussée profonde et punitive me fait haleter autour de la bite de Preacher. Ma propre excitation et le sperme coulent le long de mes cuisses chaudes.

« Merde », halète Preacher et je peux dire à la façon dont sa voix est tendue qu'il est proche. « River, je ne peux pas... tu vas me faire... »

« C'est ça », grogne Pax derrière moi. « Suce sa bite pendant que je te baise. Montre à mon cousin combien tu peux être bonne. »

Ce n'est pas difficile de faire ce qu'il dit. Tout ce que je peux faire, c'est penser au nombre de fois où j'ai failli perdre ces hommes ce soir, et trop de soirs avant celui-ci. Je suce la bite de Preacher comme si j'essayais d'extraire un morceau de son âme et il frissonne sous moi, et la main qui tient mes cheveux tremble légèrement. Je creuse mes joues, faisant tournoyer ma langue autour de sa bite tandis que le plaisir brûle en moi comme un brasier.

« Merde, merde, merde... »

Preacher me tire vers le haut et je peux voir qu'il essaie de se retenir avant de jouir, mais c'est trop tard. Il se déverse dans ma bouche en une bouffée chaude et salée, et je gémis en prenant tout.

« N'avale pas avant que je te le dise », dit-il sur un ton possessif qui me fait mal à la poitrine de la meilleure façon. « Garde-le juste là. »

Putain, c'est chaud.

Je ferme les lèvres, hochant la tête pour montrer que je comprends ce qu'il veut que je fasse. Il incline mon visage vers le haut, soutenant mon regard pendant que Pax continue à me baiser.

Derrière moi, Pax me gifle le cul, et je gémis à nouveau avec la bouche remplie de sperme, mon corps palpitant de plaisir et déjà si près de craquer.

« Touche-toi », grogne Pax. « Frotte ton clito jusqu'à ce que tu jouisses. »

Je fais ce qu'il dit. Avec le sperme de Preacher sur ma langue, je m'appuie sur une main et je fais glisser l'autre vers le bas, pour trouver le bouton ferme et sensible de mon clito. Ma tête commence à s'affaisser alors que le plaisir me submerge, mais Preacher attrape à nouveau mon menton, le maintenant en l'air pour que je ne puisse pas détourner mon regard de lui.

Il voit tout.

Il voit la façon dont mes narines se dilatent, mes lèvres se serrant alors que j'inspire par le nez.

Il voit la façon dont mon dos se courbe, mon corps tout entier se tendant alors que l'orgasme me traverse.

« Magnifique », murmure-t-il, ses yeux bleus brillant comme de la glace.

En jouissant, je me resserre autour de la bite de Pax, et c'est plus qu'il ne peut en supporter. Je peux sentir le frottement de son piercing contre mes parois internes alors que ses hanches se déplacent encore et encore. Ses doigts s'enfoncent dans mon cul tandis qu'il se déverse en moi, son sperme me remplissant en giclées chaudes. Je ne peux pas crier, car ma bouche est pleine, et mes yeux sont presque humides à cause du plaisir intense.

« Tu as fait ça si bien », murmure Preacher quand Pax s'immobilise enfin, caressant mes cheveux de façon presque adorable. « Avale pour moi. »

Je le fais avec reconnaissance et il utilise sa prise sur mon menton pour me tirer vers le haut et m'embrasser doucement.

Pax se retire de moi et me gifle à nouveau le cul, ce qui me fait siffler. La piqûre contre ma fesse est un contraste délicieux avec la douceur des lèvres de Preacher contre les miennes.

Les deux cousins m'aident à me redresser et à reculer, et dès qu'ils me lâchent, Gale est là. Il me tire vers l'avant de la voiture et me presse contre le capot froid. Il se penche et m'embrasse une fois, puis se retire et laisse ses yeux se promener mon corps avec appréciation. Il baisse les yeux vers l'endroit où le sperme de Pax et d'Ash s'écoule de moi, puis il glisse ses doigts à l'intérieur de mon corps et repousse leur sperme dans ma chatte.

« Cette nuit-là sur le bord de la route », dit-il, la voix basse et profonde. « Je savais que c'était le début de quelque chose qui allait changer ma vie. »

Il s'interrompt et je lève la main pour caresser son visage, roulant mes hanches contre ses doigts, les baisant plus profondément.

« Je pense que moi aussi. Tu n'as pas idée à quel point j'étais terrifiée par tout ça. Mais... je suis contente que tu m'aies fait admettre ce que je ressentais. »

« Je ne te laisserai jamais te cacher, bébé », promet-il. « Je ne te laisserai jamais fuir. »

Gale baisse son pantalon en parlant et je l'aide à enlever sa chemise. Il m'attrape par les fesses en sifflant et en me déposant sur le capot de la voiture. Après tout ce qu'il a vécu ce soir, je m'inquiète et me demande s'il ne devrait pas se reposer, mais comme s'il sentait mon hésitation, il croise mon regard.

« Ça va, bébé. Si Alec Beckham n'a pas pu me faire tomber, ça ne le fera pas non plus. »

J'émets un son qui ressemble à la fois à un rire et un sanglot en glissant mes jambes autour de sa taille, et il n'attend pas une seconde de plus. Il s'enfonce complètement en moi. Ses doigts s'enfoncent dans ma peau et je resserre mes jambes autour de lui, l'attirant encore plus près.

« C'est si bon », gémit-il. « C'est toujours tellement bon, putain. »

« C'est pour vous tous », je chuchote. « Seulement pour vous. »

Cela l'incite à me baiser encore plus fort et nous faisons maintenant tanguer la voiture avec la force du mouvement. Je l'embrasse et il continue de bouger, ses hanches basculant vers l'avant, s'enfonçant jusqu'au fond encore et encore.

Après avoir été baisée deux fois déjà, ma chatte est sensible, et je peux sentir les flammes de mon troisième orgasme s'attiser, le plaisir des deux premiers toujours présents. Gale a l'air d'être proche aussi et je halète, enfouissant mon visage dans son cou.

« Jouis pour moi », murmure-t-il, et pour une fois, ça ressemble plus à une supplique qu'à un ordre. « Jouis *avec* moi. »

Je ne pourrais pas l'arrêter même si j'essayais. Mes bras se serrent autour de ses épaules, mes cuisses serrant sa taille musclée, et mon corps tout entier devient rigide tandis que je lui donne ce qu'il a demandé. Il enfonce sa bite plus profondément en moi alors que je jouis fort autour de lui et il jouit, sa bite palpitant en moi.

Nous restons comme ça pendant de longues minutes à reprendre notre souffle. J'ai l'impression que mon corps est épuisé, au-delà de ce que je croyais possible, mais il y a aussi quelque chose d'autre. Quelque chose de chaud et de joyeux qui brûle dans ma poitrine comme une braise qui ne s'éteindra jamais.

Quand je lève enfin les yeux, les trois autres hommes sont rassemblés autour de nous. La seule à s'être déshabillée, c'est moi, et ils sont tous en train de se ranger et de fermer leur pantalon. Ils ont tous l'air aussi amochés et débraillés que moi, mais ils ont un large sourire sur leur visage malgré les bleus.

« On devrait probablement aller se nettoyer », commente Ash, grimaçant un peu en bougeant son bras. « Aussi amusant que ça puisse être de foutre le bordel dans le garage, je suis prêt à tomber endormi dans un vrai lit. »

Gale me laisse retomber sur des jambes flageolantes et je prouve qu'Ash a raison de dire qu'on a fait un beau bazar quand le sperme jaillit de moi pour se mettre à ruisseler sur mes cuisses.

Pax m'attrape et me jette sur son épaule, et je ris, sans résister, tandis qu'il me porte à l'intérieur de la maison et monte dans ma chambre. Je me surprends à souhaiter avoir une douche géante pour qu'on puisse tous s'y entasser et se laver, mais on finit par se séparer.

Mais ça n'a pas d'importance. Comme s'il s'agissait d'un accord tacite, tous les hommes reviennent dans ma chambre après avoir pris leur douche, et mon sourire s'élargit lorsque chacun d'entre eux se glisse dans le lit avec moi.

À côté de moi, Gale emmêle ses doigts dans mes cheveux, m'embrassant à moitié endormi.

« Tu es libre », murmure-t-il.

Et je sais qu'il a raison.

46

RIVER

C'est une journée chaude et ensoleillée, et je suis assise dans l'arbre du parc où je grimpais avec Anna il y a si longtemps. Je ressens un sentiment de chaleur et de nostalgie, et j'inspire profondément, savourant la sensation d'air frais dans mes poumons.

D'une certaine façon, je sais que je rêve, mais ça n'en est pas moins agréable. Ça fait longtemps que je n'ai pas fait ce rêve.

Pendant des semaines, il n'y avait que la mort et la douleur et ce putain d'Alec Beckham qui riait et me disait de l'appeler papa. Mais maintenant il y a un ciel bleu et une brise chaude, et quand je regarde à ma gauche, Anna est là.

Ses doigts sont enroulés autour de l'écorce de l'arbre et la brise agite ses cheveux, les envoyant un peu dans son visage. Elle semble contente, et quand elle me regarde, elle sourit.

Je ne peux pas m'empêcher de lui sourire et cela vient si naturellement ici. Je me sens plus légère que je ne l'ai été depuis des années, et je ne sais pas si c'est juste dans le rêve ou si c'est comme ça que je me sentirai aussi dans la vraie vie.

« C'est fini », dis-je à Anna en serrant la branche un peu plus fort. « Je me suis vengée. J'ai tué Julian et Nathalie Maduro, et je leur ai tout volé. Et puis j'ai éliminé Alec et les autres membres de

la société aussi. Aucun d'entre eux ne pourra plus jamais faire de mal à personne. »

Anna a l'air heureuse et ses yeux bleus brillent. Elle tend et pose une main sur mon épaule. Mon anxiété augmente quand elle lâche l'arbre, comme si je craignais qu'elle tombe, mais je suppose que ce n'est pas un problème ici, dans un rêve.

« Je suis contente », dit-elle. « Mais tu sais qu'il s'agit de plus que ça, n'est-ce pas ? »

Je fronce les sourcils, ne sachant pas trop ce qu'elle veut dire. « Plus que quoi ? Ils représentaient les choses les plus importantes de ma vie. Alec est responsable de tout ce qui nous est arrivé de terrible. S'il n'avait pas été là, tu serais probablement encore... »

J'ai de la difficulté à terminer la phrase, mais je sais qu'elle comprend.

Elle acquiesce. « Je comprends. Mais il a toujours été question de plus que de les faire tomber. Il s'agit de protéger les gens. Il faut que tu protèges Cody, tes gars, la vie de tous les gens que la Société Kyrio ne pourra pas détruire. »

J'inspire profondément en considérant ses mots, et la réalité de ceux-ci me frappe alors que nous regardons la ville depuis notre point d'observation élevé comme nous le faisions lorsque nous étions jeunes. C'est une ville qui n'aura plus à faire face à un enfoiré mégalomane qui tire les ficelles et c'est une très bonne chose.

« Tu sais, ce n'est pas aussi grand que ça semblait l'être quand on était plus jeunes », dit Anna. « Ce n'est pas aussi intimidant. Tu as toujours été une combattante et c'était toujours un peu toi contre le monde à l'époque, mais maintenant tout a changé, n'est-ce pas ? »

« Je suppose que oui. »

« C'est le cas. Tu es un gros poisson maintenant, un gros joueur dans tout ça. » Elle fait un signe de la main pour montrer l'étendue de la ville. « Tu n'essayes plus seulement de survivre. Tu peux faire tellement plus que ça maintenant. »

Mon cœur se gonfle en l'entendant dire cela et j'attrape sa main, entrelaçant nos doigts ensemble.

« Je t'aime », lui dis-je, un étrange mélange de bonheur et de nostalgie gonflant dans ma poitrine. « Je t'aimerai toujours. »

« Je t'aime aussi », me dit Anna. Elle me serre la main et se retourne pour regarder tout ça avec un sourire en coin. « Même si tu as craché du jus de pomme sur moi un jour. »

« Quoi ? C'était un accident ! » dis-je en riant. « Il y avait quelque chose de drôle à la télé. »

« C'était si drôle que tu devais m'asperger de ton jus. Le t-shirt que je portais n'a jamais été le même après ça. »

« Oh, arrête. Après un bon lavage il était comme neuf. Je m'en suis chargée. »

Elle rit en secouant la tête. « Oui, tu t'es occupée de tout. Ou tu as essayé de le faire. Tu te souviens de la fois où tu... »

Elle se lance dans une autre histoire et je m'accroche au tronc de l'arbre pour l'écouter parler, observant la façon dont son visage s'illumine avec animation. Parler de ces souvenirs heureux me fait tellement de bien, et même si je sais que ce n'est qu'un rêve, c'est comme si ma sœur était à nouveau là avec moi.

Juste pour un petit moment.

Le rire d'Anna s'élève dans la brise, et quand mes yeux s'ouvrent brusquement et que je me réveille, je jure que je peux encore l'entendre.

Ça fait quelques jours qu'on a s'en est pris à Alec et la Société Kyrio, et on vérifie tout depuis pour s'assurer que rien de ce qui s'est passé cette nuit-là ne puisse remonter jusqu'à nous.

Jusqu'à présent, ça n'a pas été le cas, et plus les jours passent, plus je suis convaincue que ça ne le sera pas. On s'est occupé de tous nos problèmes en un seul coup, en éliminant tous les membres de la société en même temps. Nous avons couvert nos traces assez bien et il n'y a plus personne pour se retourner contre nous.

Il n'y a pas de sentiment d'anxiété écrasante ou de pression dans ma poitrine lorsque je me réveille, pour une fois, et je me contente donc de m'allonger et de fixer le plafond. Je reste ainsi pendant un moment, laissant mes pensées vagabonder, jusqu'à ce qu'Ash se réveille à côté de moi. Il se retourne pour me faire face, passant ses doigts le long de mon bras.

« Un mauvais rêve ? » murmure-t-il, la voix rauque.

Je secoue la tête, perplexe. « Non. Ce n'était pas un mauvais rêve. »

C'est drôle d'être allongée ici avec lui comme ça. Je repense à ce moment où Ash s'est faufilé dans ma chambre la première nuit où je suis arrivée dans cette maison. Il avait plaisanté sur le fait de rendre mes rêves plus agréables et je me disais que mes rêves n'étaient jamais agréables.

Ils ne l'étaient pas à l'époque, mais peut-être que ce n'est plus vrai.

Peut-être que les choses ont changé.

« Comment va ton épaule ? » je lui demande en m'appuyant sur un coude pour mieux la voir. Le jour après que tout ça est arrivé, j'ai insisté pour l'emmener à Trask pour qu'il soit examiné, mais ce n'était pas une grosse blessure. Ça ne l'a jamais ralenti.

« Eh, c'est bon. C'est probablement une bonne chose que je me sois fait tirer dessus », dit-il d'un air songeur. Il a enlevé ses lunettes pour dormir et des étincelles d'or brillent dans ses yeux ambrés. « J'étais derrière les autres en nombre de cicatrices. Gale en a une sur son estomac maintenant et Pax en a tellement qu'on ne peut même pas les compter. Ça m'aide à me rattraper. Je dois maintenir ma réputation, tu sais ? »

Je roule les yeux au moment où Preacher bâille silencieusement de l'autre côté.

« Les cicatrices ne feront pas de toi un dur à cuire, Ash », commente-t-il, ayant surpris la fin de notre discussion. « Je ne pense pas que quoi que ce soit puisse faire ça. »

« Ah bon », répond Ash, l'air déconcerté. « Lequel d'entre nous peut lancer des couteaux avec précision ? C'est plutôt cool, selon moi. »

« Oui, selon toi », répond Preacher. « Tu penses à t'enfuir pour rejoindre le cirque bientôt ? Je pense que c'est la meilleure option de carrière pour les lanceurs de couteaux. »

Je suis coincée entre eux et leurs mains se promènent pendant qu'ils plaisantent, touchant ma peau, caressant mes cheveux, me tripotant un peu.

J'adore ça, honnêtement. J'aime à quel point c'est facile et confortable. Être avec eux comme ça tous les matins dépasse toutes mes attentes, et j'apprécie leur toucher en fermant les yeux.

« Il est trop tôt pour toutes ces chamailleries », marmonne Gale en se réveillant. « Comment peut-on dormir dans cette maison ? »

« Dormir seul, probablement », dit Ash en haussant les épaules. « Désolé, je ne fais pas les règles. »

« Mais c'est toi qui fais le plus de bruit », rétorque Preacher, ce qui fait grogner Pax qui se réveille aussi.

« Amen. Je faisais un bon rêve et tu l'as gâché », grogne Pax.

Ash roule les yeux. « Désolé de te tirer d'un rêve où tu démembres quelqu'un. »

« C'était Preston Salinger », dit Pax. « Alors c'était sacrément bon. »

« Pouah ! » Je fais une grimace. « Ne parle pas de lui au lit. Ne parle d'aucun de ces enculés au lit. »

« Même pas pour le découper en petits morceaux et le donner à manger à mon poisson de compagnie ? » demande Pax en levant un peu la tête pour me faire un sourire.

« Pax... » dit Gale. « Tu n'as pas de poisson de compagnie. Et avant même que tu le demandes, on n'en aura pas. »

« Quoi ? Mais écoute-moi bien. Ça pourrait être génial pour... »

C'est un moment étrangement paisible, tous les quatre

plaisantant et se taquinant alors qu'ils se réveillent, avec moi au milieu. Ça fait du bien de commencer une journée comme ça et je pourrais m'habituer à plus de matins comme ça.

« D'accord », dit Gale après quelques minutes en soupirant. « On a assez traîné. Tout le monde debout. »

« Oui, monsieur. » Ash lui fait un faux salut.

Nous sortons tous du lit pour commencer la journée et j'étire mes bras au-dessus de ma tête, appréciant la façon dont Pax reluque mes mamelons percés. Je suis encore un peu endolorie par la bagarre avec Alec et tout ce qui l'a précédée, mais je l'oublie vite, tellement je me sens légère.

Comme Gale l'a dit, je me sens libre.

Nous nous habillons tous et descendons prendre le petit déjeuner, nous déplaçant aisément dans la cuisine comme à notre habitude. Personne ne marche sur les pieds des autres et nous nous passons de la confiture, des toasts, du café et des œufs, chacun prenant ce qu'il veut avant de s'installer à table pour manger.

Une fois que nous sommes tous assis, je prends une gorgée de mon café et je m'adosse à ma chaise. « Il y a quelque chose que je dois faire aujourd'hui », je leur dis.

Gale fronce les sourcils. « Qu'est-ce qu'il y a ? »

« Je vais aller chercher Cody. Je veux le ramener ici. Je lui ai promis que je reviendrais le chercher et je veux tenir cette promesse maintenant qu'il est en sécurité. »

Une partie de moi est un peu nerveuse, pour être honnête. Je sais que c'est énorme de demander aux gars que Cody reste ici en permanence. Je ne suis même pas sûre de comment ça va fonctionner. Ou *si* ça marchera. Je ne sais pas si j'ai la force d'élever un enfant et je suis terrifiée à l'idée d'être nulle et de bousiller l'enfant d'Anna.

Mais après toutes les merdes que j'ai traversées, j'ai appris qu'il ne faut jamais abandonner les gens auxquels on tient. Et j'ai définitivement appris à me soucier de Cody, allant au-delà du fait qu'il est le seul lien qui me reste avec ma sœur.

J'attends en essayant de ne pas retenir mon souffle de voir ce qu'ils vont dire.

Pax bouge en premier, me tirant dans ses bras. « Bien. Ramène-le là où il doit être », murmure-t-il en me caressant le cou. Puis il ajoute : « Je suis impatient d'apprendre à ce gamin tout ce que je sais. »

Je roule les yeux, en fredonnant un peu. « Euh, tu ne vas pas apprendre à l'enfant de ma sœur à torturer et tuer des gens, Pax. »

Il glousse et le son est tendre dans mon oreille. « On verra bien. »

« Tu devrais aller le chercher », dit Gale en hochant la tête. « Je sais que tu lui as expliqué pourquoi il devait partir, mais maintenant qu'on n'a plus à s'inquiéter qu'Alec essaie de l'entraîner dans le combat pour l'utiliser contre toi, il n'y a aucune raison qu'il ne soit pas à Détroit. »

Preacher acquiesce aussi. « Nous nous assurerons que la chambre soit prête pour lui. »

« Ce sera bien d'avoir un autre gamin ici », ajoute Ash en souriant.

« Ouais. Tu as été le seul pendant si longtemps », lui répond Gale et son sourire s'efface immédiatement.

« Tu as volé ma putain de blague. J'allais dire que c'était Pax », gémit Ash en faisant la grimace tout en se levant pour se resservir du café.

Mon cœur se gonfle et je fais glisser ma lèvre inférieure entre mes dents pour cacher mon large sourire. Ces hommes sont peut-être brisés et tordus, mais ils sont aussi plus que ça. Ce sont peut-être des méchants pour tout le monde, mais ils sont tellement bons pour les gens qu'ils aiment. Et ça inclut Cody. Et *moi* aussi.

Je crains toujours de ne pas être faite pour ça et que tout vole en éclats, mais je ne serai pas seule à essayer.

Les gars me promettent de s'assurer que la chambre de Cody soit prête et aussi qu'il n'y aura pas d'armes qui traînent dans la maison quand je reviendrai.

« Tu veux que l'un de nous vienne avec toi ? » propose Ash.

Je secoue la tête. « Merci, mais non. Je pense que c'est quelque chose que je dois faire par moi-même. »

« Je comprends ça. » Il se penche pour m'embrasser sur la joue. « Nous serons là quand tu reviendras. »

Après le petit déjeuner, je monte à l'étage et mets une nouvelle couche de vernis à ongles :un bleu étincelant qui correspond parfaitement à mon humeur. J'envoie ensuite un SMS à Avalon, puis je me dirige vers le garage en souriant en voyant ma nouvelle Lambo de luxe.

Elle est toute à moi. Élégante, noire et rapide, avec un intérieur en cuir de première qualité. Je ne l'ai achetée qu'hier, donc je n'ai pas vraiment eu l'occasion de la conduire, et j'ai presque un orgasme quand je démarre et que je sens le moteur ronronner. Je n'ai jamais aimé Tatum, mais elle avait peut-être raison avec son goût pour les voitures rapides et chères.

L'intérieur a encore cette odeur de voiture neuve, alors je baisse un peu les vitres avant de prendre la route et de rouler à toute vitesse sur l'autoroute en direction de Défiance en Ohio.

Je mets la musique à fond, chantant à tue-tête, et après quelques heures, je m'arrête devant l'immeuble d'Avalon. Il n'a pas changé. Il est simple, mais accueillant, et je prends une seconde pour me calmer avant de sortir de la voiture.

Mon estomac se noue alors que je me dirige vers son appartement et que je frappe à la porte. Une nouvelle inquiétude fait surface dans mon esprit.

Et si Avalon a donné une vie de rêve à Cody et qu'il ne veut pas revenir avec moi ?

La porte s'ouvre et Avalon me sourit lentement depuis le seuil de la porte. « Hé, River. Nous t'attendions. Merci pour le message. »

« Oui, bien sûr. » Je lui souris en essayant de mettre ma nervosité de côté. « Je me suis dit que j'allais te prévenir que j'étais en chemin. »

« Cody ! » Elle crie par-dessus son épaule. « Viens voir qui est à la porte. »

Il y a un moment de silence, puis le bruit de petits pieds dans le couloir. Cody vient jeter un coup d'œil timidement autour des jambes d'Avalon, et quand il me voit, ses yeux, si semblables à ceux d'Anna, s'illuminent immédiatement.

« River ! » crie-t-il en se jetant sur mes jambes. Il les serre fort et je caresse sa tête, sentant le soulagement me parcourir.

Une partie de moi craignait qu'il m'ait oubliée, mais c'est la preuve qu'il ne l'a pas fait.

« Tu entres ? » demande-t-il en tordant le cou pour me regarder. « Tu restes ? Tu veux des hamburgers ? »

Il pose toutes ses questions à la vitesse à laquelle les enfants le font, et Avalon rit, ouvrant la porte plus grand.

« Laisse-lui une seconde pour entrer d'abord. Elle a besoin de ses jambes pour ça. »

Cody acquiesce et me relâche, mais il garde le sourire tandis qu'Avalon me fait entrer.

C'est un tel changement par rapport à ce qu'il était avant que je le dépose. Pax arrivait généralement à le faire sourire ou Ash, quand il faisait des petits tours de magie pour le distraire de ses mauvais rêves ou de ses mauvais jours. Mais en général, il était juste calme et un peu distant. Triste et perdu.

Cela fait du bien de le voir sourire et rire maintenant. Il ne se débarrassera jamais des cicatrices qu'il porte et je le sais par expérience. Mais cela me donne l'espoir qu'il apprendra à trouver la joie et le bonheur dans la vie, même avec ces cicatrices sur le cœur.

« Il est jeune », me murmure Avalon, comme si elle pouvait deviner mes pensées. « Il a traversé beaucoup d'épreuves, je peux le dire, mais les petits enfants sont si résistants. Tout ce dont ils ont besoin, c'est que quelqu'un soit gentil avec eux, et cela peut faire une telle différence. J'ai essayé de le faire. »

Elle a l'air un peu timide quand elle me sourit et je lui souris en retour, sans retenue pour la première fois depuis notre rencontre.

« Tu t'es bien débrouillée », lui dis-je. « Très bien. Il n'avait jamais souri autant auparavant. Il n'a jamais été aussi heureux, sauf quand il était avec sa mère. Merci. »

Son sourire grandit. « Je t'en prie. Tu m'as aidée, tu sais ? Plus que tu ne le sais probablement. »

« Pour être honnête, c'est toi qui m'as aidée en premier. Je ne serais jamais arrivée à Ivan sans toi. »

« Peut-être. Mais je veux dire plus que ça. Tu m'as donné une seconde chance, River. Je ne sais pas si tu sais à quel point c'est rare. Dans mon ancien métier, il y avait toujours un type qui arrivait et qui disait qu'il pouvait sortir les filles de la rue. Il promettait toutes ces conneries, nous disait que nous devions juste être à lui et que nos vies entières changeraient. Et au début, si tu étais nouvelle et que c'était la première fois, tu le croyais peut-être. Ça arrive dans les films, non ? Alors peut-être que ça pourrait arriver pour de vrai. Mais ça n'arrive jamais. Une fois que tu es dans la rue, c'est vraiment dur de sortir de cette vie. Tout semble conçu pour te garder là, pour que tu aies l'impression de n'avoir aucune autre option. Puis tu es arrivée et tu m'as donné un autre choix. Ça a tout changé. »

Elle parle franchement de tout, et c'est l'une des choses que j'ai toujours admirées chez elle. Quand elle se sent à l'aise, elle n'hésite pas à parler.

Et quelque chose dans ce qu'elle me dit éveille un sentiment familier dans ma poitrine. Parce que je le comprends, d'une certaine façon.

Alors je hoche la tête en lui faisant un petit sourire. « Je comprends. Ce n'est pas exactement la même chose pour moi, bien sûr, mais je comprends ce que tu veux dire. Quand j'étais plus jeune, quelque chose de terrible m'est arrivé et j'avais l'impression que j'allais être piégée dans ce cycle pour toujours. Tout ce que je faisais était pour essayer de me venger et tout ce que je ressentais était de la colère. Je pense que j'ai finalement brisé ce cycle. Et je n'ai jamais vraiment imaginé que j'aiderais des gens en cours de route. »

Avalon me fait un grand sourire et elle prend ma main. J'ai

déjà pensé qu'elle me rappelle un peu Anna et cela fait écho au moment dans mon rêve où Anna a fait la même chose. Je sais qu'elles ne sont pas pareilles, mais avoir une amie qui comprend mon univers tout en étant un peu en dehors de celui-ci est probablement une bonne chose pour moi.

« Je suis contente », dit-elle. « Je suis contente de t'avoir rencontrée. Heureuse de t'avoir fait confiance. Heureuse que tu m'aies fait confiance. Si tu as besoin de quelque chose, tu n'as qu'à m'appeler. »

« Pareil pour toi », lui dis-je.

« Est-ce qu'on retourne à Détroit ? » demande Cody, interrompant le moment. Il nous regarde à tour de rôle et son regard est plein d'espoir qui bannit les derniers vestiges de mon inquiétude qu'il ne veuille pas revenir avec moi.

« Si tu veux venir, oui », lui dis-je. « Tu as manqué à tous les gars. Ash a plein de nouveaux trucs à te montrer, et Preacher et Gale sont en train de préparer ta chambre. »

« Oh, je parie que Pax a de nouvelles histoires ! » s'exclame Cody, les yeux brillants.

Je ne veux même pas penser au genre d'histoires que Pax a raconté à ce gamin, alors au lieu d'approfondir ce sujet, je l'aide à préparer ses affaires.

Quand nous sommes prêts à partir, Cody fait un câlin à Avalon qui pleure un peu. C'est mignon de voir à quel point ils se sont liés et je leur promets à tous les deux qu'on se visitera.

Avalon me prend aussi dans ses bras et je lui rends son étreinte. C'est bizarre, je ne me souviens pas de la dernière personne qui m'a serrée dans ses bras qui n'était pas un des gars ou ma sœur avant sa mort, et c'est agréable. C'est quelque chose de nouveau pour moi, d'avoir une amie, et j'aime vraiment ça.

« Prends soin de toi », murmure Avalon avant de se retirer et je hoche la tête.

« Je ferai de mon mieux. »

Et pour la première fois depuis longtemps, il semble que ce soit possible.

Cody et moi retournons à la voiture, et je l'installe. La première partie du trajet de retour est calme. Je ne suis pas sûre de savoir comment gérer le fait d'être seule avec un enfant dans une voiture, mais je me souviens que Pax jouait à des jeux de voiture avec lui et je décide que ça vaut le coup d'essayer.

« Tu connais beaucoup de mots, non ? » je demande à Cody en lui jetant un coup d'œil.

Il cligne des yeux, puis semble y réfléchir. « Avalon m'a appris d'autres choses. Je connais au moins vingt mots. »

Je ris, car il en connaît certainement plus que vingt, mais pour un petit enfant, c'est probablement un million.

« Très bien », dis-je. « Je vais dire une lettre et tu dois me dire un mot qui commence par cette lettre. Des points bonus si c'est quelque chose que tu peux voir par la fenêtre. »

« Ok ! » Il répond en se redressant sur le siège. « Je suis prêt. »

« La première lettre est... C. »

Il regarde autour de lui pendant un moment, son petit visage se fronçant au fur et à mesure qu'il réfléchit. Finalement, il montre par la fenêtre un camion rouge brillant qui passe à toute vitesse. « Camion de pompiers. »

« C'est un bon mot. Tu veux me donner une lettre ? »

« Hum... W. »

« Oh, c'est difficile, laisse-moi réfléchir... »

Je le regarde pendant que je réfléchis à ma réponse, en observant à quel point il a l'air confortable et heureux, et un sentiment étrange grandit en moi.

Ça ressemble un peu à de l'*espoir*.

47

RIVER

Trois mois plus tard

« Ok », dit Ash. Il a une pièce dans une main, la tenant pour que Cody puisse la voir. « Maintenant regarde mes mains. Je vais le faire lentement pour que tu puisses voir le tour. »

C'est le début de la soirée et Ash apprend à Cody des tours de passe-passe, l'impressionnant avec ses doigts rapides et sa capacité à faire diversion.

Je secoue la tête en signe d'amusement, mais c'est certainement mieux que Pax qui veut lui apprendre à démembrer un homme, ce qui est toujours exclu.

Je sais que Cody ne va pas grandir comme les autres enfants. Il a déjà vécu beaucoup de choses à un si jeune âge et il ne sera pas élevé dans une jolie petite maison en banlieue avec des parents normaux. Mais il ne sera pas obligé de porter le nom de la famille Maduro, au moins. Toutes les choses que Julian avait prévues pour lui sont mortes avec l'homme lui-même, donc Cody pourra se forger son propre chemin dans la vie une fois qu'il sera assez grand pour décider de ce qu'il veut faire.

Dans la cuisine, Preacher et Pax examinent les plans de

rénovation de la maison, et je les rejoins pour prendre un verre d'eau pendant qu'ils discutent.

La maison semblait énorme quand je suis arrivée ici, mais nous avons besoin de plus d'espace. Nous avons besoin d'une plus grande chambre afin de pouvoir avoir un grand lit pour nous tous.

Nous avons juste besoin de plus d'espace pour cette étrange et parfaite famille que nous avons créée.

« Cody devrait probablement avoir sa propre salle de bain », dit Preacher. « Comme ça il n'y a pas de risque qu'il voit quelque chose qu'il ne devrait pas voir s'il utilise l'une des nôtres. »

Pax acquiesce et je me penche pour regarder les plans qu'il griffonne.

« Tout ce que je dis », leur dis-je en m'immisçant dans la conversation, « C'est que si on avait une énorme douche, ça pourrait être intéressant. Pour... des raisons. »

Preacher glousse et les yeux de Pax s'enflamment. Il agrippe l'arrière de ma tête et m'attire dans un baiser fougueux, me faisant savoir exactement ce qu'il pense de cette idée.

Il semble qu'il y ait de bonnes chances que je puisse obtenir ce que je veux sur ce point.

« J'y vais », je leur dis à bout de souffle quand Pax me relâche. « Gale a travaillé trop dur ces derniers jours. Quelqu'un doit le ramener à la maison et lui rappeler qu'il a un lit ici, et que le dîner existe. »

Preacher me regarde avec tendresse et il m'embrasse. « Va le chercher. »

Je fredonne à voix basse en les laissant dans la cuisine et en me dirigeant vers le garage.

Je frissonne alors que je me glisse dans mon élégante voiture noire et que je commence à rouler vers Péché et Salut. J'aime toujours cette voiture et j'ai même trouvé le temps de la baptiser avec chacun de mes hommes, ce qui me fait l'aimer encore plus. La Lambo et les rénovations de la maison sont les deux grosses choses que je me suis payées avec l'argent que nous avons volé à

Julian. Le reste a été réinvesti dans les affaires des Rois et les miennes, légales et illégales.

Le club est plein à craquer comme d'habitude quand j'arrive.

Au cours des trois derniers mois, les gars y ont accordé plus d'attention, car ils ont moins de problèmes et plus de temps à y consacrer. Et comme Gale l'a suggéré, je me suis fait une place ici aussi et me suis intégrée à leur entreprise.

Je me fraye un chemin à travers la piste de danse bondée, saluant les barmans au passage. Ils me connaissent tous bien et personne ne m'arrête alors que je me dirige tout droit vers l'arrière-salle où je sais que Gale sera caché, en train de travailler dur.

J'ouvre la porte et prends une pose sexy dans l'embrasure, levant la hanche et posant un bras au-dessus de ma tête.

« Hé, beau gosse. Tu m'as manqué », dis-je en prenant une voix basse et séduisante. « Alors j'ai décidé de venir te chercher moi-même. »

Gale lève les yeux de l'ordinateur portable sur lequel il tapait et ses yeux brûlent de manière appréciative.

« Eh bien, je me sens spécial », dit-il en souriant.

J'entre dans la pièce, fermant la porte derrière moi en laissant tomber mon numéro. « En fait, je suis venue t'aider à finir tout ça pour que tu puisses rentrer à la maison. »

Nous avons tous été occupés ces derniers temps car les gars se sont reconcentrés sur leur activité principale, à la fois sur les aspects légaux et illégaux. J'aide autant que je peux, j'apprends les tenants et les aboutissants, mais c'est Gale qui fait le plus d'heures.

« Tu peux m'aider avec *quelque chose* », me dit-il. En se penchant en arrière, il repousse un peu sa chaise de son bureau. « Viens ici. »

Sa voix prend ce ton dominant que j'aime tant, et même si je suis vraiment venue l'aider à faire des trucs, je ne me plains pas s'il préfère jouer que travailler. Il a besoin d'une pause.

Je fais ce qu'il dit en me plaçant entre lui et le bureau.

« Comme ça ? » je lui demande, me mordant la lèvre en le regardant par-dessus mon épaule.

« Juste comme ça. Très bien. Maintenant, penche-toi », dit-il d'un ton bourru. « Montre-moi ta jolie chatte. »

Mon cœur s'emballe et, pour une fois, je ne le taquine pas et n'essaie pas de faire la gamine. Je défais simplement mon bouton et ma braguette, puis je fais descendre mon pantalon et mes sous-vêtements, lui dévoilant ma chatte tout en me penchant sur le bureau.

« Magnifique », murmure Gale.

Il fait glisser une main le long de mon dos et sur mon cul, massant ma chair avec ses doigts. Je m'attends à ce qu'il descende plus bas et glisse un ou deux doigts dans ma chatte, mais il ne le fait pas. Il continue à me tripoter le cul, ajoutant une deuxième main pour pouvoir écarter mes fesses et voir mon trou.

« Je veux que tu te touches », me dit-il. « Joue avec toi-même pendant que je regarde. »

« *Putain.* » Je gémis, déjà excitée par ce petit jeu.

La musique du club est étouffée ici, mais je peux encore entendre le rythme de la basse qui résonne dans les haut-parleurs, et le grondement sourd des clients qui dansent et boivent sur la piste. Ça ne fait qu'augmenter la chaleur qui me traverse, de savoir qu'il y a au moins une centaine de personnes dehors qui dansent pendant que je suis ici, à suivre les ordres de Gale.

En posant un avant-bras sur le bureau, je fais glisser mon autre main vers le bas, et dès que mes doigts touchent ma chatte, le plaisir me parcourt l'échine. Je suis habituée à prendre mon pied, donc je sais ce que j'aime, mais ce n'est pas mon propre toucher qui me fait jouir en ce moment. C'est la façon dont Gale me regarde. Son regard est si affamé que je peux le sentir comme une marque sur ma peau.

« Ça fait du bien », je murmure en parlant à moitié à Gale et à moitié à moi-même. Je remue les hanches en arrière, me frottant contre ma propre main en frottant mon clito plus fort.

Je ne peux pas voir le bel homme derrière moi, mais je

l'entends quand il commence à défaire son propre pantalon. Il expire en sifflant et le bruit qu'il fait en caressant sa queue s'ajoute aux gémissements qui s'échappent de mes lèvres. Je n'arrête pas de bouger, de tourner autour de mon clito, d'enfoncer deux doigts dans mon trou, de chasser le plaisir qui ne fait que grimper.

« J'aime te voir comme ça », halète Gale, déjà essoufflé. « Toute mouillée et en manque. Ma parfaite petite salope. »

« Oh mon dieu », je gémis et il grogne.

Mes orteils se recroquevillent dans mes chaussures alors qu'il presse sa bite contre mon trou du cul, se masturbant toujours aussi vite. Je peux sentir l'humidité de son excitation se répandre sur ma peau et j'émets des petits gémissements, voulant qu'il me remplisse.

« Dans quel trou tu me veux, bébé ? » demande-t-il brutalement. « Tu me veux dans ce parfait petit cul serré ou dans ta chatte ? »

« Je ne... putain, je... »

Il glousse. « C'est pourquoi tu as besoin de nous quatre, n'est-ce pas ? Mes frères et moi. Parce que ta chatte, ton cul et ta petite bouche sont tous si avides. »

« Oui », je gémis, le son s'échappant de moi alors que mon clito palpite sous le bout de mes doigts.

Je suis sur le point de jouir, mais juste avant que je ne bascule, Gale se lève d'un bond, faisant reculer sa chaise et il se place derrière moi. Il attrape mon poignet et éloigne ma main de ma chatte.

« Ça suffit, bébé », grogne-t-il. « C'est mon tour maintenant. »

Comme pour s'assurer que je ne pense même pas à lui désobéir, il plie mon bras dans le bas de mon dos et attrape l'autre pour faire la même chose.

Sa poigne est serrée comme du fer, et je me débats un peu, juste pour lui donner une raison de resserrer sa prise. C'est ce qu'il fait, ses doigts s'enroulant autour de mes poignets et il maintient le haut de mon corps plaqué contre le bureau. Mon soutien-gorge en dentelle frotte contre mes mamelons lorsque mes seins s'écrasent contre la surface solide, et je crie lorsque Gale enfonce sa bite dans ma chatte, me baisant vite et fort.

« Gale… oh, putain ! »

Je gémis son nom désespérément et il touche directement le point qui me fait trembler et voir des étoiles. Il le frappe avec sa bite, l'enfonçant aussi profondément qu'il peut, me donnant l'impression qu'il est partout.

« Dis-moi ce que ça fait », demande-t-il, toujours aussi avide de mes mots. « Dis-moi à quel point tu aimes ça. »

« J'aime tellement ça », je réponds immédiatement. « Merde, c'est tellement bon. Baise-moi plus fort. J'en veux plus. *S'il te plaît.* »

Il cède, s'enfonçant en moi, me baisant assez fort pour que le lourd bureau grince et tremble sous moi.

Il tient mes poignets, me maintenant en place, me pénétrant, et rapidement je me mets à crier lorsque le plaisir atteint un point culminant, déclenchant mon orgasme.

Je gémis son nom, me tordant sur place, me tordant contre lui, et Gale s'enfonce encore plus profondément, me remplissant de sa propre libération tandis que je jouis pour lui.

Il me faut quelques longues minutes pour retrouver mon souffle, et quand j'y parviens, Gale me lâche, sa queue sortant de moi. Il me retourne, m'attire dans ses bras et embrasse mon front, puis mes lèvres, en s'attardant un peu.

« Je suis vraiment venue pour t'aider », j'insiste à bout de souffle.

« Je sais, bébé. » Il glousse. « Mais le reste du travail peut attendre jusqu'à demain. Rentrons à la maison. »

Je souris, car j'aime l'idée.

Après que Gale m'a aidée à me nettoyer, nous sortons et traversons le club en évitant les clients qui sont ivres ou sur le point de l'être. Gale se déplace avec aisance, tel un roi dans son élément, et je me sens comme une putain de reine en marchant à ses côtés.

« Je vais conduire », dit-il quand on arrive à la porte et qu'on sort.

« Pfft, dans tes rêves », je réponds. « C'est toujours toi qui conduis. C'est mon tour. »

« Tu as une nouvelle voiture de luxe et maintenant tu penses que tu diriges », rétorque Gale. Il sort une pièce de sa poche. « On va tirer à pile ou face. »

« Qui es-tu, Ash ? » je le taquine. « Face. »

Gale lance la pièce et elle tombe sur face. Il plisse les yeux d'une façon qui me fait penser que je vais le payer plus tard d'une manière très agréable, mais il me fait signe de le précéder et me conduit à ma voiture. Je fais tourner le moteur une fois que nous sommes installés à l'intérieur et Gale s'adosse sur le siège passager.

« Je suis content que tu aies une nouvelle voiture », admet-il en me regardant lorsque je m'engage dans la rue. « Et encore plus content que tu te sois débarrassée de cette merde que tu conduisais. »

« Excuse-moi, je ne vois pas quel était le problème avec ma voiture. » Je lui lance un regard furieux.

« Elle ne démarrait que quand elle en avait envie. Il y a des taches de rouille dans notre allée qui vont nous obliger à payer quelqu'un pour les enlever. »

Je roule les yeux. « Pauvre snob. C'était une bonne voiture. Elle m'a permis d'aller là où j'avais besoin d'aller. »

« Et elle soufflait comme un asthmatique de quatre-vingt-douze ans pendant tout le trajet. »

Même s'il dit des conneries sur mon bébé, c'est sympa de voir ce côté plus léger de Gale. Un côté qui peut se disputer pour des trucs stupides comme ma bagnole et pas pour des plans de bataille ou des stratégies pour abattre nos ennemis. Il peut se détendre, autant que possible pour quelqu'un comme lui en tout cas, parce qu'il sait que sa famille est en sécurité.

On arrive à la maison au moment où Ash et Preacher mettent

Cody au lit. Je passe la tête pour dire bonne nuit et il me fait signe de rentrer avec sa petite main.

« Quoi de neuf ? » je lui demande en m'accroupissant pour être au niveau de ses yeux dans le lit.

« Tu peux vérifier qu'il n'y a rien dans le placard ? » murmure-t-il, les yeux rivés sur la porte entrouverte du placard. « Juste au cas où. »

Je souris et je lève la main pour lisser ses cheveux en bataille. « Ne t'inquiète pas. Nous sommes tous plus effrayants que tout ce qui pourrait vivre dans le placard. Aucun monstre n'osera venir dans cette maison tant que nous y serons. Et même s'ils essayaient, les Rois ne les laisseraient pas t'attraper. »

« Tu me le promets ? »

« Je te le promets. »

Ses yeux se referment et quand il est presque entièrement endormi, je relâche sa main et remonte les couvertures autour de lui. Puis je quitte la chambre, ferme la porte et redescends.

Tous les gars sont réunis dans le salon, se relaxant comme nous le faisons habituellement à la fin de la journée. Ash m'attire sur ses genoux alors que je me déplace pour les rejoindre, il écarte mes jambes sur les siennes et glissant une main entre mes jambes. Ses mains doivent toujours bouger lorsqu'il parle, et bien que les pièces et les couteaux soient très bien, c'est avec *moi* qu'il aime le plus jouer.

« Bon travail pour faire rentrer l'accro du travail à la maison », murmure-t-il à mon oreille. « Je vais devoir te donner une bonne récompense pour ça. Tu veux quelque chose en particulier ? »

Il taquine mon clito du bout de ses doigts à travers mon pantalon et je me tortille contre lui.

C'est juste... parfait. Nous sommes tous détendus et à l'aise. La table n'est pas couverte de plans et de pièces de Lego représentant des membres vicieux de la société secrète. Il n'y a rien qui plane au-dessus de nos têtes, aucune menace à l'horizon.

Le film qui passe à la télé est quelque chose de familier, bien que je ne me souvienne pas de son nom. Il y a beaucoup de séquences d'action et je laisse le son de la musique intense, les cris et le crissement des pneus des voitures m'envahir tandis que je m'assoupis sur les genoux d'Ash, me frottant de temps en temps contre sa main tandis qu'un plaisir constant parcourt mes veines.

Je suis presque complètement endormie quand mon portable sonne, me ramenant à la réalité.

Avec un gémissement, je glisse des genoux d'Ash et je sors le portable de ma poche pour répondre. Le numéro n'est pas un numéro que je reconnais et mes sourcils se froncent lorsque je porte le portable à mon oreille.

« Allô ? »

C'est silencieux à l'autre bout de la ligne pendant un moment, puis j'entends une voix féminine qui m'est terriblement familière.

« Bonjour, River. »

Tatum.

Mon estomac se noue et je me crispe immédiatement, mon corps entier se mettant en mode combat-fuite si rapidement que j'ai l'impression d'avoir le coup du lapin. Tous les gars se redressent autour de moi, remarquant mon humeur et probablement l'expression de mon visage.

« Tu... *comment* ? » je bafouille. « Comment as-tu fait pour sortir de ce bâtiment ? Nous avons vu ton étage entier s'effondrer. »

Mon esprit est soudainement rempli de visions de la guerre qui recommence. Le besoin constant de surveiller nos arrières, les complots et les plans. Œil pour œil, dent pour dent. Juste quand je pensais que c'était fini. Juste quand je pensais que nous étions libres.

« C'est quoi ce bordel ? » demande Pax, se redressant sur son siège alors que ses yeux s'écarquillent. « C'est Tatum ? »

Je lui fais un signe de tête frénétique, puis je mets le portable sur haut-parleur pour qu'ils puissent tous l'entendre.

« Le *comment* n'est pas important », dit Tatum sèchement. Elle est toujours la même et sa voix est froide et détachée. « Tout comme tu l'as fait pendant si longtemps, j'ai survécu. Mais tu n'as pas besoin de t'inquiéter. Les autres membres de la société sont vraiment morts. Je l'ai vérifié moi-même. »

C'est un petit soulagement, même s'il est difficile de ressentir autre chose qu'un sentiment d'effroi. Même *un seul* membre survivant de cette pagaille, c'est trop.

« Qu'est-ce que tu veux ? » je lui demande, ma mâchoire se serrant tandis que ma main libre s'enroule autour de mon genou.

Il y a un moment de silence avant qu'elle ne réponde. Et cette fois, sa voix est différente. Il y a quelque chose de plus doux, de fatigué et d'un peu hésitant.

« Tu avais raison. Je ne voulais pas faire partie de la Société Kyrio. J'ai fait ce que j'avais à faire pour survivre, comme je l'ai toujours fait. De la façon dont j'ai été *élevé*. Mais... » Elle s'interrompt et j'entends un soupir dans le haut-parleur du portable. « Mais je voulais en sortir. Et ce que tu as fait m'a libérée, même si ça a failli me tuer. Donc en ce qui me concerne, on est quittes. »

« Quittes », je répète, presque incrédule.

« Oui », dit Tatum, son ton devenant aussi froid et tranchant que d'habitude. « Nous sommes quittes. J'ai quitté Détroit et c'est la dernière fois que tu vas entendre parler de moi. Je ne te poursuivrai pas pour avoir essayé de me tuer, tant que tu n'essaies pas de recommencer. On peut chacune oublier ça. Nous pouvons laisser cette histoire se terminer. »

J'ouvre la bouche, mais je ne sais pas quoi répondre à ça. Je ne sais pas si je dois faire confiance à son offre.

Si je dois *lui* faire confiance.

Et si elle change d'avis et décide qu'elle doit m'éliminer ? Et si tout ça n'était qu'un mensonge ?

« Comment puis-je savoir si je peux te croire ? » je lui demande après un long moment. « Comment je peux être sûre que tu tiendras ta parole ? »

« Tu ne peux pas. » Sa voix est toujours aussi dure, mais il y a un soupçon de lassitude. « Je ne peux pas faire en sorte que tu me croies et je ne m'attendais pas à ce que tu me fasses confiance. Tu peux passer tout ton temps à essayer de me traquer si tu veux, mais je te dis maintenant que je ne ferai pas la même chose. J'en ai fini. »

J'absorbe ses mots et je lève les yeux vers mes hommes qui me regardent tous. Gale a l'air méfiant, mais Preacher a l'air contemplatif, et l'expression d'Ash est presque pleine d'espoir. Pax fait craquer ses jointures, comme s'il était prêt à frapper Tatum immédiatement.

Mais... elle n'est pas là, n'est-ce pas ?

Elle n'a pas débarqué pour se battre. Elle ne nous a pas attaqués. Et si elle voulait vraiment se venger de moi pour avoir tenté de l'éliminer, je ne pense pas qu'elle m'aurait fait savoir qu'elle est toujours en vie. Si elle avait continué à faire semblant d'être morte, elle aurait pu nous donner un faux sentiment de sécurité et nous éliminer un par un.

Mais elle ne l'a pas fait. Elle m'a appelée.

« D'accord », dis-je doucement. Les sourcils de Gale se lèvent, mais je secoue la tête et continue, en parlant à la fois à la femme au portable et à mes hommes. « Je ne veux pas d'un autre combat. Bon sang, je n'ai jamais voulu le dernier qu'on a eu. J'ai fait ce que je devais faire pour sortir de la société, et si tu avais admis à toi-même et à moi que tu voulais sortir aussi, peut-être aurions-nous pu être alliées. Je ne t'aurais pas poursuivi et peut-être que tu aurais pu nous aider. Mais si ce que tu dis est vrai et que tu en as vraiment fini ? Si tu as quitté Détroit et que tu ne prévois pas de revenir ? Alors, non, nous ne te pourchasserons pas. »

« Bien », dit-elle et je crois déceler une note de soulagement dans son ton. Elle hésite, puis parle lentement, comme si les mots avaient un peu de mal à sortir. « Pour être honnête, je me suis demandée ce qui se serait passé si je t'avais acceptée comme alliée. Si j'avais... » Elle laisse échapper un souffle. « De toute façon, ça n'a pas d'importance. C'est fini maintenant. J'ai des choses à expier, mais c'est ma faute. »

Mes sourcils se lèvent. Ses derniers mots étaient silencieux, et je ne suis pas sûre qu'ils m'étaient destinés ou qu'elle se parlait à elle-même. Mais ça renforce mon impression que Tatum dit la vérité.

Elle veut vraiment que ça se termine.

« Alors on va faire une trêve », dis-je d'un ton neutre. « Et on en reste là. »

« Merci. » Il y a un moment de silence où je pense qu'elle va en dire plus, mais elle ajoute seulement : « Oh, et regarde les infos. Tu voudras probablement voir ça. »

Sur ce, elle raccroche.

Les gars et moi nous nous regardons tous en tenant mon portable maintenant silencieux entre nous, le choc résonnant dans notre petit groupe comme des vagues sur un étang.

« Putain de merde », souffle Ash en secouant la tête. « Je ne l'ai pas vu venir. C'est quoi ce bordel ? »

« On ne peut pas lui faire confiance », dit immédiatement Gale.

Je remets mon portable dans ma poche et je m'installe à nouveau plus profondément dans les coussins du canapé, me tassant entre Ash et Gale. Je prends la main de Gale et glisse mes doigts dans les siens. « Tu as probablement raison. On ne peut pas lui faire confiance. Mais moi, je la *crois*. »

« Ouais. » Preacher se frotte le menton. « Moi aussi. »

« Pareil », dit Ash en fronçant le nez. « Je ne dirais pas que je l'aime bien, mais je ne vois pas d'autre raison pour qu'elle ait appelé et révélé qu'elle est toujours en vie. Je pense qu'elle est sérieuse. »

Pax et Gale échangent un regard, et une partie de la tension se dissipe de leurs épaules.

« Bien. » Gale acquiesce. « On ne s'en prendra pas à elle. Tant qu'elle ne fait pas de mal à River, elle peut vivre. »

« Mets les infos », dit Pax en indiquant avec son menton la télé. « Je veux savoir de quoi elle parlait. »

Gale prend la télécommande et change la chaîne pour les nouvelles locales.

« De nouveaux détails ont émergé sur la mort choquante du célèbre philanthrope Alec Beckham », dit le présentateur du journal. « Dans une tentative de rassembler les détails de sa mort, des révélations choquantes ont été faites sur ses activités. »

Elle poursuit en citant une longue liste d'activités criminelles, incluant la contrebande, le trafic d'êtres humains, le vol, le blanchiment d'argent, l'extorsion et bien d'autres encore.

Mon estomac se noue lorsque la chaîne d'information diffuse une photo d'Alec à côté de la présentatrice qui donne plus de détails sur l'enquête en cours. Mais même si j'ai toujours une réaction viscérale en voyant son visage, il n'a pas l'air si terrifiant maintenant. Pas quand je peux comparer l'image que je vois à l'écran avec la dernière image que j'ai de lui : faible et impuissant, suppliant de ne pas le tuer comme il avait probablement vu tant de gens le faire auparavant.

En apparence, Alec Beckham a l'image d'un homme bon et bienveillant. Riche et toujours prêt à aider les autres. Un philanthrope. Mais maintenant, tout le monde va connaître la vérité. Ils sauront que c'était un monstre, un serpent hypocrite qui était derrière certains des pires crimes de la ville.

La présentatrice passe à un autre sujet après quelques minutes et Preacher retourne au film que nous regardions plus tôt, faisant disparaître l'image d'Alec de l'écran. Je remonte sur les genoux d'Ash, m'installe contre lui tout en gardant mes doigts entrelacés avec ceux de Gale. Je fixe la télé, sans vraiment la voir, et je pense à l'appel de Tatum.

Je ne l'ai jamais aimée, et même maintenant, c'est difficile d'avoir une bonne opinion d'elle. Dès que j'ai été intronisée dans la société, elle m'a clairement fait comprendre qu'elle ne me considérait pas comme une alliée, et qu'elle était là pour consolider et construire son pouvoir, comme tout le monde. Mais peut-être que ce n'était qu'un personnage qu'elle avait appris à jouer, de la même façon qu'Alec s'est fait passer pour un philanthrope pour tromper le public.

Je n'ai jamais appris toute son histoire. Peut-être qu'il y avait plus en elle que je ne le savais.

Donc si elle est prête à laisser tomber, alors je le suis aussi. On n'a pas besoin de la traquer et d'essayer d'éliminer le dernier membre survivant de la Société Kyrio alors qu'il n'y a plus de société de toute façon.

Je soupire, m'appuyant sur Ash, sentant la chaleur de Gale et Preacher de chaque côté de moi. Pax a les pieds posés sur la table basse et je peux faire un compte à rebours dans ma tête du nombre de secondes qu'il lui reste avant que Gale ne lui dise d'arrêter de mettre ses chaussures sur les meubles.

C'est confortable et familier.

C'est parfait, putain.

Et si jamais Tatum essaie de nous emmerder, je sais que j'ai quatre hommes qui me soutiendront.

Toujours.

ÉPILOGUE

RIVER

Plusieurs mois plus tard

« Wow », dit Avalon quand j'ouvre la porte pour la laisser entrer. « Tu es vraiment élégante. »

Elle me fait un grand sourire en admirant ma tenue alors qu'elle entre dans la maison.

« Merci », lui dis-je en faisant une petite pirouette pour montrer la robe que je porte. « Je n'ai aucune idée de l'endroit où nous allons ce soir, mais les gars m'ont dit de m'habiller, alors me voilà. »

« Je dirais que tu as très bien rempli ta mission », répond Avalon avec un petit rire en sifflant un peu.

Elle me prend dans ses bras pour me saluer et je lui rends la pareille. Je ne suis toujours pas la personne la plus tactile, surtout avec des personnes qui ne sont pas mes quatre hommes, mais j'ai décidé que certaines personnes méritent de faire une exception.

Avalon est définitivement sur cette liste.

Depuis que je suis allée chercher Cody chez elle, nous sommes restées en contact. Nous nous parlons au téléphone une ou deux fois par semaine, et Cody et moi sommes même allés lui rendre visite plusieurs fois pour qu'ils puissent passer du temps ensemble et aller nourrir les canards dans le parc où elle l'emmenait quand il vivait avec elle.

« Avalon ! »

Cody arrive en courant quand il voit qui est là et Harley le suit. Les deux se bousculent pour avoir son attention, faisant rire Avalon.

Elle s'accroupit et fait d'abord un câlin à Cody, puis donne quelques caresses à Harley. C'est mignon de voir comment Cody et Avalon se sont liés, et ça me rend heureuse de savoir qu'il y a quelqu'un d'autre qui aime cet enfant.

Avalon ébouriffe les cheveux de Cody et se lève en posant ses mains sur ses hanches. « Et qu'est-ce qu'il y a de nouveau, petit monsieur ? » lui demande-t-elle, toujours souriante.

« Ash m'a montré comment faire de la magie ! » dit-il en souriant. « Tu veux voir un tour ? »

« Bien sûr, j'en serais ravie. »

« Ok, j'ai besoin d'une pièce. »

Avalon me lance un regard, mais sort une pièce de son sac à main. « C'est comme ça que vous lui apprenez à voler les gens pour avoir de l'argent ? » dit-elle sur un ton taquin. « Parce que c'est plutôt génial. »

« Ne dis pas ça trop fort », je la préviens. « Ash ou Pax aimerait bien trop cette idée. »

Cody prend la pièce et lui montre le tour, faisant disparaître la pièce dans une main et la faisant réapparaître dans l'autre. Il lui a fallu quelques mois pour réussir à le faire, sans faire tomber la pièce ni perdre le fil du tour à mi-chemin, et Ash est très fier des progrès qu'il a réalisés.

Avalon applaudit avec enthousiasme quand il réussit le tour et Cody rayonne.

C'est toujours un enfant tranquille, un peu timide quand il s'agit de nouvelles personnes, mais il devient de plus en plus à l'aise au fur et à mesure qu'il se remet du traumatisme de ce qu'il a vécu et de la terreur de grandir sous le toit de Julian Maduro.

Cody remet la pièce à Avalon et lui prend la main au moment

où les hommes entrent dans le foyer, tous habillés de façon impeccable.

Ils sont sexy à souhait, chacun d'entre eux portant un costume sombre avec des chemises de couleurs légèrement différentes en dessous.

« Wow. » Les sourcils d'Avalon se lèvent et elle siffle à nouveau. « Vous êtes tous magnifiques. »

« Merci », répond Gale en ajustant sa cravate. Son regard se pose sur Cody et un sourire affectueux se dessine sur ses lèvres, éclipsant sa façade sérieuse. « Merci de t'occuper de ce gamin pour la soirée. »

« Pas de problème », dit-elle en haussant une épaule. « Je suis toujours heureuse de passer du temps avec lui. »

Je m'accroupis au niveau de Cody et le prends dans mes bras. « Sois gentil avec Avalon, d'accord ? Ne laisse pas Harley la convaincre de lui donner trop de friandises. »

« Ok », dit-il en hochant sérieusement la tête.

« Nous reviendrons plus tard. Promis. » Je tends mon petit doigt et Cody l'agrippe avec le sien.

C'est devenu notre truc depuis les derniers mois qu'il est ici. Le fait que tant de gens soient morts et l'aient laissé seul doit lui peser, alors à chaque fois que je pars, je promets toujours de revenir en faisant un petit serment.

« Occupe-toi de la maison, Cody », dit Gale.

On dirait qu'il parle à un adulte, mais il est toujours comme ça avec le petit. Cody a l'air d'aimer ça, car il se redresse toujours comme s'il assumait fièrement la responsabilité de ce que Gale lui demande de faire.

« Amuse-toi bien, petit », ajoute Pax en ébouriffant les cheveux du petit garçon.

Ash baisse le bras pour lui taper dans la main et Cody s'étire pour le faire, et ils se font un sourire.

La dynamique la plus intéressante à voir est celle que Preacher a développée avec Cody. J'aurais pensé que Preacher aurait le plus de mal à s'habituer à ce nouveau petit membre de la famille, et peut-être que cela aurait été le cas avec l'ancien Preacher, mais les deux s'entendent bien. Ainsi, lorsque Cody lâche la main d'Avalon pour lui faire un câlin, Preacher l'accepte sans broncher et lui rend son câlin.

Il pose une main sur les cheveux ébouriffés de Cody et sourit. « Sois sage. »

« Je le serai », répond Cody en hochant la tête.

J'aime voir ça. Comment ils se sont tous liés à lui et comment Cody en est venu à aimer chacun d'entre eux. Ils ne l'ont jamais traité comme un fardeau et ça compte beaucoup. Même s'ils peuvent tous être bourrus et déséquilibrés, même s'ils sont dangereux quand la situation l'exige, ils sont formidables avec lui.

« D'accord », dit Gale. « On devrait y aller maintenant. »

« Et tu ne vas vraiment pas me dire où nous allons ? » je lui demande.

Il se contente de sourire et de secouer la tête, ouvrant la voie jusqu'à la voiture.

« La surprise est plus amusante comme ça », insiste Ash alors que nous nous entassons et partons.

« Peut-être que je n'aime pas les surprises », je réponds.

« Tu vas aimer ça », dit-il. « Fais-moi confiance. »

Et je lui fais confiance. Bien sûr que je lui fais confiance. Je leur fais confiance avec ma vie, mon cœur et tout ce qu'il y a entre les deux. Alors je m'installe, laissant tomber le besoin de savoir et appréciant simplement le sentiment d'être blottie entre deux de mes hommes alors que la voiture roule doucement dans les rues de Détroit.

Quelques minutes plus tard, nous nous arrêtons devant un grand bâtiment près de la rivière. Alors que nous entrons, j'essaie toujours de deviner ce que cela peut être. Un ascenseur nous emmène au dernier étage, et quand nous sortons, je regarde autour de moi.

« Oh, waouh », je souffle.

Il y a un restaurant très chic qui semble occuper tout le penthouse. C'est le genre d'endroit où je ne serais jamais entrée avant, mais nous entrons sans problème, accueillis par un hôte bien habillé qui nous fait signe de le suivre.

L'endroit est étrangement vide et alors qu'on nous conduit à une table près des fenêtres, je réalise que les gars ont dû payer pour tout l'endroit pour la soirée. Il n'y a personne d'autre que nous et quelques membres du personnel.

Je souris, heureuse et surprise. Leurs affaires marchent très bien. Ils ont réussi à profiter de la mort d'Alec et de la réorganisation du pouvoir qui en a découlé pour prendre encore plus pied dans l'underground de Détroit. En plus, j'ai encore une bonne partie de l'argent que j'ai volé à Julian, alors tout va bien.

Mais quand même, ça a dû coûter cher, et c'est un gros geste.

« C'est incroyable », dis-je, en souriant à chacun d'eux.

« Tu vois ? » Ash me fait un clin d'œil. « Je t'avais dit que tu aimerais ça. »

Pax tire une chaise pour moi à la seule table où il y a des couverts, et il s'incline de manière théâtrale en écartant un bras derrière lui.

« Ma dame », dit-il d'une voix traînante. « Votre fauteuil. »

Je ris et roule les yeux, mais je m'assois et le laisse avancer le fauteuil jusqu'à la table. Ils s'assoient tous aussi et un seul serveur sort avec des assiettes de dégustation sur un grand plateau qu'il pose devant nous.

Tout a l'air et sent délicieusement bon, et il y a des trucs que je n'ai jamais vus auparavant, et encore moins goûtés. Il y a une soupe crémeuse aux fruits de mer légèrement épicée. Des petites boulettes avec une étrange sauce verte qui s'avère être délicieuse. Il y a aussi du bœuf cru qui est du tartare de bœuf, selon l'explication de Gale. Je ne suis pas certaine de vouloir y goûter, mais une fois que Pax m'a convaincue d'essayer, je me rends compte que c'est très bon.

À un moment donné, le serveur revient et laisse une bouteille de mon whisky préféré sur la table, et Preacher nous en verse à tous.

« Tu dois boire ça avec le petit doigt en l'air », dit Ash en levant son verre pour montrer. « C'est comme ça que tu sais qu'on a un rancard chic. »

Gale roule les yeux, mais avant qu'il ne puisse dire quoi que ce soit, tout le monde à la table fait la même chose qu'Ash. Il grogne, puis rit et tend son petit doigt.

« Bon sang, regardez ça. Qui aurait cru qu'il suffisait d'une bonne bouffe pour que Gale ne soit plus aussi prétentieux ? » dit Pax sur un ton taquin en souriant.

« Ça n'arrivera qu'une seule fois, alors profites-en tant que tu peux, je suppose », répond Gale.

Le repas se poursuit ainsi, alors que nous essayons de nouvelles choses et plaisantons. Le whisky laisse une agréable chaleur dans mon ventre et le son de leurs voix profondes me fait sourire. Même sans la nourriture raffinée et la vue magnifique, ce serait une bonne soirée.

Après nous avoir apporté quelques assiettes, le personnel de cuisine et les serveurs s'en vont. Je fronce les sourcils en les regardant partir, me demandant s'ils vont faire une pause ou s'ils ont fini pour la soirée.

Merde. Il est déjà si tard ?

Je sors mon portable de mon sac à main pour vérifier qu'il n'y a pas de messages d'Avalon et j'entends le bruit des fauteuils qui raclent le sol autour de moi. Il n'y a aucun message sur mon portable, alors je lève les yeux et je me fige.

Pendant que j'étais distraite, tous les gars se sont levés et sont en train de se mettre à genoux autour de moi, deux de chaque côté.

« Quoi... » Mon cœur s'emballe légèrement, même si je ne sais pas vraiment pourquoi. « Qu'est-ce qui se passe ? »

Gale sourit doucement en levant les yeux vers moi. « Te souviens-tu de ce que je t'ai dit dans les toilettes de ce bar merdique ? Quand je t'ai dit que tu avais quatre hommes prêts à se mettre à genoux pour toi. Pour toujours. »

Mon cœur chavire à nouveau avant de se mettre à battre plus

fort, se heurtant violemment contre mes côtes tandis que mes yeux s'écarquillent.

« Est-ce que... êtes-vous en train de me demander de vous épouser ? » je leur demande à la hâte.

Pax me fait un grand sourire. « Ouais. Techniquement, on ne peut pas tous t'épouser. Mais tu sais ce que j'en pense. Le mariage n'est qu'un morceau de papier. Alors on s'en fout de ce que les autres pensent, on te demande d'être à nous. »

La peau du bas de mon dos se hérisse quand je pense au mot qu'il a gravé dans mon dos le même matin du jour dont Gale parle, quand ils m'ont trouvée sur le point de me perdre et m'ont ramenée à la raison. J'acquiesce en hochant la tête, alors que les émotions me submergent.

« Je vous épouserai », dis-je en avalant la boule dans ma gorge. « Je me fiche que ce ne soit pas réel aux yeux du reste du monde. Je serai à vous. Pour toujours. »

Ash sourit et donne un coup de coude à Preacher. Preacher sort une boîte, à l'intérieur de laquelle se trouve un ensemble de ce qui ressemble à un poing américain, mais en argent. En regardant de plus près, je vois qu'il est composé de quatre bagues en argent.

« On voulait tous t'offrir une bague », explique Ash. « Mais nous avons décidé que ceci était plus approprié. Elles sont toutes liées entre elles, comme nous le sommes dans notre amour pour toi et elles t'aideront à éliminer tous ceux qui veulent s'en prendre à toi. »

Je ris, tellement amoureuse d'eux et touchée par le geste. Je tends la main et prends le poing américain, j'enfile les bagues sur mes doigts et je lève la main.

« C'est magnifique », je leur dis, la voix tremblante.

Je suis sûre que ce ne serait pas assez romantique pour la plupart des filles. Mais encore une fois, je ne suis pas comme la majorité des filles. S'ils m'avaient offert une délicate bague en diamant, je n'aurais pas su quoi en faire. Mais *ça* ? Ça me va. C'est parfait pour moi.

Je me retourne vers les gars, sur le point de dire autre chose, mais Gale lève la main avant que je puisse parler.

« Nous avons aussi quelque chose d'autre pour toi », me dit-il.

Son expression est sérieuse et intense, et il y a tellement d'amour qui brûle dans ses yeux que je pourrais probablement m'enflammer sous son regard. Il fait un signe de tête aux autres, et l'un après l'autre, ils déboutonnent leurs chemises pour montrer qu'ils ont tous de nouveaux tatouages assortis. Pax a dû placer le sien parmi tous les autres déjà sur son corps, mais il l'a intégré aux tatouages qu'il a déjà d'une manière magnifique.

J'aperçois immédiatement les mots et je retiens mon souffle en les lisant.

En lettres noires élégantes et soignées, ils portent tous l'inscription : *Je tuerais et mourrais pour toi.*

Pendant une seconde, je me contente de les fixer. Voir cette devise, les derniers mots de ma sœur, gravée à l'encre sur leur peau fait gonfler l'émotion dans ma poitrine, pressant contre mes côtes jusqu'à ce qu'elles me fassent mal en essayant de tout contenir.

Cela signifie tellement pour moi. Encore plus que les bagues.

Cela signifie *tout.*

J'inspire un coup, mais aucun mot ne sort de ma bouche, même si j'essaie. Alors à la place, je me penche et j'embrasse Gale, puis les autres, un par un.

Pax est le dernier. Il me soulève du fauteuil et me met debout tandis que sa bouche se déplace contre la mienne. Les autres se lèvent aussi, m'entourent et me passent entre eux.

Les baisers deviennent un peu plus profonds, un peu plus chauds, et je soupire dans celui que je partage avec Preacher tandis que leurs mains parcourent ma peau.

Ash passe la main sous ma robe, en soulevant le tissu autour de mes hanches. Sa main se glisse dans ma culotte et il enfonce ses doigts habiles en moi, sentant à quel point je suis mouillée. Quand il la retire et la trouve trempée, il sourit.

« Tu es si facile », il me taquine. « Tu es déjà toute excitée. »

« À quoi t'attendais-tu ? » je lui demande. « Quand vous vous jetez sur moi comme ça. »

« Oh, je ne me plains pas. » Il attrape ma culotte et l'arrache d'un geste rapide. Puis il prend mes poignets dans une main et utilise le tissu déchiré de ma culotte pour attacher mes poignets ensemble, et les tenir tenant serrés.

Je ressens une impulsion de chaleur partout dans mon corps et je gémis. « Putain, Ash. »

Des mains attrapent mes hanches, me soulèvent et me déposent sur la table. Quelqu'un pousse les plats et les verres, faisant de la place pour que je m'allonge, étalée comme un buffet.

« Hum. Je ne savais pas que c'était au menu », murmure Ash en se léchant les lèvres. « C'est vraiment un restaurant cinq étoiles. »

Preacher roule les yeux en grognant. Mais son expression taquine est remplacée par un regard affamé assez rapidement lorsque les quatre se déplacent autour de moi et commencent à me toucher, passant leurs mains sur mes bras, mes jambes, mes cuisses et mon visage.

Je me tends à chaque contact, gémissant doucement pour eux. C'est incroyable d'être le centre de leur attention, de savoir qu'il y a tant d'amour dans chacun de leurs contacts.

Des mains puissantes descendent le haut de ma robe et révèlent mes seins, pour les taquiner et les tripoter. Des doigts tirent sur mes mamelons et ma tête tourne sous l'effet du plaisir grandissant.

Ash s'installe entre mes jambes écartées. Il attrape mes hanches et me tire un peu vers le bord de la table pour pouvoir plus facilement mettre sa bouche où il veut.

C'est là où je la veux aussi, et dès qu'il effleure mes plis sensibles avec sa langue, je crie pour lui, écartant mes jambes.

« Putain oui, tueuse », il râle. « Crie pour moi. »

Il m'excite : il lèche mon clito, puis plonge sa langue raidie au plus profond de moi, me baisant avec.

Je veux emmêler mes doigts dans ses cheveux, mais quelqu'un

tient mes poignets attachés, me maintenant en place. Donc tout ce que je peux faire, c'est me tordre et me secouer pour lui, me frotter à son visage en essayant de le pousser à enfoncer sa langue plus profondément.

Je pourrais facilement jouir comme ça, mais Ash s'éloigne un peu. Il se lève et ouvre son pantalon, sortant sa bite, me laissant voir à quel point elle est dure et rouge, le liquide jaillissant déjà au bout.

« Je vais te baiser. Je vais t'épouser. Je vais te garder pour toujours. »

Saisissant mes cuisses, il s'aligne et s'enfonce dans ma chatte. Comme je suis très mouillée et qu'il m'a déjà ouverte avec sa langue, il lui est facile d'atteindre le fond d'un seul coup. Je ferme les yeux une seconde, savourant le plaisir qu'il me procure en commençant à bouger.

Les autres sont tous regroupés autour de moi, regardant Ash me baiser, et je jure que je peux les *sentir*. Je peux dire, à la façon dont ils respirent, qu'ils sont tous aussi excités que moi, et je laisse mes yeux se fermer, en imaginant ce qu'ils voient en ce moment.

« Ouvre les yeux », grogne Ash en s'enfonçant en moi. « Regarde-les. Regarde à quel point ils te veulent. »

Je fais ce qu'il dit et je force mes paupières tombantes à s'ouvrir pour pouvoir regarder autour de la table. Gale et Preacher sont les plus proches, et tous les deux ont de grosses bosses dans leurs pantalons où leurs bites sont pressées contre le tissu, clairement dures et prêtes. Pax est déjà en train de se branler à travers son pantalon, ses hanches se balançant un peu alors qu'il se palpe.

Ash me pénètre d'un coup sec, me faisant haleter par la force du mouvement, et il sourit lorsque je me concentre à nouveau sur lui.

« *Regarde-moi* maintenant, tueuse », murmure-t-il. « Regarde en bas, regarde la façon dont tu t'étires parfaitement autour de ma bite, la façon dont tu m'aspires. Ta chatte est tellement serrée, bébé. Chaque fois que je me retire, elle essaie de me ramener dedans. »

Il s'agrippe à mes cuisses, ses doigts s'enfoncent dans la chair, et je sens le plaisir brûler de plus en plus fort en moi. Je sais que je ne vais pas tarder à jouir ici, sur cette table, et Ash a clairement envie que cela se produise.

Il me baise plus fort et plus vite, enfonçant sa bite aussi profondément qu'elle peut aller. Ses hanches claquent contre moi encore et encore.

D'après sa respiration irrégulière, je peux dire qu'il est proche aussi, et je me serre fort autour de lui, essayant de l'entraîner avec moi.

« *Putain* », il gémit. « Espèce de petite coquine. Je le sens. »

« Ouais, c'est ça. Parce qu'on est ensemble là-dedans », je réponds en haletant et il se penche pour m'embrasser fort avant de s'enfoncer une fois de plus et de frotter ses hanches contre les miennes.

C'est suffisant pour déclencher mon orgasme aussi, et je gémis dans sa bouche, prononçant son nom alors que je jouis pour lui.

Notre baiser devient plus lent et plus doux tandis qu'il pulse doucement en moi, se vidant complètement. Il laisse traîner ses lèvres sur ma mâchoire et mon cou, puis se retire, écartant de mon visage quelques mèches de cheveux argentés avant de se retirer.

« Putain, on est ensemble là-dedans », murmure-t-il. « Tu es la meilleure chose qui nous soit arrivée, tueuse. »

Comme s'il ne pouvait pas s'en empêcher, il se penche et m'embrasse à nouveau, et je souris contre ses lèvres, appréciant chaque seconde de ce moment.

Pax s'approche alors qu'Ash se retire, mais au lieu de me baiser sur la table, il me soulève et me porte jusqu'aux immenses fenêtres qui donnent sur la ville.

Après m'avoir déposée, il retire ma robe de façon à ce que je sois nue et que je regarde la ville de Détroit qui s'étend sous nos pieds. Il déroule la culotte de mes poignets et appuie mes mains sur la vitre, me positionnant de sorte que je sois penchée au niveau de la taille.

« Putain, tu es magnifique », murmure-t-il.

Comme Ash avant lui, il ne perd pas de temps à me taquiner. Il enfonce sa bite percée, me remplissant d'un seul coup. Sa bite est un peu plus grosse que celle d'Ash et mon corps s'étire pour l'accueillir, mais ça fait du bien, et je pousse contre lui pour en redemander.

Il adopte un rythme soutenu, me pénétrant profondément et rapidement. Le son se répercute dans le restaurant et je regarde la ville en contrebas tandis que mes paumes glissent un peu sur la vitre à chaque poussée. Nous sommes si haut que je doute que quelqu'un puisse nous voir, mais quand même, la sensation d'être exposée comme ça m'excite.

Peut-être que quelqu'un dans un immeuble voisin lèvera les yeux et me verra penchée en avant, me faisant baiser par un homme qui m'aime.

Pax me tripote pendant qu'il me pénètre encore et encore, tripotant mes seins d'une main, tordant et pinçant mes mamelons.

« À quel autre endroit devrais-je te percer, bébé ? » murmure-t-il en tirant fort sur les anneaux de métal. « À quel autre endroit devrais-je te marquer ? »

« N'importe où », je souffle. « *Partout.* »

Il relâche mes seins et glisse une main le long de mon bras, s'arrêtant au milieu de mon biceps et tâtant l'endroit où se trouve mon implant contraceptif, juste sous la peau. J'ai un implant comme ça depuis que je me suis libérée des hommes qui ont abusé d'Anna et moi. Je n'ai jamais voulu risquer de tomber enceinte ou d'avoir à me soucier de prendre une pilule.

Les gars savent tous que c'est là et les doigts de Pax frottent fort sur l'endroit pendant un moment avant qu'il ne pose ses lèvres sur mon oreille, mordillant le lobe.

« Je pense qu'il est temps que ça sorte », murmure-t-il.

Une secousse me traverse lorsque je réalise ce qu'il veut dire. Un mélange de peur et d'excitation me remplit alors que je saisis toutes les implications de ses mots. Mon cœur bat la chamade dans ma poitrine et mes genoux tremblent lorsqu'il s'enfonce à nouveau en moi.

« Sors-le », je gémis de façon rauque. « Tout de suite. »

Pax s'immobilise, enfoncé dans ma chatte. Son souffle est rauque dans mon oreille et je peux sentir sa bite palpiter contre mes parois internes. « Qu'est-ce que tu as dit ? »

« Sors-le. Putain, fais-le. *Maintenant.* »

« Putain de merde. »

Mon estomac s'agite lorsqu'il saisit une poignée de mes cheveux et tourne ma tête pour m'embrasser profondément. Il s'enfonce en moi une fois de plus, puis se redresse, la chaleur de son souffle disparaissant de l'endroit où il a effleuré mon oreille. Un bras s'enroule autour de ma taille, sa paume se pressant contre mon ventre, me maintenant en place tandis qu'il fouille dans sa poche et attrape le petit cran d'arrêt qu'il garde toujours sur lui.

Je m'attends à ce qu'il attaque directement la petite bosse sur mon bras où se trouve l'implant, mais au lieu de cela, il fait glisser la pointe de la lame le long d'un côté de ma colonne vertébrale. Il n'appuie pas assez fort pour percer la peau, mais je frissonne quand même à cette sensation, surtout quand je réalise ce qu'il est en train de faire.

« C'est la première fois que je t'ai coupé », murmure-t-il d'une voix rauque de désir. « Tu l'as si bien pris, petit renard. Tu as saigné si joliment. Et quand tu as crié et serré ma bite comme si elle t'appartenait ? Merde. J'étais fichu. »

Mes paumes glissent un peu contre le verre et mes genoux vacillent alors qu'il fait glisser le couteau un peu plus bas. Il le fait glisser sur une partie du bas de mon dos, et je peux le sentir tracer les lettres qui y sont gravées.

N-Ô-T-R-E.

Mes paupières s'affaissent alors qu'il finit de tracer les lettres. Il fait glisser la pointe du couteau sur une zone de peau nue, appuie un peu plus fort avec la lame, faisant couler une goutte de sang et me faisant gémir.

La bite de Pax palpite à nouveau en moi et il fait glisser ses hanches contre mon cul comme s'il devait faire preuve de tout son sang-froid pour ne pas me baiser vite et fort. Puis le couteau quitte ma peau pendant un instant avant que je ne sente la lame fraîche et tranchante s'appuyer contre mon bras là où se trouve mon implant contraceptif, juste sous ma peau.

« De toutes les marques que j'ai faites sur toi, je crois que celle-ci sera ma préférée », dit-il. « Parce que je saurai toujours ce qu'elle signifie. Tu es prête pour ça, petit renard ? »

« Oui. » J'acquiesce rapidement, anticipant déjà la douleur qui viendra lorsqu'il sortira l'implant.

« Touche-la », dit Pax à l'un des autres Rois. « Fais-la se sentir bien pendant que je fais ça. »

Preacher s'avance immédiatement, sa main glissant entre mes jambes pour trouver mon clito gonflé et glissant. Il y applique le bout de ses doigts en cercles réguliers jusqu'à ce que je respire plus fort, et alors que la chaleur commence à augmenter, Pax enfonce la pointe de son couteau dans ma peau.

La douleur du couteau dans ma chair se mêle au plaisir que Preacher me donne en touchant mon clito, et lorsque Pax coupe le petit implant de manière experte, l'élan de sensations me fait basculer. Je hurle en jouissant, mon corps ne pouvant pas en supporter plus.

Pax laisse tomber le couteau, saisissant mes hanches d'une poigne meurtrière tandis que Preacher s'écarte de son chemin. Il s'enfonce en moi avec des poussées brutales, jouissant en moi avec un grognement qui semble avoir été arraché du fond de son âme. Il drape le haut de son corps sur le mien, caressant mes cheveux en respirant fort.

Une grande main descend à l'endroit où nous sommes connectés, et alors qu'il glisse hors de moi, ses doigts sont déjà en train d'attraper son sperme pour l'enfoncer à nouveau en moi. Puis il me tire pour me redresser et me retourne, m'embrassant fougueusement.

« J'ai hâte de mettre un bébé en toi », murmure-t-il, ses yeux sombres étincelants.

Quand Pax recule, Preacher attend déjà, comme si le fait de me préparer pour son cousin lui donnait envie d'être en moi lui aussi. Ni Pax ni Ash n'ont pris la peine de se déshabiller plus que nécessaire pour libérer leurs bites et me baiser, mais Preacher déboutonne sa chemise, l'enlève et la jette de côté pendant que je le regarde. Je lui fais un grand sourire, mon regard se promenant avec avidité sur son torse. J'aime le voir nu devant moi, voir que maintenant il ne cache plus rien.

« Viens ici », je chuchote. « J'ai tellement envie de toi, David. »

Il défait son pantalon et le laisse pendre sur ses hanches, l'air toujours aussi beau. Puis il fait un pas en avant et me soulève dans ses bras, pressant mon dos contre l'énorme fenêtre.

Tout comme les deux autres hommes, il se glisse en moi, et il me va comme un gant. Comme si nous étions faits pour ça, faits pour être ensemble de cette façon.

J'aime ça et plus que les mots ne peuvent l'exprimer.

J'aime comme c'est facile. Comment il se laisse aller à m'adorer, ne retenant et ne me cachant rien.

Chaque poussée de sa bite est profonde et intense, et nous nous regardons dans les yeux, partageant les mêmes sentiments. Je peux lire sur son visage toutes les émotions qui l'envahissent et toutes les bouffées de plaisir qui le traversent. Il est difficile de croire que c'est ce même homme qui était si fermé auparavant. Cet homme qui gardait un mur de verre épais entre lui et ses émotions, qui ne laissait jamais personne voir quoi que ce soit et qui ne se laissait même pas *ressentir* quoi que ce soit.

Maintenant tout est là, mis à nu pour moi.

Et c'est magnifique.

Comme le reste.

« River », il gémit et mon nom sonne si bien sur ses lèvres. « River, River, River. »

Il le répète encore et encore, presque comme une prière, et j'étouffe un petit gémissement. « Je suis là. Je suis là. »

Il m'est impossible de retenir la marée de sensations et de plaisir qui déferle en moi une fois de plus. Un orgasme secoue mon corps, traversant mes muscles déjà épuisés. J'enroule mes bras et mes jambes autour de Preacher alors que je jouis, m'accrochant fermement à lui. Je le sens frémir et se vider profondément en moi avec de lourdes pulsations de sa bite.

Il m'entraîne dans un autre baiser, et cela dure une minute ou deux avant qu'il ne se retire finalement, me laissant retomber tandis que sa bite lisse glisse hors de moi. Mes cuisses sont couvertes de sperme et de ma propre excitation, et mes membres sont tellement flageolants que je m'appuie contre la fenêtre pour me soutenir.

Gale s'approche et son regard ne pourrait pas être plus différent. Là où Preacher était aimant et plein d'émotions intenses, le regard de Gale est rempli de chaleur et désir.

Il tend la main en se plaçant devant moi et enroule mes cheveux autour de ses doigts, me tirant plus près d'un coup sec. Il me regarde et je frissonne sous la force de son regard, me sentant encore plus dénudée que je ne le suis déjà.

« Tu es tellement belle comme ça », murmure-t-il d'un ton bourru. « Portant nos bagues. Baisée par mes trois frères. Je veux que tu me suces comme ça. Avec leur sperme glissant sur tes cuisses. »

Je souris et hoche la tête autant que je peux avec sa poigne serrée sur mes cheveux, excitée par ses paroles obscènes. Lentement, je me mets à genoux devant lui, en soutenant son regard pendant que je défais son pantalon et le pousse vers le bas avec son boxer.

Mais au lieu d'aller directement à sa bite, je déboutonne aussi sa chemise, puis je m'étire un peu plus haut et j'embrasse son ventre plat et musclé. La cicatrice à l'endroit où je lui ai tiré dessus est encore rose et brillante, et je passe le bout de mes doigts dessus, ce qui le fait frémir. Sa bite palpite contre moi, et lorsque je l'observe à travers mes cils, nos regards se croisent.

« Merci d'avoir survécu », je chuchote. « Merci d'être revenu à moi. »

« Je le ferai toujours, bébé. »

Il y a une promesse dans sa voix et je peux la lire dans ses yeux aussi. Je lui fais un grand sourire, descendant de sa cicatrice jusqu'à atteindre les poils bouclés au-dessus de son sexe, et je fais finalement glisser ma langue sur sa queue. Il ne relâche pas mes cheveux, mais il me laisse d'abord aller à mon propre rythme, et je le suce lentement, préparant ma mâchoire et ma gorge tandis que je gémis autour de sa queue, appréciant la façon dont il tremble.

« Plus profond », grogne-t-il, utilisant sa prise sur mes cheveux pour me tirer plus fort. « Je sais que tu peux, putain. »

Je m'étouffe un peu lorsque la tête de sa bite frappe le fond de ma gorge, et des larmes coulent au bord de mes yeux, mais mon clito palpite avidement. Je fredonne autour de lui, mes mains glissant pour saisir son cul ferme.

« Putain, oui. C'est tellement bon, bébé. »

Ses hanches ne restent pas immobiles longtemps et il finit par baiser ma bouche, imposant son propre rythme. Il n'est pas doux, mais je n'ai pas besoin qu'il le soit. Je ne *veux pas qu'*il le soit.

Parce que Gale n'est pas quelqu'un de doux. Il aime fort, de toute son âme, sans réserve et presque brutalement parfois.

Et je me sens comme la fille la plus chanceuse au monde d'être celle qui reçoit ce genre d'amour.

« Tu es si belle comme ça », dit-il. « La bouche pleine, la chatte remplie. Le mascara qui coule sur tes joues. Même le sang sur ton bras est sexy. Tu as l'air sauvage et utilisée et tellement magnifique. »

Il me tire vers le bas sur sa bite et utilise sa prise sur mes cheveux pour me faire rester en place. Je plante mes doigts plus profondément dans son cul alors qu'il s'enfonce encore plus profondément, en jurant à voix basse. Je suis presque étourdie par le manque d'air et je halète quand il me lâche, des filets de salive s'étendant entre mes lèvres et sa bite.

Gale me donne une seconde et me tire en arrière, baisant dans ma bouche avec des coups profonds et durs.

Ma tête tourne avec la chaleur et le plaisir. Tout ce qui est arrivé ce soir se mélange à son discours coquin jusqu'à ce que je sois si excitée que j'ai l'impression de flotter. Incapable de résister, je me touche, frottant mon clito et me frottant contre ma propre main pendant qu'il utilise ma bouche.

« Parfait », grogne-t-il. « Jouis juste comme ça. »

Il n'a pas besoin de me le dire deux fois.

Il pousse sa bite contre ma langue, puis il s'enfonce à nouveau dans ma gorge, jusqu'à ce que je me tortille et bave autour de sa bite.

Mes doigts tournent autour de mon clito, chassant cette chaleur brûlante jusqu'à ce qu'elle atteigne son apogée, me donnant mon quatrième orgasme de la soirée. Si ma bouche n'était pas déjà pleine, je hurlerais, mais tout ce que je peux faire, c'est gargouiller autour de la bite de Gale, en tremblant alors qu'il continue de baiser ma bouche.

Sa bite gonfle d'une manière qui, je le sais, signifie qu'il est sur le point de jouir, et il se retire, sa poitrine se soulevant et s'abaissant rapidement.

« Ouvre la bouche », ordonne-t-il et ma mâchoire s'ouvre immédiatement.

Gale caresse sa bite, utilisant la bave de ma bouche, et il grogne lorsqu'il jouit, répandant son sperme sur mes lèvres, ma langue et en faisant couler un peu sur mon menton.

Mon regard reste rivé au sien, et même si c'est moi qui suis à genoux pour lui cette fois, je me sens aussi puissante qu'une déesse lorsqu'il me regarde fermer ma bouche et avaler son sperme. Je me lèche les lèvres, savourant son goût, avant d'utiliser mon doigt pour attraper le peu qui dégouline sur mon menton.

C'est le même doigt que j'utilisais pour me toucher, et quand je le glisse dans ma bouche, je jure que je peux goûter les saveurs uniques de chacun d'eux sur ma langue. Mon bras palpite, semblant faire écho aux battements de mon cœur et aux pulsations de mon clito.

« Bon sang », je murmure, la voix un peu rauque. Je jette un coup d'œil à la table avec les plats et l'argenterie en désordre, et à la traînée de vêtements jetés que nous avons laissée sur le sol du restaurant. « C'était le meilleur dîner que j'aie jamais eu. »

Les yeux de Gale brûlent. Il me tire debout tandis que les autres s'avancent autour de nous pour m'encercler entre quatre corps puissants.

« C'était le meilleur *à date* », me corrige-t-il. « On prévoit de passer le reste de notre vie à essayer de faire mieux. Après tout, bébé... nous avons l'éternité devant nous. »

AUTRES OUVRAGES PAR EVA ASHWOOD

L'Élite obscure
Rois cruels
Impitoyables chevaliers
Féroce reine

Hawthorne Université
Promesse cruelle
Confiance détruite
Amour pécheur

Un Amour obscur
Jeux sauvages
Mensonges sauvages
Désir sauvage
Obsession sauvage

Dangereuse attraction
Déteste-moi
Crains-moi
Lutte pour moi

Sauvages impitoyables
Les Rois du Chaos
La Reine de l'Anarchie
Le Règne de la colère
L'Empire de la ruine

Printed by Amazon Italia Logistica S.r.l.
Torrazza Piemonte (TO), Italy